师傅越来越幽默

莫言文集 SHIFU YUELAI YUE YOUMO

莫言 著

作家出版社

文集序言

莫言

一九八一年十月，在《蓮池》雙月刊第五期上發表處女作短篇小說《春夜雨霏霏》，至今已是三十年。發表處女作後不久我的女兒出生，今秋，女兒的女兒也出生了。儘管往事歷歷如在眼前，但外孫女粉紅的笑臉告訴我，三十年，對一個人來說，是相當漫長的一段時光。

我一直羞於編文集，因為編文集，就如同回頭檢點走過的道路。走十里八里，可以努着勁兒，保持良好的姿態，做到一步也不歪斜，但走三百里，就任憑是鐵打的漢子，也難確保沒有一個歪腳印。寫幾年文章，可以抖擻着精神，保証篇篇都是精品，但寫三十年，就難免泥沙俱下，良莠不齊了。因此，編選這種總結性的文集，最大的羞愧就是面對着那些當初草率付梓、如今不堪入目的文章。當然也可以將這類文章剔除出去，但既是階段性的全集，剔出去又名實不副；當然也可以將不滿意的文章大加刪改，但如此又有不忠實自己的寫作歷史之弊。因此，三十年中發表的文字，凡能蒐集到的，還是統統編進來；除了技術方面的錯誤、其餘的盡量保持原貌。以前改動過的，以最後一次定稿為準。

通讀舊稿，感慨良多。一萬多個日夜，凝固在其中，每一部作品，都有自己的故事，每一行文字，都能引發美好或痛苦的記憶。實事求是地說，我為年輕時的探索熱情和挑戰傳統的勇氣而自豪，同時也為因用力過猛所造成的偏差而遺憾。我本來是能夠也應該寫得更多更好一些的，但我虛擲了許多大好時光，浪費了許多才華，現在後悔也晚矣。

當然也可以說現在覺悟也不晚，畢竟我還能寫。我知道已經寫了一些什麼，因此也就大概地知道還有可能寫些什麼。

我用臺灣一位老作家送我的自來水筆寫了上述這些字，筆好，書寫便成為一件樂事，接下來的小說，也用這枝筆寫。

二零一一年十二月十四日

师傅越来越幽默/目录

牛

一

那时候我是个少年。

那时候我是村里最调皮捣蛋的少年。

那时候我也是村里最让人讨厌的少年。

这样的少年最令人讨厌的就是他意识不到别人对他的讨厌。他总是哪里热闹就往哪里钻。不管是什么人说什么话他都想伸过耳朵去听听；不管听懂听不懂他都要插嘴。听到了一句什么话、或是看到了一件什么事他便飞跑着到处宣传。碰到大人他跟大人说，碰到小孩他跟小孩说；大人小孩都碰不到他就自言自语。好像把一句话憋在肚子里就要爆炸似的。他总是错以为别人都很喜欢自己。为了讨得别人的欢心他可以干出许多荒唐事。

譬如说那天中午，村子里的一群闲人坐在池塘边柳树下打扑克，我便凑了上去。为了引起他们的注意，我像猫一样蹿到柳树上，坐在树丫里学布谷鸟的叫声。学了半天也没人理我。我感到无趣，便居高临下地观看牌局。看了一会儿我的嘴就痒了起来。我喊叫：“张三抓了一张大王！”张三仰起脸来骂道：“罗汉，你找死吗？”李四抓了一张小王我也忍不住地喊叫：“李四手里有一张小王！”李四说：“你嘴要痒痒就放在树皮上蹭蹭！”我在树上喋喋不休，树下的人们很快就恼怒了。他们七口八舌地骂我。我在柳树上与他们对骂。他们终于忍无可忍了，停止打牌，纷纷地去四下里找来砖头瓦块，前前后后地站成一条散兵线，对着树上发起攻击。起初我还以为他们是跟我闹着玩玩呢，但一块断砖砸在我头上。我的脑袋嗡的一声响，眼前冒出许多金星星，幸亏双手搂住了树杈才没掉下去。我这才明白他们不是跟我开玩笑。为了躲避打击，我往树的顶梢蹿去。我把树梢蹿冒了，伴着一根枯树枝坠落在池塘里，弄得水花四溅，响声很大。闲人们大笑。能让他们笑我感到很高兴。他们笑了就说明他们已经不恨我了。尽管头上鼓起了血包、身上沾满了污泥。当我像个泥猴子似的从池塘里爬上来时，模模糊糊地意识到：其实我是故意地将柳树梢蹿冒了。为了引起他们的注意，为了赢得他们的笑声，为了让他们高兴。我的头有一点痛，似乎有几只小虫子从脸上热乎乎地爬下来。闲人们看着我。我也看着他们。我看到他们脸上露出了一些惊讶的神色。当我将摇摇晃晃的身体靠在柳树干上时，其中一个闲人大叫：“不好，这小子要死！”闲人们愣了一下，发一声喊，风一样地散去了。我感到无趣极了，背靠着柳树，迷迷糊糊地，很快就睡着了。

等我醒过来时，柳树下又聚集了一群人。我本家的一个担任生产队长的麻脸的叔叔将我从树下提拎起来。“罗汉，”他喊叫着我的乳名，说，“你在这里干什么？头怎么破了？瞧瞧你这副模样，真是美丽极了！你娘刚才还扯破嗓子满世界喊你，你却在这里鬼混，滚吧，滚回家去吧！”

站在耀眼的阳光下，我感到头有点晕。听到麻叔对我说：“把身上的泥、头上的血洗洗！”

我听了麻叔的话，蹲在池塘边上，撩着水，将自己胡乱洗了几下子。冷水浸湿了头上的伤口，有点痛的意思，但并不严重。这时，我看到生产队里的饲养员杜大爷牵着三头牛走过来了。我听到杜大爷咋咋呼呼地对牛说："走啊，走，怕也不行，丑媳妇脱不了见公婆！"

三头牛都没扎鼻环，在阳光下仰着头，与杜大爷较劲。这三头牛都是我的朋友，去冬今春饲草紧张时，我与杜大爷去冰天雪地里放过它们。它们与其他本地牛一样，跟着那头蒙古牛学会了用蹄子刨开雪找草吃的本领。那时候它们还很小。没想到过了一个冬天它们就长成了半大牛。三头牛都是公牛。那两头米黄身体白色嘴巴的鲁西牛长得一模一样，好像一对傻乎乎的孪生兄弟。那头火红色的小公牛有两道脊梁骨，是那头尾巴弯曲的蒙古母牛下的犊子，我给它起了个名字叫双脊。双脊比较流氓，去年冬天我们放牧时，它动不动就往母牛背上跳。杜大爷瞧不起它，认为它跳也是白跳，但很快杜大爷就发现这家伙已经能够造孽，急忙用绳子将它的两条前腿拴起来，拴起来也没挡住它跳到母牛背上，包括跳到生它的蒙古母牛背上。杜大爷曾说过："骡马比君子，牛羊日它娘。"

"老杜，你能不能快点？"麻叔大声吆喝着，"磨磨蹭蹭，让老董同志在这里干等着。"

蹲在小季家山墙下的老董同志抽着烟卷说："没事没事，不急不急！"

老董同志是公社兽医站的兽医，大个子，黑脸，青嘴唇，眍眼窝，戴一副黑边眼镜，腰有点虾米。他烟瘾很重，一支接一支地抽，不停地咳嗽，不停地吐痰。他的右手食指和中指被烟熏得焦黄，一看就知道是老烟枪。他夹烟的姿势十分好看，像唱戏的女人做出的那种兰花指。我长大后夹烟的姿势就是模仿了老董同志。

麻叔冲到牛后，打了两个鲁西牛各一拳，踢了双脊一脚。它们往前蹿了几步，就到了柳树下。

杜大爷被牛缰绳拖得趔趔趄趄，嘴里嘟哝着："这是怎么个说法，这是干什么吃的……”

麻叔训他：“你嘀咕个什么劲！早就让你把牛牵来等着！”

老董同志站起来说：“不急不急，也就是几分钟的活儿。”

“几分钟的活儿？您是说捶三头牛只要几分钟？”老杜摇摇他的秃头，瞪着眼问，“老董同志，俺见过捶牛的！”

老董同志嘴里叼着烟，跑到柳树后边，对着池塘撒尿。水声停止后他转出来，劈开着两条腿，系好裤扣子，搓搓手，眯缝着眼睛问：“您啥时见过捶牛的？”

杜大爷说：“解放前，那时候都是捶，先用一根油麻绳将蛋子根儿紧紧地扎了，让血脉不流通，再用一根油汪汪的檀木棒槌，垫在捶布石上，轻轻地捶，一直将蛋子儿捶化了，捶一头牛就要一上午，捶得那些牛直翻白眼，哞哞地叫。”

老董同志将烟屁股啐出去，轻蔑地说：“那种野蛮的方法，早就被我们淘汰了；旧社会，人受罪，牛也受罪！”

麻叔说：“对嘛，新社会，人享福，牛也享福！”

杜大爷低声道：“旧社会没听说骟人的蛋子，新社会骟人的蛋子……”

麻叔说：“老杜，你要是活够了，就回家找根麻绳子上吊，别在这里胡说！”

杜大爷翻着疤瘌眼道：“我说啥了？我什么也没说……”

老董同志抬起腕子看看手表，说：“开始，老管，你给我掐着表，看看每头牛平均用几分钟。”

老董同志将手表撸下来递给麻叔，然后挽起衣袖、紧紧腰带。他从上衣兜里摸出一柄亮晶晶的小刀子。小刀子是柳叶形状，在阳光下闪烁。然后他从裤兜里摸出一个酱红色的小瓶子，拧开盖子，夹出一块碘酒棉球，擦擦小刀和手指。他将用过的棉球随手扔在地上。棉球随即被看热闹的吴七抢去擦他腿上的疥疮。

老董同志说：“老管，开始吧！”

麻叔将老董同志的手表放在耳朵边上，歪着头听动静。他的脸上神情庄严。我跑到他面前，跳了一个高，给他一个猝不及防，将那块手表夺过来，嘴里喊着：“让我也听听！”

我刚把手表放到耳边，还没来得及听到什么，手腕子就被麻叔攥住了。麻叔将手表夺回去，顺手在我的头上扇了一巴掌。“你这熊孩子怎么能这样呢？”麻叔恼怒地骂道，“你怎么这么招人烦呢？”骂着，他又赏给我一巴掌。虽然挨了两巴掌，但我的心里还是很满足。我毕竟摸到了老董同志的手表，我不但摸到了老董同志的手表，而且还将老董同志的手表放到了耳朵上听了听，几乎就算听到了手表的声音。

老董同志让杜大爷将手里的三头牛交出两头让看热闹的人牵着。杜大爷交出双脊和大鲁西，只牵着一条小鲁西。老董同志撇着外县口音说：“好，你不要管我，只管牵着牛往前走。”

杜大爷就牵着牛往前走，嘴里嘟嘟哝哝，听不清他说了些什么。

老董同志对麻叔说：“老管呐，你看到我一弯腰就开始计时；我不弯腰你不要计时。”

麻叔有点不好意思地说：“老董同志，实不相瞒，这玩意儿我还真有点不会看。”老董同志只好跑过去教麻叔看表计时，我只听到他对麻叔说：“你就数这红头小细针转的圈数吧，转一圈是一分钟。”

这时杜大爷牵着小鲁西转回来了。

老董同志说：“转回去，你只管牵着牛往前走，我不让你回头你不要回头。”

杜大爷说：“我回头会怎么样？”

老董同志说：“回头溅你一脸血！”

这时阳光很是明亮，牛的皮毛上仿佛涂着一层油。杜大爷在牛前把缰绳抻得直直的，想让小鲁西快点走，但不知为什么小鲁西却不愿走。它仰着头，身体往后打着坐。其实它应该快走。它的危险不在前面而是在后面。老董同志尾在牛后，跟着向前走了几步。我们跟老董同志拉开了三五米的距离，都目不转睛地盯着他的背。我们听到他急促地说了一句：“老管，开始！”然后我们就看到，老董同志弯下了他的虾米腰。他的后脑勺子与小鲁西的脊梁成了一个平面。他的双手伸进了小鲁西的两条后腿之间。我们看不清楚他的双手在牛的两条后腿之间干什么；但我们都知道他的双手在牛的两条后腿之间干什么。我们只看到与老董同志的后脑勺子成了一个平面的小鲁西的脊梁扭动着，但我们弄不明白小鲁西为什么不往前蹿几步。我们还听到小鲁西发出沉重的喘息声，但我们弄不明白小鲁西为什么不尥起蹄子将老董同志打翻。说时迟那时快老董同志已经直起了腰。一个灰白色的牛蛋子躺在滚烫的浮土上抽搐着，另一个牛蛋子托在他的手掌里。他嘴里叼着那柄柳叶刀，用很重的鼻音说：“老管，好了！”

“三圈不到，”麻叔说，“就算三圈吧！”

麻叔一直定睛看表，没看到老董同志和小鲁西的精彩表演，他嚷起来：“怎么，这就完了吗？”他随即看到了地上和老董同志手中的牛蛋子，惊叹道：“我的天，三分钟不到您就阉了一头牛！老董同志您简直就是牛魔王！”

杜大爷转到牛后，看到小鲁西后腿之间那个空空荡荡的、滴着血珠的皮囊，终于挑出了毛病：“老董同志，您应该给我们缝起来！”

老董同志说："如果您愿意缝起来，我马上就给您缝起来。不过，根据我多年的经验，缝起来不如不缝起来。"

麻叔嚷道："老杜，你胡嚷什么你，人家老董同志是兽医大学毕业的，这大半辈子研究的就是这点事，说句难听的话，老董同志骟出的蛋子儿比你吃过的窝窝头还要多……"

"老管呀，你太喜欢夸张了！您是一片'燕山雪花大如席'！"老董同志说着，用一根血手指将眼镜往上戳了戳，然后很仔细地将地下的那个牛蛋子捡起来，然后他将两个牛蛋子放到柳树下边凸出的根上，然后他说："老杜，牵条过来。"

杜大爷将小鲁西交到一个看热闹的人手里，从另一个看热闹的人手里将大鲁西牵过来。杜大爷眼巴巴地看着老董同志，老董同志扬了一下下巴，示意他牵着大鲁西往前走。杜大爷就牵着大鲁西往前走。大鲁西与小鲁西一样不愿意往前走。我心里替它着急，大鲁西，你为什么不往前跑呢？你难道看不到小鲁西的下场吗？老董同志一声不吭就弯下了腰。麻叔也不看表了，直着眼盯着老董同志看，脚步不由自主地我们都跟着老董同志往前走。我们看到一个灰白的牛蛋子落在了滚烫的浮土上抽搐。我们紧接着看到老董同志手里托着一个牛蛋子、嘴里叼着那柄柳叶刀站直了腰。我们听到麻叔拍着大腿说："老董，我服了你了！我他妈的口服心服全部地服了你了！您这一手胜过了孙猴子的叶底偷桃！"

老董同志将大鲁西的两个蛋子拿到柳树下与小鲁西的两个蛋子放在一起，回转身，用血手指将黑边眼镜往上戳了戳，然后扬扬下巴，示意杜大爷将双脊牵过来。杜大爷可怜巴巴地看看麻叔，说："队长，不留个种了？"

麻叔说："留啥种？我千叮咛万嘱咐，让你们看住它，可你们干了些什么？只怕母牛的肚子里都怀上这个杂种的犊子了！”

老董同志将柳叶刀吐出来，吃惊地问：“怎么？这头牛与母牛交配过？”

我急忙插嘴道：“我们队里的十三头母牛都被它配了，连它的妈都被它配了！”

杜大爷训我道：“你一个屁大的孩子，插啥嘴？你知道母牛从哪个眼里撒尿？”

我说：“我亲眼看到它把队里的母牛全都配了。这事只有我有发言权。杜大爷只看到双脊配它的妈。他以为给它把前腿拴起来就没事了。所以他让我看着牛他自己蒙着羊皮袄躺在沟崖上晒着太阳睡大觉。热闹景儿全被我看到了。大鲁西和小鲁西也想弄景，但它们的小鸡鸡像一根红辣椒。它们往母牛背上跳，母牛就回头顶它们。双脊可就不一样了，它装作低头吃草，慢慢地往母牛身边靠，看看差不多了，它轰地就立起来，趴在了母牛背上，我用鞭杆子戳它的屁股它都不下来……”

我正说得得意，就听到麻叔怒吼了一声，好像平地起了一个雷。

我打了一个哆嗦，看到麻叔的麻脸泛青，小眼睛里射出的光像锥子一样扎着我。

“我们老管家几辈子积德行善，怎么还能出了你这样一块货！”麻叔一巴掌将我扇到一边去，转过脸对老杜说：“牵着往前走哇！”

老董同志说：“慢点慢点，让我看看。”

老董同志弯下腰，伸手到双脊的后腿间摸索着。双脊的腰一拧，飞起一条腿，正打在老董同志的膝盖上。老董同志叫唤了一声，一屁股坐在了地上。

麻叔慌忙上前，把老董同志扶起来，关切地问：“老董同志，要紧不？”

老董同志弯腰揉着膝盖，咧着嘴说：“不要紧，不要紧……”

杜大爷拍了双脊一巴掌，笑眯眯地骂道：“你这个坏蛋，怎么敢踢老董同志？我看你是活得不耐烦了！”

老董同志瘸着一条腿，跳到小季家屋山墙的阴凉里，坐在地上，说：“老管，这头牛不能阉了！”

麻叔着急地问：“为什么？”

老董同志说：“它交配太多，里边的血管子粗了，弄不好会大出血。”

麻叔说：“你听他们胡说什么？！这是头小牛，比那两头还晚生了两个月呢！”

老董同志伸出手，对麻叔说：“给我。”

麻叔说：“什么给你？”

老董同志说：“手表给我。”

麻叔抬手看看腕上的表，说：“难道我还能落下你的手表？！真是的！”

老董同志说：“我没说你要落下我的手表。”

麻叔说：“老董同志，我们把您请来一次也不容易，您听我慢慢说。咱们这里不但粮食紧张，草也紧张，要不寒冬腊月还能去放牛？就这些牛也养不过来了。牛是大家畜，是生产资料，谁杀了谁犯法。杀又不能杀，养又养不起。去年我就对老杜说，如果你再让母牛怀了犊子，我就扣你的工分。谁知道这些家伙让所有的母牛都怀了犊。老董同志您替我们想一想，如果不把这个家伙阉了，我们生产队就毁了。我们去年将三头小牛扔到胶州集上，心里得意，以为甩了三个包袱，可还没得意完呢，它们就跑回来了。不但它们跑了回来，它们还带来了两个小牛，用棍子打都打不走。我们的保管员用棍子打牛还被人家告到公社革委会，硬把他拉到城南苗圃去办了一个月的学习班——宁愿下阴曹地府，不愿进城南苗圃——说他破坏生产力，反革命，打瘸了一条腿，至今还在家里趴着……”

老董同志打断麻叔的话，说：“行了行了。老管，您这样一说，我更不敢动手了，我要把这头牛阉死，也要进城南苗圃学习班。”说完，抓起一把土搓搓手，站起来，瘸着腿，走到自行车前，蹬开支架就要走。

麻叔抢上前去，锁了老董的车，将钥匙装进口袋里，说：“老董，你今天不把这头牛阉了你别想走！”

老董同志脸涨得青紫，嘴唇哆嗦着起了高声：“你这人怎么这样？！”

麻叔笑着说：“我这人就这样，你能怎么着我？”

老董同志气哄哄地说：“你这人简直是个无赖！”

麻叔笑着说：“我就是个无赖，您怎么着？！”

老董同志说：“这年头，乌龟王八蛋都学会了欺负人，我能怎么着您？贫下中农嘛，领导阶级嘛。管理学校嘛！”

麻叔说：“老董同志，您也别说这些难听的话，您要是够朋友，就给我们把这个祸害阉了，您要是不够朋友，我们也拿您没办法。但是您的手表和自行车就留给我们，我们拿到集上去卖了，卖了钱去买点麦穰草喂牛，把人民公社的大家畜全都饿死，也是个很严重的问题。”

老董同志说：“老管你就胡扯淡吧，饿死牛与我有屁的关系？”

麻叔说：“怎么会没有关系呢？全公社的牛都饿死了还要你们兽医站干什么吗？还要你这个兽医干什么？人民公社先有了牛，才有你这个兽医。”

老董同志无可奈何地说：“碰上了你这号的刁人有啥办法？怪不得人家说十个麻子九个坏，一个不坏是无赖！”

“随你怎么说吧，反正这块形势就明明白白地摆在这里，干不干都随你。”麻叔笑嘻嘻地说着，把手腕子夸张地举到耳边听着，说：“好听好听，果然是好听，一股子钢声铜音儿！”

老董同志说：“你把表给我！”

麻叔瞪着小眼，说：“你有什么凭据说这表是你的？你说它是你的，但你能叫应它吗？你叫它一声，如果它答应了，我就还给你！”

老董同志恼怒地说：“今日我真他妈的倒了霉，碰上了你这块滚刀肉！好吧，我阉，阉完了牛，连你这个王八蛋也阉了！”

麻叔说：“阉我就不用您老人家动手了，去年春天我就让公社医院的快刀刘给阉了。”

老董同志摸出刀子，说：“麻子，咱把丑话说到前头，这头牛要是有个三长两短，你可要负完全彻底的责任！”

麻叔说：“有个屁的三长两短？那玩意儿本来就是多余之物！”

老董同志扬起脸，对我们说：“广大的贫下中农同志们做证，我本来不想阉，是麻子硬逼着我阉的……”

麻叔说：“好好好，是我逼着你阉的，出了事我承担责任。”

老董同志说：“那好，你说话可要给话做主。”

麻叔说：“老先生，您就别啰嗦了！”

老董同志看看双脊，双脊也斜着眼睛看他。老董同志伸着手刚想往它尾后靠，它甩了一下尾巴就转到了杜大爷背后。杜大爷急忙转到它的头前，它一甩尾巴又转到了杜大爷背后。杜大爷说：“这东西，成了精了！”

老董同志看看麻叔，说："怎么样？麻子，不是我不想干。"

麻叔说："看刚才那个吹劲儿，好像连老虎都能骗了，弄了半天连个小公牛都治不了！把刀子给我，您到一边歇着，看我这个没上过兽医大学的老农民把它阉了！您呐，白拿了国家的工资！"

老董同志脸涨得青紫，说："麻子，你真是狗眼看人低！老董我今天不阉了它我就头朝下走回公社！"

麻叔说："您可别吹这个牛！"

老董同志也不说话，弯下腰就往双脊尾后靠。它不等老董靠到位，就飞快地闪了。老董跟着它转，它就绕着杜大爷转。牛缰绳在杜大爷腰上缠了三圈，转不动了。杜大爷鬼叫："毁了我啦……毁了我啦……"

老董趁着机会，将双手伸进了双脊后腿间，刚要下手，小肚子上就挨了双脊一蹄子。老董同志叫了一声娘，一屁股就坐在了地上。然后双脊又反着转回来，尾巴梢子抡起来，扫掉了老董同志的眼镜。老董同志毕竟是常年跟牛打交道的，知道保护自己，当下也顾不了眼镜，一个滚儿就到了安全地带。麻叔冲上去，将老董同志的眼镜抢了出来。几个人上去，将老董同志扶到小季家山墙根上坐定。老董同志小脸蜡黄，憋出了一脑门子绿豆汗。麻叔关切地问："老董同志，不要紧吧？没伤着要害吧？"

老董同志不说话，好像连气儿也不敢喘，憋了半天，才哭咧咧地说："麻子，我日你老娘！"

麻叔充满歉意地说："真是对不住您，老董同志。不阉了，不阉了，走，到我家去，知道您要来，我让老婆用地瓜干子换了两斤白酒。"

老董同志看样子痛得轻点了，他从衣兜里摸出了半包揉得窝窝囊囊的烟，捏出一支，战战抖抖地划火点上，深深地吸了一口，憋了足有一分钟才把吸进去的烟从鼻孔里喷出来。

“真是对不住您，老董同志，”麻叔将黑边眼镜放在自己裤头边上擦擦，给老董同志戴上，然后摘下手表，摸出钥匙，说：“这个还给您。”

老董同志一摆手，没接手表和钥匙，人却忽地站了起来。

“哟哈，生气了？跟您闹着玩呢。”麻叔道，“走吧走吧，到我家喝酒去。”麻叔说着，就去牵老董同志的手，同时回头吩咐杜大爷：“老杜，你把牛拉回去吧！”然后又对我说：“罗汉，把那四个牛蛋子捡起来，送到我家，交给你婶子，让她炒了给我们下酒。记住，让她把里边的臊筋儿先剔了，否则没法吃……”

遵照着麻叔的吩咐，我向柳树下的牛蛋子跑去。杜大爷眼睛盯着柳树下的牛蛋子，拉着牛缰绳往前走。这时，我们听到老董同志大喊：“慢着！”

我们都怔住了。麻叔小心地问：“怎么了，老董同志？”

老董同志不看我们，也不看麻叔，眼镜后的青眼直盯着双脊后腿间那一大团物件，咬着牙根说：“奶奶个熊，今日我不阉了你，把董字倒过来写！”

麻叔眨眨眼睛，走上前去扯扯老董同志的衣袖，说：“算啦算啦，老董同志，您这么有名的大兽医，犯不着跟这么头小牛犊子生气。它一蹄子蹬在您腿上，我们这心里就七上八下地难受了；它要是一蹄子蹬在您的蛋子上，我们可就担当不起了……”

老董同志瞪着眼说：“麻子，你他妈的不用转着圈儿骂我，你也甭想激将我出丑。别说是一头牛，就是一头大象、一只老虎，我今日也要做了它。”

麻叔说："老董同志，我看还是算了。"

老董同志挽起衣袖，紧紧腰带，打起精神，虎虎地往上凑。双脊拖着杜大爷往前跑去。杜大爷往后仰着身体，大声喊叫着："队长，我可是要松手了……"

麻叔大声说："你他妈的敢松手，就把你个狗日的骟了！"

麻叔追上去，帮着杜大爷将双脊拉回来。

老董同志说："看来只能用笨法子了。"

麻叔问："什么笨法子？"

老董同志说："你先把这家伙拴在柳树上。"

杜大爷将双脊拴在柳树上。

老董抬头望望柳树，说："去找两根绳子，一根杠子。"

杜大爷问："怎么。要把它捆起来？"

老董同志说："对这样的坏家伙只能用这种办法。"

麻叔吩咐侯八去找仓库保管员拿绳子杠子。侯八一溜小跑去了。

老董同志从衣袋里摸出了一支烟，点着。他的情绪看来大有好转。他从衣袋里摸出一支烟扔给麻叔。麻叔连声道谢。杜大爷贪婪地抽着鼻子，想引起老董同志的注意。可老董同志根本就不看他。老董同志对麻叔说："去年，国营胶河农场那匹野骡子够厉害了，长了三个睾丸，踢人还加上咬人，没人敢靠它的身。最后怎么着？我照样把它给骟了！"

麻叔道："我早就说过嘛，给您只老虎您也能把它骟了！"

老董同志说："你要能弄来只老虎，我也有办法。有治不好的病，没有骟不了的畜生。"

杜大爷撇撇嘴，低声道："真是吹牛皮不用贴印花！"

老董同志扫他一眼，没说什么。

侯八扛着杠子、提着绳子，飞奔过来。

老董同志将烟头狠劲儿吸了几口，扔在地上。

我扑上去，将烟头抢到手里，用指尖捏着，美美地吸了一口。

小乐在我身边央求着："罗汉，让我吸一口行不？让我吸一口……"

我将烟头啐出去，让残余的那一点点烟丝和烟纸分离。

我很坏地笑着说："吸吧！"

小乐骂道："罗汉，你就等着吧，这辈子你总有用得着我的时候！"

麻叔把我们轰到一边去。几个看热闹的大人在麻叔和老董同志的指挥下，将那根木杠子伸到双脊肚皮下，移到它的后腿与肚皮之间的夹缝里。老董同志一声喊，杠子两头的男人一齐用劲，就把双脊的后腿抬离了地。但它的身体还在扭动着。老董同志亲自动手，用绳子拴住了双脊的两条后腿，将绳子头交给旁边的人，让他们往两边拉着。老董同志又掀起它的尾巴，拴在绳子上，将绳子扔到柳树杈上，拉紧。老董同志将这根绳子头交给我，说："拽紧，别松手！"

我荣幸地执行着老董同志交给我的光荣任务，拽着绳子头，将双脊的尾巴高高地吊起来。

杜大爷嘟哝着："你们这哪里是上庙？分明是在糟蹋神嘛！"

双脊哞哧哞哧地喘息着。那几个抬杠子的汉子也喘起了粗气。其中一个嚷："队长，挺不住了……"

麻叔在他头上敲了一拳，骂道："看你这个熊样！把饭吃到哪里去了？挺住！今天中午，每人给你们记半个工！"

老董同志很悠闲地蹲在地上，嘴里念叨着："你蹦呀，踢呀，你的本事呢？……"

老董同志将一个硕大的牛蛋子狠狠地扔在地上，说：“我让你踢！”

老董同志又将一个硕大的牛蛋子狠狠地扔到地上，说：“我让你踢！”

老董同志抬起腰，说：“好了，松手吧！”

于是众人一齐松了手。

双脊一阵狂蹦乱跳，几乎把缰绳挣断。杜大爷远远地躲着不敢近前，嘴里叨咕着：“疯了，疯了……”

双脊终于停止了蹦跳。

老董同志说：“蹦呀，怎么不蹦了呢？”

黑色的血像尿一样呲呲地往外喷。双脊的两条后腿变红了，地下那一大片也洇红了。双脊脑袋抵在树干上，浑身打着哆嗦。

老董同志的脸顿时黄了，汗珠子啪嗒啪嗒地落下来。

杜大爷高声说：“大出血，大出血！”

麻叔骂道：“放你娘的狗臭屁！你知道什么叫大出血？”

老董同志跑到自行车旁，打开那个挂在车把上的黑皮药箱子，拿出了一根铁针管子，安上了一个针头，又解开了一盒药，捏出了三支注射液。

麻叔说：“老董同志，我们队里穷得丁当响，付不起药钱！”

老董同志不理麻叔的嚷嚷，管自将针剂敲破，将药液吸到针管里。

麻叔吵吵着：“一头鸡巴牛，哪这么娇气？”

老董同志走到双脊的身边，很迅速地将针头扎在了它肩上。双脊连动都没动，可见这点痛苦与后腿之间的痛苦比起来，已经算不了什么。

老董同志蹲在双脊尾后，仔细地观察着。一点也不怕双脊再给他一蹄子。终于，双脊的伤口处血流变细了，变成一滴一滴了。

老董同志站起来，长长地出了一口气。

麻叔看看西斜的太阳，说："行了，都去地里干活吧！罗汉，把牛蛋子送给你婶子去，老董同志，走吧，喝四两，压压惊。"

老董同志说："从现在起，必须安排专人遛牛，白天黑夜都不能停，记住，千万不能让它们趴下，趴下就把伤口挤开了！"

麻叔说："老杜，遛牛的事你负责吧！"

"牛背上搭一条麻袋，防止受凉；记住，千万不能让它们趴下！"老董同志指指双脊，说："尤其是这头！"

"走吧，您就把心放到肚皮里去吧！"麻叔拉着老董同志的胳膊，回头骂我："兔崽子，我让你干什么了？你还在这里磨蹭！"

我抱起那六个血淋淋的牛蛋子，飞快地向麻叔家跑去。

二

我窜到麻叔家，将牛蛋子往麻婶面前一扔，喘吁吁地说："麻婶，麻叔给你的蛋子……"

麻婶正在院子里光着膀子洗头，被那堆在她脚下乱蹦的牛蛋子吓了一跳。她用手攥住流水的头发，眯着眼睛说："你这个熊孩子，弄了些什么东西来？"

"麻叔的牛蛋子，"我说，"麻叔让您先把臊筋儿剔了。"

麻婶道："恶心死了，你麻叔呢？"

我说："立马就到，与公社兽医站的老董同志一起，要来喝酒呢！"

麻婶急忙扯过褂子披到身上，弄根毛巾擦着头发，说："你这孩子，怎么不早说呢！老董同志可是贵客，请都请不来的！"

正说着，麻叔推着老董同志的车子进了院子。老董同志虾着腰，头往前探着，脖子很长，像只鹅；腿还有点瘸，像只瘸鹅。

麻叔大声说："掌柜的，看看是谁来了？"

麻婶眉飞色舞地说："哟，这不是老董同志嘛，什么风把您这个大干部给刮来啦？"

老董同志说："想不到您还认识我。"

麻婶说："怎么敢不认识呢？去年您还给俺家劁过小猪嘛！"

老董同志说："一年不见了，您还是那样白。"

麻婶道："我说老董同志，咱骂人也不能这个骂法，把俺扔到煤堆里，才能显出白来。"

麻叔道："青天大白日的，你洗的什么鸡巴头？"

麻婶道："这不是老董同志要来吗？咱得给领导留下个好印象。"

麻叔道："洗不洗都是这副熊样子，快点把牛蛋子收拾了，我和老董同志喝两盅；还有没有鸡蛋了？最好再给我们炒上一盘鸡蛋。"

麻婶道："鸡蛋？我要是母鸡，就给你们现下几个。"

老董同志说："大嫂，不必麻烦。"

麻婶道："您来了嘛，该麻烦还是要麻烦。老董同志，您先上炕坐着去，我这就收拾。"

"对对，"麻叔推着老董同志，说，"上炕，上炕。"

麻叔将老董同志推到炕上，转出来说："罗汉，快帮你婶子拾掇。"

"陪你的客人去，别在这里添乱！"麻婶说，"罗汉，帮我从井里压点水！”

我压了两桶水。

麻婶说：“给我到墙角那儿割一把韭菜。”

我从墙角上割了一把韭菜。

麻婶说：“帮我把韭菜洗洗。”

我胡乱地洗了韭菜。

我蹲在麻婶身边，看着麻婶将那几个牛蛋子放到菜板上，用菜刀切。刀不快，切不动。麻婶把菜刀放到水缸沿上抢了几下，嗤嗤嗤，直冒火星子。拿过来一试，果然快了许多。将牛蛋子一剖两半，发现里边筋络纵横，根本没法剔除。偏这时候麻叔敲着窗棂子叮嘱我们：“把臊筋剔净，否则没法子吃！”麻婶高声答应着：“放心，不放心自己下来弄！”麻婶低声嘟哝着：“我给你剔净？去医院把快刀刘请来也剔不净！”麻婶根本就不剔了，抡起菜刀，噼噼啪啪，将那六个牛蛋子剁成一堆肉丁。麻婶还说：“这玩意儿，让蒋介石的厨师来做也不能不臊，吃的就是这个臊味儿，你说对不对？”我连声说对。这时，麻叔又敲着窗棂催：“快点快点！”麻婶说：“好了好了，这就下锅。罗汉，你去帮我烧火。”

我到了灶前，从草旮旯里拉了一把暄草，点着了火。

麻婶用炊帚将锅子胡乱涮了几下，然后从锅后的油罐子里，提上了几滴油。香气立刻扑进了我的鼻。

这时，就听到大门外有人喊叫：“队长！队长！”

我一下就听出了杜大爷的声音。

紧接着杜大爷就拉着牛缰绳进了大门，那三头刚受了酷刑的牛并排着挤在门外，都仰着头，软着身体，随时想坐下去的样子。

麻叔从炕上跳下来，冲到院子里，道：“干什么？你想干什么？”

老董同志也跟着跑到院子里，关切地问：“有情况吗？”

杜大爷不搭老董同志的话茬儿，对着麻叔发牢骚：“队长大人，您只管自己吃香的喝辣的，我呢？”

麻叔道：“老杜，您这把子年纪了，怎么像个小孩子似的不懂事？国家还有个礼宾司宴请宾客，乔冠华请基辛格吃饭，难道你也要去作陪？”

“我根本不是这个意思！”杜大爷焦急地说。

“你不是这个意思是什么意思？”麻叔问。

杜大爷说：“老董同志反复交代不能让它们趴下尤其不能让双脊趴下对不对？一趴下伤口就要挣开对不对？伤口挣开了就好不了对不对？可它们就想趴下，我牵着它们它们都要往下趴，我一离开它们马上就趴下了。”

麻叔道：“那你就不要离开嘛！”

杜大爷说：“那我总要回家吃饭吧？我不去陪着董同志吃牛蛋子总得回家吃块地瓜吧？再说了，生产队里那十三头母牛总要喂吧？我也总得睡点觉吧？……”

“明白了明白了，你什么也甭说了，党不会亏待你的。”麻叔在院子里大声喊，“罗汉，给你个美差，跟杜大爷遛牛去，给你记整劳力的工分。”

麻婶将牛蛋子下到油锅里。锅子里吱吱啦啦地响着，臊气和香气直冲房顶。

“罗汉，你听到了没有？”麻叔在院子里大叫。

麻婶悄悄地说：“去吧，我给你留出一碗，天黑了我就去叫你。”

我起身到了院子里，看到红日已经西沉。

三

杜大爷将牛们交给我，转身就走。我追着他的背影喊：“大爷，您快点，我也没吃饭！”杜大爷连头也不回。

我看着三头倒了血霉的牛。它们也看着我。它们水汪汪的眼睛里流露出深刻的悲哀。它们这一辈子再也不用往母牛背上跨了。双脊还算好，留下了一群后代；两个鲁西就算断子绝孙了。我看到它们的眼睛里除了悲哀之外，还有一种闪闪发光的感情。我猜想那是对人类的仇恨。我有点害怕。我牵着它们往前走时，它们完全可能在后边给我一下子，尽管它们身负重伤，但要把我顶一个半死不活还是很容易。于是我对它们说：“伙计，今日这事，你们可不能怨我，咱们是老朋友了，去年冬天，冰天雪地，滴水成冰，咱们在东北洼里同患过难。如果我有权，绝对不会阉你们……”在我的表白声中，我看到牛们的眼里流露出了对我的理解。它们泪水盈眶，大声地抽泣着。我摸摸它们的脑门，确实感到非常同情它们。我说：“鲁西，双脊，为了你们的小命，咱们还是走走吧。”我听到鲁西说：“蛋子都给人骗了去了，活着还有什么意思？”我说：“伙计们，千万别这样想，俗话说得好，‘好死不如赖活着’，咱们还是走吧……”我拉着牛们，沿着麻叔家的胡同，往河沿那边走去。

我们一行遛到河边时，太阳已经落山，西天上残留着一抹红云，让我想起双脊后腿上那些血。河堤上生长着很多黑压压的槐树，正是槐花怒放的季节，香气扑鼻，熏得我头晕。槐花原有两种，一种雪白，一种粉红，但它们现在都被晚霞映成了血红。

我牵着牛们在晚霞里漫步，在槐花的闷香里头晕。但我的心情很不愉快。牛比我更不愉快。我时刻挂念着麻婶锅里的牛蛋子。那玩意儿尽管臊一点，但毕竟是肉。而我还是在五年前姐姐出嫁时偷吃了一碗肥猪肉。我不愉快是因为吃不到牛蛋子，牛不愉快是因为丢了牛蛋子。我们有那么点同病相怜的意思。

暮色已经十分地苍茫了，杜大爷还不见踪影。我跟这个老家伙共同放牛半年多，对他的恶劣品质十分了解。他经常把田鼠洞里的粮食挖出来，装进自己的口袋，他还说要把他的小女儿嫁给我做媳妇，骗得我像只走狗一样听他招呼。他家紧靠着河堤那块菜园子里，洒满了我的汗水。那园子里长着九畦韭菜，每一茬都能卖几十元钱。春天第一茬卖得还要多。想着杜大爷家的菜园子，我就到了杜大爷家的菜园子。园子边上长着一圈生气蓬勃的泡桐树，据说是从焦裕禄当书记的那个兰考县引进的优良品种。那九畦韭菜已有半尺高，马上就该开镰上市了。我一眼就看到杜大爷正弯着腰往韭菜畦里淋大粪汤子，人粪尿是公共财产，归生产队所有，但杜大爷明目张胆地将大粪汤子往自留园里淋。他依仗什么？依仗着他大女婿是公社食堂里的炊事员。他大女婿瘦得像一只螳螂。据说前几任炊事员刚到公社食堂时都很瘦，但不到一年，身体就像用气吹起来一样，胖得走了形。公社书记很生气，说食堂里的好东西全被炊事员偷吃了。所以那些很快胖起来的炊事员都被书记给撵了，唯有杜大爷的女婿干了好几年还是那样瘦，书记就说这个炊事员嘴不馋。杜大爷私下里对我说，其实，他这个瘦女婿饭量极大，每顿饭能吃三个馒头外加一碗大肥肉。啥叫肚福？杜大爷说，我那女婿就叫肚福，吃一辈子大鱼大肉，没枉来人世走一趟……我满腹牢骚，刚想开口喊叫，就看到杜大爷的小女儿，名叫五花的，挑着两桶水，从河堤上飘飘扬扬地飞下来了。

杜大爷就是将她暗中许配给了我，我也围绕着她做了许许多多的美梦。有一次我从麻叔的衣袋里捡了两毛钱，到供销社里买了二十块水果糖，我自己只舍得吃了两块，将剩下的十八块全部送给了她。她吃着我送的糖，恣得咯咯笑，但当我摸了她一下胸脯时，她却毫不犹豫地对着我的肚子捅了一拳，打得我一屁股坐在了地上。她说："毛都没扎全的个小东西，也想好事儿！"我越想越感到冤枉，白送了十八块水果糖，还挨了一个窝心拳。全世界再也找不到比我更傻的人了。我哭着说："你还我的糖……还我的糖……"她啐了我一脸糖水，说："拉出的屎还想夹回去？送给人家的东西还能要回去？"我说："你不还我的糖也可以，但你要让我摸摸你！"她说："回家摸你姐去！"我说："我不想摸我姐，我就想摸你！"她说："你说你这样一丁点大个屁孩子，就开始耍流氓，长大了还得了？"我说："你不让我摸就还我的糖！"她说："你这个熊孩子，真黏人！"她往四下里看了看，低声说："非要摸？"我点点头，因为这时我已经激动得说不出话来了。她隐到一棵大槐树后，双手按着棉袄的衣角，不耐烦地说："要摸就快点。"我战战兢兢地伸过手去，……她说："行了行了！"我说："不行。"她一把推开我，说："去你的吧，你已经够了本了！"她说："今晚上的事，你要敢告诉别人，我就撕烂你的嘴！"我说："其实，你爹已经将你许给我做老婆了。"她愣了一下，突然捂着嘴巴笑起来。我说："你笑什么？这是真的，不信你回家问你爹去。"她说："就你这个小东西？"我突然想起麻婶讲过的一个大媳妇小女婿的故事，就引用了故事中的几句话，我说："秤砣虽小坠千斤，胡椒虽小辣人心，别看今天我人小，转眼就能成大人！"她说："这是谁教你的？"我说："你甭管。"她说："那好，你就慢慢地长着吧，什么时候长大了，就来娶我。"讲完这话她就走了。

这件事过去不久就发生了一件让我痛苦不堪的事。说好了等我长大娶她的杜五花竟然跟临村的小木匠订了婚。小木匠个头比我高不了多少，他龇着一口黑牙，头上生了七个毛旋，所以他的头发永远乱糟糟的。这家伙经常背着一张锯子一把斧头到我们村里来买树。他的耳朵上经常夹着一支铅笔，很有风度。我猜想杜五花很可能因为他的耳朵上夹铅笔才与他订婚。杜五花订婚那天，村里很多人围在她家门口，等着看热闹。我也混迹其中。我听到那些老娘们在一起议论，说老杜家的闺女个个胖头大脸，所以个个都是洪福齐天。老大嫁给公社的炊事员，天天跟着吃大鱼大肉。老二嫁给了东北大兴安岭的林业工人，回来走娘家两口子都戴着狐狸皮帽子，穿着条绒裤子，平绒褂子。老三嫁给县公安局的狼狗饲养员，虽有个不好听的外号叫“狗剩”，但狼狗吃剩的是肉。老四更牛，嫁给了公社屠宰组组长宋五轮，宋手里天天攥着几十张肉票，走到哪里都像香香蛋似的。老五嫁给小木匠，那孩子一看就是个捞钱的耙子。正说着，小木匠家订婚的队伍来了。我的天，一溜四辆“大金鹿”牌自行车，每辆自行车后驮着三个大筦斗，筦斗上都蒙着红包袱。车子一停，老娘们呼啦啦围上去，掀开包袱，看到了那些庞大的馒头，馒头白得像雪，上边还点着红点儿。杜大爷和杜大娘都穿得时时务务地迎出来，对着小木匠家的人嬉皮笑脸。我就想着看看杜五花是个什么表现，但她隐藏得很深，像美蒋特务一样。后来还听人家说，小木匠家送给了杜五花三套衣服，其中有一套条绒，一套平绒，一套“凡尼丁”。还有三双尼龙袜子，其中一双是红色，一双是蓝色，还有一双是紫色。三条腰带，其中一条是牛皮的，一条是猪皮的，还有一条是人造革的。还说杜五花对着小木匠的爹羞羞答答地叫了一声爹，小木匠的爹就送给了她一百元钱。听到这些惊人的财富，我原本愤愤不平的心平静了许多。我想如果我是杜五花，我也会毫不犹豫地嫁给小木匠。

现在，我的前未婚妻杜五花挑着两桶水像一个老鹞子似的从河堤上飞下来了。她什么都大。大头，大脸，大嘴，大眼，大手大脚。她的确能一巴掌将我扇得满地摸草。她的确能一脚将我踢出两丈远。我要娶她做老婆，弄不好会被她打死。但我的心里对她的处处都大的身体充满了感情。因为她曾是我的未婚妻。那时候她有一个外号叫“六百工分”，其实她一年能挣三千多工分。她是我们生产队里挣工分最多的妇女。她还有一个外号叫“三大”，当然不是指大鸣、大放、大字报，据说是指她的大头、大腚、大妈妈。我不喜欢她这个外号，我知道她也很反感这个外号。她与小木匠订婚后，我在河边遇到她时，曾恶狠狠地喊了一声“三大”。她举着扁担追了我足有三里路。幸亏我从小爬树上房，练出了两条兔子腿，才没被她追上。我知道，那天我要被她追上，基本上是性命难保。后来她见了我就横眉立目，我见了她就点头哈腰。

她挑着水飞到我身边，说：“小罗汉，你在这里转什么？是不是想偷俺们家的韭菜？”

我说：“稀罕你们家这几畦烂韭菜！”

她说：“不稀罕你在这里转悠什么？”

我说：“我来找你那个老混蛋的爹！”

她顾不上回答我的话挑着水就飞进了菜园子。她家的韭菜马上就要开镰了我知道，每次开镰前她家就没死没活地往韭菜畦里灌水，为的是增加韭菜的分量。我看到她扁担不用下肩就将两桶水倒进了韭菜畦，这家伙真是山大柴广力大无穷。她挑着水桶昂首挺胸地从我面前过，我拉着牛横断了胡同，挡住了她的去路。她瞪着眼睛说：“闪开！”我瞪着她的眼睛说：“我给生产队里遛牛，你搞资本主义，凭什么要我给你让路？”她说：“小罗汉，知道你肚子里那个小九九，你也不撒泡尿照照自己，这怎么可能呢？”我说：“自从你跟小木匠订了婚，我发现你越来越丑。”她说：“我原来就不俊，你才发现？”我说：“你嘴唇上还长出了一层黑胡子！”她摸摸嘴唇，无声地笑了。然后她低声说：“我丑，我嘴唇上长了胡子，我是‘三大’，行了吧？放我过去吧？”我说：“你骗了我……你说好了等我长大了跟我结婚的……”说完了这话，我的眼泪竟然夺眶而出。我原本是想伪装出一点难过的样子，趁机再占她点便宜什么的，没想到眼泪真的出来了，而且还源源不断。这时我听到从她宽广的胸脯里发出一声深沉的叹息，随着这声叹息，她的脸上显出了一丝温柔的神情，她的脸上显出一丝温柔的神情她立刻变得美丽无比，在我的眼里。她迷迷懂懂地说：“小罗汉，小罗汉，你真是人小鬼大……让我说你什么好呢？你怎么不想想，等你长大了，我就老成白毛精了……”我说：“好姐姐，好‘三大’……你跟小木匠订婚是完全正确的决定，就冲着那些大白馒头你也该跟他订婚，可是你为什么不给我一个馒头吃呢？”她笑道：“吃了馒头你就不生气了吗？”我说：“是的，吃了馒头我很可能就不生气了。”她说：“那好办，咱们一言为定。”我说：“我还想……”“你还想干什么？”她瞪着我说，“你别踩着鼻子上脸。”我说：“我还想摸你一下……”她说：“那你去找小木匠商量一下吧，现在我身上的东西都归他管，只要他同意，我就让你摸。”我说：“我怎么敢去找他？”她说：“我谅你也不敢去，他那把小斧头比风还要快，一下就能把你的狗爪子剁下来！”

“五花，你不快点挑水，在那儿嘀咕什么？”杜大爷直起腰，气哄哄地喊叫。

“杜大爷，是我，”我高声说，“您光顾了搞资本主义，把三头牛扔给我，像话吗？您这是欺负小孩！”

杜大爷说：“罗汉，你再坚持一会儿，等我吃了饭就去换你。”

我说：“我从中午就没吃饭，肚皮早就贴到脊梁骨上了！”

杜大爷说：“咱爷俩谁跟谁？放了一冬半春的牛，老交情了，你多遛一会儿，吃不了亏。”

我心里话：老东西，还想用花言巧语来蒙我？我可不上你的当了。于是我扔下牛缰绳，说：“双脊可是马上就要趴下了，死了牛，看看队长找谁算账！”

我这一招把杜大爷激得像猴子一样从菜园子里蹦出来。他说：“罗汉罗汉，你可别这样！”

杜大爷将牛缰绳捡起来，交到我手里，说：“你先遛着，我这就回家吃饭。”

杜大爷回家去了。

五花冷冷地说：“你对我爹这样的态度，还想摸我？”

我说：“你如果让我摸你，我能对你爹这样的态度？”

四

我们拉着疲乏至极的牛，在麻叔家那条胡同里转来转去。转到麻叔家大门口时，我们总是不约而同地停住脚步，竖起耳朵，听着屋子里的动静。杜大爷的眼睛在昏暗中闪闪发光。他嗤哄着鼻子，说：“香，真他奶奶的香！”

我确实也闻到了一股香气，是不是炒牛蛋子的香气我拿不准。但除了炒牛蛋子的香气还能有炒什么的香气呢？

我把鲁西们的缰绳扔给他就往麻叔家里跑，我什么都忘了也不能把麻婶许给我的那碗牛蛋子忘了。麻婶说给我留出一碗，还说等天黑了就来叫我。但现在天黑了许久，她也没来叫我。我何必等她来叫我？想吃牛蛋子我还等人家来叫我？我怎么这么大的架子？我要是现在不借机冲进去，那碗牛蛋子很可能就要被不知道什么人吃掉了。

杜大爷不但没接我扔给他的牛缰绳，连他自己手里的牛缰绳也扔掉了。他扯住我的胳膊，怒冲冲地问："你想到哪里去？"

我说："我进去看看麻婶在家炒什么东西。"

"那也轮不到你去看，"杜大爷说，"要看也得我去看。"

"凭什么要你进去看？"我努力往外挣着胳膊，大声说。

"我比你年纪大，"杜大爷说，"我还有事要向队长请示。"

杜大爷把我推到牛头前，说："好生看着，别让它们趴下！"然后他就虎虎地闯进麻叔家院子里去了。

我感到一股怒火直冲头顶。我仿佛看到老杜把那碗本来属于我的牛蛋子吞到了他肚里。大小鲁西，双脊，你们这三头丢了蛋子的牛，你们愿意趴下就趴下吧！你们不怕把伤口挣开你们就趴下吧！你们活够了就趴下吧！我是村子里恶名昭著的不良少年，我可不能把属于我的美味佳肴让老杜抢去。我扔了牛，悄悄地进了院子。但我毕竟怕麻叔，不敢硬往里闯。我需要观察。我避开灶间门口射出的光线，弯着腰摸到那扇透出光明的木格子窗前。窗棂上蒙着白纸。我仿照故事里说的，伸出舌尖，舔破了窗纸。我从这个小洞眼里看进去。我首先看到的当然是那张红木炕桌上摆着的盘子。炕桌上摆着三个盘子，一个盘子里残留着一点韭菜炒牛蛋子。第二个盘子里残留着一点韭菜炒牛蛋子。第三个盘子里还剩下小半盘韭菜炒牛蛋子。除了这三个盘子，炕桌上还有两个绿色的酒盅子。除了这两个绿色的酒盅子，还有两双红色的筷子。桌子上还放着一个盛过农药的绿瓶子。当然现在这瓶子里盛的不是农药而是烧酒。那时候我们喜欢用盛过农药的瓶子装酒。我们用完了农药就把药瓶子扔到河里泡着，泡个三五天我们就把瓶子提上来装酒。麻叔说用这种药瓶子装酒特别香。炕上，麻叔与老董同志对面而坐，中间隔着一张红木炕桌。那张红木桌子像茄子皮一样发亮。这是麻婶与麻叔结婚时，麻婶带过来的嫁妆。这炕桌是麻叔家的镇家之宝，除非来了贵客，否则绝不会往外搬。我心里想老董同志您的面子可是不小哇！在麻叔这边，麻婶侧着身子坐在炕沿上。她的嘴上油嘟噜的，看样子她也用麻叔的筷子吃了一点。她的脸上红扑扑的，看样子她也就着麻叔的酒盅子喝了一点。最后，我不得不看到了坐在炕前长条凳上那个坏蛋老杜。那个明明说把他的女儿杜五花许配给我做老婆但却食言让杜五花跟临村小木匠订了婚的老混蛋杜玉民。杜玉民是他的官名，但我们根本不叫他杜玉民，我们叫他杜鲁门。杜鲁门坐在条凳上，双手扶住膝盖，腰板挺得笔直，活像个一年级小学生。他下巴上留着一撮花白的山羊胡子。他的脸很长，上嘴唇很短，下嘴唇很长。他的下嘴唇不但很长而且很厚。他的双眼一只大一只小。那只大眼之所以大是因为他年轻时眼皮上生过疖子。他那只小眼睛滴溜溜转，那只大眼睛却直直地不会转。他穿着一件对襟黑棉袄，当胸一排铜纽扣。他说这排铜纽扣是他的爷爷传下来的。铜纽扣闪闪发光，他的头也闪闪发光。他的厚嘴唇哆嗦着说：“老董同志，队长，我向你们报告，大小鲁西的蛋子不流血了，吃晚饭的时候，双脊的蛋子也不流血了。”

老董同志说：“好好好，只要不流血，就不会出问题了。”

老董同志的灰白色脸已经变成了紫红色脸，看样子已经喝了不少。他是公家人，不会像麻叔那样盘腿大坐。他的两条长腿别别扭扭的，一会儿伸开，一会儿蜷起。

麻婶说："老董同志，您要是不舒服就坐着我们的枕头吧！"

老董同志说："不好意思，不好意思，那怎么好意思。"

"您客气什么呀，"麻婶说着，从炕头上拉过一个枕头，塞在老董同志屁股下。

老董同志说："这下舒服了。"

麻叔拿起酒瓶子，给老董同志的盅子里倒满酒，说："多喝点，今日让您吃累了。"

老董同志端起酒盅，吱的一声，就把酒吸干了。

杜鲁门舔舔嘴唇，说："队长，我有个建议。"

麻叔不耐烦地说："什么建议？"

杜鲁门说："牛割了蛋子，是大手术，我建议弄点麸皮豆饼泡点水饮饮它们，给它们加点营养，让它们好得快点……"

麻叔说："你站着说话不腰痛，麸皮，豆饼，能从天上掉下来吗？队里穷得连点灯油都打不起了。"

杜鲁门说："老董同志您说，割了蛋子的牛要不要补补营养？"

老董同志看看麻叔，说："有条件嘛，当然补补好；没有条件，也就算了。牛嘛，说到底还是畜生。"

麻叔说："你还有事吗？没事就去遛牛吧，罗汉那皮猴子精，靠不住。"

"我这就走。"杜鲁门站起来，突然想起来了似的说："你看你看，光顾了说话，差点把要紧的事给忘了。"

麻叔盯着他，好像看穿了他的心思。

"俺大闺女女婿听说咱队里阉牛，特意赶了回来，"他盯着桌上那盘牛蛋子说，"俺女婿说，公社党委陈书记最喜欢吃的就是牛蛋子，让他回来弄呢！我说，你回来得晚了，这会儿，别说六个牛蛋子，就是六十个牛蛋子也进了队长的肚子了！俺女婿怕回去挨训，我说，你就说队里把那牛蛋子送给烈属张大爷吃了，陈书记心里不高兴，也不好说什么了不是？俺女婿说，爹，您真有办法。俺女婿让我来告诉你们，做牛蛋子，应该加点醋，再加点酒，还要加点葱，加点姜，如果有花椒茴香最好也加一点，这样，即便是不剔臊筋也不会臊。如果不加这些调料，即便把臊筋剔了，也还是个臊。”他从老董同志面前拿起一根筷子，点点戳戳着盘子里的牛蛋子块儿，说：“你们只加了一点韭菜？”他又拿了一根筷子，两根筷子成了双，夹起一块牛蛋子，放到鼻子下闻了闻，说：“好东西，让你们给糟蹋了，可惜啊可惜！这东西，如果能让俺女婿来做做，那滋味肯定比现在强一百倍！”他把那块牛蛋子放在鼻子下又狠狠地嗅嗅，说：“臊，臊，可惜，真是可惜！”

麻婶说：“杜大哥，您吃块尝尝吧，也许吃到嘴里就不臊了。”

麻叔骂麻婶道：“这样的脏东西，你也好意思让杜大哥尝？杜大哥家大鱼大肉都放臭了，还喜吃这！”

杜大爷把那块牛蛋子放到盘子里，将筷子摔到老董同志面前，说：“说我家把大鱼大肉放臭了是胡说，但你要说咱老杜没断了吃肉，这是真的，孬好咱还有一个干屠宰组的女婿嘛！”

老董同志说：“老杜，您是我见到的最有福气的老头，公社书记的爹也享不到您这样的福！”

“托您的福，”杜大爷说着，往外走，走了两步，又回头道，“队长，我年纪大了，熬不了夜，前半夜我顶着，后半夜我可就不管了。”

麻叔说：“你不管谁管？你是饲养员！”

杜大爷说："饲养员是喂牛的，不是遛牛的。"

麻叔说："我不管你这些，反正牛出了毛病我就找你。"

杜大爷说："你这是欺负老实人！"

杜大爷骂骂咧咧地走出来了。我生怕被他发现，一矮身蹲在了窗前。但他从灯下刚出来，眼前一抹黑，根本看不到我。我看到他头重脚轻地走了出去。我趁机溜到灶间，掀开锅，伸手往里一摸，果然摸到一个碗。再一摸，碗里果然有东西。我一下子就闻到了炒牛蛋子的味道。麻婶真是个重合同守信用的好人。我端着碗就窜到院子里。这时，我听到杜大爷在大门外喊叫起来："队长，毁了！队长，毁了！牛都趴下了！"

我可顾不了那么多了。我蹲在草垛后边的黑影里，抓起牛蛋子就往嘴里塞。我看到麻叔和老董同志急急忙忙地跑出去了。我听到麻叔大声喊叫："罗汉！罗汉！你这个小兔崽子，跑到哪里去了？"我抓紧时间，将那些牛蛋子吞下去，当然根本就顾不上咀嚼，当然我也顾不上品尝牛蛋子是臊还是不臊。吃完了牛蛋子，我放下碗，打了一个嗝，从草垛后慢悠悠地转出来。他们在门外喊成一片，我心中暗暗得意。老杜，老杜，你这个老狐狸，今天败在我的手下了。

我一走出大门，就被麻叔捏着脖子提起来："兔崽子，你到哪里去下蛋啦？"

我坦率地说："我没去下蛋，我去吃牛蛋子了！"

"什么？你吃了牛蛋子？"杜大爷惊讶地说。

我说："我当然吃了牛蛋子，我吃了满满一碗牛蛋子！"

杜大爷说："看看吧，队长，你们是一家人，都姓管，我让他看着牛，他却去吃了一碗牛蛋子，让这些牛全都趴在了地上，不死牛便罢，死了牛我一点责任都没有！老董同志您可要给我作证。"

老董同志焦急地说："别说了，赶快把牛抬起来。"

我看着他们哼哼哈哈地抬牛。抬起鲁西，趴下双脊；拉起双脊，趴下鲁西。折腾了好久，才把它们全都弄起来。

老董同志划火照看着牛的伤口，我看到黑血凝成的块子像葡萄一样从双脊的肿胀的蛋子皮里挤出来。老董同志站直腰，打了一个难听又难闻的嗝，身体摇晃着说："老天保佑，还好，是淤血，说不定还有好处，挤出来有好处，留在皮囊里也是麻烦，不过，我要告诉你们，郑重其事地告诉你们，千万千万，不能让它们趴下了，如果再让它们趴下，非出大事不可。老管，您这个当队长的必须亲自靠上！干工作就是这样，抓而不紧，等于不抓……"

麻叔说："您放心，我靠上，我紧紧地抓住不放！"

五

麻叔根本没有靠上，当然也就没有抓住不放。送走了骑着车子像瞎鹿一样乱闯的老董同志，他就扶着墙撒尿。杜大爷说："队长，我白天要喂牛，还要打扫牛栏，您不能让我整夜遛牛！"

麻叔转回头，乜乜斜斜地说："你不遛谁遛？难道还要我亲自去遛？别以为你有几个女婿在公社里混事就忘了自己姓甚名谁。杀猪的，做饭的，搁在解放前都是下三滥，现在却都人五人六起来了！"

杜大爷冷冷地说："你的意思是说现在不如解放前！？"

麻叔道："谁说现在不如解放前？老子三代贫农，苦大仇深，解放前泡在苦水里，解放后泡在糖水里，我会说现在不如解放前？这种话，只有你这种老中农才会说，别忘了你们是团结对象，老子们才是革命的基本力量！毛主席说'没有贫农便没有革命'，你明白吗？"

杜大爷锐气顿减，低声道："我也是为了集体着想，这三头公牛重要，那十三头母牛也重要……"

麻叔说："什么重要不重要的，你把我绕糊涂了，有问题明天解决！"

麻叔进了院子，咣当一声就把大门关上了。

杜大爷对着大门吐了一口唾沫，低声骂道："麻子，你断子绝孙！"

我说："好啊，你竟敢骂我麻叔！"

杜大爷说："我骂他了，我就骂他了，麻子你断子绝孙，不得好死！怎么着，你告诉他去吧！"

杜大爷牵着双脊，艰难地往前走去。双脊一瘸一拐，摇摇晃晃，像一个快要死的老头子。想起它在东北洼里骑母牛时那股生龙活虎的劲头，我的心里感到很不是滋味。

我拉着大小鲁西跟在双脊尾后，我的头脸距双脊的尾巴很近。我的鼻子与双脊的脊梁在一条水平线上，我的双眼能越过它的弓起了的背看到杜大爷的背。

我们默默无声地挪到了河堤边上，槐花的香气在暗夜里像雾一样地弥漫，熏得我连连打喷嚏。双脊也连打了几个喷嚏。我打喷嚏没有什么痛苦，甚至还有那么一点精神振奋的意思，但双脊打喷嚏却痛苦万分。因为它一打喷嚏免不了全身肌肉收缩，势必牵连着伤口痛疼。我看到它每打一个喷嚏就把背弓一弓，弓得像单峰骆驼似的。

杜大爷不理我，都是那碗牛蛋子闹的，我完全能够理解他的心情。他把双脊拉到一棵槐树前，把缰绳高高地拴在了树干上。为了防止双脊趴下，他把缰绳留得很短。双脊仰着脖子，仿佛被吊在了树上。我不由地佩服他的聪明，这样一个简单的办法，我怎么想不出呢？我学着他的样子，将大小鲁西高高地拴在另一棵槐树上。我也获得了自由。我说："杜大爷，您的脑子可真好用！"

杜大爷蹲在河堤的漫坡上，冷冷地说："我的脑子再好用，也比不上你老人家的脑子好用！"

我说："杜大爷，我今年才十四岁，您可不能叫我老人家！"

杜大爷说："您不是老人家谁是老人家？难道我是老人家？我是老人家我连一块牛蛋子都没捞到吃，你不是老人家你他妈的吃了一碗牛蛋子！这算什么世道？太不公平了！"

为了安定他的情绪，我说："杜大爷，您真的以为我吃了一碗牛蛋子？我是编瞎话骗您呐！"

"你没吃一碗牛蛋子？"杜大爷惊喜地问。

我说："您老人家也不想想，麻叔像只饿狼，老董同志像只猛虎，别说六只牛蛋子，就是六十只牛蛋子，也不够他们吃的。"

杜大爷说："那盘子里分明还剩下半盘嘛！"

我说："您看不出来？那是他们给麻婶留的。"

杜大爷说："你这个小兔崽子的话，我从来都是半信半疑。"

但我知道他已经相信我也没吃到牛蛋子，我从他的喘息声中得知他的心里得到了平衡。他从怀里摸出烟锅，装上烟，用那个散发着浓厚汽油味的打火机打着火。辛辣的烟味如同尖刀，刺破了槐花的香气。夜已经有点深了，村子里的灯火都熄灭了。天上没有月亮，但星星很多。银河有点灿烂，有流星滑过银河。河里的流水声越过河堤进入我们的耳朵，像玻璃一样明亮。槐花团团簇簇，好像一树树的活物。南风轻柔，抚摸着我的脸。四月的夜真是舒服，但我想起了地肥水美的杜五花，又感到四月的夜真真令人烦恼。大小鲁西呼吸平静，双脊呼吸重浊。它们的肚子里咕噜咕噜响着。我的肚子也咕噜咕噜响着。因为我跟牛打交道太多，所以我也学会了反刍的本领。刚才吞下去的牛蛋子泛上来了，我本来应该慢慢地咀嚼，细细品尝它们的滋味，但我生怕被比猴子还要精的杜大爷闻到，所以我就把它们强压回去。我的心里很得意，这感觉就像在大家都断了食时，我还藏着一碗肉一样。现在我不能反刍。我往杜大爷身边靠了靠，说："大爷，能给我一袋烟抽吗？"

他说："你一个小孩子，抽什么烟？"

我说："才刚你还叫我老人家，怎么转眼就说我是小孩子了呢？"

"刚才是刚才，现在是现在，人哪，只能什么时候说什么时候的话！"他把烟锅子往鞋底上磕磕，愤愤不平地说，"退回二十年去，别说他娘的几个臊乎乎的牛蛋子，成盘的肥猪肉摆在我的面前，我也不会馋！"

我说："杜大爷，您又吹大牛啦！"

"我用得着在你这个兔崽子面前吹牛？"杜大爷说，"我对你说吧，那时候，每逢马桑集，我爹最少要割五斤肉，老秤五斤，顶现在七斤还要多，不割肉，必买鱼，青鱼，巴鱼，黄花鱼，披毛鱼，墨斗鱼……那时候，马桑镇的鱼市有三里长，槐花开放时，正是鳞刀鱼上市的季节，街两边白晃晃的，耀得人不敢睁眼。大对虾两个一对，用竹签子插着，一对半斤，两对一斤，一对大虾只卖两个铜板。那时候，想吃啥就有啥，只要你有钱。现在，你有钱也没处去买那样大的虾，那样厚的鳞刀鱼，嗨，好东西都弄到哪里去了？好东西都被什么人吃了？俺大女婿说好东西都出了口了，你说中国人怎么这样傻？好东西不留着自己吃，出什么口？出口换钱，可换回来的钱弄到哪里去了？其实都是在糊弄咱这些老百姓。可咱老百姓也不是那么好糊弄的。大家嘴里不说，可这心里就像明镜似的。现在，这么大个公社，四十多个大队，几百个小队，七八万口子人，一个集才杀一头猪，那点猪肉还不够公社干部吃的。可过去，咱马桑镇的肉市，光杀猪的肉案子就有三十多台，还有那些杀牛的，杀驴的，杀狗的，你说你想吃什么吧。那时候的牛，大肉牛，用地瓜、豆饼催得油光水滑，走起来晃晃荡荡，好似一座肉山，一头牛能出一千多斤肉。那牛肉肥的，肉膘子有三指厚，那肉，一方一方的，简直就像豆腐，放到锅里煮，一滚就烂，花五个铜子，买上一斤热牛肉，打上四两高粱酒，往凳子上一坐，喝着吃着，听着声，看着景，你想想吧，那是个什么滋味……”

我咽了一口唾液，说：“杜大爷，您是编瞎话骗我吧？旧社会真有那么好？”

杜大爷说：“你这孩子，谁跟你说旧社会好了？我只是跟你说吃肥牛肉喝热烧酒的滋味好。”

我问：“你吃肥牛肉喝热烧酒是不是在旧社会？”

他说：“那……那……好像是旧社会……”

我说：“那么，你说吃肥牛肉喝热烧酒好就等于说旧社会好！”

他恼怒地蹦起来：“你这个熊孩子，这不是画了个圈让我往里跳嘛！”

我说：“不是我画了圈让你往里跳，是你的阶级立场有问题！”

他小心翼翼地问：“小爷们，您给我批讲批讲，什么叫阶级立场？”

我说：“你连阶级立场都不懂？”

他说：“我是不懂。”

我说：“这阶级立场嘛……反正是，旧社会没有好东西，新社会都是好东西；贫下中农没有坏东西，不是贫下中农没有好东西。明白了吗？”

他说：“明白了明白了，不过……那时候的肉鱼什么的确实比现在多……”

我说：“比现在多贫下中农也捞不到吃，都被地主富农吃了。”

“小爷们，你这可是瞎说，有些地主富农还真舍不得吃，有些老贫农还真舍得吃。比如说方老七家，老婆孩子连条囫囵裤子都没有，可就是好吃，打下粮食来，赶紧着粜，换来钱买鱼买肉，把粮食糟光了，就下南山去讨饭。”

我说：“你这是造谣污蔑老贫农！”

他说：“是是是，我造谣，我造谣。”

我们并排坐着，不言语了。夜气浓重，而且还有了雾。河里传来蛤蟆的叫声。

他自言自语道：“蛤蟆打哇哇，再有三十天就吃上新麦子面了……新麦子面多筋道哇，包饺子好吃，擀面条好吃，烙饼好吃，蒸馒头也好吃……那新馒头白白的，暄暄的，掰开有股清香味儿，能把人吃醉了……”

我说：“杜大爷，求您别说吃的了！您越说，我越饿！”

“不说了，不说了。”他点上一锅烟，闷闷地抽着，烟锅一明一暗，照着他的老脸。

我打了个长长的哈欠。

他也打了个长长的哈欠。

“罗汉，咱不能这样傻，”他说，“反正咱不让牛趴下就行了，你说对不对？”

我说：“对呀！”

他说："那咱们俩为什么不轮班睡觉呢？"

"万一它们趴下呢？"我担心地说。

他站起来检查了一下牛缰绳，说："没事，我敢保证没事。缰绳断不了，它们就趴不下。"

我说："那我先回家睡去了。"

他说："你这个小青年觉悟太低了，我今年六十八了，比你爷爷还大一岁，你好意思先回去睡？"

我说："你这个老头觉悟也不高，你都六十八了，还睡什么觉？"

他说："那好吧，我出个题给你算，你要是能算出来，你就回家睡觉，你要是算不出来，我就回家睡觉。"

不等我答应，他就说开了："东南劳山松树多，一共三万六千棵，一棵树上九个杈，一个杈里九个窝，一个窝里九个蛋，一个蛋里九个雀，你给我算算一共有多少个雀？"

上学时我一听算术就头痛。十以内的数我掰着手指头还能算个八九不离十，超过了十我就犯糊涂。杜老头子开口就是上万，我如何能算清？再说了，我要能把这样大的数算清楚，我还用得着半夜三更来遛牛吗？

我说："杜老头，你别来这一套，我算不清，算清了我也不算，我凭什么要费那么多脑子？"

杜大爷叹息道："现如今的孩子怎么都这样了？一点亏都不吃。"

我说："现如今的老头也不吃亏！"

杜大爷说："碰上你这个小杂种算是碰上对手了。好吧，咱都不睡，就在这里熬着。"

杜大爷一屁股坐在地上，吧嗒吧嗒地抽烟。

我背靠着一棵槐树坐下，仰着脸数天上的星星。

六

在蒙眬中，我听到三头小公牛骂声不绝。它们的大嘴一开一合，把凉森森的唾沫喷到我的脸上。大小鲁西骂了我几句就不骂了，双脊却不依不饶，怒气冲天。它说：你这个小杂种，我与你无怨无仇，你为什么说我把十三头母牛都跨了一遍？你让老董同志下那样的狠手，把我的蛋子骟了。你不但让老董同志把我的蛋子骟了，你还把我的蛋子吃了。大小鲁西帮腔道：他把我们的蛋子也吃了。双脊说：想不到啊想不到想不到你这个小杂种是如此的残忍。我大喊冤枉，但我的喉咙被一团牛毛堵住了，死活喊不出声来。双脊对大小鲁西说：伙计，咱们这辈子就这么着了，虽然活着，但丢了蛋子，活着也跟死了差不了。咱们以前怕这小杂种，现在还有什么可怕的？大小鲁西说：的确没有什么好怕的了。双脊说：既然没有什么好怕的了，那咱就把这小杂种顶死算了，咱们不能白白地让这小杂种把咱们的蛋子吃了。大鲁西道：兄弟们，你们有没有感觉？当他吃我们的蛋子时，我的蛋子像被刀子割着似的痛。我真纳闷，明明地看到他们把我们的蛋子给摘走了，怎么还能感到蛋子痛呢？双脊和小鲁西说：我们也感觉到痛。双脊说：他们不仁，我们也不必讲义。我看咱们先把这个小杂种的肠子挑出来，然后咱们再去跟麻子他们算账。我把身体死劲地往树干上靠着，眼睛里充满了泪水。我大喊，但只能发出像蚊子嗡嗡一样的小声音。我说：牛大哥，我冤枉啊……我也是没有办法子呀……队长让我干，我不能不干……双脊，双脊您难道忘了？去年冬天我用我奶奶那把破木梳子，把你全身的毛梳了一遍，我从你身上刮下来的虱子，没有一斤也有半斤；大鲁西，小鲁西，我也帮你们梳过毛，拿过虱子，如果没有我，你们早就被虱子咬死了……你们当时都对我千恩万谢，双脊你还一个劲地用舌头舔我的手……你们不能忘恩负义啊……我的声音虽然细微但它们听到了。我看到它们通红的眼睛里流露出了一丝温情。我抓紧时机，摇动三寸不烂之舌，尽拣那些怀念旧情的话说。我看到它们交换了一下眼神，好像有放过我的意思。我说：牛兄弟们，只要你们饶了我，我这辈子不会忘了你们，等我将来有了权，一定把最好的草料给你们三个吃。我保证不让你们下地干活，夏天我给你们扇扇子，冬天我给你们缝棉衣。我要让你们成为世界上最幸福的牛，最最幸福的牛……在我的甜言蜜语中，我看到大小鲁西的眼睛里流出了泪水。双脊说：我们不用你扇扇子，你也不可能给我们扇扇子；我们不用你缝棉袄，你也不可能给我们缝棉袄。你自己都找不到个人给你缝棉袄。你的好话说得过了头，所以让我听出了你的虚伪。你的目的就是花言巧语地蒙混过关，然后你撒开兔子腿，跑一个踪影不见。我说：牛大哥呀，村里人说话说了算，一片真心可对天。双脊道：你甭给俺唱戏文，您这几句俺们从小就听。接下来是“擒龙跟你下大海，打虎跟你上高山”，对不对？我连声说对。双脊对大小鲁西说：伙计们趁着天还没亮，咱把这个小杂种收拾了吧！它们竖起铁角，对准我的肚皮顶了过来。我怪叫一声，睁开眼，看到一轮红日已从河堤后边升起来。

一轮红日从河堤后边升起来，耀得我眼前一片金花花。我搓搓眼，看着眼前的情景，不由地叫了一声娘。我的娘哟，三头牛都趴在了地上，尽管缰绳没断，但它们把脖子抻得长长的与树干并直，龇着牙咧着嘴翻着白眼，好像三个吊死鬼。我更加仔细地看了一眼，它们的身体的的确确是趴在了地上。我不顾被夜露打湿了的身体又僵又麻，蹦起来，跳过去，拉牛缰绳。牛缰绳挺得棒硬，如何拉得动？拉不动我就踢它们的屁股，我踢它们的屁股它们毫无反应。我的心里一片灰白。我想坏了事了，这三头牛死了。这三头牛一定是趁着我睡着了时，商量了商量，集体自杀了。它们这辈子不能结婚娶媳妇，所以它们集体上了吊。这时我就想起了杜大爷，这老东西趁我睡着了竟然偷偷地跑了。他想把死牛的责任推到我身上。我心中顿时充满了对杜大爷的恨，忘了我对杜五花的爱。杜鲁门！杜鲁门！我明知杜鲁门不可能听到我的喊叫，但我还是大声喊叫。杜鲁门我饶不了你！如果杜鲁门此时在我眼前，我会像狼一样扑上去把他咬死。三头牛其实是死在他的手里。我扑上去把他咬死实际上是替牛报仇雪恨。我撒腿往杜鲁门家跑去。

我跑到杜鲁门家的菜园子，看到杜鲁门正猴蹲在那里割韭菜。刚割了韭菜的韭菜畦就像刚剃了的头一样新鲜。他女儿杜五花也在园子里忙活。杜鲁门把韭菜捆得整整齐齐。杜五花把杜鲁门捆好的韭菜一捆捆地往水桶里放，一捆也不落地放到水桶里用水浸泡。用水浸泡过的韭菜既好看又压秤，这家人的脑子个个好用。杜五花从水桶里把韭菜提上来时韭菜真是好看极了，一串串的水珠像珍珠似的顺着韭菜梢流下来，流到水桶里，发出撒尿般的响声。往水里浸韭菜的杜五花也很好看，尽管此时我对她的爹恨得咬牙切齿，但我还是没办法不承认她的漂亮。根据我的经验，女人只要跟水一接近马上就会变漂亮。漂亮的女人跟水一接近会变得更漂亮，即便是不漂亮的女人跟水一接近也会变漂亮。譬如说女人在河里洗澡，譬如说女人在井边洗头，譬如说女人在水桶边浸泡韭菜。红太阳照耀着杜五花肉嘟嘟的四方大脸，好像一块红玻璃。她留着两条又短又粗的辫子，好像两根驴尾巴。如果没有杜五花在场，我肯定会大喊：杜鲁门，王八蛋，牛死了！因为杜五花在场，我只好说："杜大爷，坏了醋了！"

杜大爷抬起头，问我："罗汉，你不在那里看着牛，跑到这里来干什么？"

我说："您快去看看吧，杜大爷，我们的牛死了……"

杜大爷像豹子一样蹿起来，问我："你说什么？"

我说："牛死了，我们的牛死了，我们那三头牛都死了……"

"你胡说！"杜大爷弓着腰跑过来，一边跑一边说，"你胡说什么呀，我离开时它们还活蹦乱跳，怎么一转眼就死了？"

"我也不知道它们为什么死了，看那样子，好像都是自杀。"

"你就胡编吧，我活了六十八岁，还没听说过牛会自杀……"

杜大爷往我们拴牛的地方跑去。

杜五花问我："罗汉，你弄什么鬼？"

我说："谁跟你弄鬼？你爹把牛扔了不管，跑回家来搞资本主义，结果让三头牛上了吊！"

"真的？"杜五花扔掉韭菜跑过来，拉着我的手就往河堤那边跑，她的手像铁钩子样，她的胳膊力大无穷，我几乎是脚不点地地跟着她跑，边跑她边说："你是怎么搞的？我爹不在，不是还有你吗？"

我气喘吁吁地说："我睡着了……"

"让你看牛你怎么能睡着呢？"她质问我。

我说："我要不睡着你爹怎能跑回家割韭菜？"

我还想说点难听的话吓唬她，但已经到了槐树下。

杜大爷拽着缰绳想把牛拽起来，但拽不起来。我心里想，牛都死了，你怎么能把它们拽起来呢？杜大爷掀着它们的尾巴想把它们掀起来，但掀不起来。我心里想，你怎么可能把一个死牛掀起来呢？虽然他没把牛弄起来，但经他这么一折腾，我看到双脊的尾巴动弹了一下。老天爷，原来双脊还活着。既然双脊还活着，那么，大小鲁西更应该活着。果然我看到大鲁西晃了晃耳朵，小鲁西伸出舌头舔了一下鼻孔。发现三头牛都没死让我感到很高兴；发现三头牛都活着又让我感到很不高兴。那时候我正处在爱热闹的青春前期，连村子里的狗都讨厌我。我希望村子里天天放电影，但这是绝对不可能的。我希望村子里天天有人打架，这也是绝对不可能的。我希望天天能看到红卫兵斗坏蛋，但这也是绝对不可能的。没有了上边所说的这些大热闹，那么生产队里的母牛生小牛、张光家的母狗与刘汉家的公狗交配最好能天天发生，但这也是绝对不可能的。老董同志来给牛割蛋子这样的热闹能够每天发生吗？当然也是不可能的。所以我想，如果这三头牛一起上吊自杀，这个大热闹足可以让全村轰动，而这令全村轰动的大事与我直接有关系，你想想这会让我的生活多么充实，这会让我多么令人关注，人们必定眼巴巴地望着我、盼着我讲出事情的前因后果，那会让我多么神气。可是，三头牛一头都没死。杜大爷瞪着一大一小两只眼，对着我和他女儿吼："你们俩死了吗？"

老东西这句话是什么意思呢？他让我跟他的女儿死在一起是什么意思？这话虽然不是好话，但我听出了亲近，好像我跟杜五花有着特殊关系似的。我又想其实我跟杜五花的关系就是不一般，我曾经……

"别傻站着了，帮我把牛抬起来呀！"杜大爷说。

于是我上前揪住了双脊的尾巴。

杜五花一把将我搡到一边，什么也没说，她什么也没说就弯下腰，自己揪住了牛尾巴。

我上前抱住了牛脖子。

杜大爷把我推到一边，亲自抱住了牛脖子。

最后，我只好站在杜五花身边，握住了她的手腕子。

我们一齐努力，将双脊抬了起来。

我很担心把牛尾巴从牛屁股上拔下来。其实我是有点盼望着将牛尾巴从牛屁股上拔下来。能将牛尾巴从牛屁股上拔下来肯定也是一件大事，甚至会比死三头牛还热闹，但牛尾巴还在牛屁股上我们就把牛抬起来了。

抬起了双脊我们紧接着把大鲁西抬起来。

然后我们又把小鲁西抬起来。

我们把三头牛抬起来后，杜大爷马上就转到牛后，弯下腰去仔细观察。

我和杜五花也弯腰观察。

大小鲁西的蛋皮略有肿胀。

双脊的蛋皮大大肿胀，肿成了一个饱满的大口袋，比没阉之前还要饱满。颜色发红，很不美妙。而且这伙计还在发高烧。我站在它的身边就感到它的身体像一个大火炉子似的烤人。

杜大爷解开了牛缰绳。他把大小鲁西的缰绳交给我，他亲自牵着双脊的缰绳。他对五花说：“你回去吧，让你娘擀一轴子杂面条，待会儿我和罗汉回去吃。”

杜五花好像不认识似的看看我，我也好像不认识似的看看她的爹。我心里想，这简直是太阳从西边升起来了。我又看看杜大爷，我看到他老人家的脸慈祥极了。我活在人世上十四年，还从来没见到过像杜大爷这样慈祥的老头。

我们拉着牛，在胡同里慢吞吞地走着。杜大爷咳嗽了几声，说：“罗汉小爷们，其实，你是咱村里最有天分的孩子，他们都是狗眼看人低，我把这句话放在这里，二十年后回头看，你保证是个大人物！”

杜大爷的话我真是爱听。

他说：“咱爷俩一夜都没合眼，双脊的蛋子还是肿成了这样，可见这头牛不能阉，人家老董同志也说不能阉，这头牛配过牛不能阉了，你麻叔非要阉，所以说万一有个三长两短，责任也落不到咱爷俩头上，你说对不对？”

我说：“对极了！”

七

那天早晨，杜大爷没有食言，他果真让我到他家去吃了一碗杂面条。他的老婆也就是杜五花的娘对我还挺亲热，我吃面条时她一个劲地往我的碗里加汤，好像怕我噎着似的。杜五花态度蛮横地对他娘说：“你一个劲地往他的碗里加汤干什么？”她娘说：“吃饭多喝汤，胜过开药方。”杜五花不理她娘，把一个咸鸭蛋几乎全抠到我的碗里。那黄澄澄、油汪汪的鸭蛋黄滚到我碗里时，杜大娘对着杜五花挤鼻子弄眼地使眼色，杜五花装作看不见，连杜五花都装作看不见，我更没必要冒充好眼色。我毫不客气地一口就将那个鸭蛋黄吞了，免除了杜大娘再把那个鸭蛋黄抢走的危险。仓皇之间没顾上品咂鸭蛋黄的味道，这有点遗憾，但也没有什么好遗憾的，因为在我吞蛋黄的同时，杜大娘抢蛋黄的手已经伸过来了。杜大娘气哄哄地说：“你这孩子，真是有爹娘生长无爹娘教劝！人家都是一丁点一丁点地品品滋味，你竟然一口吞了！”杜五花替我帮腔道：“不就那么个鸭蛋黄嘛，您嘀咕什么？！让人吃就别心疼！”杜大娘愤怒地说：“不是我心疼，我是怕他吃坏了嗓子。”我说：“大娘您就放心吧，我跟方小宝打赌，空口喝了一斤酱油，嗓子还像小喇叭似的。”杜大娘撇撇嘴，转身走了。杜五花对我眨眨眼，鬼鬼地笑了。这一笑让我感到她和我心连着心，这一笑让我感动了许多年。

那个白天，我和杜大爷牵着牛在村子里转。时而杜大爷牵着双脊在前，时而我牵着大小鲁西在前。我在前时我的心情比较好，因为看不到双脊的蛋子。我在后时我的心情很恶劣，因为我没法不看到双脊那越肿越大的蛋子。转了大街转小巷，起初我们身后还跟着几个抹鼻涕的孩子，但一会儿他们便失去了兴趣。小孩子们走了，苍蝇来了。起初只有几只苍蝇，很快就来了几百只苍蝇。苍蝇的兴趣集中在双脊的蛋子上。它们叮住不放，改变了那地方的颜色。苍蝇让双脊更加痛苦，我从它的眼神里看出了它欲死不能的神情。我折了一束柳条，替它轰赶苍蝇，但那地方偏僻狭窄，有很多死角，另外还要拂蝇忌蛋，所以也就干脆不赶了。

杜大爷让我看着双脊，他去向麻叔汇报双脊的病情。

杜大爷回来，气哄哄地说：“麻子根本不关心，说没事没事没事，他妈的巴子，他没看怎么知道没事？”

这天夜里，大小鲁西开始认草了，但双脊的病情却越来越重。

第三天上午，我们不管大小鲁西了，放它们回了生产队的饲养室。我和杜大爷把全副精力放到双脊身上。

我们一前一后，推拉着它在街上走。我们必须高度警惕着，才能防止它像堵墙壁一样倒在地上。

我们把它拉到生产队饲养室门外。杜大爷提来一桶水，想让它喝点。但它的嘴唇放在水面上沾了沾就抬起来了。它的嘴唇上那些像胡须似的长毛上滴着水。清亮的水珠从它嘴唇上那些长毛上啪哒啪哒地滴下来，好像一滴滴眼泪。它的眼睛其实一直在流泪。泪水浸湿了它眼睛下边两大片皮毛，显出了明显的泪痕。杜大爷跑进饲养室，用一个破铁瓢，盛来了半瓢棉籽饼，这是牛的料，尽管这东西牛吃了拉血丝，但还是牛最好的料。只有干重活的牛才能吃到这样的好料。杜大爷把那半瓢棉籽饼倒进水桶里，伸进瓢去搅了搅。杜大爷温柔地说："小牛，你喝点吧，你闻闻这棉籽饼有多么香！"双脊把嘴插进水桶里，蘸蘸嘴唇就抬起来了。杜大爷惊异地说："怎么？你连这样的好东西都不想喝了吗？"拴在柱子上那些牛们，其中包括大小鲁西，闻到棉籽饼的香味，都把眼睛斜过来。杜大爷说："罗汉，你去跟麻子说吧，你是他的侄子，你的面子也许比我大。你去说吧，你就说双脊很可能要死。你说他如果不来，那么，牛死了他要负全部的责任，你去吧。"

我跑了好几个地方，最后在生产队的记工房里找到了麻叔。

我说："双脊要死了，很可能马上就要死了……"

麻叔正和队里的保管员、会计在开会，听到我的话，他们都跳了起来。

麻叔嘴角上似乎挂着一丝笑容，问我："你说双脊要死？"

我说："它连香喷喷的棉籽饼都不吃了，它的蛋皮肿得比水罐子都要大了。"

麻叔说："我要去公社开会，王保管你去看看吧。"

王保管就是那位因为打牛进过苗圃学习班的人。他红着脸，摆着手，对麻叔说："这事别找我，跟牛沾边的事你们别找我！"

麻叔狡猾地笑着说："吃牛肉时找不找你？"

王保管说：“吃牛肉？哪里有牛肉？”

麻叔道：“看看，一听说吃牛肉就急了嘛！”

王保管说：“吃牛肉你们当然应该找我，要不我这条腿就算白瘸了！”

麻叔说：“徐会计，那你就去看看吧。”

徐会计说：“要不要给公社兽医站的老董同志打电话？”

麻叔说：“最好别惊动他，他一来，肯定又要打针，打完了针还要换药，换完了药咱还得请他吃饭喝酒，队里还有多少钱你们也不是不知道！”

徐会计说：“那怎么办？”

麻叔道：“一个畜生，没那么娇气，实在不行，弄个偏方治治就行了。”

我们在会计的指挥下，往双脊的嘴里灌了一瓶醋，据村里的赤脚医生说醋能消炎止痛。我们还弄来一个像帽子那样大的马蜂窝，捣烂了，硬塞到它的嘴里去，据徐会计的爹说，马蜂窝能以毒攻毒。我们还弄来一块石灰膏子抹到它的蛋皮上，据说石灰是杀毒灭菌的灵药。

我真心盼望着双脊赶快好起来，它不好，我和杜大爷就得不到解放。但双脊的病情不但没有好转，反而加重了。它的蛋皮流出了黄水，不但流黄水，还散发出一股恶臭。这股恶臭的气味，把全村的苍蝇都招来了。我们牵拉着它走到哪里，苍蝇就跟随到哪里。它的背弓得更厉害了。由于弓背，它的身体也变短了。它身上的毛也戗起来了，由于戗毛，它身上的骨节都变大了。它的泪水流得更多了。它不但流眼泪，还流眼屎，苍蝇伏在它的眼睛周围，吃它的眼屎，母苍蝇还在它的眼角上下了许多蛆。它的蛋皮上也生了蛆。

第四天早晨我们把双脊拉到麻叔家门口。麻叔家还没开门，我捡起一块砖头，用力砸着他家的门板。麻叔披着褂子跑出来，骂我：“混蛋罗汉，你想死吗？”

我说：“我不想死，但是双脊很快就要死了。”

杜大爷蹲在墙根，说：“麻子，你还是个人吗？”

麻叔恼怒地说：“老杜，你这么大年纪了，怎么连句人话都不会说了？”

“你逼得我哑巴开口，”杜大爷说，“你看看吧，怎么着也是条性命，你们把它的蛋子挖出来吃了，你们舒坦了，可是它呢？”

麻叔转到牛后，弯下腰看看，说：“那你说该怎么办？”

杜大爷说：“解铃还得系铃人，赶快把老董叫来。”

麻叔道：“你以为我不急？牛是生产资料，是人民公社的命根子，死个人，公社里不管，死头牛，连党委书记都要过问。”

杜大爷问：“那你为什么不去请老董？”

“你以为我没去请？”麻叔道，“我昨天就去了兽医站，人家老董同志忙着呢！全公社有多少生产队？有多少头牛？还有马，还有驴，还有骡子，都要老董同志管。”

杜大爷说：“那就看着它死？”

麻叔搔搔头，说：“老杜，想不到你一个老中农，还有点爱社如家的意思。”

杜大爷说：“我家四个女婿，三个吃公家饭！”

麻叔说：“这样吧，你和罗汉，拉着双脊到公社兽医站去，让老董给治治。”

杜大爷说：“简直是睁着眼说梦话，到公社有二十里地，你让我们走几天？”

麻叔说："走几天算几天。"

杜大爷说："只怕走到半路上它就死了！"

麻叔说："它实在要死，咱们也没有办法，连县委书记都要死，何况一头牛？"

杜大爷说："我去了，家里那些牛怎么办？"

麻叔说："同志，不要以为离了你地球就不转了，让你去你就去，家里的事就甭管了！"

杜大爷说："好好好，我去，丑话说在前头，这牛要是死在路上，你们可别找我麻烦。"

麻叔道："还有小罗汉当见证人嘛！"

八

我们拖着双脊，走上了去公社之路。

我背着一个包袱，包袱里包着一个玉米面饼子，一棵大葱，一块黑酱。这是因为我要出门，家里对我的奖赏。如果不出门，我的主食是发霉的地瓜干子。杜大爷背着一个黄帆布书包，书包上绣着红字，这是很洋气的东西，在当时的情况下，只有知识青年才能背这种书包。我做梦都想有这样一个书包，但我弄不到。杜大爷很牛气地背着一个只有知识青年才有的书包拉着牛缰绳走在牛前头，书包让他生气勃勃。我背着古旧的包袱，拿着一把破扇子跟在牛后头。我用破扇子不停地轰着双脊蛋皮上的苍蝇。我扇一下子苍蝇们就嗡地飞起来，苍蝇飞起来时我看到双脊那可怜的蛋皮像一团凉粉的形态、像一团凉粉的颜色。我刚一停手苍蝇们就落回去，苍蝇落回去我就只能看到苍蝇。我们出了村，过了桥，上了通往公社的那条沙石路。夸张点说我们走得还不如蛆爬得快。不是我们走不快，是双脊走不快。双脊连站立都很困难，但我们要它走，它就走。它已经连续三天没捞到趴下歇歇了，我猜想它的脑子已经昏昏沉沉。如果是人，早就活活累死了，累不死也就困死了。想想做头牛真他妈的不容易。如果我是双脊，就索性趴下死了算了。但双脊不是我。我和杜大爷一个在前拉着，一个在后催着，让它走，逼它走，它就走，一步，一步，一步更比一步难。

太阳正晌时我们走到了甜水井。甜水井离我们村六里地。杜大爷说："罗汉，咱爷们走得还不算慢，按这个走法，半夜十二点时，也许就到了兽医站。"

我说："还要怎么慢？我去公社看电影，二十分钟就能跑到。"

杜大爷说："已经够快了，不要不知足。歇歇，吃点东西。"

我们把双脊拴在井边的大柳树上。我解开了包袱，杜大爷解开了书包。杜大爷从书包里摸出了一块玉米面饼子，我从包袱里也摸出了一块玉米面饼子。我摸出了一根大葱，他也摸出了一根大葱。我摸出黑酱他也摸出黑酱。我们两个的饭一模一样。吃了饭，杜大爷从书包里摸出了一个玻璃瓶子。玻璃瓶颈上拴着一根绳。他把绳抖开，将瓶子放到井里，悠一悠，荡一荡，猛一松手，瓶子一头扎到水里，咕咕嘟嘟一阵响，灌满了水就不响了。杜大爷把灌满水的瓶子提上来。我说："杜大爷，您真是有计划性。"

杜大爷说："让我当生产队长，肯定比麻子强得多。"

我说："当生产队长屈了您的料，您应该当公社书记！"

杜大爷说："可不敢胡说！公社书记个个顶着天上的星宿，那不是凡人。"

我说："大爷，您说，我要有个爹当公社书记，我会怎么样？"

“就你这模样还想有个当公社书记的爹？”杜大爷把瓶子递给我，说，“行了，爷们，别做梦了，喝点凉水吧，喝了凉水好赶路。”

我喝了一瓶凉水，肚子咕咕地响。

杜大爷又提上一瓶水，将瓶口插到牛嘴里。水顺着牛的嘴角流了出来。

“无论如何我们要让它喝点水，”杜大爷说，“否则它病不死也要渴死。”

杜大爷又从井里提上一瓶水，他让我把双脊的头抬起来，让它的嘴巴向着天，然后他把瓶子插到牛嘴里。这一次我听到了水从双脊的咽喉流到胃里去的声音。杜大爷兴奋地说：“好极了，我们终于让它喝了水，喝了水它就死不了了。”

我们离开柳阴，重返沙石路。初夏的正午阳光其实已经十分暴烈，沙石路面放射着红褐色的刺眼光芒。我建议歇一歇，等太阳落落再走。杜大爷说多歇无多力。而且他还说阳光消毒杀菌，而且他还说其实双脊冻得要命，你难道没看到它浑身上下都在打哆嗦吗？我相信杜大爷的生活经验比我要丰富得多，所以我就不跟他争辩。我更希望能早些到了公社兽医站，让双脊的病及时得到治疗，我其实是个善良的孩子。

我从路边拔了一把野草，编成一个草圈戴在头上。我看到杜大爷的秃头上汪着一层汗水，便把头上的草圈摘下来扔给他。杜大爷接了草圈戴在头上，说：“你这孩子，越来越懂事，年轻人，就应该这样。”杜大爷一句好话说得我心里暖洋洋的。我说：“大爷，您活像个老八路！”杜大爷叹息道：“人哪，可惜没有前后眼，要有前后眼，说什么我也要去当八路。”我问：“您为什么不去当八路呢？”

他说："说句不中听的话，那时候，谁也看不出八路能成气候。八路穿得不好，吃得也不好，武器更不好，就那么几条破大枪，枪栓都锈了，子弹也少，每人只有两粒火，打仗全靠手榴弹，手榴弹也是土造的，十颗里铁定有五颗是臭的。国军可就不一样了，一色的绿哔叽军装，美式汤姆枪，红头绿屁股子弹开着打，那枪，打到连发上，哇哇地叫，脆生生地，听着都养耳朵。手榴弹一色是小甜瓜形状，花瓣的，炸起来惊天动地，还有那些十轮大卡车才能拖动的榴弹大炮，一炮能打出五十里，落地就炸成一个湾，湾里的水瓦蓝，一眼望不到底。爷们，那时候不比现在，现在都打破头地抢着当兵，那时谁也不愿当兵。好男不当兵，好铁不打钉嘛。就是当兵，爷们，我也不去当八路，要当我也去当国军了。当国军神气，国军吃得好，穿得好，还能看到前途。八路，不是正头香主，爷们，说起来好像在撒谎，一直到了四七年咱们这块地方还不知道八路的头是谁，后来才听说八路的头是朱毛，后来又说朱毛是两个人，还是两口子，朱是男的，毛是女的。但那时谁都知道蒋介石，蒋委员长……"

我说："那你说说国军为什么被八路打败了？"

杜大爷说："依我看，八路的人能吃苦，国军的人不能吃苦。八路的人没有架子，大官小官都没架子，国军的人架子大，国军的大官架子倒不大，小官反倒架子大，官越小架子越大。俺家东厢房里住过国军一个少尉，连洗脚水都要勤务兵给端到炕前，但八路的团长还给俺家扫过院子。还有，八路的人不跟女人黏糊，我看他们不是不想，是不敢；国军的人就不一样了，见了漂亮娘们，当官的带头上。就这几条，国军非败不可。"

我说："你既然看出来国军必败，为什么还不去当八路？"

"那会儿谁能看出来？那会儿我要看出来肯定当了八路，"他说，“我要是当了八路，熬到现在，最次不济也是个公社书记，吃香的，喝辣的，屁股下坐着冒烟的。不过也很可能早就给炮子打死了。人的命，天注定，这辈子该吃哪碗饭，老天爷早就给你安排好了，胡思乱想是没有用处的。人不能跟天对抗，我是很知足的，比上不足，比下有余嘛！”

我们天上一句地下一句地胡扯着，一步一步、摇摇晃晃地往前挪动。我们说累了，就沉默。在沉默中我们昏昏欲睡。现在回想起来，那是一幅很有情调的画面：一轮艳阳当头照，沙石路在阳光下变成了金黄色，一个头戴草圈、斜背书包的老头子，迎着阳光眯着一大一小两只眼，肩膀上背着牛缰绳，抻着黑色的脖子，一步一探头地往前走着，像我后来看到过的在江上拉纤的船夫。在他的身后，是被缰绳拉得仰起来的牛脸。牛脸上有泪水还有苍蝇。再往后是弓起来的牛背，夹起的牛尾。牛蛋皮太难看，就不要画了。重点应该画画我。我很丑，我很丑却缺乏自知之明，喜欢扮鬼脸，做怪相，连我的姐姐都曾经质问我的母亲：娘，你说他怎么这样丑？简直是气死画匠，难描难画。母亲对姐姐的质问当然不高兴。母亲说狗养的狗亲，猫养的猫亲，你们不亲他，所以就觉得他丑。当然母亲生了气时也骂我丑。我趴到井台边上看自己的模样，确实有些问题。譬如说我嘴里生着一颗虎牙。姐姐说我锯齿獠牙。我一怒之下，找了一把铁锉，硬是一点点地将那颗牙锉平了。锉牙时整个牙床都是酸的，好像连脑子都给震荡了，但是为了美，我把那样长的一颗虎牙给锉平了。我把这事说给村里人听时，他们都不相信，以为我又在胡说。我留着那种头顶只有一撮毛的娃娃头，脸上是一片片铜钱大的白癣，那时候男孩子脸上爱长这种白癣，据说用酸杏擦能擦好，我们就去偷酸杏来擦，也没见谁擦好过。我斜背着一个蓝布包袱，穿一条大裤头子，脚上拖拉着一双大鞋，手里摇着一柄破芭蕉扇，有一下没一下地扇着牛的蛋皮。我们都不好看，人不是好人，牛也不是好牛。但我们很有特色。如果愿意，其实还可以画画路两边的树。路两边的树多半是杨树，杨树里夹杂着一些槐树。杨树上生了那种名叫“吊死鬼”的虫，它们扯着一根游丝在风里荡来荡去。路两边的麦子正在开花，似乎有那么点甜甜的香气。这幅图画固然很好，但我的肉体却很痛苦。我头痛，眼前有点发黑，口里是又干又苦，脚也很痛。但我的这点痛苦跟牛比起来肯定是不值一提。牛受的罪比天还高，比地还厚。它的头不痛是不可能的。我们多少还睡了一点觉，可它却一点觉都不能睡。现在我想起来，其实不让阉过的牛趴下是没有道理的。即便是一条没阉过蛋子的牛，让它四天四夜捞不到趴下，也是一桩酷刑，何况它身受酷刑，大量失血后，又伤口发炎。它的腿已经肿了，它血管子里的血也坏了，它那个像水罐一样的蛋皮里肯定积了一包脓血。与牛相比，我受的这点小罪的确是轻如鸿毛了。杜大爷难道就好受了吗？他也不好受。他是六十八岁的人了，那时候六十八岁的人就是高龄了，也就是说，杜大爷的大部分身体已经被黄土埋起来了。他嘴里的牙几乎全掉光了，只剩下两个特大的门牙，这两个长门牙给他的脸上增添了一些青春气象，因为这两个门牙使他像一只野兔，野兔无论多么老，总是活泼好动的，一活泼好动，就显得年轻。接下来发生了一件重要的事情，我在路上捡到了一把刀子。

那是一把三角形、带长柄的刀子。因为我曾经在生产队的苗圃里干过活，所以我一眼便看出那是一把嫁接果树使用的刀子。这种刀子很锋利，跟老董同志使用的阉牛刀在外形上有些相似之处。我捡起这把刀子后，就忘了头痛和脚痛，神使鬼差般地我就想把双脊那肿胀的蛋皮给豁了。我清清楚楚地看到，那里边全是脓血。我听到双脊也在哀求我：兄弟，好兄弟，给我个痛快的吧！我知道这事不能让杜大爷知道，让他知道了我的计划肯定不能实现。借着一个小上坡，我捏紧刀子，心不软，手不颤，瞄了个准，一闭眼，对着那东西，狠命地一戳。我抽刀子的动作很快，但还是溅了一手。

杜大爷惊喜无比，说："罗汉，你他妈的真是个天才！你这一刀，牛轻松了，我也轻松了。你要早来这么一刀，双脊没准早就好了，根本不用到公社去……太好了……太好了……我见了老董同志一定让他把你留下当学徒，我的眼色是没有错的，我看准了的人没有错的……"

杜大爷折了一根树枝，转到牛后，将树枝戳到牛的蛋皮里搅着。牛似乎很痛苦，想抬起后腿蹬人。但它仅有蹬人的意念，没有蹬人的力气了。它的后腿抬了抬就放下了。它只能用浑身的哆嗦表示它的痛苦。杜大爷真诚地说："牛啊牛，你忍着点吧，这是为了你好……"蛋囊里的脏物哗哗地往外流，先是白的、黄的，最后流出了红的。杜大爷扔掉树枝，说："好了，这一下保证好了！"

我们拉着它继续赶路。它走得果然快了一些。杜大爷从槐树上扯下了一根树枝，树枝上带着一些嫩叶，递到它的嘴边，它竟然用嘴唇触了触，有点想吃的意思。尽管它没吃，但还是让我们感到很兴奋。杜大爷说："好了，认草就好了，到了公社，打上一针，不出三天，又是一条活蹦乱跳的牛了。"

太阳发红时，我们已经望到了公社大院里那棵高大的白杨树。我兴奋地说："快了，快要到了。"

杜大爷说："望山跑死马，望树跑死牛，起码还有五里路。不过，这比我原来想得快多了，该说什么说什么，多亏了你小子那一刀，不过，如果没有我那一根树枝也不行。"

我们越往前走，太阳越发红。路边那个棉花加工厂里的工人已经下班，一对对的青年男女穿着色彩鲜明的衣服在路上散步。他们身上散发着好闻极了的肥皂气味。那些漂亮女人身上，除了肥皂气味之外，还有一种甜丝丝香喷喷的气味。

杜大爷对着我眨眨眼，低声说："罗汉，闻到大闺女味了没有？"

我说："闻到了。"

他说："年轻人，好好闯吧，将来弄这样一个娘们做老婆。"

我说："我这辈子不要老婆。"

杜大爷说："你这是叫花子咬牙发穷恨！不要老婆？除非把你阉了！"

我们正议论着，一对男女在路边停下来。那个一脸粉刺、头发卷曲的男青年问："老头，你们这是干啥去？"

杜大爷说："到兽医站去。"

男青年问："这牛怎么啦？"

杜大爷说："割了蛋子了。"

男青年说："割蛋子，为什么要割它的蛋子？"

杜大爷说："它想好事。"

男青年问："想好事？想啥好事？"

杜大爷说："你想啥好事它就想啥好事！"

男青年急了，说："老头，你怎么把我比成牛呢？"

杜大爷说："为什么不能把你比成牛？天地生万物，人畜是一理嘛！"

女青年红着脸说："毛，快走吧！"

女青年细眉单眼，头很大，脸也很大，脸很白，牙也很白。我不由自主地想看她。男青年跑到牛后，弯着腰，看双脊那个地方。

“我的个天，”男青年一惊一乍地说，“你们真够残忍的，小郭小郭你看看他们有多么残忍！”

男青年招呼那女青年。女青年恼怒地一甩辫子，往前走了。男青年急忙去追女青年。我的脖子跟着女青年转过去。我看到男青年将一只胳膊搭在女青年肩上，奇怪的是女青年竟然让他把胳膊搭在肩上。

杜大爷说：“转回头吧，看也是白看。”

我回过头，感到有点不好意思。

杜大爷说：“才刚还说这辈子不要老婆呢，见了大闺女眼睛像钩子似的！”

我说：“我看那个男的呢！”

“别辩了，大爷我也是从年轻时熬过来的。”杜大爷说，“这个大闺女，像刚出锅的白馒头，暄腾腾的，好东西，真是好东西呀！”

公社的高音喇叭播放国际歌时，我们终于赶到了兽医站。那时候公社的高音喇叭晚上七点开始广播，开始广播时先播“东方红”，播完了“东方红”就预告节目，预告完了节目是新闻联播，播完了国家新闻就播当地新闻，播完了当地新闻就播样板戏，播完了样板戏就播天气预报，播完了天气预报就播“国际歌”，播完了“国际歌”就说“贫下中农同志们，今天的节目全部播送完了，再会”，这时候就是晚上九点半，连一分钟都不差。我们在兽医站前刚刚站定，播音员就与我们“再会”了。杜大爷说：“九点半了。”

我打了一个哈欠说：“在家时播完‘国际歌’我就睡了觉了。”

杜大爷说：“今天可不能睡了，咱得赶快找老董同志给双脊打上针，打上针心里就踏实了。”

兽医站铁门紧闭，从门缝里望进去，能看到院子里竖着一个高大的木架子，似乎还有一口井，井边的空地上，生长着一些蓬松的植物。一只狗对着我们叫着，屋子里黑糊糊的，什么也看不见。

我问：“大爷，咱到哪里去找老董同志呢？”

杜大爷说：“老董同志肯定在屋里。”

我说：“屋里没点灯。”

杜大爷说：“没点灯就是睡觉了。”

我说：“人家睡觉了咱怎么办？”

杜大爷说：“咱这牛算急病号，敲门就是。”

我说：“万一把人家敲火了怎么办？”

杜大爷说：“顾不了那么多了，再说了，老董同志吃了双脊的蛋子，理应该给双脊打针。”

我们敲响了铁门。起初我们不敢用力敲，那铁门的动静实在是太大了，铿铿锵锵的，像放炮一样。我们敲了一下，那条狗就冲到门口，隔着铁门，往我们身上扑，一边扑一边狂叫。但屋子里毫无动静。我们的胆壮了，使劲敲，发出的声音当然更大，那条狗像疯了似的，一下下地扑到铁门上，狗爪子把门搔得嚓嚓响，但屋子里还是没有动静。杜大爷说：“算了吧，就是个聋子，也该醒了。”

我说：“那就是老董同志不在。”

杜大爷说：“这些吃工资的人跟我们庄户人不一样，人家是八小时工作制，下了班就是下了班。”

我说：“这太不公平了，咱们辛辛苦苦种粮食给他们吃，他们就这样对待我们？不是说为人民服务吗？”

“你是人民吗？我是人民吗？你我都是草木之人，草木之人按说连人都不算，怎么能算人民呢？”杜大爷长叹一声，“我们好说，可就苦了双脊了！双脊啊双脊，去年你舒坦了，今年就要受罪，像大小鲁西，去年没舒坦，今年遭的罪就小得多。老天爷最公道，谁也别想光占便宜不吃亏。”

我看看黑暗中的双脊，看不到它的表情，只能听到它的粗浊的喘息。

杜大爷打着打火机，围着双脊转了一圈，特别认真地弯腰看了看它的双腿之间。打火机烫了他的手，他嘶了一声，把打火机晃灭。我的面前立即变得漆黑。天上的星斗格外灿烂起来。杜大爷说：“我看它那儿的肿有点消了，如果它实在想趴下，就让它趴下吧。”

我说：“太对了，大爷，好不好也不在趴下不趴下上，大小鲁西不也趴过一夜吗？不是照样好了吗？”

杜大爷说：“你说得有点道理，它趴下，咱爷俩也好好睡一觉。”

杜大爷一声未了，双脊便像一堵朽墙，瘫倒在地上。

九

黎明时，我被杜大爷一巴掌拍醒。我迷迷糊糊地问：“大爷，天亮了吗？”杜大爷说：“罗汉，毁了炉了……我们的牛死了……”听说牛死了，睡意全消，我的心中既感到害怕又感到兴奋。从铁门边上一跃而起，我就到了牛身边。这天早晨大雾弥漫，虽是黎明时分，但比深更半夜还要黑。我伸手摸摸牛，感到它的皮冰凉。我推了它一下，它还是冰凉。我不相信牛死了，我说：“大爷，您怎么能看到牛死了呢？”大爷说：“死了，肯定死了。”我说：“你把打火机借给我用用，我看看是不是真死了。”杜大爷将打火机递给我，说：“真死了，真死了……”我不听他那套，点燃打火机，举起来一照，看到牛已经平躺在地上，四条腿抻得笔直，好像四根炮管子。它的一只眼黑白分明地盯着我，把我吓了一跳。我赶紧捂灭打火机，陷入黑暗与迷雾之中。

“怎么办？大爷，你说咱们怎么办？”我问。杜大爷说：“我也不知道怎么办，等着吧！”“等什么？”“等天亮吧！”“天亮了怎么办？”“该怎么办就怎么办，反正是死了，顶多让我们给它抵命！”杜大爷激昂地说。我说：“大爷啊，我还小，我不想死……”杜大爷说：“放心吧，抵命也是我去，轮不到你！”我说：“杜大爷您真是好样的！”杜大爷说：“闭住你的嘴，别烦我了！”

我们坐在兽医站门口，背倚着冰凉的铁门，灰白的雾像棉絮似的从我们面前飘过去。天气又潮又冷，我将身体缩成一团，牙齿得得地打战。我努力克制自己不去看死牛，但我的眼睛却忍不住地往那里斜。其实那里也是浓雾弥漫，牛的尸体隐藏在雾里，就像我们的身体隐藏在雾里一样。但我的鼻子还是闻到了从死牛身上发出来的气息。这气息是一种并不难闻的冷冰冰的腐臭气息。像去年冬天我从公社饭店门前路过时闻到的气息一模一样。

雾没散，天还很黑，但公社广播站的高音喇叭猛然响了，放“东方红”。我们知道已经是早晨六点钟。喇叭很快放完了“东方红”。喇叭放完了“东方红”东方并没有红，太阳也没有升起。但很快东方就白了。雾也变淡了些。我站起来活动了一下腿脚。杜大爷背靠着铁门，浑身哆嗦，哆嗦得很厉害，哆嗦得铁门都哆嗦。我问：“大爷，您是不是病了？”他说：“没病，我只是感到身上冷，连骨头缝里都冷。”我立刻想起奶奶说过的话，她说，人只要感到骨头缝里发冷就隔着阴曹地府不远了。我刚想把奶奶说过的话向杜大爷转述，杜大爷已经哆哆嗦嗦地站了起来。

我尾随着杜大爷，绕着死牛转了一圈。我们现在已经能够清清楚楚地看见它了。它死时无声无息，我和杜大爷都没听到它发出过什么动静。它可以说是默默地离开了人世。它侧着躺在地上，牛的一生中，除了站着，就是卧着，采取这样大大咧咧的姿势，大概只有死时。它就这样很舒展也很舒服地躺在地上，身体显得比它活着时大了许多。从它躺在地上的样子看，它完全是一头大牛了，而且它还不算瘦。

杜大爷说："罗汉，我在这里看着，你回家向你麻叔报信去吧。"

我说："我不愿去。"

杜大爷说："你年轻，腿快，你不去，难道还要我这个老头子去吗？"

我说："您说得对，我去。"

我把那个包饼子的蓝包袱捆在腰里，跑上了回村之路。

我刚跑到棉花加工厂大门口就碰到了麻叔。麻叔骑着一辆自行车，身体板得像纸壳人一样。他骑车的技术很不熟练，我隔着老远就认出了他，一认出他我就大声喊叫，一听到我喊叫他就开始计划下车，但一直等车子越过了我十几米他才下来，而且是很不光彩地连人带车倒在地上后从车下钻出来的。我跑过去，沉痛地说："麻叔，咱们的牛死了……"麻叔正用双腿夹着车前轮，校正车把。我认出了这辆车子是村里那位著名的大龄男青年郭好胜的车子，因为他的车子上缠满了花花绿绿的塑料纸。郭好胜爱护车子像爱护眼睛一样，能把他的车子借来真是比天还要大的面子。郭好胜要是看到麻叔把他的自行车压在地上，非心疼得蹦高不可。我说："麻叔……"麻叔说："罗汉，你要是敢对郭好胜说我把他的车子压倒过，我就打烂你的嘴。"

我说："麻叔，咱们的牛死了……"麻叔兴奋地说："你说什么？"我说："牛死了，双脊死了……"麻叔激动地搓着手说："真死了？我估计着也该死了，我来就是为了这……走，看看去，我用车子驮着你。"麻叔左脚踩着脚踏子，右脚蹬地，一下一下地，费了很大的劲将车子加了速，然后，很火暴地蹦上去，他的全身都用着力气，才将自行车稳住，他在车上喊着我："罗汉，快跑，蹦上来！"我追上自行车，手抓住后货架子，猛地往上一蹦，麻叔的身体顿时在车上歪起来，他嘴里大叫着："不好不好……"然后就把自行车骑到沟里去了。麻叔的脑袋撞在一块烂砖上碰出了一个渗血的大包。我的肚子挤到货架子上，痛得差点截了气。麻叔爬起来，不顾他自己当然更不顾我，急忙将郭好胜的车子拖起来，扛到路上，认真地查看。车把上、车座上都沾了泥，他脱下小褂子将泥擦了。然后他就支起车子，蹲下，用手摇脚踏子，脚踏子碰歪了，摇不动了。麻叔满面忧愁地说："坏了，这一下坏了醋了……"我说："麻叔咱们队的牛死了……"麻叔恼怒地说："死了正好吃牛肉，你咕哝什么？生产队里的牛要全死了，我们的日子倒他妈的好过了！"我知道我的话不合时宜，但麻叔对牛的冷漠态度让我大吃了一惊。早知生产队的当家人对队里的牛是这个态度，我们何必没日没夜地遛它们？我们何必吃这么大的苦把它牵到公社？我们更不必因为它的死而心中忐忑不安。但双脊的死还是让我心中难过，这一方面说明我这人善良，另一方面说明我对牛有感情。

麻叔坐在地上，让我在他对面将车子扶住，然后他双手抓住脚踏子，双脚蹬住大梁，下死劲往外拽。拽了一会儿，他松开一只手，用另一只手，摇动脚踏子，后轮转起来了，收效很大。他高兴地说："基本上拽出来了！再拽拽！"于是他让我扶住车子，他继续往外拽。又拽了一会儿，他累了，喘着气说：“他妈的，倒霉，早晨出门就碰到一只野兔子，知道今日没什么好运气！”我说：“您是干部，还讲迷信？”他说：“我算哪家子干部？”他瞪我一眼，推着车往前走，啐了几口唾沫，回头对我说：“你要敢对郭好胜说，我就豁了你的嘴！”“保证不说，”我问，“麻叔，牛怎么办？”他微微一笑，道：“怎么办？好办，拉回去，剥皮，分肉！”

临近兽医站时，他又叮嘱我：“你给我紧闭住嘴，无论谁问你什么，你都不要说话！”

“要我装哑巴吗？”

麻叔：“对了，就要你装哑巴！”

十

麻叔一到兽医站门口，支起车子，满脸红锈，好似生铁，围着牛转了一圈，然后声色俱厉地说：“好啊！老杜，让你们给牛来治病，你们倒好，把它给治死了！”

杜大爷哭丧着脸说：“队长，自从这牛阉了，我和罗汉受得就不是人罪，它要死，我们也没有办法！”

我说：“我们四天四夜没睡觉了。”

麻叔说：“你给我闭嘴！你再敢插嘴看我敢不敢用大耳刮子扇你！”

麻叔问杜大爷：“兽医站的人怎么个说法？”

杜大爷道：“直到现在还没看到兽医站个人影子呢！”

“你们是死人吗？”麻叔道，“为什么不喊他们？”

杜大爷说：“我们把大铁门都快敲烂了！你要不信问罗汉。”

我紧紧地闭着嘴，生怕话从嘴里冒出来。

麻叔卷好一支烟，伸出舌头舔了一下烟纸，啐出舌头上的烟末，顺便骂了一句："狗日的！"

杜大爷说："队长，要杀要砍随你，但是你不能骂我，我转眼就是七十岁的人了。"

麻叔道："我骂你了吗？真是的，我骂牛！"

杜大爷说："你骂牛可以，但你不能骂我。"

麻叔看看杜大爷，将手里那根卷好的烟扔过去。

杜大爷慌忙接住，自己掏出火机点燃。他蹲下抽烟，身体缩得好像一只受了惊吓的刺猬。

这时广播停了，雾基本散尽，太阳也升起来了。太阳一出头，我们眼前顿时明亮了。公社驻地的繁华景象展现在我们面前。兽医站对面，隔着一条石条铺成的街道就是公社革委会的大院子。大门口的两个砖垛子上，挂着两个长条的大牌子，都是白底红字，一个是革命委员会的，一个是公社党委的。迎着大门是一堵长方形的墙，墙上画着一轮红日，一片绿浪，还有一艘白色的大船，船头翘得很高。红日的旁边，写着一行歪三扭四的大字：大海航行靠舵手。公社大门左边，是供销社，右边是饭店。饭店右边是粮管所；供销社左边是邮局。我们背后是兽医站；兽医站左边是屠宰组；兽医站右边是武装部。全公社的党政机关、商业部门都在这一团团，我们的牛几乎就躺在公社的正中心。我感到那些机关的大门口一个个都阴森森的，好像要把我们吞了，这种感觉很强烈，但麻叔已经不许我说话，我只能把我的感觉藏在自己心里。

石条街上的人很快就多起来。机关食堂的烟囱里冒出白烟，很快就有香气放出来。这些气味中最强烈的、最迷人的就是炸油条的香气。我仿佛看到了金黄的油条在油锅里翻滚的情景。我随即想起，杜大爷的大闺女女婿不是在公社食堂里当大师傅吗？如果杜大爷进去找他，肯定可以吃他个肚子圆。杜大爷可能因为死牛的事把这门亲戚给忘了。他还有个四闺女女婿在屠宰组里杀猪，杜大爷要进去找他，肯定也能吃个肚儿圆。杜大爷把这门亲戚也给忘了。更重要的是，杜大爷的女婿们很可能把我和麻叔也请进去，让我们跟着他们的老丈人沾光吃个肚儿圆。我看着杜大爷，用焦急的眼神提醒他。但杜大爷的眼睛眯着，好像什么也看不见。话就在我嘴边，随时都可能破唇而出。这时麻叔说话了："老杜，你没去看看你那两个贵婿？"

杜大爷说："看什么？他们都是公家人，去了影响他们的工作。"

麻叔道："皇帝老子还有两门穷亲戚呢！去看看吧，正是开饭的时候。"

杜大爷说："饿死不吃讨来的饭。"

麻叔道："老杜，我知道你那点小心眼，你不就是怕我跟罗汉沾了你的光吗？我们不去，我们不会去的！"

杜大爷咧着嘴，好像要哭，憋了半天才说："队长，您这是欺负老实人！"

"跟你开个玩笑，你还当了真了！"麻叔别别扭扭地笑着说，突然他又严肃地说，"老董同志来了！"

老董同志骑着自行车从石头街上上蹿下跳地来了。他骑得很快，好像看到了我们似的。他在牛前跳下车，大声说："老管，是你？"他看我和杜大爷，又说："是你们？"然后他就站在牛前，说："这是怎么搞的？"

老董同志蹲下，扒着牛眼看看，蹲着向后挪了几步，端详着牛的蛋皮，好像看不清楚似的，他摘下眼镜，放到裤子上擦擦，戴上，更仔细地看，他的鼻尖几乎要触到牛的那皮上了。他伸出一根手指戳戳那儿，叹了一口气。他站起来，又把眼镜摘下来擦擦，眼睛使劲挤着，一脸痛苦表情。他说："你们，为什么不早来？"

麻叔说："我们昨天晚上就来了！敲门把手都敲破了！"

老董同志压低了声音说："老管，如果有人问，希望你们说我抢救了一夜，终因病情严重不治而死！"

麻叔说："您这是让我们撒谎！"

老董同志说："帮帮忙吧！"

麻叔低声对我们说："听清楚了没有？照老董同志吩咐的说！"

老董同志说："多谢了，我这就给你们去开死亡证明。"

十一

麻叔叮嘱杜大爷看好牛，当然更忘记不了叮嘱杜大爷看好郭好胜的自行车，千千万万，牛丢不了，活牛没人要，死牛拉不走，自行车可是很容易被偷、甚至被抢，这种事多得很。然后他拉着我，拿着老董同志给我们开好的牛死亡证明，走进了公社大院。

这是我第一次走进公社大院，大道两边的冬青树、一排排的红瓦高房、高房前的白杨树、红砖墙上的大字标语，等等，这些东西一齐刺激我，折磨我，让我感到激动，同时还感到胆怯。我感到自己像个小偷，像个特务，心里怦怦乱跳，眼睛禁不住地东张西望。麻叔低声说："低下头走路，不要东张西望！"

麻叔问了一个骄傲地扫着地的人，打听主管牛的孙主任的办公室。刚才老董同志对我们说过，全公社的所有的牛的生老病死都归这位孙主任管。我心中暗暗感叹孙主任的权大无边。全公社的牛总有一千头吧？排起来将是一根漫长的大队，散开来能走满一条大街。这么多牛都归一个人管，真是牛得要死。当时我就想，这辈子如果能让我管半个公社的牛我就心满意足了。

我小心翼翼地跟在麻叔身后，进了孙主任的办公室。一个胖大的秃头男子——不用问就是孙主任——正在用一根火柴棒剔牙，用左手。他的右手的中指和食指缝里夹着一根香烟。我知道那是丰收烟，因为桌子上还放着一盒打开了的丰收烟。丰收烟是干部烟，一般老百姓是买不到的。丰收烟的气味当然很好，那支丰收烟快要烧到他的手指了，我盼望他把烟头扔掉，但我知道他把烟头扔掉今天我也不能捡了，如果我捡了，麻叔非把我的屁股踢烂不可。我还是有毅力的，关键时刻还是能够克制自己的。麻叔弯了一下腰，恭敬地问："您就是孙主任吧？"

那人哼了一声，算是回答。

麻叔马上就把老董同志开给我们的死亡证明递上去，说："我们队里一头牛死了……"

孙主任接过证明，扫了一眼，问："哪个村的？"

麻叔说："太平村的。"

孙主任问："什么病？"

麻叔说："老董同志说是急性传染病。"

孙主任哼了一声，把那张证明重新举到眼前看看，说："你们怎么搞的？不知道牛是生产资料吗？"

麻叔说："知道知道，牛是社会主义的生产资料，牛是贫下中农的命根子！"

孙主任说："知道还让它得传染病？"

麻叔说："我们错了，我们回去一定把饲养室全面消毒，改正错误，保证今后不发生这种让阶级敌人高兴让贫下中农难过的事……"

"饲养员是什么成分？"

"贫农，上溯八辈子都是讨饭的！"

孙主任又哼了一声，从衣袋里拔出水笔，往那张证明上写字。他的笔里没有水了，写不出字。他甩了一下笔，还是写不出字。他又甩了一下笔，还是写不出字。他站起来，从窗台上拿过墨水瓶，吹吹瓶上的灰，拧开瓶盖子，把水笔插进去吸水。水笔吸水时，他漫不经心地问："你们的牛在哪里？"

麻叔没有回答。

我以为麻叔没听到孙主任的问话，就抢着替他回答了："我们的牛在公社兽医站大门外。"

孙主任皱了一下粗短的眉，把墨水瓶连同水笔往外一推，说："传染病，这可马虎不得，走，看看去！"

麻叔说："孙主任，不麻烦您了，我们马上拉回去！"

孙主任严厉地说："你这是什么话？革命工作，必须认真！走！"

孙主任锁门时，麻叔狠狠地看了我一眼。

我们的牛前围着一大堆看热闹的人。孙主任拨开人靠了前。他扒开牛眼看看，又翻开牛唇看看，最后他看了看牛蛋子。他直起腰，拍拍手，好像要把手上的脏东西拍掉似的。围观的人们都聚精会神地看着他，好像病人家属期待着医生给自己的亲人下结论。孙主任突然发了火："看着我干什么？你们，围在这里看什么？一头死牛有什么好看的？走开，该干什么干什么去，这头牛得的是急性瘟疫，你们难道不怕传染？"

众人一听说是瘟疫，立即便散去了。

孙主任大声喊："老董！"

老董同志哈着腰跑过来，站在孙主任面前，垂手肃立，鞠了一个躬，说："孙主任，您有啥吩咐？"

孙主任挥了一下手，很不高兴地说："既然是急性传染病，为什么还放在这里？来来往往的人，不怕传染吗？同志，你们太马虎了，这病一旦扩散，那会给人民公社带来多大的损失？经济损失还可以弥补，而政治影响是无法弥补的，你懂不懂？！"

老董同志用双手摸着裤子说："我们麻痹大意，我检讨，我检讨……"

孙主任说："别光嘴上检讨了，重要的是要有行动，赶快把死牛抬到屠宰组去，你们去解剖，取样化验，然后让屠宰组高温消毒，熬成肥料！"

麻叔急了，抢到牛前，说："孙主任，我们这牛不是传染病，我们这牛是阉死的！"

我看到老董同志的长条脸唰地就变成了白色。

麻叔指着我和杜大爷说："您要不相信，可以问他们。"

孙主任看看老董同志，问："这是怎么回事？"

老董同志结结巴巴地说："是这么回事，这牛确实是刚阉了，但它感染了一种急性病毒……"

孙主任挥挥手，说："赶快隔离，赶快解剖，赶快化验，赶快消毒！"

麻叔道："孙主任，求求您了，让我们把它拉回去吧……"

孙主任大怒："拉回去干什么？你想让你们大队的牛都感染病毒吗？你想让全公社的牛都死掉吗？你叫什么名字？什么阶级出身？"

麻叔麻脸干黄，嘴唇哆嗦，但发不出声音。

十二

我们的牛死后第三天，也就是1970年5月1日，公社驻地发生了一个惊人的大事件：三百多人食物中毒，这些人的共同症状是：发烧，呕吐，拉肚子。中毒的人基本上是公社干部、吃国库粮的职工和这些人的家属。这件事先是惊动了县革委，随即又惊动了省革委，据说还惊动了中央。县医院的医生坐着救护车来了，省里的医生坐着火车来了，中央没来医生，但派来了一架直升飞机，送来了急需的药品。小小的公社医院盛不下这么多病人，于是就让中学放假，把课桌拼成病床，把教室当成了病房。正好解放军6037部队在我们这块地方拉练，部队的医生也全力以赴地投入了抢救。据病人说，解放军的医生水平真高，那些打针的小女兵，扎静脉一扎一个准，从来不用第二下。而我们公社医院那些医生扎静脉，扎一针，不回血，再扎一针，还不回血，一针一针扎下去，非把病人扎得一手血，自己急出一头汗，才能瞎猫碰上个死耗子。

当时可没想到是食物中毒，自打盘古开天地，三皇五帝到如今，我们那儿还没听说食物还能中毒。公社革委往县革委报告时就说是阶级敌人在井水里投了毒，或是在面粉里投了毒。县革委往省革委大概也是这样报告的。所以这事一开始时弄得非常紧张、十分神秘。领导们的主要精力一是放在破案上，二是放在救人上。据分析，下毒的人，一可能是台湾国民党派遣来的特务，二可能是暗藏的阶级敌人。马上就有人向临时组成的指挥部报告，说夜里看到了三颗红色信号弹，还有的人发现了敌人扔掉的电台。指挥部的人都是从县里和其他公社临时调来的，我们公社的领导全都中了毒，而且病情都很严重。于是大喇叭里不停地广播，让各村的贫下中农提高警惕，防止阶级敌人的破坏活动。各个村就把所有的“四类分子”关到一起看守起来，连大小便都有武装民兵跟随。同时各村都开始清查排队，让“四类分子”交代罪行，打得这些冤鬼血肉横飞，叫苦连天。解放军也积极配合，封锁了公社驻地，每条路口，都有英俊威武的战士持枪站岗，夜里还有摩托兵巡逻。有一次他们巡逻到我们村后，可让我们这些土包子开了眼界。大家谁也没看到过能跑这样快的东西。先是看到一溜灯光从西边来了，还没看清楚呢，震耳的摩托声就到了耳边，刚想仔细看看，还没来得及呢，人家已经窜没了影。真是一道电光，绝尘而去。

折腾了几天，既没抓到特务，也没挖出暗藏的阶级敌人。大多数的病人也病愈出院。县卫生防疫部门在省卫生防疫部门的指导下，终于找到了使三百多人中毒的食物，这食物就是我们的双脊。他们说我们双脊的肉和内脏里含着一种沙门菌，这种菌在三千度的高温下还活蹦乱跳，放到锅里煮，煮三年也煮不死它。

找到沙门菌后，阶级斗争就变成了责任事故。公社革委沙门菌中毒事件调查组的两个干部到我们村里来调查，把我、杜大爷、麻叔全都叫到大队部里，一个问，一个拿着笔记录。我是杀死也不开口，问急了我就咧开大嘴装哭。杜大爷也颠三倒四地装糊涂。于是一切就由着麻叔说。麻叔先是说老董同志给双脊做手术时故意地切断了一根大血管，又说他拖延着不给双脊打针，他和公社孙主任早有预谋，想把我们的双脊搞死，搞死我们的双脊，他们好吃牛肉，过“五一”。谁知道老天爷开了眼，麻叔说。

调查的人回去怎么样汇报的我们不知道，但这件大事最后的处理结果我们知道。

最后，所有的责任都由杜大爷的四女婿——公社屠宰组组长宋五轮承担，是他不听孙主任的话，把有毒的牛肉卖给了公社的各级领导和机关的各位职工，导致了这次沉痛的事件。尽管宋五轮本人也因为食牛肉中毒，而且是重症患者，但还是受到了撤销组长职务、留党察看一年的处分。

在战无不胜的毛泽东思想的光辉照耀下，在人民解放军的无私帮助下，在省、地、县、公社各级革委的正确领导下，在全体医务人员的共同努力下，三百零八个中毒者，只死了一个人（死于心脏病），这是无产阶级文化大革命的伟大胜利。这事要是发生在万恶的旧社会，三百零八个人，只怕一个也活不了。我们虽然死了一个人，其实等于一个也没死，他是因为心脏病发作而死。

发心脏病而死的那个人就是杜大爷在公社食堂做饭的大闺女女婿张五奎。

我们村里的人都说他是吃牛肉撑死的。

——《东海》，1998年第6期

我们的七叔

我们磕罢头从七叔的坟墓前站起来。一股美丽的小旋风从地下冒出，在坟墓前俏皮地旋转着。大家都定睛看着小旋风，心里边神神鬼鬼。前来帮忙主祭的王大爷将一杯水酒倒在小旋风中间，说：七哥，你还有什么事放心不下？如果你还有什么事要交代，就给七嫂子托个梦吧。七婶急忙跪倒，哀号着：老头子，老头子，你死得冤枉呀……在七婶的带动下，她的儿子媳妇也跟着跪倒，咧着大嘴嚎哭，但都是干嚎，光打雷不下雨。七叔的那个尖嘴猴腮、很有些黄鼠狼模样的儿媳，趁着人们不注意，悄悄地往脸上抹唾沫，制造泪流满面的假象。他们的行为把我心里那点悲壮的感情消解得干干净净。父亲对我说过，这帮小家伙，在七叔生前就密谋分裂；尽管七叔请小学校的驼背朱老师用拳头大小的字恭录了毛泽东视查南方的著名讲话贴在墙上警示他们，但就像毛泽东制止不了林彪搞分裂搞阴谋诡计一样，七叔也制止不了儿子们的分裂活动。他一死，就像倒了大树，小猢狲们就等着分家散伙了。他们要我帮他们替父申冤是假，想借机捞点钱是真。面对着这样一些家伙，我还瞎起什么劲呢？

每一次提起笔想写点纪念七叔的文章，都起因于我在梦中见到了他。这些梦像有情有节的电视连续剧一样，已经延缓了好几年。我并不是每夜都能梦到他。就像一个清茶朋友似的，每隔一段时间，他便不约而至。这些梦有声有色，十分逼真。梦醒之后，反倒脑袋发木，迷迷糊糊。醒时反似在梦中。现在我好似坐在桌前写字，又怎知不是在梦中呢？当然，这基本上是对庄周的拙劣摹仿，明眼人一看便知但也不必较真就是。

我抱着女儿去七叔家串门。女儿咿呀学语，满头都是奶腥味（她现在已是高中一年级的学生，这说明下面所写，如果不是我的梦境，就是我对过去生活的回忆）。老远就听到院子里乒乒啪啪地响，进院看到，七叔正在修理驴车。车已经散了架，像一堆劈柴，两个车轱辘也扭曲成天津大麻花的形状。七叔，你忙啥呢？我问。七叔抬起头，眯着眼，好像不认识似的看了我们好久，然后苦笑着说：修车。我想：这车怎么会破成这个样子呢？我问：这是咋弄的呢？七叔叹息道：运气不好，撞上了马书记的汽车。我俯下身去，看到车的碎片上，沾着一些黏稠的黑血，还有一些花白的毛发。我问：七叔，这些毛发是你的吗？七叔道：当然是我的，难道不是我的，还能是驴的不成？我用食指和拇指捏起一根又硬又长的刚毛，问七叔：这是啥？七叔怒道：这是驴尾巴毛！他停顿了一下，猛地提高了嗓门，像跟人吵架似的大喊：难道这不是驴毛，还能是我的头发吗？如果我能生长出这样又黑又粗又长的头发，马书记的汽车还敢撞我吗？他怒气冲冲，抡起斧头，将木片砍得像弹片横飞。我说：亲爱的七叔，您哪里是修车？分明是劈柴嘛！七叔用手搔着后脑勺子，嘿嘿嘿嘿地笑了。这时，一群翠绿的苍蝇在七叔周围嗡嗡嘤嘤地飞舞着，好像一片绿云。我猜想它们很可能想落到那些黑血上聚餐，但由于七叔不停顿地挥舞着那柄亮晶晶的板斧，它们怕伤了翅膀，不敢下落。七叔光着脊梁，裸露出棕色的肌肤。他有些瘦，但瘦得很结实，双臂上的肌肉一点也没有萎缩，说发达也是可以的。他穿着一条肥大的笨腰裤子。这种裤子几十年前就被淘汰了。这种裤子就是当年与小推车一样为解放全中国立过战功的裤子。“山东民工两件宝，肥腿裤子破棉袄。”七叔十四岁时就出常备夫，披着一件长过膝盖的破棉袄，穿着一条肥腿裤子，腰带上还装模作样地别着一根旱烟袋。陈毅元帅说淮海战役的胜利是山东人民用小推车推出来的。七叔说，光靠小车不行，急了眼还得靠裤子。嚓，把裤子褪下；嘎嘎，将裤腿双扎；哗哗哗，倒进去一百五十斤粮食，小米或是大米；再用腰带将裤腰扎了口往脖子上一架；双手搂着被粮食撑得饱硬的裤腿，腿肚子一挺，站直了腰；喊着口号光着腚，跟着连长冲下河。粮食是啥？粮食是威力无穷的弹药，弹药是无穷无尽的粮食。知道这话是谁说的吗？许司令！我们民夫连指导员教导我们：“丢了裤裆里的鸡巴蛋，也不许丢了脖子上的军粮袋。”不靠裤子光靠小车怎么能行。靠近主战场时，路上除了稀泥就是弹坑，小车寸步难行。怎么办？脱裤子卸车，把袋子里的粮食倒到裤子里。裤子得劲。许司令说肥腿裤子是中国人民的第五大发明，是专为战争设计的。裤子运粮得劲呀，要歇口气抽袋烟时，人往地上一跪，头一低，从裤裆里退出来。装满粮食的裤子像半截汉子一样立在地上。歇完了，说声要走，低头钻进裤裆，双手按地，憋一口气，呼的一声就站起来了。用袋子，哪里去找这样的便利？七叔对陈毅元帅的说法很有意见，他认为应该把裤子和小车相提并论。他是个不识字的农民，认死理儿，犟劲得很，希望同志们不要怪罪于他，更不要给他上纲上线。不过你要给他上纲上线我估计他也不会害怕。这人十四岁就在枪林弹雨里穿行，那么多子弹，像飞蝗一样，竟然没有射中他的一根毫毛。其实我这七叔胆子并不大，按我父亲的说法他就是缺心眼儿，活一百八十岁，也是个愣头青。人家说：管老七，这里有口井，井里有毒蛇，你敢跳下去吗？他拧着脖子跟人家吵：你咋知道我不敢跳下去？那人说：我就知道你不敢跳下去。那人还在啰嗦呢，我们的七叔已经在井里高叫着骂人了：操你妈，快拽俺上去，井里面有蛤蟆！七叔天不怕地不怕，但害怕蛤蟆，更害怕青蛙。有一次，仇人把一只肥大的青蛙塞进他的破棉袄里，穿袄时青蛙蹦出来，他怪叫一声，往后便倒，人们掐他的人中、扎他的虎口、往他的鼻孔里塞烟末，折腾了半点钟，才把他弄醒。在我们乡里，管老七天不怕地不怕有名；管老七怕青蛙也有名。我们回过头来接着讲小车和裤子的问题。另外这一段好像很长了，为了让你们阅读方便，我们就分个段吧。

我曾经多次批评过七叔：我说七叔，您怎么这么犟劲呢？说淮海战役是山东人民用小车推出来的，就已经是很高的荣耀了，你难道还要陈元帅说淮海战役的胜利是山东人民用裤子打出来的？像话吗？七叔梗着脖子跟我犟：你们共产党不是最讲实事求是吗？明明是裤子也立有战功，而且战功比小车还大，为什么只提小车，不提裤子？这事儿我至死也不宾服！我说：好七叔您听我说，陈元帅那句话，是一种夸张的文学语言，他老人家在参加革命之前，是一个青年小说家，曾经在报刊上发表过好几篇小说，参加革命后，还是隔三差五地写一些诗词，解放后还跟伟大领袖毛主席通信讨论诗歌作法呢！七叔打断我的话，瞪着眼说：还有这等事儿？我怎么不知道呢？那时候我给许司令当勤务员，三天两头地去野司送信，跟陈司令熟得很，我怎么没看到陈司令写诗呢？我说：行了，七叔，您就别吹了。您不是去出常备夫吗？怎么又成了许司令的勤务员了呢？七叔悲伤地垂下头，说：贤侄，连你都不相信我，我真难过……我不愿让他伤心，便说：七叔，我基本上还是相信你的，我看过你的功劳牌子，那总是真的嘛。七叔的眼圈顿时红了，他伸出坚硬的大手，紧紧地抓着我的手摇晃着，说：到底是读过书的，到底是读过书的……你等着我，贤侄，千万别走。他松开我的手，弓着佝偻的腰，匆匆往屋里跑去，跑到门口时又特意回头叮嘱：千万别走哇！他的目光是那样的感人至深，又是那样的可怜，尽管我知道接下来的节目是什么，但我实在是不愿伤了七叔的心，他毕竟也是六十多岁的人了。好，请看下一段。

我知道七叔进屋去干什么，你们也猜到了他进屋去干什么。我透过他家的窗户看到他跳到炕上，翘起脚来，伸手从梁头上摸下了那个我非常熟悉的牛皮挎包，挎包里装着一枚淮海战役纪念章。这是七叔的命根子，任何人不许动。我那些堂弟为了探索挎包中的秘密，都挨过七叔的老拳。文化大革命前，每逢国家的重大节日，七叔就自动休假。他的行为在我们农村，那是十分地不合时宜。自从盘古开天地，三皇五帝到如今，农民没有休假的。我爷爷说，老七呀，你老人家就不要给咱老管家丢人败坏了。爷爷的话，七叔听也不听。他穿上那套土黄色的棉军装，斜背上牛皮挎包，将淮海战役纪念章别在左胸前，昂首挺胸，专拣人多的地方去。人们见他来了，便故意地说：这是从哪里来了个大干部呀？看那派头，最不济也是个县长。七叔走上前去，鄙视地说：狗眼看人低，县长算什么？我的战友，最没出息的也是地区的专员了。从此，人们送七叔一个外号：“管专员”。这个外号让七叔十分得意，逢人便说，管专员管专员，我管着专员，起码该是个副省长了。他对我说过许多次：贤侄，咱这个姓真是妙极了，无论上级封咱个啥官，都要大一级，封咱县长咱管着县长，封咱省长咱管着省长。我说：七叔，可惜上级啥也不封咱。七叔道：不封咱咱也不怕，最次不济咱也是个社员吧？管社员，管社员的起码也是个生产队长嘛！他还悄悄地对我说：贤侄，人是衣服马是鞍，此话丁点儿也不假。我穿上这套衣裳，立马就不一样，连你爷爷这个老顽固都对我另眼相看了，你知不知道他叫我什么？他叫我“老人家”。呵呵，连我的亲大爷都要叫我“老人家”，你说有趣不有趣？我说有趣有趣真有趣。七叔只有一套棉军衣，但国家的重大节日却是四季都有，为了光荣和信仰，七叔不得不忍受着肉体的痛苦。“六一”、“七一”和“八一”，这三个光荣的节日，在我这种觉悟不高、没有远大理想和崇高信仰的家伙眼里，简直就是七叔的受难日。他头戴着那种我们在电影里经常看到的、有两扇耳朵的棉军帽，上身棉袄，下身棉裤，都是又肥又大、鼓鼓囊囊，脚上是一双笨重的高腰翻毛牛皮靴子。我们光背赤脚、只穿一条裤头都浑身冒汗，他老人家又黑又瘦的长条脸上竟然没有一滴汗珠。问他热不热，他惊讶地反问我们：怎么？你们热？我怎么不觉得热？我觉得凉快得很哪！就冲着这一点，我们就不得不佩服他。

七叔是个奇人、怪人，所谓奇人、怪人，就是非同寻常、有过人之处的人。他第一次盛装游村，身后紧跟着一大群看热闹的孩子，大人们也感到新奇。面对着这样一个人，众人的心情其实很复杂、不是能用一句两句话说清楚的。人们奚落他、取笑他、讽刺他、挖苦他、甚至辱骂他，但看到他那包裹在棉衣里竟然滴水不出的瘦而不弱的身体，一种严肃的思想，就暗暗地生长起来了。另外，除了每逢国家例假日他不干农活之外，其余的时间里，他勤勤恳恳、任劳任怨、爱社如家、大公无私、一不怕苦、二不怕死，是一个非常优秀、非常杰出的人民公社社员，这一点赢得了老少爷们的尊敬，也赢得了村干部、包括村党支部书记的理解。据说，七叔第一次公然旷工、游村夸功时，引起了全村震动。群众议论纷纷。干部们连夜开会，研究解决问题的办法。幸好假日一过，七叔立即恢复正常，好像什么事也没发生过一样。渐渐地，人们就把七叔的行为当成了一种周期性发作的神圣疾病，无人再去笑他骂他，也没人再去跟他攀比。每逢国家例假日，管老七就可以不干活，爱谁谁，都没脾气。在那些神圣的日子里，我们的七叔就像印度国的牛一样，享受着特殊的优待。

我的堂弟、七叔的大儿子、名叫解放的那个赖皮家伙，错以为他爹享受的特殊待遇是因为那套军装和那枚淮海战役纪念章。在一个国家例假日的黎明前的黑暗里，偷偷地他将七叔的全套行头抱到高粱地里，人模狗样地穿戴起来，等到太阳升起，便学着七叔的样子，上大街游行漫步。眼睛雪亮的人民群众立即发现光荣的军棉衣里藏着虚假的内容，这家伙顿时成了过街老鼠，被人人喊打。他见事不好，撒腿就往家跑。愤怒的群众，手持农具，像追赶盗贼一样，奋力追打。如果不是这家伙跑得快，那一天很可能就是他逝世的日子。堂弟的行为让七叔恼了大火，他提着一把斧头，死追不舍。一边追赶一边声嘶力竭地高喊：立住，你个邱清泉！立住，你个杜聿明！堂弟急中生智，钻进我家，跪在我爷爷面前，哭叫着：大爷爷，救命吧，俺爹要杀我。这时，七叔追了进来。他的瘦脸，仿佛刚从炉子里提出来的铁，双眼沁血，活似疯狗——请原谅七叔——他举起斧头，对准解放的后脑勺子毫不做作地下了家伙。我爷爷当时正好在院子里铲鸡屎，手里持一张铁锹——也是堂弟命不该绝——爷爷情急智生，举起铁锹挡住了堂弟的脑袋。只听得当啷一声巨响，斧头正砍在锹头上。爷爷虎口麻木，铁锹落地。细看时钢板的锹头竟被七叔的利斧砍开了一个大豁口。堂弟怪叫一声，三魂丢了两魂半，打了一个滚，瘫在地上，宛如一摊稀屎。爷爷目瞪口呆，面色灰白，怔了好久，才说：老七，你还动真格的了？七叔瞪着眼说：你以为我是跟你们闹着玩吗？革命不是请客吃饭，不是大闺女绣花！爷爷说：好好好，七爷，您厉害，我怕您，行了吧？爷爷转身要走，堂弟见事不好，上前搂住爷爷的腿，求道：大爷爷，您要放手不管，孙子我可就没了命了……爷爷恼怒地说：滚开！你是他的儿子，他是你的爹，爹要杀儿子，与我有什么关系？七叔对爷爷说：大伯，欢迎您终于站到了人民的立场上。爷爷被他气得哭笑不得，他却笑嘻嘻地把儿子押走了，好像抓了一个俘虏。

我永远忘不了七叔手举着利斧追赶盗穿了他的光荣军服的无赖儿子的情景。毫不夸张地说那情景有点惊心动魄。请诸位朋友跟着我想一想吧：在一个六月的清晨，一轮红日初升，照耀着村中铺满黄土的大道和站立在土墙上啼鸣的红毛公鸡，村民们手捧着粗瓷大碗站在街边吃饭——这是我们那儿的习惯——就看到一个土黄色的鼓鼓囊囊的大物，腿脚麻乱地往前滚动着，嘴里发出狗转节子般的怪叫声：救命哇……救命哇……七癫要杀人啦……在他身后十几米处，七叔穿着一条辨不清颜色的大裤衩子，身上裸露的肌肤像黑色的胶皮，看上去很有弹性。他高举着那柄亮晶晶的小板斧，气喘吁吁地吼叫着：抓抓抓……抓反革命呀……抓反革命……七叔到底是上了年纪，虽有雷电火花的意识，恨不能变成一束激光，恨不能变成一粒子弹，但衰老的肉体不给他争气。他的腿抬得很高，步子迈得很大，但前进的速度不快。他那样子有点像电影里经常出现的“慢镜头”，既古怪又滑稽，让路边的乡亲们无所措手足，不知是该帮他截住儿子，还是该帮他儿子截住他；让路边的乡亲无所措嘴脸，不知是该哭还是该笑。那些从高粱地里手持农具把他儿子轰赶出来的早起的乡亲们，自从七叔接班追赶以后，便自动退出了热烈的行列，变成了清冷的旁观。事关集体的事情变成了七叔的家务事。七叔和他的儿子在家乡清晨的漫长大街上追逐着，他们的脚踢起一团团黄色的尘土，他们惊得鸡飞狗跳墙，这是一件正在进行中的图谋杀人的事件，人们盼望着它的结局。我知道大多数人盼望着七叔把他儿子的脑袋砍下来，那样将会给死水一潭的农村生活增添很多乐趣，将会给捧着大碗在路边吃饭的无聊乡亲制造一个生气蓬勃的话题，这个话题将在村里被议论三十年，经过三十年的添油加醋、夸张渲染，进入历史的事件将与真实的事件产生很大的距离，你们信不信，你们不信，反正我信。

我也永远忘不了七叔押着他的儿子走在大街上的情景。正与我的父亲经常说的一样，“虎毒不食亲儿”，七叔押着儿子返回时，他的鼻尖距离儿子的后脑勺只有半米光景，正是挥斧砍杀的最佳距离，七叔只要一挥手，便可以让儿子的脑袋开瓢或是滚落尘埃。但七叔不动手。他的儿子每走两步便回一次头，可怜巴巴地说：爹，俺错了，俺错了还不行吗？七叔严肃地说：好好走，不要调皮！但我估计堂弟胆寒得很，他那后脑勺子上一定凉气森森，所以他还是不间断地回头认错。他那酷似七叔的瘦长的小脸上，布满了汗水和灰尘。我这堂弟其实是个坏得不得了的家伙。他狡猾多疑，自私自利，又馋又懒，给他一块糖，他就可以毫不犹豫地出卖自己的亲爹。如果高兴，我可能在后边多给你们讲一点他的事。

事过多年后，回头想想，必须承认，那天早晨，街上看热闹的大多数人，包括我在内，都殷切地盼望着七叔在押送解放还家的归途中，抡起斧头，让解放的脑浆溅落尘埃。七叔冷笑道：我的心，像大玻璃镜子一样，明光光一尘不染，你们心里想的啥我全都知道，但你们不懂我军的俘虏政策。解放不投降，我可以消灭他；解放投降了，就是我们的俘虏。杀俘虏，那是要犯严重错误的！你懂不懂？人可不能好了疮疤忘了痛，你七叔我，当年就是被解放军俘虏的。解放军优待俘虏，大馒头、大白菜炖大豆腐，热气腾腾，管够。指导员说：弟兄们，放开肚皮吃，吃饱了，想回家的发给路费，不想回家的，就留下跟我们干。奶奶的，只有傻瓜才回家。回家干什么？回家连地瓜干子都没得吃，这里大馒头管够。我问：七叔，您不是许司令的勤务员吗？怎么又成了俘虏兵了呢？七叔红了脸，恼羞成怒，道：你爱信不信。我告诉你那是战争年代！战争年代，风云变幻，像狗脸一样，说翻就翻！战争，懂不懂？美国造黄铜壳大炮弹，明光耀眼，小牛犊似的，从天空里打着滚落下来，轰隆一声巨响，一家伙就炸出个大湾，十几米深，湾里水瓦蓝。战争，枪林弹雨，白刀子进去，红刀子出来，说死就死，不是好玩的。

我把话头扯得太远了点，对不起你们。前边说到七叔跳到炕上去拿他的牛皮挎包，那是他的宝贝。现在，他双手捧着宝贝站在我的面前。我的怀里，抱着不满周岁的女儿。我猜想那个挎包年轻时，必是油光闪闪，温良如玉，呈现着鲜明的棕红色。但现在它像七叔一样老了。它颜色发黑，失去了光泽，铜件上生着斑斑绿锈。七叔蹲在我的面前，打开挎包，拿出一个红布包儿。红布因年代久远，颜色发黑。七叔神色郑重，解布包时手指微微颤抖。我虽然知道包里有什么，但还是被他制造的庄严气氛感染，不由得肃然起了敬意。那枚镀铜褪尽的淮海战役纪念章终于又一次呈现在我的眼前当然也呈现我女儿的眼前。与现在的富丽堂皇的豪华纪念章相比，七叔的宝贝实在是太寒酸了。说句难听的话，那简直就是一块破铜烂铁，扔在大街上也没人去捡。但这东西在七叔的心目中，神圣无比。

我们学校曾经排演过一出戏，戏里有一个解放军的功臣还乡报杀父之仇，负责导演又兼主演的常老师在我的陪同下，到七叔家去借他那套著名的服装当然也包括那枚光荣的纪念章。常老师说明了来意，并反复强调了我们排演这出戏对于教育农民的重要意义。常老师说：

老管同志，我们伟大的领袖毛主席他老人家教导我们说，“重要的问题是教育农民”，这您是应该知道的。七叔满面赤红，好像要哭出来的样子。他说：常老师，我把老婆借给你们行不行？常老师愣了一会儿，随即满脸通红，表现出十分的尴尬。后来，在村党支部书记的干预下，七叔不得不把他的宝贝借给了我们学生剧团，但他老人家也就成了我们的义务道具员，我们到哪里去演出，他就跟到哪里。那时我们有饱满的革命激情，为了宣传毛泽东思想，不怕寒冷和疲劳，像日本鬼子拉网一样，不放过高密东北乡每一个村庄。那时候我们是上午学习，下午就往晚上演出的村庄进发。七叔白天要参加生产队的劳动，晚上还不能耽误了我们的演出，耽误了演出那就是个政治态度问题，随便给他扣上一顶帽子就够他受的。因为他的小气，我们宣传队都对他有意见。宣传队的队长就是那个跟我一起去向他借服装的常老师，当时他用那么难听的话顶了人家，让人家下不了台，你想想吧，还会有他的好果子吃吗？我们宣传队长说：管老七，借用你的服装，是革命的需要，支部书记也说了话的；既然你不放心，非要自己跟着，我们也拿你没办法，但是，你听明白，如果你耽误了我们演出，你就是破坏宣传毛泽东思想，破坏宣传毛泽东思想就是彻头彻尾的反革命，你听明白了吗？七叔满不在乎地说：听明白了，队长同志，您就把心放在肚皮里吧。想当年俺冒着枪林弹雨往前沿阵地给解放军送炮弹，那活儿，跟这活儿，比较起来，这活儿，就好比是张飞吃豆芽——小菜一盘。宣传队长点点头，拖着长腔说：好哇！队长的话里，暗藏着杀机，连我这个缺心眼的都听得出来，七叔却兴冲冲地说：您就瞧好吧，队长。毕竟是一笔难写两个管字，我悄悄地对他说：七叔，小心点吧，队长要收拾你哪！他却笑嘻嘻地说：忠不忠看行动，我要用实际的行动告诉你们，重要的问题是教育老师，而不是教育农民。

说话多容易哇，嘴唇一碰，舌头一弯，十万八千里就出去了，可要走一里路，最少也要迈上五百步。高密东北乡土地辽阔，村与村之间相距最近也有八里路，远的有四十里。那时候条件差，别说汽车，连自行车也是罕有之物。我们村只有两辆自行车，一辆是支部书记的，另外一辆，是麻风病人方人美的。方人美没有自行车之前，人们害怕传染，都躲着他；但自从置上了自行车之后，他就吃了香。据方人美说，七叔为了赶场，曾去向他借自行车，还用大道理吓他，用大帽子压他。方人美眨着可怕的疤眼睛说：去你妈的管老七，宣传队有什么了不起？老子在疯人院治病时，也是毛泽东思想宣传队的，还是副队长呢！你吓唬谁呀！我们去县委礼堂演出，连县革命委员会主任毛森都去观看。看完了还上台讲话，讲完了话还挨个儿跟我们握手、照相，那真叫亲密无缝，连根针也插不进去。知道我们麻风院毛泽东思想宣传队的拿手好戏是哪一出吗？革命样板戏《沙家浜》。知道咱在戏里扮演啥角色吗？革命英雄郭建光。知道扮演阿庆嫂的是谁吗？俺的老婆黄春芳。我们也有恋爱的权利呀。七叔坚决否认他曾经去借过方人美的自行车。看把他烧包的吧，七叔说，人无志气，犹如树无皮。我宁愿爬着去，也不骑他的麻风车。老子要骑就骑高头大马，左挎牛皮包，右挎驳壳枪，牛皮的宽腰带拦腰一扎，手提缰绳，腿夹马腹，那是什么样的感觉！但战争年代早就过去了，马已经快要绝迹了。这种动物不但要吃草，而且还要吃料，生产队里哪里去弄草料喂它们？战争激烈的年代才是马的黄金岁月。现在生产队里只养着七头老牛，两匹瘦驴。瘦到啥程度？像皮影似的。七叔说，这驴，脊梁比刀还快，女人骑最好，坐上去，一颠，嚓，像切瓜一样，顺着缝儿就劈成了两半。其实，就连这样的驴，七叔也捞不到骑，他能自由支配的，只有自己的两条腿。

为了不耽误我们的演出，也为了他发下的高昂誓言，更为了保护他的宝物，在那个冬天里，七叔大大的辛苦。他撕下一条被单，把他的军棉衣、军棉帽、大皮靴精心包扎起来，那枚纪念章自然是揣在怀里。傍晚收工后，他扛着农具，往家飞跑，有时候跑得比骑着自行车的方人美还要快。一进家门，扔下农具，揭开锅盖，抓起一个烫手的地瓜，把大包袱往肩上一抡，不顾儿子们的吵闹，不顾圈里的猪饿得吱吱叫，不顾七婶的嘟哝，风风火火地蹿出家门，向我们演戏的村庄奔跑。七叔从来不说“奔跑”，他用的都是军事术语，“急行军”啦，“打攻击”啦，“强冲锋”啦，一张嘴就透着不凡。那一年他将近四十岁了，营养状况也不好，白天在生产队里熬了一天，晚上再来一次“急行军”，的确是够他一受。但这仅仅是我的担忧，七叔心里怎么想我不知道，反正他的嘴里从没说过草鸡话。幸好那解放军的英雄是在戏即将结尾时才出场，这样就给七叔留下了比较充裕的赶路时间。否则，即便他跑得比野兔还快，也要误了场。

前边我交待过，高密东北乡最边远的那个村庄离我们村有四十多里路，那个村庄很小，只有十几户人家，总人口不超过七十，村名却牛皮烘烘的叫做大屯。素有大屯不大，小屯不小的说法。其实我们去小屯演出时，大屯的人几乎全都去看了。大屯比小屯还要远七里路。我们都不愿再往这大屯跑一趟，可我们这该死的队长非要去。我心里明白，这老兄多半是为了修理我七叔才安排了去大屯的演出，并不是像他嘴里说的那样，什么宣传毛泽东思想不能留一点死角。他是队长、导演、主演，他的话就是圣旨，谁敢不听，他就给人扣大帽子。而且他还给我们许愿，说路程超过了四十里，就可以每人报销五毛钱。那时候五毛钱对我们这些小学生来说可不是一笔小钱，恰好能买一对大无畏牌干电池呢。那时我们只要有一只灯塔牌手电筒，再配上一副大无畏牌干电池，就是十足的神气了。晚上走夜路既壮自己的胆，又能勾搭上女同学与我们同行。我们班最美丽的女生名叫郭红花。后来她嫌此名太土，改成郭江青。粉碎“四人帮”后，她又嫌此名太臭，改成了郭安娜。关于这个美丽的女同学的事我们后边再说吧。

下边我偷空谈谈给手电筒对焦距的问题。一般人给手电筒对焦距是扭动前头的螺丝，我的发明是不但要扭动前头的螺丝，而且还要扭动灯泡，调整灯泡与灯锅之间的距离。多了这一招，我的手电筒射出的光束像利剑一样刺破黑暗，把同学们的手电筒全都给斩了。连我们老师那个三节电池的手电筒都给毙了。我这一辈子在人前很少出过什么风头，在玩手电筒方面，却是技压群芳，独领风骚。每逢我们的节目演完，摸黑往家走时，我的手电筒一开，就有一道雪亮的光柱刺破黑暗，那些女生们便跟在我身后，娇声娇气地夸我的手电筒：哇！真亮！哇！射得真远！而在我心中，夸我的手电筒也就是夸我了。那群女生中，自然有那位当时名叫郭江青的女生。她经常娇滴滴地大喊：管谟业呀，你等等我嘛！我那时满脑袋都是封建主义思想，对她这种娇声很不习惯，很反感，所以她越叫，我走得越快。那时我最怕女生对我表示特别的热情，哪个女生对我好，我就对她恶声恶气，但当这个女生对别的同学表示亲热时，我心里又很生气。可见我从小就不是个好同志。书归正传，尽管我是十分地想接着茬儿往下说郭江青的事。

我们吃过午饭就出发，紧着走慢着走，赶到大屯时，红日已经西沉了。下午刮着很大的西北风，没有八级也有七级。风从后边鼓动着我们，吹得我们腿轻脚快，一路小跑。日落之后，北风止了。这就是说七叔的来路上得不到西北风的助力，他今晚的赶场将是十分地困难哪！我们赶到大屯，首先去找村革委会主任。主任喝醉了，正在家中和老婆打架，闹得鸡飞狗叫。我们进入他家院子时，他的老婆正坐在院子里嚎啕大哭。她的鼻子破了，抹得满脸是血，好像刚从战场上抢救下来的重伤员。主任醉眼乜斜，左手叉腰，右手挥舞着，好像列宁在十月里讲演的样子：狗娘养的个王八蛋，你以为我还不敢揍你是不是？彻底的唯物主义者是无所畏惧的，老子今日就要对你实行无产阶级专政！我们队长上去跟他说晚上演出的事，他骂骂咧咧：演你妈个鸡巴蛋！我们队长说：熊主任，我们是大羊栏小学毛泽东思想宣传队！你竟敢骂我们演鸡巴蛋？！主任一愣，那酒立马就醒了：欢迎欢迎，我说我老婆哭个鸡巴蛋呢，这臭娘们，是属破车子的，三天不打，上房揭瓦；队长同志，您要有劲儿，就把她弄到炕上去修理修理。队长说：熊主任，我们给你谈正经事呢！主任道：俺听着呢！队长说：三件事，一，让四类分子去扎台子；二，准备一盏汽灯；三，安排一户老贫农，给我们煮锅地瓜吃。主任说，好说好说。一会儿工夫，台子搭好了。一会儿工夫，气灯点亮了。一会儿工夫，地瓜煮熟了。

我们围坐在老贫农家的锅灶前吃地瓜。地瓜煮得很烂，像熟透的柿子似的，烫嘴的一包蜜。这是我们下乡演出以来享受的最高礼遇。大屯人老实，听话，煮放浆的热地瓜给我们吃；小屯人不尿我们队长那一壶。队长让小屯革委会主任安排个堡垒户煮地瓜给我们吃，那混蛋却说：毛主席教导我们“要斗私批修”，你们吃生产队里的地瓜，正是私字当头的表现，一群私字当头的人，还鸡巴宣传队呢！弄得我们队长无言可对。我们吸吸溜溜地大吃地瓜，嘴巴子烫得发麻。老大娘说：孩子们，慢点吃，别烫着，吃了不够大娘再煮一锅。吃地瓜时，我就发现队长脸上时时浮起一丝奸笑，像样板戏中的参谋长刁德一似的。我马上就猜到了队长的奸笑是针对着七叔的，这个晚上够他老人家受的。我们大吃地瓜时，七叔正在被狂风刮得灰白的大道上，进行着他的急行军。他肚子里没食儿，又干了一天活，一定是眼冒金花，双腿酸软了吧？但这只是我的想象，究竟什么感觉，只有他自己知道。

吃罢地瓜，大家心满意足地抹抹嘴，有的还打着难听的饱嗝。我们像一群猫，围在老大娘热乎乎的锅台边不想离开。老大娘摸着郭江青的脑袋，一个劲儿夸奖：这闺女，像那画中人似的，真叫那个俊！把郭江青美得合不拢嘴。队长道：快快，别磨蹭了，抓紧时间化妆。于是大家就在老大娘家开始化妆。我这模样，只能演反面角色，不是匪兵甲，就是汉奸乙。这种角色，化妆容易，伸手到锅底，抹来两手灰，往脸上一搓，只剩下牙和眼白是白的，这就行了。整个化妆过程用不了三分钟。正面人物的化妆就要麻烦多了。譬如郭江青，她从来都是演正面人物的，她化妆要先上底色，用那种一管管的颜料，七调八调，把个小脸抹得花里胡哨，然后用墨笔把眼眉描得像柳叶似的。双眉之间，还用红颜色点上一个大大的圆点。化完妆后的她，真真是千娇百媚，如花似玉，小狐狸精似的。对于化好妆后的郭江青，我是既爱又怕，因为我们那里狐狸很多，有关狐狸精的传说比狐狸还要多，在深夜的舞台上，被雪亮的气灯光一耀，她又扭又唱，妖气横生，我闹不清她是人多一些，还是狐狸多一些。闲话少说，我们在队长的催促下，很快化好了妆，拿着简单的行头，就到了戏台后。三通锣鼓敲罢，戏就开场了。

我们几个匪兵弓着腰、端着枪——枪是木枪，涂了黑墨——在舞台上转了两圈，开枪射杀了老百姓几只母鸡——我们开枪时，有人在后台砸响了几粒火药纸，紧接着有人把几只道具鸡扔到舞台上。我特别希望能得到在后台砸火药纸的工作，但我们队长不答应——那所谓舞台，也就是平地上扔上了一点黄土，高出地面半米光景，台上铺上一领破席。台边上放两条板凳，坐着拉胡琴的和敲锣鼓的。台前竖一根高杆子，杆子上挂一盏汽灯。汽灯真是好东西，用一个石棉网作灯泡，下边有一个小气筒子往里打气。气越足越亮。那个亮，真叫亮，不是假亮。眼盯着汽灯看一分钟，回头往外看，那夜色就比墨汁还要黑。各位同志们，有一个问题我怎么想也想不明白：为什么从前的夜色是那样的黑呢？所谓黑得伸手不见十指是常有的事，而现在再也没有那么黑的夜色了，那么黑的夜色跑到哪里去了呢？

在舞台上转了两圈，基本上就没有我们什么事了。几个主要人物在台上咿咿呀呀地唱，一把胡琴吱吱呀呀地伴奏着。唱的是啥我也听不清。也许有人能听清，那是他们的事，与我没有关系。我与几个演匪兵的同学坐在所谓的后台的一条板凳上，冻得鼻流清涕，脚像猫咬似的。台上的把戏看了几十遍了，没什么好看的，唯一好看点的是郭江青的脸，但她时刻不忘面对观众，我们只能看到她的背。她的背没什么好看的，于是我就看舞台下的观众。在汽灯照亮的那个圈子里，零零落落地坐着几十个老乡。看了一会儿，那些上了年纪的扛着板凳先走了，台下只剩下十几个拖着鼻涕水的半大小子。半大小子不怕冷，不怕热，不怕苦，不怕死，是最具有革命精神的年龄。天太冷了，河里的冰嘎巴嘎巴地响，地面上结了一层白霜，我们穿着棉衣还冻得够呛，舞台上那些主角们穿着单衣，我估计她们的血都快凉透了。台下那些小家伙的嘴脸渐渐模糊起来，在雪亮的灯光下，我分明地发现他们的眉眼有些古怪，挤眉弄眼的他们很让我想起狐狸变成的小妖精。越看越觉得他们像妖精。怪不得他们不怕冷，原来他们是狐狸。狐狸的皮毛越到冬天越丰厚，它们怎么会冷呢？我想起七叔讲过的一个故事，七叔是很少讲故事的，但他不讲便罢，讲必精彩。

他说：旧社会有一个戏班子，住在一个鸡毛店里，正为没人请戏、寻不到饭辙发愁呢。突然，来了两个穿袍戴帽、时时务务的人，说家里有重大庆典，想请戏班子去演出，说着就拍出一摞大洋作定钱，把个戏班老板喜得差点昏过去。黄昏时，来了十几辆马拉轿车子，一条龙似的排在街上。赶车的都穿着狐皮领子大衣，十分的气派。那些拉车的马，一律枣红色，浑身没有一根杂毛，眼如铜铃，耳如削竹，胖得像蜡烛样。演员们匆匆把箱搬上车，人也跟着钻上去。他们还没受过这样的礼遇呢，坐在豪华的车上，都有点受宠若惊的意思。班主在车上还不忘给演员们做思想鼓动工作，他要大家把看家的本领都拿出来，争取唱红，把过年的钱挣足。演员们自然也是摩拳擦掌，恨不得立刻就登台表演。他们上车时已是红日西沉，走了一会儿，暮色渐渐深重。大家的心忽然揪起来。他们几乎同时发现，听不到马蹄声，也听不到车轮声，只有呼呼的风声。班主大着胆子掀开车帘，往外一瞅，叫了一声亲娘，脸色突变。他看到，轿车子正在空中飞翔。他还看到，在半轮黄月的辉映下，灰白的土地、银色的河流、萧条的树梢，都匆匆地往后退去。女演员们都吓得面无人色，浑身哆嗦；男演员也好不到哪里去。班主渐渐冷静下来，这就叫无事胆不能大，有事胆不能小。不知飞行了多远，感觉到车子渐渐地降落云头，终于落了地。都腿打着颤、心打着鼓、牙打着战，钻出了飞车。一看，好一派繁华景象。但见那高楼华屋鳞次栉比；大街坦荡，小巷曲折；家家门前还挂着大红灯笼，俨然是一片盛大庆典的模样。戏子们一下车，立即就有管事的人上来迎接。点头哈腰，彬彬有礼，好像君子国中人。把戏子们迎到屋里去，见室内一色的紫檀木雕花家具，墙上挂着名人字画，雅气逼人。刚刚落座，立即就有小丫环献上茶来，那茶水异香扑鼻，戏子们闻所未闻。一杯茶过，又有精美点心献上来，自然也不是寻常货色。点心用罢，又上大餐，那真是山珍海味，国色天香，戏子们别说吃，连见也没见过。用罢饭，管事人将戏班引到舞台边，并告诉说这是为家中的老太爷庆祝百岁诞辰，希望大家好好演，演完后老太爷必有重赏。再看那戏台，用一色的粗大杉木搭起，高大巍峨，俨然空中楼阁。只见那戏台周围，挂满了大红灯笼，虚无缥缈，宛若神仙境界。此时的演员们，其实已经忘记了恐惧，说他们沉浸在幸福当中也不是不可以。但那老奸巨猾的班主偏偏多事，他打头就要演关老爷的戏，并且要演员用有避邪作用的朱砂涂了大红的脸谱。三通锣鼓敲过，关老爷用袍袖遮着脸上了场。走到前台，一声叫板，声彻云霄，然后猛甩袍袖一亮相——老天爷，这一下子可不得了了！只听到台下一阵鬼哭狼嚎，所有的灯笼一齐熄灭，所有的美景全部消失，戏台也轰然坍塌，什么也没有了，只有黑，一团漆黑，黑得伸手不见五指。紧接着狂风大作，飞沙走石，刮得那些戏子叫哭连天。好不容易等到天明，才发现整个戏班子在一片乱葬岗子上打滚。七叔说：关老爷是啥？伏魔大帝！几个草狐狸精哪顶得住他老人家的镇压？

听罢七叔的故事，我对那个戏班子老板意见很大，这个人不够意思，就算我们是狐狸，可我们一片热忱把你们请来，好茶好饭伺候着，你们何必装神弄鬼地吓唬我们呢？我估计那帮演员也要抱怨他们的班主，瞎请什么关老爷呀，生生把一场好戏给搅了，否则人狐共乐，其乐融融，该是一幅多么美妙的图画！七叔说：瞧这傻孩子，竟然当真了！

想着狐狸们的故事，我们的戏渐渐逼近了尾声。队长就要上场了，可是七叔还不见踪影。我们的队长画了一张大红脸，红脸上两道剑眉，直插到鬓角里去。这是那个年代里最流行的英雄脸谱，二郎神也似，十分地威风可怕。天气干冷，寒气从大地深处上升。我们队长鼻子尖上挂着一滴清鼻涕，结成了冰凌。他老人家的鼻子毫无疑问是冻僵了，像一根通红的胡萝卜。他在后台上走来走去，不知道是心焦意乱呢还是冻得难以坐住，如果是后者，那么他就是要借不断的运动来活动筋骨，加快血液循环，增强肌体的御寒能力。前台上，胡琴吱吱扭扭地响着。拉胡琴的朱老师是个很严重的罗锅腰子，还是个很严重的近视眼。他那副白边眼镜的腿儿不知断过多少次了，用胶布横缠竖绑着。他是个老右派，划成右派前家里成分是富农。据说他还参加过国民党，还在国民党领导的三青团里当过训导员。这可是个像五香面儿一样滋味丰富的坏蛋，无论搞什么运动，都逃脱不了他。镇压反革命跑不了他，整风反右跑不了他，土地改革跑不了，四清运动跑不了他，他是真正的货真价实的老运动员。之所以在这么多次运动中没要了他的小命，就在于这个老东西会的手艺实在是太多了。他会拉京胡，板胡，二胡，不但能拉，还能制造乐器。他造了一把四根琴弦、双马尾弓子的胡琴，拉起来双声双调，一把琴发出了两把琴的声音，大大提高了劳动生产率，等于一个人干了两个人的活。他能吹长笛短笛，还能呜呜咽咽地在月下吹箫。后来流行用西洋乐器伴奏京剧，他拆了自家一个梧桐木风箱，刀砍斧剁，硬是自制了一把小提琴。这件事在高密东北乡引起不小的轰动，我七叔说那把小提琴的模样很像日本鬼子使用的歪把子机关枪。朱老师拉提琴也是无师自通。这老家伙毫无疑问是一个伟大的发明家，同时还是个能工巧匠。人们都说：老朱除了不会生小孩之外，什么都会。他拉起提琴来的样子，的确是奇形怪状，我无法用文字来描述，只能靠你们自己来想象。请想象吧：

一个永远腰弓成九十度、戴着横缠竖绑的千度近视眼镜、留着大背头、穿着对襟小棉袄的人，竟然在舞台上用自制的小提琴演奏革命样板戏，你说美妙不美妙。他除了音乐方面的天才外，还是个相当不错的书法家，行楷篆隶，无一不能。我们村家家门上贴的对联都是出自他的手笔。春节前几天，他在学校办公室里那副破乒乓球案桌上，泼墨挥毫，所有的词儿都是毛主席诗词。给人家新婚夫妇写对联他就写：天生一个仙人洞，无限风光在险峰。这词儿常常引起一些流氓分子的想入非非，但他们不敢把心里的流氓想法说出。我也是众流氓中的一个，去人家闹喜房时，找不到个办法发泄青春的热情，便站在人家洞房窗外，一遍一遍又一遍地高声朗读：天生一个仙人洞，无限风光在险峰。天生一个仙人洞，无限风光在险峰……闹得人家的老人莫名其妙，不胜厌烦：孩子们，别吵吵了，天都快要亮了，回家睡觉去吧。我们的朱老师还是个体育运动的积极参加者，别看他弓腰驼背，条件艰苦。他最喜欢的运动是打篮球，运球过人，带球上篮，矫健得像只豹子，而且投篮还是一等第一的准确。有人要问了：这怎么可能呢？一个罗锅腰子还能打篮球？并且还能打得很好？我说的你如果不信，你可以到我们村调查去。他还喜欢打乒乓球，那时我们国家正是乒乓热潮，每个学校都垒起土台子，乒乒乓乓打起来。我们学校那三个露天土台子就是朱老师领着我们垒起来的。没有砖头，我们就去扒无主的荒坟；没有钱买水泥抹台面，我们就去捡鸡屎卖钱。朱老师捡鸡屎是一绝，原因嘛我不说大家也能想象出来。同样的原因，朱老师发球具有十分的隐蔽性，谁也猜不到他发出的球是个什么旋法。县里的冠军与他比赛，被他打了个落花流水，气得那个小白脸儿小脸通红，连说：怪球怪球。我们都毫不怀疑地认为：如果朱老师不是右派，拿回个世界冠军也不是不可能的。

我们冻得要死，可朱老师却满头大汗。他拉琴的动作很大，像老木匠拉大锯似的。我们看到他头上冒着白色的水蒸气，腾腾的，好像一座小锅炉。我们羡慕他身上的热度，但都知道他不是常人，羡慕也没用。他老人家是音乐天才、体育天才，还是天生的抗寒种子。村里人私下议论：这家伙要不是右派，要不是弓腰，要不是近视，地球如何能盛得下他？只剩下最后的一个唱段了，朱老师开足马力拉着过门：里格龙里格龙里格龙龙……那熟悉又亲切的家乡戏的旋律在我的耳边回旋着，使我的心中泛起酸菜缸的气味，过去的岁月又历历在目……常队长倒背着手，像一只大狗熊似的在后台转圈子。我暗中猜测，他虽然念念不忘找个机会整治七叔，但真要误了场，破坏了这场戏，他也是吃不了兜着走。那个年头跟现在大不一样，没有亲身经过的说也不明白，亲身经过的不说也能明白。我知道这是废话，但还是要说，因为小说本质上就是废话的艺术。我们队长嘴里嘟哝着：管老七呀管老七，我把你这个管老七……那最后的一个唱段眼见着就要被郭江青唱完了，可七叔还是不见踪影。我心里念叨着：郭江青啊郭江青，你千万节约着点唱……但郭江青一点也不节约，不但不节约，她还偷工减料少唱了两句词儿。看来误场是笃定的，七叔注定要倒霉了。

正当我为七叔的命运担忧时，七叔赶来了。又是一个惊险的最后一分钟营救，这是说书人惯用的伎俩。踉踉跄跄的七叔、气喘吁吁的七叔、狼狈不堪的七叔一个兴奋的“狗抢屎”，扑倒在后台。我禁不住一声欢呼。据说我欢呼的声音比郭江青的唱腔还要高八度，这是后来的郭安娜告诉我的。我们的队长可顾不上欢呼，他急急忙忙地把那个衣包拽下来，从七叔的背上。他手忙脚乱地把那套光荣的棉军衣穿到身上，活像一个刚从冰窟窿里爬上来、见了衣服比见了娘还要亲的叫花子。他刚把衣服披上，还没来得及扣扣子呢，郭江青已经唱完了最后的唱段、扭动着水蛇腰下了台。我们的队长胡乱扣着扣子，没顾得上穿那双沉重的大头皮靴就上了革命的舞台去执行他的革命任务。这时候，我才有机会来照顾一下七叔。

我想把七叔拉起来。我拉他的手，他不动；我以为他已经牺牲了，急忙去摸他的头；他的头烫我的手，我才欣慰地知道他还活着。我大声叫道：七叔！七叔！七叔抬起头看看我，有气无力地问：孩子，没误场吧？我大声回答他：没误！七叔说：那就好……然后他就闭上了眼睛。我的心中顿时充满了悲壮的感情，热辣辣的泪水夺眶而出。你们不要以为我七叔说完这话就该牺牲了，没有那事；等我们队长从台上下来时，七叔已经站起来了；尽管他的身体有些晃荡，但他的精神却是十分的亢奋；就好像一个在最严酷的战斗中赢得了胜利的战士。就像后来七叔自己说的那样：这算什么，想当年我扛着一百斤小米一夜跑了一百里，放下小米就去抬伤兵。这算什么！我知道七叔是大驴鸟日磨眼硬充好汉，其实那晚上他就吐了血。

请允许我回头照应一下本文的开头部分吧，我的文章尽走斜路，恶习难改，实在是不好意思。七叔收拾好他的宝囊，回到院子当中，继续修理他的车。一边修车，一边接着刚才的话头往下说：……为什么光提小车不提裤子呢？这事不公道，我死了也不宾服……过涡河时，河面上结着半指厚的冰，指导员一声令下，一马当先，扛着一裤子小米，光着身体冲下河。我们发一声吼，扛着装满小米的裤子，紧跟着指导员下了河。河里那层薄冰啪啪地破了，冰茬子像刀刃一样割人。那河里的水真叫凉，没有比那涡河里的水更凉的东西了，我敢打赌。我们上了对岸，低头一看，腿上、肚皮上尽是血口子，让冰茬子割的。但这血口子并不是最难受的，最难受的是鸡巴蛋子，这俩兄弟都缩到小肚子里去了。那种痛法跟别的痛法不一样，大概可以叫做“牵肠挂肚”，痛过的不说也明白，没痛过的说了也不明白。指导员带着我们烤火，他很有经验，大声地命令我们：弟兄们，重点烤那儿，把它老人家烤出来再烤别处。我们最听指导员的话，都认真地烤那地方。指导员又喊了：离火远点，烤熟了可就孵不出小鸡来了。我们最听指导员的话，让那地方离火远了点。烤了老半天，才把它们烤下来。

七婶端着一盆猪食去喂圈里的猪，路过我们身边时，歪了一下头，顺便批评七叔道：你能不能说几句人话？一天到晚，胡诌八扯，真真烦死人也！七婶对我说：他就是能吹牛，说什么地区李专员与他睡过通腿，是生死之交，可让他去找找李专员，给跃进安排个工作，他杀死也不去。七叔把眼一瞪，怒冲冲地说：你妇道人家懂得什么？不到关键时刻呢，到了关键时刻我自然会去找他。其实我根本用不着亲自去，我花上八分钱寄封信去，李专员保准开着直升飞机来接我！七叔拍着肚皮上那块紫色的疤痕，道：你以为这是被狗咬的吗？这不是狗咬的，这是我背着李专员从碾庄往徐州爬，在地上磨的。李专员受了重伤，如果不是我把他从枪林弹雨里背下来，哪有他的今天？大侄子，你现在可明白了我和李专员的关系有多深了吧？我说：明白了，你们的关系比天还要高，比海还要深，从碾庄爬到徐州，少说也有二百里吧？硬是一点一点爬过来，容易吗？不容易，的的确确是不容易。没有比铁还要硬比钢还要强的意志是无论如何也做不到的。七叔感动地说：贤侄，在这个地球上，能够理解我的，也就是你一人了！

下面说说七叔的裤子。七叔的裤子就是前面说过的那种笨裤子。

七叔的笨裤子是青色的，裤腰却是白色的。他扎了一条红绸腰带，腰带头儿在两腿之间耷拉着。白裤腰从腰带处折叠下垂，好像养蜂人连缀在帽檐下的面纱。我们把这种现象叫做“裤子打伞”。七叔的腰带还余着尺把长，扯起来可以扭秧歌。这样一条崭新的红绸腰带怎么会扎在七叔陈旧灰暗的裤腰上？对此我疑虑重重，想问又不敢问。因为我们那儿只有死人才扎这样的红绸腰带。老人们经常叹息：该扎红腰带了！意思就是该死了。这跟那些老干部动不动就说该见马克思了是一样的。其实有一些老干部是见不到马克思的，他们应该去见斯大林。七叔挥动着锋利的小板斧，白布的裤腰和红绸的腰带随着身体的动作飘飘如翅。他哪里是在修车？分明是在劈柴。他的动作快捷得让我惊讶。算算他也是六十多岁的人了，从哪里得来这么多蛮力气，能把一柄板斧抡得如落花流水？这是货真价实的运斤如风，只见一片光影闪烁，习习生出寒气，只怕连水也泼不进去。古代的有名战将、真实的历史人物加上小说中的虚构人物，使斧出了名的，《隋唐演义》里有一个程咬金，《水浒传》里有一个急先锋索超，还有那个天杀星黑旋风李逵。好像《说岳全传》里那个侵略者金兀术也是使斧头的。他们都有些笨拙，都比较鲁莽，只知道用憨力气。能将一柄板斧施展得如流星追月、星驰电掣的，只有我这人称“七癫”的七叔了。当然，木匠鼻祖鲁班用斧的技术也不会错；那位用斧头帮人砍去鼻上白垩的楚人技术也相当高超；但比起我们的七叔，他们还差把火。我才刚还以为七叔是在那儿劈木头呢，定睛一看，才发现他在劈那些绿头苍蝇。这是一件举重就轻的绝技，不看不知道，一看吓一跳。只见那些苍蝇都被他从脊梁正中劈成了两半，分成两半的苍蝇身体各带着一半翅膀打着旋转落在我的面前。有一只苍蝇逃脱，像一粒耀眼的金星，蹿到比白杨树梢还要高的阳光里去。七叔笑眯眯地说：宝贝儿，你想逃吗？我怎么舍得让你逃了呢？我们活捉了王耀武，活捉了黄维、杜聿明，也绝不会放过你，你要是知趣呢，就给俺乖乖地下来，也许俺还能留你一条小命；如果你执迷不悟，那可就怪不得俺手黑了。那傻苍蝇不听七叔的警告，没了命地往上蹿，眼见着就要与灼目的阳光融为一体了。七叔道：贤侄，你作证，不是俺管老七不仁慈，实在是这家伙太顽固。想当年我们放走了李弥，已经丢了半辈子人，如果今日放走了它，我们如何向子孙后代交待？我点点头，表示十分地愿意为他作证。七叔就把手中的板斧猛地抛了上去。只见一道蓝色的光芒，像一条灵蛇，飕的一声，飞到天上去了。紧接着又是一道蓝光，无声无息地敛到七叔的手里，依然化为一柄板斧。我仰面朝天，等待着那只顽固不化的苍蝇。过了好一会儿，那只苍蝇才落下来。它一落地即分成了两半。我兴奋得发了狂，大声嚷叫着：七叔，你啥时练出了这手绝技？我读武侠小说，总以为那里边的描写是胡编乱造，今日看了您老人家的表演，才知道他们写的还远远不够呢！七叔笑道：这么点子小事竟然也让你吃惊？如果这点小活儿就把你惊成这样，那么，我用这把小板斧把美国佬的无人驾驶高空侦察机砍下来，你又会怎样呢？

这时，七婶提着一根擀面杖，努力抽打晒在当院铁丝上的那件庞大的棉衣。棉衣有五成新，领子和袖口处油腻腻的，被阳光一晒，散发出一股难闻的气味。七婶啪啪地抽打着棉衣，好像在借此发泄心中的仇恨，至于她恨的是谁，那我不知道。七婶每打一棍，七叔的脸就抽搐一下，仿佛挨打的不是他的棉衣，而是他的肉体。我听到七叔低声嘟哝着：看看吧，就这么一件可身的衣裳，她还不给我换上。我原以为七婶耳聋眼花，听不清七叔的话呢，没想到她全部听清了。她侧过头来，翻着白眼，露出两个白眼仁，撇着嘴说：老东西，临死你也不给活人们留点念想吗？反正披金挂银也是进炉子烧掉，这么件大棉袄，烧了多可惜？他们弟兄们争，我谁也不给，留着，万一落到沿街要饭吃的地步，这件大袄，冬天就是我的被子，夏天就是我的蓑衣。七叔不满地对我说，贤侄，你听到了没有？她为自己考虑得多么周到，可她就忍心让我只穿着一件破褂子走了人，那可是寒冬腊月、滴水成冰的季节。那件褂子上还沾着我的脑浆驴的血。七叔愤愤不平地咕哝着，脸上的表情既年轻又漂亮，好像一个十几岁的男孩子。他说了一阵，把板斧插到腰带里，斧柄朝下，斧头朝上，让雪亮的斧刃紧贴着肚皮，很是威武。他的双眼怔怔地望着我，弄得我心里毛虚虚的。我问：七叔，您有什么话尽管说吧，别这样看着我，我害怕。七叔歪了一下头，羞涩地笑了。他说：贤侄，我是多么想抽一支烟啊……我忍不住笑起来，我说：这还不好说嘛！我用左手揽住胖墩墩的女儿，右手从裤兜里掏出一盒不知真假的红中华和一个一次性的塑料壳气体打火机，递给他。

打火机的塑料壳上印着三个白字：黑蝴蝶。这是我工作的那个城市里最有名的夜总会的名字。每当华灯照亮城市时，那些嘴唇上涂着荧光口红，身穿黑色短裙的女郎，便像蝴蝶一样从四面八方飞来。在灯光昏暗的舞厅里，她们的嘴巴像日全食时的贝利珠一样光芒四射。

七叔用粗大的手指，小心翼翼地从华丽的烟盒里抽出一支烟，放到鼻下嗅着。他脸上的表情可以说是心醉神迷。七叔是个麻脸，麻得程度相当严重，连鼻子尖上、眼皮上都是疤点和肉豆，由此可知，当年他生的牛痘是多么样的密集；他的生活，又是多么样的缺少照料。记得我生牛痘时，母亲怕我搔痒留下疤痕，用布带子把我的双手捆住。有娘的孩子和没娘的孩子就是不一样。七叔是我爷爷的弟弟的孩子。七叔的父母在他很小时就死了。他与他的几个弟妹是跟着我的爷爷奶奶长大成人的。“文革”初期，七叔还没倒霉的时候，为了要跟土改时被划为地主成分的我爷爷划清界限，他曾经上台控诉我爷爷和我奶奶的罪行。七叔说他们兄妹在老地主家里当牛做马，吃不饱穿不暖，遭受着严重的剥削，过着水深火热的日子。亲情是虚伪的外衣，而阶级的压迫才是问题的实质。七叔如果光揭发也就罢了，他千不该万不该在揭发批判结束时，分别在我爷爷和我奶奶的屁股上踹了一脚。当时，我爷爷和我奶奶正弯腰九十度，七叔从后边一踹，把二老全部踹得前额着地。奶奶的额头比较脆弱，当场就血流满面。爷爷的额头比较坚固，也鼓起了一个大包。奶奶当场就放声大哭，爷爷则破口大骂：七啊七，你昧着良心说话，忘恩负义，不得好死……“文革”过后，七叔前来解释，说那是演苦肉计给人看的，请求原谅，但爷爷奶奶至死也没原谅他。奶奶只要见了他，就挥舞着手中的拐杖，高声大骂：麻子七，麻子七，你的良心让狗给吃了，老天爷迟早会惩罚你……

七叔笨拙地点着烟，一憋气就吸了半支。然后就有两股烟柱从他的鼻孔里喷出来。吸完烟，他的脸上洋溢着心满意足的神情。他的步伐有点踉跄，分明是吸烟吸醉了。他伸出两只粗糙的大手，要接我怀中的女儿去抱，但我的女儿哇哇大哭，使劲将脑袋往我的怀里扎。七婶道：看你丑得这副鬼样子，别吓着孩子。七叔搔着头，尴尬地笑了。我突然发现，七叔脸上的笑容竟然像一层油彩似的，慢慢地流淌下去，现出了一张血污狰狞的面孔。七叔仰面朝天跌倒在地。一缕黑血，从他的脑门上，像毛毛虫一样爬出来……

我大叫一声：七叔！

冷汗从我身上汩汩而下。

一张电报纸飘飘然落在我的手里，好像一只不祥的黑蝴蝶。电报纸向我报告了七叔遭遇车祸的消息。

冒着鹅毛大雪，我匆匆赶回老家。季节是寒冬腊月，田野一片雪白。头顶上有一群乌鸦像一团乌云伴随着我。在村头上，我与七叔相遇。他用双手掩着血肉模糊的脸，悲悲切切地说：贤侄，我知道你今天回来，特意来迎接你。我问：到底是怎么搞的？七叔说：这是命中注定的，迟早脱不了这一劫。你还记得不？“文革”时我踢过你爷爷和你奶奶的屁股，伤了天理，这是老天爷惩罚我呢。我说：我们是比较彻底的唯物主义者，不讲这套唯心主义的东西。

我气昂昂地往前走去，地面上的积雪被我的脚踩得吱吱叫，好像突遭惊吓的猿猴发出的声音。七叔在我的面前，轻飘飘地往后倒退着。他那双赛过熊掌的大脚，竟然落地无声，并且不留一点痕迹。

他说：贤侄，我来迎你，是想告诉你一个秘密。我有一张面额二百元的存折，藏在猪圈墙的第七道砖缝里。你偷偷地告诉你七婶吧，千万别让那些小杂种知道。

我说：七叔你就放心吧。

很快，我看到七叔躺在院子正中的一领苇席上，苇席的边缘上补着两个补丁，这领席显然是从炕上揭下来的。他的身旁，躺着那头与他同遭不幸的毛驴。一见到我，七婶就哇哇地哭起来。七婶哭着说：你七叔死得冤枉啊……再过七天就要过年了，你七叔没吃上过年的饺子就走了呀……

我看着七叔青色的脸，心里酸酸的，很是不好受。

与七叔同路驱车去县城卖大白菜的王老五，亲眼目睹了七叔遭祸的情景。他站在七叔的尸体边，手舞足蹈地给我讲述着。王老五也是个大麻子，七叔给解放军往前线扛炮弹时，老五正在黄维兵团里当兵。据他自己说他当的可不是一般的兵。他当的是机枪手。那年他被生产队里的黑牛顶伤了腰，从整劳力的行列里暂时退下来，与我们这些半拉子劳力一起给棉花喷药。他弓着腰对我们吹牛：龙困浅滩遭虾戏，虎落平阳遭犬欺！想俺王老五，当年手提一挺机关枪，往围子墙上这么一站，对着那些攻城的八路，嘟嘟嘟，一梭子打出去，那些八路像麦个子一样，横七竖八倒了一地。不是俺老五吹牛，死在俺手下的八路，没有一千，也有八百！“文革”一起，老五为这次吹牛付出了沉重的代价。我们把他吊在村头那棵大榆树上，清算他杀死千儿八百八路军的滔天罪行。藤条棍棒像雨点似的落在他的身上，打得他叫苦连天，告饶不迭：老少爷们，饶了我吧……我是吹牛呢……我在黄维兵团里当了三个月伙夫就开了小差……连枪都没摸过呀……我往家跑时，碰上了七麻子的担架队，我还给他们带了二百里路呢……不信你们问七麻子去……

我们村的领导吩咐我去把七叔叫来。七叔一来就破口大骂：老五，你这个反革命，满口喷粪，我什么时候碰到过你？你是反革命，老子是革命反，咱们是两股道上跑的车，走的不是一条路！七叔骂着，挤到树前，对准老五的肚皮捣了一拳：王八蛋，我让你胡说八道！这一拳捣得老五怪叫一声，仿佛从嘴里吐出一个蛤蟆。

七叔用拳头表示了他的革命立场，他跟我们站在一起批斗老五。说心里话我们也不愿七叔为老五作证帮老五洗清，好不容易挖出了一个大个的反革命，就像挖出了狗头金一样让我们兴奋，哪能轻易放了他呢？

老五被打急了，在大榆树上狂叫：革命的同志们哪，你们放下我来，我就坦白交代。我们把他从大树上放下来，他趴在地上呼呼哧哧地喘粗气。他的身上又有血又有汗。我们等着他交代，他却装起死来了。我们的领导者大吼一声：混蛋，你竟敢戏弄我们，说不说？不说就把他吊起来。老五急忙说：我交代，我交代……我要揭发管老七……他是个反革命，我在黄维兵团当机枪手时，老七是我们机枪班的班长。他的枪法全兵团第一，黄维司令亲手给他戴过勋章……

老五这席话，好比平地起了一声雷。我们怔怔地望着七叔，好像望着一个从天而降的怪物。我们眼睁睁地看到，数百颗比黄豆还要大的汗珠，只用了一秒钟的时间，便从七叔的头颅上钻出来。七叔的脸色先是憋成青紫的颜色，随即便变成了蜡黄色。突然间七叔像野狼一样嚎叫着：老五……你这个狗娘养的……你血口喷人哪……我跟你远世无仇，近世无冤……

革命的群众可不管那一套，一拥而上，把七叔按倒在地，用小麻绳五花大绑了，与老五并排着吊在了大树上。我的眼睛里饱含着泪水，但还是坚定地举起了棍子，与革命的群众一起，抽打着七叔的屁股和双腿。七叔高声喊叫着：同志们，同志们，我冤枉啊……我曾经为党国立过战功……

七叔一句“我曾经为党国立过战功”引起了我们高度的警惕，如果说适才大家还对老五的话半信半疑，那现在，阶级斗争的弦突然绷紧了。因为，不久前我们反来复去地看了十几遍革命电影《南征北战》，那里边，国民党的张军长枪毙那个丢了阵地的团长时，那个团长就是这样高呼：“我曾经为党国立过战功，我曾经为党国立过战功！”这说明什么呢？这说明，我们的领导严肃地说，管老七不是一般的历史反革命，而是一个埋藏很深的大反革命，他绝不仅仅是一个机枪班的班长，起码是个团长，很可能是个师长，搞不好还是个军长。挖出这样的大反革命，我们应该向公社革委会报喜，向毛主席报喜，没准毛主席他老人家还会表扬我们呢，要是毛主席他老人家表扬了我们，我们这辈子就吃穿不愁了。

我们满怀着革命的激情，押解着七叔，连夜往公社进发。那夜天降小雨，夜色如墨。我们高举火把，照明夜路，冒雨前进。路上，我们超越了七头牛。这七头牛都是要到公社兽医站去治病的。它们得了一样的病：麻脚黄。我至今也不知麻脚黄是一种什么病。这七头牛并不是在一起的。它们之间拉开了大约有五百米的距离。七头牛都是黄色的，都长着直直的角。它们模样相似，简直就是一个娘养的。而且都是牛前一个白胡子老汉拉着缰绳，牛后一个十几岁的小男孩手里拿着一根前头绑了胶皮鞋底的棍子，不紧不慢地、厌烦至极地、拍打着牛的屁股。牛走得十分艰难，两条后腿，像抽了筋似的哆嗦着。我们超越第一条牛时，还不把这当回事，因为我们都马马虎虎地听说过，时下正在流行一种牛的怪病。我们的火把照亮了牛前牛后，我们看到牛身上油光闪闪，牛的眼睛里泪水汪汪。超越牛时，先是那个小孩子用鬼精灵的眼睛看了我们，紧接着那个老头子用老妖一样的眼睛看了我们。我们心中有感，但没当回事。可过了不到半点钟，我们又赶上了一条牛。牛好像还是那头牛，牛后的小男孩好像还是那个小男孩，牛前的老头子好像还是那个老头子。这时候我们心中就略微有点糊涂起来。这路到底是怎么走的？我们押解着七叔，心中怀着狐疑，匆匆地越过了男孩、黄牛和老汉，继续往公社赶去。又走了抽袋烟的工夫，在我们的火把照耀的光明里，又一次出现了男孩、黄牛和白胡子老汉。我们的心里越发糊涂起来，这到底是怎么回事呢？如果不是碰上了鬼，就是我们在做梦。但大家谁也没吱声，都把惊讶和恐惧藏在心里。我们又一次超越了他们，超越他们时我们感到冷风阵阵扑到脸上。我们往前走了一段路，大家的心中都忐忑不安，好像都在盼望着什么但又生怕碰到什么。正在这样想着时，那一老一少一牛，第四次出现在我们的火把光耀下。他们的形象是那样的鲜明生动，他们的姿态是那样的超凡脱俗。冷汗从我们的皮肉里不知不觉地流出来。我们的领导是个胆大出了名的人，七叔还怕蛤蟆，我们的领导连蛤蟆都不怕。但在我们第四次与牛相遇时，从我们领导问话时颤抖的嗓音里，我们听出了领导掩饰不住的恐惧。我们领导问：你们是哪村的？在颤抖不止的光明中，那个半大小子的脑袋倏地扭过来，他的脑袋运转得滑畅至极，好像脖子上安装了美国轴承。他的眼睛又小又黑，活像两只活泼泼的小蝌蚪。他的回答更让我们胆战心惊：操你们的妈，他说，我们是阎王村的！我们领导还壮着胆子说：哎，你这小孩，怎么张口就骂人呢？这时，那老头子的脑袋也倏地转过来，他的脑袋运转得也很滑畅，好像安装了美国轴承。老头子很不高兴地说：你这领导怎能这样说话？操你们的妈就算骂人吗？不操你们的妈你们是怎么出来的？我们的领导还想搅和，就听到那头颤颤巍巍的黄牛，发出了一声沉闷的怒吼，声音宛如从地心冒出来的，震动得地皮都打哆嗦。我们领导赶紧闭了嘴，带领着我们，惶惶地往前逃去。又往前行走了一箭之地，在火把的亮光里——不用我说您也猜到了，我们又看到了他们。这一次我们都深深地垂下头，屏住呼吸，轻悄悄地从他们身边滑过去。如果说他们是神灵，好像也不对，因为我从他们身边滑过时，分明嗅到了一股强烈的牛油味儿，如果是神牛，怎么还会有凡牛的气味？我还听到老头子放了一个悠长的响屁，难道神仙也会放屁？我还看到那个丑小子上唇上挂着两道白鼻涕，难道仙童也会流鼻涕？接下来自然是与他们第六次相遇了。第六次与前五次大同小异，无甚可记。第七次相遇时，我们手中的火把全都灭了。天比墨汁还黑，黑得我们呼吸都很困难。黑暗中，忽然响起了嘿嘿的冷笑声。起先是一个人在笑，紧接着是两个人笑，最后发展到黑暗的四周，全是嘿嘿的冷笑。我们不约而同地叫了一声亲娘，紧缩成石头的心脏猛烈地膨胀开来。然后我们撒腿就跑，谁也顾不了谁了。至于老反革命七叔，谁还去管这等鸟事。我不知道别人，我自己的感觉是：那晚上是我遇到的最黑暗的夜晚，那晚上的事情是我终生最奇的遭遇，那晚上的事情让我终生难忘，那晚上的黑暗是一种类似海绵的物质，可以裁来缝成长袍。

借助着神力，七叔度过了这一劫。回村后，我们的领导一头扎到炕上，发起了无名的高烧，阿斯匹林片一把把地往嘴里掩，那烧硬是退不下来。村里的赤脚医生对我们领导的老婆说：给他准备送老的衣裳吧，他的性命已经难保了。赤脚医生刚说完这句话，我们的领导出了一阵比胶水还黏的臭汗，眼珠子往上翻翻，黑眼珠只剩一条线，白眼珠子一大片，立马就逝世了。我们领导是复员军人，他有一个绝活：倒立行走。他在部队的篮球场上倒立行走时，恰好被一位首长看到，于是他被首长选去做了勤务员。首长外出总是带着他，让他给别的首长表演倒立行走。这家伙很快便红透了，得意忘形，在首长家里胡闹，在首长的床上乱打滚，还敢跟首长年轻的夫人动手动脚。他自己毁了锦绣前程。我们的领导一死，文化大革命在我们村就基本结束了。后来就是小学校里几个年轻的教师吃饱了没事干，带着我们胡折腾。我们去各村演出走夜路时，还生怕碰到那小孩、那老头、那黄牛，所以不管家里多穷，借钱也要买个手电筒，在当时，手电筒是高科技产品，能避邪驱鬼。

王老五站在七叔家的院子里，连说带比画地向我描述七叔遭难时的情景。

大侄子，你也许不知道，我跟你七叔，已经结成了亲戚——其实我早已得知，老五的三女儿小囤，跟七叔的小儿子丰收，定下了百年之好——儿女亲家，要紧的亲戚，你说是不是？我说是是是。老五道，我们卖了大白菜，支上笸箩喂上驴，你七叔说：五哥，今日菜价不错，下得也快，咱老哥俩下馆子喝两盅？我说：喝两盅就喝两盅，反正现在单干了，交完皇粮国税，谁也不能把咱的鸡巴拔了去。俺老哥俩进了路边一个小酒馆，要了一瓶“醉八仙”，点了四个小菜，哪四个小菜？第一花生米，第二腌黄瓜，第三土豆丝，第四醋蒜头。俺老哥俩就这样你一盅我一盅喝起来。喝着酒，我们想起了许多往事。你七叔说：五哥，还记得咱老哥俩被村里的“红卫兵”吊到大榆树上审问的情景吗？我说：怎么能忘了呢？管什么事都忘了，这件事也忘不了。你七叔道：五哥，你这家伙，怎么能说我是黄维兵团的机枪班长呢？你这不是硬往死路上推我嘛！我说，你明明在路上碰到过我，你们那个指导员还硬逼着我给你们带了两天路，你为啥不肯为我作证明？你不给我作证，还怪我“咬”你？你七叔嘿嘿地笑起来。他说：五哥，过去的事儿就不再提了，真是做梦也想不到，咱老哥俩竟成了儿女亲家。我说：谁说不是呢？这年头，不比从前了。年轻人自己看对了眼，做老子的只好顺着来。你要拧着，人家小两口买上一张车票，一翅膀刮到内蒙古；一年后，抱着小孩子回来了。客气吧，给你生上一个；不客气给你生上两个；见了面追着你叫姥爷，你有啥办法？说实话，我看到你家那个丰收心里就别扭。要才没才，要貌没貌，要力气没力气。腰细得像麻秆似的，挑上担水就像扭秧歌。这样的身板，能挣饭吃？可有啥办法？小囤鬼迷心窍，硬是看中了他，说生是丰收的人，死是丰收的鬼，那决心坚定得像石头一样。我跟她娘想给她泼点冷水，她抱起一个农药瓶子就要喝。你知道那是啥农药？

剧毒农药“3911”，德国进口原装货，一滴毒死一条狗，两滴毒死一头牛。一瓶子灌下去，别说一个小囤，一万个小囤也要报销！吓得她娘扑嗵一声跪在地上，哭着说：小姑奶奶，小老祖宗，快放下那药瓶子，俺不管你还不行吗？你愿意嫁给谁就嫁给谁还不行吗？连哄带劝的，才把个药瓶子夺下来。你说你们家丰收的本事有多大吧！过后她娘问：小囤，你老实说，看上了那丰收的什么？你猜她说啥？打死你你也猜不出。她说：丰收会爬树，村东头那棵大白杨，没人能爬到顶，丰收噌噌地就爬到了顶。气得我两眼发绿，我说小囤，单为了爬树，咱去找个猴子不行吗？她一听急了，说只要我再敢污辱丰收，她就要跳井。我说七哥，你们老管家八辈子修来的福气，能娶上我家小囤这样的好媳妇！可惜了我那小囤，一朵鲜花插在了牛粪上。你七叔只管嘻嘻地笑，他的心里很满足，娶上了我家小囤这样的要才有才、要貌有貌、要力气有力气的儿媳妇，他没有理由不满足。

我忽然感到有些厌烦，便不客气地打断老五滔滔不绝的废话，说：五叔，你还是给我说说七叔遇难的经过吧。

老五忙说：好好好，我说。我们老哥俩把那瓶“醉八仙”喝完，都沾了五分酒，醺醺带着半个醉。赶上驴车我们就往家走，一轮明月当头照，照得大地明晃晃。我和你七叔心里其实挺高兴。你七叔比我还要高兴，他那个活猴似的儿子把我家小囤骗上了手，他能不高兴？他坐在车辕上，摇晃着二郎腿唱小曲儿。要问唱的是啥曲儿，“推起小车去支前”，你七叔正唱得高兴，就见前边有两道耀眼的金光射过来，照得我们两眼发花，不知道前方来了什么怪物。说不知道其实也知道，四十多年前我们就看到过国军的十轮大卡车拖着榴弹炮。你七叔赶着驴车在前，我赶着驴车在后。我家的灰驴胆气小，拖着车也拖着我，哧溜下了沟。你七叔的黑驴如果不是吓傻了，就是什么都不怕。它昂着头站在路中央，一动也不动。我喊：老七，靠边呀！你七叔说：怕啥？难道他还敢轧死我？你七叔一句大话没说完，就听到咯咯唧唧一阵响……接下来的事，我也说不太清楚了，因为从根本上来说我是被吓糊涂了。

我说，您老人家还是说说，因为如果要打官司后边的问题其实比前边的还要重要。老五道：那就大概着说说吧。其实我这个人还是有良心的。大侄子，我跟你交底吧，昨晚上，马书记派人来，扔在咱家院子里一捆咸带鱼，足有三十斤呢！那人说：老王大叔，马书记要我来看看您，先送点鱼来给你压惊，马书记说，等过了这阵子，他再来看你。大侄子，这不明摆着要用咸带鱼堵住我的嘴嘛！

我急忙说：五叔，您人格高尚，正直善良，远近都有名。

老五道：你也不必给我戴高帽，我一不高尚，二不善良，我主要是怕报应。你七叔生前就是个神神怪怪的家伙，记得当年袁鳖押他去公社，在路上碰到了七个老头、七个小孩、七头黄牛，都是一模一样。袁鳖回家就病，病了就死。你七叔不是个一般人物。再说了，孬好我们也是儿女亲家。老的不亲小的亲，我要昧了良心，怎么能对得起孩子们。

我说：五叔您真让我感到钦佩，您就重点地把出事后的经过说说吧。

老五却翻着白眼道：你还要我说什么？该说的我不是都说了吗？年轻轻的，怎么就聋了呢？

听罢王老五一席话，我感到一股热血直冲脑门，怒火在我的胸中熊熊燃烧。虽然老五省略了后边的细节，但凭着我对乡里那个马书记的了解，便猜到了他的表现。他是个言行一致的贪官，上任时公然地说：乡亲们，咱打开天窗说亮话，我这个书记是花了十万元买来的，在四年的任期里，最起码我也要把这十万元捞回来。他的话合情合理，乡亲们给予他充分的理解。据我的一位在乡里当会计的同学说，姓马的上任第一年，就额外地向全乡人民多收了三十万斤小麦，每斤小麦按八毛钱计算，三八就是二十四万元，也就是说，一年他就够了本。不仅够了本，而且是大有赚头。过去的说法是“三年清知府，十万雪花银”；现在的说法是，“一任乡镇长，百万人民币”。可见花钱买官是利润最大的投资。

我攥紧拳头，擂了一下院子里那根拴驴木桩，咬牙切齿地说：此仇不报，枉为五尺男儿！弟兄们，抄家伙，去砸了姓马的鳖窝，替天行道！

七叔的儿子们原本就是些听到打架小过年的家伙，听我这一喊，兴奋得嗷嗷乱叫；从墙旮旯里抄起镢头、扁担，跟着我就往外冲。这时，父亲拦住了我们的去路。他驼着背，站在大门口，威严地说：你们胡闹！马书记是国家干部，受法律保护，你们去砸他的家，不是等于去找死吗？他可是带枪的人。

我的头脑冷静下来，感到父亲说得很对。

七婶见我泄了气，又呼天嚎地地哭起来。

我们家族中一位素为我不喜的堂姑突然冒出来，双手叉着腰，气汹汹地说：解放、跃进、丰收，你们这些孬种，怎么又缩回去了？你们不要指望别人替你们的爹报仇。隔一皮是一皮，侄子再亲也不如儿。还是按我说的办，抬着你爹去乡政府大院，不给个说法就放在那儿。

另一位素为我厌恶的堂姑也冒出来，咬着牙根说：让姓马的给七哥抵命！

第一位堂姑说：抵命是不现实的，也是不划算的。人死不能复生，还是要为活人着想。我建议，让姓马的安排解放、跃进、丰收去当工人，再让姓马的赔偿人民币一万元，留做七嫂子的养老金。

父亲连连摇头，但没再说什么。

七叔的儿子们在两位姑姑的鼓动下，六只眼睛都闪闪发亮。他们七手八脚地卸下一扇门板，把七叔抬上去。七叔的胳膊像打连枷一样抡着，好像在借此发泄心中的某种情绪。

一行人拖拖拉拉地出了村，越过冰封雪盖的河流，向乡政府大院进发。承载着七叔尸体的门板由解放和跃进抬着，后边跟着啼哭不休的七婶和家族中的一些人，还有一些不怕寒冷、赶来看热闹的村民。爬河堤时，跃进的腿一软，一屁股坐在地上，身体随着后仰，玩了一个屎壳郎滚蛋下河堤。门板落地，七叔冻得僵硬的尸体呼啸着窜出去，撞倒了两个跟在后边看热闹的人。其中一个名叫大宝的，爬起来后小脸干黄，好像丢了灵魂似的。后来大宝果然生了一场病，花了一百块钱才治好。大宝说，他欠着七叔一百块钱，正好在心中暗暗盘算不必再还时，就被七叔的尸体一头撞倒了。于是人们都说死后有灵验的，在我们这个古老的村子里，只有管老七一个人。这些都是后话。

七叔一冲下门板，我们那两个堂姑便尖声嚎叫起来。解放、跃进两人先是互相抱怨，继而抡起了皮拳，打得团团旋转。骗去了小囤姑娘爱情的爬树英豪丰收同志，站在一边看热闹，好像打成一团的不是自己的兄弟。七婶气坏了，坐在雪地上，嚎啕大哭。这时，我真切地听到，七叔发出一声深沉的叹息：嗨……

费了千辛万苦，终于把七叔的尸体抬到乡政府的大院里。年关将近，官员们早就回家忙着过年去了。偌大个院落里，只有一间房子里亮着灯。我们往里探头一望，看到两个公务员模样的小青年，一个坐在凳子上，一个坐在桌子上，正在打扑克赌烟卷。在他们身后，一台黑白电视机正在播放美国电视连续剧《加里森敢死队》，这部电视剧情节紧张，台词幽默，中国老百姓闻所未闻，见所未见。先是跃进抵不住诱惑，躲躲闪闪地溜进屋去，随即丰收也溜进去了。这哥俩一头扎进剧里，早把为父申冤的事忘得干干净净。解放嘟哝着：又不是我一人的爹，凭什么要我守着？他也溜了进去。七婶哭着说：老头子呀老头子，你睁开眼看看你养这些好儿子吧……

七叔的眼睛原本就没闭上，经七婶这一招唤，瞪得更大更圆，还放出了蓝色的光芒，吓得七婶反倒不敢哭了。

那两个堂姑冲进屋去，气汹汹地质问那两个小青年：你们的领导呢？叫你们的领导出来！

坐在凳子上的小青年抬起头，懒洋洋地说：都这时候了，还找啥领导？回去吧，明天再来。

一个姑姑说：你们撞死了人，难道白撞死了？啥都不管了？

小青年道：大嫂子，您对着我发脾气还不如对着这堵墙发脾气。我不过是个端茶倒水、扫地跑腿的小力笨，啥用也不管。

又一个姑姑说：反正我们就住在这里不走了，看看你们怎么办。

两个姑姑跟小青年斗着嘴，三个堂弟张着大嘴，痴呆呆地盯着电视屏幕，达到了聚精会神的程度。

一个虎背熊腰的大汉，一脚踢开门，晃了进来。他披着一件雪花呢大衣，头戴一顶鸭舌帽，嘴巴里喷出酒气，双目炯炯有神。坐在桌子上的小青年慌忙跳下来，恭恭敬敬地垂手而立。坐在凳子上的小青年也慌忙站起来。

马书记扫了我们一眼，道：你们要造反吗？

我说：我们不敢造反，我们想讨个公道。

马书记哈哈大笑道：公道？啥叫公道？我就是公道！你们给我乖乖地滚回家去，否则可别怪我不客气！

我说：姓马的……

姓马的打断我的话，说：乡政府虽小，也是一级政府，你们聚众闹事，破坏安定团结的大好局面，该当何罪？

三个堂弟缩在墙角瑟瑟发抖；两个姑姑面面相觑。

七婶张牙舞爪地扑进来，嚎叫着：我不活了……我不活了……

马书记一闪身，七婶一头撞到了墙上，当场就昏了过去。

我怒火填胸，一把揪住马书记的衣领，道：姓马的，你欺人太甚！

想不到请我赴宴的人，竟是小学同学郭安娜。

那辆白色的上海车出现在我们村子里时，的确引起了不小的轰动。我糊糊涂涂地上了车，问司机：谁请我？

司机说：郭局长。

一路上我挖空心思也没想出来郭局长是谁。

在县府招待所门口，她握着我的手，问：老同学，还认识我吗？

昔日的美丽少女郭江青，渐渐地从今日局长郭安娜肥嘟嘟的身体里钻出来，就好像美丽的蝴蝶从肥蛹里钻出来一样。

在招待所一个清静的小包间里，郭安娜与我一起回忆了当年的革命岁月，勾起了我心中丝丝缕缕的感情。她说：你这个坏家伙，还记得不？去高家庄演出那次，你用一块尖利的石片，差一点打瞎了我的眼睛！

那天，我埋伏在石桥下，看到化好妆的郭江青袅袅娜娜地从桥南头走过来。她的步伐轻盈，如其说她是走过来，还不如说她是飘过来。那时太阳将要下山，红光照耀大地，郭江青眉如秋黛，目若朗星，宛若画中人物。我心中对她的爱慕，像潮水一样汹涌澎湃。我多么想站在桥头上与她迎头相遇，然后我说：郭江青同志，你好！但是我不敢，我看到我们的同学汪卫东从后边赶上了她。汪卫东从怀里摸出一根足有半尺长的白萝卜，放到膝盖上一磕，喀喳断成两段。他把一段萝卜递给郭江青。我心中盼望着郭江青拒绝这萝卜，可那郭江青接了这萝卜。我心中的滋味很不好受。我感到双手在打哆嗦。我心中充满了对郭江青的恨，说恨其实也不像恨。我的手从桥墩下抠出一块石片。我的手扬起那块石片抛了出去。一切都与我无关，都是我的右手干的。我看到那块石片飞出去。我看到那块石片打在郭江青的眼睛上。我听到郭江青一声惨叫。我知道闯下了弥天的大祸。郭江青家是我们村唯一的一户烈属，她的确前程锦绣。杀了我一条小命，也赔不上郭江青一只眼睛……后来的结果比我想象的好得多，没有任何人找我，就像什么事也没发生一样。几天后，郭江青眼睛上蒙的纱布撤了，她的眼睛依然明亮如星。

我满怀着歉疚，向郭安娜道歉：对不起……实在是对不起……

她用那两只会说话的眼睛，水水地看着我，轻声道：你这个坏家伙，为什么要用石头打我？

哪里……哪里……其实我想打汪卫东……

她含情脉脉地盯着我，用被烟酒刺激得略显沙哑的嗓音低沉地说：你那点鬼心眼子，我还不清楚？所以，我爹要收拾你时，我保护了你……

我用右手抓住她的左手，她用右手抓住我的左手，说：我谨代表我的妹夫向你七叔一家表示深深的歉意。

谁是你的妹夫?

她说：你真的不知道?

马书记托人送来了一捆咸带鱼，还有三千元钱。我躲在屋子里没有露面。我听到来人和父亲在院子里说话。父亲说：这钱，这鱼，我不能收，你最好直接送到老七家。那人道：马书记让送到这里来，我怎敢违背？父亲哏了一会儿，道：既是马书记的意思，那我就代收，不过，您得等我一会儿。我从窗棂里看到父亲驼着背，匆匆忙忙地走出院子。那个人在院子里烦躁不安地转圈子。过了一会儿，父亲带领着八叔（七叔的亲弟弟）和解放回来了。八叔的手里，提着一杆秤。那人说：都到了？这是三十斤带鱼，这是三千块钱，你们点点数吧。那人把钱递给父亲，父亲说：别给我。那人把钱给了解放。解放接过钱，用食指从嘴里沾了唾沫，笨拙地数起来。他数了好久也数不清楚。烦得那来人双眉紧缩，道：甭数了，刚从银行里取出来的，还会有错？解放涨红着脸道：对了，对了。父亲道：老八，把鱼称一称。八叔用秤钩子把鱼挂起来，歪着身体，用左手拨动着秤砣上的细绳，秤杆忽上忽下地抖动着。多少？父亲问。八叔抓住秤杆，道：二十九斤半。那人道：刚从供销社里提出来的，三十斤还高高的，怎么一转眼就少了半斤？八叔斜着眼道：你自己来称吧！那人道：一定是你们的秤不标准。八叔怒道：秤还有不标准的？真是笑话！那人道：好好好，就算我在路上偷吃了。父亲道：你这个同志怎能这样个说话法？咱斤是斤，两是两。那人掏出一张白纸，一支钢笔，道：你们给我开个收条吧。父亲接过纸笔，问：怎么写？那人道：就写今收到孙助理送来人民币三千元咸带鱼三十斤。八叔道：二十九斤半。那人道：好好好，就写二十九斤半，真是的。父亲一条腿跪在地上，曲起一个膝盖，用拿毛笔的隆重方式，攥着钢笔，一笔一画地写好了收条。

就这样完了？解放瞪着眼发问。父亲冷冷地说：不这样完了还能怎么样？真要打起官司来，只怕连这点钱也弄不到。八叔道：官官相护哪！父亲说：解放，这点钱，是你爹的血钱，我建议你们兄弟谁也别伸手，存到银行里，算你娘的养老保险金吧。这点带鱼，也是你爹用命换来的。我劝你们也别吃，留着给你爹办丧事吧。八叔道：还是各家分一点，为了七哥的事，亲戚朋友都出了力嘛。父亲说：你们商量着办吧，怎么合适怎么办。

分完了带鱼，就商量给七叔办丧事。两个姑姑一致提出，丧事要大办，起码要用两棚吹鼓手。父亲叹口气，道：依我看，还是从简为上，弄来些吹鼓手，呜天嗷地的，干什么呀？又不是什么光彩事。一个姑姑说：七哥死得窝囊，丧事上再不风光一点，我们心里不过意，也让人家笑话，说我们老管家没有能人。说着她就低声抽泣起来。另一个姑姑帮着腔说：办，为什么不办？不但要办，而且还要大办！不蒸馒头蒸（争）口气嘛！父亲说：我啥都不管了，你们看着怎么办好就怎么办去吧。

吹鼓手是让张船儿去请的。张船儿是村子里的保管员，两只大眼珠子黄澄澄的，很是吓人。这是个吃人不吐骨头的狠毒角色，村子里的人没有不怕他的。他曾经有过一个八字脚、黄头发的女儿，名字叫小翠。小翠二十多岁了他也不给她找婆家。二十多岁的女人在城市里不算什么，但在村子里就是老大姑娘了。他哄着好几个青年帮他家无偿干活，说是谁干得好就招谁去做上门女婿。小翠生在这样的家庭里真是不幸。小翠后来喝农药死了，这对张船儿是一个沉重打击。后来，张船儿给女儿结了阴亲，将小翠“嫁”给了邻村一个少亡的青年，“婚事”办得比活人结婚还要隆重。张船儿从男方家要了三千元。人们私下里说张船儿把女儿的尸体都卖了。通过给女儿办“婚事”，张船儿竟然成了办理丧事的专家，他与半个县内的吹鼓手都建立了密切的联系。谁家要请吹鼓手，没有他的介绍，还真不好办。张船儿自然要向丧家提取服务费，他还要向吹鼓手们索要介绍费。

张船儿披着剪绒领子短大衣，手里提着一面铜锣，领着一个吹鼓手的头儿，风风火火地走进七叔家。

张船儿对守在七叔灵前的堂弟们说：你们谁主事儿？

解放忽地站起来，说：我！

张船儿打量着解放，道：你？对对对，应该是你。然后他就指着吹鼓手的头儿说：这是刘师傅，全国有名的民间音乐家，一嘴能吹三只唢呐，鼻孔里还能插上两只。解放，你爹死了，你就是家长，我跟你说，能把刘师傅他老人家请出山，着实不容易，我的嘴皮子都磨薄了两寸！要不是看在七哥的面子上，我才不出这个力呢！

解放结结巴巴地说：让你吃累了，大叔。

我吃点累不要紧，张船儿道，谁让我是你爹生前友好呢？重点是刘师傅，八十多岁了，带病出山。你们弟兄们得大方点，不能亏了他老人家。

解放问：要多少？

张船儿道：你们报个数吧。

解放道：我们不知行情。

张船儿道：一般的吹鼓手班子，出场费是二百元，但像刘师傅这样的著名人物出场，怎么着也不能少于四百。

解放嚷道：四百？张大叔，你干脆把我们兄弟杀了算了。

张船儿道：解放，你这是说的啥话？是你们让我去请的，不是我主动去请的。我跑了几十里路，好话说了一火车，把人给你们请来了，你又说不中听的，世界上哪有这个道理？

那位刘师傅吐了一口痰，抬起袄袖子擦擦嘴，道：小张，算了，算了，好几家还等着我去吹呢。

张船儿道：刘师傅您别生气，小孩子说话没深浅，您得多担待。谁让躺在棺材里的人是我的好友呢？所以您不看僧面也要看佛面，好歹给个面子，委屈着也得把这事给办了。

刘师傅道：我不缺钱花。上个月给朱副县长他娘办事，朱副县长一把就甩给我一千块，你们家这几个小钱，我看不在眼里。

张船儿道：刘师傅，知道您不缺钱花。行了，你们弟兄听着，这事我替你们做主了！刘师傅，您给我个面子，收他们二百块，就权当是我的爹死了，请您来帮个忙。

刘师傅牙痛似的哄哄了半天，道：小张，你把话都说到这个份上了，我还能说什么？吹呗！

堂弟们都用感激的目光看着张船儿。

其实吹鼓手们早就在胡同里等着了。谈好了价钱，刘师傅出去就把他的班子带到院子里。吹手班子很精干，加上老刘才四个人。一只唢呐，一支大号，两只喇叭。老刘把假牙摘下来，将唢呐插到嘴里，然后就带着头吹起来了。他们吹了一曲《九九艳阳天》，又吹了一曲《路边的野花不要采》，然后就坐下来抽烟。院子里那些被音乐声引来的小孩子眼巴巴地望着他们。

张船儿道：解放，该侍候师傅了。你们家的人怎么一点规矩也不懂。

没等解放回答，他媳妇——就是我在前边提到过的往脸上抹口水的那位——怒冲冲地从里屋里窜出来，道：侍候个鸡巴蛋！家里连鸟毛也没有一根，拿什么侍候?！

她的话把那几个年轻的吹鼓手逗得哈哈大笑，院子里的孩子们也跟着傻笑。

张船儿摇着头道：七哥，七哥，你真是娶了个好孝顺儿媳！

她瞪着眼道：张船儿，别人怕你，我可不怕你！你让这些王八们给我鼓起腮帮子卖力吹吧。要不，别说二百元，二分钱也休想拿走！

那位刘大师，无奈地摇摇头，道：徒弟们，今日碰上硬巴骨了，吹吧！

大师带着头吹起来。他们吹的曲子是黄梅戏选段《树上的鸟儿成双对》。

后来在送葬的路上，那几个年轻的吹鼓手，一看到披麻戴孝的解放媳妇就忍不住地笑，把好多支曲子吹得不成腔调。

火化后的七叔被盛在一个四四方方、红红绿绿的盒子里。两个帮忙的人用一块木板抬着它。七叔的三个儿子紧随其后。他们都披麻戴孝，手里提着柳木哀杖。张船儿提着铜锣，每走一百步，便敲一次。锣声一响，按说孝子们应跪地向骨灰盒磕头，但我那几个堂弟竟傻乎乎地站着，像没事人一样。气得张船儿大叫：跪下呀，你们这些混蛋。在堂弟们身后，就是解放媳妇。她的相貌本来就充满喜剧色彩，再穿上孝服，头上又戴上孝帽，更是一副稀奇古怪的样子。那几个本来应该奏乐不停的吹鼓手，看一眼解放媳妇就憋不住地笑。最后，连没牙的老刘也绷不住了，噗哧一声，把嘴里含着的哨子喷出来。

吹鼓手的不严肃态度，引起了一个人的不满。这人是解放媳妇娘家的一个堂哥，在村里小学当民办教师，人送外号“明白人”。他愤怒地冲进送葬的行列，一把揪住刘大师的脖领子，用怪腔怪调的普通话训斥道：你们嬉皮笑脸，戏弄死者，欺负我们村没有明白人吗？

刘大师被勒得老脸发黄，一句话也说不出来。

张船儿气得黄眼发绿，抡起锣，镗——砸在那人头上。张船骂道：王八蛋，你算个什么东西？把自己的老娘撵出去讨饭吃，自己在家里喝酒吃肉，连畜生都不如的个东西，还跑出来充大头蒜！

那人脸色蜡黄，讪讪地退到一边。送葬的队伍继续前进。

七叔是个能忍的人。他的背上伤痕累累。他自己说那是在战场上留下的光荣疤，奶奶说那是他小时生疮落下的。七叔没得罪奶奶之前，奶奶曾说过：你们都不如你们七叔能吃苦。他脊梁上生疮，烂得生了蛆，照样干活不停。

七叔背上生了蛆，还坚持去公社粮站扛麻袋。扛一天麻袋，能挣到三斤红薯干子。麻袋里装满粮食，如果装麦子，有一百九十斤重；如果装豆子有二百一十斤重。扛着这样重的麻袋往小山样高的粮食垛上爬，脚下踩着颤颤悠悠的跳板，这活儿一般的人是干不了的。七叔背上流着脓，淌着血，好像刚从战场上撤下来的伤病员。就这样流着脓淌着血他还是一马当先地扛着麻袋小跑步。感动得粮库主任眼泪汪汪。粮库主任说：七麻子是用特殊材料制成的，能吃大苦，能耐大劳，比共产党员还共产党员。粮库主任问：七麻子，你们村为什么不吸收你入党呢？七叔笑道：主任，您拿俺取笑呢！我要是能加入共产党，那我们村里那匹瞎马也能加入了。那可是货真价实的军马，屁股上烫着烙印，它才是吃大苦耐大劳的模范。

粮库主任一席玩笑话，竟激起了七叔的幻想。那时我还在镇上读高中，星期天，七叔找到我，郑重其事地说：大侄子，你帮我写一份入党申请书，我准备加入共产党。我看着他脸上那过分的郑重，以为他得了神经病。七叔说：我不是给你开玩笑，其实我早就是党的人了，从我在淮海战场上冲锋陷阵时，我就把自己的一切交给共产党了。

后来我听说，当七叔把入党申请书交给村党支部书记沈五奎时，五奎笑道：七麻子，你是不是有毛病了？有病快去医院看看，别耽误了。七叔说：支书，我真的想入党。五奎道：我知道你真的想入，谁不想入？但你得够那个条件呀。七叔道：那你说我哪个地方还不够条件？五奎道：共产党不收麻子。七叔道：五奎，你放屁！共产党里的麻子比国民党里多得多，因为生麻子的多数都是穷人，而共产党就是穷人党。

生产队里赶马车的汪亮儿一脸油皮，眯缝着两只色眼，见了女人就凑上去戳七弄八，净占小便宜。晚上开会，他专往女人堆里钻。他一钻进去就热闹了。女人们吱哇乱叫，齐骂汪亮儿，但都不恼。

麦收季节里，我被派给汪亮儿跟车装卸。从田野里回来时，马车运载着麦个子，像一座缓缓移动的小山。我躺在麦个子上，听汪亮儿说荤故事。在车道旁边的一棵桑树下，七叔正在撒尿。汪亮儿说：快看快看！我问：看啥呢？亮儿道：看驴生。我抬起头，又迅速低下头，感到有点不好意思。汪亮儿说：中学生，你知道吗？七叔年轻时，可是个风流角色。我说：你放屁！汪亮儿道：你不信？听我说。七叔年轻时看坡，在十字路口搭了一个棚子，棚子里支起一口锅，经常煮地瓜吃。林风莲——那个浪货，赶集回来，钻进棚子吆喝着：饿死了饿死了，七麻子，给个地瓜吃吧。七叔说：正等着你来吃呢！说着就像老虎一样扑上去，把林风莲按到地上……后来林风莲逢人便说：哎吆吆俺的个亲娘，七麻子那块货，根本就是个驴的。

被派给汪亮儿跟车，是因为我割麦的技术太差。那时候，麦收季节是我们的盛大节日。麦子熟了，遍野金黄。天不亮时，就有许多鸟儿在空中歌唱。人们披着星星，戴着月亮，提着镰刀下坡，借着星月之光割麦子。一个个模糊的大影子，在晦暗中晃动着，嚓嚓的镰声里，伴随着老人的咳嗽声和惊起的野兔的尖叫。太阳冒红时，遍地都是麦个子，人们的衣服也被露水打湿了。在辉煌的朝阳下，人们的身影都拖得长长的。队长用手捶着腰，喊：歇了，等饭！

麦收时，生产队免费供应大米稀饭。疲乏的男人们嘴里咬着草梗，躺在麦个子上等饭。也有坐着磨镰的。七叔手大胳膊长，割麦的速度全队第一。他用的镰刀也大，刃子很钝，但从来不磨。他全凭着力气大，不必磨镰刀。忽然有人高呼：饭来了！

大家都兴奋起来，眼巴巴地往路上望。只见保管员王奎，带着两个大个子妇女，都挑着担子，呼扇呼扇地，像老鹞子一样飞来了。大家忽啦啦围上去，抢勺子抢碗。只有七叔与队长安然不动。七叔对队长说：现在的人觉悟太低，我们当年支前那会儿，一碗水能喝一连的人，哪像这呀！

只有参加割麦的人才能享受免费的大米稀饭，这也是我死乞白赖挤进割麦人行列的原因。但我的力气和技术都不行，等别人割到地头歇着等饭时，我还在地中央磨蹭呢。我很焦急，但越急越割不快。一镰刀又把手指割破，我有点想哭。这时，七叔迎我来了。他很快就与我汇了合。我看到七叔割过的地方，茬子低，麦穗齐；我割过的地方，茬子高高低低，麦个子凌乱，麦穗子掉了遍地。生产队里那个小个子会计，看了看我割过的地方，青着脸道：你这是割麦子？不，你这是破坏！吃饭时，我刚盛上一碗大米饭，会计一把将碗夺过去扔在地上，鼻子不是鼻子，脸不是脸地说：你有什么资格吃大米饭？你糟蹋了生产队的粮食，祸害了生产队的草，回家吃你娘做的去吧！

我的眼泪唰地就流下来了。

因为小个子会计是村里的贫农代表，说话比队长还要硬，所以任凭着他说什么，也没有人敢为我说句公道话。这时，七叔走上前来，对会计说：老徐，我那份饭不吃了，省给我侄子吃，可行？会计有点尴尬，狠狠地瞅我一眼，道：你这道号的，纯粹是块废物点心，背着干粮也找不到雇主。七叔说：他还小呢！会计说：由小看大，一岁不成驴，到老也是个驴驹子。我心里恨透了老徐，但他是贫农代表，谁敢不怕？我更怕。因为我们家成分高。其实，七叔后来对我说：解放前，老徐家每逢集日就大吃大喝，大对虾成筐地往家买。他娘不会过日子，他爹更是败家子，抽大烟，扎吗啡，把他爷爷留下的那点家底给糟光了，正好共产党来了闹土改，他家划成个贫农。如果共产党早来二十年，他家是咱村的头号大地主。

按说七叔对这划定阶级成分的事并无好感，但奇怪的是，等到七十年代末八十年代初，给全国的地、富、反、坏、右摘帽子的时候，他却对这件事表示出深深的不满。当那一年的正月里，村里那些摘了帽子的“坏蛋”与其他人一起站在大街上晒太阳时，七叔心里很不平衡，对着人家阴阳怪气地说：嗨，伙计们，去年的今日，你们在干什么？其中一个“坏蛋”说：扫街呗！七叔道：今年不用扫了？“坏蛋”说：感谢英明领袖华主席！七叔道：你们也别高兴得太早了，没准明年又变回去了。一个“坏蛋”说：老七，要是你当了主席，我们这些人就永无出头之日了吧？七叔道：够呛。

我去给他拜年时，他对我说：大侄子，你说，中央是不是出了修正主义？把坏人的帽子都摘了，那几十年的革命不是白搞了吗？七婶骂他道：吃饱了撑的个老东西，闲着没事去捡筐狗屎肥田也好，国家大事还用得着你操心！七叔瞪着眼骂七婶：臭娘们，你妇道人家懂什么？七婶道：我什么都不懂，我只知道不吃饭肚子里饿。七叔对我说：这红色的江山根本就是我们打下来的，想不到就要葬送在这些蛀虫手上。七婶冷笑道：听听吧，大侄子，你七叔是小老鼠日骆驼，专拣大个的弄。

我对七叔说话的口气十分反感，你不就是去抬过两天担架吗？动不动就以老革命自居，拉大旗作虎皮，啥玩意嘛！于是我说：七叔呀，这个问题的确很严重，你应该去跟小平同志、剑英同志、还有先念同志等等的老革命商量一下，绝不能眼看着你们亲手打下来的红色江山改变了颜色。七叔道：可惜我跟他们不是一个部分的，如果陈毅同志还活着，我一定要去找他。我说：管他是不是一部分呢，像您这级干部，小平同志肯定知道。七叔说：你说的也对，想当初，小平同志和陈毅同志就在一个炕头上办公，我去给他们送信时，小平同志还赏给我一支烟卷呢！

又过了几年，国家把那些大大小小的国民党军官统统地释放了。我们村里的刘九也从青海放回来了。刘九在国军里当过上校军需，属于县团级，政府每月补助他人民币三十元，还安排他去给小学校看大门，每月工资五十元。这件事在村里引起了很大的轰动，都说革命不如反革命，小反革命不如大反革命。为了这事，七叔几乎发了疯。

他逢人便说中央出了修正主义，逢人便说红色江山已经改变了颜色。他跑到小学校，找到刘九——这事我没亲见，是听在小学里当教师的羊国说的。羊国说：你七叔真有意思，跑到学校传达室里，跟刘九叫板。你七叔说：刘九，别人怕你，老子不怕你，老子跟你来论论理！刘九坐在炕沿上，闷着头抽烟，一声也不吭。你七叔说：老子们革命几十年，到头来还不如你。旧社会里你吃香的喝辣的，到了新社会吃香的喝辣的还是你，这事真他娘的不公道。你七叔在门口一吵吵，好多人都围上来看热闹。你七叔人来疯，跳到一张凳子上，挥舞着胳膊，像大干部作报告一样，拖着长腔演讲：同志们哪——同志们——东风吹，战鼓擂，当前世界上究竟谁怕谁？……黑白颠倒啊，同志们——在你七叔演讲时，那刘九垂头不语，宛若一块死木头。直到你七叔喊累了，刘九才缓缓地站起来，对着你七叔招手。你七叔走过去，嘴里嘟哝着：怎么样？你想怎么样？刘九将嘴巴附到你七叔耳朵上，不知说了一句什么话，只看到你七叔小脸焦黄，一句话没说就锅着腰走了。

七叔的坟墓，坐落在一块麦田的中央。麦田里成行成列地生长着一些桑树。麦子黄梢时，桑葚也熟了。我最后一次去七叔的坟墓距今已三年。那天早晨，雾很大，麦梢子湿漉漉的。一群喜鹊在桑树上啄桑葚。太阳出来了，雾如轻纱，在桑树间飘。我立在七叔墓前，脑子里乱糟糟的。有关七叔的许多往事在脑子里冲撞着，好像一个不大的瓦罐里装了太多的鱼虾。我胡思乱想了一阵，从怀里摸出一瓶酒，咬开塞子，奠在墓前。七叔吧咂着嘴，赞道：好酒，好酒！一辈子没喝过这样的好酒！他一盅接一盅地往嘴里倒酒。我说：七叔，少喝点，别喝醉了。他说：醉？我这辈子不知醉了是个啥滋味。

七叔喝醉后的样子实在是可怕极了。他躺在炕上，咧破嗓子似的叫：亲娘呀，难受死了……难受死了……一边吼叫，一边抓胸擂头，还用那双大脚，轮番蹬踹间壁墙。前面我曾说过，七叔生了一双特大的脚，不但大，而且还有点奇形怪状。他要穿加肥的46码鞋，脚底那层厚茧，赛过骆驼腿上的胼胝。农家的间壁墙都是用一层土坯垒到房梁，虚立着，怎禁得住他的脚踹？忽通一脚，间壁墙摇晃；忽通又一脚，间壁墙掉土渣子；忽通忽通十几脚，就听到天崩地裂般一声响，间壁墙倒了。墙外就是锅灶，锅里熬着一锅稀粥，七婶正在灶前烧火。结果是墙倒了，锅破了，灶瘫了，还差不点就把七婶砸死。解放和跃进一怒之下，把七叔拖到院子里，你一脚我一脚，踹得他球似的满院子打滚。这时七叔的小儿子丰收从外边进来，急忙忙地问：哥，你们干啥？解放和跃进道：你没长眼吗？丰收道：踢来踢去的，多费劲嘛，依我说，干脆掘个坑把老东西活埋了利索！解放和跃进有点犹豫，可那丰收生性鲁莽，管自找来一把铁锹，在当院里挖起埋人坑来。七婶一看要出大事，急忙忙跑到街上，拦住了邻居张老人。张老人是三八年的老党员，在村子里算得上是德高望重，连党支部书记都另眼看待。七婶把张老人拉进院子，看到丰收已把埋人坑挖好，解放和跃进每人拖着七叔一条腿往坑里拖。七叔手扒着地，像个小娃娃一样嚎哭着。一见有人来，七叔大喊：救命啊……还乡团要埋人啦……

张老人见状大怒，骂道：狗杂种们，你们想干什么？

丰收斜着眼道：我们想活埋了这个老东西！

张老人道：这个老东西是谁？

丰收道：我也不知道他是谁。

张老人道：难道他不是你们的爹？

丰收道：他是不是我们的爹，我们不知道；我们只知道恨他。他活着，对我们一点好处也没有，我们决心活埋了他，一来解解心头之恨，二来为国家省下一部分粮食。

张老人道：孽畜！活埋亲爹，无论搁在什么朝代也是凌迟大罪。

你们不怕死就埋吧，反正他也不是我的爹。

丰收瞪着眼问：张爷爷，你告诉我们，啥叫凌迟？

张老人道：就是千刀万剐，一直剐成骨头架子。

丰收看看解放和跃进，道：哥，我们是跟他闹着玩的，对不对？

解放和跃进忙说：对，对，纯粹是闹着玩的。

张老人道：闹着玩？有你们这个玩法吗？

七叔从桑树上摘下一些桑葚，双手捧到我面前说：吃吧，吃吧，甜极了。

我说：您留着自己吃吧。

他说：我已经吃了许多啦，你不信就看看我的嘴。

我看到他的嘴被桑葚染成了紫红色。

我摘下帽子，承接了七叔赠我的桑葚。

七叔邀我到他的屋里去坐坐，我犹豫了一下，但还是答应了。

我弯着腰，尾随着七叔，钻进了他的坟墓。墓中有一股发霉的气息。七叔点燃了一盏豆油灯。一团黄光，照亮了憋促的墓穴。我看到，当年我们扔进墓穴中的衣被等物，已经烂成了碎片。但那个骨灰盒还完好如初。

七叔用一个粗瓷大碗，盛来一碗水，让我喝。我没敢喝。七叔叹息道：你七婶就要来找我了，她来了我的耳根就不得清静了。

起风了。成熟的麦子晃动着沉甸甸的穗子，像一层层凝滞的金黄色波浪。七叔的墓前洋溢着呛鼻的尘土气息，当然也有清新的空气在其中。无际的金黄中点缀着醒目的翠绿。桑叶肥大，油光闪闪，富含营养，正是春蚕上蔟前的最后一遍桑叶。

县文化馆的文学创作辅导员王慧，五十年代末被错划成右派时曾在我们村劳动改造过。她对我说：我认识你七叔，七麻子，革命神经病。你七叔长相凶恶，但心眼不坏。六十年代初期，生活困难，你七叔一边拉耧播种，一边伸手从桑树上往下撕桑叶吃。他咀嚼得满嘴冒绿沫，像一只受伤的蝗虫。王慧说你七叔一边吃着桑叶一边喊叫：饿啊，饿啊，把人快要饿死了呀……王慧说：在我的印象里，你七叔好像一匹马，得着什么就往嘴里塞什么。也许他就是一匹马。王慧是研究上古神话的专家，她说那蚕宝宝就是一匹马变的。你看看那眠时高昂着的蚕头，像不像一匹马？

一只灰突突的鸟儿从麦垄间冲上蓝天，留下一串花样百出的呼哨。我的懵懵懂懂的脑海里，闪开了一道缝隙，清凉的泉水涌出来。一只黑色的蝴蝶在麦里桑间忽上忽下、懒洋洋地飞行着，我希望它就是七叔的灵魂。

于是我就追着那只黑蝶说：七叔，其实我们爱您；七叔，我们真的爱您；尽管您满怀着冤恨而死，但我们还是希望您的灵魂早日去您该去的地方，该上天堂您就上天堂，该下地狱您就下地狱，在这不阴不阳的地界里混着，终究不是个办法，您说呢？

一只燕子闪电般掠过麦梢。燕子过后，黑蝶不见了。如果七叔的灵魂进了燕子的肚子，也未尝不是一个美好的归宿。您说呢？

——《花城》，1999年第1期

三十年前的一次长跑比赛

一　小引

此文为纪念一个被埋没的天才而作。

这个天才的名字叫朱总人。

朱总人是我们大羊栏小学的代课教师。他家庭出身富农，本人成分右派。

搜检留在脑海里的三十多年前的印象，觉得当时的他就是一个标准的中年人了。他梳着光溜溜的大背头，突出着一个葫芦般的大脑门；戴着一副深度近视眼镜，眼镜腿上缠着胶布；脑门上没有横的皱纹，两腮上却有许多竖的皱纹；好像没有胡须，如果有，也是很稀少的几根；双耳位置比常人往上，不是贴着脑袋而是横着展开。人们说他是“两耳扇风，卖地祖宗”。他的出生年月不详。他也许还活着，也许早就死了。他活着的可能性不大，因为他曾经对我们说过，当我们突然发现他不见了时，他就到一个能将肉身喂老虎的地方去了。那时他就对刚刚兴起、被视为进步的、代替了土葬的火葬不以为然，他说所有的殡葬方式都是人类对大自然的粗暴干涉，土葬落后，难道火葬就先进了吗？又要生炉子，又要装骨灰盒，还要建骨灰堂，甚至比土葬还烦琐。他说相比较而言，还是西藏的天葬才比较符合上帝的本意，但也太麻烦了点。难道老虎还需要将牛肉剁成肉馅？秃鹫其实也未必感谢天葬师的劳动。他说：如果我能够选择，一定要到原始森林里去死，让肉身尽快地加入大自然的循环。当与我同死的人还在地下腐烂发臭时，我已经化作了奔跑或是飞翔。后来，有一天人们突然想起来地问：朱老师呢？好久没见朱老师了。是啊，好久没见朱老师了。他到哪里去了呢？这样他就从我们生活中消失了。我曾在一篇文章里简单地介绍过他的一些情况，但那次没有尽兴。为了缅怀他，为了感谢他，也为了歌颂他，专著此文。

二 大引

从很早到现在，“右派”（以下恕不再加引号），在我们那儿，就是大能人的同义词。我们认为，天下的难事，只要找到右派，就能得到圆满的解决。牛不吃草可以找右派，鸡不下蛋可以找右派，女人不生孩子也可以找右派。让我们产生这种看法的主要原因，是因为离我们大羊栏村三里的胶河农场里，曾经集合过四百多名几乎个个身怀绝技的右派。这些右派里，有省报的总编辑李镇，有省立人民医院的外科主任刘快刀，有省京剧团的名旦蒋桂英，有省话剧团的演员宋朝，有省民乐团的二胡演奏家徐清，有省建筑公司的总工程师，有省立大学的数学系教授、中文系教授，有省立农学院的畜牧系教授、育种系教授，有省体工大队的跳高运动员、跳远运动员、游泳运动员、短跑运动员、长跑运动员、乒乓球运动员、篮球运动员、足球运动员，标枪运动员，有那个写了一部流氓小说的三角眼作家，有银行的高级会计师，还有各个大学的那些被划成右派的大学生。总而言之吧，那时候小小的胶河农场真可谓人才荟萃，全省的本事人基本上都到这里来了。这些人，没有一盏省油的灯，如果不是被划成右派，我们这些乡下的孩子，要想见到他们，基本上是比登天还难。我们村的麻子大爷侯七说，解放前，蒋桂英隔着玻璃窗跟一个大资本家亲了一个嘴，就挣了十根金条，如果不隔着一层玻璃、如果跟她通腿睡一个被窝……我的天，你们自己想想吧，那需要多少根金条！就是这个蒋桂英，竟然跟我姐姐一起在鸡场养鸡。我姐姐是鸡场二组的小组长，蒋桂英接受我姐姐的领导，我姐姐让她去铲鸡粪她就去铲鸡粪，我姐姐让她去捡鸡蛋她就去捡鸡蛋。她服从命令听指挥，绝对不敢有半点调皮。有人同情她，就说“落埘的凤凰不如鸡”。后来发现，这娘们其实也不是什么凤凰，她躲在鸡舍里偷喝生鸡蛋，被我姐姐当场抓住。她不但嘴馋，而且“腰馋”，“腰馋”就是好那种事，在农场劳改期间，她生了两个小孩，谁是小孩的爹她自己也说不清楚。我们村在县城念过中学的大知识分子雷皮宝说，别看那个三角眼作家不起眼，其实也是个大风流鬼子。大家千万别拿着豆包不当干粮，那家伙，写了一本书，就挣了一万元！雷皮宝说，那家伙腐化堕落，自打出名后就过上了腐朽的资产阶级生活。他一天三顿吃饺子，如果不吃饺子，就一定吃包子，反正他绝不吃没馅的东西。包子饺子，都用大肥肉做馅，咬一口，滋，喷出一股荤油。这家伙不但写流氓小说，本人也是个大流氓，雷皮宝说有一次他坐在火车上，突然看到一个漂亮女人蹲在铁道旁边，这家伙不顾一切地就跳了下去，结果把腿摔断了。你们看到了没有？雷皮宝说，这家伙一条腿长一条腿短，走起路来一拐一拐的。我们仔细一看，那家伙走起路来，果然一拐一拐的，可见雷皮宝没有撒谎。这些右派，看样子是欢天喜地的，不像别地方的右派，平反之后，就诉苦，一把鼻涕两把眼泪，把右派生活，描写得暗无天日。也许别地方的右派六十年代时就哭天抹泪，反正那时候我们那地方的右派欢天喜地，充满了乐观主义精神。每到晚上他们就吹拉弹唱，尽管有人讽刺他们是叫花子唱歌穷欢乐。尽管蒋桂英嘴馋加“腰馋”，但人家那根嗓子的确是好，的确是亮，的确是甜，人家的确会“拿情”，人家的眼睛会说话，蒋桂英一曲唱罢，我们村那些老光棍小光棍，全部酥软瘫倒。尽管有的革命干部当众骂蒋桂英是大破鞋，但见了人家还是馋得流口水。也许是右派把痛苦藏在肚子里，不让我们这些庄户人看出来，对，就是这个理儿。右派集合到农场后，场里人起初还有意见，说是生活本来就困难，又送来一批酒囊饭袋，这还了得！但人家右派们很快就在各个领域表现出了才华，让我们乡下人开了眼界。省报总编辑李镇，负责办黑板报。场部的齐秘书办期黑板报，那谱摆得，大了去了！他要先写出草稿来，反复修改，然后拿着些大尺子小尺子，搬着凳子，端着粉笔，戴着套袖，来到黑板下，放下家什，摆好阵势，然后，前走走，后倒倒，有时手搭着眼罩，如同悟空望远，有时念念有词，好似唐僧诵经。折腾够了，他就开始往黑板上打格子，打好了格子才开始写字，写一个字恨不得擦三次，我们围着看看都不行，好像他在干一件惊天动地的大事，既怕羞，又保密。可人家李镇撅着个粪筐子到田野里转一圈，回到黑板前，拿起粉笔就写，根本不用打草稿。那粉笔字写的，横是横竖是竖，撇是撇捺是捺。不但字写得板整，还会画呢。人家在那些字旁边，用彩色粉笔，画上些花花草草，那个俊，那个美，看得我们直咂嘴，怪不得划成右派呢。我爹说，你以为怎么的，没有点真本事能划右派？再说说赵猴子盖大仓的事。赵猴子就是那个总工程师，他长得很瘦，尖嘴缩腮，而且还有一个眨巴眼的毛病，姓赵，真名叫赵候之，我们就叫他赵猴子。叫他赵猴子他也不恼，他自己说，在省城里时人家也叫他赵猴子，可见大羊栏的老百姓不比省城里的人傻多少。农场年年都为储存粮食发愁，于是就让赵猴子设计个大粮仓。赵猴子只用了一个下午就画出了图纸，然后又让他领着人盖。不到一年大粮仓盖好了。这粮仓，“远看像座庙，近看像草帽，出来进不去，进去找不到。”找不到什么？出来找不到进口，进去找不到出口，整个一座迷宫，全世界找不到第二座。还得说说会计师的事，大家都叫他老富，老富那时候就有五十多岁了，如果现在还活着，大概有一百多岁了。据说这人解放前是胶济铁路的总会计师，解放后被吸收到银行工作，他本事太大，连共产党也不得不用。他能双手打算盘，双手点钞票，还能双手写梅花篆字，就像三国里徐庶的老娘一样，我爹说。那时我们十几个村子都归胶河农场领导，每到年终，各村的会计都要到场部来报账。场里让老富来把总。一个人像流水一样念数，十几把算盘打得就像爆豆一样，人人都想在老富面前显身手。我叔是村里的会计，他从小在药店当学徒，磨练出一手好算盘，在十几个村里小有名气。我看过我叔打算盘，那真叫好看，你根本看不到他的手指是怎么拨弄的，你只能听到啪啦啪啦的脆响。提起打算盘，让我叔服气的人还真不多，但我叔看了人家老富打算盘之后，一下子就变得谦虚谨慎了。我叔说，人家老富打算盘时，半闭着眼，一会儿挖鼻孔，一会儿抠耳朵，半天拨动一个珠，等我们噼里啪啦打完时，人家早就把数报出了。有时候，我们十几个人的得数都跟他的得数不一样，他就说，你们错了。当然是我们错了。再说说标枪运动员马虎的事。咱就说那次难忘的长跑。马虎一点都不马虎，他的标枪投得，只差一厘米就破了全国纪录。但我们认为，标枪比赛，光投得远还不行，还应该讲个准头。我想原始人投标枪时，首先就是讲准头，要不如何能得到猎物。如果讲准头，马虎是毫无疑问的全国冠军，弄不好连世界冠军也是他。那时候人民群众生活比较困难，肉类比较缺乏，国家干部大概还能吃点肉，老百姓只能吃点老鼠麻雀什么的解解馋。我们那地方地面宽阔，荒野连片，野兔子不少，甚至有一年，有一匹老狼从长白山不远千里跑到我们这里来玩耍，兔子太多，竟把老狼给活活地撑死了。有人要问了，为什么老百姓不打野兔改善生活呢？没有枪，没有弓箭。场里领导也想吃肉，就让马虎带着几个搞体育的右派去抓兔子。马虎下放不忘本行，劳改还带着标枪。他把从省城带来的那杆标枪的尖儿用砂轮打磨了，尖锐无比，闪着白光。他举起标枪，朝着那些狂奔的兔子，连准也不瞄就投过去。标枪在高空中飞行，发出簌簌的声音，好像响尾蛇似的，飞到兔子头上，猛一低头就扎下去，几乎是百发百中，不是穿透兔子的头，就是砸断兔子的腰。一上午就穿了四十多只。当然，他有这样大的收获，也离不开那几个右派的帮助。那个短跑运动员张电和长跑运动员李铁，负责把兔子往马虎面前赶，他们两个起的作用，就像两条出色的猎狗，一条善于穷追不舍，一条长于短促出击。有一条因为拉稀体力不佳的兔子，跟张电赛跑，被张电一脚踢死了，你说他跑得有多快。那天，马虎张电他们，浑身挂满了兔子，就像得胜归来的将军似的，受到了全体右派、全场职工与干部的热烈欢迎。

我已经粗略地向大家介绍了这群身怀绝技的右派的情况，接下来就该说我们朱总人的故事了。与那些省里来的右派相比，他没有那些显赫的头衔，既不是专家，更不是教授，他就是一个土生土长的富农的儿子，解放前好像是跟着打学生成瘾的范二先生上过几天私塾，上私塾时也没表现出特别的天分。我六叔跟他在私塾时同过学，说起朱总人，我六叔说：他小时候比我笨多了，背书背不出，被范二先生用戒尺将两只手打得像小蛤蟆一样，吃饭连筷子都拿不住。但他特别调皮捣蛋，有许多鬼点子，他曾经将野兔子屎搓碎了掺到范二先生的烟荷包里，让范二先生抽烟之后打嗝不止。他还在范二先生的夜壶里放过青蛙，把倒夜壶的师娘吓了个半死。当然，他的这些恶作剧都受到了先生严厉的惩罚。他现在这样聪明，我六叔说，一定是在东北吃了那种聪明草做成的聪明药丸子。与那些省城的右派相比，朱总人的身材相貌更是铁丝捆豆腐不能提了。省城的右派，女的像唱戏的蒋桂英、学外文的陈百灵，那简直就是九天仙女下凡尘，村子里的那些老光棍编成诗歌传唱：“蒋桂英拉泡屎，光棍子离地挖三尺；陈白灵撒泡尿，小青年十里能闻到。”男的里边，跳高运动员焦挺，话剧演员宋朝，都是腰板笔直、小脸雪白，让村子里那些娘们见了挪不动腿的好宝贝。三四十岁的老娘们想把他们抱在怀里，二十来岁的大闺女想让他们把自己抱在怀里。省城右派里最丑的是那个三角眼作家，最丑的作家也比朱总人好看。作家脸不好看，但身体很壮，要不也不敢见了女人愣从火车上往下跳。朱总人是一个驼背，好像偷了人家一口锅整年背着。他的背是怎么驼的，有好几种说法，比较权威的说法是他在大兴安岭当盲流时，在山里抬大木头，碰上个河南坏种，给他吃了一个哑巴亏，伤了他的脊梁骨，从此就驼了。还有一种说法是他去偷人家的老婆，被人家发现，人慌无智，狗急跳墙，摔坏了脊梁骨，从此就驼了。我相信前一种说法而坚决否定后一种说法，因为朱老师是我心中的英雄，我希望他抬大木头伤了腰，这样比较悲壮，多少还有那么一点英雄气概，比搞破鞋伤了腰光彩。大兴安岭，原始森林，红松大木，比人还要粗，长达数十米，重达两千斤，八个人，四根杠子，喊着号子抬起来，听着号子，颤颤抖抖地往前走：嗨哟——嗨哟——嗨哟——林间小道上尽是腐枝败叶，一脚下去，水就渗了出来。嗨哟——嗨哟——嗨哟——松鼠在树上吱吱叫着追逐蹿跳，飞龙咯咯叫着，展开像扇子样的花尾巴，从大树冠中滑翔到灌木丛里。这时，与他同抬一根杠子的河南坏种小花虎突然将杠子扔了，他猝不及防，身体晃了几晃，腰杆子发出了一声脆响，然后就趴在了地上，像一条被打断了脊梁骨的癞皮狗。他的像青杨树一样挺拔的腰从此就弯了，他的像铁板一样平展的背从此就驼了，一个好小伙子就这样废了。当然，如果他不遭这一劫，也就不会成为一个值得纪念的人。

那时候每年的五一劳动节，我们大羊栏小学都要搞一次运动会。起初这个运动会就是学生们跑跑跳跳，打打篮球扔扔手榴弹什么的，一上午就结束了。后来，不知道怎么弄的，学生的运动会变成了老师的运动会，老师的运动会把农场的右派也吸收进来了。这一下我们大羊栏小学的五一节运动会名气就大了，很快就名扬全县、全区、半个省。我上小学三年级时，写了一篇《记一次跳高比赛》，这篇作文受到了老师的表扬。老师在我的作文本上用红笔画了许多圈，点了许多点，这就叫做可圈可点。他还用红笔写了二百多字的批语，什么“语言通顺”啦，“描写生动”啦，“层次分明”啦，“重点突出”啦，“继续努力”啦，“不要骄傲”啦，等等。后来我的语文老师把《记一次跳高比赛》送给右派一组的中文系教授老单看，老单看了说，一个十岁的少年能写出这样的文章很不简单。老单是全中国有名的文学史专家，连李白的姥姥家姓什么他都知道，能得到他的夸奖，就跟得到了郭沫若的夸奖没有什么区别。我们老师得寸进尺，又无耻地把《记一次跳高比赛》送给省报总编辑李镇看。李镇用一分钟就把文章看完了，然后摸出一支像火棍的黑杆钢笔，连勾带划，把原长一千字的《记一次跳高比赛》砍削成五十个字，说：就这样寄出去吧，没准能发表。我们老师非要他给写一封推荐信，他实在顶不住黏糊，就写了一百多个字，给省报的编辑。我和老师欢天喜地地把稿子寄出去，然后就天天盼省报，几天后文章果然发了。这一下子我有了名，我们老师有了名，我们学校有了名，我们学校的五一运动会更是大大有了名。第二年，全县教师运动会就挪到我们学校召开了。第三年，周围几个县的学校也组织体育教师来观摩。当时的县革委会主任高风同志原先是八一体工大队的跳高运动员，因为腿伤，退役下到我们这里来的。该同志爱体育，懂体育，一进体育场就热血沸腾，一看见跳高架子就眼泪汪汪。他亲临我校参加了一届运动会，参观了比赛，兴奋得不亦乐乎。他还在百忙当中接见了我，用他的大巴掌拍着我的头说："小家伙，你的文章我看了，写得不错，不错，继续努力，长大后争取当个记者。"他从胸前的口袋里摸出一支博士牌钢笔，送给我以资鼓励。激动得我尿了一裤子。开完运动会，他没有回县，直接去了农场，与场领导密谋了许久。回去后，他就拨来了十万元钱，让我们学校增添体育器材，修建比赛场地。所有的技术问题，由农场的右派解决；所有的力气活，由我们周围十几个村子的老百姓来干。出这样的力，我爹他们都感到高兴，感到光荣。那时候的十万元人民币，在老百姓心目中，简直就是天文数字，我们私下里说，这么多钱，怎么能点得清楚？马上就有人回答，有老富呢，怕什么？十万元，人家老富用脚丫子就拨拉清了，哪还用得着手！

我写《记一次跳高比赛》时，学校的操场地面坑坑洼洼，没有垫炉渣，更没有铺沙子。那时是风天一身土，雨天两脚泥。那时根本没有跳高垫子，别说没见过，连听都没听说过。我们在操场边上挖了一个长方形的大坑，坑里垫上一层沙土，运动员翻过横竿就落在沙坑里，跌得呱呱地叫唤。跳高架子是我爹做的，我爹是个劈柴木匠，活儿粗，但是快。弄两根方木棍子，用刨子刨刨，下边钉上几条腿，棍上按高度钉上铁钉子，往沙坑旁边一摆，中间横放上一根细竹竿，这就齐了。我们学校有一个小王老师，中师毕业，也是个小右派，手提帽，我们全校的体育课都归他上。他个子不高，身体特结实，整天蹦蹦跳跳，像个兔子似的。我们写诗歌赞美他："王小涛，黏豆包，一拍一打一蹦高！”我爹说，你们这些熊孩子净瞎编，皮球一拍一打一蹦高，黏豆包怎么能蹦高？一拍一打一团糕还差不多。王小涛跑得很快，尽管他的速度不能与省里的右派张电相比，但与我们村里的青年相比，他就算飞毛腿了。县里拨款给我们学校修建体育场地，校长与农场场长商量后决定建一座观礼台，好让高主任等领导站在上边讲话、看景。为此，学校派人去县城买了一汽车木头。汽车拉来木头那天，我们就像过年一样高兴。我们村里的人除了高中生雷皮宝之外，谁见过汽车呀，可汽车拖着几百根木头轰轰烈烈地开进了我们村。大家伙把汽车围了个水泄不通，有的摸车鼻子，有的摸车眼，把司机弄得很紧张。校长和场长带着一群右派过来，好说歹说才把我们劝退。右派们爬上车去卸木头，村里的大人们也主动上前去帮忙。木头卸在操场边上，汽车就开走了。我们跟着汽车跑，心里感到很难过。汽车的影子没有了，汽车卷起的黄烟也消散了，我们还站在那里。我们眼泪汪汪，心中怅然若失。那些木头堆放在操场边上，一根压着一根，码得很整齐。我爹抚摸着木头，两眼放着光说：“好木头，真是好木头，都是正宗的长白山红松。”他从木头上抠下一坨松油，放到鼻子下边嗅嗅，说：“这木头，做成棺材埋在地下，一百年也不会烂；做成门窗，任凭风吹雨打，一百年也不会变形。”众人都围在木头边上，嗅着浓浓的松油香，听我爹发表关于木头的演说。我爹是说者无意，但有人却听者有心。这个有心的人名叫郭元，是个脸色苍白、身体消瘦的青年。当天夜里，他就偷偷地溜到操场边上，扛起一根松木。

郭元扛起木头，歪歪扭扭地走了十几步，就听到一个人大喊一声：“有贼！”郭元扔下木头，撒腿就跑。后边的人紧紧追赶。郭元个子很高，双腿很长，从小就有善奔的美名，加上做贼心虚，奔跑的速度很快，简直就像一匹野马，如果是村里人，休想追得上他。但该他倒霉，后边追他的，是我们的小王老师和右派张电、李铁。他们三个追逐着郭元在操场上转圈，如果是白天看，那根本就是赛跑，谁也不会认为是抓小偷。追了几圈后，李铁在郭元的脚后跟上踢了一脚，郭元惨叫了一声，一个狗抢屎就趴在了地上。李铁穿着一双钉鞋，这一脚几乎把郭元给废了。他们费了挺大的劲才把郭元拖起来。小王老师划了根火柴，火光照亮了郭元的脸。“郭元，怎么会是你！”小王老师惊叫着。郭元满嘴是血，羞愧地喃喃着。他的两颗门牙没了，嘴巴成了一个血洞。小王老师慌忙划着火低头给郭元找牙，发现那两颗牙已经镶在了坚硬的地面上。郭元是小王老师的好朋友，两个人经常在一起切磋传说中的飞檐走壁技艺，好得就差结拜兄弟了。郭元低着头，呜呜噜噜地说：“没脸见人啦……没脸见人啦……”小王老师问：“你这家伙，扛根木头干什么？”郭元道：“想给俺娘做口棺材……”李铁与张电见此情况，就说：“你走吧，我们什么也没看到。”郭元一瘸一拐地走了。三个人把那根红松木抬回到木头垛上，累得气喘吁吁。黑暗中，张电说：“这伙计，太可惜了，如果让我训练他三个月，我敢保证他打破省万米纪录。”李铁对小王老师说：“早知道是你的朋友，我何必踢他那一脚？”小王老师说：“你们太客气了，这事谁也不怨，就怨他自己，我们放了他一马，已经对得起他了，否则，他很可能要去蹲监狱的。”

第二天，郭元就从我们村子里消失了，谁也不知道他到什么地方去了。生产队长到他家去找他，问他母亲，问他弟弟，都说不知道他的下落。一转眼过了十年，当我们把他忘记了时，当我从一个小孩子长成一个青年时，郭元背着一条叠成方块的灰线毯子回来了。问他这十年到什么地方去了，他说到大兴安岭去了。问他在大兴安岭干什么，他说抬木头，抬那些流着松油的红松木。他因为扛一根不该扛的红松木亡命大兴安岭，付出了抬十年红松木的沉重代价。我成了他的好朋友，每逢老天下雨不能出工时，就到他家去听他说那些稀奇古怪的关于大兴安岭的故事。我发现，他这十年，学到了许多待在我们村子里不可能学到的东西，可以说他是因祸得福。他的脖子后也鼓起了一个大包，自己说是让大木头压的。由此我更相信，朱总人老师的罗锅子的确不是搞破鞋跳墙跌的。

那次跳高比赛，参赛的运动员共有四人，一个是省里来的右派、专业跳高运动员汪高潮，一个是我们学校的体育老师小王，一个是公社教育组的孙强，还有一个就是我们的朱总人朱老师。开始时横竿定在一米五十的高度上，汪高潮举手请求免跳，小王老师也请求免跳。孙强不请求免跳，他说他就是想参与进来凑个热闹，根本就没想拿什么名次。他是侦察兵出身，举手投足之间，显出在部队受过摸爬滚打训练的底子。他脱掉长衣服，只穿着短裤背心。背心已经很破，像鱼网似的，但那红色的“侦察兵”三个大字还鲜明可见。他在那儿抻胳膊压腿时，观众们就在旁边议论。说他能头撞石碑，肉掌开砖，还能听声打鸟，赤手夺枪。我们那儿对人的最高夸奖就是“不善”，譬如说庄则栋这人不善，就是说庄则栋好生了得的意思，并不是说他人恶。孙强抻胳膊压腿时，我们就议论他的光荣历史，说孙强这人不善。孙强活动开了筋骨，就像马跑热了蹄子一样。他从横竿的侧面跑到横竿前，一个燕子剪水的动作，越过了横竿。我们手拍巴掌，嘴里发出欢呼声。然后是朱总人老师上场。他一上场大家就笑了。朱老师那样子实在好笑，并不是我们不尊重他。他也脱了长衣服，只穿着背心短裤。他那两条腿又黑又瘦，从小腿到大腿，通通地生长着黑毛。我们给他起了个外号“猪尾巴棍子”，固然与他姓朱有关，更与他一身的黑毛有关。他穿着长大的衣服，还能遮点丑，脱掉长衣，原形就暴露无遗。他的背前倾约有四十五度角，后脖颈下那儿，生硬地突出了一大团，好像一个西瓜。为了看人，他不得不把脸使劲地扬起来，那副模样，让你既受他的感动，又替他感到难过。我们当时都暗暗地想，一个人变成这样的罗锅腰子还不如死了好。我们都笑他，他很不理解地瞪着我们，说："你们笑什么？有什么可笑的？"有人说老朱你就算了吧，别给咱们大羊栏丢人啦！他的那两只小三角眼在褪了色的白边近视眼镜后边不停地眨着，他说："人与野兽的一个重要区别就是，人是唯一的有意识地通过运动延长生命的动物。"他的话我们听不明白，但省里来的右派汪高潮肯定听明白了。汪高潮用赞许的目光看着老朱，还不停地点头。朱老师也对着他点头，这两个人就这样成了知音。要不怎么都划成右派呢！右派见了右派，就像猩猩见了猩猩一样，肯定感到特别的亲切吧？咱不是右派，没法子体会人家见面时那种感情。朱老师笑完了，就学着侦察兵的样子抻胳膊压腿，做着跳跃前的准备。大家看到他这样子，总觉得有点滑稽，就像看到一个猴子跟着人学样似的。老朱边活动着身体，边往后退。人家侦察兵方才是从横竿的侧面飞越了横竿，但朱总人却退到了正对着横竿十几米的地方。有人说，老朱，到边上去呀！他瞪着眼问："为什么？为什么让我到边上去？"人家侦察兵就是从边上助跑翻过了横竿，你站在正中是怎么个说法？他笑着说了一句："正面突破！"便不再管理我们。然后他就对着担任裁判的余大九举手示意。余大九说你就别磨蹭了，有多少尿水赶快撒了吧，别耽搁了别人跳。朱老师说："你们这些狗东西，个个都是狗眼看人低！"说罢，他就大声叫唤着："呀呀呀……"他大声叫唤着向横竿冲过去。到了竿子前，一团黑影子晃了一下我们的眼，他就翻到横竿对面去了。他一头扎在沙坑里，跌出了一声蛙鸣。爬起来，眼镜也掉了，一脸沙土，嘴里呸呸地往外啐着沙子，然后就蹲下摸眼镜。我们有点怀疑这件事情的真实性，难道一个罗锅腰子真的翻越了一米五十厘米的高度？我们回忆起方才的情景：朱老师大声地喊叫着“呀呀呀……”朝着横竿冲过去，冲到横竿前面时，他好像停顿了一下，非常短暂的几乎难以觉察的停顿，然后他就像一个皮球似地弹跳起来，翻越了一米五十的横竿。我们又仔细回忆了一下朱老师方才的动作，他“呀呀呀”地大声喊叫着向横竿冲过去，冲到横竿前面时他的的确确地停顿了一下，在这停顿的瞬间，他的身体转了半圈，他原本是背对着我们的——有他的背上的大罗锅为证——但他在跃起的瞬间却将他的脸对着了我们——有他脸上的褪了颜色的白眼镜为证——然后他就像个皮球似的弹起来，他的弯曲的身体升高升高进一步升高，升到最高处，然后他就背重腿轻地翻到沙坑里去了。他的罗锅在沙上砸出了一个大坑，然后他就不由自主地翻了一个身，这时他的脸才扎进沙里。当时，我们根本没有想到，朱老师这一跳，在世界跳高运动史上所具有的革命性意义。当时，最常见的姿势还是剪式，就像侦察兵那样跳。当时最先进的跳法是俯卧式，几年后倪志钦打破世界纪录用的就是俯卧式。省里来的右派汪高潮掌握了俯卧式跳法，但并不熟练。像朱老师这种跳法，绝对是世界第一。汪高潮也没有认识到这种跳法的科学性。当时，他也像我们一样有点发呆。这样一个残疾人用一种古怪的姿势跳过了一米五十的横竿，谁见了也得发呆。但汪高潮后来说他当时就隐隐约约地感到了一种震撼，过了十几年后，当背越式跳法流行世界，将俯卧式跳法淘汰之后，当了教练的汪高潮才恍然大悟，并痛恨自己反应迟钝，一个扬名世界的机会出现在他眼前，可惜他让这机会一闪而过。汪高潮率先鼓起掌来，我们也跟着鼓。有人说，老朱，你行啊！他说：“才知道我行？告诉你们这些兔崽子们，人不可貌相，海水不可斗量！俗话说得好，'没有弯弯肚子，不敢吞镰头刀子！'”接下来横竿升到一米六十，侦察兵连跳三次都没过，他说，不行了咱就这点水平了，不跳了。小王老师第一次没跳过去，第二次跳过去了，他用的也是剪式跳法。朱老师走到横竿下，举手摸摸头上的横竿，说：“高不可及，望竿兴叹！咱也不行了，咱是野路子，看人家汪同志的吧！”汪高潮往后退了几步，几乎没有助跑，就把一米六十过了。他用的是俯卧式跳法。朱老师使劲鼓掌，大声夸奖：“真漂亮，真是漂亮，专业的跟业余的就是不一样！”横竿升到一米七十，小王老师也被淘汰了，汪高潮助跑了几步，一下子又把一米七十的高度过了。冠军已经是汪高潮了，但他还不罢休，他让人把横竿升到了一米九十，跟操场边上的小杨树一般高了。天，他要在我们的沙坑里创造全省纪录了。我们都不错眼珠地盯着他。他这次也认了真，退回去十几米，一个劲地活动腿和腰，然后他就像小旋风似的朝横竿刮过去。他还是用俯卧式，像一只大壁虎似的，他把横竿超越了。他的身体将横竿碰了，但我们的横竿是放在钉子上的，轻易碰不下来，跳高架子晃了几下，没倒，横竿也没掉下来，就算过了。一米九十，跟操场边上的小杨树一般高！大家欢呼，跳跃，真心里感到高兴。喊得最响，跳得最高的是朱老师，他这人一点都不忌妒。他上去就抓住了汪高潮的手，激动地说：“祝贺你，祝贺你！你创造了奇迹！”汪高潮有点不好意思，说，其实我碰了竿，不算数的。朱老师说：“算算算，当然算，我们这儿条件这样差，地面不平，器材也不合格，碰不下竿来就应该算数。”汪高潮说，您跳得也相当不错，您的姿势很有意思。朱老师说：“您太客气了，汪同志，我们是土压五，您是勃朗宁，根本就不能相提并论。这么说吧，我们是老鸹打滚，您是凤凰展翅，能跟您同场比赛，是我们这些人的福气。”运动会结束后，老师让我们写作文，我就写了那篇《记一次跳高比赛》，我在作文中，主要写了汪高潮，写汪高潮在农村的土沙坑里打破了省纪录，连朱老师一个字也没提。现在回想起来，觉得很对不起他。

在上级领导的亲切关怀下，在农场右派、教职员工、贫下中农的共同努力下，我们的运动场扩建了，运动场旁边的观礼台也修好了，各种运动器材也买了回来。跳高不用往沙坑里跳了，可以跌在蒙着绿篷布的弹簧垫子上了。乒乓球台也不再是露天的水泥台子而是安放在室内的木头台子了。台子是用大兴安岭的红松木制作的，上边涂着墨绿色的漆，中间还画了一条白漆线，周围还用白漆画上了白边，界限分明，绿漆和白漆都闪闪发光。网子是用尼龙线编织，墨绿的丝网，上边是一道白边，两边用螺丝固定在台子上。我们小王老师说，庄则栋和徐寅生等人打球也是用的这种牌子的球台，这就说明我们一下子就达到了国际先进水平。因为中国的乒乓球运动是世界上水平最高的，所以中国的乒乓球运动器材也就是世界上最好的。我们的比赛用球是“红双喜”，当时卖两毛四分钱一个，在我们心目中贵得要命。小王老师说国际比赛用的也是“红双喜”，这又说明我们的运动会在某些方面达到了国际先进水平。

朱老师打乒乓球的事不能不提。他是一个不折不扣的怪球手，我们学校的老师没有一个人能打过他。县里的冠军到我们学校打表演赛，当然没有人是他的对手（校长不让朱老师上场）。冠军牛皮烘烘，一会儿嫌我们学校的水咸，一会儿嫌我们学校的饭粗，最后还嫌我们学校的厕所有臭气。气得我们校长这样的大好人都嘟哝：“啥呀，难道县里的厕所就没有臭气了吗？”其实我们学校的厕所是个古典厕所，垒墙的砖头都是明朝的，厕所里那棵大杏树是民国时期种的，虽然算不上古树，但那颗杏核却是范二先生从曲阜孔林里那棵孔夫子亲手种植的老杏树下捡了一颗熟透了的大杏子里剥出来的。孔夫子手植树的嫡传后代，意义重大，又何况，所谓“杏坛”，也就是教育界的文雅别称，范二先生什么树都不栽，单栽一棵杏树；他什么地方都不栽，偏把杏树栽到当时的私塾茅坑、如今的学校厕所边上，其复杂的用心是多么良苦哇！你一个小小的县乒乓球冠军，比一根鸡巴毛还轻个玩意儿，有什么资格嫌我们的厕所臭？老师们都愤愤不平，撺掇朱老师跟冠军干一场，煞煞他的狂气，让他明白点做人的道理。朱老师说，校长说了，不让我参加比赛嘛！老师们说，事情已经发生了变化，我们去找校长说。于是就有人去跟校长说，让朱老师跟冠军打一场，校长说，不太合适吧？大家说有什么不合适的，打着玩嘛，也不是正式比赛，再说，我们让朱老师教育教育他，也是为了他好，也是为了他的进步，并不是纯粹为了出口气。校长说，我不管，我马上就回家，这事就当我不知道。校长走了。县里的冠军和他的几个随从蹬开自行车也要走。小王老师上前拦住他们，说：冠军同志，别急着走，我们这里还有个怪球手，想向您学习学习。冠军轻蔑地说：怪球手？不会是用脚握球拍吧？小王老师说：冠军同志，您可真爱开玩笑。用脚握球拍，那不成了“怪球脚”了？众人哈哈大笑。冠军也笑了。小王老师说：我们这个怪球手，保证用手跟您打。他原先是用右手打，划成右派就改用左手打了。冠军说：还有这种事呀！小王老师把朱老师拉过来，对冠军说：就是他，我们学校里挖厕所的校工，当然，敲钟分报纸也归他管。冠军看看朱老师，忍不住就笑了。朱老师说：冠军，敢不敢打？冠军说：好吧，我也用左手，陪着您玩玩吧。一行人就进了办公室。冠军把自己的拍子从精致的布套里掏出来，用小手绢擦了擦球拍的把子，说：开始吧，我们还急着回去，晚上还要跟河南省的选手比赛呢。朱老师从台子上拿起一个胶皮像猪耳朵一样乱扇乎的破拍子，说：开始吧。冠军说：也不是正式比赛，你先发球吧。朱老师说：那可不行，该怎么着就怎么着，我可不敢欠您这个人情。冠军不耐烦地说：那就快点。说时迟，那时快，猜球的结果还是朱老师发球。冠军说：这不还是一样嘛！朱老师说：那可不一样！当然是朱老师说的对。朱老师紧靠着台子站着，他的上半截身体几乎与球台平行着，他的双手却隐藏在球台下。冠军果然就用他不习惯的左手拿着球拍，一副不耐烦的样子。朱老师也没多说什么，就把第一个球发了过去。他的球好像是从地狱里升起来的，带着一股子邪气。冠军的球拍刚一触球，那球就飞到房梁上去了。冠军吃了一惊。朱老师说：要不这个不算？冠军说：你太狂了吧？他抖擞精神，等待着朱老师的球。又一个阴风习习的球从地狱里升起来了，冠军闪身抽球，触网。冠军嘴里发出一声怪叫：哟嗨，邪了门啦！朱老师憨厚地笑着，说：接好！第三个球就像一道闪电，唰的一声就过去了。冠军的球拍根本就没碰到球。他的小脸顿时就红了，全县冠军，竟然连吃了一个罗锅腰子三个球，这还了得，传出去还不把人丢死？于是他的球拍仿佛无意中就换到了右手里。朱老师扮了一个鬼脸，小王老师一点面子也不给冠军留，大声说：冠军，怎么又换成右手了？冠军咬咬下唇，没有吭气。朱老师双手藏在球台下，眼睛死盯着冠军的脸，冠军紧张不安，脸上渗出汗水。这个球又是快球，冠军把球推挡过来，朱老师把球挑过去，擦边而落。冠军摇摇头，表示没办法。第五个球发过来，像大毒蛇的舌头神出鬼没，冠军又没接住。五比零，朱老师领先。接下来我就不想啰嗦了，朱老师靠神鬼莫测的发球和大量的擦边球，把冠军打得大败，三盘皆输。朱老师说：冠军同志，您不该这样让球。冠军气得嘴唇发白，风度尽失，将球拍扔在球台上，说：你这是什么鬼球！朱老师笑着说：对不起，实在是对不起。

几年之后，我们大羊栏小学的五一运动会，实际是变成了县里的春季运动会。高风同志热爱体育，喜欢热闹，每次运动会必来参加，不但他自己参加，他还给邻县的领导发邀请，让他们组团前来。地区革委会主任秦穹是高风同志的老上级，高风同志把他也拽来过一次。这一下我们的运动会规格更高了。当时，省体育界的人士认为，大羊栏小学五一运动会的金牌，含金量比全省运动会的金牌还要高。这样的奇迹大概只有在那个特殊的年代里才可能发生，那时人们的思想其实蛮开放的，没有那么多清规戒律，也没人把成绩看得太重，大家把运动会看成了盛大的节日，人人参加，个个高兴，绝对没有现在的运动会这样多的猫儿尿，什么高价雇用国家队的退役运动员冒充农民运动员，把全国农民运动会搞成了假冒伪劣运动会，什么喝鳖血的，吃疯药的，那时人民比现在要纯洁一千多倍，不像现在这样有那么多不健康的思想。那时大家参加运动会都是自带干粮，我们学校用大锅烧上两锅开水，倒在操场旁边的一口大缸里，缸上盖一个圆木盖子，防止刮进去太多的尘土。大缸旁边一张桌子上摆着一摞粗瓷大碗，跟赵一曼同志用过的那种一模一样。同志们大家谁都可以过去掀开缸盖子，舀一碗水，咕嘟咕嘟灌下去。一碗热水灌下去，浑身大汗冒出来，嘿，真过瘾！连秦穹同志也到大缸里舀水喝，现在的地委书记，给他一根金条他也不会跟我们这些草民在一口大缸里舀水喝。好啦，咱们马上从现在回到过去。过去其实也不太遥远，也就是三十来年前的事。

1968年5月1日，地区革委会主任秦穹同志在县革委会主任高风同志陪同下，坐着一辆草绿色的吉普车，一大早就来到我们学校。我们学校操场边的观礼台上，正中放着一个大喇叭，两边摆满了花环，插着十几面旗，有红旗，有黄旗，有绿旗，有粉红色旗、杏黄色旗、草绿色旗。没有蓝旗，没有白旗，更没有黑旗。那时也多少要搞一点形式主义的东西，地革委会主任，多大的官呀，能到我们这个小小的大羊栏小学，你想想我们这些穷苦的老百姓心里是多么样的激动和感动吧！所以我们一大早就麇集在操场边上，各人都举着一面自己糊的小纸旗，等着欢迎秦主任的专车。在等待的过程中，赵红花的妹妹赵绿叶因为低血糖晕倒在地，把脑门子磕起了一个大包，老师把她抬下去，但过了一会儿她又跑回来。老师让她回家休息，她难过得哭起来，老师说，别哭了，别哭了，待在这里吧。由此可见我们对秦主任的感情是很真的。现在当然不行了，现在别说是一个地区级干部，就是美国总统来了，让我们去欢迎，我们也不一定愿意去。好了，秦主任的吉普车来了。

上午九点钟还不到，秦主任的吉普车就开进了我们学校的操场。我们的操场是很平整的，为了让它平整，右派和贫下中农付出了大量的劳动，连我们这些顽童也出了不少力。我们都认识到这个操场的意义，所以大家义务劳动，热情高涨。我们把全县的炉渣子都拉来垫了操场，我们拉着石滚子在操场上转圈，真有点人欢马叫闹春耕的意思。我们还到胶河底下挖来那种透亮的白沙子，在操场上撒了一层，撒一层就用石滚子碾轧一遍，一遍一遍又一遍，越撒越轧越好看。我们的操场是长方形的，用白石灰水浇出了椭圆形的跑道，跑道中间，开辟成投铅球、甩铁饼、掷标枪、扔手榴弹的场地，跳高与跳远还在操场边上，原先跳高与跳远用同一个沙坑，现在跳高不用沙坑用蒙着绿篷布的弹簧垫子。篮球比赛在学校原先的球场上，地面当然也是费了大劲平整过的，上面也垫了炉渣撒了沙。篮球架子是新买的，是那种用铁管子焊起来的，篮圈上还挂着网。我们原来的篮球架子是我爹做的，很简单，就是在一根槐木上插上一个铁圈，上边原来有几块挡板，后来挡板被坏分子偷走了，就剩下两个铁圈，两根槐木，槐木上还生出一些细枝嫩叶，又酷又爽。我们就是在这样的架子上打球，我们都不会投擦板球，要么投不中，投中了就是漂亮的空心入圈。乒乓球比赛是最重要的比赛，因为当时全国人民都爱好乒乓球运动，那也是潮流。乒乓球比赛将在我们学校的办公室里进行。老师和校长的办公桌都抬到露天里放着。墨水瓶东歪西倒，流了许多血；白纸刮得满天飞，像散发革命传单。

秦主任和高主任从吉普车里钻出来了，我们一齐欢呼：欢迎欢迎，热烈欢迎！一边喊我们还一边挥舞小纸旗。十几个长得五官端正的女生腰里扎着红绸子，脸上抹着红颜色，在我们前面边扭边唱。四个男生憋足了劲、鼓着腮帮子吹军号。他们刚练了不久，还吹不出个调，哞哞哞，哞哞哞，跟牛叫差不多。欢迎的场面尽管不能与现在相比，但在当时那个条件下，我们感到已经隆重得死去活来了。在校长的引导下，秦主任在前，高主任在后，对我们挥手致着意，向观礼台走去。秦主任是个小胖子，通红的圆脸蛋，好像一个被太阳晒红的大苹果。我特别注意到他的手，手是小手，小红手，小胖手，手指头活像一根根小胡萝卜。怪不得我爹说大手捞草，小手抓宝，瞧人家秦主任那手，一看就知道那是抓印把子的，人生有命，富贵在天，生气也没用，不服也不行。跟在他老人家后边的高主任，是一个大个子，因为他要将就秦主任的步伐，所以他不能迈开大步往前闯，这就显得他步伐凌乱，趺趺绊绊，好像个大黑瞎子。上了观礼台，磨蹭了一会儿，我们校长站在麦克风前，宣布运动会开幕，然后让秦主任讲话。秦主任把麦克风往自个眼前拖了拖，讲了起来：革命的——吱——大喇叭发出一声长长的尖啸，好像针尖和麦芒。这是怎么搞的！秦主任用手拍拍麦克风头，啪！啪！啪！麦克风头上包着一块红绸子，显得神秘而娇贵。麦克风挨了打，便老老实实地工作起来。秦主任讲话根本不用讲稿，滔滔不绝，好像大河决了口。秦主任讲完了，校长又让高主任讲，高主任简单地讲了几句就不讲了，然后是运动员代表讲话，那时还不兴运动员、裁判员宣誓什么的，所以运动员代表发了言比赛就开始了。我们学校那个普通话说得最好的钢板刻印员王东风负责广播，她拉着长腔，像我们在电影里听到过的国民党中央广播电台的女播音员那样娇滴滴、酸溜溜地说：男子成年组一万米比赛马上就要开始了请运动员做好准备（以上重复三遍）裁判组鲤鱼汤（疑是教导主任李玉堂）同志请到观礼台前来有人找（重复三遍）。

三 正文

模仿着国民党中央电台女播音员的娇嗲腔调，钢板刻印员王东风又把男子成年组万米比赛即将开始的消息广播了三遍。广播刚完，担任发令员的总务主任钱满囤就大叫了一声，嗨！一声嗨吓了众人一跳。接着他吹了一声哨子，大声问：运动员齐了没有？站在起跑线上抻胳膊拉腿的运动员们都停止了活动，眼巴巴地望着钱满囤，等待着他的点数。一、二、三、四、五、六、七、八，八个，一个不多，一个不少，正好，你们大家都站好了，听我把比赛中要注意的事项再对你们宣布一下，他说，比赛过程中不得随意离开跑道，如果确有特殊情况，譬如大小便什么的，那也要得到裁判员的批准，方能离开跑道……

钱满囤这个人，被我们大羊栏小学的学生恨之入骨。我们学校掀起的捡鸡屎运动就是他的倡议。他不知从什么报纸上看到，说鸡屎里富含着氮、磷、钾，维生素，还有多种矿物质，因此鸡屎不但是天下最好的肥料，而且还是天下最好的饲料。他说如果有足够多的鸡屎，完全可以从鸡屎里提炼出黄金，或是提炼出那种让法国的居里夫人闻名天下的镭，当然也可以提炼出制造原子弹的铀。他还说，国外流行一种价格昂贵的全营养面包，里边就添加了鸡屎里提炼出来的精华。经他这样一鼓吹，没有主心骨的傀儡校长就下了命令，在我们学校开展了捡鸡屎的运动。钱满囤说他已经跟县养猪场联系好了，我们有多少鸡屎，他们要多少鸡屎。老钱在全校师生大会上说，猪场做了实验，说那些猪吃起鸡屎来就像小学生吃水饺似的。吃一斤鸡屎，长半斤猪肉，所以捡一斤鸡屎，就等于给国家生产了半斤猪肉。而且猪屎还可以喂鸡，鸡屎又回去喂猪，如此循环往复，以至无穷，这就叫鸡屎猪屎大循环。校长给各年级下了指标，年级给各班分了任务。班主任又把任务分解到各个学习小组，小组又把任务分配给每个学生。当时我在三年级二班四组学习，分配到我名下的任务是在一个月内，必须交给学校鸡屎三十斤。一天平均一斤鸡屎，按说这任务也不能算艰巨，但真要捡起来，才感到困难重重。如果是我们全校只有我一个人捡鸡屎，别说每天捡一斤，就是每天捡五斤，也算不了什么难事，问题是我们全校的几百个学生一齐去捡，老师也跟着捡，全村就养了那么有数的几只鸡，哪里有那么多鸡屎？有人说了，为什么不到邻村去捡？我们大羊栏小学是中心学校，邻村的孩子也在我们学校上学。何况学生抢鸡屎，谣言马上就制造出来，说是国家收购鸡屎出口，一斤鸡屎能换回来十斤大米，于是老百姓就跟我们抢鸡屎。朱老师设计了捡鸡屎的专用叉子和盛鸡屎的专用小桶，让我们自己回去仿造，自己仿造不了就让家长仿造。那些日子里，我们周围十几个村子里的大街小巷里，时时都能见到一手拿叉一手提桶的小学生。家里的鸡屎、鸡窝里的鸡屎当然早就捡尽了。我们把那些不拉屎的鸡撵得跳墙上树，如果有只鸡开恩拉一泡屎，保准有一窝小学生往上冲。为了一泡鸡屎，经常发生激烈的冲突，打破脑袋的事情也发生过好几起。刚开始我们还用朱老师设计、我们家长仿造的鸡屎叉子文质彬彬地捡，后来，干脆就用手去抓，也只有用上了手，你才有可能把一泡热鸡屎抢到。可恨的是在那些日子里，几乎所有的鸡都拉一种又臭又黏的酱稀屎，好像是成心跟我们做对头。我为此恨恨地骂鸡，我娘说，你还好意思骂鸡，鸡为什么拉肚子？都是被你们这些小坏蛋给撵的！我们家那两只老母鸡原本是每天下一个蛋，自从我们学校开展捡鸡屎运动后，它们就只拉稀屎不下蛋了。村子里那些养着老母鸡的女人，恨不得剥了我们钱主任的皮。我们根本完成不了学校下达的鸡屎指标，完成不了就挨训。为了不挨训，我们就想办法弄虚作假，譬如往鸡屎里掺狗屎、掺猪屎啦，但每次都被钱满囤揭穿。钱满囤提着一杆公平秤，站在校长办公室门前，脸如铁饼子，目如秤钩子，等待着我们，就像我们在阶级教育展览馆里看到的那些画出来的收租子的老地主。我们提着鸡屎桶，排着队过秤。排队时我们大多数双腿发抖。他接过我的鸡屎桶，先是狠狠地盯我一眼，问：掺假没有！？我说：没……没掺……他轻蔑地看俺一眼，说：没掺？！然后他就把鸡屎桶放到鼻子下边一嗅。还敢撒谎！张老师！他大声喊叫着我的班主任，我的班主任张老师就站在旁边，慌忙点头。他这桶里，三分之二的都是狗屎！然后他就把我的鸡屎桶扔到我的班主任老师眼前。我的班主任老师毫不客气地拧着我的耳朵把我从队列里拖出来，让我到校长办公室窗前罚站，一罚就是一上午。钱主任指着我大发脾气：你们看看他这样子！从小就弄虚作假，欺骗老师，品质恶劣，长大还不知道会坏成个什么样子！我羞愧地低垂着发育不良的脑袋，下巴紧抵住胸脯，眼泪滴到脚背子上。哭也没用！接下来，他又抓出了几十个在鸡屎里掺假的，让他们与我一起罚站，这样我的心里就好受多了。我孬好还掺了狗屎，方学军干脆在鸡屎里掺上了黑石头子儿。方学军家是老贫农兼烈军属，钱满囤不敢对他进行人身攻击，只让他到窗前罚站。方学军根红苗正，大伯抗美援朝时壮烈牺牲，爹是村里的贫农主任，哥是海军陆战队，罚他的站？罚我的站？！他把那个鸡屎桶猛地砸在校长办公室的窗子上，破口大骂，钱满囤我操你老祖宗！我要到中央告你个狗日的！钱满囤当时就愣了，半天没回过神来。等他回过神来，我们早就扔掉鸡屎桶，跟着方学军跑了。我们说，天天捡鸡屎，这学，孙子才上呢！由于方学军的革命行动，钱满囤的鸡屎运动可耻地结束了。就是这样，校长办公室外，也积攒了一大堆鸡屎。天很快就热了，鸡屎堆在那里发了酵，发出了一种比牛屎臭得多的气味，招引来成群结队的苍蝇。校长催老钱跟县养猪场联系，赶快把鸡屎卖了，原说是两毛钱一斤，可以卖不少钱呢。但人家养猪场说，根本就没听说过用鸡屎喂猪这回事。于是老钱就成了众矢之的。后来，我们村把鸡屎拉到地里当了肥料。事后老钱不服气，说，就算鸡屎不能喂猪，完全可以用来养蚯蚓，然后再把蚯蚓制造成中药或是高蛋白食品，拉到田里当肥料，实在是可惜了。

老钱穿着一件磨得发白的蓝布褂子，胸兜里插着三支钢笔，脖子上挂着一个铁哨子，手里举着一把亮晶晶的双响发令枪，眼睛紧盯着手腕上的瑞士产梅花牌日历手表。那时候这样一块手表可是不得了，把我们村的牛全卖了也不值这块表钱。这块表是右派乒乓球运动员汤国华的，他是归国华侨，他叔叔是印度尼西亚的橡胶大王，梅花手表就是他叔叔送给他的。他能把自己的梅花表无偿地借给运动会使用，说明这个人有相当高的思想觉悟，一般人做不到这一点。老钱夸张地举起胳膊，因为手表的分量和价值，他的胳膊显得僵硬。他的眼睛紧盯着飞快转动的红头秒针，脸上的表情严肃得让人不敢喘气。距离预定的比赛时间还缺两分钟时，他用洪亮的嗓门高声喊道：各就各位——预备——啪啪！两声枪响，枪口冒出一缕淡淡的青烟，三个掐秒表的计时员在枪口冒出青烟那一霎，按下了秒表的机关，比赛开始。

在老钱的发令枪发出两声脆响之前，站在用白灰浇出的起跑线上的八个运动员都弯下了腰。因为是万米长跑，不在乎起跑这一点点的快慢，所以运动员们没有把屁股高高地撅起，也没有双手按地，做出一副箭在弦上的姿态。要说腰弯的幅度，还是我们的朱老师最大，但这并不是他的本意，他的腰不得不弯，我们在前面已经反复地介绍了他的腰，这里就不再赘述。老钱的发令枪啪啪两响的同时，运动员们就一窝蜂似的跑了起来。起初几步，他们的步伐都迈得很大，显得有点莽撞冒失。跑了几十米，他们的步伐就明显地小了。他们像一群怕冷的、胆怯的小动物，仿佛是有意地、其实是无意地往跑道的中间拥挤，好像要挤在一起寻求安全。他们跑得小心翼翼，试试探探，动作既不流畅也不协调。他们的膝关节仿佛生了锈，看样子脑袋也有点发晕。跑在最前面的是帮助标枪手轰过兔子的右派长跑运动员李铁。他穿着一件紫红色的背心，一条深蓝色的短裤，脚上蹬着一双白色的回力球鞋。他的背心后边钉着一块白布，白布上的号码是235，我至今也弄不明白这个号码是根据什么排出来的。紧追着他的运动员是县一中的体育教师陈遥，一个满脸骆驼表情的青年，据说是师范学院体育系的毕业生，应该说也是个体育运动的行家里手。陈遥后面是我们学校的小王老师，小王老师后面是一个铁塔似的黑大汉，听人说他是地区武装部的干部，姓名不详，号码是321。321号后面，是一个必须重点介绍的运动员。他是我们公社食堂的炊事员，年龄看上去有四十岁了，也许比四十岁还要多。他是我们公社的名人，叫张家驹。都说他解放前在北京城拉过黄包车，跟骆驼祥子是把兄弟，自然也认识虎妞。他也能倒立行走，也是一个长方形的蚂蚱头，脖子跟头差不多粗，额头上有一块明疤，小时候让毛驴咬的。虽然他现在是空着手跑，但他的姿势让人感到他的身后还是拖着一辆黄包车。其他的人我就不想一一介绍了。跑在最后边的是我们朱老师，他是故事的主角，自然要比较详细地介绍一下。他的身体情况就不说了，他的号码是888，那时还没把8当成发财的数字，888没有任何特别的意义。他距离前面的运动员有三四米的光景，跑一步一探头，很像一只大鹅。看他跑步的样子让我们心里不舒服，感到他有点可怜，好像他不是自愿参赛，而是被人逼上梁山。当然其实并不是这样。运动会组委会不愿意让他上场，校长婉言劝他，说他年纪大了，做点后勤工作，当当计时员什么的也就可以了，但他非要参加不可。校长其实是怕他影响了学校的形象，说大羊栏小学派了个驼子上场，他为此很不高兴，把事情闹到了高风主任那儿，高主任说全民运动嘛，只要成绩够了就可以上，什么驼子不驼子，一条腿的人单腿蹦破世界纪录，不是更能说明我们中国人民有志气嘛！于是他就上了。他探头探脑地跑到了我们面前，我们为他大喊加油，他说：孩子们，还不到加油的时候。他微笑着从我们面前跑过去了，888号白布在他高高驼起的背上像一面小旗招展着，很有意思，特别显眼，与众不同。

跳高比赛在操场边上进行，焦挺已经跳过了一米八十，这次比赛，冠军还是非他莫属。操场中间正在进行标枪比赛，一杆杆标枪摇着尾巴在天上飞行，我们有点担心，生怕标枪手把跑道上的运动员当成野兔给扎了。据说，在意大利米兰，曾经有一个计时员横穿场地，恰好标枪运动员正在比赛。忽地响起了一种悠长、奇特的啸声，一根标枪从阳光方向斜刺下来，以干净利落的动作击中计时员的背脊，他猛地向前一踉跄，扑倒在地上，这当儿，插在他背上的标枪还在簌簌发抖。

现场的观众，除了学生和农场的几乎所有右派，其余的大多是我们村的百姓，我爹、我叔、我哥，都在其中。周围的村子里也有来看热闹的人，但很少。我们村是近水楼台先得月。五一期间，桃花盛开，小麦灌浆，春风拂煦，夜里刚下了一场小雨，空气新鲜，地面无尘，正是比赛的好时节。几个计时员议论着，今天如果出不了好成绩，就不能怨老天不帮忙了。人们望着运动员们的背影议论，猜想着万米金牌的得主。有人把宝押在李铁身上，有人把宝押在张家驹身上，只有我们一帮对朱老师感情很深的小学生希望朱老师能荣获金牌。村里的不良青年桑林瞪着大眼说：你们做梦去吧，猪尾巴棍子的小跟屁虫们。我们齐声骂着桑林：桑林桑林，满头大粪！

桑林自吹，说曾经跟着一个拳师学过四通拳和扫堂腿，动不动就跟人叫阵，横行霸道，是村里的一大祸害，连村里的干部都让他三分。我们学校露天厕所边上有一棵老杏树，树冠巨大，树干粗壮，是私塾先生范二亲手种的。虽然它生长在最臭的地方，但结出的果实却格外香甜。春天里杏子只有指甲盖那么大时，桑林就去摘了吃。体育老师小王去拉他，被他一拳捅在肚子上，往后连退三步，一屁股坐在地上，吐出了一口绿水。桑林挥舞着拳头说：老子，拳打南山猛虎，脚踢北海苍龙！哪个不服，出来试试。我们朱老师上前，双手抱拳，作了一个揖，说：大爷，我们怕您，我们敬您，但您也得多多少少讲点理，好汉不讲理，也就不算好汉了。桑林说：罗锅腰子，猪尾巴棍子，你说说看，什么叫做理？朱老师说：这杏子，才这么一丁点儿大，摘下来也不能吃，白糟蹋了不是？桑林说：老子就爱吃酸杏！朱老师说：你也不是孕妇，怎么会爱吃酸杏？老子就是爱吃酸杏，你敢怎么样？朱老师说：您是大拳师，武林高手，谁敢把您怎么样呢？桑林得意洋洋，说：知道就行。朱老师看着桑林，脸上是胆怯的、可怜巴巴的表情。但事情突然起了变化：我们朱老师，以迅雷不及掩耳之势，将头颅做炮弹，向着桑林的肚子撞去。桑林猝不及防，身体平飞起来，跌落在我们三百名学生使用的露天厕所里。后来，桑林不服气，跑到学校大门口骂阵：罗锅腰子你他妈的出来，偷袭不算好汉！今天老子跟你拼个鱼死网破！我们朱老师出来，说：桑林，咱别在这里打，在这里打影响学生上课，也别这会儿打，我正在上课，这样吧，今天晚上，咱到生产队的打谷场上去，摆开阵势打一场，好不好？桑林说：好好好，好极了！大丈夫一言既出，驷马难追，今天晚上，你要是不去，就是个乌龟！当天晚上，一轮明月高挂，打谷场上，明晃晃的一片，我抬手看看，掌纹清清楚楚，这样的亮度完全可以在月下看书写字，绘画绣花。村里没有多少文化生活，听说朱老师要跟小霸王桑林比武，差不多全村的人都来看热闹。我们坚决地站在朱老师一边，希望他能赢，希望他能把小霸王桑林打翻在地，让他永世不得翻身。大多数村里人也站在朱老师一边，希望他能打死小霸王，打不死也把他打残，替村里除了这一害。但秦桧也有三个好朋友，桑林身后也有三个跟屁虫，我感到最不可思议的是我的二哥竟然站在桑林一边，是桑林的忠实走狗。朱老师很早就到了，桑林却迟迟不到。我们心里替朱老师感到害怕，他却像没事人似的与几个年纪大的老农聊着月亮上的事。他说月亮上没有水也没有空气，当然更不可能有嫦娥吴刚什么的。老农说，这也是瞎猜想，谁也没上去看看。朱老师说，用不了多久就会有人上去的。老农就哈哈大笑，说朱老师您是说疯话，是不是被桑林给吓糊涂了！朱老师说也许是桑林吓糊涂了，至今还不露面，他要再不露面我可要回去了。人们怎么舍得让他回去？好久没有个耍景了，好不容易碰上这么一次。我知道那几个家伙是去胶河农场的西瓜地里偷瓜了，傍晚时他们几个就在河边的槐树林子里嘀咕，说是要先给小肚上上料，保养一下机器，然后才有劲跟老朱大战。他们有一些黑话，管吃东西叫“上料”或是“保养机器”。他们把西红柿叫做“牛尿子”，管西瓜叫做“东爪”。有人说，赶快，去找找桑林，说朱老师已经等急了，他要再不来，就算他输了。这时有人大声喊叫：来了！桑林果然来了。他走在前头，后边跟着我二哥、聂鱼头、痨病四。他们四个是村里有名的四害，杀人放火不敢，偷鸡摸狗经常。有一年冬天，我们家的两只白色大鹅突然没了，我和姐姐满村找也没找到。我们去找鹅时，我二哥就躲在墙角冷笑。我对爹说：爹，家贼难防，我认为咱家的大白鹅是被四害保养了他们的机器。我父亲把我二哥用小麻绳捆起来，拿着一根烧红的炉钩子，进行逼供信。我二哥吃打不住，终于交代，说我们家的大白鹅的确是被他们四人保养了机器。我爹说，你这坏蛋，怎么连自己家的鹅也不放过呢？我二哥说，这才叫大公无私。他们来了，每人手里捧着半个“东爪”，边走边啃着。到了打谷场中央，桑林赶紧啃了几口“东爪”，然后将“东爪”皮使劲扔到远处去。我二哥他们也学着桑林的样子，赶紧啃了几口“东爪”，也把皮使劲扔到远处去。桑林脱下小褂，往身后一扔，我二哥这个狗腿子就把他的小褂子接住。桑林把腰带往里煞了煞，把肚子勒得格外突出，像个带孩子的老婆。咯——桑林打着饱嗝说，老公猪，大爷我还以为你不敢来了呢！朱老师说，桑林，今晚上的事，你跟你娘说过没有？桑林瞪着牛蛋子眼问：说什么？朱老师说：你是独子，你爹死得早，你要有个三长两短，谁养你娘的老？桑林说：老坏蛋，你准备棺材了吗？其余三害也跟着说：老坏蛋，你准备棺材了吗？朱老师问：咱是武打呢还是文打？桑林说：随你！三害跟着说：随你！朱老师说：那就文打吧！桑林说：文打就文打！三害说：文打就文打！朱老师走到场边几根拴马桩前，说：看好了，爷们！然后他就对准了拴马桩，一头撞过去。拴马桩立断。朱老师指指另一根拴马桩说：爷们，看你的了。桑林近前看看那根老槐木拴马桩，犹豫了一会儿，扑通一声就跪在了地上，口里大声叫：师傅，您收了我吧！朱老师说：起来，起来，你这是干什么？桑林说：我服了！服了还不行吗？朱老师说：小子，你知道庙里那口大钟是怎么破的？那就是我用头撞破的，如果你的头比钟还硬，就继续地横行霸道，如果你的头不如那口大钟硬，你就老老实实。桑林跪在地上，磕头不止，连说：师傅饶命，师傅饶命。三害也跟着跪下，连声求饶。从此朱老师就有了一个很响亮的诨名：铁头老朱。

观礼台上的大喇叭放起了节奏分明的进行曲，他们的步伐显得轻松自如了许多。对嘛，早就应该放点音乐，站在我们身边的那群右派不满地议论着。穿着杏黄春装的蒋桂英和蒙着一块粉红纱巾的陈百灵对着李铁欢呼着：李子，加油；铁子，加油！李铁对着这两个大美人举起右手，轻松地抓了抓，不知道是什么意思。黄包车夫没有自己的啦啦队，他也不需要什么啦啦队，一个臭拉车的，难道还需要别人的欢呼吗？不需要，根本就不需要，他还是像跑第一圈那样，黯淡无光的眼睛平视着正前方，两条胳膊向两边乍开着，两只大手拢着，仿佛攥着车把。他的脑海里浮现着的肯定全是当年在北京城里拉洋车时的往事，与骆驼祥子一起出车，与虎妞一起斗嘴，吃两个夹肉烧饼，喝一碗热豆腐脑，泡泡澡堂子，逛逛半掩门子……他的耳边也许响着黄铜喇叭的笛笛声，哨子吱吱地叫，也许是巡警在抓人，其实是旁边的篮球场上一个运动员犯了规。

朱老师跑过来了，还是最后一名，还是像我家的大白鹅那样，脑袋一探一探地往前冲，步伐很大，弹性很强，好像他的全身的关节上都安装了弹簧。他的脸上挂着一层稀薄的汗水，呼吸十分平稳。我们为他加油，他对我们微笑。看样子他对自己的殿后地位心满意足。他行他素，自个儿掌握节奏，前面的人跑成兔子还是狐狸，仿佛都与他无关。

啪！一声鞭响，村里的马车拉着粪土从操场旁边的土路上经过，热闹引人，赶车的王干巴将车停住，抱着鞭子挤进来，站在蒋桂英和陈百灵中间。他往左歪头看看蒋桂英，蒋桂英撇撇嘴，不理他；他往右歪头看看陈百灵，陈百灵翻翻白眼，也不理他。他龇着一口结实的黄牙无耻地笑起来：嘿嘿，嘿嘿。这是他的一贯笑法，他的外号就叫嘿嘿，嘿嘿的使用率比王干巴高得多。嘿嘿嗤哼着鼻子闻味，就像一匹发情的公马。他闻到了什么气味？清新的五月的空气里，洋溢着蒋桂英和陈百灵的令人愉快的气味。那是一种香胰子混合着新鲜黄花鱼的气味，是有文化的女人的气味，真是好闻极了。那两匹拉车的马发扬团结友爱的精神，相互啃着屁股解痒，嘿嘿站在两个超级美人中间左顾右盼，厚颜无耻，没脸没皮，人家根本不理他，他却从腰里摸出了一个修长的地瓜，喀嚓，掰成两半，粉红的瓤面上渗出一滴滴白汁。嘿嘿，蒋同志，请吃地瓜，过冬的地瓜，走了面，比梨还要甜。谢谢，我不吃凉东西。嘿嘿，陈同志，请吃地瓜，过冬的地瓜，比梨还要脆，吃了败火。紧接着压低嗓门说，这是生产队里留的地瓜种，“5245”，新品种，就是农业大学地瓜系的老右派马子公研究出来的，我偷了一个，这要让保管员看到，非游我的街不可。陈摇摇头，表示不要，连话也懒得跟他讲。我要是嘿嘿，肯定满脸通红，讪讪地退到一边去，可人家嘿嘿，不羞不恼，没心没肺，说，你们不吃俺吃，这样好的东西，你们还不吃，怪不得把你们打成右派，你们跟我们贫下中农，假装打成一片，其实隔着一条万里长城！真是你们妈的大黄狗坐花轿不识抬举。蒋桂英我问你，听说你跟一千多个男人困过觉？听说你跟资本家隔着玻璃亲嘴挣了十条金子？有没有这回事？我问你有没有这回事？蒋桂英把个小白脸子涨得粉红，跟“5245”地瓜瓤一个颜色。她的嘴咧着，好像要哭，但又没哭。你们这些臭戏子，都是万人妻！把左手的半个地瓜，送到嘴边，咬人似的啃了一口，嘴巴艰难地咀嚼着，两边的腮帮子轮流鼓起。你个流氓！蒋桂英说，流氓……眼泪从她的眼睛里流出来。还有你，陈百灵，世界四大浪，猫浪叫，人浪笑，驴浪吧哒嘴，狗浪跑断腿！我看你就是四大浪之一，你是条浪狗，你跟丁四的事人人都知道（丁四是养羊组的小组长，农学院畜牧系的右派研究生，他养了一只奶羊，产的奶喝不完，陈百灵经常去喝羊奶）。要想人不知，除非已莫为！陈双手捂着脸蹲在地上，从她的手指缝隙里，发出了奇怪的声音，好像栖息在芦苇丛中的水鹌鹑四月发情时发出的那种低沉、悲伤的鸣叫。眼泪从她的指缝里渗出来时，我们才知道她在哭，而且哭得很悲痛。嘿嘿把右手里的那半地瓜举到嘴边，喀嚓咬了一口，两边的腮帮子轮流鼓起，嘴里响起粉碎地瓜的声音。有一只黑色的拳头，飞快地捅到了他的腰上。他满嘴的地瓜渣子喷唇而出，啊哟娘来！他回过头，脸古怪地扭着，眉毛上方那颗长着一撮黑毛的小肉瘤子抖动不止，这一记黑拳打得他不轻，他想骂人，但气被打岔了，暂时骂不出来。终于他骂出来了：妈的个B，是谁？是谁敢打他的爹？！在他的面前，依次展现开一片形形色色的人脸，有的冷漠，像沾着一层黄土的冰块；有的愤怒，像刚从炉膛里提出来的铁块。冷眼射出冰刺，怒眼喷出毒火。妈的个B，你们，是谁打了老子一拳？一股油滑的笑声从一个嘴里流出来，紧跟着笑声又出了一拳，正捅在嘿嘿的肚皮上，嘭的一声巨响。俺的个亲娘哟！嘿嘿不由自主地蹲在地上，双肩高耸着，头往前探出，呕出了一堆地瓜。是老子打了你，怎么样？桑林用脚蹬住嘿嘿的肩头，一发力，嘿嘿一腚坐下，双手按地，不讨人喜欢的脸仰起来。他看清了打他的人。怎么是你？嘿嘿惊讶极了。怎么是他？我们惊讶极了。可见一个人做点坏事并不难，难的是一辈子不做好事。

他们拐过弯道，对着我们跑来了。这是第几圈？我忘了。他们的队形发生了一些变化。头前还是李铁，距离李铁十几米处，团聚着五个人，时而你在前一点，时而他在前一点，但好像中间有股力量，变成六根看不见的橡皮筋，牵扯着他们，谁也休想挣脱。又往后十几米，昔日的黄包车夫迈着有条不紊的大步，拖拉着无形的车，保持着像骆驼祥子那样的一等车夫的光荣和尊严。再往后十几米，是我家大鹅式运动员右派代课朱老师。他这个右派是怎么划成的？说起来很好玩。

十几年前他就在我们学校代课，学校要找一个右派，找不到，愁得校长要命。这时上级派来一个反右大王，带着四个女干将，下来检查划右派的工作。校长说我们这里又穷又落后，实在找不到右派，是不是就算了？大王说，“凡有人群的地方就有左、中、右”，知道这话是谁说的吗？校长说不知道，大王说这是毛主席说的，校长说，既是毛主席说的，自然是真理，那就找吧。大王让校长把全校的师生集合到操场上，让每个人出来走几步，谁也不知大王葫芦里卖的是什么药。等全校的师生走完了，大王走到前面讲话，四个女将分列两旁，好像他的母翅膀。他说，右派，有两个。他指指朱老师，说，他！右边的两个女将就走上前去，把朱老师拖了出来。朱老师大声喊叫：我不是右派，我不是！朱老师在两个铁女人的中间蹿跳着，好像一只刚被擒获的长臂猿。大王说，你别叫，更别跳，狐狸尾巴藏不住，马上就让你现出原形。他又指着学生队伍里的我大姐说，她！他左边那两员女将虎虎地走过去，把我姐姐拖了出来。我大姐脾气粗暴，生了气吃玻璃吞石子六亲不认，连我爹都不敢戗她的毛梢，大王不知死活，竟让女将下来拖她，这就必然地有了好戏，等着瞧吧！

大王是受过军事训练的人，他让朱老师和我大姐并排站好，然后下达口令：立正——！大王声音洪亮，口令干脆。向前看！齐步走！我大姐与朱老师听令往前走。我大姐昂首挺胸，朱老师也很尊严。他们俩刚走了几步，还没走出感觉，大王就高叫一声：立定！大王问大家：你们看清楚了没有？大家一齐喊叫：看清楚了！大王问：你们看清楚了什么？众人面面相觑，全部变成了哑巴。大王冷笑道：群众的眼睛是亮的，大家想想看，刚才他们走步时，是先迈左脚呢还是先迈右脚？众人大眼瞪小眼，一个个张口结舌。大王说：他们两个，是我们这一大群人里，（大王伸出左手画了一个圈）唯一的两个（伸出两根左手手指）走路先迈右脚的人。你们说，他们不是右派，谁是右派？！朱老师听了大王的宣判，哇哇地哭起来。我大姐把小棉袄脱下往后一扔，大踏步跑到墙根，捡起两块半头砖，一手拿一块，像只小老虎，不分公母，狂叫着：呀——啊！就朝着大王扑了过去。

大王站起来，抖抖肩上披着的黄呢子大衣，强作镇静地说：你，你，小毛丫头，你想造反吗？大姐可不是那种随便就让人唬住的人，她悠了一下右臂，将一块砖头对着大王投过去。她绝对想砸破大王的头，但因为力气太小，砖头落在大王的面前，吓得大王蹦了一个蹦，像一个机灵的小青年。你这个小右派，还敢动真格的？！造你活妈，我大姐破口大骂，把你妈造到炕洞里去，然后让她从烟囱里冒出来！我大姐从小就喜欢骂人、说脏话，她骂人的那些话精彩纷呈，我不好意思如实地写，生怕弄脏了你们的眼睛。另外她发明的那些骂人话里有许多字眼连《辞海》里都查不到，所以我想如实地记录也不可能。我大姐这个没有教养的女孩，举起第二块砖头，对着大王的头投过去，大王轻轻一闪就躲过了，像一个机灵的青年。我大姐两投不中，恼羞成怒，站在大王面前，跳着脚骂，那些黄色的词儿像密集的子弹，打得大王体无完肤。众人刚开始还挺着，伪装严肃，但终于绷不住了。一人开笑，大家就跟着哈哈大笑起来。我大姐有点缺心眼，人来疯兼着人前疯，众人越笑她越来劲，就像一个被人喝彩的演员。大王革命几十年，大概还没碰到过这样的问题。他习惯性地把手往腰里摸去，有人害怕地喊：不好了，大王摸枪了！有人不害怕地说：摸个鸟！他是文职干部，没有枪。大家便又哈哈大笑起来。大王终于愤怒了。他指挥不动别人，便指挥他的母翅膀：把她给我捆起来。这也是他的习惯性话语，张口闭口就要把人给捆起来。他身边没有绳子，他的母翅膀身上也没带绳子。四个女人一拥而上，她们都被我大姐气得鼓鼓的，可算等到出气的机会了。跟着大王划了那么多右派，还没遇到这样的刺儿头。在那个年代里，谁不怕她们？一听说被划成了右派，有哭的，有下跪的，有眼睛发直变成木头的，没有一个敢像这个小丫头，破口大骂还拿着砖头行凶，如果不治服了她，这反右斗争就别搞了。她们一拥而上，把我大姐按倒在地。尽管我大姐咬掉了不知是哪个女人的一节手指，但最终还是给按在了地上。她们用穿着小皮靴的脚踹着我大姐的屁股，我大姐骂不绝口，越骂人家越踹，终于给踹尿了裤子。我爹和我娘匆匆跑来，不知他们怎么得到了消息。我娘哭，我爹却笑。我爹笑着说：打打打，往死里打！这孩子我们早就不想要了。我娘哭着说：你不想要，我还想要呢……

跑到头前的李铁看到站着流泪的蒋桂英与蹲着哭泣的陈百灵，脸上表现出疑惑的表情，但他没有停止奔跑。他的脸从我们面前一闪而过。其他的人基本上是麻木不仁。最麻木不仁的是张家驹，他目光呆滞地望着前方，步速不变姿势也不变，活活就是一架机器。朱老师却偏离了跑道，大声说，嘿嘿，欺负女人瞎只眼！人群中有人感慨地说：老朱这人，睁着眼死在炕上，一肚子心事，像他这样子，还指望拿头名？又有人说：朱老师是热心人，阶级斗争天天唱，世界需要热心肠！桑林得到了可能是有生以来的最大尊敬，满脸是洋洋得意的神情。村里人说，嘿嘿，连桑林都看不过去了，你想想自己缺不缺德吧！嘿嘿挨了两拳，又受到了大家的批判，尴尬，委屈，虾着腰，提着鞭杆，说：桑林，你小子有种等着吧，我不报此仇就是大闺女养的私孩子。桑林说：你原本就是个私孩子。嘿嘿挤出人群，对着那两匹马使威风去了。

这时，篮球场上，右派队的教练员叫了暂停，县教工联队的也跟着暂停。两个队的队员都围拢在自家的教练周围，听面授机宜。我们离着比较远，只能看到教练员挥舞的双臂，但听不清楚他说些什么。嘿嘿劈开腿站在车辕上，拿着牲口撒气，一鞭紧追着一鞭，抽着那两匹倒霉的马，鞭声清脆，就像放枪似的。正好大队长从这里路过，看到嘿嘿打马，便上前问：嘿嘿，你打它们干什么？嘿嘿打红了眼，抬手就给了大队长一鞭，啪！大队长脖子上顿时就鼓起了一道血红。大队长崔团，复员军人，自己说参加过广西十万大山的剿匪，智擒了女匪首，但随即就中了女匪首的美人计，又把她给放了。这就犯了大错误，差点让连长给毙了，只是因为他战功太多，才留了一条小命。这都是他自己咧咧的，可以信也可以不信。如果不是那个女匪首，我早就提拔大了，还用得着跟你们这些个乡孙在一起生气？这是崔团经常说的话。他的历史也许是自己虚构的，但他在现实生活中的表现却是我们有目共睹的。这人脾气暴躁，雷管似的。我亲眼看到他提着一杆鸟枪追赶老婆，原因是老婆在他吃饭时放了一个屁。他老婆跑不动了，就往一棵大杨树上爬。他追到树下，举起鸟枪，瞄准老婆的屁股，呼嗵就是一枪。嘿嘿不知死活的个鬼，竟敢打了崔团一鞭，真是老鼠舔弄猫腚眼，大了胆了。路边发生了这样的事，所有的体育比赛都丧失了吸引力，人们一窝蜂拥过去，想看一场大热闹。但出乎人们意料的是，平日里性如烈火的崔团，竟然像一个逆来顺受的四类分子似的，摸着脖子上的鞭痕，嘴里低声嘟哝着，灰溜溜地走了，连句倒了架子不沾肉的硬话都没说。这让我们大失了所望，目送了崔团一段，看了站在车辕上像骄傲的大公鸡一样的嘿嘿几眼，便无趣地相跟着，回到操场边，继续观看比赛。

当李铁带着他的、其实也不是他的队伍断断续续地转过来时，一个计时员举着一页小黑板冲上跑道。黑板上用白粉笔写着“15圈6000米”。李铁眼睛凸出，喘气粗重，像一个神经病人，直对着小黑板冲过去，计时员提着黑板慌忙逃离。他站在跑道边上，对依次跑过来的运动员说着：6000米了，6000米了！运动员们有的歪头看看黑板，脸上闪过一种慌乱的神气。有的却根本不看，好像黑板上的数字与自己毫无关系。懂行的右派看客在旁边议论道：到了运动极限了，这是黎明前的黑暗，是最最艰苦的时刻，熬过这时刻就好了，熬过这一段就看得见胜利的曙光了。但立即就有我们村的小铁嘴跳出来反驳右派言论：什么“运动极限”？这就跟挨饿一样，一天不吃饿得慌，两天不吃饿得狂，三天不吃哭亲娘，五天六天不吃，肚子里反而胀得难受了。你们看，张家驹有运动极限吗？张家驹跑法依旧，黑脸上干巴巴的，连一颗汗星儿都没有。有人说，一万米，对人家老张来说，那才叫张飞吃豆芽，小菜一盘儿！人家老张拉着慈禧太后从颐和园跑到天安门，一天跑四个来回！一万米算什么嘛！你们看，朱老师到了运动极限了吗？朱老师也还是那样，像我家的大白鹅，一步一探头，跑到我们身边时从不忘记跟我们打个招呼，不说话也要点点头，不点头也要笑一笑。刚受过众人赞赏的桑林从怀里摸出一个黄芽红皮大萝卜，问道：老朱爷们，吃吗？朱老师摆摆手，笑道：爷们，孝顺老子也得选个时候！然后他就一蹿一蹿地跑过去了。从后边看，他的腿是被他那颗大头带动着跑。我们追着他的屁股喊：朱老师，加加油，追上去！有人说，不到时候，到了时候他会追上去的，万米长跑，最重要的是气息，老朱气息好。什么呀，那不叫气息，那叫肺活量！朱老师的肺活量，是我们亲眼见识过的。

夏天的中午，朱老师带着我们到河里去洗澡，当然说去游泳也可以。我们习惯把游泳说成洗澡，几十年如一日。只是在那些右派们来了后，游泳才进入我们的语言。我们到了河边，全都脱得一丝不挂，把身上那条唯一的裤头挂在河边的红柳棵子上。河里水浅，只有石桥底下水深。那儿不但水深，而且由于桥面的遮盖水还特别凉，所以我们一下河就往石桥下面跑。朱老师在我们身后大喊：回来回来！不许光屁股下河！石桥那儿，早有一群右派在，游——泳！有男右派，有女右派。女人下河，五谷不结，这是我爹他们的说法。我爹他们的说法只对我娘她们这些女人有约束力，对人家那些女右派一点用也不管。人家尽管是右派，但大家都清楚，右派也比农民高级，什么贫下中农也是领导阶级呀，那都是人家哄着咱们玩的，如果拿着这话当真，那你就等着遭罪吧！右派不种地，照样有饭吃；贫下中农不种地，饿死也没有哭儿的。你贫下中农再高级，不信去黏黏蒋桂英她们，人家连毛也不会让你摸一根！右派们在桥下戏水，男的穿着裤头，女的穿着的也算裤头吧，不过她们的裤头比男人的裤头长得多，我们给她们的裤头起了一个很文雅的名字：连奶裤头。我们也终于明白了洗澡和游泳的区别。我们下河，一丝不挂，所以我们是洗澡；右派下河，穿着裤头和连奶裤头，所以他们是游泳。其实我们和右派在河里干的事情基本上没有区别。我们在河里一个劲地打扑通，扑通够了就跑到河滩上去，往自己身上抹泥巴。他们在河里也是一个劲地打扑通，扑通够了就站在桥墩旁边往身上抹胰子。这样一比较，我看他们更像洗澡而我们更像，游——泳。

游泳啊，游——泳！我们根本不听朱老师招呼，狂呼乱叫着，光着屁股冲向石桥下面。朱老师无奈，穿着大裤头子跟在我们后边，像我家那只大白鹅下了河。朱老师擅长仰泳，他躺在水面上，头翘起来，脚翘起来，中间看不见，身体一动也不动，就像几块软木，黑色的，朝着石桥下漂来。我们刚开始光着屁股往石桥下冲锋时，那几个风流女右派吓得哇哇叫，有的还把身体藏在水里，搂着桥墩，只露着鼻子和眼睛，像一些胆怯的小姑娘。但很快她们就发现我们这些农村孩子比较弱智，光着屁股在她们身边钻来钻去对她们也构不成什么威胁，于是她们就放松了身心，该怎么折腾就怎么折腾了。这么些男孩子里有没有个别的早熟的小流氓，看到那些漂亮女子想入非非一点，我看也不能说没有。譬如说有一个名叫许宝的，就喜欢在桥下扎猛子。他水下的功夫很好，一头扎下去，能在水下潜行十几米远。我们经常可以听到那些女右派哇哇大叫，说是有大鱼咬人。其实哪里有大鱼，都是许宝这小子搞的鬼。但有一天这小子在水下潜行干坏事，没拧到女人的腿，却一头撞到桥墩上，碰出了脑震荡，差点要了小命。

右派们对朱老师挺尊重，并不因为他是个土造的右派就歧视他。

其实朱老师的右派是大王亲自划定的，比他们的档次还要高呢。他们在桥下喊，朱老师，到这里来，到这里来呀！朱老师就仰过去，身体靠在桥墩上，与那些右派们谈天说地。我们有时候闹累了，也围在他们周围，听他们说话。右派的话跟我爹他们的话大不一样，听右派谈话既长知识又长身体。我当兵后常常语惊四座，把我们的班长、排长弄得很纳闷：一个没受过什么教育的农村孩子，肚子里怎么会有这么多学问呢？他们哪里知道，我在桥墩底下受到过多高层次的全面熏陶，从天文到地理，从中国到外国，从唐诗到宋词，从赵丹到白杨，从《青春之歌》到《林海雪原》，从小麦杂交到番茄育苗……有时候，他们谈着谈着，会突然静下来，谁也不说话，只有河水从桥洞里静静地流过去。只有流水冲激着桥墩发出不平静的响声。几十颗大脑袋围着桥墩，几十颗小脑袋围着大脑袋，这简直就像传说中的水鳖大家族在开会，小的是小鳖头，大的是大头鳖，其中最大的一个头就是我们朱老师的头。这家伙下河也不摘掉他的眼镜，在阴暗的桥洞里，他的眼镜闪烁着可怕的光，一看就让人想到毒蛇什么的。他老先生翘起两只脚，河水被他的脚掌分开，形成了两道很好看的波纹。桥面上的水啪哒啪哒地滴下来，滴到身上凉森森的。桥外边阳光耀眼，河面上波光粼粼。一个女右派打了一个非常好听的喷嚏，我们愣了一下，然后就哈哈大笑。朱老师说：我们比赛憋气吧。

比赛水下憋气，是朱老师和右派们的保留节目。几个人围在一起，都把鼻子淹没在水下，屏住呼吸，眼睛相望着，憋啊，憋啊，终于憋不住，猛地蹿起来，像一条大黑鱼。剩下的人继续憋，憋啊，憋啊，终于憋不住，猛地蹿起来，像一条大黑鱼……蹿起来的就变成了看客，看着那些还在顽强地坚持着的人。最后，剩下的，每次都是朱老师和右派小杜。小杜是黄河水文站的，天天和水打交道，熟知水性，他说从他的祖上起，就当“水鬼”。清朝时还没有潜水员这个叫法，“水鬼”们完成的实际上就是潜水员的工作。他说他的老老爷爷在曾国藩的弟弟曾国荃手下当过“水鬼”，在安庆大战中凿漏过太平军的大艨艟，为反动的满清皇朝立过战功。朱老师与“水鬼”后代四眼相对，用眼睛对着话，你有什么了不起？我没有什么了不起，就是能比你在水中多待一会儿。别吹，出水才看两脚泥！两个人较着劲，谁也不肯先蹿出来。小杜说他的老老爷爷能在水下待两个小时，不用任何潜水工具。瞎吹，尽瞎吹！信不信由你。一分钟过去，两分钟过去，三分钟过去，憋到了大约五分钟的时候，小杜终于憋不住了，呼地蹿了起来，好像发射了一颗水雷。他摸了一把脸，将鼻子上的水抹去，然后就大口地喘气。朱老师还在憋着，大家都数着数，571,572,573,574……600……朱老师还憋着，眼睛发红，好像充了血。右派们说，行了老朱，别憋了，你赢了，你绝对赢了。我们也说，朱老师，上来吧，憋坏了脑子谁给我们上课呀！在众人的劝说下，朱老师才出了水，看样子很从容。小杜说：老朱这家伙会老牛大憋气。陈百灵说：多么惊人的肺活量！朱老师说：实话告诉你们吧，我掌握了水下换气的方法，别说在水下憋十分钟，就是憋一小时也没事。小杜说他的老老爷爷能在水下待两个小时是完全可能的，你们不要不相信。

长跑运动员，要有坚硬的骨头，要有结实的肌肉，关键的还要有不同于常人的两叶肺。朱老师的肌肉和骨头并不出色，但他有两叶杰出的肺，这就弥补了他的所有不足。所以连专业的长跑运动员李铁都气喘吁吁地在运动极限上挣扎时，朱老师却呼吸均匀，泰然自若。

观礼台上的大喇叭突然又响起来。当它又响起来时，我们才想到，它不知什么时候停了。它放出的还是进行曲，曲子不老，唱片太老了，留声机的针头也磨秃了。进行曲里夹杂着刺啦刺啦的噪声。那个计时员又举着黑板跑到跑道上给运动员们提醒：20圈8000米。这就是说他们已经跑过了五分之四，离终点只有五圈，只有两千米。连五圈都不到，连两千米都不到了。可以说是胜利在望了呀！他们还是保持着原先的次序，从我们面前跑了过去，对计时员好心的提示显得很是麻木。等他们又一次转到我们面前时，我们才发现计时员的提示还是很起作用。这时，跑在最前面的还是李铁，但他跟后边的团体之间的距离已经缩短。第二名暂时还是骆驼脸青年陈遥，他的两片厚唇翻翻着，一缕湿发垂在脸上，挡住他的视线，害得他不得不频频地抬起手将那缕头发捩上去。我校的小王老师由原先的第三名落到第五名，黑铁塔已经超了他变成了第三名，另一位我们不知来历的大个子保持着第四名。小王老师不甘心就这样落了后，计时员的提示好像给他打了一针强心针，鼓起了他最后一拼的勇气，我们看到他加快了步频，他的个子最小，他的步频本来就是最快的现在就更快了。他把头往后仰着，简直像进行百米冲刺，口里还发出哞哞的叫声。他的身体与第四名平行了。我们高声喊叫着：王老师！加油！王老师！加油！他的身体终于超过了第四名自己变成了第四名。看样子他还想趁着这股劲冲到最前面去，但第三名回头望了一眼后也迫不及待地加了力。小王老师就这样被黑铁塔给压住了。他的像小野兔一样的步速渐渐地慢了下来，步子的节奏也乱了套。他的双腿之间好像缠上了一些看不见的毛线。他越跑越吃力。他的眼睛也睁不开了。他一头栽到地上。紧跟在他身后的那个大个子躲闪不及，趴在了他身上。我们的运动会比较简单，没有救生员什么的，观众们热情地跑上去，把大个子和小王老师拖下来。那个大个子神思恍忽地说：别拦我……挣起来就往前跑，完全丧失了目标，碰倒了好几个观众，大家把他架起来遛着，就像遛一匹疲劳过度的马。小王老师双手按着地跪在地上，激烈地呕吐着，早饭吃下的豌豆粒从鼻孔里喷了出来。我们满怀同情地看着他，不知如何是好。减员两名之后，跑道上人影稀疏，好像一下子少了许多人一样。李铁还保持着领先的地位，但陈遥已经紧紧地咬住了他。黑大汉第三，距前两名有七八米的光景。第四名是那个我们不知道来历的人，他好像很有后劲，正在试图超越黑铁塔。黄包车夫还是那样，拖着他的无形的洋车，旁若无人，只管跑自己的。他的目的好像不是来争什么名次，他的任务只是要把他的车上的乘客送到目的地，或是从颐和园送到天安门，或是从天安门送到颐和园。我们的朱老师跟在黄包车夫后边，步伐看不出凌乱，但脸上的颜色有些灰白。从我们身边跑过时，我们为他加油，他对着我们简单地挥了一下手，脸上的笑容显得有点勉强。我们悲哀地想到：朱老师毕竟是年纪大了。

当他们绕过弯道转到跑道的另一边时，一辆破破烂烂的摩托车沿着跑道外边的土路颠颠簸簸地、但是速度很快地冲过来，蹦了一蹦后，它就停在了离我们很近的地方。摩托的马达放屁似的叫了几声，然后死了。驾驶摩托的是一个身穿蓝色制服的警察，坐在车旁挂斗里的也是一个身穿蓝色制服的警察。他们在摩托上静止了一会儿，然后就从车上跳下来。他们一句话也不说，与观众混在一起但他们绝对不是观众，我们这些没有政治经验的小学生也看得出来，他们不是来看热闹的。他们腰束皮带，皮带上挂着枪套，枪套里装着手枪。气氛顿时紧张起来，空气中充满了阶级斗争。我们一方面心里乱打鼓，一方面兴奋得要命。我们一方面想看看警察的脸，一方面又怕被警察看到我们在看他们的脸。一个小女孩举着一支粉红的桃花横穿了跑道，向操场正中跑去。那里的标枪比赛已经结束，铅球比赛正在进行。一个小男孩手里举着一大半玉米面饼子（饼子上抹着一块黄酱），跑到摩托车旁，边吃着，边弯腰观看着摩托车。

他们从跑道那边又一次转了过来。距离终点还有三圈，万米比赛已经接近尾声。李铁的步伐已经混乱不堪。陈遥的喘息声就像一个破旧的风箱。黑铁塔咬住了陈遥的尾巴，他只要往前跨两步就能与陈遥肩并着肩，但看起来这两步不是好跨的。黄包车夫成了第四名，他并没有加速，而是因为原来的第四名减了速。朱老师还是最后一名，他从开始就跑得怪让人同情，那是因为他的身体的畸形，不是因为他的体力。现在，谁是本次比赛的赢家，还是一个谜。现在应该是我们这些观众狂呼乱叫的时候，但由于两个警察的出现，我们都哑口无声。我们不希望警察的出现影响运动员的情绪，但心里边又希望他们能看到观众旁边出现了两个警察。我们莫名其妙地感到警察的出现与正在奔跑着的某个运动员有关。李铁踉跄了一下，几乎摔倒，这说明他看到了警察。陈遥的身体往里圈歪着，好像要躲闪什么，说明他也看见了警察。后边的两位都看见了警察。黄包车夫没看到警察，他还是那样。朱老师看得最仔细，他生性好奇，我想如果他不是在比赛中，很可能会上前去与警察搭话。

比赛还剩下两圈时，计时员举着提示黑板鬼鬼祟祟地跳到跑道正中，然后就匆匆忙忙地跑开了。李铁摇摇晃晃，头重脚轻地扑到警察面前。陈遥拐了一个弯，对着掷铅球那些人跑去。这是怎么啦？据说运动员在临近冲刺时，因为极度缺氧，大脑已经混乱，神志已经不清，李铁和陈遥的行为只能这样来解释了。黑铁塔竟然也跟着陈遥向掷铅球的人那儿跑去。难道他也疯了？那个我们不知姓名的人，看到前面发生了这样的情况，停住了脚步，六神无主地原地转起圈子，嘴里唠叨着：这是怎么了？这是怎么了？黄包车夫就这样将自己置身于第一名的位置上，他机械地往前跑，连眼珠也不偏转。就这样我们的朱老师成了第二名，接下来他即便爬到终点，也是第二名。经过警察时，他歪着头，脸上挂着莫测高深的微笑。

两个警察十分友好地伸手将李铁架起来。他两眼翻白，嘴里吐出许多白沫，像一只当了俘虏的螃蟹。一个警察拍着他的背，另一个警察掐他的人中。他的黑眼珠终于出现了，嘴里的白沫也少了。他浑身打着哆嗦，哭叫着：不怨我……不怨我……是她主动的……

观众群里，蒋桂英哇的一声哭了。

距离终点还有一百米，有两个人跑到跑道两边，拉起了一根红线。三个计时员都托起了手里的秒表。本次比赛马上就要结束了。我们的朱老师在最后的时刻，像一颗流星，发出了耀眼的光芒。他飞速地奔跑，就像我家的大鹅要起飞。黄包车夫还是那样，以不变应万变。在距离终点十几米处，朱老师越过了黄包车夫，用他的脑袋，冲走了红线。

朱老师平静地走到警察身边，伸出两只手，说：大烟是我种的，与我老婆无关。

警察把他拨到一边去，面对着木偶般的黄包车夫。

一个警察问：你是张家驹吗？

张家驹木偶着。

另一个警察把一张白纸晃了晃，说：你被捕了，张家驹！

手铐与手腕。

原来你们不是来抓我？朱老师惊喜地问。

警察想了想，问：你刚才说种了大烟？

是的，我老婆有心口痛的毛病，百药无效，只有大烟能止住她的痛。

那么，警察很客气地说，麻烦您也跟我们走一趟吧。

四　结尾

朱老师多年光棍之后，在我爹和我娘他们的撮合下，与村里的寡妇皮秀英成了亲。

皮秀英瓜子脸，吊梢眉，相当狐狸。每年春天草芽萌发时节的深夜里，她夸张的呻吟声，便传遍了大半个村庄，扰得人难以安眠。与朱老师成亲后，我们再也没有听到她的让人毛骨悚然的呻吟。大家都说：皮秀英有福，嫁给大能人朱老师，连多年的陈疾也好了。

朱老师家与皮秀英家的房屋相距不远，自从两人成亲后，皮秀英家的大门就没有打开过，没成亲前她反倒经常地坐在大门槛上，纳着鞋底子，斜眼看着过往的行人。

也从来没看到朱老师到皮秀英家里去。

有人看到皮秀英与朱老师一起从朱老师家的大门出来过。

每年的麦黄时节，从皮秀英家的院子里，便洋溢出扑鼻的香气，有时还能听到皮秀英与朱老师的说笑声。

好奇的人将脸贴到大门缝上往里望，发现门里边不知何时砌起了一道砖墙，挡住了人们的视线，也挡住了人们破门而入的道路。

有一个想爬她家墙头的人，被暗藏在墙头上的大蝎子给蜇了一下子。

皮秀英更加狐狸了。

她家的大门上，有人写上了三个大字：狐狸洞。

问朱老师：老朱，您得了仙丹了吗？

他不回答，诡秘地笑笑。他的眼圈发青，也有点狐狸。

我爬到皮秀英家房后的大杨树上，看到她家阔大的院子里，密密麻麻地生长着一种叶子毛茸茸的植物。满院子都是，连角落里、厕所里都是。在这种挺拔植物的顶梢上，盛开着像狐狸一样鲜艳、娇媚、妖气横生的胖大花朵。花朵的颜色有白，有红，有紫，有蓝……五颜六色，香气扑鼻。朱老师拿着一柄小锄，弓着腰，在花间除草。皮秀英弯着腰，将尖尖的鼻子放到白花上嗅嗅，放到红花上嗅嗅，放到紫花上嗅嗅，放到蓝花上嗅嗅……她的屁股后边拖着一条蓬松的大尾巴，像一团燃烧的火。我刚想惊呼，她的尾巴就不见了。

后来，谜底揭开，没有狐狸，也没有仙丹，只有一条地道，从朱老师家院子通到皮秀英家炕前。

参观完工程浩大、内部充满了奇思妙想巧机关的地道，有人问：难道就为了种几棵大烟？

没人回答他的提问，但我们的心里非常清楚：不，绝不是为了种几棵大烟！

——《收获》，1998年第6期

师傅越来越幽默

一

离国家规定的退休年龄还差一个月的时候，在市农机修造厂工作了四十三年的丁十田下了岗。十放到口里是个田字，丁也是精壮男子的意思，一个精壮男子有了田，不愁过不上丰衣足食的好日子，这是他的身为农民的爹给他取名时的美好愿望。但命运没让丁十田有田，却让他进工厂当了工人，过上了远比农民幸福的生活。他对给自己带来幸福的社会感恩戴德，仿佛只有拼命干活才能报答。几十年下来，过度的体力劳动累弯了他的腰，虽然还不到六十岁，但看上去，足有七十还要挂零头儿。

早晨，他像往常一样骑着那辆六十年代生产的大国防牌自行车去上班，又黑又顽固的笨重车子在轻巧漂亮的车流里引人瞩目，骑车的青年男女投过了好奇的目光后就远远地避开他，就像华丽的轿车躲避一辆摇摇晃晃的老式坦克。一进工厂大门，他就看到宣传栏前围了一群人。人群里发出阵阵吵嚷声，几个女工的声音高拔出来，好像鸡场里几只高声叫蛋的母鸡。他心里一阵嗵嗵乱跳，知道工人们最担心的事情终于发生了。

他支起自行车，前后左右地张望了一会儿，与看守大门的老秦头交换了一个眼神，叹息几声，慢悠悠地向人群走过去。他心中有些悲伤，但并不严重。不久前工厂即将让一批人下岗的消息传开之后，他曾经去过厂长的办公室。厂长，那个风度翩翩的中年人，殷勤地把他让到雪青色羊皮沙发上，然后又让女秘书倒水泡茶。他端着烫手的茶杯，鼻子里嗅着茉莉花的浓香，心里充满了感激之情，想说的话到了嘴边却说不出来。厂长小心翼翼地顺了一下漂亮的西服，挺直了腰板坐在他对面的沙发上，笑着说：

“丁师傅，您的来意我知道，工厂连年亏损，裁人下岗势在必然，但是，像您这样的元老，省级劳模，即便厂里只留一个人，那也是您！”

人们向前拥挤着，丁十田从人头的缝隙里看到宣传栏上贴着三张大红纸，红纸上写着密密麻麻的黑字。在过去的几十年里，他的名字每年总要几次出现在这样的大红纸上，那是他得到了先进工作者或是劳动模范光荣称号的时候。他的身体被年轻的工人们推来搡去，本来想往前，反而退了后。在人们的谩骂声里，一个女人突然大哭起来。他听出了那是成品仓库保管员王大兰的哭声。她原先是冲床上的技工，工作时毁了一只手，后来发了坏疽，不得不截肢保命。工厂照顾因公致残的工人，安排她当了保管员。

一辆白色的切诺基鸣着笛开进了大门。围观下岗名单的人们都把头扭转，看着那辆沾满了泥土好像刚从万里之外归来的吉普车。吵闹声停止了，众人的表情都有些呆。切诺基也有些呆，喇叭声停了，发动机喘息着，车尾的排气管喷着气，好像一头预感到了危险的兽，瞪着灰白的大眼，惊恐地观望着，然后它就向大门口倒去。工人们几乎是同时发出了吼叫，同时挪动了腿脚，转眼之间就把切诺基包围起来。它前前后后地冲撞了几下，便动弹不得了。一个身材高大的紫脸膛小伙子弯腰拉开了车门——丁十田认出了那是自己的徒弟吕小胡——伸手把管供销的副厂长拽了出来。骂声轰然而起，亮晶晶的唾沫像雨点般落在副厂长的脸上。副厂长小脸煞白，一缕油漉漉的头发垂到鼻梁上，他双手抱拳，弓着腰，先对着吕小胡然后对着周围的人作揖。他的嘴频频开合，但他的话淹没在工人们的吵嚷声中。老丁听不清他说了些什么，只看到他的脸上挂着一种可怜巴巴的神情，好像一个被当场抓住的小偷。紧接着老丁看到，自己的徒弟吕小胡伸手揪住了副厂长脖子上那条像结婚被面一样鲜艳的领带，猛地往下一扽，副厂长就像落进了地洞一般消逝了。

两辆警车拉着警报愣头愣脑地开过来，丁十田吓得心跳如鼓，想赶紧溜走，却挪不动脚步。警车开不进大门，停在了厂外的马路边上。警察一个接一个地从警车里钻出来，四胖三瘦，一共七个。七个警察和他们的警棍、手铐、报话机、手枪、子弹、催泪瓦斯、电喇叭一起，文文静静地往前走几步，便一齐停了。在工厂的大门外边，他们排成一条大体整齐的阵线，看样子是封锁了工厂的大门，仔细看又不是太像。那个提着电喇叭的上了点年纪的警察，举起喇叭喊了几句话，让工人们散开，工人们就顺从地散开了。就像砍倒了高粱闪出了狼一样，工人们散开，管供销的副厂长就显了出来。他趴在地上，双手抱着脑袋，丰满的屁股高高地撅起来，仿佛传说中遇到危险就顾头不顾腚的鸵鸟。那个喊话的警察把手里的电喇叭交给身边的同伙，走上前去，用三根手指捏着副厂长西服的领子，想把他提起来。但副厂长的身体死劲地往下坠着，使他的西服与身体之间出现了一个帐篷般的造型。老丁听到副厂长喊着：

“老少爷们，不怨我，我刚从海南回来，什么都不知道，这事不能怨我……”

警察提着他的衣领的手没有松动，抬脚轻轻地踢了一下他的腿，说：

“起来吧你给我！”

副厂长就起来了。当他看清提着自己衣领的是个警察之后，沾满了唾沫的脸突然变得像路上的黄土一样。他的双腿不由自主地软下去，多亏警察提住了衣领才没让他再次瘫在地上。

后来，厂长坐着红色的桑塔纳来了，市里管工业的马副市长坐着黑色的奥迪也来了。厂长脸上流着汗，眼里噙着泪，向工人们深深地鞠了三个躬，直了腰后他发表演说，先怨市场无情，接着说自己无能，把一家有着光荣历史的工厂办得连年亏损，如不停业，亏损更大，只好关门倒闭。最后他还充满感情地提到了老丁，他历数了老丁的光荣，特别提到了老丁再有一个月就到了退休年龄，但也不得不让他下岗。

老丁这才如梦初醒般地回头看了看宣传栏上的大红榜，一眼就看到了，按照姓氏笔画排列的下岗名单上，自己的名字排在了第一名。他转着圈子看着众人，仿佛小孩子寻找母亲，但出现在他眼前的都是一些灰白模糊的同样的脸。他感到头晕，就蹲在了地上；蹲着很累，就坐在了地上；坐了几分钟，便咧开大嘴哭起来。他的哭比女工们的哭更有感染力，工人们都面色沉重，眼窝浅的跟着哭起来。他泪眼蒙眬地看到和蔼可亲的马副市长在厂长的陪同下朝着自己走过来，便慌忙止了哭，双手一按地，慌慌张张地站了起来。副市长伸出一只手握住了他的一只沾满泥土的手，他感到副市长的手柔软得像面团，仿佛没有一点骨头。他赶快将另外一只手也伸过去握住副市长的手，副市长随即也把那只空闲的手伸过来握住了他的手，这样他们的四只手就紧紧地握在了一起。他听到副市长亲切地说：

“老丁同志，我代表市委市政府感谢您！”

他鼻子一酸，眼泪又一次夺眶而出。马副市长说：

“有事到市里去找我。”

二

市农机修造厂的前身是资本家的隆昌铁工厂，当时的主要产品是菜刀和镰刀，公私合营后改名为红星铁工厂，五十年代生产过名噪一时的红星牌双轮双铧犁，六十年代生产过红星牌棉花播种机，七十年代更名为农机修造厂，生产过小麦脱粒机和玉米脱粒机，八十年代生产过喷灌机和小型收割机，九十年代从西德引进了一套先进设备，生产马口铁易拉罐，厂名也改为西拉斯农业机械集团，但人们还是习惯称呼它是农机修造厂。

那天与马副市长热烈握手后，他沉浸在一种既幸福又空虚的感觉里，好像年轻时刚从老婆身上下来似的。面对着警察、市长和厂长，烦躁不安的工人们渐渐地心平气和了。老丁无意中为工人们树立了一个光辉的榜样。他听到厂长对工人们说：论资历，你们谁能比老丁老？论贡献，你们谁能比老丁大？人家老丁不吵不闹地服从了安排，你们还有什么好吵好闹的？马副市长也对工人们说：同志们，希望你们向丁师傅学习，顾全大局，不要给政府增添麻烦。政府会积极创造就业机会，让大家再就业，但在机会没创造出来之前，大家要自己想办法，不要等靠。副市长激昂地说：同志们，我们工人阶级的双手能够扭转乾坤，难道还挣不出两个馒头吗？

副市长坐着黑色奥迪走了，厂长坐着红色桑塔纳走了，连衣冠不整的副厂长也开着他的白色切诺基走了。工人们吵了一阵，便各奔了前程。吕小胡朝着宣传栏撒了一泡尿，然后对正将身体倚靠在一棵树上的老丁说：

“师傅，走吧，待在这里没人管饭，爹死娘嫁人，各人顾各人啦！”

老丁向看大门的老秦点点头，推上他的大国防，走出了厂门。他听到老秦在身后大声地说：

“丁师傅，你等等！”

他站在大门外边看着这个从中学退休后到这里来看大门的老秦小跑着过来。大家都知道老秦有很硬的关系，所以才能在退休后找到看大门发报纸这样的轻松差事多挣一份钱。他站在老丁面前，从口袋里郑重地摸出了一张名片，说：

“丁师傅，我二女婿在省报当记者，这是他的名片，你可以去找找他，让他在报纸上帮你呼吁呼吁。”

老丁犹豫了一会儿，但还是伸手接过了名片。他向老秦道了谢，蹁腿上了大国防。只蹬了半圈他就感到腿酸得难以忍受，身子一歪就倒了。沉重的大国防将他的身体压住，使他动弹不得。老秦跑来，把他的车子搬开，将他拉了起来。

“没事吧，丁师傅？”老秦关切地问着。

他再次感谢了老秦，推着自行车，慢慢地往家走。四月里和暖的小风一缕缕地吹到他的脸上，使他的心里空空的，甜甜的，有一点头重脚轻的感觉，好像喝了四两老酒。杨花似雪，结成团体，在马路边上滚动。一群鸽子在天空中转着圈子飞翔，哨子凄凉而明亮，声声入耳。他没感到有多么深重的痛苦，眼泪却像小河，哗哗地往下流。路过他家附近那个街心公园时，一个追球的小男孩懵懵懂懂地撞到了他的大腿上。他感到腿像触电似的麻了一下，不由自主地坐在了马路牙子上。小男孩抬起头，看着他的脸，问：

“爷爷，你为什么哭？”

他抬起衣袖擦了脸，说：

“乖，爷爷没哭，爷爷让沙土迷了眼睛……”

三

到家后他感到腿痛不止，让老婆去买了两贴膏药贴上，疼痛不但没减反而加剧，没有办法，只好去医院。他们没有孩子，老婆找来吕小胡。吕小胡用三轮车将师傅拖到医院，拍了一张片子，竟然说是骨折。

两个月后，他拄着一根木拐出了医院。两个月的住院费加上药费，几乎耗尽了老两口多年的积蓄。他怀着一丝幻想，揣着报销单据，拄着拐到了工厂。工厂大门紧闭，安静得像个陵墓。他第一次感到心中不平，抡起木拐，敲打着大铁门，大声吼叫。铁门发出了空洞巨响，好像深夜里的狗叫。还是那个老秦从门房里探头探脑地钻出来，隔着铁门跟他打了招呼：

“丁师傅，是您？”

“厂长呢？我要见厂长！”

老秦摇摇头，苦笑一声，没说什么。

吕小胡给他出主意：

“师傅，依我看，你到政府门前去静坐示威，或是点火自焚！”

“你说什么？”

“当然不是真让您去自焚，”吕小胡笑着说，“您去吓唬他们一下，他们最爱面子。”

“你这算什么主意？”他说，“你这是让师傅去耍死狗！”

“到了这时候，也只有耍死狗一条路了，师傅，您老了，不能跟我们比，我们年轻，有力气，干点什么都能养家糊口，您只能依靠政府。”

他没有去静坐也没有去自焚，但是他拄着拐到了市政府大门前。身穿深蓝色制服的门卫将他拦住了。

“我要见马副市长，”他说，“我要见马副市长……”

门卫冷冷地看着他，一句话也不说。但当他想往大门内挪步时，门卫却毫不客气地拉住了他。他挣扎着大喊：

“我要见马副市长，他跟我有约在先！”

门卫不胜厌烦地将他的身体往外一推，使他连连倒退，一腚坐在了地上。他本来能够站起来，但他没有站。他感到心里很难过，想哭，想哭他就哭起来了。起初是无声地哭，哭着哭着就出了声。路上的闲人们聚拢过来，都不说话，静静地看着他。他感到有些羞涩，想起身离开，但就这样离开更感羞涩。于是他就闭着眼大哭。他听到吕小胡洪亮的嗓门在人群里响起。吕小胡向众人介绍了他的身份和他过去的光荣，然后就大发牢骚，甚至可以说是煽动。他感到一个硬硬的东西打了自己的大腿，睁开眼便看到一个一元的硬币在水泥地面上滚动。接下来就有一些硬币和钞票落在了他的身前身后。

一队保安从不知什么地方跑步赶来，他们整齐的脚步声像农机修造厂的气锤咣咣作响。保安们挥舞着警棍，想把围观的人们驱散，人们不散，于是便发生了争执和推拉拖搡。他看着那些前后倒动的腿脚，听着那些嘈杂的声音，心里感到很惭愧。他觉得无论如何也不能在这里坐下去了。

正当他要爬起来时，三个衣服光鲜的人从政府大楼里急匆匆地走了出来。两个文质彬彬的青年在前，一个细皮嫩肉的中年人在后。他们的步伐都有些轻飘，好像逆着大风前进。走到大门附近，两个青年往两边退去，把中年人让到了前面。他们的动作整齐而娴熟，一看就知道久经训练。中年人抬起手挥挥，大声吆喝着把保安斥退，好像一个聪明的家长处理自己的儿子与邻家孩子的打架时，先板起脸把自己的儿子骂退一样。然后，中年人温柔地劝说群众离开。吕小胡挤到前面，对中年人讲述了一番。中年人弯下腰，对他说：

“大伯，马副市长到省里开会去了，我是政府办公室的吴副主任，有什么事您就对我说吧！”

他仰望着吴副主任亲切的脸，嗓子哽得说不出话。吴副主任说：

“大伯，您到我的办公室去吧，慢慢说。”

吴副主任对那两个青年使了个眼色，青年们就走上前来，每人拉住他一条胳膊，将他架了起来。他们架着他向大楼走去，吴副主任拖着他的木拐，跟在后边。

在咝咝的空调声里，他喝了一口吴副主任亲自给他倒的热水，哽住的喉咙缓开了。他诉说了自己的痛苦和困难，然后掏出了那一把报销单据。吴副主任说了很多通情达理的话，然后从衣兜里夹出了一张百元的钞票，说：

“丁师傅，单据您先拿回去，等马副市长开会回来，我就把您的情况向他汇报，这是我的一百元钱，您先拿着。”

他拄着拐站起来，说：

“吴主任，您是个好人，我谢您了，”他深深地给吴副主任鞠了一躬，“但是我不能要您的钱！”

四

在后来的日子里，他没有听徒弟的建议到政府门前去继续耍死狗，马副市长也没有派人来找他。老妻絮絮叨叨，嫌他死要面子活受罪，还骂他死猫扶不上树。他将一个茶碗摔在地上，双眼如喷火焰，直盯着她那张枯瘦如柴的脸。她起初还敢跟他对视，但很快就怯了。她低着头，从围裙前的小兜里摸出一个边沿磨得发了白的黑革小钱包，轻轻地放在桌子上，用一种很不负责的口吻说：

“还有九十九元钱，这是我们的全部家当了！”

说完这句话她就躲到厨房里去了，从那里传出了乒乒啪啪的响声。他知道她在砸肉骨头。一会儿工夫她又转回来，用沾满骨头渣子的手掌托着一枚硬币，郑重地说：

“对不起，还有一元，垫在桌子腿下，我差点忘了！”

她将那枚硬币放在钱包旁边，脸上浮起一丝古怪的微笑。他怒目寻找她的眼睛，只要能与她眼睛相对，就可以把压了大半辈子的对她不满的千言万语无声地倾吐出来。妻子因为不能生养，在他面前小了一辈子。但她机警地转了身，使他眼里的怒火只能喷到她弓起的背上。她穿着一件不知从哪里捡来的与她的年龄很不相称的黑底黄花仿绸衬衫，一朵像脸盆般大的黄色葵花图案，在她的驼背上放射着苍老的光芒。他举起拳头，对准了那个肮脏的钱包想砸下去，但他的拳头落到半空里便僵住了。他叹了一口气，收回胳膊，颓唐地坐在凳子上。一个不能挣钱养家的男人没有资格对着老婆发火，古今中外，都是这样。

一个明亮的上午，他扔掉木拐，走出了家门。灿烂的阳光刺得他眼睛生痛，他感到自己就像一个在地洞里生活了多年的老鼠一样畏缩。五颜六色的小轿车在大街上缓缓行驶着，几辆摩托车在轿车的缝隙里钻来钻去，好像无法无天的野兔子。他很想到马路对面去走，但车辆如梭，令他胆战心惊。他恍惚记得前面有一座过街天桥，便沿着刚刚铺了彩色水泥方块的人行道往前走。在这座城市里生活了几十年，他发现自己的胆量还不如乡下人。一个乡下人骑着像生铁疙瘩一样的载重自行车，拖着烤地瓜的汽油桶，热气腾腾地横穿马路，连豪华轿车也不得不给他让道。两个乡下人背着锯子提着斧子，在大街上吹着口哨胡溜达，那个穿灯芯绒外套的小个子，还满不在乎地抡起斧头砍了路边的法桐一斧。他的心中一颤，好像那斧头砍在了自己身上。路边的法桐树下，每隔几步就有一个小贩，热情地向他打着招呼。他们和她们贩卖的东西五花八门，大到家电小到纽扣，形形色色，无所不有。有一个生着三角眼的黑汉子，蹲在树下，嘴里叼着一根烟卷儿，手里牵着两头肥滚滚的小猪。

“大爷，买头小猪吗？”汉子热情地说，“这是真正的‘约克霞’，优良品种，特通人性，特讲卫生，比养狗养猫强多了。现在在人家西方国家，已经不兴养狗养猫了，人家那边最时兴的就是养猪。据联合国研究，地球上的动物，智商最高的，除了人，就是猪。猪能认字儿，还会画画儿，如果你有耐心，还能教会它唱歌跳舞……”他从怀里摸出半张皱巴巴的报纸，将拴猪的绳子踩到脚下，腾出手，指点着报纸上的字儿，说：“大爷，我空口无凭，有报纸为证，您看看，这里印着，爱尔兰一老妇养了一头猪，就像雇了一个小保姆，每天早晨，这头猪帮她取回报纸，然后帮她买回牛奶和面包，然后帮她擦地板，烧开水，这还不奇，有一天老妇心脏病发作，这头聪明的猪跑到急救中心，叫来了急救车，救了老妇一条命……”

卖猪汉子的花言巧语从他的心底召唤出久违了的愉快情绪。他低下头，用亲切的目光注视着那两头小猪。它们被绳子拴住后腿，身体紧紧地靠在一起，很像一对孪生兄弟。它们的毛儿银亮，肚皮上都生着一块黑花。它们粗短的嘴巴是粉红色的，圆圆的眼睛像亮晶晶的黑玻璃球儿。一个扎着冲天小辫子的女孩挪动着肥胖的小短腿子，进入他的眼界，蹲在小猪面前。小猪受了惊吓，猛地向两边分开，嘴巴里发出“汪汪”的像小狗般的叫声。一个容光焕发的少妇紧随着那个小女孩进了他的眼界，伸出两条洁白如玉的胳膊，将小女孩抱了起来。小女孩蹬着腿大哭不止，少妇只好把她放在了地上。小女孩大胆地向小猪靠拢过去，小猪慌忙地又贴在了一起。小女孩对着小猪伸出她的糯米般的嫩手，小猪紧靠在一起，身体颤抖不止。她的小手终于触到了小猪的身体，它们像小狗一样叫着，但没有躲避。女孩抬头望望少妇，“咯咯”地笑响了喉咙。卖猪汉子摇动三寸不烂之舌，把方才讲过的那套话更加丰富多彩地讲述一遍。少妇面带着迷人的微笑，看着卖猪的汉子。她穿着一件橘红色的长裙，好像一根熊熊燃烧的火把。她的裙子开胸很低，弯腰时那对丰满的白乳隐约可见。他的目光不由自主地往那里望过去，望过之后感到内心羞愧，好像犯下了严重错误。他发现那卖猪汉子的眼光也盯着那里看。少妇还是想把女孩抱走，但女孩的大哭一次次地粉碎了她的企图。他看到少妇脖子上挂着一根沉甸甸的金链子，手腕上戴着两只碧绿的玉镯。他还嗅到了从她的身体上散发出的一股浓浓的香气，比厂长招待他喝过的茉莉花茶还要香，比厂长的女秘书身上的香气还要香，香得他的头微微眩晕。卖猪汉子发现了谁是他的最可能的买主，唾沫横飞地向那小女孩宣传养猪的好处，并且强硬地把小猪向那女孩眼前推，小猪吱吱乱叫，不愿到女孩眼前去。后来，他一边用手轮番搔着两个小猪的肚皮，一边用甜蜜的口吻对那个小女孩说：

“来，小妹妹，摸摸这两个可爱的小宝贝。”

小猪在他的抓挠下平静下来，它们愉快地哼哼着，目光迷离，身体悠悠晃晃，终于软在了地上。女孩大胆地揪揪小猪的耳朵，戳戳小猪的肚皮，小猪哼哼不止，幸福地快要睡过去了。

少妇仿佛下了决心，提起女孩便走，但女孩的激烈的嚎哭使她无法前进。她只好把女孩放下。女孩的脚一着地，就摇摇摆摆地扑回到小猪面前，嘴里的哭声随即终止。卖猪汉子嘴角上浮起狡猾的笑容，展开了他的又一轮游说。少妇问道：

“多少钱一头？”

汉子哏了一下，坚定地说：

“卖给别人，每头三百；卖给您嘛，两头五百！”

少妇说：

“能不能便宜点？”

汉子道：

“大姐，您可看明白了，这是两头什么猪！这不是两头一般的猪，这是两头纯种的‘约克霞’！别说是两头活猪，您到大商场去看看，买一只玩具小猪，也要二百元！我家要不是儿子结婚腾房子，别说五百元，就是给我五千元，也不会卖！”

少妇甜甜地一笑，道：

“别吹了，再吹就成了麒麟了！”

“它们基本上就是麒麟！”

“我可没带钱。”

“没问题，我送货上门！”

起初那汉子想牵着小猪走，但它们很不驯服地乱窜。汉子弯腰把它们抱起来，一条胳膊夹住一头。小猪在他的怀里尖叫着。汉子说：

“宝贝，别叫了，你们这一下子掉到了福囤里了，你们马上就会成为地球上最最幸福的猪，过上最最幸福的生活，你们应该笑，不应该叫……”

汉子夹着小猪，跟着少妇拐进了一条胡同。女孩从少妇肩上探出头，对着小猪发出响亮的笑声。

他目送了小猪和人很远，心里充满了惆怅。然后他继续向前走，一直走上了过街天桥。站在天桥上他的脑海里还晃动着那少妇的迷人风采。天桥上同样聚集着摆地摊的小贩，小贩们多数都顶着一张下岗的脸。天桥微微震颤，热风扑面而来。桥下车如流水，沥青路面闪闪发光。他居高临下地看到，自己的徒弟吕小胡穿着一件黄马甲，蹬着三轮车在对面的人行道上急驶。车后座上支起一个白布凉篷，凉篷下坐着一男一女两个贵人。车轮转得飞快，分辨不清辐条，每个车轮都是一个虚幻的银色影子。车上男女的头不时地粘在一起；吕小胡头上汗水淋淋。这个徒弟脾气不好，他想，但却是个技术高超的钳工，好钳工干什么都是好样的。

他下了过街天桥，满怀着希望进了农贸市场。市场的顶上盖着绿色的尼龙遮雨板，使站在漫长的水泥摊位后的小贩们面有菜色。菜的气味、肉的气味、鱼的气味、油炸食品的气味混合在一起扑面而来，嘈杂的叫卖声也是扑面而来。他在卖菜的摊位上碰到了同厂的女工王大兰，这个独臂的女人守着一堆黏糊糊的草莓，热情地跟他打招呼：

“丁师傅，好久不见了啊丁师傅！”

他停住脚步，接着就在王大兰周围认出了三个同厂的工友。他们都对着他笑。他们都指着眼前的东西让他吃。

“丁师傅，吃草莓！”

“丁师傅，吃西红柿！”

“丁师傅，吃胡萝卜！”

……

他原本想打听一下买卖情况，但看了他们的脸，就感到什么也不必问了。是的，生活很艰苦，但只要肯出力，放下架子，日子还能够过下去。但自己这把年龄，跟年轻人一起来练菜摊显然是不合适了，跟徒弟去拉三轮更不合适，贩卖小猪的事儿自己也干不了，这活儿倒不重，但需要一张能把死人说活的好嘴，而他老丁嘴笨言少，在农机厂里是出了名的。他有些失望，但还没有绝望，出来探探行情，寻一个适合自己的活儿，是他此次出行的目的。他不相信这个庞大的城市里，就找不到一条适合自己的挣钱门路。就在他基本上绝望了时，老天爷指给了他一条生财之道。

那时候已是黄昏，他不知不觉地转到了农机厂后的小山包上。如血的夕阳照耀着山包后的人工湖，水面上流光溢彩。环湖的道路上，有成双成对的男女在悠闲散步。他在农机厂工作几十年，竟然一次也没登上过这个小山包，当然更没到湖边散过步。他这几十年真是以厂为家，那几十张奖状后边是一桶桶的汗水。他把目光转向了自己的工厂，往常里热火朝天的车间孤寂地趴在那里，敲打钢铁的铿锵之声已成昨日之梦，那根冒了几十年黑烟的烟囱不冒烟了，厂区的空地上堆满了不合格的易拉罐和生了锈的收割机，小食堂后边堆满了酒瓶子……工厂死了，没有工人的工厂简直就是墓地。他的眼睛里热辣辣的，心里有点悲愤交加的意思。暮色越来越沉重，丛生着茂盛灌木的山包上阴气上升，一只鸟发出一声怪叫，吓了他一跳。他揉揉酸胀的腿，站起来，往山下走去。

山包下边，与人工湖相距不远，是一片墓地，那里埋葬着三十年前本市武斗时死去的一百多个英雄好汉。墓地周围，生长着郁郁葱葱的绿树，有松树，有柏树，还有数十棵高入云霄的白杨。他走到墓地时，腿痛逼他坐在了一块水泥墩子上。白杨树上有一窝乌鸦，还有一窝喜鹊。乌鸦噪叫不止，喜鹊无声地盘旋。他揉着腿，他揉着腿看到在白杨树下那片平整的地面上，弃着一辆公共汽车的外壳。车轮不存在了，车窗上的玻璃也不存在了，车上的油漆也基本上剥蚀净尽。他想不明白是什么人为什么把这个车壳子弄到这里来。职业的习惯使他想到，这东西可以改造成一间房屋。这时他看到，一男一女，从墓地里鬼鬼祟祟地钻出来，像两个不真实的影子，闪进了红锈斑斑的公车壳里。他的呼吸莫名其妙地紧张起来。一个老丁想赶快离开这里，另一个老丁却恋恋不舍。在两个老丁斗争正烈时，一阵柔美动听的呻吟声从公车壳子里传出来。后来又传出女人压抑不住的一声尖叫，与闹猫的叫声有点相似，但又有明显的区别。老丁看不到自己的脸，但他感到自己的耳朵滚烫，连鼻孔里喷出的气都灼热如火。公车壳里窸窸窣窣地响了一阵，男人从里边闪出来。过了几分钟，女人也从里边闪出来。他屏住呼吸，好像藏在草丛里的小贼。直到在墓地外的树林里响起了那男人颇为雄壮的咳嗽声，他才慢慢地站起来。

想离开的老丁和好奇的老丁又斗争起来，斗着斗着，他的脚把他带进了公车壳内。车内一团昏暗，一股潮湿的铁锈味冲鼻，地上凌乱地扔着一些灰白的东西，他用脚踢了一下，判断出那是手纸。

一个粗哑的声音在喊叫：

“师傅——丁师傅——你在哪里——？”

是徒弟吕小胡在喊叫。

他悄悄地往前走了一段，稳定了一下自己的情绪，然后接着徒弟的喊叫回答：

“别喊了，我在这里！”

五

吕小胡蹬着三轮，气喘吁吁地说：

“师娘快要急死了，说你出门时眼光不对头，生怕你一时糊涂寻了短见。我说师傅保证不会寻短见，师傅那么聪明的人怎么能寻短见呢？我说我知道师傅在哪里，果然您就在这里。师傅，工厂已经这样了就去他娘的吧，饿不死土里的蚯蚓就饿不死咱们工人阶级……”

他坐在三轮车上，看着徒弟左右摇晃的背，听着徒弟的胡言乱语，嘴里一声不吭，心里充满了异样的感觉。他感到有股热乎乎的力量在体内奔涌，下岗以来的灰暗心情一扫而光，心境像雨后的天空一样明朗。车子驶进繁华街道后，五彩缤纷的霓虹灯更让他愉快无比。路边有很多烧烤摊子，浓烟滚滚，香气扑鼻。突然一声喊叫：环保局的来了！那些摊主拖着摊车，一路烟火，飞快地逃进了小巷。他们的逃跑是那样训练有素，毫不拖泥带水，就像鱼从水面上沉到水底一样，顷刻之间便消逝得无影无踪。徒弟说：

“看到了吧，师傅，鸡有鸡道，狗有狗道，下岗之后，各有高招！”

车子路过一家公厕时，他伸出手拍拍徒弟的肩头，说：

“停一下。”

他向白瓷砖贴面、琉璃瓦盖顶的公厕走去。一个端坐在玻璃框子里的小伙子用屈起的手指敲敲玻璃，提示他看看玻璃上喷着的红漆大字：

收费厕所 每次一元

他摸摸口袋，口袋里空无一文。吕小胡走过来，将二元钱塞进玻璃下端的半月形小洞里，然后说：

“师傅跟我来。”

他感到一阵羞愧涌上心头，不是羞愧自己身无分文，而是羞愧自己竟然不知道厕所还要收费。跟着徒弟进了灯火辉煌的厕所，一阵污浊的香气熏得他脑袋发涨。地面上的瓷砖亮得能照清人影，他走得扭扭捏捏还差点跌了一跤。师徒二人并排着站在小便器前，双眼盯着被冲激得团团旋转的除臭球儿，谁也不看谁。在哗哗的水声里，他幽幽地说：

“厕所怎么也收费？”

“师傅，您好像刚从火星上下来的，现在还有不收费的东西吗？”徒弟耸动着肩膀说，“不过收费也有收费的好处，如果不收费，咱们这些下等人只怕在梦里也用不上这样高级的厕所呢！”

徒弟带着他洗了手，放在暖风干手器下吹干，然后走出公厕。

坐在车上，他反复搓着被干手器吹得格外润滑的糙手，感慨地说：

“小胡，师傅跟着你撒了一泡高级尿。”

“师傅，您这叫幽默！”

“我欠你一元钱，明天还你。”

“师傅，您越来越幽默！”

临近家门时，他说：

“停车。”

“就差几步了，拉到家门吧！”

“不，我有事跟你商量。”

“师傅您说。”

“男人不能挣钱养家，就像女人不能生孩子，人前抬不起头来！”

“师傅说的对。”

“所以我准备出来做点事儿。”

“我看可以。”

“但满大街都是下岗工人，还有那么多民工，能做的事好像都有人在做了。”

“这也是实际情况。”

“小胡，天无绝人之路对不对？”

“师傅，这是圣人的语录，肯定是真理！”

“师傅今天发现了一条生财之道，不知道该不该做……”

“师傅，只要不是杀人放火，拦路抢劫，我看没有什么事不可以做的。”

“但这事儿……好像有点犯罪……”

“师傅，您别吓唬我，徒弟我胆儿小……”

当他把构想向吕小胡一一说明后，吕小胡兴奋地说：

“师傅，这样的好点子也只有您这样的天才才能想得出来，难怪您五十年代就造出了双轮双铧犁。您这算犯什么罪？如果您这算犯罪，那么……师傅，您这是情侣休闲屋！不但文明，而且积德！说得难听点吧，您这也算建了个……收费厕所吧。放开胆子干吧，师傅，明天我就叫上几个师兄帮您去收拾！”

“这事儿就你知道，不要叫别人。”

“我听您的，师傅。”

“对你师娘也别说。”

“放心，师傅。”

六

他坐在墓地与人工湖之间的稀疏林子里，背靠着一棵白杨。一条隐约可见的小路从他的眼前蜿蜒爬上山冈。他的目光不时地穿过疏林，投射到墓地前面。他只能看到他的小屋的一角，但他的心里却有小屋的全貌。

前几天他与吕小胡回了一趟农机厂，叫开大门，凭着几十年的老面子，在厂里搜罗了一车铁皮、铆钉、废钢板什么的。师徒俩用了两天时间，将破烂不堪的公车壳子大修大补一番，他们把破了玻璃的窗户全部铆上了铁皮，还用一块沉重的铁板做了个内外都可上锁的铁门。修整好车壳之后，吕小胡搞来一桶绿漆一桶黄漆，横一道竖一道一顿好抹，将破车壳子涂得活像一辆在亚热带丛林作过战的装甲运兵车。师徒俩退后几步，嗅着油漆的清香，内心洋溢着欣喜。吕小胡说：

“师傅，成了！”

“成了！”

“是不是弄挂鞭炮放放？”

“你算了吧！”

“等油漆干了就可以开张了。”

“小胡，要是有人来找麻烦怎么办？”

“师傅放心，我表弟是公安局的。”

开业那天他激动得彻夜难眠，老婆也因为激动而不停地打嗝。凌晨四点他们就起了床，老婆一边给他准备早饭和午饭，一边追问他找了个什么工作。他厌烦地说：

“不是跟你说过了吗？去给郊区一家农民企业当顾问！”

老婆打着嗝说：

“我听着你跟小胡嘀嘀咕咕的，不像是去当什么顾问嘛！这把子年纪了，你可别去干歪门邪道！”

他恼怒地说：

“大清早的你能不能说点吉利话儿？不相信你就跟着我！让那些农民企业家看看你的尊容！”

老婆让他的话给镇唬住了，不再啰嗦。

他坐在树下，看到有很多老人在人工湖边晨练，有的遛鸟，有的散步，有的打太极拳，有的练气功，有的吊嗓子。看着这些幸福的老人，他心里很不好受；如果有个一男半女，即便下了岗，也不至于大清早地就来到这里蹲着，就像传说中的那个守株待兔的傻瓜。人工湖上笼罩着一层乳白色的雾，东边的天上出现了一抹红霞。吊嗓子老人的吼叫声震荡山林：

“噢嗬——噢嗬——”

他的心里泛起一丝悲凉之情，好似微风吹过湖面，水上皱起波纹。但这丝悲凉很快就过去了，即将开始的崭新生活就像那个买小猪的女人一样让他浮想联翩，没有工夫伤感。日出前那半个时辰里，树林里的鸟噪叫不止，空气里仿佛掺进了薄荷油，清凉润肺，令他精神抖擞。他很快就发现早晨到这里来等客是个错误，早晨青年人不出来，中年人也不出来，早晨出来的都是老年人，老年人围着湖边活动不到墓地这边来，老年人即便到墓地来也不会成为他的顾客。也好，他宽慰自己，我这也算是晨练了，呼吸了几十年车间里的污浊空气，现在也轮到我呼吸新鲜空气了。他提着马扎子在树林和墓地里漫步，很快就熟悉了周围的环境。在树林与墓地间丢弃的避孕工具增强了他对自己谋财之道的信心。

中午时有几对身穿游泳衣的青年男女披着大毛巾从湖边走来，看样子有点像找地方野合的鸳鸯。但他们从他面前经过时，他却张口结舌，那些由吕小胡创作、自己反复背诵了许多遍的广告词儿一个字儿也吐不出来。他听到那些男女们在密林中发出的基本相似但各有特色的呻唤之声，就好像看到几张本来属于自己的钞票被大风刮走一样，懊丧之情充斥心间。

当天晚上，他去了徒弟家，把白天的困窘对他诉说。吕小胡笑道：

“师傅，您都下岗了还有什么不好意思？”

他搔着头皮说：

“小胡，你也知道，师傅是个七级工，跟钢铁打了一辈子交道，想不到到了晚年，竟然落到了这步田地……”

“师傅，我说句难听的，您还是不饿，什么时候您饿了，就会知道，面子与肚子比起来，肚子更重要！”

“道理我自然明白，但我就是张不开那个口……”

“也不怪您，”徒弟笑着说，“师傅，您毕竟是七级工，这样吧，师傅，我有一个办法……”

第二天中午，他背着一块木板，来到了第一天看好了的最佳拉客地点。这里是上山和进入墓地的必由之路，地形隐秘且视野开阔。他坐在白杨树斑驳的阴影里，可以清楚地看到在湖中游泳的人们。鸟儿不知躲到什么地方去了，只有蝉在树上狂叫不止，一阵阵清凉的蝉尿像小雨似的落到他的身上。

终于，一对男女沿着湖边的小路走过来了。他远远看到，女的穿着天蓝色的三点式泳衣，洁白的皮肤在斑驳的树影下闪闪发光。男的穿着一条黑色弹力裤衩，胸膛和大腿上生着茂密的黑毛。他们戳七弄八、嬉笑打闹着走近了，越来越近了，他犯罪般地看到了女人露出了半边的乳房和肚皮上那块铜钱般的青痣；他厌恶地看到那男人腆起的肚皮和那一窝山药蛋般的器官。当他们距离自己三步远时，他果断地将扣在地上的木板高高地举了起来。木板遮住了他的脸，他的脸在木板后像被火烧烤着一样。木板上的红字对着那两个男女。他看到女人修长的腿和男人毛茸茸的腿停住了。他听到男人大声地念着木板上的字：

"'林间休闲小屋，环境幽静安全，每钟收费十元，免费汽水两瓶。'"

他听到女人咯咯地笑起来。

"嗨，老头子，你的小屋在哪里？"男人大大咧咧地问。

他将木板往下落了落，露出了半张脸，结结巴巴地说：

"那边，在那边……"

"去看看？"男人笑眯眯地看着女人，说，"我还真有点渴了！"

女人的眼睛多情地歪曲着，说：

"渴死你才好！"

男人对着女人诡秘地笑笑，转脸对他说：

"带我们去看看，老头子！"

他激动不安地站起来，提着马扎子，夹着木板，带领着他们穿过墓地，来到了公车壳子前面。

“这就是你的休闲小屋？”男人说，“简直是个铁棺材！”

他开了那把黄铜大锁，将沉重的铁门拉开。

男人弯着腰钻进去，大声地说：

“嘿，平儿，你别说，这里边还挺他妈的凉快！”

女的斜眼看看老丁，脸皮有些微红，然后她也探头探脑地钻了进去。

男的探出头来，说：

“里边太黑了！啥都看不见！”

他摸出一个塑料打火机递给男人，说：

“小桌上有蜡烛。”

蜡烛亮了起来，照亮了车内的情景。他看到在金黄的烛光里，那个女人仰起脸来往嘴里灌汽水，她的湿漉漉的长发像马尾般垂下来，几乎遮住了她翘翘的屁股。

男子走出车壳，转着圈观察了周围的环境，悄悄地问：

“老头，你保证这里没人来吗？”

“里边有锁，”他说，“我保证。”

男子说：“我们想在这里睡个午觉，不许任何人打扰！”

他点点头。

男人进了车壳。

他听到里边传出锁门的声音。

他躲在离车壳十几米远的一丛紫穗槐下，手里托着一块老式的铁壳怀表，好像一个恪尽职守的教练。车内起初没有动静，十分钟后，他听到了女人的喊叫声。由于车壳密封很好，女人的声音仿佛是从地底下传上来的。他的心情不平静，女人的那身白肉在他的脑海里晃动不止。他拍着自己的腿，低声嘟哝着：

“老东西，你就别想这种事啦！”

但女人的白花花的肌肤粘在他的脑海里，挥之不去；那个买小猪的少妇明媚的笑脸和露出半边的乳房也赶来凑起了热闹。

五十分钟后，铁门开了。穿戴整齐的女人首先从车壳内钻出来。她的脸红扑扑的，眼睛晶晶发亮，宛如一只刚下过蛋的母鸡。她把脸歪向一边，仿佛没看见他似的，斜刺里朝墓地走去。男人也钻了出来，胳膊弯子上搭着毛巾，手里提着半瓶汽水。他迎着男人走过去，羞怯地说：

“五十分钟……”

“五十分钟多少钱？”

“您看着给吧……”

男人从衣兜里摸出一张面额五十的钞票，递到他的手上。接钱时他的手颤抖不止，心里怦怦乱跳。他说：

“我没有零钱找您……”

“算了，”男人潇洒地说，“明天我们还来！”

他紧紧地攥住钞票，感到自己快要哭出来了。

“老头子，你可真行啊！”男人将汽水瓶子扔在地上，压低嗓音说，“你应该弄些保险套子放在里边，还应该弄些香烟啤酒什么的，加倍收钱嘛！”

他深深地给男人鞠了一躬。

七

他接受了那个男人的建议，在休闲小屋里放上了男女欢爱所需要的一切东西，还放上了啤酒、饮料、鱼片、话梅等小食品。第一次去药店买避孕套子时，他羞得连头也不敢抬，话也说不清楚，惹得那个卖货的年轻姑娘大发脾气。当他拿着套子像贼一样溜走时，听到那姑娘在背后大声地对她的同事说：

“嘿，真看不出来，这把子年纪了，还用这个……”

随着生意的日渐红火，他的胆量越来越大，业务也越来越熟练。去药店买套子时他的脸不红了，而且还敢跟卖货的姑娘讨价还价。那姑娘厚颜无耻地问：

“老头，你如果不是个老色鬼就是个贩避孕套的。”

“我既是老色鬼，也贩卖避孕套。”他盯着姑娘那双猩红的厚唇，调皮地说。

在夏天的三个月里，他净赚了四千八百元。随着腰包渐鼓，他的心情越来越开朗，身体越来越好，生了锈的关节仿佛刚刚膏了油，原先几乎转不动了的眼珠子也活泛了。耳濡目染之下，他的熄灭多年的性趣竟然死灰复燃，拉着老妻做成了多次。老妻惊讶万分，反复盘问：老东西，你吃了什么药？老东西，你不要命啦？

现在他每天上午十点半钟骑车前来，来到后首先打扫小屋内的卫生，把那些东西装进塑料袋，还不忘记在袋上打两个结。他模范地遵守社会公德，从来不把装了秽物的塑料袋子乱扔，而是带到城里，小心翼翼地放在垃圾桶里。打扫完了卫生他就往小屋里补充一些食品和饮料以及其他。然后，他就锁上铁门，提着马扎子，找个地方坐下，摸出一支烟点燃，美滋滋地抽着，等候他的客人。他抽烟的档次也有所提高，过去他一直抽不带过滤嘴的金城，现在他抽带过滤嘴的飞燕。过去他不敢看他的客人，现在他专注地研究客人。随着经验的积累，他基本上能够判断出什么样的男女能够成为林间小屋的客人。他的客人大多是寻欢作乐的野鸳鸯，偶尔也有好奇的夫妻和恋爱着的情侣。他还有了十几对回头客，对回头客他在价格上给予优惠，一般的是打八折，有时候收半价。有的客人饶舌，干完了事后还跟他瞎贫；有的客人很羞涩，交了钱转身就走。他用耳朵积累了男女性生活方面的许多经验，听着小屋里的男女们发出的千变万化的声音，他的脑海里也依声展现出千奇百怪的形态，真好像打开了一扇窗户，看到了无边的风景。有一对看似衰弱的男女把车壳子撞得咣咣作响，好像里边关着的不是一对造爱的男女，而是两头交配的大象。有一对男女在车壳里先是狂呼乱叫，然后便打起架来，啤酒瓶子把车壳子砸得乒乓作响，但也只能由着人家砸，这种时候进去劝架那可是自找霉气。出来时，男人头破血流，女人头发凌乱。他很同情他们，甚至想免了他们的房租，但想不到那个男人却出奇的大方，将一张百元大票扔在地上，掉头就走。他追上去找零，却被那男人转回头来啐了一脸唾沫。那男人眉毛稀疏，眼窝深陷，面相凶恶，对着他一瞪眼，吓得他诺诺而退。秋天到了，白杨的叶子首先凋落，松柏的针叶也颜色变暗。人工湖里游泳的人越来越稀，他的客人也越来越少，但每天总是能接待几对，星期天或是节假日更多一些。闲着也是闲着，小钱也是钱，大钱都是小钱积累而成。这期间他感冒过一次，但他带病坚持工作。感冒了他也不舍得买药吃，只是让老妻熬了一锅姜汤，咕嘟嘟连灌三碗，蒙住头发一身透汗，偏方治大病。他想趁着还不算太老，应该把养老的钱挣出来，下岗补贴时发时停，没个准头，政府也很难，教师的工资经常拖欠，干部工资依靠贷款，必须开展自救运动，就像水灾过后抢种小油菜一样。有时候他的心里也忐忑不安，不知道自己是在造孽还是在积德。有一天夜里竟然梦到两个公安来抓人，吓得他浑身冷汗，醒来后心脏狂跳。他把徒弟吕小胡请到一个安静的小酒馆里喝了一次酒，对他说出了自己心中的不安。小胡说：

“师傅，您怎么又犯起糊涂来了？难道没有你的小屋他们就不干了吗？没有你的小屋他们也干，他们在树棵子里干，在墓地里干，现在的年轻人提倡回归自然，时兴野合呢，当然咱也不能说人家不好，这就是人。我早就说过，您就权当在风景地里修了个公共厕所，收点费，天经地义，理直气壮。师傅，您比那些造假酒卖假药的高尚多了，千万别不好意思，千万别跟自己过不去。爹亲娘亲不如钱亲，没了钱爹也不亲娘也不亲，老婆也不拿着当人。师傅您大胆地干吧，真出了事，徒弟保证帮你搞掂！”

他想想，徒弟说的似乎无懈可击，是啊，这样的事儿当然圣人不为，但天下有一个圣人就足够了，圣人多了也麻烦，丁十田不想做圣人，想做也做不了。他想，丁十田，你这也是为政府分忧呢，当了林间小屋的屋主算不上光彩事，但总比到政府大门前去耍死狗强吧？想到此他不由地开颜而笑，吓了在一旁剥花生的老妻一跳，她说：

“老东西，你怎么无缘无故地笑？你知道这样的笑法有多么吓人吗？”

“吓人吗？”

“吓人。”

“我今天要好好地吓吓你……”

“老东西，你想干什么？”老妻攥着一把花生皮往后倒退着。窗外电闪雷鸣，大雨如注，清凉的水汽钻进房屋，使屋子里的气氛显得暧昧而温暖，他一步步往前逼着，把身上的衣服剥下来往后扔去，老妻往后退缩着，脸皮发红，暗淡的眼睛里发出了明亮的光彩，简直像小姑娘一样，她退到墙角，无路可退，把手里的花生皮扬到他的脸上，嘴里嘟哝着：“老东西，越老越不正经了……大白天的……你想干什么……雷公电母看着呢……”他猛地搂住了她的腰，用力往后折着，老妻大声喊叫着："老东西……轻点……你把我的腰折断了……"

为了防备万一，他把挣来的钱用假名存了银行，存折塞到一条墙缝里，外边糊上了两层白纸。

立冬之后，大风降温，连续三天没有客人。中午时他骑车去了林间小屋，满地的枯叶上沾着的白霜还没融化。太阳黄黄的，基本上没有温暖。他在树下坐了一会儿，感到冻手冻脚。人工湖畔静寂无声，只有一个脖子上糊着纱布的男人在围着湖不停地转圈子，那是一个正与癌症顽强斗争的病人，本市的抗癌明星，电视台报道过的他的事迹。电视台到湖边来录像那天把他吓得够呛，为了安全他爬到了一棵大树上，像鸟似的在树杈上蹲了两个多小时。后来还来过一帮检查山林防火的人，也把他吓了个半死。他趴在树棵子后边，惴惴不安地等待着。那帮人一个跟着一个从森林小屋边经过，竟然全无反应，好像小屋是天然就在这里的。只有一个胖子，转到小屋后边，撒了一泡焦黄的尿。他隔着老远就嗅到了尿臊味。他心里想：领导上火了。胖子看起来也是一大把年龄了，但撒起尿来还是童趣盎然，他挺着肚子，用尿液在铁皮小屋上画圈，一个圈，两个圈，三个圈，第四个圈还没封口就断了水。胖子撒完了尿，用手敲了敲糊窗的铁皮，让铁皮发出一声巨响，然后一边系着裤扣子一边摇摇摆摆地跑着去追赶同伙。除此之外他再也没受到过别的惊吓。树下太冷，他挪到车壳里去坐了一会儿，抽了一支烟，小心地掐灭烟蒂。然后他闭上眼睛粗算了一下半年来的收入，感到心满意足。他决定明天再来等待一天，如果还没有客人，后天就停业，明年春暖花开后接着干。只要能让我干五年，就可以安度晚年了。

第二天，他一大早就骑车来了。一夜阴风把更多的树叶子吹下来，白杨树几乎成了光秃秃的枝条，几棵混生在松林中的橡树，满树金黄枯叶，但并不脱落，在阴风中哗哗作响，看起来好像满树蝴蝶。他带来了一条蛇皮袋子，还有一根顶端带铁尖的木棍。他把林间小屋周围很大范围内的垃圾捡了一遍。他捡垃圾不是为了赚钱，而是为了报德。他感到社会对自己太好了。他捡了结结实实一袋子垃圾，封好口，搬到自行车后货架上。然后他就进了小屋，准备把屋子里的东西收拾一下。一只乌鸦在小屋外大叫一声，使他的心神一颤，他抬头看到，有一对男女，沿着那条灰白的小路，从农机厂背后那个馒头状的小山包上，对着他的林间小屋走来了。

八

那对中年男女出现在小屋门前时，时间是中午十二点半。男子个头很高，穿着一件灰色的风衣，双手插在风衣口袋里。风把他的黑色的裤子吹得往前飘，显出了他的腿肚子的形状。女人的个头也不矮，他用下了几十年铁料的眼力，估计出她的高度在一米七十左右，上下浮动不会超过两厘米。她上穿着一件紫红色的羽绒服，下穿着一条浅蓝色的牛仔裤，脚上蹬着一双白色的羊皮鞋。两个人都没戴帽子，风把他们的头发吹得凌乱不堪，女人不时地抬起一只手，将遮住脸面的头发捋到脑后去。他们在临近小屋时，下意识地拉开了的距离反而泄露了他们之间的关系。他知道这是一对情人，而且多半是历史悠久的情人。当他看清了那男人冷漠痛苦的脸和那女人怨妇般的眼神时，就像刚刚阅读完毕了他们的感情档案一样，对他们的事儿已经了如指掌。

他准备做这笔关门前的买卖，不是为了赚钱，而是出于对他们深深的同情。

那男人站在小屋前，与他搭着话儿，女人背对小门站着，双手插在羽绒服口袋里，用一只脚踢着地上的枯叶。

“天气真冷，”男人说，“天气说冷突然就冷了，这很不正常。”

“电视说是从西伯利亚过来的寒流。”他说着，想起了自家那台早该淘汰的黑白电视机。

“这就是那间著名的情侣小屋吗？”男人说，“听说是公安局长的岳父开的？”

他笑着，含义模糊地摇摇头。

“其实，”男人说，“我们只想找个地方聊聊天……”

他会意地笑笑，提着马扎子，头也不回地向那丛紫穗槐走去。

一线阳光从灰云中射出来，照耀得树林一片辉煌，白杨树干上像挂上了一层锡箔，闪烁着神奇的光彩。他背靠着紫穗槐柔软的枝条，感到遒劲的东北风吹得脊背冰凉如铁。男人弯着腰钻进了小屋，女人站在铁门一侧，低垂着头，仿佛在想什么心事。男人从小屋里钻出来，站在女人背后，低声说着什么。女人保持着方才的姿势不变。男人伸出一只手，轻轻地拽拽女人的衣角，女人身体扭动着，动作幼稚，好像一个发脾气的小女孩。男人的一只手按在女人的肩膀上，女人继续扭动身体，但并没有把男人的手从肩上摆开。男人的手扳着女人的肩，将她的身体扭转过来，女人做出不驯服的样子，但到底还是与男人面对着面了。男人双手按着女人的肩，对着女人的头顶说话。最后，男人将女人拥进了小屋。他躲在紫穗槐丛后无声地笑了。铁门轻轻地关上了，他听到了轻悄悄的锁门声。然后铁壳小屋就成了寒林中一件死物，清冷的、时隐时现的阳光照着它，泛起一些短促浑浊的光芒。褐色的麻雀蹲在屋顶上拉屎、蹦跳、喳喳噪叫。庞大臃肿的灰云在空中匆忙奔驰，树林中滑动着它们的暗影。他看了一眼怀表，时间是午后一点，他估计他们不会在小屋里待得太久，有一个小时足矣。他原想赶回家吃午饭，没想到来了两个不速之客。肚子里有点饿，身上很凉，但客人不出来，他就只能等着。反正是按钟点收租金，没有权力撵人家，有的男女在小铁屋里要待三个小时呢。在往常的日子里，巴不得他们待在里边睡上十个八个小时，但今日寒风刺骨，腹内饥饿，所以就盼望着他们赶快完了事出来。他在面前的地上用木棍儿掘了一个坑，然后点上了一支烟。他把烟灰小心翼翼地弹在小坑里，生怕引起山林火灾。

他坐在紫穗槐前等待了大约半个小时光景，从小屋里传出了女人细微的几乎听不清楚的抽泣声。一缕风吹过来，树枝摇摆，唰唰作响，抽泣声便被淹没；风一停，抽泣声就传进他的耳朵。他为他们叹息，这样的情侣就应该是这个样子，他们的爱情很古典很悲伤，就像盐水缸里的腌黄瓜，只有苦咸，没有甜蜜。现在的年轻人可不这样，他们进了小屋就争分夺秒，干得热火朝天。他们放肆地喊叫、呻吟，有的还脏话连篇，连树上的鸟儿都羞得面红耳赤。同是干一种事儿，气氛却有天壤之别。他通过谛听男女腻声，了解了人们观念的变化。他的内心里，还是喜欢这样哭哭啼啼的爱情，这才像戏嘛！他听着他们的哭泣想象着他们的故事，肯定是感伤的故事，是个爱情悲剧，因为这样那样的原因，有情人没成眷属。很可能是天南海北两离分，这次是千里迢迢来幽会。从这个角度上看，他想，我这就是积德嘛！

他胡思乱想着，时间过去了一个小时。他站起来，活动了一下僵硬的腿脚，搓搓冻木了的耳朵，准备着收摊儿了。他决定还是要收他们一点钱，回城的路上到兰州拉面馆里吃碗热乎乎的牛肉面，否则心里不平衡。想到牛肉面他的肚子就咕咕地叫唤起来，牙巴骨也得得打战。既是饿的，也是冻的。这个季节不应该这样子冷法，这样冷法不正常，活见鬼，去年的三九时节也没有这个冷法。小屋里寂静无声，女人的抽泣声听不到了，铁屋子安静得像座坟墓。一只乌鸦叼着一节肠子，从远处飞来，落在了白杨树上的巢里。

时间又过去一个小时，小屋里还是死一般的寂静。阴云密布，树林中已经有了些黄昏景象。他心中暗暗嘀咕：这是怎么回事？不至于有这样大的劲头吧？难道他们在里边睡着了？这是绝对不可能的。里边只有一块床板，床板上铺着一条草席，没有被子也没有褥子，外边冷还偶有一线阳光，里边一插门，那就是真正的冷如冰窖。但他们又能在里边干什么呢？他终于忍不住了，走到小屋门前故意地大声咳嗽，提醒他们赶快出来。里边毫无反应，难道他们像封神榜里的土行孙地遁而去？不可能，那是神魔小说哩。难道他们像西游记里的孙猴子变成了蚊子从气窗里飞走？不可能，那也是神魔小说哩！难道他们……一幅灰白的可怕景象突然出现在他的脑海里，他的手和腿都不由自主地颤抖起来。老天爷，千万别出这种事，要是出了这种事，断了财路不说，只怕还要进班房！他顾不上别的了，举起手，轻轻地拍门：

啪啪啪。

用力地打门：

嘭嘭嘭！

狠命地砸门：

咣咣咣！咣咣咣！

一边狠命地砸门一边大喊：

咣咣咣！嗨！该出来了！咣咣咣！你们在里边干什么！

他的手虎口震裂了，渗出了细小的血珠儿。但屋子里还是无声无息，一时间竟然使他怀疑自己的记性，难道真有一对那样的男女进了铁壳小屋?

女人苍白的瓜子脸儿马上就栩栩如生地浮现在他的脑海里：她的脸上有两只忧郁的大眼睛，眼球漆黑，有些鬼气。她的下巴尖尖的，嘴角上有一颗绿豆粒般大小的黑痣，痣上还生着一根弯曲的黑毛儿。男人的形象也同样历历在目：竖起的风衣领子遮住他的双腮，鼻子很高，下巴发青，眉毛很浓，双目阴沉，门牙旁边镶着一颗金色假牙……

毫无疑问、千真万确，大约三个小时前，有一对忧伤的中年男女，进了这个用公车铁壳改造成的林间小屋，但他们现在一声不吭。他知道，最可怕的事情已经发生了，坏运气就像一桶臭大粪，劈头盖脸地浇下来了。他双腿一软，瘫在铁屋子的铁门前……

过了大约抽支香烟的工夫，他扶着铁门站起来，围着铁屋转着圈子，手拍得铁壳子啪啪作响，他苦苦地哀求着，愤怒地骂着：

“好人啊，你们醒醒吧，你们出来吧，我把一个夏天里挣来的钱全部给你们行不行？我给你们下跪叩头行不行？……杂种啊，畜生，你们欺负一个老头子难道不怕天打五雷轰吗？你们这两个奸贼，偷鸡摸狗的婊子、嫖客，你们不得好死……我叫你亲爹行不行？叫你亲娘行不行？亲爹亲娘亲老祖宗，求你们发发善心出来吧，我是个六十岁的下岗工人，家里还有一个生胃病的老伴，混到这一步已经够惨了，你们可不能给我雪上加霜了，你们想死也不能死在我的小屋里啊，你们可以到树上去上吊，可以到湖边去跳水，可以到铁道上去卧轨，你们想死在哪里也能死，为什么偏偏到我的小屋里来？我看你们都是有头有脸的人，不是个局长也是个处长，为这点事儿值得死吗？你们这样死去可是轻如鸿毛啊，不值得，连你们这样的人都想死，那我们这些下等人可咋活？局长，处长，你们想开点吧，你们跟我们比比嘛，出来吧，出来吧……”

任他把嗓子喊哑，铁壳小屋里还是寂静无声，暮归的乌鸦们围着高高的白杨树梢呱呱大叫，团团旋转，好像一团黑云。他找来一块巨大的卵石，双手搬起，向铁门砸了过去。咣啷一声巨响，卵石碎成两半，但铁门完好如初。他仄起肩膀，向铁壳子撞去，铁壳子岿然不动，他却被反弹出三米多远，一屁股墩在了地上。他感到肩膀痛疼难忍，胳膊抬举不便，好像把锁子骨撞断了……

九

他骑着沉重的自行车仿佛梦游般地冲下山包，他没有踩车闸，他想就这样摔死了更好，东北风迎面吹来，衣服鼓胀，肚子冰凉，耳朵边呼呼作响，仿佛腾云驾雾，车后座上的垃圾袋子开了口，肮脏的纸片和塑料袋子在身后轰然而起，满天飞舞。环湖路上，连那个抗癌明星的身影也见不到了。一群灰秃秃的天鹅在湖面上盘旋着，好像在选择地方降落。湖上已经结了一层冰，冰上落满黄土。他麻木地骑车进了城。街灯已经点燃，不时有玻璃破碎的声音令人胆战心惊地响起。一辆没有鸣笛的警车转动着红蓝灯幽幽地滑过来，吓得他差点从自行车上栽下来。

他懵懵懂懂地来到了徒弟吕小胡的门前，刚要抬手敲门就看到门板上贴着一张画儿，画上画着一个怒目向人的男孩。他转身想逃，看到徒弟提着一只光鸡从楼道里走上来。楼梯间昏暗的灯光照着死鸡惨白的疙瘩皮，使他身上的老皮顿时变得像鸡皮一样。他的腿软了，骨折过的地方像被锥子猛刺了一下子，痛得他一腚坐在了楼梯上。吕小胡猛一怔，急问：

“师傅，您怎么在这儿？”

他像个受了天大委屈、突然见到了爸爸的小男孩似的，嘴唇打着哆嗦，眼泪滚滚而出。

“怎么啦师傅？”徒弟快步上前，把他拉起来，“出了什么事啦？”

他双膝一软，跪在了徒弟家门口，泣不成声地说：

“小胡，大事不好了……”

小胡慌忙开门，把他拉起来拖到屋子里，安排他坐在沙发上。

“师傅，发生了什么事？是不是师娘死了？”

“不，”他有气无力地说，“比你师娘死去糟糕一千倍……”

“到底发生了什么事？”小胡焦急地问，“师傅，你快要把我急死了！”

“小胡，”他擦了一把眼泪，抽泣着说，“师傅闯了大祸了……”

“快说呀，啥事？！”

“中午进去了一男一女，现在还没出来……”

“没出来就多收钱呗，”小胡松了一口气，说，“这不是好事吗？”

“啥好事，他们在里边死了……”

“死了？”小胡吃了一惊，手里提着的暖瓶差点掉在地上，“是怎么死的？”

“我也不知道怎么死的……”

“你看到他们死了？”

“我没看到他们死了……”

“你没看到他们死了，怎么知道他们死了？”

“他们肯定是死了……他们进去了三个小时，起初那个女的还哭哭啼啼，后来一点声音也没有了……”他让徒弟看着自己敲破了的手，说：“我砸门，敲窗，喊叫，把手都砸破了，车壳子里一点声音也没有，一丝丝声音也没有……”

小胡放下暖瓶，坐在沙发对面的木凳子上，从口袋里摸出烟盒，抽出一支，点燃，垂着头抽了一口，抬起头，说：“师傅，您别着急。”他的双手在大腿上紧张地摸索着，满怀希望地望着徒弟的脸。小胡抽出一支烟递给他并帮他点燃，说：“也许他们在里边睡着了，人们干完了这事，容易犯困……”

“别给我吃宽心丸了，”他悲哀地说，“好徒弟，我的手指都快敲断了，嗓子都喊哑了，即便是死人也让我震醒了，可是里边一点动静也没有……”

“他们会不会趁你不注意的时候悄悄溜了？这是完全可能的，师傅，为了不交钱，人们什么样的怪招都能想出来的。”

他摇摇头，说：

“不可能，绝不可能，铁门从里边锁着呢，再说，我一直盯着呢，别说是两个大活人，就是两个耗子从里边钻出来，我也能看见……”

“您说起耗子，我倒想起来了，”小胡道，“他们很可能挖了条地道跑了。”

“好徒弟，”他哭咧咧地说，“别说这些没用的了，赶快帮师傅想想办法吧，师傅求你了！”

小胡低下头抽烟，额头上蹙起了很多皱纹。他目不转睛地盯着徒弟的脸，等待着徒弟拿主意。小胡抬起头，说：

“师傅，我看这事就去他娘的吧，反正您也挣了点钱，明年开了春，我们再另想个挣钱的辙儿！”

“好小胡，两条人命呢……”

“两条人命也不是咱害的，他们想死我们有什么办法？”徒弟愤愤地说，“这是两个什么样的鸟人？”

“看样子像两个有文化的人，或许是两个干部。”

“那就更甭去管他们了，这样的人，肯定都是搞婚外恋的，死了也不会有人同情！”

“可是，”他嗫嚅着，“只怕师傅脱不了干系，雪里埋不住死尸，公安局不用费劲就把师傅查出来了……”

“您的意思呢？难道您还想去报案？”

“小胡，我反复想了，丑媳妇免不了见公婆……”

“您真想去报案？！”

“也许，还能把他们救活……”

“师傅，您这不是惹火烧身嘛！”

“好徒弟，你不是有个表弟在公安局工作吗？你带我去投案吧……”

“师傅！”

“徒弟，师傅求你了，让你那个表弟帮帮忙吧，如果就这样撒手不管，师傅后半辈子就别想睡觉了……”

“师傅，”小胡郑重地说，“您想过后果没有？您干这件事，原本就不那么光明正大，随便找条法律就可以判您两年，即便不判您，也得罚款，那些人罚起款来狠着呢，只怕您这一个夏天加一个秋天挣这点钱全交了也不够。”

“我认了，”他痛苦地说，“这些钱我不要了，师傅即便去讨饭吃，也不干这种事了。”

“万一他们要判您哪？”徒弟说。

“你跟表弟求求情，”他垂着头，有气无力地说，“实在要判，师傅就弄包耗子药吞了算了……”

“师傅啊师傅！”小胡道，“徒弟当初是吹牛给您壮胆呢，我哪里有什么表弟在公安局？”

他木了几分钟，长叹一声，哆嗦着站起来，将手里的烟头小心翼翼地揿灭在烟灰缸里，看一眼歪着头望墙的徒弟，说：

“那就不麻烦你了……”

他一瘸一拐地朝门口走去。

“师傅，您去哪里？”

他回头看看徒弟，说：

“小胡，你我师徒一场，我走之后，你师娘那边，如果能顾得上，就去看看她，如果顾不上，就算了……”

他伸手拉开了门，楼道里的冷风迎面吹来。他打了一个哆嗦，手扶着落满尘土的楼梯栏杆，向黑暗的楼道走去。

“师傅，您等我一下，”他回头看到，徒弟站在门口，屋子里泄出的灯光照得他的脸像涂了一层金粉，他听到徒弟说，“我带您去找我表弟。”

十

他们在被北风吹得嘎嘎作响的电话亭里给表弟家打了一个电话，表弟家的人说表弟正在派出所值班。徒弟高兴地说：

“好极了师傅，知道我为什么不愿带您去找他？您不知道他那个老婆有多么势利，我这样的穷亲戚到了他家，她鼻子不是鼻子脸不是脸，狗眼看人低的东西，真让人受不了，咱们人穷志不穷，您说对不对？”

他感动地说：

“小胡，师傅让你犯难了。”

“但我表弟还是挺不错的，就是有点怕婆子，”小胡像唱歌似的说，“怕婆子，骑骡子啊！”

他们在一家商店里买了两条中华牌香烟，他急着往外掏钱，徒弟把他拨到一边，说：

“师傅，算了吧，您的钱肯定不够的。”

徒弟付了钱，昂贵的烟价让他的心一阵阵揪痛，但他还是咬着牙说：

“小胡，这个算我的。”

“您就先别管这事了！”

他们进了派出所。他下意识地扯着徒弟的衣角，身上冷得打战，手心里却全是汗水。值班的两个民警中有一个正是徒弟的表弟。那是个细眯着小眼、脖子很长的青年人。他拿着笔，一边听着他们的诉说，一边往本子写着字。

“就这事？”表弟用笔尖戳着本子，有些厌烦地问。

“就这事……”

“想象力很丰富嘛，”表弟斜眼看着他，冷冷地说，“发了大财了吧？”

他张口结舌，无言以对。

“表弟，劳您大驾去帮丁师傅处理处理吧……如果那两个人吃的是安眠药，没准还能救过来……”徒弟将装了两条中华牌香烟的塑料袋放在表弟面前，满面堆笑地说，“丁师傅是我的恩师，省级劳模，跟于副省长合过影的，临近退休了遭遇下岗，万般无奈才想了这么个饭辙……”

“如果他们吃的是耗子药呢？”表弟看看手表，站起来，对正在墙角玩电脑的民警说：“小孙，我去人工湖那边处理个自杀案件，你一个人在这里盯着吧！”

表弟去了一趟厕所，收拾了随身所带物品，从车库里推出一辆三轮摩托，载上他与徒弟，开出了派出所院子。

正是晚饭时刻，感觉却像深夜。可能是天气寒冷的缘故，宽广的大路上车辆稀少。摩托车亮着警灯，鸣着警笛，在大街上像箭一般飞驰。他双手紧紧地抓住车斗上冰凉的把手，心脏仿佛提到了嗓子眼里，张口就能吐出来。

摩托很快出了城，道路的质量下降，但表弟好像要向他们炫耀车技似的，一点也不减车速，于是摩托车就成了一匹发疯的马驹。他的身体在车斗里不由自主地上蹿下跳，尾骨被蹾得针扎般痛疼。

摩托拐上了人工湖边的水泥路，不得不减缓了速度，因为这条路上有许多凹下去的窟窿和凸起的瘤子。表弟大幅度地扭动着车把，也难以免除摩托的颠簸，有一次差丁点就要翻个三轮朝天，把发动机都憋死了。表弟大声骂着：

“他娘的，腐败路，刚修了不到一年，就成了这操行！”

他和徒弟下了车，跟在后边，帮表弟推着摩托绕来拐去地缓慢前行。到了墓地边缘，他们不得不把车停了下来。四周黑暗如漆，车前的大灯射出的光柱照亮了墓地和树林。表弟冷冷地问：

“在哪里？”

他想回答，但舌头僵直，发出的是一串呜噜。徒弟抬起手往墓地里指了指，说：

“在那里。”

通往墓地的小路在车灯照耀下清晰可见，但三轮摩托显然是开不进去。表弟熄了摩托的火，从背包里摸出一只装三节二号电池的手电筒，揿亮，照着林间的灰白小路，厌烦地说：

“走吧，前边带路！”

他踊跃地走到前面，下意识里想讨好表弟。他听到徒弟在身后说：

“表弟，这车……”

“怎么啦？怕人偷走？”表弟冷笑着说，“这么冷的天，只有傻B才出来！”

表弟的手电光芒忽而射向林梢，忽而射向坟墓，弄得他脚步踉跄，犹如一匹眼色不济的老马。小路在坟墓间绕来绕去，路上厚厚的枯叶在他们脚下嚓嚓作响。东北风已经停息，空气肃杀，墓地里宁静异常，他们脚踩落叶的声音听起来让人心里发毛。有几点冰凉的东西落在了他的脸上，像雨点又不像雨点。他看到，手点筒的光柱里，有一些银白的颗粒轻飘飘地落下来。他有些兴奋地说：

“下雪啦！”

表弟不满地纠正了他：

“不是雪，是冰霰！”

徒弟说：

“表弟，你怎么什么都知道呢？”

表弟轻蔑地哼了一声，道：

“你们认为警察都是些傻瓜？”

徒弟笑着说：

“怎么敢？警察里也许有傻瓜，但表弟您绝不是傻瓜，我听姑妈说过，您五岁时就能认识二百多个字呢！”

表弟的手电筒照到了高高的白杨树梢，惊动了巢里的乌鸦，它们呱呱地大叫着，有两只乌鸦从巢里飞出来，在手电筒的光柱里扑棱着翅膀，一只撞在了树干上，一只钻进了旁边的喜鹊窝里，在那里引发了一场混战。表弟收回电光，低声嘟哝着：

“给你们这些鸟货一梭子！”

他们来到了车壳小屋前，在电光的笼罩下，小屋像一个沉睡的巨兽。被惊动了的乌鸦和喜鹊各归其巢，林间恢复了宁静。冰霰越来越密集，暗夜里一片窸窣之声，仿佛有无数的春蚕在啃吃桑叶。表弟用手电照住了小屋，问：

“在这里边？”

他感到徒弟在黑暗中看着自己，便慌忙回答：

“是这里边……”

“真他娘的会找地方！”

表弟攥着手电筒走到门前，轻轻地踢了一脚，铁门竟然应声而开。电光射进了小屋，他的眼睛跟着电光移动着，就像清点财物一样，他看到了平放在地上的那块床板、床板上的草席、席上那卷粗糙的手纸、“墙”角上那张瘸一条腿的木桌、木桌上的两瓶啤酒和三瓶汽水、啤酒和汽水瓶子上的灰尘、紧靠着啤酒瓶子的两根躺着的红蜡烛和半根立着的红蜡烛、桌面上的肮脏蜡油、木桌下边那个用来盛小便的红色塑料桶、“墙”上不知是谁用粉笔画上的淫秽图画。光柱在那夸张的图画上停了一会儿，然后又在室内扫了一遍。表弟转过身，用手电照着他的脸，恼怒地问：

“丁师傅，你什么意思啊?！”

电光刺得他的眼睛睁不开，他举起一只手遮住眼睛，结结巴巴地辩白着：

“我没说谎，对天发誓我没有说谎……”

表弟阴阳怪气地说：

“有遛骡子的有遛马的，没想到还有遛警察的！”

表弟举着手电，大踏步地往回走了。徒弟不满地说：

“师傅，您又幽了一默！”

他将身体往徒弟身边靠了靠，压低了嗓门说：

“小胡，我明白了，那是两个鬼魂……”

说完了这话，他感到脊背发冷，头皮发紧，心里却感到轻松无比。徒弟更加不满地说：

“师傅，您越来越幽默了！”

——《收获》，1999年第2期

野骡子

十年前一个冬日的早晨，我家高大的瓦房里阴冷潮湿，墙壁上结了一层美丽的霜花，就连我在睡眠中呼到被头上的气流也凝结成一层细盐般的白霜。房子立冬那天刚刚盖好，抹墙的灰泥尚没干透我们就搬了进来。母亲起床后，我把脑袋缩进被窝，躲避着刀子般的阴冷。自从父亲跟随着野骡子逃跑之后，母亲发奋图强，艰苦创业，五年如一日，用自己的劳动和智慧积累了财富，建成了全村最高大最壮观的五间大瓦房。提起我的母亲，村子里人人佩服，大家都夸她是好样的，在夸奖我母亲的同时，人们总是忘不了批评我的父亲。父亲在我五岁时，与村子里臭名昭著的女人野骡子结伴私奔，逃到了不知什么地方。五年过去了，真实的音信一点也没有，但关于他们的谣言，却像那个小火车站上的运货慢车每隔一段时间卸下来的肉牛，在那些黄眼珠的牛贩子轰赶下慢吞吞地进入我们的村庄。肉牛被牛贩子卖给村子里的屠户杀死——我们村是个屠宰专业村——谣言却在村子里传来传去，好像一群飞来飞去的灰鸟。有的谣言说父亲带着野骡子在东北大森林里用白桦木建了一座小屋，屋子里垒了一个大炉子，松木劈柴在炉子里熊熊燃烧，小木屋的房顶上覆盖着白雪，墙壁上挂着成串的红辣椒，房檐下悬着晶莹的冰凌。他们白天打猎挖参，晚上在炉子上煮狍子肉。在我的想象中，父亲的脸和野骡子的脸被炉火映得红彤彤的，好像抹了一层红颜色。有的谣言说父亲带着野骡子流窜到了内蒙古，白天他们骑着高头大马，身披肥大的蒙古袍子，唱着悠扬的牧歌，在一望无际的草原上放牧牛羊；到了晚上，他们就钻进蒙古包，点起一堆牛屎火，火上吊着铁锅，锅里炖着肥羊肉，肉香扑鼻，他们一边吃肉一边喝着浓浓的奶茶。在我的想象中，野骡子的眼睛在牛屎火的映照下闪闪发光，仿佛两块黑宝石。有的谣言说他们偷越国境到了朝鲜，在一个美丽的边境城市里开了一家餐馆。他们白天包饺子擀面条卖给朝鲜人吃，到了晚上，饭馆关门后，就煮上一锅肥狗肉，启开一瓶白酒，每人握着一条狗腿，两人握着两条狗腿，锅里还有两条狗腿打滚翻跟斗，散发着诱人的香气，等待着他们来吃。在我的想象中，他们每人握着一条狗腿，端着一碗白酒，他们喝一口白酒啃一口肥狗肉，撑得腮帮子鼓鼓的，好像油光光的小皮球……我承认那时候我是个没心没肺、特别想吃肉的少年，无论是谁，只要给我一条烤得香喷喷的肥羊腿或是一碗油汪汪的肥猪肉，我就会毫不犹豫地叫他一声爹或是跪下给他磕一个头或是一边叫爹一边磕头。如果生长在别的村庄，我也许还不会产生如此强烈的食肉欲，天让我生长在屠宰专业村，触目皆是活着行走的肉和躺着不会行走的肉，鲜血淋漓的肉和冲洗得干干净净的肉，掺了水的肉和没有掺水的肉，猪肉牛肉羊肉狗肉还有驴肉马肉。我们村子里的野狗捡食肉渣胖得毛眼子流油，我却因为捞不到吃肉而瘦骨伶仃。我五年捞不到食肉不是因为我们吃不起肉而是因为母亲的节俭。父亲没走之前，我们家的锅边上经常沾着厚厚一层荤油，墙角上扔着成堆的猪骨头。父亲喜欢吃肉，最喜欢吃的是猪头肉，每隔几天，他就提回家一个腮帮子惨白、耳朵梢子通红的肥猪头。因为这些猪头，母亲和父亲不知吵闹过多少次，后来还为此大打出手。我母亲是个老中农的女儿，从小受的是勤俭持家、量入为出、攒下钱盖房子置地的教育。土地改革之后，我那位顽固不化的姥爷竟然还把积攒了多年的积蓄从地下挖出来，买了翻身雇农孙贵五亩地；这钱花得冤枉无比且给母亲的家庭带来了几十年的耻辱，逆历史潮流而动的姥爷也成为村里人的笑柄。我父亲出身流氓无产阶级，从小就跟着游手好闲的爷爷沾染上了好吃懒做的潇洒气质。父亲的人生信条是吃了今日就不去管明日，得过且过，及时行乐。他说如果我的爷爷勤俭持家，土地改革时肯定会成为村子里最大的地主，因为我的老爷爷死时留给我爷爷和我爷爷的哥哥一百二十多亩良田，还有两匹健骡四头黄牛，我爷爷用了不到十年的时间就把分到他名下的土地和牲口吃了个干净，土改时一贫如洗，成了村子里的头号贫农，而我爷爷的哥哥，却把他的家产在十年间扩大了两倍，成了村子里最大的地主。斗争地主挖浮财时他的态度极其恶劣，为了捍卫得来不易的家产，他提着菜刀与贫农团的人拼命，理所当然地成了恶霸地主，被贫农团砸了狗头。历史的教训和我爷爷的言传身教使我父亲兜里有一块钱绝不花九毛九，他只要口袋里有钱就夜不安眠。他常常教育我的母亲，世间万物都是虚的，只有吃到肚子里的肉才是真实。他说如果你把钱换成新衣穿到身上，人们很可能会把你的衣服剥去；你把钱盖成房子，几十年后也可能被别人抢去；你把钱置成金银，很可能为此丢了性命；但你把钱变成肉吃进肚子，那就万无一失了。那时候我很小，对父母的争论并不在意，他们吵架我吃肉，吃饱了就坐在墙角上打呼噜，好像一只养尊处优的猫。父亲走后，母亲为了盖这五间大瓦房，几乎节俭到了嘴里不吃腚里不拉的程度。房子盖好后，我希望母亲能改善饮食，让久违的肉类重新登上我家的饭桌，谁知母亲的节俭比盖房前有过之而无不及。我知道母亲心里又在酝酿着更为宏伟的计划：购买一辆大卡车，就像村里的首富老兰家那辆一样：长春第一汽车制造厂生产，解放牌，草绿色，有六个巨大的轮胎，方头方脑，铁板坚固，宛如坦克。我宁愿住着从前那三间低矮的茅草屋只要有肉吃，我宁愿坐在浑身哆嗦的手扶拖拉机上在乡间的土路上颠簸只要有肉吃。去她的五间大瓦房，去她的解放牌大卡车，去她的肚子里没有一点油水的虚荣生活吧！我越对母亲心怀不满就越怀念父亲在家时的幸福生活，对我这种嘴馋的男孩来说，幸福生活的主要内容就是可以放开肚皮吃肉，只要有肉吃，母亲与父亲的大吵大闹甚至大打出手算得了什么？五年中流传到我耳朵里的关于父亲与野骡子的谣言何止二百条？但我念念不忘并且反复品味的，也就是前边所说的那三条，每一条都与吃肉有关。每当那几条谣言中他们俩吃肉的情景栩栩如生地展现在我的脑海里时，我的鼻子就嗅到了诱人的肉香，肚子咕咕地叫着，透明的哈喇子从嘴里不知不觉地流下来。每当这时候，我的眼里就饱含着泪水。村子里的人经常看到我一个人坐在村头那棵粗大的柳树下独自垂泪，他们便叹息着走开，有的人嘴里还唠叨着：嗨，这个可怜的孩子！我知道他们对我的垂泪做出了错误的判断，但我也不能纠正他们，即便我对他们说，我的垂泪是被肉馋的，他们也不会相信。他们不可能理解一个男孩对肉的渴望竟然能够强烈到泪如雨下的程度。

我蒙头盖腚地紧缩在被窝里，火炕上的热气早已散尽，薄薄的褥子根本就挡不住水泥炕面返上来的凉气，我一动都不敢动，恨不得变成一只裹在茧里的蛹。隔着棉被我听到母亲在堂屋里生炉子，她用斧头将木柴砍得啪啪作响，好像在借机发泄对父亲和野骡子的仇恨。我盼望着她赶快生起炉子，因为炉膛里熊熊燃烧的火焰会驱散房间里的阴冷湿气；我同时也盼望着她把生炉子的过程尽量延长，因为她生着炉子后的第一件事就是用粗暴的手段赶我起床。她喊我起床的第一声还比较温柔；第二声就把嗓门提高，且明显地透露出厌烦；第三声几乎就是怒吼了。她从来不会喊我第四声，三声喊罢如果我还不能像火箭一样从被窝里蹿出来，她就会用非常麻利的动作，将盖在我身上的被子拿走，然后顺手捞起扫炕笤帚，对准我的屁股猛打。如果事情发展到了这种程度，我的霉头就算触大了。如果她的第一笤帚打在我的屁股上时我本能地跳起来蹿到窗台上或是炕角上躲避，使她心中的怒火得不到发泄，她就会穿着沾满泥巴和猪毛的鞋子蹦到炕上，揪着我的头发或是掐着我的脖子将我按倒，抡起笤帚，对准我的屁股，痛打不休。如果她打我时我不逃窜也不反抗，她就会被我的蔑视态度激怒，越打越来劲。反正不管是哪种情况，只要是在她的第三声怒吼之前我还没有迅速地跳起来，我的屁股和那个笤帚疙瘩就要吃大苦头。她总是一边打着我一边喘息、吼叫，刚开始是纯粹的吼叫，就像猛兽的吼叫一样，有激烈的感情但是没有文字内容，当笤帚疙瘩与我的屁股接触大约三十下后，她手上的力道就明显地减弱，声音也丧失了洪亮变得嘶哑而低沉，而这时，她的吼叫里就出现了文字，这些文字刚开始是对着我的，她骂我是“狗杂种”、“鳖羔子”、“兔崽子”，然后不知不觉中她就把矛头指向了我父亲，她在骂我父亲上向来不浪费太多的时间，因为骂我父亲的话与骂我的话大同小异，基本上没有新的发明与创新，不但她骂着没劲，连我听着也感到寡淡无味。就像由我们村子去县城必须从那个小火车站经过一样，母亲骂父亲也是骂野骡子的必经之路，匆匆而过，不得不过。母亲的嘴巴喷吐着唾沫在父亲的名誉上匆匆滑过，然后就与野骡子狭路相逢了。这时母亲的声音提高了，母亲在骂我和骂父亲时眼睛里饱含着的泪水被怒火烧干，如果谁不理解“仇人相见，分外眼红”的含义，请到我家来看一看我母亲怒骂野骡子时的眼睛。母亲骂我们父子时，翻来覆去、颠三倒四的就那么几个可怜的词汇，但当她骂起了野骡子时，语言顿时就丰富多彩起来。譬如母亲骂“我男人是匹大种马，日死你这匹骚骡子”，

“我男人是头大象，戳死你这个母狗”，基本上都是这种格式，母亲的经典骂句花样翻新但万变不离其宗。我的父亲，实际上变成了母亲报仇雪恨的一件利器，母亲让父亲不断地变幻成庞大无比的动物，对野骡子变幻成的弱小动物施暴，仿佛只有这样才能解除她的心头之恨。母亲高高祭起父亲的生殖器欺辱野骡子时，她打我屁股的速度就渐渐放慢，手下的力气也渐渐减弱，然后她就把我忘记了。事情演变到这种地步，我就悄悄地爬起来，穿好衣服，站在一边，入迷地聆听着她的精彩詈骂，脑子里转动着许多问题。我感到母亲对我的詈骂毫无意义，如果我是个“狗杂种”，那么是谁跟狗进行了杂交？如果我是个“鳖羔子”，那么是谁把我生养出来？如果我是个“兔崽子”，那么谁是母兔子？她骂的好像是我，其实骂的是她自己。她骂我父亲，其实也是在骂她自己。她对野骡子的詈骂，细想起来也没有任何意义。我父亲无论如何也变不成大象更变不成种马，即便我父亲变成了大象，也不会跟一条母狗去交配。种马经过训练，有可能与骚骡子发生性关系，但那对骚骡子也许正是求之不得的乐事。但是我不敢把我的思辩批讲给母亲听，那样会带来什么后果我想象不出，但没有我的好果子吃则是肯定无疑的，我还没有傻到自找倒霉的程度。母亲骂累了，就开始哭，泪如涌泉；哭够了，就抬起衣袖擦擦眼睛，然后走出院子，带着我忙碌挣钱的事儿。好像为了补回因为打人骂人耽误了的时间似的，她干活的速度会比平时快上一倍，同时她对我的监督也比平时要严格得多。所以无论如何我也不敢眷恋这个并不温暖的被窝，只要听到火焰在炉膛里发出了轰轰的响声，不用母亲开口，我就会自动地蹿起来，用最快的速度蹬上凉如铁甲的棉袄和棉裤，然后将被子卷起来，窜到厕所里撒尿，回来后站在门边，垂手而立，等待着她的吩咐。母亲是个节俭到了吝啬的人，怎么舍得在屋子里生炉子呢？因为潮湿的房子使我们母子俩生了一场同样的病，膝盖红肿，双腿麻木，花了很多钱买药吃才能下地行走，医生告诫我们，如果不想死还想活，就要在屋子里生火炉，尽快地把墙壁烘干，买药比买煤贵得多。在这种情况下，母亲才不得不动手在堂屋里盘了一个火炉，去火车站买了一吨煤，点火烘烤我们的新屋。我多么盼望医生能对母亲说：如果不想死，就要吃肉。但是医生不说，那个混蛋医生不但不劝我们食肉反而告诫我们不要吃油腻的东西，他让我们尽量吃得清淡点，最好素食，说这样既能使我们健康又能使我们长寿。这个坏蛋，他哪里知道，父亲叛逃之后，我们就开始了素食，素得就像送葬的队伍或是山顶上的白雪。整整五年了，我的肠子里只怕用最强力的肥皂也搓不下来一滴油花了。

这是个北风呼啸的早晨，炉子里的火发出呜呜的叫声，最下边那节铁皮烟囱烧红了，灰白的铁屑层层爆裂，墙壁上的霜花变成了明亮的水珠，汪在墙上，欲流不流。我手脚上的冻疮发起痒来，耳朵上的冻疮流出了黄水，人被融化的滋味实在是难受。母亲用一个小铁锅熬了半锅玉米面粥，从窗外的咸菜瓮里捞上来一块腌萝卜，分给我一大半，她自己留下了一小半，这就是我们的早餐。我知道母亲在银行里起码存了三千元钱，做烧肉的沈刚家还借了我们两千块，月息二分，利滚利，驴打滚，货真价实的高利贷。有这样多的钱还吃这样的早餐，我的心里怎么能痛快。但那时我是个十岁的孩子，根本没有发言权。有时我也发发牢骚，但母亲满面愁苦地盯着我，接着就骂我不懂事。母亲说，她这样节俭完全是为了我，为我盖房，为我买车，很快就要为我说媳妇。她还说：

“儿子，你父亲那个没良心的，扔下咱娘儿俩跑了，咱要干出个样子让他看看，也让村子里的人看看，没有他咱们比有他过得还要好！”

母亲还教育我，说她的父亲也就是我的姥爷曾经不止一次地说过，人的嘴，其实就是个过道，鱼肉和糠菜通过这个过道之后，其实都一样。人不能自己惯自己，要过好日子，必须与自己的嘴做斗争。母亲的话似乎有她的道理，如果我们在父亲出走后的五年里大吃大喝，我们的大瓦房就不可能盖起来。住在茅草棚里，即便满肚子肥脂，又有什么用处？她的理论与父亲的理论截然相反，父亲肯定会说：满肚子糠菜，即便住在高楼大厦里又有什么意思？我举双手赞同父亲的理论，用双脚踩践母亲的理论，我盼望着父亲能来把我接走，哪怕他让我饱食一顿肥肉后再把我送回来。

我们喝完了粥，伸出舌头把碗舔得干干净净，根本就用不着刷洗。然后母亲就带我到了院子里，往那辆破旧的手扶拖拉机上装货。这辆拖拉机是老兰家淘汰下来的，钢铁的把手被老兰的大手攥出了明显的痕迹，轮胎上的花纹早已磨平，柴油发动机内的缸套和活塞磨损严重，关闭不全，仿佛一个得了心脏病又患上气管炎的老人，发动起来之后，黑烟滚滚，漏气漏油，那声音古怪至极，既像咳嗽又像打喷嚏。老兰原本就是个慷慨的人，这些年因为卖掺水肉发了财就更加慷慨。他发明了用高压水泵从动物肺动脉里往动物尸体里强力注水的科学方法，用他的方法，一头二百斤重的猪，就可以注入满满的一桶水，而用旧的方法，一头牛也只能注入半桶水。这些年来，城里那些精明的市民用买肉的价钱买了我们村里多少水？统计出来很可能是个惊人的数字。老兰肚子溜圆，满面红光，说起话来洪钟大嗓，天生一个当官的材料。他当上村长后，毫无保留地将高压注水法传授给众乡亲，成了黑心致富的带头人。村里人有骂他的，有贴小字报攻击他的，也有写人民来信控告他的，但拥护他的人远比反对他的人多。后来我们才知道，老兰就像一个高明的拳师一样，不可能把全部的武艺毫无保留地传授给徒弟，他还要留一手绝活保命。老兰的肉同样是注水肉，但他的肉色泽鲜美，气味芬芳，放在烈日下曝晒两天也不会腐败变质，而别人的肉一天卖不出去就会发臭生蛆。这样，老兰的肉就不必担心卖不出去而减价处理，其实他的肉那么美丽也不存在卖不出去的问题。后来我们才知道老兰的肉里注的不是一般的水，而是福尔马林液。

我父亲与老兰曾经狠狠地干过一架，老兰折断了我父亲一根小指，我父亲咬掉了老兰半个耳朵。为这事我们两家结了仇，但父亲私奔后，母亲竟然与老兰成了朋友。老兰用废铁的价钱将他家淘汰下来的拖拉机卖给了我们。老兰不但把拖拉机卖给了我们，还手把手地免费教会了我母亲驾驶拖拉机。村子里那些长舌妇制造谣言，说老兰与我母亲有了一腿，我以儿子的名义向我远方的父亲担保，她们的话纯属放屁，她们是看到我母亲学会了开拖拉机嫉妒，而嫉妒中的女人嘴基本上就是个肛门，嫉妒中的女人话基本上就是臭屁。老兰贵为村长，腰缠万贯，仪表堂堂，经常开着威风凛凛的大卡车进城送肉，什么样的女人没见过？怎么可能喜欢蓬头垢面、衣衫褴褛的我母亲？我牢记着老兰在村子里的打谷场上教我母亲开拖拉机的情景，那也是个冬日的早晨，红日初升，打谷场旁边的草垛上凝着一层粉红的霜花，一只通红的大公鸡站在墙头上引颈长啼，村子里响着此起彼伏的临死前的猪的尖叫，家家的烟囱里冒着乳白色的烟雾，一列火车开出车站，向着太阳升起的方向奔驰。母亲身穿着一件我父亲扔下的肥大的土黄色夹克衫，腰里扎着一根红色的电线，坐在驾驶座上，双臂张开，扶着把手，老兰坐在她的身后车斗的前沿上，劈开两条腿，分开两条臂，抓住我母亲握着拖拉机把手的手。这是真正地手把手地教，无论从前面看还是从后边看，他都把我母亲拥在他的怀里，尽管我母亲穿戴得像个火车站的装卸工，毫无女性的美感可言，但她的实质是个女人，这就让村子里那些女人们醋性大发，也让部分男人想入非非。老兰有钱有势，是公开的好色之徒，他根本不在乎人们说他什么，但我母亲是个被男人抛弃了的女人，寡妇门前是非多，她理应该小心谨慎，不给人们留下任何制造谣言的机会，但她竟然允许老兰用这样的姿势教自己学车，这行为只能用利令智昏来解释了。手扶拖拉机上的柴油机震耳欲聋地吼叫着，水箱里冒着袅袅蒸汽，烟筒里喷吐着黑色的油烟，给人的感觉是既声嘶力竭又生气蓬勃，它载着母亲和老兰在打谷场上冒冒失失地转着圈子，仿佛一头被鞭子轰赶着的牛犊。母亲苍白的脸上泛起两片红晕，两只耳朵红得像公鸡冠子似的。那天早晨实在是冷，是那种无风的干冷，我的血液流动不畅，身体的边边角角像被猫儿咬着似的。母亲的脸上却流出了汗水，头发里散发着热气。她从来没跟机器打过交道，初次开车，尽管是最简单的手扶拖拉机，但肯定也是兴奋无比，激动万分，否则在如此寒冷的严冬早晨流汗就不可解释了。我看到母亲的眼睛里放射着一种美丽的光芒，自从父亲走后，母亲的眼睛还从来没这样明亮过。拖拉机在打谷场上转了十几圈后，老兰飞身从车上跳下来。他的身体是那样的肥胖但他的下车动作是这样的矫健。老兰下了车，母亲紧张起来，她歪过头找老兰，拖拉机的车头对着场边的壕沟直冲过去。老兰大声喊叫着：扭把！扭把！母亲紧紧地咬着牙关，连腮帮子上的肌肉都鼓凸起来。她终于在拖拉机即将窜到沟里去的一瞬间，将方向扭转过来。老兰在场内转动着身体，眼睛始终盯着我母亲，好像有一条看不见的绳子一头拴在我母亲腰上，一头牵在他的手里。他大声提醒着我母亲：眼睛往前看，别看车轮子，车轮子掉不了，也别看手，你的手粗得像砂纸似的，没有什么好看的。对了，就像骑自行车一样。我说过的，弄头母猪绑在驾驶座上，它也能开得团团转，何况一个大活人！加油门，你怕什么！所有的鸡巴机器都一样，千万别娇贵它，当破铜烂铁砸着最好，你越把它当个宝贝它越出毛病。对了，就这样，你已经出了徒了，可以把它开回家去了，农业的根本出路在于机械化，知道这是谁说的吗？你知道吗？小杂种，老兰盯着我问。我懒得回答他，实在是太冷，我的嘴唇都有点僵硬。行了，开走吧，看在你们孤儿寡母的份上，车钱三个月以后交。母亲跳下车，她的腿软了两下，差点摔倒，老兰伸出一只胳膊架了她一下，同时说：小心，大妹子！母亲满脸通红，好像是想说句感谢话，但张口结舌了半天，终于也没说出什么来。这突如其来的大喜，弄得她几乎丧失了语言能力。我们想买老兰家拖拉机的话儿十几天前就通过村文书高大爷递了过去，但一直没有回音。我是个小孩子我也知道这件事根本就不可能成功，我爹咬掉了人家半块耳朵，破了人家的相，人家怎么可能把车卖给我们？如果是我，我就会说：罗通家的想买我的车？呸，我宁愿把车开到湾子里烂掉，也不会卖给她！但就在我们基本绝望了时，高大爷却来传话，说老兰答应将车按废铁的价格卖给我们，并让我们明天早晨到打谷场上去接车，高大爷说：村长说了，他是村长，理应该帮你们脱贫致富，他老人家要亲手教会你开车。我们娘儿俩激动得一夜没睡着，母亲说一阵老兰的好话，紧接着说一阵父亲的坏话，然后就集中火力痛骂一阵野骡子。通过母亲的痛骂，我才知道老兰与父亲那场生死大战竟然是野骡子引起来的。我忘不了父亲与老兰大战的那个早晨，也是早晨，但季节是初夏。

初夏的早晨人们很疲倦，因为夜实在是太短了，似乎刚一闭眼天就亮了。我和父亲逃到尘土飞扬的大街上，还听到母亲在院子里大声吼叫。那时候我们还住着从爷爷手里继承下来的那三间低矮破旧的草屋，日子过得既乱七八糟又热热闹闹。那三间草屋在村子里新盖起来的红瓦房群落里寒酸透顶，就像一个小叫花子跪在一群披绸挂缎的地主老财面前乞讨。院子的围墙只有半人高，墙头上生长着野草，这样的围墙别说挡不住强盗，连怀孕的母狗都挡不住。郭六家的那条母狗就经常跳到我家院子里叼我们的肉骨头。我经常入迷地看着那条母狗轻捷地跳进跳出，它的黑色的奶头擦着墙头，落地后还晃晃荡荡。父亲走在大街上，我骑在父亲的肩头上，高高在上地看着母亲在院子里一边怒骂一边用菜刀剁着一堆育秧拔苗后的地瓜母本，这是她从火车站前垃圾堆上捡回来的。因为父亲的好吃懒做，我们家的日子过得像抽疯一样，富起来满锅肥肉，穷起来锅底朝天。父亲被母亲骂急了就说：快了，快了，第二次土改就要开始了，到时候你就会感谢我了。但二次土改总是迟迟不来，害得母亲不得不捡人家扔了的烂地瓜回来喂小猪。我家那两只小猪因为吃不饱，饿得吱吱乱叫，听着就让人心烦。父亲曾经愤怒地说：叫叫，叫他妈的什么叫，再叫就煮了吃了你们这些杂种。母亲攥着菜刀，目光炯炯地看着父亲，说：你敢，这两头小猪是我养的，谁敢动它们一根毛儿我就跟谁拼个鱼死网破！父亲嘻嘻地笑着说：看把你吓得那个样子，这两头瘦猪，除了骨头就是皮，白给我吃我也不吃！我仔细地打量过那两头小猪，它们身上可吃的肉实在是有限，但它们那四只呼呼嗒嗒的大耳朵还能拌出两盘子好菜，猪头上最好吃的东西，我认为就是耳朵，那东西不肥不腻，里边全是白色的小脆骨，嚼起来咯咯嘣嘣，很有咬头，如果用新鲜的顶花戴刺儿的小黄瓜加上蒜泥和香油一拌，味道就会更加美好。我说：爹爹，我们可以吃它们的耳朵！母亲愤怒地瞪着我，说：看我先把你这个小杂种的耳朵割下来吃了！她提着菜刀真的冲了上来，吓得我扑到父亲怀里躲藏。她拧住了我的耳朵就往外拖，父亲扳住我的脖子往后拽，我被撕裂的危险和痛苦折磨得尖声嚎叫，与村子里的杀猪声混合在一起，几乎没有什么区别。到底还是父亲劲大，把我从母亲手里挣了出来。他低头观看了我的裂了纹的耳朵，抬起头来说：你的心真狠！人家说虎毒不食亲儿，我看你比虎还要毒！母亲气得面如黄蜡，嘴唇青紫，站在灶前浑身颤抖。我在父亲的护卫之下，胆子壮了起来，便提着母亲的名字大声叫骂：杨玉珍，我这辈子就毁在你这个臭娘们手里！母亲被我骂愣了，目不转睛地盯着我看。父亲嘿嘿地干笑几声，把我拎起来就往外跑，我们跑到院子里，才听到母亲发出了尖利的长嚎。小畜生，你把我气死了哇……那两头小猪扭动着细长的尾巴，闷着头在墙角上拱土，仿佛两个试图打洞越狱的囚徒。父亲在我的脑袋上拍了一巴掌，低声问我：你这小子，怎么知道她的名字？我仰起脸望着他严肃的黑脸，说：我是听你说的呀！——我什么时候对你说过她叫杨玉珍？——你对野骡子大姑说过，你说，“我这辈子就毁在杨玉珍这个臭娘们手里！”——父亲用他的大手捂住了我的嘴，压低了嗓门对我说：小子，你给我闭嘴，爹对你不薄，你可别害我！——父亲的手肥厚松软，散发着一股辛辣的烟味儿。这样的男人手在农村比较少见，原因就在于他半辈子游手好闲，几乎没参加沉重的体力劳动。他松开手后，我粗重地喘息着，对他的暧昧态度很不满意。这时，母亲提着菜刀从屋子里蹿了出来。她好像故意把头发搓乱了似的，脑袋不像脑袋，像村子中央那棵大杨树上的喜鹊窝。她大叫着：罗通，罗小通，你们这两个混蛋王八羔子，老娘今日不活了，跟你们拼了，这日子反正是没法子往下过了，咱们一起完蛋吧！——母亲脸上可怕的表情向我们宣告，她满腔怒火，绝不是虚张声势，看样子她是豁出来要跟我们同归于尽了，一女拼命，十男莫敌，这种情况下迎头上去，基本上是送死，这时候最明智的莫过于逃跑，我父亲生活浪荡，但智商很高，好汉不吃眼前亏，他一把将我抄起来夹在胳膊弯子里，转身就往墙根跑去，他没往大门前跑是完全正确的，因为尽管我家没有任何值钱的东西，但我母亲还是恪守着她从娘家带来的恶习，每天晚上都用一把大铜锁把门锁起来。如果说我们家还有什么财物能换来一只猪头，也只有这把铜锁了。我猜想被肉馋急了时，父亲肯定没少打这把铜锁的主意，但母亲爱护这把锁就像爱护她的耳朵一样，因为这锁是我姥爷送给她的嫁妆，是个象征性的礼物，其中包含着姥爷一大片良苦用心。父亲如果夹着我跑到门口，即便破门而出，也势必浪费很多时间，而在这段时间里，母亲的菜刀很可能让我们父子头破血流。父亲夹着我跑到墙边，一个鹞子翻身便翻过了墙头，将暴怒的母亲和一大堆烦心事儿通通地抛在了脑后。我丝毫也不怀疑母亲同样具有翻越土墙的能力，但她并没有这样做，她把我们轰出院子后就停止了追赶，站在墙边蹦跳了一阵就回到了房门前，一边剁着那些烂地瓜，一边骂人。这是一种绝妙的发泄方法，既不产生不可收拾的流血性后果，当然也就不必承担法律责任，但同时又体会到了刀砍斧剁心中仇敌的快感，当时我猜想她把那些烂地瓜当成了我们的脑袋，现在回想起来，她更多的是把那些烂地瓜当成了野骡子的脑袋，她心中真正的仇敌不是我也不是父亲，而是那个野骡子。她认为是野骡子勾引了我的父亲，这是否是个冤案我也说不清楚，在父亲与野骡子的关系上，究竟谁占主动、是谁先向对方送去了秋波，只有他们俩能说清。

我的父亲是个聪明的人，他的智慧绝对在老兰之上，他没学过物理但他知道阴电阳电，他没学过生理但他知道精子卵子，他没学过化学但他知道福尔马林液能杀菌防腐固定蛋白质并由此猜想到老兰往肉里注了福尔马林液。他如果想发财肯定能成为村子里的首富，对此我深信不疑。他是人中之龙，而人中之龙是不屑积攒家产的。人们见过松鼠、耗子之类小野兽挖地洞储存粮食，谁见过兽中之王老虎挖地洞储存食物？老虎平时躺在山洞里睡觉，只有饿了才出来猎食，我父亲平时吃喝玩乐，只有饿了才出来赚钱。父亲不会像老兰他们那样白刀子进来红刀子出来地去赚流血的钱，父亲也不会像村子里那些莽汉子到火车站上去当装卸工赚流汗的钱。父亲用他的智慧赚钱。古代有个善于解牛的庖丁，如今有个善于估牛的我父。牛在庖丁眼里只是骨头与肉之类的堆积，牛在我父眼里同样是骨头与肉之类的堆积。我父高于庖丁的是，庖丁仅仅目光如刀，我父不但目光如刀而且还目光如秤。也就是说，把一头活牛牵到我父面前，我父围绕着那牛转两圈，顶多也不超过三圈，偶尔还象征性地将手伸到牛的腋下抓两把，然后就可以响亮地报出这头牛的毛重与出肉率，其准确程度几乎可以与当今英国最大的肉牛屠宰公司里的电子肉牛估评仪相媲美，误差不会超过一公斤。起初人们还以为我父亲是信口开河，但经过几次试验之后，便不得不服气。我父亲的存在，使牛贩子与屠宰户之间的交易消除了盲目和侥幸，实现了基本公平。父亲的权威地位确立之后，便有牛贩子与屠宰户讨好他，希望能在估牛时占点便宜。但父亲是个有远大目光的人，他绝不会为了眼前的蝇头小利败坏自己的名声，因为败坏了自己的名声就等于砸了自己的饭碗。牛贩子提着烟酒送到我家，我父亲把烟酒扔到街上，然后站在土墙上破口大骂。屠宰户提着一只猪头送到我家，我父亲将猪头扔到大街上，然后站在土墙上破口大骂。牛贩子和屠宰户都说：罗通那人，是个二杆子，但公正无比。父亲刚正不阿的二杆子形象确立之后，人们对他的信任到了无以复加的程度，买卖双方争执不下的时候，就把目光投到他的脸上，说：咱们别争了，听罗通的吧！——好吧，听罗通的，老罗，你说吧！——我父亲神气活现地绕牛两圈，不看卖方也不看买方，双眼望着青天，报出毛重与出肉率后，一口喊出一个价格，便躲到一边抽烟去了。买卖双方伸出手，拍了一个响，好！成交！等交割完毕后，买卖双方都会走到我父面前，各抽出一张十元的票子，答谢他的劳动。有必要说明的是，我父亲进入牛市之前，也存在着一种老式的经纪人，他们多数都是些黑瘦的糟老头子，有的脑后还翘着一条小辫子，他们发明了袖筒里摸价钱的方法，给这一行当蒙上了一层神秘色彩。我父亲的出现，消除了交易的模糊性，也消除了交易过程中的黑暗现象，那些贼眉鼠目的经纪人被我父亲赶下了历史舞台。这是牲畜交易史上的巨大进步，大一点也可以说成是一场革命。我父亲的眼力不仅仅表现在估牛上，估猪估羊也同样在行，这就像一个技艺高超的木匠，不但能做桌子，同样能做凳子一样。好木匠还能做棺材，我父亲估骆驼也不会有问题。

父亲扛着我来到了初夏的打谷场上，我们村成为屠宰专业村后，土地基本上荒芜；面对着屠宰行当中因为注水等等违法行为带来的暴利，只有傻瓜才去种地。土地荒芜之后，打谷场就成了肉牛的交易场。乡政府里那些干部曾经试图在乡政府前建一个牲畜交易市场，借以收取管理费，但人们根本就不听他们那一套。乡干部带领联防队员来强行取缔我们村的肉牛交易场，与手持屠刀的屠户们发生了争执，最后动了武，差点出了人命，四个屠户被拘留。屠户妻子们自发地组成了一支上访队伍，有的披着牛皮，有的披着猪皮，还有的披着羊皮，到县政府门前去静坐示威，并且扬出狂言，说如果问题得不到解决，她们就要上省，省里解决不了，就打火车票进京。如果这样一群披着兽皮的女人出现在长安大道上，后果肯定不可想象，谁也不能把这群滚刀肉般的女人们怎么样，但县长的乌纱帽十有八九要被摘掉。最终的结果是女人们得到了胜利，屠户们被无罪放出，乡干部的发财梦破灭，我们村的打谷场上照样六畜兴旺，据说乡长还被县长痛骂了一顿。

早有七八个牛贩子蹲在打谷场边抽着烟等待屠户，牛们站在一边，不紧不慢地反刍着，不知死之将至。牛贩子大多是西县人，讲起话来撇腔拿调，好像一群小品演员。他们大约每隔十天左右来一次，每人每次牵来两头牛，最多不超过三头。他们一般都是乘坐那列特慢的客货混编列车来，人和牛一个车厢，下车时约在傍晚，到达我们村子时正是半夜。那个火车小站距我们村不过十几里路，即便是悠闲散步，这点路也用不了两个小时，可这些牛贩子从火车站走到我们村却要用八个小时。他们拉着那些让摇摇晃晃的列车弄得头晕眼花的牛，从车站的出站口硬挤出来。身穿蓝制服、头戴大檐帽的检票员仔细地查看着他们和牛的车票，查验无误后才将他们放行。他们的牛挤出铁栏杆时，最喜欢蹿一泡稀屎，喷溅到检票员的大腿上，仿佛是戏弄她们，好像是嘲笑她们，可能是报复她们。如果是春天，跟他们同时下车同时出站的还有一些赊小鸡赊小鸭的西县人，他们用一根宽而且长光滑无比弹性良好的大扁担挑着用苇子和竹片编制成的鸡笼或是鸭笼，仄着身体走出车站，然后快步如飞地将牛贩子们抛到身后。他们头戴着宽边大草帽，肩披着蓝色的大披布，步伐轻快，仪态潇洒，与那些衣冠不整、浑身牛粪、精神萎缩的牛贩子形成鲜明对照。牛贩子们光着头，敞着怀，都戴着那种当时非常流行的、镜片上涂了一层水银的贼光眼镜，迎着火红的夕阳，迈着八字步，走一步晃一晃，仿佛刚刚上岸的海员，行走在通往我们村子的乡间土路上。走到那条历史悠久的运粮河边时，他们就将牛牵到河底，让它们喝上一饱。如果天气不是冷得难以忍受，他们总是把自己的牛洗刷一番，让它们毛眼新鲜，神清气爽，好像崭新的嫁娘。洗完了牛他们就洗自己，他们仰躺在河底的细沙上，让清清的流水从肚皮上缓缓流过。如果有年轻女人从河边路过，他们就会像发情的公狗一样汪汪乱叫。他们在水里闹腾够了，爬上岸，让牛在河边吃夜草，他们围坐在一起，喝酒，吃肉，啃干巴火烧。一直吃喝到满天星斗时才牵着牛醉醺醺地往我们村子里磨蹭。牛贩子们为什么非要挨靠到半夜三更进村子，是一个属于他们的秘密。少年时代的我曾经就这个问题问过我的父母和村子里那些白了胡子的老人，他们总是瞪着眼看着我，好像我问他们的问题深奥得无法回答或者简单得不须回答。他们牵着牛走到村头时，全村的狗就像接了统一的命令似的，齐声狂叫。村子里的人不分男女老少，都从睡梦中醒来，知道牛贩子进村了。在我童年的回忆里，牛贩子都是一些神秘莫测的人物，这种神秘感的产生，与他们的夜半进村有着密切的关系。我从来都认为他们的夜半进村富含深意，但大人们总是不以为然。我记得在一些明月朗照之夜里，村子里的狗叫成一片后，母亲就裹着被子坐起来，将脸贴在窗户上，望着大街上的情景。那时父亲还没叛逃，但已经开始夜不归宿，离叛逃不远了。我悄悄地挺起身体，目光从母亲身侧穿过窗棂，看到牛贩子们拉着他们的牛，悄无声息地从大街上滑过，刚刚洗刷干净的牛闪闪发光，好像刚刚出土的巨大彩陶。如果没有沸腾的狗叫声，眼睛看到的一切简直就是一个美好的梦境，即便有了沸腾的狗叫声，现在回忆起来，当时看到的情景也像一个美好的梦境了。尽管我们村子里有好几家小饭店，但牛贩子们从不住店，他们直接地将牛牵到打谷场上等待天明，不管是刮风还是下雨，不管是严寒还是酷暑。有几个风雨之夜，小饭店的主人曾经前来拉客，但牛贩子们和他们的牛就像石头雕像一样在风雨中苦熬着，任你满口莲花，他们也不动心。难道就为了省几个住店钱吗？绝对不是，据说这些神秘的家伙卖完牛进城后，一个个花天酒地，将腰包里的钱花得差不多了才买上一张慢车票回去。他们的习惯和派头与我们熟悉的农民大不一样，他们的思想方法与我们熟悉的农民更不一样。我少年时不止一次听村子里那些德高望重的人感叹道：嗨，这是些什么人呢？这些人脑子里想的是什么呢？——是啊，这些家伙脑子里到底想的是什么呢？他们弄来的牛有黄牛有黑牛，有公牛有母牛，有大牛有小牛，有一次还弄来了一头奶子犹如大水罐的白花奶牛，我父亲在估这头奶牛时颇费了一些周折，因为他弄不太明白牛的奶袋子该算肉还是该算下货。

牛贩子见到我父亲，都从短墙边上站了起来。这些家伙大清早地就戴上了贼光镜子，看起来有几分恐怖，但他们的嘴边上挂着笑纹，说明了他们对我父亲相当尊重。父亲把我从脖子上卸下来，蹲在离牛贩子十几尺远的地方，摸出一个瘪瘪的烟盒，剥出一支变形潮湿的烟卷儿。牛贩子们将自己的香烟投过来，十几支香烟落在父亲的面前。父亲将投过来的烟卷儿收拢在一起，整整齐齐地摆放在地上。牛贩子们说：妈了个巴子的老罗，抽吧，几支烟卷儿怎么能收买了你？父亲微笑不答，还是抽自己的劣烟。村子里的屠户们三三两两地走来，他们的身体似乎都洗得干干净净，但我还是闻到了他们身上散发出来的血腥味儿，可见即便是牛血猪血，也是洗不干净的。牛们也嗅到了屠户身上的气味，它们挤在了一起，眼睛里闪烁着恐惧的光芒。几头年轻的牛屁眼里往外蹿屎，几头老牛看样子还很镇静，但我知道它们是强作出的镇静，因为我看到了它们的尾巴紧紧地缩了进去，极力控制着不拉稀，但它们大腿上的肌肉在颤抖，就像微风从平静的水面上吹过去一样。农民对牛的感情很深，杀牛、尤其是杀老牛曾经被视为伤天害理之举，我们村子里那个女麻风病人，经常在夜深人静的时候，跑到村头上的公墓里大声哭叫，她翻来覆去地重复着一句话：不知道是哪辈子祖宗杀了老牛，让后代儿孙得了报应。牛是会哭的，那头曾经让我父亲困惑的老奶牛被屠宰时，前腿一屈就跪在了屠户面前，两只蓝汪汪的眼睛里流出了大量的泪水。屠户见状，攥着屠刀的手顿时软了，许多关于牛的故事涌上他的心头。屠刀从他的手里滑脱，当啷一声落在了地上。他的双膝一软，竟然与老牛对面相跪。然后那屠户就放声大哭起来。从此那屠户就放下屠刀，立地变成了一个养狗的专业户。人们问他到底为了什么跪在牛前大哭，他说，从老牛的眼睛里，他看到了自己死去的老娘，也许这头牛就是自己的老娘转世。这屠户姓黄名彪，改行成了养狗专业户后，一直养着这头老牛，就像一个孝子奉养自己的老娘亲一样。在野草茂盛的季节，我们经常看到他领着老牛到河边去吃草。黄彪走在前，老牛跟在后，根本不须缰绳牵引。有人听到黄彪对老牛说：娘，走吧，到河边去吃点青草吧。有人听到黄彪对老牛说：娘，回去吧，天就要黑了，您眼色不好，小心吃了毒草。黄彪是个有眼光的人，他刚开始养狗时，受到很多人的嘲笑。但几年之后，就没有人敢再嘲笑他了。他用本地出产的狗与德国种狼狗杂交，生出了既勇敢又聪明、既能看家护院又能帮助主人通风报信的优良品种。市里那些前来调查黑心肉的干部或是记者什么的，离村子三里狗就嗅了他们的气味，然后就狂吠不止，屠户们得到警报，立即坚壁清野，洒扫庭除，让那些干部、记者之类的，拿不到任何证据。曾经有两个晚报记者化装成不法肉商潜入村子，妄图揭开我们这个大名鼎鼎的黑肉庄的黑盖子，尽管他们在自己的衣服上抹了猪油洒了牛血，欺骗了屠户们的眼睛，但终究瞒不过狗们的鼻子，几十条黄彪培育出来的杂种狗追着这两个记者的屁股从村子西头咬到村子东头，终于咬破他们的裤子，使他们的记者证从裤裆里掉了出来。我们的村子的黑心缺德肉之所以能够源源不断地生产但是从来没让有关部门抓住把柄，除了有关部门的腐败之外，黄彪实在立下了大功劳。他还培育出一种菜狗，这种狗都是傻大个子，智商很低，见了主人摇尾巴，见了入户盗窃的小偷也是摇尾巴。这种狗因为头脑简单，心地善良，所以就能吃能睡，长膘特快。这样的肥狗供不应求，刚刚生下来的小狗就有人上门来定购。距我们村子十八里有一个朝鲜族同胞聚居的花屯，他们天下第一等地喜食狗肉，喜食必然善做，他们把狗肉餐馆开到了县城、市城甚至省城。花屯狗肉大大有名，而花屯狗肉的有名，很大程度上得力于黄彪提供的优质原料。黄彪的狗肉煮出来除了具有狗肉的香气外还有小牛肉的香气，其原因在于，黄彪为了加快母狗的繁殖速度，小狗生出十几天就强行断奶，然后用牛奶喂养。牛奶当然来自那头老奶牛。村子里那些坏人看到黄彪发了狗财心怀嫉妒，便恶语攻击：黄彪黄彪，你把老牛当娘养，好像是个大孝子，其实你是个虚伪的家伙，如果老牛是你的娘，你就不应该挤你娘的奶水喂小狗，你用你娘的奶水喂小狗，你娘岂不是变成狗娘了吗？而如果你娘是狗娘，你不就成了狗娘养的了吗？而如果你是个狗娘养的你不也成了一条狗了吗？——坏人们的车轱辘话把黄彪问得直翻白眼，他想不明白索性就不想，抄起生了锈的杀牛刀，对准那些坏人刺去，坏人们见事不好，拔腿就跑，但黄彪新娶的朝鲜族媳妇早已把那些狗放开，智商不高的菜狗们在智商很高的种狗们的率领下，一窝蜂般地去追赶那些坏人，在曲曲折折的街巷里，很快就传来了坏人们的尖叫和狗们的狂叫。黄彪美丽如花的朝鲜族小媳妇哈哈大笑，黄彪则搔着脖子傻笑。黄彪的媳妇皮肤雪白，黄彪皮肤漆黑，二人站在一起，黑的显得更黑，白的显得更白。黄彪没和朝鲜族小媳妇结婚之前，经常在半夜三更时分到野骡子的后窗户外唱歌，野骡子就说：兄弟，回去吧，我已经有人了，但是，我一定帮你找个好媳妇。朝鲜族小媳妇就是野骡子帮他找的。

屠户们进场之后，交易就开始了，他们围着牛转来转去，一时好像拿不定主意该买哪头，但只要有一个伸手抓住了某头牛的缰绳，所有的屠户就会在三秒钟内抓住牛的缰绳，闪电般地，所有的牛就统统找到了买主。几乎不会发生两个屠户抢买一头牛的情景，如果有这种情况，他们也会用飞快的速度解决。在一般的情况下，同行是冤家，但我们村的屠户在老兰的组织领导下，变成了一个团结友爱、共同对敌的战斗集体。老兰通过向屠户们传授注水法建立了自己的威信，暴利和非法把这些人聚合到了一起。当屠户们抓住了牛缰绳之后，牛贩子们才懒洋洋地靠拢过来，然后，牛贩子和屠户一对一地谈质论价，争论不休。自从我父亲的权威确立之后，他们之间的争论就变得无足轻重，渐渐地流为形式和习惯，最终一锤定音的，靠此时还蹲在墙根抽烟的我父亲。争论一阵后，屠户和牛贩子就成双成对地，拉着牛，走到我父亲面前，宛如去乡公所登记婚姻的男女。但那天的情况有点特殊，屠户们进场之后，没有像往常那样走进牛群，而是在场边逛来逛去，他们的脸上挂着一种心领神会的微笑，让人看了后感到很不舒服。尤其是当他们从我父亲面前经过时，那种皮笑肉不笑的微笑后边隐藏着的东西更让人产生不祥的预感，似乎有一个巨大的阴谋正在酝酿之中，只要时机成熟就会爆发。我胆怯地偷看着父亲的脸，他还是像往常那样，麻木不仁地抽着劣质烟卷，牛贩子们扔过来的好烟整齐地摆在他的面前，他一根也不动。往常里这些烟他也一根不动，等到交易结束那些屠户就会把地上的烟捡起来抽掉。往常里屠户们抽着从地上捡起来的烟，夸奖着我父亲的廉洁公正。有人半开玩笑地说：老罗老罗，如果全中国的人都像你这样共产主义早就实现好几十年了。我父亲笑着不说话，每当这时刻我的心里就骄傲得厉害，并且经常暗下决心：做事要做这样的事，做人要做这样的人。牛贩子们也发现了那天的反常气氛，他们把目光往我们父子这边投过来，也有的冷静地观察着转来转去的屠户们。大家都在心照不宣地等待着什么似的，就像一群耐心的观众，等待着好戏的开场。

红红的太阳像一个红脸膛的铁匠从东边的麦田里升起来后，主角终于进了场。他就是我们村子里的村长老兰，一个身材高大、肌肉发达的汉子，那时候他还没有发胖，肚子还没凸出来，腮上的肉还没耷拉下来。老兰生着一部土黄色的络腮胡须，眼珠子也是黄色的，看样子不像个纯粹的汉人。他大踏步地走进场子，人们的目光全都投到了他的身上。他的脸皮被阳光照耀，显得格外光彩。老兰走到我父亲面前站住，但他的目光却越过低矮的土墙看着墙外的原野，那里太阳正在往高里爬升，大地一片辉煌，麦苗子碧绿，野花开放，发出清香，云雀在玫瑰色的天空中歌唱。老兰根本就没把我父亲看在眼里，好像土墙边上根本就没有我父亲这个人，他连我父亲都不放在眼里，当然更不会把我放在眼里，也许是阳光照花了他的眼睛？这是我当时的天真想法，但很快我就明白了，老兰是在挑衅。他一边歪着头向那些屠户和牛贩子说着话，一边就拉开了制服裤子的拉链，大大咧咧地掏出了那个黑不溜秋的家伙。一股焦黄的液体在我们父子眼前呲呲啦啦地落下来，我的鼻子马上就嗅到了热烘烘的臊气。他这泡狗尿可真够长，伸展开来最少十五米，这泡尿他最少憋了一夜，他早有预谋地憋了一泡长尿来羞辱我的父亲。父亲眼前那十几根烟卷儿在尿液中翻滚着，很快就膨胀得不像样子。老兰掏出家伙那一瞬间，屠户们和牛贩子们发出了一阵古怪的笑声，但他们的笑声突然就停止了，就像他们的脖子都被无形的大手捏住了。他们张口结舌地看着我们，脸上都凝固着惊愕的表情。连那些早就知道老兰要跟我父亲叫板的屠户们也想不到他会采用这种极端的方式。老兰的尿液喷溅到我们的脚上和腿上，甚至还有一些喷溅到我们脸上和嘴里。我愤怒地跳了起来，父亲却一动不动，像一块僵硬的石头。我破口大骂：老兰，操你的亲娘！我父亲一声不吭。老兰脸上挂着微笑，依然是一副目中无人的样子。父亲双目眯缝着，好像一个悠闲的农夫在欣赏着房檐上的流水。老兰撒完了尿，拉上拉链，然后转身向牛群走去。我听到那些屠户和牛贩子们都长出了一口气，不知道他们的长出气是表示遗憾呢还是表示欣慰。然后屠户们就进了牛群，很快就各人选定了要买的牛。牛贩子们也走了上去，与他们的买主们争吵着。我发现他们的争吵心不在焉，我知道他们的心思根本就不在交易上，他们虽然没正眼看我父亲，但我知道他们每个人心里想着的都是我的父亲。我父亲在干什么呢？他并拢起双膝，将脸放在膝盖上，好像一只蹲在树杈上打盹的老鹰。我看不到他的脸，当然也就无法知道他脸上的表情。我对他的软弱非常不满，那时我只不过是个五岁的孩子，也知道老兰非常严重地侮辱了我父亲，任何一个有点血性的男人面对这样巨大的侮辱都不会忍气吞声，连我这个五岁的孩子都敢破口大骂，但我父亲一声不吭，宛如一块死石头。那天的交易没听我父亲的一锤定音就完成了。但交易完成之后，买卖双方还是按照老习惯走到我父亲面前，将一些钞票扔给他。第一个到我父亲面前扔钞票的竟然是老兰，这个狗杂种，好像他对着我父亲的脸撒尿还没出够气似的，竟然将两张崭新的十元钞票用手指弹得波波地响着，似乎要引起我父亲的注意，但我父亲还是保持着方才的姿势，隐藏着自己的脸。老兰表现出一副更加失望的样子，目光往四周巡睃一圈，然后就把那两张钞票扔在了我父亲面前。其中一张钞票恰好落在他那泡尚未蒸发完毕的狗尿里，与那些胀破了的烟卷儿混在了一起。此时，在我的心目中，父亲已经死了，他把我们老罗家十八辈子祖宗的脸都丢尽了，他根本算不上一个人了，他勉强还可以算一根被老兰的狗尿泡胀了的烟卷儿。老兰扔下钱后，牛贩子和屠户们也都过来扔钱，他们的脸上充满了悲悯的表情，好像我们是一对特别值得同情的乞丐。他们扔给我父亲的钱都比平日里多了一倍，说不清是对我父亲不反抗的奖赏呢还是跟着老兰学样子冒充慷慨大度。看着那些宛如枯叶般降落到我们面前的钞票，我大声哭泣起来。父亲终于把他那颗硕大的头颅从膝盖上抬起来，他的脸上没有愤怒也没有悲伤，仿佛一块干枯的木板。他冷冷地看着我，眼睛里渐渐地裸露出一些困惑的神色，好像他弄不明白我为什么要哭泣似的。我用爪子抓着他的脖子，说：爹，我再也不愿意叫你爹了，我宁愿叫老兰爹也不愿叫你爹了！我的声音很大，众人愣了片刻，然后便哈哈大笑。老兰对着我翘起了大拇指，说：小通，好样的，我收你这个儿子，从今之后，你可以到我家来吃来住，想吃猪肉咱就煮猪肉，想吃牛肉咱就煮牛肉。如果你能把你的娘带来，我更是举双手欢迎！我的耻辱到了无以复加的程度，对着老兰的大腿撞过去。老兰轻松地一闪身就躲过了我的撞击，我跌扑在地，嘴唇磕破，流出了黑血。老兰大笑着说：小子，刚刚认了爹就撞我，这样的儿子谁敢要？没人拉我，我只好自己爬起来。我回到父亲身边，用脚踢着他的腿，发泄着我对他的不满。父亲根本不生气，也根本不觉悟，他用那两只巨大的软弱的手，搓了搓自己的脸。然后伸伸胳膊，打了一个哈欠。这是一个标准的慵懒无比的老公猫的动作。接下来，他低下头，慢吞吞地、认真地、仔细地，一张张地，把那些叠合在老兰的狗尿窝子里的钞票捡起来。他捡起一张就举起来对着阳光看看，好像在辨认真伪。最后，他还把那张老兰扔下的让尿泥污染了的崭新钞票放在自己裤子上认真地擦拭干净。他把钱放在膝盖上碰撞整齐，夹在左手的中指和无名指缝里，往右手的拇指与中指肚上啐了一些唾沫，然后就一张张地捻着数起来。我扑上去夺他手里的钱，我想把那些钱夺出来撕得粉碎，然后扬到空气里当然最好是扬到老兰的脸上，发散一下蒙在我们父子头上的耻辱。但父亲机警地跳起来，将夹着钱的左手高高举起，嘴巴里连声喊着：傻儿子，你这是干什么？钱是没有错误的，错误都是人犯下的，你对着钱发脾气是不应该的。我左手拽住他的胳膊弯子，右手高举起，身体往上蹿跳着，试图从他的手里把那些耻辱的钞票夺出来，但我的企图在高大的父亲腋下根本不可能实现。我恼怒万分，用脑袋一下下地顶撞着他的腰。父亲拍着我的脑袋，用友好的口吻哄着我：好了好了，儿子，不要闹了，你看看那边，你看看老兰那头牛，它已经发怒了。

那是一头肥滚滚的鲁西大黄牛，生着两根平直的角，身上的皮毛像缎子似的，发达的肌肉在皮下滚动着，好像后来我从电视上看到过的那些健美运动员。它身体金黄，却生着一个怪异的白脸，这样的白脸大牛我还是第一次见到。那是头阉过的公牛，白脸上生着两只红边的眼睛，斜着眼睛看人，脸上的表情让人感到恐怖。现在回忆起来，我想那种表情恰似传说中的太监的表情。人被阉了，性情要变，牛被阉了，性情也要变。父亲的提示让我暂时地忘了钱的事情，我转回头去看那头牛，老兰在头前牵着它，得意洋洋地往前走。他应该得意，他沉重地侮辱了我们，但是没遭到任何的反抗，这对于提高他在村子里的威信、对于提高他在牛贩子中的威信都大大地有好处。唯一一个不把他放在眼里的人被他征服了，从此之后在村子里更没有人敢跟他叫板了。但是紧接着就发生了惊人的事情，多少年后想起这件事我还是疑神疑鬼。那头懒洋洋的鲁西大黄牛突然停止了前进，老兰转回头用力拉着缰绳，试图强拉它前进。它稳稳地站住，似乎一点劲儿也没使，就把老兰使出的蛮劲儿化解了。老兰杀牛出身，他身上的气味就足以让一头胆小的牛觳觫不止，无论多么倔强的牛，在他的面前也只能乖乖地等死。他拉不动它，就转到牛侧，抬起巴掌，在牛腚上猛拍了一掌，同时嘴里发出一声断喝，在他的这一拍一喝之下，一般的牛连屎都要吓出来的，但这头鲁西大黄牛根本就不尿他那一壶。老兰刚在我父亲那里得了大胜利，正是一个骄兵，便不顾牛性，对着牛肚子踢了一脚。鲁西大黄牛把屁股扭了扭，哞地吼了一声，然后就低下头，往前拱了一下子，它似乎还是没用多大的劲头儿，但是老兰的身体就如一张没有多少重量的草席一样，在空中舒展开来。在场的牛贩子和屠户们被这突然的变故给惊呆了，都张着嘴，说不出话，更没有人冲上前去营救老兰。大黄牛低着头继续向前冲，老兰毕竟不是凡人，在危急的关头，他就地打了一个滚，躲开了黄牛要命的一顶。黄牛眼睛红了，又一次发起进攻，老兰靠着他的就地翻滚的好功夫一次次地死里逃生，终于抓住一个机会站了起来。看样子他受了伤，但伤得不太重。他与牛对面相峙，歪着腰瞪着眼，连眼珠子都不敢错。牛低着头，嘴巴里吐着白沫子，呼呼哧哧地喘着粗气，随时都准备发动新的进攻。老兰举起一只手，看样子是想分散牛的注意力，他那副外强中干的样子，很像一个吓破了胆但还死要面子的斗牛士。他往前蹀躞了一步，牛岿然不动，只是把巨大的头垂得更低了些，它的新一轮进攻随时都会展开。老兰终于放下了英雄好汉的架子，虚张声势地喊叫了一声，转身就跑。大牛撒开四蹄，穷追不舍，牛尾巴竖直，活像一根铁棍子。它的蹄子把地上的泥巴抓起来扬出去，好像弹片横飞。老兰狼狈逃窜，他下意识地朝着人多的地方跑去，希望能得到人们的保护，但在那种时刻，谁还顾得了他？都怪叫着逃命不迭，只恨爷娘少生了两条腿。幸亏大黄牛通人性，死追着老兰不放，不移怒他人。牛贩子和屠户们跑得满场散沙，有的跳墙有的上树。老兰被吓傻了，竟然对着我们父子跑了过来。我父亲情急之下，一手抓住我的脖子，一手托住我的屁股，一下子就把我扔到了墙头上。就在这一瞬间，老兰这家伙，躲到了我父亲的身后。我父亲想闪开他，但他在后边紧紧地揪住我父亲的衣服，拿我父亲当了他的盾牌。我父亲往后退缩着，老兰自然也随着往后退缩，终于退到了墙根上。父亲把手里的钞票放在牛的眼前摇晃着，嘴里唠叨着：牛啊，牛，咱们近日无仇，远日无怨，有什么事儿咱们好说好商量……说时迟那时快，父亲将手中的钞票对准牛眼扬过去，几乎就在同时，他猛地扑到了牛头上，将他的手指插进了牛鼻子，抓住了牛的鼻环，将牛头高高地拽起来。这些由西县牛贩子弄来的牛，几乎都是耕牛，而耕牛都是扎了鼻环的，牛鼻子是牛身上最脆弱的地方，我父亲虽然不是个好农民，但他对牛的了解比最优秀的农民还要出色。我骑在墙头上，热泪夺眶而出，父亲，我为你感到骄傲，你在危急关头，大智大勇，洗刷了耻辱，挣回了面子。屠户们和牛贩子们蜂拥而上，帮助我父亲，将白脸的大黄牛按倒在地上。为了防止它起来伤人，一个屠户用兔子般的速度跑回家，拿来一把锋利的屠刀，就在打谷场上，结果了它的生命。屠户用力过度，把它的心脏几乎戳成了两半，他拔刀出来时，一股热血从刀口里火辣辣地蹿出来，把我父亲染成了一个血人。

牛死了，众人从牛身上慢慢地站了起来。红黑的牛血还像泉水似的从刀口里咕咕地往外冒着，血里夹杂着泡沫，一股热烘烘的腥气弥漫在清晨的空气里。众人都像撒了气的皮球，身体变得瘪塌塌的。大家都有满肚子的话要说，但没有一人开口。我父亲缩着脖子，龇出一嘴结实的黄牙，说：老天爷爷，吓死我了！众人的眼睛转移到老兰脸上，让老兰无地自容。为了掩饰窘态，他低头看牛。牛的四条腿伸直了，大腿内侧的嫩肉颤抖不止，一只蓝色的牛眼大睁着，好像余恨未消。他踢了死牛一脚，说：妈的，打了一辈子雁，差点让雁雏啄了眼睛！说完了这话他抬起头看着我父亲，说：姓罗的，今日我欠了你一个情，但咱们的事还没完。我父亲说：咱们之间有什么事？咱们之间根本就没事。老兰气冲冲地说：你不要动她！我父亲说：不是我要动她，是她让我动她。我父亲得意地笑着说：她说你是一条狗，她不会再让你动她了。当时，他们的话我听得糊糊涂涂，后来我当然知道了他们说的那个她就是开小酒店的野骡子。当时我就问：爹，你们说什么呀？动什么呀？我爹说：小孩子不要问大人的事情！老兰却说：儿子，你不是要跟我姓兰吗？怎么还叫他爹？我说：你是一泡臭狗屎！老兰说：儿子，回家对你娘说去，就说你爹钻进了野骡子的×！我父亲顿时变得像那头暴怒的公牛一样，低着头朝老兰扑去。他们的接触非常短暂，人们很快就把他们分开，然而就在这短暂的接触中，老兰折断了我父亲的一根手指，我父亲咬掉了老兰半个耳朵。我父亲吐出老兰的耳朵，恨恨地说：狗东西，你竟敢对我儿子说这样的话！

母亲吩咐我把手扶拖拉机的车厢后挡板关好，她自己去墙角上拖过来两筐牛羊骨头。她一手抓住筐沿一手把住筐底，一挺腰杆，就把筐里的骨头倒入车厢。尽是些大骨头，噼里咔啦地响。这些骨头是我们收来的废品，不是我们吃肉啃出来的。如果我们能吃出这样多的肉骨头——哪怕只有百分之一——那我就一点牢骚也没有了，那我就根本不去怀念我的父亲了，那我就会立场坚定地站在母亲的阵线上，与她一起声讨父亲和野骡子的滔天罪行。有好几次我曾经想从几根看起来还新鲜的牛腿骨里砸出点骨髓解解馋，但结果都是失望，卖骨头的人早就把骨髓吸干净了。装完了肉骨头，母亲让我帮她往车厢里装废铁，说是废铁，其实都是些完好无缺的机器零件，有柴油机上的飞轮、建筑脚手架上的接头、城市下水道的井盖子，般般样样，应有尽有。有一次我们还收到了一门日本造的迫击炮，是一个八十多岁的老头子和一个七十多岁的老太太用骡子驮来的。起初我们没有经验，既然是当废铁收来的，就当废铁卖掉，我们赚的就是那一分一厘的差价。但我们很快就学精了，我们把收到的机器零件分门别类，进城去卖给各种各样的公司，建筑零件卖给建筑公司，井盖子卖给下水道公司，机器零件卖给五金交电公司。那门迫击炮找不到合适的公司卖，暂时放在家里珍藏着。即便找到合适的公司我也坚决不同意卖掉。我像所有的男孩子一样，黩武好战，对武器爱得痴迷。父亲的私奔，使我在同龄男孩面前抬不起头来，但自从有了这门迫击炮，我就挺起了腰杆子，比有爹的孩子还神气。我曾经听到两个在村子里一贯地横行霸道的男孩子悄悄地议论，说今后可不敢随便欺负罗小通了，他家买了一门迫击炮，日本造的，谁要得罪了他，他就会架起炮瞄准谁的家，轰的一声，就把谁的家炸平了。听了他们的悄悄话，我得意洋洋，心花怒放。我们把不是废铁的废铁卖给各种专门公司，价钱尽管比同类产品低得多，但比真正的废铁价格高多了，这也是我们能在五年内盖起大瓦房的重要原因。装完废铁，母亲从厢房里拖出了一堆废纸盒子，拆开展在地上，然后她就让我从压水井里往外压水。这是我经常的工作，我知道早晨的生铁井把子温度特低，能把人手上的皮粘去。我戴了一副僵硬的劳保猪皮手套保护自己的手。这副手套也是我们当破烂收来的。我们家的大部分东西，从炕上的海绵枕芯到锅里的铲子，都是收来的破烂。有的破烂其实是根本没用过的，我头上戴着的羊剪绒棉帽子就是从来没戴过的，而且还是正儿八经的军用品，散发着一股子刺鼻的樟脑味儿，帽里一个红方框标着出厂的时间：1968年11月。那时候我爹还是个尿炕的男孩子，我娘还是个尿炕的女孩子，没有我。我戴着大手套，手很笨，天气严寒，压水井里的皮垫子冻住了，边缘漏气，压着嗤嗤响，上不来水。母亲生气地喊：

“快点，你磨蹭什么？都说‘穷人的孩子早当家’，可你十岁了，连桶水都压不出来，养你管什么用？你最大的本事就是吃吃吃，如果你能拿出吃的一半本事来干活，就是个披红戴花的劳动模范……”

在母亲的絮叨声中，我的心里愤愤不平。爹啊，自从你走后，我吃的是猪狗食，穿的是叫花子衣，干的是牛马活儿，可她还是不满意。爹呀，你走时就盼望着二次土改，现在我比你还盼望二次土改。父亲逃亡之后，母亲得了一个外号“破烂女王”。我名义上是破烂女王的儿子，实际上是破烂女王的奴隶。母亲的唠叨升级成了怒骂，我的自爱自恋降级成了自暴自弃。我摘掉皮革劳保手套，裸手抓住井把子，呲啦一声响，手与井把子粘在了一起。生铁井把子，你冷吧，你冻吧，你把我手上的皮肉全都粘了去吧。我破罐子破摔，什么也不在乎，冻死了我，她就没有儿子，如果没有儿子，她的大瓦房和大卡车就丧失了意义。她还做着尽快给我结一门娃娃亲的美梦，对象都有了，就是老兰的黄毛闺女，比我大一岁，小名叫甜瓜，大名还没有，她个子比我高半头，患了严重的鼻炎，长年嗵着两道黄鼻涕。母亲妄想攀老兰家的高枝，我恨不得架起迫击炮把老兰家给轰了。母亲，你做梦去吧！我的手握住井把子，皮肤立即粘上了，粘上就粘上吧，反正这手首先是她儿子的手，然后才是我的手。我用力压着井把子，井筒里咕咕地响着，冒着热气的水涌上来，哗哗地流到桶里。我将嘴巴插到桶里，喝了几口水。她吼我，不许我喝凉水，我不理她，偏要喝，最好喝得肚子痛，痛得满地打滚，好像一头刚拉完磨的小毛驴。我提着水到了她身边，她让我去拿水舀子。我拿来水舀子，她让我舀水往纸壳上泼。泼得不能太多，也不能太少。水泼到纸壳上很快就冻成了冰，然后她就往上铺一层新纸壳，我再往上泼水。这样的事我们干了许多次，配合默契，十分熟练。这样的纸壳压秤，我泼到纸壳上的是水，收获的是钞票。村子里的屠户们往肉里注的是水，收获的也是钞票。父亲逃跑后，母亲很快就从痛苦中振作起来，她试图当屠户，带着我到孙长生家学徒。孙长生的老婆与我母亲是远房的姨表姊妹。但白刀子进去红刀子出来的活儿毕竟不适合女人干，母亲有吃苦耐劳精神，但毕竟不是母夜叉孙二娘。我们娘儿俩杀小猪小羊还马马虎虎，要杀大牛就难点。大牛也欺负我们，对着我们翻白眼，尽管我们手里也提着雪亮的刀。孙长生对我母亲说：他大姨，你干这活儿不合适。市里正在提倡放心肉，卖黑心肉的事迟早要砸锅，咱们这些当杀手的，赚的就是注水钱，一旦不让往肉里注水，就没有什么赚头了。孙长生劝我母亲收破烂，说这活儿基本上是无本的买卖，只有赚没有赔。我母亲经过调查研究，认为孙长生说的有理，于是，我们娘儿俩就干起了收破烂的活儿。三年之后，我们就成了周围三十里内最有名气的破烂王。

我们把冻成一体的纸壳板子抬到车上，四周用绳子封好，装车到此完毕。今天我们要去的地方是县城。县城隔三差五地我们就去一次，每去一次就让我伤心一次。县城里好吃的东西太多了，隔着二十里我就嗅到了从那里散发出来的肉香，除了肉香还有鱼香，但鱼肉都与我无缘。我们的口粮母亲早就准备好了：两个冷饽饽，一块咸菜疙瘩。如果破烂卖了个好价钱，弄虚作假蒙混过了关——这些年来收购破烂的土产公司也越来越精了，他们被各地的破烂王给骗怕了——她的心情很好，我就会得到一根油条的奖赏。我们蹲在土产公司大门外的避风处——夏天就蹲在树阴下——嗅着从土产公司前面那条斜街上飘过来的数十种香气，啃着我们的咸菜疙瘩冷饽饽。那条斜街是条肉食街，露天里摆着十几个烧肉的大锅，锅里煮着猪羊牛驴狗头、猪羊牛驴蹄、猪羊牛驴狗肝、猪羊牛驴狗心、猪羊牛驴狗肚、猪羊牛驴狗肠、猪羊牛驴狗肺、猪牛驴尾巴棍儿，案板上摆着热气腾腾的、五彩缤纷的肉，卖肉的握着明晃晃的大刀，有的将那些好东西切成片儿，有的将那些好东西切成段儿，卖肉人的脸都红彤彤的、油嘟噜的，气色好极了。卖肉人的手指有粗有细、有长有短，但都是有福的手指，它们可以随便地抚摸那些肉，它们沾满了油，沾满了香气。我要是能变成一根卖肉人的手指该有多么幸福啊！但是我变不成有福的手指。我在寒风中啃着硬邦邦的冷饽饽，眼泪哗哗地往下流。母亲赏给我一根油条时，我的心情有所好转，但眼泪还是止不住地往下流。母亲曾经问过我：儿子，你到底哭什么？我就说：娘，我想爹了。母亲的脸色顿时就变了，她沉思片刻，凄然一笑，说：儿子，你不是想爹，你是想肉。你那点小心眼子怎么能瞒了我？但是，现在我还不能满足你的要求，人的嘴巴，最容易养贵，一旦养贵，麻烦就大了。古往今来多少英雄好汉，就因为把嘴巴养贵了，丧失了做人的志气，坏了自己的大事。儿子，你不要哭，我保证你这辈子有放开肚皮吃肉的时候，但现在你要忍着，等我们盖起了房子，买上了汽车，给你娶了媳妇，让你那个王八蛋爹看一眼，我就煮一头牛，让你钻到牛肚子里，从里边往外边吃！我说：娘啊，我不要大房子，也不要大汽车，更不要什么媳妇，我只想现在就放开肚皮吃一次肉。母亲严肃地对我说：儿子，你以为我就不馋？我也是个人，我恨不得一口吞下一头猪！但是人活着就是要争一口气，我就是要让你爹看看，没有他，比有他时，我们过得更好！我说：好个屁，一点也不好！我宁愿跟我爹去逃荒要饭，也不愿意跟着你过这样的好日子。我的话让母亲伤心极了，她哭着说：我省吃俭用，饥饿为仇，为了什么？还不是为了你个小杂种！然后她又骂我父亲：罗通啊罗通，你这个黑驴鸡巴日出来的东西，我这辈子就毁在你的手里了……老娘也不过了，老娘要吃香的喝辣的，老娘要是吃好喝好，眼睛也会放出光，一点也不比那个骚货差！母亲的哭诉使我心中激动万分，我说：您说的对极了，娘，您如果放开肚皮吃肉，用不了一个月我敢保证，您就会变成一个仙女，比野骡子漂亮得多，到时候父亲就会扔下野骡子，插上翅膀飞回来找您。母亲眼泪汪汪地问我：小通，你说实话，到底是娘漂亮还是野骡子漂亮？我肯定地说：当然是娘漂亮！母亲问我：既然是我漂亮，那你爹为什么还要去找那个千人戳万人弄的骚骡子？不但去找她，还跟着她跑了？我替父亲辩白道：娘，我听爹说过，不是他去找的野骡子，是野骡子先来找的他。母亲愤愤地说：都一样，母狗不调腚，公狗干哄哄；公狗不起性，母狗也是白调腚！我说：娘，您调来调去的都把我调糊涂了。母亲说：你个小杂种，就会跟我装糊涂，你爹跟野骡子的事你早就知道，可你帮他瞒着我，如果你早告诉我，我就不会让他跑掉。我小心翼翼地问：娘，你用什么办法不让爹跑掉呢？母亲瞪着眼说：我砍断他的狗腿！我吃了一惊，心中暗暗地替父亲庆幸。母亲说：你还没回答我，既然我比她漂亮，为什么你爹还要去找她？我说：野骡子大姑家天天煮肉，我爹闻到肉味就去了。母亲冷笑一声，说：那从今之后我也天天煮肉，你爹闻到肉味还能回来吗？我高兴地说：肯定，我敢担保，只要您天天煮肉，爹很快就会回来，我爹的鼻子灵着呢，逆风嗅八百里，顺风嗅三千里。——我用我能想到的花言巧语，鼓动着母亲，希望她怒火攻心丧失理性，带着我冲到肉食一条街上，掏出那些贴肉藏着的钱，买一堆又香又烂的肉，尽力撮一个饱，即便是活活撑死，也做一个肚子里有肉的富贵鬼。但母亲没有上我的当，她发了一通怨恨，最终还是蹲在墙角啃她的冷饽饽。看到我对她的意见大得无边无沿了，她才很不情愿地，到肉食街旁边的小饭店里，跟人家磨了半天，撒了许多的谎，说我的爹死了，撇下我们孤儿寡母，可怜可怜吧，最终少花了一毛钱，买了一根油条，用一只手紧紧地攥着，仿佛怕它长翅膀飞了，到了偏僻处，递给我，说：给，馋鬼，吃了油条可得好好干活！

垂死的猪的叫声响彻村子，煮肉的香气弥漫了村子。我们的车装好了，马上就该上路了。母亲从车座下抽出摇把子，插到车头前的十字孔里，深吸一口气，弯下腰，叉开腿，费劲地摇起来。起初几圈很是凝滞，渐渐地润滑起来。母亲的身体起伏着，动作富有爆发力，完全是男性的。柴油机的飞轮哧溜溜地转动着，排气管子里发出吭哧吭哧的声音。母亲把第一波力气耗尽，猛地直起腰，大口地喘息着，好像刚从水里把脑袋钻出来。柴油机飞轮转动几圈就停了，第一次发动失败。我知道第一次发动不可能成功。进入腊月之后，发动机器就成了让我们娘儿俩最头痛的事情了。母亲用祈求的眼色看着我，希望我能帮她摇车。我抓起摇把子，使出吃奶的力气，让柴油机的飞轮转动起来，然后我就撒了手，摇把子反弹回来，把我打倒在地。母亲大惊失色，我躺在地上装死，心里充满快感。如果摇把子把我打死，首先打死的就是她的儿子，然后死的才是我。无肉的生活有什么好留恋的？与捞不到吃肉的痛苦相比，让摇把子抽一下算个什么？母亲把我拉起来，上下检查了一番她儿子的身体，看看完整无缺，就把我搡到一边，用恨铁不成钢的态度说：

“死到一边去吧，你还能干什么？”

“我没有力气！”

“你的力气呢？”

“我爹说过，男人不吃肉，就不会长力气！”

“呸！”

她自己继续摇车，身体上下起伏，脑后的头发飘飘如牛尾。平日里摇个三五次，老掉牙的柴油机就会不情愿地叫起来，铿铿铿铿的，像一匹得了气管炎的老山羊。今天它就是不叫了，它发誓不叫了。今天是入冬来最冷的一天，阴云密布，空气潮湿，小北风像刀子般地割脸，很可能要下雪。这样的天气，柴油机也不愿意出门。母亲脸色通红，大张着口喘粗气，额头上沁出了汗珠子。她用怨恨的眼光看着我，好像柴油机不着火儿是我造成的。我伪装出痛苦欲绝的样子，但心中窃喜。我可不愿在这样的严寒天气里坐在比冰还要凉的手扶拖拉机上，颠簸三个小时，到六十里外的县城里去啃一个冷饽饽和半块苦咸菜，就算她大发善心奖给我一根油条我也不去。奖给我两个酱猪蹄呢？但这种事情是不可能发生的。

母亲失望之极，但还是不死心，寒冷的天气既是屠宰的黄金时间也是卖破烂的黄金时间。天气寒冷，注了水的肉既不会渗漏也不会变质；天气寒冷，废品收购公司的验收员怕冷，检查得马虎，我们加了水的纸壳子就会顺利过关。她解开束腰的电线，脱掉那件土黄色男式夹克，将里边的那件当破烂收来的崭新的化纤毛衣扎到腰带里，显得短小精悍，气度不凡。那件化纤毛衣前胸上印着一串弯弯曲曲的字母，还有一个凌空打飞脚的女子。这件毛衣是件宝物，母亲在暗夜里从头上往下脱它时，它就会噼噼啪啪地放出绿色火星。这些火星子刺激得母亲低声呻吟，问她痛不痛，她说不痛只是麻酥酥的很舒服。现在我学习了很多知识，知道了那是静电在作怪，但当时却认为收来了宝贝。我曾经动过将母亲的毛衣偷出去卖掉换半个猪头吃吃的罪恶念头，但事到临头就犹豫起来，我虽然对母亲意见很大，但也经常想起她的伟大之处，她最让我不满的其实也就是不让我吃肉，但她自己也不吃，如果她自己偷偷地吃肉而不让我吃肉，那别说偷卖她一件毛衣，就是把她卖给一个人贩子，我也不会眨巴眼，但她带着我艰苦创业，连一根油条都舍不得吃，我还有什么话好说？母亲带头，儿子只好跟着受，只盼父亲回来让这苦日子赶快结束。她鼓足干劲，摆好架势，深深地呼吸几次，就屏住气不喘，龇出门牙咬住下唇，将柴油机摇动起来。柴油机的飞轮获得了大约每分钟二百转的速度，这样的速度相当于五匹马力了，这样的速度如果它的燃烧系统还不做功，那这台狗娘养的柴油机就实在是太混蛋了，不是一般的混蛋，而是混蛋透顶。它就是混蛋透顶，母亲耗尽了力气，将摇把子扔在地上。柴油机冷漠无情地微笑着，一声也不吭。我看到母亲脸色焦黄，目光茫然无措，一副心灰意懒、斗志涣散的样子。母亲这样子比较可爱，我最反感最害怕的就是她意气风发、斗志昂扬的样子。那样子的母亲最为吝啬，为了攒钱，恨不得带着我吃土喝风。而眼前这样的母亲，还有可能挥霍一下，擀一轴子杂面条，炒半棵白菜腚，淋几滴菜子油。在电灯照亮了我们村子十几年后，我们新盖起的大瓦房里竟然没有敷设电路。当年我们住在爷爷留下来的茅草屋里都用电灯照明了，但现在我们恢复到了用菜油灯照明的黑暗时代。母亲说她这样做并不是吝啬，而是用实际行动抗议乡村干部抬高电价搞贪污腐败。当我们守着如豆的油灯吃晚饭时，母亲的脸在昏暗中一定是得意洋洋。她说：涨吧，涨到每度八千元才好，反正老娘不用你们的王八电！母亲心情好的时候，晚上吃饭连菜油灯也不点。如果我提意见，她就会说：吃饭也不是绣花，不点灯难道你还能吃到鼻子里去吗？她说的很对，不点灯的确也吃不到鼻子里去，不点灯也还是吃到嘴巴里去。碰上这样一个提倡艰苦奋斗、实事求是的娘，我只能逆来顺受，半点脾气也没有了。

母亲因为发动不起来柴油机沮丧地上了街，大概是找人讨教去了吧？会不会是去找老兰？完全可能，因为这机器是老兰家淘汰下来的，老兰自然熟悉它的脾气。过了一会儿她风风火火地回来了，兴奋地说：

“儿子，点火，点火烧这个狗杂种！”

我问：

“是老兰让你点火烧吗？”

她吃惊地盯着我的眼睛，问：

“你怎么了？你为什么用这样的眼神看着我？”

我说：

“没什么，那就烧吧！”

她从墙角上抱过来一堆废胶皮放在柴油机底下，从屋子里引出了火种点燃。胶皮燃烧，黄火黑烟，散发出刺鼻的臭气。前几年我们收购了大量的废胶皮，需要熔化后铸成方块，废品公司才肯收购。那时候我们还在村子中央居住，我们制造出的臭气引起了左邻右舍的强烈反对，从我家院子里飘出去的带油的黑烟弥漫了整个村庄。起先是东邻的张大奶奶端着一瓢从她家水缸里舀出来的水来给我母亲看，我母亲根本不看，但是我看到了：水瓢里浮动着一些黑色的小蝌蚪状的东西，那就是我家燃烧胶皮时落下来的烟尘。张大奶奶愤怒地对我母亲说：小通他娘，你让我们喝这样的水，心里不愧吗？我们喝了这样的水会生病的！母亲用比她更加愤怒的口吻说：我不愧，半点也不愧，你们这些卖黑心肉的人家，死绝了才好呢！张大奶奶还想说点什么，但看到我母亲那两只因为愤怒变得通红的眼睛，就知难而退了。后来，又有几个男人到我家里来提抗议。我母亲跑到大街上放声大哭，说几个男人联手欺负孤儿寡妇，引得路人驻足观看。老兰家就在我们家后边，他掌握着批宅基地的大权，我父亲在时就在母亲的嘟哝下向他提出过批一块宅基地的请求，他等待着我们进贡，父亲根本就不想盖什么房子，当然也不会进贡。父亲悄悄地对我说：儿子，有肉我们自己吃了多好，为什么要给他吃？父亲走后，母亲也向他提出过要求，并且送给他一包饼干，但母亲刚从他家出来，那包饼干就飞到了大街上。我们烧起来胶皮不到半年，有一天在去县城的路上与他相逢。他骑着一辆草绿色的三轮摩托车，挡风玻璃上涂着公安字样。他戴着一顶白色的头盔，穿着一身黑色的皮衣。车旁的挂斗里，端坐着一匹肥胖的大狼狗。狼狗鼻梁上架着一副墨镜，像个饱学之士；它严肃地看着我们，令我心中发毛。当时我们的拖拉机出了毛病，母亲急得团团转，见车拦车见人拦人，拦住了就请人家帮忙，但没人愿帮我们的忙。我们拦住了摩托车，老兰掀开头盔我们才知道拦住的是他。他下了摩托车，踢了生锈的挡板一脚，轻蔑地说：这破车，早就该换了！母亲说：我计划先把房子盖起来，然后再攒钱换车。老兰点点头，说：行，还挺有谱气。他蹲下，帮我们把拖拉机修好。母亲拉着我对他千恩万谢，他用破布擦着手说：谢个啥。然后他用手拍拍我的头，说：你爹回来过没有？我猛地拨开他的手，退后一步，仇恨地看着他。他笑着说：好大的脾气，其实你爹是个混蛋！我说：你才是个混蛋！母亲拍了我一巴掌，斥责我：怎么跟你大叔说话？他说：没关系没关系，给你爹写封信，告诉他，让他回来吧，就说我已经原谅了他们。他跨上摩托车，发动起机器，摩托轰鸣，排气管子叭叭地响，狼狗汪汪地叫，他大声地对我母亲说：杨玉珍，不要烧胶皮了，我马上就把宅基地批给你，今天晚上到我家来拿批文吧！

拿到了宅基地批文，母亲激动不安，话多得像麻雀一样。她说小通，老兰其实并不像我们想得那样坏，我还以为他要怎么着呢，可人家二话没说就把批文给了我。她又一次将那张盖了大红印章的房基地批文展开给我看，然后就强拉着我听她回忆父亲逃跑之后我们娘儿俩走过的艰难道路。她的语调是悲伤的，但更多的是欣慰和自豪。我困得眼睛都快睁不开了，倒头便睡，等我一觉醒来，看到她披着夹袄靠在墙壁上，一个人还在黑暗中翻来覆去地讲那些车轱辘话，如果不是我从小胆大，肯定会被她吓个半死。母亲这次的长篇絮语仅仅是次彩排，等到半年后我们终于将高大瓦房盖起来那天晚上，正式的演出才算开始。那天我们还住在院子里临时搭起的窝棚里，初冬的月光将大屋照得很是辉煌，墙壁上镶贴着的彩色马赛克闪闪发光。窝棚子四面漏风，寒气袭人，母亲的话哧哧溜溜地往外奔涌，让我联想到屠户们手里那些倒来倒去的猪肠子。罗通，罗通，你这个没良心的杂种，母亲说，你以为没有你我们娘儿俩就活不去啦？呸！我们不但能活下去，而且把大瓦房也盖起来了！老兰家的房子高五米，我们的高五米一，比他家还高十厘米！老兰家的房子用水泥抹墙，我们镶贴了彩色马赛克！我对母亲的爱好虚荣反感透顶。老兰家的房子外边用水泥抹墙，里边却用三合板吊顶，墙上镶贴着高级瓷砖，地面上铺着大理石。我们家房子外边镶贴着马赛克，里边用沙灰抹墙，裸着房笆，地面坑坑洼洼，仅垫了一层炉渣。老兰家是“包子有肉不在褶上”，我们家追求的是“驴粪球儿外边光”。一缕月光照在她的嘴上，好像电影中的一个特写镜头。她的双唇翻动不止，嘴角上黏着两朵白色的泡沫；我拉过潮湿的被子蒙住脑袋，在她的絮语中昏然入睡。

冰冷的柴油机被凶猛的胶皮火烧得吱吱怪叫，母亲趁热摇车，柴油机嘭嘭地响了几声，一股黑烟从烟筒里冒出来。我兴奋地从地上跳起来——尽管我盼望着她永远发动不起来这车。柴油机响了几声又截了气。母亲拔出点火栓，重新换了火种，然后又是一阵猛摇。柴油机终于发疯般地叫起来，母亲用手加大了油门，飞轮高速运转，看起来竟像木然不动似的，但机器的颤抖和烟筒里打出的黑烟告诉我这一次是真正地发动起来了。在这个寒冷的上午里，我必须跟着她去县城，沿着结了冰的道路，迎着刺骨的寒风。母亲进了屋，穿上了她那件白板子羊皮袄，腰上扎着一条牛皮腰带，头上戴了一个黑色狗皮帽子，手里提着一条灰线毯子。这条毯子当然也是我们收来的废品，母亲的皮袄、皮带、皮帽子也是废品。她将毯子扔到高高的车顶上，那里是我的位置，毯子是我避寒的物品。母亲坐到驾驶座上，吩咐我去打开宽大的大门。母亲的大门是村子里最气派的大门，这个村子建立百年以来还是第一次出现这样气派的大门。这是一扇用厚达一厘米的钢板和坚硬的三角铁焊起来的大门，机关枪也未必能打透。大门上刷了一层黑漆，还安装了两个黄铜的兽环。这样的大门让村子里的人敬畏，令叫花子望之却步。我开了那把母亲的铜锁，使足了劲儿将大门往两边拉开，街上的冷风猛地灌了进来，我的身体一下子就凉透了。我顾不上考虑冷的问题，因为，我看到，有一个身材高大的男人，牵着一个约有四五岁的小女孩，从牛贩子们牵着牛进村的方向慢吞吞地走了过来。我的心脏突然停止了跳动，然后便是嗵嗵地狂跳，还没看清他的面孔我就知道是父亲回来了。

五年不见，朝思暮想，每一次都把父亲的归来想象得轰轰烈烈，但父亲真的归来竟然是这样的普通平常。他没戴帽子，一头油腻的乱发上沾着几根麦秸草，那个小女孩头发上也沾着麦秸草，仿佛他们是刚从麦草垛里钻出来的。父亲的脸有些浮肿，耳朵上长满冻疮，下巴上生着一些黑白夹杂的胡须。他的右肩上挂着一个鼓鼓囊囊的黄色帆布挎包，挎包的背带上拴着一个白色的搪瓷缸子。他穿着一件油腻发亮的旧式军用大衣，胸前的塑料扣子掉了两个，但缝扣子的线头还在，扣子的痕迹清晰可见。他穿着一条看不出什么颜色的裤子，脚上穿着一双高鞠儿的牛皮靴子，这双靴子有八成新，几乎装到了他的膝盖，虽然靴面上沾着黄泥，但鞠儿部分光亮如漆。父亲的高鞠儿皮靴让我一下子就回忆起了他往昔的光荣，如果没有这双靴子，那天早晨，他在我的心目中就会暗淡无光。那个牵着父亲的手跌跌撞撞地小跑着的女孩头戴着一顶红绒线结成的小帽，帽顶上簇着一个蓬松的绒球，随着她的跑动那绒球毫无规则地跳跃。她穿着一件肥大的酱红色羽绒服，衣服的下摆几乎垂到了脚面，这件大衣服使她像一个吹胀了的皮球，使她的跑动像皮球的滚动。女孩面色很黑，双眼很大，睫毛很长，她的眼睛让我一下子就想起了父亲的相好——母亲的仇敌——野骡子。我对野骡子不但不恨，甚至很有好感，在她与父亲逃跑之前，我最喜欢到她的小酒馆里去玩，我在她那里能够吃到肉是我对她有好感的原因之一，但不是全部的原因，我感到她对我很亲，当我知道了她是父亲的相好之后，更是感到了一种异样的亲情。

我没有喊叫，也没有像我多次想象的那样，见到他后就不顾一切地扑到他的怀里向他诉说他走后我所遭受的苦难。我也没有向母亲通报他的到来。我只是闪到大门一侧，僵硬地站着，像一个麻木的哨兵。母亲看到大门洞开后，双手扶住车把，将小山般的拖拉机开了过来。就在她将车头对准了大门洞子时，父亲牵着那个小女孩正好也到了大门外边。父亲用很不自信的腔调喊了一声：

“小通？”

我没有回答，我的目光盯着母亲的脸。我看到她的脸突然变白了，眼光好像结了冰似的停止了流动；手扶拖拉机像匹瞎马，一头撞到了大门楼子的角墙上；然后她就像一只被枪子打中的鸟，从驾驶座上滑了下来。

父亲怔了片刻，嘴咧开，龇出焦黄的牙；嘴闭上，遮住焦黄的牙；然后再咧开然后再闭上。他用一种歉疚的眼神看着我，仿佛要从我这里得到帮助。我慌忙将眼睛避开了。我看到他将挎包放在地上，松开握着小女孩的手，犹豫不决地向母亲走去。他走到母亲身前时又回头望了我一眼，我再次避开他的眼睛。他终于在母亲面前弯下了腰，将坐在车下的母亲架了起来。母亲的目光还是冻的，她茫然地望着父亲的脸，好像打量一个陌生人。父亲咧嘴龇牙，闭嘴遮牙，喉咙里发出吭吭的声音。母亲突然伸出手，在他的脸上抓了一把。然后她从父亲怀里挣出来，转身向屋子里跑去。她的腿好像被抽了骨头，看样子软弱得像面条。她的奔跑歪歪斜斜，拖泥带水。她跑进我们的大瓦房，响亮地关上房门，因为用力过猛，一块玻璃被震荡下来，掉在地上，跌得粉碎。屋子里没有动静，片刻之后，爆发了一声笔直的长嚎，然后才是曲折的嚎哭。

父亲朽木般地立在那里，满面尴尬，嘴巴还是那样咧开合上合上咧开地折腾不止。我看到他的腮上出现了三道深沟，起初是白惨惨的，马上就渗出了血。女孩仰脸看着父亲，哇哇地哭起来。女孩用很是好听的外地口音尖叫着：

“爹爹，流血啦……爹爹，流血啦……”

父亲蹲下，抱住了女孩。女孩抱住了他的头，哭叫不止：

“爹爹，我们走吧……”

柴油机还在吼叫，像一匹受了伤的猛兽。我走上前去，关了机器。

机器声停止后，女孩和母亲的哭声显得更加刺耳。街上走过几个晨起挑水的女人，向我家院子里探头探脑，我恼怒地关上了大门。

父亲抱着女孩站起来，走到我的面前，谦恭地问我：

“小通，不认识我了吗？我是你爹……”

我的鼻子很酸，嗓子哽住了。

父亲伸出一只大手，摸着我的头，说：

“几年不见，你长这么高了……”

眼泪从我的眼眶里溢出来，他用大手擦干了我的眼泪，说：

“好儿子，别哭，你跟你娘都是好样的，看你们过得这样好，我就放心了。”

我终于从嗓子眼里挤出了一声爹。

父亲将女孩放下，对她说：

“娇娇，认识一下，这是你哥哥。”

女孩躲到爹的腿后，胆怯地看着我。

父亲对我说：

“小通，这是你的妹妹。”

女孩的眼睛好看极了，看着她的眼睛我就想起了那个给我肉吃的女人，我喜欢她。我对她点了点头。

父亲叹一口气，捡起地上的挎包，然后一手拉着我，一手拉着女孩，走到了房门前。母亲的哭声一浪高过一浪，劲头还足得很，短时间不会停止。父亲低头想了一会儿，用手拍了拍房门，说：

“玉珍，我对不起你……我这次回来，是向你赔罪的……”

父亲的眼里滚动着泪水，我心里感动万分，眼泪又一次夺眶而出。

“我这次回来，想跟你好好过日子。事实证明，你们老杨家过日子的路数是正确的，而我们老罗家的家风是错误的。如果你能原谅我……我希望你能原谅我……”

父亲的深刻检查既让我感动又让我遗憾，如果他真的说到做到，那么即便他留下来，也不会像从前那样吃猪头了吧？母亲猛地将房门拉开了。她双手叉着腰站在房门当中，脸色青白，双眼发红，目光灼人。父亲往后退了一步，那个女孩转到他的背后，吓得浑身颤抖。母亲像一座爆发的火山，向外喷吐着岩浆：

“罗通，你这个丧了良心的王八蛋，你也有今天？五年前你与那个狐狸精结伴逃跑，将俺娘儿俩扔了，去过你们的好日子，现在你还有脸回来？”

女孩大声地哭叫着：

“爹，我怕……”

“多好啊，连野种都生出来了！”母亲死盯着女孩的眼睛，仇恨地说，“一模一样啊，一模一样！小狐狸精！你怎么不把那个大狐狸精也带来？她要敢来，我就敢把她的臊腚豁了！”

父亲歉疚地笑着，一副“在人屋檐下，不得不低头”的样子。

母亲把门又一次关上，隔着门骂：

“带着你的野种给我滚，我这辈子不想见到你！狐狸精把你甩了，你想起我们娘儿俩来了？滚吧，你在俺娘儿俩心里早就死了！”

母亲骂完了，到里屋里去继续哭泣。

父亲闭着眼，大口地喘着粗气，好像一个哮喘病人在做垂死挣扎。过了一会儿，他的呼吸顺畅了，对我说：

“小通，你和你娘好好过吧，我走了……”

他摸摸我的头，蹲在女孩面前，让女孩往他的背上爬。女孩个子太矮，又穿着肥大的衣服，在父亲背后爬到半截就滑下来。父亲往后探出手，抓住了女孩的小腿，然后就把她撮到了自己背上。他背着女孩站起来，脑袋往前探着，脖子伸得好长，像一头引颈就戮的牛。鼓鼓囊囊的挎包在他的腋下晃晃荡荡，好像屠户肉架子上悬挂着的牛胃。

我拉住他的大衣，说：

“爹，你别走，我不让你走！”

我拍打房门，对母亲说：

“娘，让俺爹留下吧……”

母亲在屋子里喊叫：

“让他滚，滚得远远的！”

我从破玻璃里伸进手去，拔开插销，将房门推开，说：

“爹，你进来吧，我让你留下！”

父亲摇摇头，背着女孩就走。我拉着他的衣服放声大哭，一边哭着，一边往屋子里拽他。我把父亲拽进了屋子，炉子里散发出来的热气顿时将我们包围了。母亲还在叫骂，但声音低了许多。骂过一阵后，接着就是哭泣。

父亲将女孩放下，我在炉子旁边放了两把凳子，让他们坐下。女孩习惯了母亲的哭声，胆子似乎大了些。她说：

“爹，我饿了。”

父亲从他的挎包里摸出一个冷馒头，掰成数瓣，放在炉子上烤着，屋子里很快充满烤馒头的香气。父亲解下搪瓷缸子，小心地问我：

“小通，有热水吗？”

我从墙角提过热水瓶，倒出了半缸子浑浊的温吞水。父亲将缸子放到嘴边试了一下，对女孩说：

“娇娇，喝点水吧。”

女孩看看我，好像在征求我的同意，我对她友好地点点头。女孩接过缸子，咕咚咕咚地喝起来，一边喝还一边发出一种小牛饮水般的声音，十分可爱。母亲从里屋里冲出来，从女孩手里夺过缸子，用力扔到院子里，缸子在院子里滚动着，发出当啷啷的声音。母亲抬手扇了女孩一巴掌，骂道：

“小狐狸精，这里没有你喝的水！”

女孩头上的绒线帽子被扇掉了，显出了头上那两根让帽子压得歪歪扭扭的小辫子，辫子根上扎着白头绳。女孩哇的一声大哭起来，转身扑到父亲怀里。父亲猛地站了起来，浑身哆嗦，双手攥成了拳头。我很不孝子地希望父亲给母亲一拳，但父亲的拳头慢慢地松开了。父亲揽住女孩，低声说：

“杨玉珍，你对我有千仇万恨，可以用刀剁了我，可以用枪崩了我，但你不应该打一个没娘的孩子……”

母亲退后几步，眼睛里又结了冰。她的目光定在女孩头上，好久好久，才抬起头，看着父亲，问：

“她怎么了？”

父亲低着头，说：

“其实也没大病，拉肚子，拉了三天，就那么死了……”

母亲脸上出现了一种善良的表情，但她还是恨恨地说：

“报应，这是老天爷报应你们！”

母亲走到里屋里去，打开柜子，摸出了一包干干巴巴的饼干，撕开油汪汪的包装纸，捏出几片，递给父亲，说：

“让她吃吧。”

父亲摇摇头，拒绝了。

母亲有点尴尬的样子，将饼干放在灶台上，说：

“无论什么样的女人落在你手里，都得不到好死！我至今没死，是我的命大！”

父亲说：

“我对不起她，也对不起你。”

母亲说：

“什么话你也不用对我说，你说了我也不会听，反正你即便把天说破我也不会再跟你过了，好马不吃回头草，你要是有志气，我留也留不住你。”

我说：

“娘，让爹留下吧……”

母亲冷笑道：

“你不怕他把我们的新房子卖了吃掉？”

父亲苦笑着说：

“你说的很对，好马不吃回头草。”

母亲说：

“小通，走，跟我去下馆子，吃肉，喝酒；咱娘儿俩苦熬了五年，今日也该享受一下了！”

我说：

“我不去！”

母亲说：

“杂种！你不要后悔！”

母亲转身往外走去，她刚才还穿着的光板子羊皮袄不知何时换下来了，头上的黑狗皮帽子也摘掉了。现在她穿着一件蓝色灯芯绒外套，那件会放电的化纤红毛衣的高领子从外套里露出来。她的腰板挺得笔直，脑袋有些夸张地往上扬着，脚步轻捷，仿佛一匹刚刚钉上了新蹄铁的母马。

母亲走出了大门，我感到心里轻松多了。我拿起炉子上的烤馒头递给女孩，女孩仰脸看看父亲，父亲点点头，女孩就接过馒头，大口小口地啃起来。

父亲从怀里摸出两个烟头，剥开，用一块破报纸卷起来，从炉子里引火点燃。透过从他鼻孔里喷出来的蓝色烟雾，我看着他灰白的头发和花白的胡须，看着他那两只冻疮溃烂、流出了黄水的耳朵，回想起当年与他到打谷场上去估牛时的风光，回想起跟他到野骡子店里吃肉时的情景，心里真是感慨万千。为了不让眼泪流出来，我背过脸去不再看他。我突然想起了迫击炮，我说：

“爹，我们什么都不怕了，从今往后什么人也不敢欺负我们了，我们有了一门大炮！”

我跑到厢房里，掀开那些烂纸壳子，把沉重的炮盘搬起来。我挺着肚子，步履艰难地走到院子里，将炮盘扔在当门的地方，仔细地摆好。父亲拉着女孩走出来，说：

“小通，你弄了块什么？”

我顾不上回答他的问话，一溜小跑进厢房，将同样沉重的三腿支架搬到院子里，放在炮盘旁边。最后一次，我扛出了光溜溜的炮筒子。我将支架支好，将炮管安装在支架和炮盘上。我的动作迅速而熟练，宛如一个训练有素的炮兵战士。我退到一边，骄傲地对父亲说：

“爹，这是日本造的82迫击炮，非常厉害！”

父亲小心翼翼地走到炮前，弯下腰仔细观看。

这件重兵器刚收来时，锈得像几块生铁疙瘩，我用了许多的砖头，把它身上的红锈全部打磨干净，然后我还用收购来的砂纸将它细细地打磨，连一个边边角角也不放过，炮筒子里边我也伸进手去打磨了，最后，我用收购来的黄油保养了它许久，现在，它已经恢复了青春，周身焕发着青紫的钢铁颜色，它大张着口，雄赳赳地蹲踞着，简直就像一头雄狮，随时都发出怒吼。我说：

“爹，你看看炮筒子里边吧。”

父亲将目光射进炮膛，一束明亮的光线照到了他的脸上。父亲抬起头，眼睛里光芒四射。我看出了他的激动，他搓着手说：

“好东西，真是好东西！是从哪里弄来的？”

我将双手插在裤子口袋里，用一只脚搓着地面，伪装出漫不经心的样子，回答：

“收来的，一个老头和一个老太太用一匹老骡子驮来的。”

“放过没有？”父亲再次将目光投进炮膛，说：“肯定能打响，这是真家伙！”

“我准备等开春之后，去南山村找那个老头和老太太，他们肯定还有炮弹，我要把他们的炮弹全部买来，如果谁敢欺负我，我就炮轰谁的家！”我抬头看看父亲，讨好地说，“我们可以先把老兰家轰了！”

父亲苦笑着摇摇头，没说什么。

女孩吃完了馒头，说：

“爹，我还要吃……”

父亲进屋去拿出了那几块烤糊了的馒头。

女孩晃动着身体，说：

“我不要，我要吃饼干……”

父亲为难地看着我，我跑进屋子里，将母亲扔在灶台上那包饼干拿出来，递给女孩，说：

“吃吧，吃吧。”

就在女孩伸出手欲接那包饼干时，父亲就像老鹰叼小鸡似的将女孩抱了起来。女孩大声哭叫，父亲哄着她：

“娇娇，好孩子，咱们不吃人家的东西。”

我感到自己的心一下子凉透了。

父亲把哭叫不休的女孩转到背上，腾出一只手摸摸我的头，说：

“小通，你已经长大了，你比爹有出息，有了这门大炮，爹就更放心了……”

父亲背着女孩往大门外走去。我眼睛里滚动着泪水，跟在他的身后。

我说：

“爹，你不能不走吗？”

父亲歪回头看看我，说：

“即便有了炮弹，也别乱轰，老兰家也别轰。”

父亲的大衣一角从我的手指间滑脱了，他弓着腰，驮着他的女儿，沿着冻得硬邦邦的大街，往火车站的方向走去。当他们走出十几步时，我大喊了一声：

“爹——”

父亲没有回头，但父亲背上的女孩回了头，她的脸上还挂着泪水，但一个灿烂的笑容分明在她的泪脸上绽开了，好像春兰，好像秋菊。她举起一只小手对着我摇了摇，我那颗十岁少年的心一阵剧痛，然后我就蹲在了地上。大约过了抽袋烟的工夫，父亲和女孩的背影消逝在大街的拐弯处，从与父亲背着的方向，母亲提着一个白里透红的大猪头，急匆匆地走了过来。她站在我面前，惊慌地问：

“你爹呢？”

我满怀怨恨地看着那只猪头，抬手指了指通往火车站去的大道。

——《收获》，1999年第4期

司令的女人

一

司令在省城犯了死罪的消息传到村里之前，我们一直认为他是我们这茬人里最有福气的一个。

司令是外号，他的乳名叫八月，学名叫孙国栋。我们在村子里念小学时，他的外号就叫响了，连我们那个爱好写诗、开口就合辙押韵的李诗经老师也叫。李老师给我们上语文课，看到黑板不干净，就说：

“司令同学，请你上前；抬起你脸，擦擦黑板；小心灰尘，迷了你眼！”

“唉！”他爽快地答应着走上讲台擦黑板。

受李诗经老师影响，我们也喜欢说四言句。李老师说，天下的诗歌、文章，都是从四言句化出来的，只要四言诗作得好，那就是一鞭一道痕，一掌一掴血，一刀一个窟窿，那就没有什么文体能难住你了。星期天我们约司令去放牛，站在大街上——他家临街——齐声喊叫：

“司令司令，你这懒种；日上三竿，太阳晒腚。东洼放牛，南洼割草；沟里摸鱼，河里洗澡；你去不去？不去拉倒。”

司令的娘孙寡妇从屋子里走出来，将半截身体探出土墙，不高兴地说：

“你们这些孩子，怎么叫俺司令呢？俺有大号的，俺叫孙国栋。”

“大婶大婶，不要翻脸，我们保证，不再乱喊。”我们真诚地向她道着歉，然后大声喊叫：“司令司令，你真能磨，大闺女上轿，没你啰嗦！”

司令攥着一块地瓜从屋子里蹿出来，大声嚷着：

“别急别急，各位伙计，若不等我，不够意思！”

司令娘对司令说：

“往后他们叫你司令不许答应！”

司令在我们那班差不多大小的孩子里是个头蹿得最高的，据说他的爹就是个大个子，大个子爹做出大个子儿，天经地义。他的爹外号叫旅长，爹旅长，儿司令，一代更比一代强。也许他的外号就是从他爹的外号的基础上提拔起来的？谁知道呢！司令的爹六零年生活困难时撑死了——一架飞机掉在我们村头上，司令的爹和几个村民用担架将受伤的飞行员送到机场，机场里抬出一筐馒头慰劳他们，司令的爹贪食，一口气吃了十七个。回家的路上，走着走着，嘭的一声，胃爆炸了，人就死了。有人说个头高矮与吃得孬好有关系，我看关键还是种的问题，司令吃啥了？草一把菜一筐，没饿死就算大命，但他愣是蹿了个一米七十的大个子，还不满十五岁呢！

司令家房子旁边有一个大湾，湾里有水，水很深，水里有很多泥鳅。司令的娘利用这个有利条件，养了几只大鹅。大鹅的蛋比母鸡的蛋大得多，两个鹅蛋就有半斤。每年清明节，村里风俗是家家擀单饼煮鸡蛋。司令家过清明节不煮鸡蛋，煮鹅蛋，司令家的饼擀得特别大。我做梦都想得到一个煮熟了的鹅蛋，就拿了两个鸡蛋去跟司令换，司令说：

“这件事情，很不平常，我得回家，问问俺娘。”

司令的娘见到我大姐，说：

“你们家二皮真有意思，拿着两个鸡蛋换俺司令的鹅蛋，我就让司令送给他一个。这孩子，真有景儿，临墙隔家的，还说什么换？”

我大姐回家就告了我一状。我娘说：

“你这孩子，真是嘴馋，怎么敢白吃人家的鹅蛋呢？吃了人家的鹅蛋，你拿什么去还？你如果还不上，就欠了人家的情，欠了人家的情就得看人家的眼色行事，你这孩子，真是碟子里扎猛——不知道深浅！”

我大姐逼我将鹅蛋送回去，我说早就下了肚子了。她好奇地问我：

“鹅蛋什么味？比鸡蛋好吃吗？”

“好吃好吃，天下第一，捞不到吃，活活馋死！”我故意气她说。

其实鹅蛋很粗很腥，远不如鸡蛋细腻好吃，营养价值肯定也比不上鸡蛋。

我大姐恨恨地说：

“怎么不让鹅蛋把你噎死呢？”

因为一个鹅蛋，我与司令的关系亲密了许多。为了不欠他家的情，我冒着生命危险到邻村的瓜地里摸了一裤子瓜，有苕瓜，有面瓜，有甜瓜，深更半夜的，担着惊受着怕，只能是摸到什么摘什么，顾不上辨品种，也没法子分生熟，摘满了裤子，拖着裤腰往外爬，小心翼翼地，不敢弄出动静。看瓜的小陈是个雀瞽眼，眼色不济，但耳朵特灵，他好使一杆土炮，炮膛里装满黑药和绿豆大的铁砂子，打出来就是一条火胡同。我说冒着生命危险绝不是夸张。小陈能听声打鸟，这也并不是说他是个了不起的神枪手，主要还是那支土炮射界宽。我将一裤子瓜扛到司令家，虽没明说，那意思他们也就明白了。所以我跟司令的友谊是建立在完全平等的基础上的，并不是我吃了他家一个鹅蛋欠了他家的情要去巴结他，给他当鞍前马后的狗腿子。

司令从小就是个忠厚孩子，在我们村有口皆碑。那时候临村有十几个孩子在我们村念书，河里发水淹没小桥，司令就把这些孩子一个个地背到对岸去。类似的好事他还做了很多，限于篇幅，不能一一尽述。总而言之，司令是个心地善良的孩子，尽管有的人暗中嘲笑他缺心眼，是个半傻子。不是也有人嘲笑雷锋是个傻子吗？雷锋理直气壮地说：“我愿做革命的傻子！”司令什么也不说。1964年掀起学雷锋运动后，我们学校提出的口号是：“远学雷锋，近学孙国栋。”这个口号用了司令的学名，别扭得很，我们建议改成“远学雷锋，近学司令”，学校不同意。

村里孩子上学晚，文化大革命开始时，司令十六岁了，才读小学五年级。我比司令小一岁，也读五年级。那个夏天里的几乎每个晚上，我们都举着铁皮喇叭在大街上喊叫，宣传无产阶级文化大革命的“十六条”和预防大脑炎——“文革”爆发时，正赶上大脑炎流行，死了好多小男孩——“十六条”早就忘了，预防大脑炎的宣传词儿还记得：“一九六六年，真是不平凡，砸烂三家村，流行大脑炎。得了大脑炎，快吃葱和蒜；小子你不吃，立马就完蛋！”我们在前面喊叫，后边还跟着一些小顽童，他们嘻嘻哈哈，打打闹闹，还大胆地改造着我们的广播词儿：“十六条儿，十七条儿，一条一撮鸡巴毛儿；张老汉，李老汉，快吃大葱和大蒜，不吃马上就完蛋！”这些词儿要是出自大人之口，肯定要被打成反革命，但出自小孩子之口，也就没法子追究了。

1968年夏天，我们村子里下来了一批知识青年，七男五女，总共一打。他们的年龄跟我们差不多，但看起来比我们大。城里人知识多，思想复杂，发育早。我们在夏天里还光着屁股上街，就像伊甸园里没受诱惑之前的亚当——我的这点宗教知识是从陆西文的爷爷陆鬼子那里听到的，这老爷子解放前就信了耶稣教。农民们在地里锄草，他站在地头上祈祷："主哇，不要让我的地里长草！"主当然不听他的使唤。棉花地里闹虫子，农民们都提着瓶子去捉虫，他跪在地头上祈祷："主哇，不要让棉铃虫吃我的棉桃！"棉铃虫也不听上帝的话——知青都穿着衣服，不但穿着裤子，而且还穿着褂子，不但女的不光膀子，连男的也不光膀子。我们光着屁股去知青点看热闹时，女知青都不敢抬头。村支部书记往外轰我们："滚，你们这些不知羞耻的东西！"我们被轰出来，低头看看自己，然后看看别人，尤其是看了司令之后，才感到问题严重，不穿褂子可以，不穿裤子是绝对不行了。

知青中有一个男的，名字叫宋河。宋河瘦高个儿，白瓜子脸，高鼻子，长眉毛，一头卷毛，看样子不是纯粹的中国人。谣传他爹是个美国大兵。村里人很快就给他起了一个外号"宋鬼子"。杂种出天才，"宋鬼子"会吹口琴、吹笛子，还会拉手风琴。吹笛子吹口琴没有什么了不起，我们学校的季老师也会吹。手风琴这种乐器样子古怪，我们不但没听过，连见都没见过。司令说手风琴像他家的大风箱，我们一琢磨也觉得像，就给"宋鬼子"的手风琴起了一个外号"风箱"。

知青中有一个女的，名字叫唐丽娟。这个名字很古典，有一点点小家碧玉的意思，显得与那个时代格格不入。男知青数"宋鬼子"好看，女知青中数唐丽娟漂亮。村里人给她起了一个外号：“茶壶盖子”。这是一个高度赞美的外号，意思她是最漂亮的。

我们那地方，地是涝洼地，水是含氟水，不论男女老少，一张嘴就露出两排猪屎牙，难看得要命。年轻人好俊，学着城里人用牙膏刷牙，捣得满嘴血沫子，也没见哪个刷白了。我姐姐她们那帮大闺女，每天早晨对着镜子用剪刀刮牙，刮得满口鲜血，也刮不白。我有一个当医生的姑姑，批评刮牙的大闺女们：“刮什么呀！你们的牙髓都是黑的，刮什么？如果想白，只有一个办法，那就是连根拔，然后镶上一口化学的。”真还有几个青年听了我姑姑的话，去县城里把牙拔了，镶了满口的化学牙。刚镶了牙不好意思让人看见，出门就捂上一个口罩；过了一段时间，又生怕别人看不到，见到人就龇牙咧嘴，恨不得把嘴唇切去。我们学校有个代课老师马红英，镶了一口化学牙，说起话来连腔调都变了，好像嘴里勒着一条马嚼子。

“茶壶盖子”的眼睛鼻子就不必说了，单她那一口牙就够了。人家那牙，白里透出青来，一颗是一颗，像瓷的也像玉的，一张嘴就闪闪发光，好像嘴里含着珍珠。我们第一眼看到她时，就感到眼前一亮，全是她的牙闹的。她的牙齿是她的明媚的笑容的重要构成部分。几十年后，我们村里的人提起她来，首先要说的就是：那闺女生了一口好牙！

“茶壶盖子”除了牙好，别的地方也出色。她的皮肤很白，很薄，仿佛一掐就会冒出白水儿。她的眼睛很大，嘴巴稍大了点——我们那儿审美标准比较古典，喜欢小嘴美人，这都是让评书害的，评书里描述美人，动不动就说“杏眼桃腮，樱桃小口”，实际上地球上从来没出现过这样的女人，如果有，肯定是妖怪——她的身材也好，腰是腰腿是腿，不像我们村里那些大闺女，上下一般粗，个个赛麻袋。现在回忆起来，如果硬要让我找出“茶壶盖子”的不足之处……我实在找不出来。有人说她的嘴巴有点歪，但我就迷她这个歪，一歪百媚。

毫无疑问，我们村的男人们，没有一个不迷她的。老头子迷，青年迷，连我们这帮鸟毛都没扎全的半大小子也迷。村里人不说爱字，嫌这个字牙碜，其实迷就是爱，甚至比爱还要严重。我们村的民兵连长是个出名的大公鸡，连自己的弟媳妇都不放过，知青进了村，他倚仗着连长的身份，有事没事就往知青点钻，美其名曰关心知青，实际上是想浑水摸鱼。村支部书记让妇女主任把他叫来，当着许多人的面一顿臭骂：“狗东西，你想点什么不好？癞蛤蟆想吃天鹅肉？让老董劁了你个狗杂种！”老董是公社兽医站的兽医，劁狗阉猪，一把好手。连长辩解道：“其实我也没想什么，不过就是看看。”书记道：“看什么？看能解决什么问题？”连长说：“看美人养眼呢！”书记说：“日你妈的，反动逻辑！”

我们这帮小青年，对她的迷恋具有浓厚的审美意味，色情的意识很淡。与“茶壶盖子”相好？这样的事我连想都不敢想。我就是喜欢看她，喜欢围绕着她嗅她的身上发出的那股隐隐约约的好味。究竟是什么气味，那我可说不出来。反正她的身上有那么一股隐隐约约的气味，好闻死了。这股好味不光我一个人能闻到，司令也能闻到，吴巴也能闻到。吴巴是我们的同学，也是我们的好友，他的四言诗作得最好，深受我们李老师的赞赏。吴巴写了一首诗赞美“茶壶盖子”发出的气味：

“‘茶壶盖子’，味道真妙；好像馒头，刚刚发酵；好像鲜花，刚开放了；闻到她味，没酒也醉；闻到她味，三天不睡。”

我想其实也不是我们想看她，而是她的牙、她的嘴、她的眼、她的腮、她的鼻子、她的像月光一样的笑容，把我们的眼睛吸了过去，就像河里的大漩涡子不管什么东西都吸引过去一样。我想其实也不是我们主动地去嗅她的气味，而是她的气味把我们吸了过去，就像花的香气把蜜蜂吸引过去一样。

知青下来后，我们小学毕业，成了公社的小社员。过了一年后，吴巴又去上了农业联中。我们跟知青们一起劳动，也就是跟“茶壶盖子”一起劳动。我们多么想跟她说说话儿，但是她根本就不理我们。她喜欢跟“宋鬼子”说话，有时候也跟那些大嫂子们说说话，有时候也跟那些老头子们学学农活，但她从来不理我们，连看都不看我们一眼，好像我们不存在一样。我总想找机会讨她一点好，但往往弄巧成拙。

记得有一天下午全队的人都去深翻土地——那天下午刮着很大的西北风，尘土飞扬，七个男知青里有四个戴着风镜，“宋鬼子”是其中之一。“宋鬼子”喜欢往头发上抹发蜡，发蜡喜欢沾土，所以他的头很快就成了黄色的了。他戴着风镜，顶着满头黄土，活像个刚刚跳伞逃生的美国飞行员。大家不敢看他，一看就想笑。以我姐姐为首的那帮大闺女笑得最厉害。队长愤怒地训斥她们：“笑什么？喝了母狗尿了是不是？”农村传说，喝了母狗尿就会狂笑不止。现在想起来我才明白，当我们迷恋“茶壶盖子”时，以我姐姐为首的那帮大闺女正迷恋着“宋鬼子”。“宋鬼子”两颗门牙之间有一条缝儿，按说这是个缺陷，但我姐姐说她最喜欢的就是这条牙缝。问她为什么喜欢一条牙缝，她说别的地方都被人喜欢了多少遍了，只有这条牙缝还没被人喜欢过，所以她喜欢。她还喜欢他猛猛地吸了一口烟，然后把牙关咬紧，让一缕细烟从那道牙缝里呲儿呲儿地钻出来。嗨，世界上什么稀奇古怪事都有！“茶壶盖子”围着一条大围巾，戴着一个大口罩，只露着两只大眼睛。她的眼睫毛真长啊，忽闪忽闪地眨巴着，活像《红灯记》里的李铁梅。那天下午，我非常幸运地紧靠着她翻地——每人翻一米宽——为了讨她的好——也不完全是为讨好她，我是担心累着她——我翻了足有一米半宽，只给她闪下窄窄一条。她连看都不看我，好像没发现我的行动。队长过来检查翻地的质量，用一根木棍插插翻过的地，说："小唐，深度不够！"她却说："这不是我翻的。"因为口罩捂着嘴，她的声音瓮声瓮气。队长踢我一脚："二皮，你想干什么？"众人的目光都转过来看我，其中也有司令的目光。我当然知道他的心情。

记得有一个上午，全队的人都去南大洼割麦子。队长打头，每人两垄，梯次展开。我十分幸运地挨在了她的下家。她穿着一件洗得发了白的蓝色咔叽布军便装，纽扣一直扣到了脖子。她穿上男式服装真是飒爽英姿，我看她一眼鼻子就酸溜溜地想哭，当然是激动的，当然不是难过的。她的那股好味儿与成熟的麦子气味混合在一起，与野花野草的气味混合在一起，与天上云雀的歌唱声混合在一起，真是感人至深。在开始割麦前，我遭受了一个沉重打击：司令把她的镰刀抢过去，非常认真地帮她磨了。我相信这是司令一生中磨得最锋利的一把镰刀。他用两个脚后跟压住镰刀把儿，用左手的拇指逼住镰尖、中指挺住镰背，用右手捏着一块青青的、细腻如油脂的磨刀石，嘴里满含着一口水、唇间叼着一根麦管，让一股细水沿着麦管均匀地淋在镰刀刃上，同时他手中的磨刀石噌噌地运动着，磨一会儿这面，就把磨石倒到左手里，用右手挺住镰背，继续磨下去。他磨镰的技术太出色了，连队长都赞不绝口。队长说："司令，不用你割了，专门磨镰吧！"他把镰刀磨好了，问她："你能给我一根头发吗？"她吃惊似的瞪着眼问："干什么？你想干什么？！"她没有继续追问就从头上拔下一根头发——我的心紧紧地撮了起来，好像不是拔了她一根头发，而是拔了我一根神经——递给他，那根头发在上午的阳光里焕发出蓝蓝的光芒，就像乌鸦的翅膀在阳光下发出的光芒一样。司令将镰刀的刃子对着自己的面，将她的头发轻轻地放在刀刃上，然后猛地一吹，头发就断成了两截！好家伙，吹毛寸断，这哪里是镰刀，分明是宝刀。

“谢谢你，”她说，“司令！”

你们能体会到当时我的心中滋味吗？不，你们不可能体会得到，你们没有看到她说话时的样子怎么可能体会到我心里的滋味？你们没看到她穿着一件洗得发白的蓝色军便服的样子怎么可能体会到我心中的滋味？你们没看到她那两只被太阳晒得粉红的耳朵怎么可能体会得到我心中的滋味？

开始割麦了。割麦子是农村最沉重的活儿，麦芒刺人，尘土呛鼻，腰酸背痛，别说是从没干过农活儿的知青，就是一辈子与土地打交道的老农，提起割麦子也发怵。但割麦子也是农村中最愉快的劳动，收获总是让人们感到快乐。更重要的是割麦子时全队里的人都不回家吃饭，饭由保管员到各家收集，送到地头上来。“好钢用在刀刃上”，各家都不惜血本做出了最好的饭食，生产队里还免费供应大米稀饭。大米稀饭，不是一般的稀饭。我们生产队比较腐败，每年都拿出半亩地种旱稻，为的就是这几顿大米稀饭。大米稀饭，大米稀饭里还加了一把红糖。有一次保管员喝得醉醺醺的，把“六六六”当成了红糖，我们都喝出了异味，但没有人不喝。不要钱的大米稀饭，有点异味就有点异味吧！连“宋鬼子”和“茶壶盖子”都喝了加了一把“六六六”的大米稀饭。割麦子还是一种劳动竞赛，真正的你追我赶。上了年纪的男人都是蹲着割，将割下的麦子放在大腿窝里夹着，夹够了个子，打个腰儿放下，下家的将自己腿窝里的麦子放进去，然后捆起来。小青年和妇女腰好，都猫着腰割，割下的麦子放在两腿之间夹着，从后边看好像长了一条金色的大尾巴。她在我的前面弯着腰割着，麦子在她的大腿之间夹着，好像一条金色的大尾巴。我穷追不舍地跟着她。起初她仗着镰刀锋利还能对付，但她的镰刀很快就不利了；再加上她是城里长大的孩子，没有长劲儿，一会儿就不行了。她站直了腰，用拳头捶打着腰，一脸让我心疼的表情。我什么也没说，没有什么好说的，忠不忠看行动，我往左一跨步，把她那两垄麦子包割了。我一柄大镰四面挥，精神变物质，浑身有使不完的劲儿。温度不能把石头变成小鸡但是温度能把鸡蛋变成小鸡；爱情不能使木头产生力量但爱情却使我产生了力量。有经验的生产队长都知道这样一个道理："干劲不足，加上妇女"，一个小伙子推车一个小伙子拉车每上午能运十车粪，一个小伙子推车一个大闺女拉车每上午能运十五车粪，劳动生产率提高百分之五十。我没上几天学脑袋里却积累了许多乌七八糟的东西，甚至还有一部分唯物辩证法，这些东西是从哪里来的？是从天上掉下来的吗？是从地下冒出来的吗？是我头脑里固有的吗？否！这些东西是从三大革命实践中得来的，这些东西只能从三大革命实践中得来，与知识青年朝夕相处是三大革命的重要组成部分，他们和她们嘴里不断地漏出来的东西被我的海绵脑袋全部吸收并进行了化学处理，变成了我的知识，指导着我的行动。那天我割疯了，为了她我刀山敢上火海敢闯，为了她我下定决心我不怕牺牲，我宁愿前进一步死，绝不后退半步生。苦不苦想想长征两万五累不累想想革命老前辈我生是你的人死是你的鬼生命诚可贵自由价更高为了你"茶壶盖子"我什么都敢抛。从知识青年那里偷来的革命时期的话语与不革命时期的话语在我的脑海里车轮一样地旋转着，我感到我根本不是在割麦而是在大海里游泳，一举手就激起一串浪花；我感到我不是在游泳而是在腾空，一挥臂就割下一片朝霞。我的耳朵里仿佛响起了“风箱”的叫声，美妙无比，好像地瓜干子老烧酒……爱情如酒令人沉醉，队长的大脚就是醒酒汤。队长一脚就把我踢了个狗抢屎，他骂道：“混蛋二皮，你这是割麦吗？否！你是在破坏！”我割过的地方，麦茬儿留得高，糟蹋了生产队的草；麦子落得多，浪费了生产队的粮；我帮“茶壶盖子”割麦，是黄鼠狼子给鸡拜年——没安好心！队长用古怪的眼光看着我说：“你才多大个人儿，就有这么多资产阶级坏思想！”更让我伤心的不是队长的话而是“茶壶盖子”的话，她说：“他非要替我割，我也没办法！”你们听听她说的这是人话吗？否！绝对不是人话，她的一句话就像一大块冷冰冰的黑石头，一下子就把我打倒了。我一头栽到地上，脸贴着像亲娘一样的黑土大地，听到一个声音在高高的空中说：“死了吧死了吧，你这样的可怜虫还活着干什么？！”我恨不得用镰刀把自己的头割下来，让我的满腔热血喷上云霄，化作一道彩虹。

我当然没舍得割下自己的头，虽说“瓦罐不离井沿破”，但毕竟“好死不如赖活着”。没有志气，没有自尊，这就是我的悲剧所在。但在爱情的辞典里，是查不到“志气”也查不到“自尊”的。割麦那天，我心里产生了对“茶壶盖子”的不满，甚至是仇恨，但当我一看到她的脸，一看到她的牙，一闻到她的味儿，我的心里就只有对她的爱情了。说句不怕丢人的话，在我迷她迷得最疯狂的时候，曾经趴在地上吻过她的脚印儿。对这个女人的迷在我的一生中产生了巨大的影响，这是后话，暂时不提了。

我那时几乎就是得了传说中的相思病，醒里想的是她，梦里想的也是她。为了引起她的注意，我学我姐姐的样子用剪刀刮牙，还偷我姐姐的“万紫千红”牌油脂往脸上搽，把个脸弄得油光光的，好像屠夫的棉袄。我姐姐发现了就追着我打，追上了一边用笤帚疙瘩擂我的头，一边骂我：

“浪死了你！整个宇宙里没有比你更浪的男孩了！你是癞蛤蟆叼着花骨朵，你是屎壳郎顶着花骨朵，你是猪八戒插着花骨朵！你白日做梦，你痴心妄想，唐丽娟能嫁给圈里的猪也不会嫁给你……”

我姐姐的语言原先很土，现在竟然从她的嘴里冒出了“宇宙”这样的词儿，这都是跟着知青学的。我被她戳中了心事，恼羞成怒，反唇相讥：

“要说浪，你更浪，跟着宋河瞎嚷嚷，宋河要你去吃屎，你一次吃了一大筐！”

我精神恍惚，六神无主，吃饭不香，睡觉不宁，十几岁的小孩子头发一把把地掉。从一本医书上看到，上述症状是肾虚所致，书上说熟地能补肾，就溜到村卫生所里，偷了一大把，刚要逃跑，被赤脚医生得田抓个正着。他捏着我的胳膊，用屈起的膝盖不断地顶着我的尾巴骨，嘴里骂着：

“小偷，你偷点什么不好，偷药干什么？”

我灵机一动装起糊涂来：

“得田大叔，高级大夫；我三天没吃，一顿饱饭；头晕眼花，天旋地转；求您开恩，放我一马；让我吃了，这些地瓜。”

他奸奸地笑起来，说：

“好吧，二皮，我饶了你，不往大队里汇报，但是你必须把这些地瓜给我吃了！”

我心中暗喜，但嘴里说：

“得田大叔，心眼最好；天上难寻，地下难找。明天中午，帮您割草；割来青草，喂您家羊；您家山羊，能够跳墙。”

他说：

“别耍贫嘴，快吃吧！”

我抓起那些熟地，一边吃，一边做出龇牙咧嘴的样子。没一会工夫，就把那一把熟地吃了，趁着他不注意，我又从药橱里抓了一大把。我装出被药毒得晕头转向的样子，摇摇晃晃地离开卫生室。我听到他在我背后哈哈大笑。一离了他的眼我也哈哈大笑。我的青春期过得真是艰难无比。我爹也看出了我不对劲，他不打我也不骂我，只是用一种尖刻的语言讽刺我：

“你应该找个镜子照照自己的尊容！”

我爹的语言原先也很土，现在竟然也冒出了诸如“尊容”之类的字眼，这当然也是知青闹的。我在众人的打击、挖苦之下，我在不正确的生理知识造成的恐怖之下，曾经下决心不再迷恋“茶壶盖子”，但每天晚上，我的腿就把我带到了知青点院子外边的土墙根上，我趴在墙头上，望着屋里射出的灿烂灯光，听着屋里传出的欢声笑语，心里又酸又苦，眼泪一串串地流下来。

在知青们的欢笑声中，我听到了她的笑声。即便在一千个人的笑声里，我也能听出她的笑声。她的笑声不高，低沉沙哑，但非常有感染力，简直就像电流。她的笑声一传出来，我就晕晕乎乎，只有趴在墙上才能免于酥倒。我趴在墙头上，脑海里浮现出她动人的笑姿。“茶壶盖子”爱笑在我们大队里是出了名的，那时候大家在一起劳动，乔老头那个老流氓不断地说一些黄色的笑话，譬如他说一个生殖器特长的人站在河边，看到一个青年妇女在河对面洗衣服，他便从河底伸了过去，在那妇女眼前弄起景来，那女人一把攥住，按在捶布石上，狠狠地砸了一棒槌，嘴里还喊着：“砸个核桃吃！”这一下把

“茶壶盖子”笑痴了，笑得前仰后合，最后蹲在地上。她的白脸笑红了，眼泪也流出来了。乔老头低声说：

“猫浪叫，人浪笑，这个小唐，是个浪货，你们这些小青年，还不抓紧了上！”

乔老头的话在我心里激起了很复杂的情感，一方面我感到乔老头污辱了我心中的人，另一方面让我感到了一种危险。“茶壶盖子”，你可千万别浪啊，坏男人们都在盯着你，你可千万不要跟他们好啊！我下定了决心要向她发起进攻了，我要让她知道我对她的一片真情。

老光棍万能教导我们：

“要想讨女人欢心，有四大法宝：‘一是模样二是钱，三是工夫四是缠’。小伙子貌似潘安，女人自然喜欢；相貌长得差，但家财万贯，女人也喜欢；既无财又无貌，那就只有豁上工夫死劲地纠缠，女人怕缠，缠烦了，一横心，也就跟你好了。”

老光棍还教导我们胆子要大，关键时刻要敢出手。你们不出手，难道还想让女的出手？吴巴胆怯地问：

“我们出手，她嚷咋办？告到公社，小命完蛋！小命不完蛋，屁股也打烂。”

老光棍说：

“你们不能一上来就摸，要慢慢地来。回家跟老的要点钱，去供销社里买上点糖块儿，见了自己喜欢的女人就用糖块喂着，我敢担保，用不了一百块糖，就可以动手了！”

不能再犹豫了，必须动手了。我想回家要钱，但这是根本不可能的。我母亲有一元钱，粉红色的，放在炕席底下，我把那张钱藏在身上，在供销社门口转了半天，但最终我还是把它放回了原处。姐姐也许有几元钱，但我找不到她藏钱的地方。

好机会从天而降：生产队会计跟小学老师打赌输了一元钱，让我帮他跑腿去买糖。那时的糖一分钱一块，一元钱能买一百块。但我听人说过，如果不按块数，而是按照糖的价格用秤约，一元钱就不止买一百块糖。我跑到供销社，冲着售货员老王说：

“老王老王，我要买糖；不要数块，用秤来量！”

我用一元钱买了一百零七块糖，天经地义地落下了七块，会计赏我三块，我向小学教师哀求，他又赏给我两块，这样，我的衣兜里就有了十二块糖。

我找了一块红纸，把十二块糖包起来。准备找个机会送给她。有好几次我把糖纸揭开，用舌尖舔着甜滋味，真想一口吞下去，但想到小唐那满口白牙，就咬牙切齿地把馋虫儿咽了下去。

机会终于来了。

在知青下乡的初期，他们的革命热情还很高涨，每隔几天就要给贫下中农表演节目。知青没下乡之前我们也表演节目，无非是嘴唇上粘上棉花演老头，翻穿着皮袄演土匪。知青给我们带来了女声独唱和男声独唱，知青让我们懂得了男高音男中音男低音还有女高音女中音，知青让我们听到了手风琴的美妙叫声。看知青的演出我们如同过年，听“茶壶盖子”的女中音独唱我们如同饮酒。她唱《马儿呀你慢些跑》，她唱《老房东查铺》，她还唱《见到你们总觉得格外亲》。“茶壶盖子”唱歌，不但嗓子好听，脸上的表情也很好看。她的嘴时而圆时而方，时而短时而长，更奇怪的是她放声歌唱时，那两条眉毛竟然能够上下跳跃，眼睛里仿佛有一汪水儿在流动。后来我们村子里的姑娘们学她的样子，说起话来挤鼻子弄眼，活像庙里的小鬼。“茶壶盖子”唱起那首《见到你们总觉得格外亲》时，台下的光棍子们摇摇晃晃，就像一群醉鬼。我姐姐说“茶壶盖子”是音乐学院附中的学生，唱歌还不是她的拿手，弹钢琴才是她的拿手。我们从电影钢琴伴奏《红灯记》里见到过弹钢琴的，那个男人的手软得像没有骨头一样，手指头好像鸡啄米一样地啄着琴键，一边弹一边摇头晃脑嘴还乱吧唧，好像嚼着什么东西。我姐姐说弹钢琴的人一下生时手指就做了手术，从小就开始练。怎么个练法呢？把一锅油烧开，将一把小石子儿扔到油锅里，让那孩子从油锅里往外捞石子，这是练快；练完了快就让那孩子用指头戳鸡蛋，戳完了鸡蛋就戳核桃，这是练劲儿。还有许多的练法，总而言之练出个弹钢琴的十分不容易，弹钢琴的都是国家的宝贝。我姐姐说如果不是文化大革命，“茶壶盖子”肯定能练成个钢琴家，其实她已经弹得很好了，在北京的青少年钢琴比赛中她曾经获得过铁奖，我说没有铁奖只有金奖银奖和铜奖，我姐姐说你知道个屁。

说说那次让我终生难忘、至今还被乡亲们说起的演出吧。那天晚上，“茶壶盖子”没有唱歌，因为她一唱歌第二天那些光棍子就没有力气干活，队长不让她唱。她在土台子上放了一条长凳，凳子上摆开一溜碗，碗里盛着水，水有深有浅，碗有大有小，她拿着两根筷子，敲打着碗沿儿，竟然敲出了时代的最强音《东方红》！贫下中农惊喜若狂，都有点不敢相信自己的耳朵。接下来她敲出了《大海航行靠舵手》，那些清脆悦耳的音符千真万确地就是从碗沿上发出来的，不由你不信。人们赞叹不已：天才，真是天才！这样的天才下来修理地球真是可惜了呀！

趁着帮她收拾饭碗的工夫，我把那个包着十二块水果糖的红纸包拍到她手里。她吃了一惊，问：

“什么？”

哪里有勇气回答她？我转身跑掉了。

那个夜晚真是美妙无比，连夜猫子的叫声都温柔可爱。我在大街上疯跑着，一边跑一边高唱革命歌曲。我正处在变声期，嗓子里好像塞着一团牛毛，声嘶力竭地发出的声音好像鬼哭狼嚎。我听到街上的人们在骂："别吼了，再吼就该闹地震了！"一个幸福的人还在乎别人说什么？他们怎么能体会到我的心情？我恨不得向全世界宣告：地球上最最美丽的姑娘，接受了我十二块糖！她接受了我的糖，就说明她已经喜欢上了我，就说明我们俩的关系已经不同寻常，就说明她有可能与我……我不敢往下想了。我在大街上狂奔，好像一条发了疯的狗，我从街东头跑到街西头，又从街西头跑回街东头，村子里的几条狗追在我的屁股后头，狂叫着，我感到它们不是追着咬我，而是受到了我的情绪感染，跟着我狂欢呢！

当我汗流浃背地走进家门时，一股肃杀之气扑面而来。我不由地打了一个寒战，浑身的毛孔顿时关闭。我看到，父亲提着一根绳子，母亲攥着一把扫帚，大姐举着一张铁锨，宛如三个严肃的猎人，摆开了打狼的阵势。我一眼就看到了在昏黄的灯光下，在屋子里灶台旁边的风箱上，放着一个红包，包里就是我的糖。天哪，"茶壶盖子"又一次把我出卖了！

父亲嘲讽地说：

"谈恋爱的英雄，回来了？"

母亲说：

"鳖蛋，你竟敢偷钱去讨女人的好！"

大姐道：

"你自己撒泡尿照照！"

父亲说：

"你的声音比猫叫春还要难听！"

母亲说：

“真是四脚蛇豁了鼻子，不要脸了！”

大姐说：

“这样的民族败类还留着他干什么？干脆砸死他，为国除奸，为民除害！”

我知道有口难辩，索性一言不出。

大姐问：

“说吧，钱是从哪里偷的？”

“我没有偷，也没有抢，这些糖块，别人奖赏……”

父亲抡起绳子说：

“还敢贫嘴！”

他手里的绳子，弯弯曲曲升到空中，然后突然伸直，啪的一声落在我屁股上。一绳子抽下来，着鞭处火烧火燎，但并不十分痛楚。

“说！”

“我真的没有偷！”

“没偷也该打！”

“打掉他的花花肠子！”

“买了那么多糖，爹不给吃，娘不给吃，拿去孝敬妖精，冲着这也该打！”

骂声和毒打像雨点般落在了我的身上。我紧咬牙关，一声不吭。我闭上眼睛，心中响起了“风箱”的声音，响起了打碗的声音。我仿佛看到，“茶壶盖子”站在一边，看着我的亲人毒打我，她的脸上挂着笑容。她的笑容像冰一样把我的心冻住了。我绝望地闭上了眼睛。我听到绳子和棍子打在皮肉上发出的扑通声，好像在遥远的地方，有人在拍打一条破棉被。

二

几年之后，村里的知青当兵的当兵，上学的上学，招工的招工，回城的回城，病的病，死的死，昔日热闹非凡的知青点变得冷落如寒窑。到了1975年春天，知青点里就剩下“茶壶盖子”和“宋鬼子”了。村里人可怜他们，私下里商量：干脆，让他们俩结婚得了，这样，他们的心情也许会好一点。司令的娘说：

“还要你们操心？人家都是有文化的人，还要你们操心？”

司令的娘从知青进村那天起，就负责给他们做饭，从十二个人的大锅饭做到两个人的小锅饭。她感叹道：

“嗨，我就像一个老麻雀，眼看着这些小麻雀一个个地飞走了，什么时候这两个也飞走了，我的事也就完了……”

说这话时，她的脸上的表情很是真诚，“茶壶盖子”看着她的老脸，眼泪都流了出来：

“大娘……谁都能走得了，唯有我走不了……”

司令娘说：

“孩子，不要着急，国家不会忘了你的，当年国家花了那么大的本钱栽培你，还能把你扔在这里一辈子？你和小宋都不是久屈人下之人，天老爷磨难你们，是为了让你们将来担大事的。”

“茶壶盖儿”绝望地说：

“大娘呀，你看看我这手，粗得像老树根一样了，就是给我一架钢琴，我也弹不出声音了……”

司令娘抓过“茶壶盖子”的手放在眼前端详着，说：

“不粗，不粗，比你大娘的手细多了！”

“茶壶盖子”把头伏在司令娘的胸前，说：

“大娘，你就像我的亲娘一样……”

“大娘要是有你这样一个闺女，下辈子变马变牛都行……”司令娘从“茶壶盖子”头上揪下一根白发，说：“闺女，你可要把心放宽点，瞧瞧，都有了白头发了！愁思使人老呢！”

“茶壶盖子”接过那根白发，眼泪止不住地就流了下来。

这时候，我和司令、吴巴等人都成了大青年，我们的脸上，生满了胡须，布满了皱纹。几年前那场毒打，治好了我的相思病。现在回忆起我对“茶壶盖子”的单相思，自己都感到脸红。如果不是爹娘对我痛下鞭笞，我很可能会因为她而死。为人民利益而死比泰山还重，为一个女人而死比鸿毛还轻。现在，我对“茶壶盖子”的容貌基本上可以做一个比较客观的评价了。首先要指出的是，将近十年的农村生活，严重地损坏了她的容貌，她的皮肤失去了初进村子时的那种珍珠般的光泽，她的眼睛里的光芒也比刚进村时暗淡了许多，她的曾经让我们心醉神迷的牙齿，也因为长期饮用含氟水而发了黄。常年的艰苦劳动，使她的腰身也变得粗壮臃肿；她的嗓音变得更加沙哑，我们好久好久听不到她的歌声了。这时候她已经将近三十岁，这在村里边已经属于老姑娘的年龄了。我姐姐跟她差不多大，但我姐姐已经是三个孩子的母亲了。我因为少年时留下了作风不好的恶名，找媳妇屡遭挫折，但我也终于和王木匠的瘸腿闺女王桂花订了婚，两家老人商量好了，等新麦子收下来时，就给我们成亲。总之，“茶壶盖子”基本上是一朵开败了的鲜花，是一个青春将逝的女人。她跟村里的女人已经没有太大的区别，除了她还保留着每天清早蹲在知青点门前的台阶上刷牙的习惯，除了她还能偶尔收到一封从外地寄来的信，她的确没有什么特别之处了。有一天我们在一起锄地时，我听到她在我身边大放响屁，我的心一下子就沉到了绝望的深渊。农村真是个伟大的地方，无论多么顽固的资产阶级和小资产阶级，放到这里，用不了十年，就改造得跟贫下中农一模一样。贫下中农家的姑娘脸皮薄点儿的，也不会像她这样在男人面前肆无忌惮地放屁啊！

“宋鬼子”也不是当年的“宋鬼子”了，他的“风箱”早就哑巴了。后来听说，他把琴拿到县城卖了，卖琴的钱换成了烟卷和烧酒，喝了，抽了。他的白牙被香烟熏得焦黄，面色如土。“茶壶盖子”每天早晨还蹲在石头上刷牙——想当年十几个知青排成一队蹲在石头台阶上刷牙的情景多么美好，他们的牙刷子来来回回地推拉着，洁白的泡沫从他们的嘴里溢出来，甜丝丝的牙膏味儿在早晨的空气中散发开来，我们趴在墙头上，大人，小孩，男人，女人，几十个人趴在墙头上，看知青刷牙，一边看一边评论，这个嘴大，那个嘴小，这种牙膏味道爽口，那种牙膏有一种水果香气——“宋鬼子”连牙也不刷了，他衣衫不整，蓬头垢面，据司令的娘说他早晨起床后连脸都不洗。司令的娘劝他：“小宋啊，心里再怎么不痛快，也不能不洗脸，人要脸，树要皮。”这个昔日以非凡的风度让我们这些农村孩子自惭形秽的英俊青年却说：“为什么要洗脸？我凭什么洗了脸给你们看？”司令的娘两手一摊，说：“你们听听，这是什么逻辑？”——司令的娘都会说“逻辑”了，这都是让知青给闹的。

知青刚下来时，的确是靠工分吃饭，挣多多吃，挣少少吃，挣不着不吃，但自从一个知青家长给毛主席写了一封诉苦信后，上边下来了指示，说知青不管挣多少工分，每年必须保证分四百斤粮食，生产队里没有粮食，去集上籴也要籴给他们，这一下子知青就跟我们不一样了，我们不劳动就会饿肚子，知青即便天天睡大觉也可以吃饱肚子。有了这样的铁杆庄稼，只有“茶壶盖子”这样的傻瓜还天天下地，跟贫下中农一起死受，像“宋鬼子”这样的滑蛋，立刻就变成了游手好闲的二流子。一年当中起码有半年见不到的他的影子，他去了哪里，没人知道，也没人敢问。他在外边野够了，就在村子里逛大街串胡同。他头上歪戴着一顶破军帽，脚上趿拉着一双懒汉鞋，嘴里叼着烟卷，浑身散发着酒气，彻头彻尾一个爷。村子里传说，他从夏镇公社知青那里学来了一种偷鸡术，说只要他念个咒，鸡就会跟着他走。起初人们还不信，说毛主席的知青怎么会偷贫下中农的鸡呢？但村子里的鸡却在渐渐地减少。有人跟踪了“宋鬼子”，发现他的确在偷鸡，他不是念咒，而是用一种弹簧钩子钓鸡。他在弹簧钩上装上一粒泡涨了的玉米粒，扔到鸡跟前，鸡将玉米粒啄下去，钩子就在嘴里张开，他扑上去一把拧断鸡脖子，揣在怀里就走了。人们找到大队里的书记反映“宋鬼子”偷鸡的事，书记说：“活该，谁让你们养鸡了？”

知青下乡运动的最后几年，搁浅在我们县的那些知青相互串连，组成了实际存在的偷鸡专业队。他们有恃无恐，把一个县吃得遍地鸡毛。人们即便抓住他们，也不敢伤了他们半根汗毛。农民打了知青，那是砍头的罪；知青打了农民，那是活该倒霉。想不到一个神圣庄严的运动，竟以如此荒诞的形式接近了尾声。毛主席想让知青到农村去锻炼成长为无产阶级革命事业的接班人，没想到锻炼出一批偷鸡贼。传说他们还供了自己的神，他们的神是梁山好汉“鼓上蚤”时迁。村子里那些觉悟不高的老人议论说：“游击队拉驴，知青抓鸡，一代不如一代。”支部书记把他们集合到大队部，训他们：“你们要是活够了，就找根绳子吊死算了，怎么敢把黄皮子游击队跟知识青年相比呢？难道你们吃了豹子胆了？”吓得那几个老东西脸色土黄，再也不敢胡说八道。

1975年底，上级又要我们村推荐一名表现好的知青进城当工人，贫下中农们一致推荐“宋鬼子”。大家都说“宋鬼子”好，好好好，他实在是太好了，他的觉悟比我们村里那棵最高的大杨树还要高，他早就不需要我们贫下中农教育了，这几年来反倒是我们贫下中农接受了他的教育，他要走了，我们真还有点舍不得，但舍不得也得让他走，这样好的青年，理应当到更重要的岗位上去工作……县知青办那位负责招工的干部说：“你们村那位唐丽娟怎么样？听说她的表现也不错。”支部书记连连摆手，说：“她不行，她绝对不行，她脑子里还有一些资产阶级思想，我们准备用三个月的时间把她教育好，我们保证用三个月的时间把她教育好！”招工干部用曲起的中指敲着桌面，眼睛望着房梁说：“可我听说小唐锻炼得比小宋要好！”招工干部摸出一个空烟盒，好像找烟没找到的样子，把空烟盒捏扁了扔在脚下。支部书记对大队会计使了个眼色，会计出去，买回一条大前门香烟——那时候一条大前门香烟可是了不得——支部书记将烟塞进招工干部的黑革包里，说：“求求您了，领导，小唐的确也不错，您如果能把他们俩全招走，我们全村人给您老人家磕头，您如果只能招一个，求您了，把小宋招走……”招工干部说：“好吧，就招宋河。”支部书记深深地给招工干部鞠了一躬，说：“我代表我们村的全体社员谢您了！”招工干部笑着说：“你不如说代表着你们村的全体母鸡谢我！”支部书记摸着脖子，不好意思地说：“什么也瞒不了您……”

“宋鬼子”被招到市里新成立的养鸡场工作去了，传说鸡场的鸡听说宋河要来，整整哭了一夜。宋河走后，偌大的个知青点里，只剩下“茶壶盖子”一个人。司令的娘说：“‘宋鬼子’临走那天夜里，

‘茶壶盖子’和他搂在一起放声大哭，‘宋鬼子’也哭得鼻涕一把泪一把的。”“宋鬼子”临走前还对支部书记说：“赵大叔，八年了，太平庄的大爷大娘们、大叔大婶子们、大哥大嫂子们、大兄弟大姊妹们像亲人一样待我，我一辈子也忘不了你们的恩情，我吃了乡亲们七十九只鸡，吃了谁家的我都记着账呢，有朝一日我宋河闯出个人样子来，一定回来加倍地偿还，希望乡亲们不要记恨我……”“宋鬼子”说得很动情，连眼泪都淌出来了。支部书记也动了感情，说：“小宋，你们大城市里的孩子，能在我们这兔子都不拉屎的地方待八年，是多么的不容易，村里条件有限，没照顾好你们，让你们受苦了……”

“宋鬼子”走了，剩下“茶壶盖子”形只影单。我们看到她在河堤上晃晃荡荡地走着，好像丢了灵魂。只有公社的邮递员骑着自行车出现在桥头上时，她的灵魂才归位。收到信她欣喜若狂，收不到信她立马就蔫了。司令的娘向支部书记汇报：“书记，我端详着小唐那孩子不对劲，一会儿哭一会儿笑的，我怕她万一想不开……”书记的脸吓得干黄，说：“你给我盯紧点她，她要真挂了大肉或是跳了机井，咱太平庄可就不太平了！”

书记拉着村里的贫协主任，到知青点跟“茶壶盖子”谈心，书记说：“小唐同志，我们知道你心里不好过，下次再来招工，无论如何也是你了。说句难听的话，即便他们永远不来招你，咱们村也能养活你。你在咱这里受了八年了，你是咱太平庄的闺女，咱们村每人省一口，就够你吃的了。从今后，你不用下地干活了。老会计年纪大了，明天就让他把村里的账交给你，你就是咱们村的会计。”

三

1976年春天，“茶壶盖子”的肚子大了。

支部书记把司令的娘叫去，严厉地说：

“大婶子，大队里给你开着工分，让你好好看着她，你是怎么看的？”

司令的娘说：

“她是个大活人，又不是个狗儿猫儿的，能看住吗？再说了，这种舒坦事儿，蚊蜢蛆虫都知道干，小唐多大岁数了，干点这事还不应当？”

“你个老糊涂虫，别给我胡缠缠了！”书记忧虑地说，“这可如何是好？”

司令的娘说：

“看把你愁的，这有什么？到时候送到卫生院里去，让王大夫给接下来就是了！这闺女都快三十岁了，该生个孩子了，再不生骨头缝儿就扩不开了，按说现在生也晚了点，好在王大夫技术高，不会有事的。”

书记说：

“我担心的不是这个，她还没结婚就怀了孕，上边要是追查下来，弄不好就是个政治事件！”

司令娘迷惑地说：

“生个孩子怎么能成了政治事件？”

书记说：

“跟你说了你也不明白，我问你，她肚子里的孩子是谁的？”

司令娘说：“还能是谁的？”

书记问：

“是‘宋鬼子’的？”

司令娘说：

“不是他的，难道还能是你的？”

书记吓了一跳，说：

“你胡咧什么你？想把我送到监狱里去？”

司令娘说：

“说得惊死个人，这点事就能把人送到监狱里去？”

书记道：

“算了，你个老糊涂！我告诉你，这些天，你给我好好看着她，别让她跑了！”

书记跑到公社，向领导汇报了情况。公社领导马上开会，最后做出决定：如果确是知青内部通奸造成了怀孕，那就动员她流产；如果是跟村里人通奸怀孕，那就马上立案侦查。书记拍着胸脯向公社领导保证：“她怀的绝对是那个名叫宋河的知青的孩子，我们村里的男人，借给他们仨胆也不敢动她！”

书记急急忙忙地赶回村，在贫农主任的陪同下，到知青点找“茶壶盖子”，“茶壶盖子”不在，问司令的娘，司令的娘说：

“她到县里找宋河去了。”

书记大怒：

“你个老糊涂，我不是让你好好看着她吗！”

司令娘说：

“人家闺女也没犯罪，我能不让她去？”

书记说：

“也好，咱们干脆把事情推给公社，让他们和县里去联系吧。”

书记和贫农主任跑到公社，找到领导，说：“她已经跑到县里找宋河了，这事我们村里管不了了。”

两天之后，“茶壶盖子”满身灰土地回来了。

司令的娘上去拉着她的手，说：

“闺女，你可回来了，把大娘急坏了！”

她木木地一笑，说：

“对不起，大娘。”

司令的娘端过洗脸水，说：

“快洗把脸吧！”

她胡乱地洗了脸。

司令娘端过一碗鸡汤，说：

“快来，喝碗鸡汤，大娘特意给你炖的。”

她说：

“大娘，谢谢您，我不想喝。”

司令娘说：

“怎么能不想喝呢？其实也不是给你喝，是给宝宝喝呢！我一边炖着鸡，一边想，宝宝的爹那么爱吃鸡，是不是个黄鼠狼子转世呢？”

她说：

“大娘，你不要提他了！”

司令的娘说：

“怎么？小两口闹意见了？”

她摇摇头。

司令娘压低了嗓音说：

“闺女，我告诉你，这几天，书记天天往公社跑，公社里让你把孩子拿掉，这不是伤天害理吗？活生生的个孩子，怎么舍得拿掉呢？”

她说：

“大娘，我这就去医院。”

司令娘说：

“闺女，你糊涂了？孩子是你肚子里的肉，是送子菩萨送给你的，你怎么能拿掉呢？”

她眼睛里含着泪说：

“大娘，我已经决定了，您不要再说了！”

司令娘急得团团转，说：

“闺女，这可是件大事，你得跟小宋好好商量商量。”

她说：

“大娘，这孩子，不是他的！”

司令娘说：

“这孩子不是小宋的？闺女，你可别说气话。”

她说：

“大娘，求您不要再说了，您陪我去趟卫生院吧……我心里还是有点怕……”

她起身往外走了，司令娘拐着小脚跟在她的身后。

她们走在大街上，阳光很亮，照在身上暖洋洋的。田野里飘来麦子开花的香味儿，我爹喊牛的声音一波一波地传来，“哈咧咧咧——呜啦啦啦——”，我爹喊牛的声音好听极了，“宋鬼子”说过，我爹喊牛的声音可以与川江上船夫的号子媲美。村里人都下地干活去了，大街上只有一条灰狗在垂头丧气地散步，几头老牛拴在饲养室墙后的柱子上回嚼，几只劫后余生的鸡在脏土堆上刨食儿。“茶壶盖子”走得很快，司令娘像个小孩子似的拽着她的衣角，扭秧歌似的在后边紧跟着。她一边走一边哀求着：

“闺女，你再好好想想，一个旺活的性命，不能这样说毁就毁了，天老爷会生气的，送子娘娘会不高兴的，闺女，好闺女，听大娘一句劝，把这个好孩子留下吧……”

司令娘唠叨着，眼泪哗哗地流了下来。“茶壶盖子”停住脚步，说：

“大娘，您别哭了，您一哭我的心就乱了……”

她们翻过河堤，走上小桥。桥下的水蓝汪汪的，镜子似的，照出了她们的倒影。司令的娘望着“茶壶盖子”水中的倒影，说：

“闺女，你自己看看，你不年轻了呀！你不年轻还是年轻，你不趁着年轻生了娃娃，等老了怎么办？你老了谁侍候你？谁给你端屎端尿？你死了谁给你摔瓦盆？谁给你圆坟头？谁给你烧纸钱？你要是国家的人大娘也不劝你，国家的人从生到死国家全包了，可你现在是庄户人，庄户人国家不管，一切都要靠自己……”

一只油亮的小燕子贴着水面掠过来，用它的洁白的肚皮点了一下水，水面上荡开了层层波纹，她们的脸在水中动摇变幻了。泪水更多地从她们脸上流下来，把她们胸前的衣服都打湿了。“茶壶盖子”到河边撩着河水洗了洗脸，走上来说：

“大娘，我知道您是从心眼里疼我，但这个孩子我不要，我不想替一个无情无意的男人怀孩子！”

司令娘吃了一惊，忙问：

“怎么，小宋变心了？”

“茶壶盖子”说：

“大娘，走吧，不要再问了。”

司令娘咬牙切齿地骂道：

“这个小杂种！这个杀千刀的小杂种，他怎么敢这么无情呢？！”

卫生院妇科那间唯一的房子里，一个村妇正在生产，王大夫的高声大嗓从破门板的缝里冲出来：“使劲使劲！早晚脱不了！”好像是产妇的婆婆在求情：“他大姑，让孩子歇歇吧……”“放屁！”王大夫怒骂着，“你想让她死？你如果想让大人孩子一块儿死咱就让她歇歇，你说吧，你说！”产妇的婆婆忙说：“好孩子，别听我的，听你大姑的。”王大夫说：“你自己想想吧，想死，就这么靠着吧，不想死，就努一把力，早晚是你的活，谁也替不了你！”

司令娘不知深浅，上前敲门，门推开了一条缝，探出了王大夫那个白白胖胖的大脸，她烦不胜烦地问：

“干什么？”

司令娘说：

“他大姑，这闺女要……”

王大夫伸出两只血手，说：

“大婶子，你没看到我在忙着吗？”

司令娘说：“小唐是知青，应该优先……”

“见了来流产的我就恨！”王大夫看看小唐的脸，猛地关上门，在屋子里说：“在外边等着，这会儿就是省委书记的娘来流产也得等着。”

“茶壶盖子”有些抱怨地说：

“大娘，您就别张罗了！”

她的脸色苍白，身子摇晃起来。司令的娘问：

“闺女，你哪里不好？”

“茶壶盖子”说：“我有点头晕……”

司令的娘慌忙把她扶到墙根上坐下，说：

“大娘为你着急，惹王大夫生了气，你别在意……”

她说：

“大娘，您别这样说，我在这个世界上，就您这么个亲人了。”

她们并排着坐在墙根上，听着屋子里传出的王大夫的诈唬声和产妇鬼哭狼嚎般的嚎叫声。司令的娘说：

“嗨，现在的年轻人，一点苦都不能受，我们生孩子那会儿，哪有出声的？再痛也得咬牙忍着。”

太阳接近正午了，光线又白又亮，刺人眼睛。她们被晒得浑身刺痒，身上好像有小虫在爬。卫生院南墙根上种了一片月季，开了几十朵红红黄黄的花。蜜蜂和苍蝇都围着花朵飞舞，发出嗡嗡嘤嘤的声音，令人听了昏昏欲睡。

屋子里突然响起了婴儿的哭声：呱，呱，呱，活像蛤蟆叫。王大夫高兴地说：“一个大小子！”产妇的婆婆激动地说：“老天爷开了眼啦！老天爷开了眼啦！俺老许家有了接班人啦，老许家绝不了后了……”说着说着，那婆婆就呜呜地哭起来。王大夫说：“你哭什么？”婆婆说：“我是高兴的……”

这时，从卫生院大门外慌慌张张地跑来一个青年，紧跟在青年后边的是个老头，她们明白这是产妇的丈夫和公公来了。产妇的婆婆拉开门蹿出来，手舞足蹈地说：“老头子，老头子，生了，生了，生了个大孙子……”产妇的公公兴奋地搓着手，身体在原地打转转，好像一只被打蒙了的鸡。产妇的丈夫望着他娘的脸，只顾傻笑。

王大夫训斥“茶壶盖子”：

“小唐，你是怎么搞的？他们没有文化，造了孽还有情可原，你有文化，怎么也造孽？”

司令娘说：

“他大姑，您就别训她了，这孩子熬得苦着呢！”

“苦也不能不顾后果，”王大夫说，“我这辈子，积德的事全让我干了，缺德的事也全让我干了！”

这时候，产妇的婆婆抱着孙子从产房里出来，一溜小跑地向那辆小推车走去。产妇的丈夫背着产妇，从产房里出来。这小子的脸愁成了一朵花。他背着妻子，给王大夫鞠了一躬，说：

“大姑，赶明儿我来给您送红皮鸡蛋！”

王大夫说：

“看不出你这么个小猢狲竟然能弄出这么个大小子！”

那小子背着妻子歪歪扭扭地走了。从后边看不到他的身体，只能看到他那两条紧着挪动的小短腿和他的妻子肉山般的身体。

王大夫感叹一声，看看“茶壶盖子”长满了褐斑的脸，说：

“进去吧！”

“茶壶盖子”坚定地说：

“王大夫，我不做了！”

司令娘兴奋地说：

“闺女，这就对了，咱就把他生下来，看他们能怎么着？他们还敢给捏死？”

王大夫悄声说：

“大嫂子，你别扯着个叫驴嗓子瞎咧咧好不好？”

司令娘慌忙捂住嘴，低声说：

“我是欢喜疯了！”

王大夫说：

“进屋，我给你做个检查，开个证明，就说你有炎症，不能手术。”

四

尽管出示了王大夫的证明，但县革委会知青组的干部们还是要求“茶壶盖子”去做“人流”，他们说已经跟县医院妇科主任说好了，主任答应亲自动手，保证万无一失。任这帮人把嘴唇磨薄，“茶壶盖子”就是一句话：

“我不去，我要把他生下来！”

知青组长说：

“小唐同志，这就是你的不对了！你这样做想没想过后果？”

“茶壶盖子”说：

“我什么都想了，即便你们把我抓进监狱在牢房里我也要把他生下来！”

组长说：

“小唐，我是代表组织跟你谈话，希望你能服从组织决定！”

“茶壶盖子”说：

“你们可以先把我打昏，然后把我抬到手术床上！”

司令的娘在门外听得不耐烦了，用擀饼棍子捅开门，指着组长的鼻子说：

“你这个人怎么这样狠心？当初要是有人逼着你娘去‘人流’，怎么会有你？”

组长怒道：

“你这老太太说话怎么这样难听？”

司令娘说：

“想听好听的？想听好听的进戏园子，跑到我们这里干什么？”

组长严肃地问：

“你家是什么成分？”

司令娘说：

“你管我家是什么成分？”

门外听热闹的人大声说：

“她男人是旅长，她儿子是司令！”

组长问：

“是国民党的还是共产党的？”

哈哈哈哈……众人在门外大笑。

那天我没在门外听热闹的人群里，因为那天正好是我的婚礼。我穿着一身崭新的蓝色制服，坐在院子里，等待着王木匠的瘸腿闺女王桂花的到来。我姐姐在灶间帮我母亲忙碌着，她那三个小孩子，两个在院子里比赛爬树，一个坐在树下和尿泥。上午九点半，院门外响起了鞭炮声，王桂花在她的两个叔伯姊妹的陪同下进了我家院子。她上穿一件大绿绸子袄，下穿一件大红绸子棉裤，让我联想到一根粗大的红萝卜。往常村子里有人结婚，抢喜糖看热闹的能把院门挤破，但今天我家院子里却是冷冷清清。我的心里感到很难过，我爹脸上也很不好看。没人来闹，说明我家人缘不好。村子里只有麻风家结婚才没人去闹啊！

第二天我才知道，原来村子里的人都到知青点看热闹去了。县知青组长，加上公社知青组那几个鸟人，乘着一辆草绿色的北京吉普，一路鸣笛、跌跌撞撞地进了我们村。我们村的人见过很多次新媳妇进村，但谁也没见过草绿吉普车进村。谣言马上就起来了，说是公安局来抓“茶壶盖子”了。我们村的人谁不认识王木匠的瘸腿闺女呀？但我们村的人谁也没见过公安局抓人，更没见过公安局开着吉普车来抓一个知青，女知青，搞破鞋搞大了肚子的女知青，曾经是最美丽的女知青，“茶壶盖子”，这种热闹我与王木匠的闺女的婚礼如何能比！知道了原因，我们一家心里马上就坦然了。当天晚上，请一帮子人来我家喝喜酒，司令也来了。

五

我们六人，围桌而坐，都是从小的伙伴。吴巴、薛刚、范小鬼子、罗铁锁。司令从小就寡言，现在更成了一个闷葫芦。他十五岁时就有一米七高，二十岁时一米八，二十五岁一米八一，此后再也没长。他的胡须很重，有点络腮，双目漆黑，头发很硬，坐在那里，像个强盗。吴巴小学毕业后，去念了“联中”，小知识分子，不愿干活，在村里小学，担任教师，既教语文，又教数学，每周三节体育，还有两节音乐，他夏天讲课，喜欢光背，手舞足蹈，唾沫横飞，平日讲话，出口成章，经常写诗，四六成行，投到省报，梦想发表，没有发表，运气不好。薛刚会打铁，尤善打菜刀，他打的菜刀能剁断钢丝，但切菜不快。范小鬼子会做豆腐，卤水点的老豆腐，能用秤钩子挂起来那种。罗铁锁让铡草机切去了一条胳膊，走起路身体斜斜。

大家举盅，一齐祝贺。祝我新婚，幸福快乐。然后仰脖，把酒干了。烈酒入肠，肚子发热，吃点小菜，压压邪火。没啥好吃，各位凑合。一碟虾皮，小葱拌了；一碟花生，用油炸了；一碟萝卜，用醋熘了；一碟黄豆，盐水煮了。一盅一盅，紧着忙活。景芝白干，当时名酒，六十二度，性情猛烈，非大喜事，舍不得喝。三瓶小酒，眼见干了。我们六个，舌头发硬，耳朵发热，酒遮着脸，信口胡说。我们六人，全都成婚，唯有司令，还是光棍。他的条件，其实很好：浓眉大眼，面相不错；虎背狼腰，身板不错；沉默寡言，性格不错；干活卖力，品质不错；出身贫农，阶级不错；三间草屋，一个大院；四只大鹅，八只母鸡；一个老娘，两头猪崽。院里有树，一枣一柿。枣子熟了，满树红星，柿子熟了，满树灯笼。小康之家，很是红火，可是司令，竟没老婆。我们大家，都很生气，齐骂女人，瞎了眼睛。我的老婆，过来敬酒，一步一瘸，很是幽默。木匠女儿，虽然腿瘸，精神健旺，语言活泼。她给众人，一一倒酒，然后举杯，接近头顶：各位大哥，各位小弟，敬你们三杯，表表心意。女人敬酒，不许不喝，谁要不喝，就是老鳖！说完这话，仰脖灌下，连干三杯，面不改色。众人吃惊，连连喝彩，王家的闺女，果然厉害！我妻骄傲，大言不惭：三杯水酒，算个什么？我跟我爹，赶集卖门，天寒地冻，滴水成冰，为驱寒气，怀揣酒瓶，一步一口，半里一瓶。她吹大牛，我心不悦，板起面孔，用话刺她：行了行了，你别吹了，人说你胖，你就大喘，人说你白，就不洗脸！她不服气，反唇相讥：你说我吹？咱就实践，每天三斤，景芝白干，我喝不完，我是屎蛋，你供不起，你是混蛋！看她的表情，绝不撒谎，这样酒坛，比较难养。一瓶景芝，一元二角，三瓶景芝，三元六毛。这样消费，谁能承受？这样老婆，真是欠揍。大家都笑，哈哈哈哈，只有司令，眉头紧锁。吴巴开言，问我老婆：我说大嫂，你给说说，司令大哥，如此好人，为啥女人，都不上门？我妻鲁莽，直言回答：司令大哥，你别发火，如果发火，我就不说。司令言道：你说你说，我这等人，哪里有火？我妻开言：你要不火，那我就说，都说您是，一个傻蛋，帮人干活，不吃人饭，只管拉车，不管看路，脑子不好，影响后代，有人说您，得过脑炎，有人说你，不会算数，三八二三，二八十五。有人说您，下边很小，包头包茎，像个蚕蛹。我的老婆，啰嗦没完；新婚媳妇，流氓语言；如此娘们，实在丢脸；被我一脚，踹到外边。信口开河，胡言乱语，望风扑影，没有根据。要说别人，咱不知道，司令大哥，发小朋友，您的那话，谁敢说小？下河洗澡，比赛撒尿，相互之间，经常见到，您的老二，亚洲一号！大家齐声，安慰司令，都说大哥，不必心急，时候不到，长夜难明，姻缘没到，急也不行，姻缘到了，不成也成，必有仙女，在把你等，晚豆最香，晚瓜最甜，晚来女人，绝不平凡。大家喝酒，不提这话，话题一转，说起小唐。都说小唐，真是命苦，八年抗战，喝风吃土，白脸变黑，黑脸变黄，一朵鲜花，不成模样。说起宋河，这个鳖蛋，偷鸡摸狗，人事不办，弄大人肚，还不认账。这个小子，不是溜子，是个舅子，下次见他，给他好看，知青不打，打了犯法，把他的头，塞进裤裆，“老头看瓜”，不留外伤。整他时先蒙住他的眼，用臭袜子堵住他的嘴，不让他喊，给小唐报仇，替母鸡申冤。说着骂着，又转了话题：二皮二皮，你这东西，当年迷她，几成花痴。我脸飞红，张口反击：伙计们住嘴，你们是老鸹，笑话猪黑。吴巴你好，送给她枣；薛刚忘了，替她背草；范小鬼子偷看她洗澡；罗铁锁跟着她傻跑；司令大哥，帮她磨镰，磨得那镰，吹毛寸断。想起往事，感慨万千，这个女人，真是可怜。这个女人，真不简单，非要养个私孩子，不怕丢人现眼，这件事情，还有大麻烦。公社县里，不会算完。

六

那一天恰好是七月初七，天上的牛郎在会织女。县、社联合调查组进了村庄，弄得天空中布满乌云。既然肚子里的孩子不属宋河，揪出来孩子爹很有必要。社员们对“茶壶盖子”很是同情，但都是敢怒而不敢言。调查组里有两个健壮女人，胳膊上的力气胜过男人。她们把“茶壶盖子”架上吉普，要拉她去县里强行手术。司令娘手持棍子挡在车前，说你们除非从我的身上轧过去。村里人都袖着手站在路边，眼睛里有火苗子往外蹿。调查组看情况不敢动蛮，那两个女人说：只要你把让你怀孕的男人说出来，我们就放你一马。“茶壶盖子”抬起她的蓬头垢面，四处张望着，好像在找孩子的爹。我们都下意识地低下头，生怕让她抓了去当了替死鬼。司令的娘也四处张望着，好像在帮着“茶壶盖子”找个替死鬼。后来我们才明白我们是以小人之腹度了司令娘的君子之心。人家老太太是在搜索自己的儿子呢！她大声喊叫着：

“司令呢？司令呢？”

司令从我的身后往前跨了一步，低着头：

“娘，我在这里……”

“好儿子，男人做事，敢做敢当，你认了吧！”

“娘……”

“还娘什么？”

“娘……”

“认啊！”

“这个孩子是我的……”

司令的话有点石破天惊的意思，一时间我们的心都感到很痛、很热、很乱。我们的眼光都定在了司令脸上。

调查组长问：

“你说她肚子里的孩子是你的？”

司令说：

“我说她肚子里的孩子是我的。”

村支部书记说：

“司令，你狗日的疯了？！”

司令抬起头来，定定地看着“茶壶盖子”的脸。

“茶壶盖子”眼睛里流出了泪水。

司令提高了声音，说：

“这个孩子是我的，我认了！”

七

第二天，来了两辆摩托车，开到了司令家门前，车上跳下几个白衣民警，将司令铐走了。

司令的娘镇静地说：

“孩子，你犯的不是死罪，去吧，别跟政府硬抗，我和你媳妇等你回来。”

“茶壶盖子”挺着大肚子在大街上追赶摩托车，怎能追得上？车轮卷起的黄尘就像团团烟雾，把她罩住了。

在车轮后腾起的黄尘还没遮断我们的目光之前，我们看到高大的司令委屈地坐在摩托车的挂斗里，艰难地往后扭过头来，看着在车后踉踉跄跄地奔跑着的“茶壶盖子”，我们感觉到他要说话，按照一般的常理推断他很可能要说话，或许他确实说了什么话，但他的话淹没在响屁一样的摩托声里了，我们只看到他的嘴唇嗫嚅着，好像嘴里噘着一个看不见的奶头，但我们没听到他嘴里发出任何声音。立刻就黄尘滚滚而起，他的好像抹了石灰的苍白的嘴唇在我们脑子里留下了永不磨灭的印象。

“茶壶盖子”绊倒在黄尘中，等到黄尘落定后，我们看到她伏在厚厚的黄土里，像一个生满了茅草的坟包。

司令娘从后边追上来，她的小脚使她的奔跑就像扭秧歌一样。

我们的心里一时充满了同情，我们起码是暂时地忘了“茶壶盖子”的知青身份，也暂时地忘了我们与她之间的感情纠葛，我们一拥而上，把“茶壶盖子”拉起来，就像拉起一个与我们同甘共苦过的兄弟。我们看到两行清清的泪水从她的脸上流下来，把脸上的黄土冲出了两道小沟。

我们的老婆们也拥了上来，我们退到外圈。“茶壶盖子”扑到司令娘的怀里，响亮地叫了一声“娘啊……”，然后就放声大哭起来。

我们那些刁蛮粗俗的老婆们受了感染，一个个泪流满面。她们搀扶着“茶壶盖子”，向司令家走去。我的老婆一瘸一踮地跟在后边，双手捂着脸，哭得昏天黑地，前不久她的娘死了她都没哭得这样痛。

八

司令被抓到县里，我们心里难过、焦急，但我们都是些笨蛋、土鳖，下地打牛、上炕打老婆是我们最大的本事，而且还不敢轻易打。对营救司令这样的大事我们一点办法也没有。我们去找村党支部书记赵大叔，希望他能去县里活动活动，把司令保回来。我们知道进县办事不容易，每家拿了十个鸡蛋，总共凑了一百个鸡蛋，用一个柳条筐盛着。我们希望赵大叔把这些鸡蛋送给县里的领导，让他开开恩，把司令放出来。赵大叔对我们的愚昧嗤之以鼻，他说：

“这么多知青在村子里教育了你们这么多年也没把你们教育得聪明一点？亏你们想得出，拿着一百个鸡蛋就想让我进县城通关节？你们知道县委书记家吃什么？”

是啊，县委书记这样大的干部，家里到底吃什么呢？我们很想从赵大叔嘴里探到这个秘密，但他说他也不知道。他劝我们该干什么就干什么，对司令的事不要瞎操心。国家有法律，操心也没用。他还说，司令去蹲几年班房也不冤枉，等他出来时，媳妇也有了，孩子也有了。捡了这么大个便宜——简直就是天上掉馅饼——不付出一点代价怎么行呢？

想想赵大叔的话，感到很有道理。像“茶壶盖子”这样的女人，如果不是知青下乡，我们这辈子也见不到，更别说天天在一起劳动。能讨到这样的女人做老婆——尽管肚子里怀上了别人的驹——蹲几年班房算什么？这样的女人就像皮薄肉厚的水蜜桃，看着养眼闻着提神简直舍不得吃嘛！与这样的女人相比我们的女人就是老枣树上结的干巴枣。为这样的女人蹲几年班房的确是值的。

赵大叔说：

“司令是个有福气的，大智若愚，你们都不行！”

“茶壶盖子”一个人悄悄地进了县城，拦住了一个中央大员的汽车——其时国务院正在我们县召开全国农业机械化会议——她跪在大员的汽车前，字字血声声泪地诉说了自己的凄惨遭遇，说得那大员老泪纵横——一切问题迎刃而解。

第二天，县里专门派了一辆吉普车，把“茶壶盖子”和司令送回了村庄。

我们曾经产生过错误认识，认为搁浅在村子里的“茶壶盖子”已经跟我们没有太大的区别，但她的这次拦车告状让我们认识到，知青再倒霉也是知青，农民再走运也还是农民。无论多么落魄的知青也比我们高贵。

我们参加了“茶壶盖子”与司令的婚礼，公社与县知青办也派人前来参加。他们在婚礼上说了许多祝福的话，说小唐同志真是毛主席的好学生，下来这么多知青，都是些“飞鸽”牌，只有小唐同志是“扎根”牌。

两个月后的一天深夜，“茶壶盖子”在王大夫的产房里生下了一个男婴，哇哇哇叫唤了三声，翻翻白眼，死了。

又过了两个月，司令的娘死了。老太太临终前紧紧地抓着“茶壶盖子”的手，好像要说什么，但她的嘴唇光哆嗦，什么也说不出来了。

“茶壶盖子”眼含着泪水，说：

“娘，您放心吧……”

九

1977年，恢复高考，吴巴这家伙竟然考上了山东大学。春天时他说要参加高考，我们还嘲笑过他，我们说吴巴你别做梦了，就凭着你那两句顺口溜儿还想考大学？你要能考上大学，生产队里那头老母猪也能考上。吴巴不但考上了，而且考上了山东大学，山东大学啊！吴巴的娘把祖先的牌位都搬了出来，做大菜摆供；吴巴的爹到祖先的坟上去烧纸磕头放鞭炮，惊起一只野兔子，一头撞在树上，昏了，让吴巴爹捡到了，真是好事成双，喜从天降。吴巴将我们请到他家去喝酒，他的老婆忙得团团转，喜气洋洋。我们双手抱拳，对她作揖：

“吴家嫂子，大喜大喜！”

她愣了一下，也将那两只沾满面粉的手抱到胸前，对我们说：

“同喜同喜！”

罗铁锁悄声对我说：

“这个小娘，得意洋洋，只怕好景，不会久长！”

“未必未必，”我说，“娶了老婆，不能忘娘，糟糠之妻，不能下堂，休了前妻，必废后程，不忘故交，前途光明！”

罗铁锁说：

“你若不服，咱俩打赌，他若不休妻，我请你吃烧鸡；他若休了妻，你请我吃烧鸡。”

吴巴上大学的第二年，暑假回来，就把老婆休了。

听说在县里就工的知青们也掀起了复习功课参加高考的热潮，县里还专门请一中的老师给他们辅导。我们自然地就想起了“茶壶盖子”，她难道不想去上大学？难道她就甘心一辈子在我们这个穷村子里当一个大队会计？

我到河里挑水时，正碰上挑水浇园的司令。他挑着一担水，迈着大步爬上河堤，我拦住了他，关切地问：

“司令大哥，你没听说？城里知青，都在复习，准备参加，国家考试。”

他停住脚步看着我，沉默了一会儿，说：

“我已经劝过她几次了。”

“你敢让她，参加高考？不怕她考上，成了小鸟？”

“成了小鸟，有啥不好？只要她好，我算个鸟？咱这穷地，兔不拉屎；水里含氟，土里含碱，生个小孩，黑牙黄脸。小唐初来，满口白银；不到十年，满嘴黄金。只要她好，我不计较。”

十

1978年，“茶壶盖子”考上了师范学院艺术系，“宋鬼子”也考中师范学院艺术系。

这个消息是司令告诉我们的。他兴奋得满面通红，逢人便说：

“小唐考上了，小唐考上师范学院艺术系了！”

他的高兴是由衷的。看着他那欣喜欲狂的样子，我们心里真替他难过。司令兄弟，你可真是个老实人！

“茶壶盖子”临行前夜，司令把我们请到他家去喝酒。“茶壶盖子”在灶上忙碌着，看她那样子，更像一个为了庆祝女儿考上大学招待亲朋的母亲。她戴着一副白套袖，在锅前炒鹅蛋。灶膛里的火把她的脸映得红彤彤的。她说：

“二皮，听说你小时候就喜欢吃我们家的鹅蛋？”

我说：

“我吃了你们家一个鹅蛋，但还了你们家一裤子瓜！”

她有些夸张地大笑起来，眼睛里笑出了细小的泪珠。

我总感到她的笑很不自然，好像是从皮里硬挤出来的。

酒至半酣时，她端上来一盘煎青鱼，然后摘下套袖，向我们敬酒，她说：

“二皮、薛刚、罗铁锁，范小鬼子，你们四个，给我听着：今日大嫂，学你们说话，尽量押韵，抑扬顿挫。你们几个，司令好友，狼狈为奸，一丘之貉，坏事干了不少，好事干得更多。我知道你们，心里想么。今天晚上，为我送行，我的心里，十分感动。咱们相处，将近十年，彼此之间，无话不谈。我给你们，吃颗定心丸：我跟宋河，意尽情断，心中怨恨，重如磨盘。尽管跟他，同校同系，但他与我，各学各的。人怕伤心，树怕伤根，宋河那厮，伤了我心。我跟司令，患难夫妻，如果没他，我已成泥。我唐丽娟，不会忘恩；如果将来，我变了心；下到地狱，剥皮抽筋！”

话没说完她的眼泪就涌了出来。我们都深深地受了感动，嘈嘈杂杂地说：

“小唐小唐，大嫂大嫂，你的人品，大大的好。你的思想，十分高尚，你与司令，一对鸳鸯，棒打不散，刀砍不断。祝您学成，国家之宝；双手弹琴，摇头晃脑。好像老酒，喝了半坛；迷迷懂懂，赛过半仙。叮叮咚咚，没了没完……”

“我上学期间，还得麻烦各位兄弟帮我照顾一下司令，每逢过节什么的，你们别光顾了自家的老婆孩子热炕头，过来陪着他坐坐，我在这里预先给你们行礼了！”

她模仿着满人妇女，给我们打了一个千儿。气氛立即活泼了，大家说：

“今日大喜，不说闲言；喝酒喝酒，一醉方休！下面我们，行令猜拳。大嫂大嫂，你来把盏。谁敢耍赖，耳刮子打脸；耳刮子不解恨，就用顶门棍。一棍头破，两棍血流，三棍下去，摸不着炕头……”

十一

1983年，“茶壶盖子”竟然把司令的户口迁到了省城！这件事情，轰动了全县。我们对“茶壶盖子”敬佩之极，这样重合同守信誉的女人真是天下少有。我们对司令的福气羡慕不止，这就叫傻人有傻福，泥胎住瓦屋。我们真心里替司令高兴。都套上了自家的马车，送他们两口子到县城去坐火车。他们把家中的东西全都送给了乡亲，我们的大车无甚可拉，但我们还是把车都套上了。这一是要表示我们对他们的感情，二是向“茶壶盖子”炫耀一下，我们的日子比她在村里时，好了许多倍，她在村里时，全村只有一挂马车，而现在，我们每家都有一挂马车了。我们的老婆孩子也都爬上车去，要到县城为这对夫妻送行。我们只听说过男人当了军官，把农村的老婆接到城里去享福的事，但从来没听说过女人大学毕业分配工作后，把农村的男人接到城里去享福，而且还是去省城！

临走之前，“茶壶盖子”和司令都穿了重孝，到村西桃园里去给司令娘上坟。村里的人凡是长腿的都跟着去了。“茶壶盖子”按照农村的风俗在老人的坟前摆上了四个菜，五个馒头，一碗水酒，然后就烧纸、磕头，大哭。“茶壶盖子”的哭声把全村人的眼泪都引出来。吴巴的前妻哭着哭着就晕在了地上。众人心中，马上就把“茶壶盖子”和吴巴进行了比较，都觉得“茶壶盖子”高尚无比而吴巴不是个东西。祭罢了婆婆，“茶壶盖子”回过头，对着全村的老老小小下了跪，说：

“大爷大娘们，没有你们的帮助就没有我唐丽娟的今天，我这辈子也忘不了你们……”

我们的老婆们上前把她扶起来，都抹着眼泪说：

“小唐小唐，快别这样。”

“茶壶盖子”又说：

“我和司令走了，俺娘的坟墓，就拜托你们帮着照看了……”

我们齐说：

“放心放心！”

我们一路上鸣着响鞭，把大骡子大马赶得一路小跑，蹄声嗒嗒，卷起一路烟尘。我们的老婆和孩子坐在车上，一个个挺胸昂头，都很骄傲的样子。我的老婆在车上还一个劲儿地念诗：

“今日进城，去送小唐；人欢马叫，鞭子高扬。司令大哥，运气真强，从此之后，进了天堂……”

我们说诗是跟着爱好诗歌的李老师学的，我老婆说诗却是闹知青时落下的毛病。1970年夏天，知青黄外香为了抢救生产队的小猪牺牲在司令家旁边的大湾子里，在知青的带动下，我们村掀起了一个歌唱英雄的运动，全村人只要不是哑巴不是四类分子就要编词儿，编出词儿来就让宋河和唐丽娟谱曲，然后在全公社范围内登台演唱。我老婆就是在那次运动中涌现出来的天才。这事儿当时轰动了全县，省里也派记者下来采访过，但最终没闹出大动静，否则就没有后来的小靳庄了。这件事没闹出个全国性的影响主要是黄外香的事迹不太过硬。这个闺女，有尿床的毛病，小伙子尿床，不算毛病；大闺女尿床，比较埋汰。生产队里的小猪很可能是在大湾子里洗澡，而黄外香很可能是投湾自杀。尽管没把我们太平村闹成小靳庄，但我们还是把黄外香闹成了革命烈士。她的墓现在还在大湾旁边。

我老婆那时还是王木匠的女儿，她一瘸一拐地走上高高的土台子，对前来参观的人们朗诵她的诗词：

“黄氏外香，浓眉大眼，早晨起来，学习《毛选》，顾不上梳头，也顾不上洗脸。手捧《毛选》，心明眼亮，突然发现，紧急情况。队里小猪，落进大湾，吱吱哇哇，叫苦连天。人民利益，重于泰山，个人小命，抛到一边。奋不顾身，跳进池塘，抓住小猪，顶在头上……”

我们赶着十几辆马车来到了火车站广场，开车时间还不到，我们就支起笸箩喂上了牲口。骡马咯嘣咯嘣地嚼着谷草，我们的肚子也很饿了。小唐要去买饭给我们吃，我们怎么能让她花钱？但她跟我们翻了脸。只好让她去买，她和司令，买回了十斤油条，还有二十个烧饼，我们的老婆孩子吃得满脸是油，欢天喜地好像过年。我们几个，商量了一下，凑了点钱，让我代表，交给小唐，表表心意。小唐不收，说她在城里，挣钱容易，要我们的钱，好不过意。我们一齐，与她争辩，说钱虽不多，乡亲们心意，你若不收，就是瞧不起我们。她含着泪收下了我们的钱，说：

“乡亲们哪乡亲们……”

她的泪哗哗地流了出来。进城之后，她的脸变白了，变嫩了，她的牙也变白了，但与她刚进我们村时那一口玉牙相比，缺少了光泽。我们太平村的含氟水实在是太厉害了。

一年之后，司令回来了一次。他身上穿着一件红色的羽绒服，戴着一副黑色的皮手套，身上有了许多城里人的意思，似乎连说话的口音也发生了一点变化。他说小唐给他找了个烧锅炉的工作，工作不累，但挣钱不少。他说吴巴经常去他家蹭饭，还说宋河也常去他家做客。我们提醒他防着宋河点儿，他笑着说：

“人家宋河的媳妇是歌舞团里的舞蹈演员，腰子细得像麻秆似的，奶子发得像馒头似的，脸蛋子嫩得像蛋清儿似的，你们还担心什么呢？”

我们哈哈大笑，轮番请司令到家喝酒。

三年之后，司令又回了一次村，把他家那几间房子和小院子卖了，然后就生不见人死不见尸了。

十二

司令犯了死罪的消息是吴巴带回来的。吴巴现在是省报的记者，好像是又离了两次婚。他刚与家里的老婆离婚时让我们骂得不敢回来，这几年人家当了大记者，我们也就不好骂人家了。何况，人家的前妻一直在家侍候着吴巴的爹娘，据说吴巴来家，俩人还是在一炕上睡，既然如此，我们再骂人家就是多管闲事了。吴巴也说过：你们骂我，就说明你们自以为比我高明，但既然你们比我高明，为什么我在城里当记者，你们在家锄地？他一句话就把我们给憋住了。是啊，几个锄地的，竟然骂写字的，简直是颠三倒四，混蛋逻辑。

吴巴这次回来是给他娘奔丧的。他的娘死了，我们这些人自然都去帮忙，寒冬腊月，地冻三尺，我们几个人冒着大雪到村西桃园里公墓地上，给吴巴的娘挖坟坑。吴巴娘的坟坑旁边就是司令娘的墓，墓上生满了野草，野草上挂着蛇皮，已经很久没人到这里了。看着司令娘的坟墓，自然就想起了司令。屈指一算，司令已经八年没有回来了。范小鬼子说：

“司令大哥，不够意思，进城之后，忘了兄弟。”

薛刚说：

“城里那地儿，人情如纸，人在其中，怎不变质？”

我说：

“还是吴巴，比较爱乡，经常回来，逛荡逛荡。”

范小鬼子说：

“吴巴回来，家有爹娘，爹娘死后，没了念想，要他回来，除非去绑。我说这话，你们不信，擦亮眼睛，等着观望。”

吴巴到墓地来看工程，我们向他打听起司令，他打了个愣怔，想了一会儿，面色沉重地说：

“他的情况，十分糟糕；因为杀人，进了大牢。罪行严重，判了死刑；用不了多久，就要执行。”

吴巴的话，一阵寒风，吓得我们，心脏怦怦，小脸发青，舌头打卷，说话不清。都说吴巴，你在造谣，司令大哥，心地善良，说他杀人，肯定诽谤。

吴巴说：

“初听这话，我也犯晕，但事实俱在，不由你不信。”

我们要他，细说根由，他说过程复杂，情节很多，等到晚上，咱们细说。

傍晚时分，大雪飘飘，送葬队伍，终于来到。棺材在前，孝子在后。喇叭悲鸣，锣声破裂。吴巴这兄，披麻戴孝，手持柳棍，大声哭嚎。看那样子，的确难过，不知他心里，想的什么。他的前妻，披头散发，鼻涕眼泪，一把一把，胸前孝衣，湿一大片。送葬队伍，拖泥带雪，观葬乡亲，交头接耳，听不清楚，说些什么。棺材入土，堆起坟包。吴巴前妻，跪地哭叫。白色孝衣，滚满了黄泥，两只老手，拍打雪地。几个娘们，上前拉她，刚刚拉起，她又趴下。弄得吴巴，很是心烦，走上前去，冷冷开言：行了行了，差不多了，演出结束，该谢幕了！他的话儿，很是管用，女人爬起，擦擦眼睛。大雪不止，真好冷天，空中乌鸦，乱叫乱窜，还有黑狗，变成白狗，还有黑树，变成白树。狗追野兔，连滚带爬；人走雪上，吱吱嘎嘎。

吴巴请我们，去他家喝酒；我们推辞，说改日改日。吴巴却说：今晚不见，再见也难；湿手摸电，灯泡捣蒜，我的前途，一片黑暗。我们去了他家，脱鞋上炕。他的前妻，端上炒菜，有鱼有肉，很是不赖。接着捧上，一壶热酒，这样的贤妻，天下少有。我们客气，说不喝酒，大婶刚老，喝酒不好。吴巴却说，我娘九十，无疾而终，这是喜丧，不必戒酒。人生一世，草木一秋；绝代佳人，也是骷髅。大碗喝酒，大块吃肉，醉生梦死，及时享受。该死就死，该活就活，功名利禄，想它干么？来，干杯！

三杯之后，又是三杯。二三得六，三三见九，九杯之后，酒都上头。有的脸黄，有的脸白，唯有吴巴，面如蓝靛。我们眼前，灯影晃动，想起当年，那些知青。话题一转，说起司令。

吴巴开言，一声长叹，说司令大哥，不该进城。“福兮祸所伏，祸兮福所倚”，当初进城，大好事情，谁知为此，送了性命。他刚进城，缩手缩脚。家里来人，躲着不见，生怕丢了，小唐的脸。烧上了锅炉，有些好转；锅炉房里，一尘不染。他的工作，人人说好；群众拥护，领导喜欢。好景不长在，好花不长开。前年冬天，集中供暖，所有锅炉，不准冒烟；司令大哥，遭遇下岗，他的心情，糟到极点。他到报社，去找过我，让我帮他，找个工作。他说男人，必须挣钱，靠女人养活，挺不起腰杆。我在省城，无职无权，有心帮忙，力量有限。后来他又去找过我，我请他在小饭馆喝了一次酒，那天他喝得酩酊大醉，醉后他才，吐露真言，这个兄弟，活得艰难。小唐与宋河，并没割断，他们的关系，藕断丝连。司令大哥，忍气吞声，他们说话，大哥装聋，他们亲热，大哥闭眼。下岗之后，手里没钱，小唐让他，戒酒戒烟。他说自己，很想戒饭。来来来，喝酒！

他说事发那天，雷鸣电闪，宋河小唐，来把牌摊。宋河那厮，成了大款，银行里边，存了百万。他说司令，最好让贤，要屋给屋，要钱给钱；给你十万，拿着回乡，找个媳妇，并不困难。司令大哥，低头抽烟，烟雾腾腾，笼罩他脸，怒火满腔，烧红他眼。他摸起菜刀，把宋河来砍，宋河机警，跳窗逃窜。司令双眼喷吐着火焰，手持着菜刀，一步步对着小唐逼过去。小唐面如石灰，一步步向后退着。她转身想跑，被司令一把揪住了头发。她没有喊叫，也没有挣扎，仰着脸，像个羔羊。司令大喊：

“我杀了你！”

小唐说：

“求你了，成全我们吧……”

司令说：

“你不求我，我也许放了你，你求我，我非杀你不行了。”

这时，宋河带着警察赶来了，司令一刀就把小唐的脑袋劈开了。

警察冲进房子时，司令跪在地上，菜刀扔在一边。警察抓他时，他一点点都没反抗。

吴巴讲完，大家无言。酒冷菜凉，灯火昏暗。吴巴前妻，泪流满面；倚在门边，长吁短叹。我们几个，感慨万千；往事历历，如在眼前。范小鬼子问：

“我说吴巴，你这混蛋；杀人过程，活灵活现；好像是你，亲眼所见。司令大哥，心地良善；杀只小鸡，浑身打战。他爱小唐，胜过亲娘；患难夫妻，恩重如山。即便小唐，把他背叛；他也不会，劈头两半。我看是你，胡造瞎编；你的用心，十分阴险。是不是你，杀了小唐？嫁祸司令，老实绵羊？”

吴巴跳起来，满脸通红，大声喊叫：

“你胡说！”

范小鬼子说：

“看看看看，吓成啥样？心中无事，为啥脸黄？坦白从宽，抗拒从严，拒不交待，依法严办！”

窗外，风卷雪片，打得窗纸索索地响，夜已很深，院子里的狗，疯狂地叫了起来。吴巴的前妻走到灶间里大声地问讯着：

“是谁？”

“我。”一个沙哑的、十分耳熟的女声在窗外响起。

灯火映照之下，窗纸上投射出一个模糊的身影，她与我们，只隔着一层纸。

我们的身体紧缩成一团，恨不得钻到墙缝里去躲避。站在炕下的吴巴，脸色黄得好像蜂蜡，汗水从他的头发根子里冒出来，手里的酒杯也掉在了地上。他的嘴唇哆嗦着，语不成句地叨叨着：

“饶了我吧……饶了我吧……”

我们看到他的身体越来越矮，越来越矮，突然看不见了，宛如野兽落入了陷阱。

——《收获》，2000年第1期

藏宝图

这个故事从头到尾只有一句真话——这个故事从头到尾没有一句真话。

星期天，大街上车辆拥挤，小公共横冲直闯，出租车见缝就钻，自行车从出租车前穿过去。我在人行道上呆头呆脑地闲逛，来来往往的行人与我擦肩而过，全是陌生人，没人理我，我也不理任何人。突然，有人在我的肩膀上重重地拍了一巴掌，打了我一个趔趄。我听到耳边爆响了一声：嗨！回头看到，多年不见的小学同学马可咧着他的著名的大嘴正对着我冷笑。

我说是你这小子？怎么会是你这小子？你这小子怎么在这里？你小子什么时候来的这里？你小子来这里干什么？他说，我大老远就看见你小子了，多年不见了，你小子胖出了一圈，但你小子的鸭子步伐还没改变。我说就像你的大嘴没有改变一样，我的步伐也不可能改变。他说我来了十几天了，我来这里的第一个目的是想到动物园看看老虎，第二个目的是想看看你。第二个目的比第一个目的还要重要。来到这里第一天我就去看了老虎，不但看了老虎，我还顺便看了长颈鹿和大象，猴子也看了，熊猫也看了。都没有意思，最没有意思的就是老虎。这里的老虎太肉麻，趴在假山石下吃青菜，白菜黄瓜都吃，一点虎气也没有，一根能挺起来的虎须都没有，饲养员扔下去一只活兔子，吓得它们屁滚尿流地钻进洞里去了，好像它们是兔子，而兔子是老虎。我看到老虎洞里铺着棉被子，墙上还挂着一台彩色电视机，正在放黄色录像，说是让老虎看了好发情，这里的老虎连交配的能力都没有了。看完了老虎我就找你，我拿着从你老丈人家要来的地址找到你家，敲了半天门，从门缝里伸出一个虎头虎脑长着两颗虎牙的女人——不是你的老婆——凶巴巴地问我：找谁，我说找你，她说：找错门了，然后她就把门关上了。我继续敲门，门又开了，这次伸出了一个男人的三角形鳖头——不是你——比那个女人还凶地说：你怎么啦？还有完没有了？非要逼我报警是不是？我这才明白，你小子给你丈人的地址是假的，我按着地址找到的这个家根本不是你的家。我本来想马上就买车票回家，但没想到让小偷把钱包摸去了。我只好在街头上流浪。白天我到饭馆里讨点剩饭吃，脏是脏一点但营养很丰富；晚上就睡在前边那个桥洞子里，冷是冷一点但空气很新鲜。我现在已经很饿了，本来想到万惠园饭店去要点吃的，大老远我就看到了你小子。我想没有这样好的运气吧？到处找找不到，怎么可能在大街上碰到？起初我还有点犹豫，生怕认错了人遭到杀身之祸，但我一看到你那几步走法我知道肯定是你。为了保险起见，我跟踪了你足有二里路。我在你的身后距离你只有一步，我把口里的臭气都喷到了你的脖子上，但你就是不回头。你不回头我也认出了你。你的脖子、你的耳朵、你的腮帮子，还有你咳嗽吐痰的声音，都证明了你是你。这些特征加上你那鸭子步伐，促使我下定了决心，从背后拍你一巴掌，打你一个冷不防。对你来说，这就叫做是福不是祸，是祸躲不过，对我来说，这就叫踏破铁靴无觅处，得来全不费工夫。你千万不要问我为什么要来京看老虎，你暂时什么也别问我，问我我也不回答。我饿得很厉害，请你先带我到饭馆里吃顿不用让我低三下四的饭。我身上一分钱也没有，肯定是你请客。你请我吃饱了，还得借点钱给我做路费，让我买车票回家；你如果不借我钱，我就跟你到你家去住。我身上痒得要命，很可能招上了虱子；我在桥洞子里跟十几个叫花子睡在一起，他们身上有很多虱子。近朱者赤，近墨者黑，近叫花子生虱子，这是一条基本原理。我带着一身虱子去你家住，你同意你老婆也不会同意，你老婆同意了你孩子也不会同意，即便勉强同意了心里也不会高兴，心里明明不高兴，脸上还要伪装出高兴的笑容，人间的痛苦没有比这更加深重的了，所以，如果你是个聪明人，就请我吃顿饭，然后借给我一点钱把我打发了。请你特别注意，虽然我嘴里说是借你的钱，但我根本就没打算还你；无论你借给我多少，都是羊肉包子打狗，有来无回。现在最流行的事就是借钱不还，你要想让我还钱你就要请我吃饭还要给我送礼。我在这座城里举目无亲，好容易碰上了你，所以我绝不会让你逃了。你想逃也逃不了，你那两条小短腿跑不快。你如果敢跑我就在你后边慢慢地追赶，我一边追赶一边还要大声喊叫抓小偷，让你热豆包掉进灰堆里，吹也吹不得，洗也洗不得。肯定会有觉悟高的人帮我把你拦住，然后你一拳他一脚地揍你一顿，打你个鼻青脸肿。眼前的形势就是这样的，你自己先掂量掂量，我给你三分钟的考虑时间。我还要告诉你，昨天我在大街上听到一个女人说，虱子能传染多种疾病，伤寒、痢疾、霍乱、麻疹，很可能还传染艾滋病，你好好考虑考虑吧，只有两分钟了，得了艾滋病基本上等于领到了见阎王的通行证，只有一分钟了，你才四十啷当岁，死了多么可惜，只有半分钟了，所以我劝你不要因小失大，时间到，考虑好了没有？

其实我根本就没有什么好考虑的，我能做的就是立即把他带到一个就近的饭馆里，点上一桌子鸡零狗碎，让他小子尽力撮一个饱，然后给他点钱打发他滚蛋，这是我最好的选择。不久前我重温革命时期的走红小说《青春之歌》，看到余永泽先生和林道静小姐这对新婚的小两口儿在京城的小家里正准备甜甜蜜蜜地过大年，炉火熊熊，烛光闪闪，锅里的肉散发出了浓烈的香气，红色的葡萄酒在玻璃杯子里闪闪发光，气氛好极了。突然，余先生老家村子里的一个曾经给他家当过长工的老头，背着些大包小包，拖泥带水地闯了进来，余永泽给了他十元钱想把他打发走，他不走，还说了很多不中听的话，为此林道静和余永泽闹起了别扭。我看到这里，感到余永泽做得基本没错，感到林道静有点虚伪，用北京人的语言说就叫做“装丫挺”，感到那老头子有点不知趣，甚至有点讨厌，起码没有什么志气，虽然穷得厉害，但也不能算一个好的贫下中农，好的贫下中农应该举起扁担跟地主拼命，怎么会忍气吞声地给地主家干活？好的贫下中农应该是冻死不低头，饿死不弯腰，怎么可能跑到地主少爷家摇尾乞怜？看人家不愿搭理他，套近乎套不上了，当然也是嫌余永泽给他的钱少了点，这才说了几句硬话。我知道我的阶级感情发生了很严重的问题，便努力学习了一些讲阶级和阶级斗争的书，自觉觉悟有了很大提高，但今日见到了这个浑身虱子、不远千里来看老虎的小学同学，好不容易提高了的觉悟一下子降到了最低点，比读《青春之歌》时还低。我宁愿帮他买张飞机票，也不愿把他带回家。我知道请神容易送神难的道理，如果我把他带到家里，让他知道了门牌号码，我的家很可能就会变成他的家。

我原本想把他带到北来顺吃顿涮羊肉，但路过一家饺子馆时，我说：伙计，舒服莫过躺着，好吃不如饺子，咱们吃饺子怎么样？他说，好吧，要饭的人不应该嫌饭凉，尽管我更想让你请我吃一顿烤鸭。然后他就滔滔不绝地讲起了对烤鸭的渴望，他引用了据说是美国前总统尼克松先生的话，“不到北京，就不算到了中国；不吃烤鸭，就不算到了北京，因此不吃烤鸭就不算到了中国”。我装聋作哑，不接关于烤鸭的话头，我心里想，去你的吧，你也配吃烤鸭？他说：等下次我到了北京，如果我的钱包没让小偷摸去，我一定请你吃一次烤鸭，我不但要请你吃烤鸭，我还要请你老婆和你的孩子吃烤鸭；我不但请你们家去烤鸭店吃烤鸭，我还要买几只烤鸭送给你们，让你们回家后继续吃。他还说其实烤鸭也不是什么好东西，现在真正有地位有身份的人才不吃这种肥肉片子呢，现在北京和全国各地的上等人都讲究吃素，讲究吃绿色食品，吃粗纤维，剑麻、芦苇、仙人掌，是最高级的食品，咱们县里那些土鳖还在猛撮驼蹄熊掌海参鲍鱼让他们全都血压升高手冰凉吧，他们的脑子出点问题，老百姓的日子就会好过点儿。我说你怎么什么都知道呢？你从哪里学到了这样多乱七八糟的科学知识？他说你以为农民都是傻子吗？我说，农民不是傻子，我才是个傻子。他轻蔑地说：难道你不是个农民？你以为在北京有了两间房子，墙上挂上两穗谷子，地上铺上几块釉面砖或者木地板，你就不是农民了吗？你永远是个农民，你这样的人放到盐水里泡三年，放到血水里煮三年，放到矿泉水里洗三年，晾干了还是个农民！我说对对对，你说的对，我永远是个农民，所以我只能请你吃饺子，说着，我就把他拖到了饺子馆里。

饺子馆门面很小，只有三张桌子，九把小凳子。开饺子馆的是一对老夫妇，老头满头白发看样子有一百多岁了，老妇满脸皱纹，看样子也有一百多岁了。我们进门时老两口子坐在外边抽烟，老头抽烟袋，老妇抽纸烟。见到我们进了门他们很冷漠，老太太叼着纸烟，用与她的年龄很不相称的朗朗声音问我们：二位，吃饺子吗？吃什么馅的，要多少？要不要来几个小菜？要不要来几瓶啤酒？我看了一眼马可，请他点。他说让我点我就点，不过我估计也没有什么好点的。他问老太太，你们都有什么馅的？老太太说有白菜馅的、胡萝卜馅的、茴香馅的、还有三鲜馅的。他说都要都要，每样的先来半斤，吃了不够再点。紧接着他问，有鲨鱼肉馅的没有？鳄鱼肉的呢？老虎肉的？狐狸肉的？没有没有全没有！老太太连连摇头，吊着嘴角轻蔑地说我们年纪大了，不知道去哪里才能买到您说的这些肉。他说我知道你们没有，我只是想告诉你们，你们没有的，别人很可能有，你们没吃过的东西，别人很可能吃过，你们北京人自以为靠着皇城根儿见多识广，其实你们是天下第一的孤陋寡闻。然后他就大讲他在烟台战友家吃鲨鱼肉饺子、在广东战友家吃鳄鱼肉饺子、在大兴安岭战友家吃老虎肉饺子、在自己家里吃狐狸肉饺子的经过。鲨鱼肉，鲜红鲜红，半米多厚，包出饺子来，味道真是美极了。他说，那时还是文化大革命时期，一公斤鲨鱼肉才卖八毛钱，八毛钱也没有多少人买，嫌贵。鳄鱼肉是论两卖的，一两二十元，贵是贵了点，但在我战友那样的大款眼里，二十元根本就不算钱。鳄鱼肉的饺子，究竟有多么好吃，靠我的这点文化水儿是无法子跟你们说清的，尽管我也是人文刊授大学毕业，联合国承认的学历。什么时候我带你到我战友家里，让他媳妇包一锅给你吃。狐狸肉的饺子虽然有点臊气，但有人就是愿意吃那个臊味儿，这就像咱们县里那个女书记最爱吃猪的大肠头是一样的，起初那些个马屁精为了让书记喜欢，把大肠头用碱水洗三遍用盐水洗三遍然后用清水冲了三遍，把那股臊臭味儿洗得干干净净，气得书记砸了盘子，破口大骂：狗娘养的你们这些笨蛋，我的臊味哪里去了？那些挨了骂的人心怀不满，下次做时，不但不洗，还铲上了半斤猪屎，书记一吃，喜笑颜开，说，你们这些同志，不批评是不会进步的。然后她就把那个往锅里铲猪屎的办公室副主任提拔成了主任。吃了狐狸肉放屁特别臭，有一天我吃了狐狸肉饺子坐车进城，车上那个卖票的小子不讲理，想讹我的钱，我急了，放了一个屁，把满车的人全都臭昏了，司机天天闻汽油，抗臭的能力强一些，刹了车跳车逃跑，这才没酿成大祸。说一千，道一万，最最好吃的还数老虎肉饺子。他说在大兴安岭的密林深处，有一个铁杆的朋友，两人曾经结拜过兄弟，一个香炉三炷香，脑袋磕得嘭嘭响。那人是个神枪手，为了欢迎他，冒着生命危险，跑到老虎窝里打了一只斑斓猛虎，是只公虎，剥出一根虎鞭一米多长，晒干后还有八十厘米。朋友不但请他吃了几次老虎肉饺子，把虎鞭也送给了他，让他回家泡酒喝，他的朋友说，什么伟哥伟嫂的，比起咱们长白山的虎鞭，那就好比是拿着油条比铁棍。他说他爱护妇女，不愿做那些伤天害理的事，就用虎鞭做了一条腰带，本来想扎到腰里进北京给你看看，让你开开眼界，但不幸的是让一匹公猫偷去吃了，它很可能把虎鞭当成了干鱼。这一下可是不得了了，村子里的母猫全都逃窜得无影无踪，后来连母狗也逃了。方圆一百公里之内只剩下他家那只兽性大发的公猫，那家伙的吼叫声惊吓得村子里的人夜不能眠。老虎肉的饺子当然是人间最美味、营养最丰富的饺子，觉悟不高的男人吃了老虎肉的饺子百分之百地要犯流氓罪，他吃了老虎肉的饺子虽然没犯错误，但也熬得不行，浑身上下，热气腾腾，好像一台锅驼机。没别的办法，他只好听从战友的建议，砸开黑龙江上厚达一米的冰层，跳到冰水里泡着，当然是赤身裸体。如果不吃老虎肉，跳到黑龙江的冰水里，三分钟就会冻成冰棍，但他泡在冰水里，感到舒服极了。他说他在冰窝子里泡着，江面上热气腾腾，远看好像在江里烧开水。男女老少，许多人赶来看，连对岸俄罗斯的老娘们都来看。有骑着摩托车来的，有骑着大洋马来的，更多的人是坐着爬犁来的。有马拉的爬犁，有狗拉的爬犁，还有用梅花鹿拉的爬犁和四不像拉的爬犁。这些都算不上新，也算不上奇；最新最奇的是一个俄罗斯大闺女，骑着一只老虎来观看。那头老虎在她身下，温顺得像一只小猫。老虎的脖子上挂着一串铜铃铛，跑起来一片脆响：丁丁当丁丁当，铃儿响丁当——好听得不得了。他说：我这人见多识广，见了骑老虎的少女稍微有点惊奇，但绝对没有把这当成了不起的大事；别的人就不行了，他们先是丧魂落魄，狼狈逃窜，看看没事，又战战兢兢地回来，远远地看热闹。老虎驮着美丽得不太像人的俄罗斯少女站在我的面前，她和老虎的口鼻里喷出很多白色的蒸汽，少女的眉毛和老虎的胡子上结了小小的冰凌。少女对着我说了许多的话，叽里咕噜的，一半像唱歌，一半像念咒，可惜我不懂俄语，否则与她对对话该是一件多么有趣的事情啊！我不懂俄语，又不忍心冷落了人家，这可是关系到中俄两国人民的深情厚谊的大事，我没有别的办法，只好对着她和她的老虎微笑，我轻易不愿大笑，因为你也知道，我一大笑就会狗洞大开，令人望之生畏，即便是微笑也不好看，这是我心中永远的痛，但事关大局，也就顾不了个人的面子了。我对着她和老虎笑，她也对着我笑，她的笑容那是无法形容的，只能比喻，拿什么比喻呢？只能用老虎肉的饺子来形容她的笑容。她的笑容就像我吃过的老虎肉饺子一样鲜美！我们俩对着笑的时候，老虎默默无声，眼泪好像小河，流到了嘴边的毛上，它伸出紫红色的大舌头，不停地舔着眼泪。它的舌头上满是肉刺，让它的舌头舔一下，半边脸上的肉就没有了，一点也不会留下，露出森森的白骨。我们村子里有个让熊瞎子舔去了半边脸的人，名叫许三，你还记得他吧？说起来他跟你们家还有点瓜蔓子亲戚呢，老虎的舌头比熊瞎子的舌头锋利多了，让它舔一下可不是好玩的。我知道老虎为什么流眼泪，它是闻到了从我嘴里呼出来的老虎肉的香味，我估计这只老虎和让我们包了饺子吃掉的那只老虎是亲戚，但也不是太像，我们吃掉的那只老虎是只公虎，少女骑着的这只老虎是母的，我从母老虎的表情上猜出，被我们吃掉的老虎很可能是它的丈夫，这还是一桩跨国的婚姻呢，想到此，我才感到了害怕，不管这只母老虎和它的丈夫分居了还是离了婚，但一日夫妻百日恩，人类的感情规则同样适应老虎的感情规则，我吃了它丈夫的肉，它吃掉我就是天经地义的事……

马可要了一碟子花生米、一碟子猪皮冻、两瓶啤酒。老太太把啤酒和小菜端上来，然后就退后两步，倚着门框子，歪着头，吧嗒吧嗒地吸烟，好像一只沉思默想的老鹰。马可说：老大娘，请您离我们远点，我们哥俩多年不见，正要谈一些重要的事情，您站在这里，就像看守似的，把我要说的话全都吓忘了。老太太问：说我吗？他说当然是说你，不说你还能说谁？老太太撇撇嘴，闪身进了内室，我们听到室内的案板噼里啪啦地响，知道老头子正在剁馅，在案板的响声里，那个老太太大声说：穷酸，什么东西，他还把自己当成了个人！我与马可对眼相望，他无声地笑了。我低声地责备他：“饭前不得罪厨子，睡前不得罪老婆”，你这么一张狂，这饺子还能好吃得了吗？他说：放心，无非是少放点肉多放点菜，这岂不是正中了我们的下怀？我说你就不怕她给我们下点巴豆、斑蝥什么的？他说：不要把人想得那样坏，这个世界上，好人还是比坏人多。然后，他就像一个主人似的，按着我的肩膀让我就座。我说：你先坐嘛！他说：你不坐我怎么敢坐？我说：咱们俩谁跟谁呀？我就了座，他也坐下。小凳子面积很小而我的屁股很大，所以感到很不舒服。但我不敢说自己的屁股不舒服，我如果说坐得不舒服，他很可能提出换地方，前面不到百米的地方就有一家南港渔家，那里的座位是真皮靠背椅，舒服极了，但那里的价格是杀人不眨眼的，去那里吃的人大多数花公款，即便是花私款，也是在钓大鱼。

他熟练地往我眼前的杯子里倒着啤酒，他说我告诉你，倒啤酒需要卑鄙（杯壁）下流，否则就会泡沫溢出。这种说法我听了差不多八千次，他还拿来卖弄，简直就像在孔夫子门前念三字经一样地浮浅。我掩饰着对他的厌恶，端起杯子说：来，老同学，干杯！他说，好吧，干杯，咱哥俩多年不见，今日要喝个痛快，一醉方休！我一听他要喝个一醉方休心里就乱打鼓，我早就听说这个小子喝醉了不照套，如果他喝醉了，我想赶快把他打发走的计划十有八九要落空，于是我就赶快改口说：别干杯别干杯，能喝多少喝多少，喝醉了伤身体。他好奇地看着我，说：哥们，我走南闯北，从南京到北京，从国外到国内，从没听人说过喝多了啤酒还会伤身体，啤酒是什么？液体面包，跟咱们老家的大馒头是一样的，怎么可能伤身体？你这纯粹是谬论，无非是怕花钱，其实喝几壶啤酒又能花你多少钱？你即便让我放开了肚皮喝，喝到了嗓子眼顶多也就喝十来瓶，没有多少钱嘛，这点钱对你来说，不过是九牛身上的一根毛！来吧，干杯，你不干你就是嫌贫爱富，你就是为富不仁，你就是忘了家乡父老，你就是杀妻灭口的陈世美，你就是腐化变质的刘介梅！我问：陈世美我知道，但刘介梅是谁？他猛地一拍桌子，说：看看，看看，我说对了吧？你竟然连刘介梅是谁都不知道了，可见问题已经很严重了！他刚要给我说刘介梅的事，一个苍蝇飞到他的鼻孔里：阿——阿——嚏！打完了喷嚏他就把刘介梅忘了。

他把连在一起的一次性筷子一劈两半，对我说：吃吧吃吧，别客气，这样的小饭馆虽没有鱼翅燕窝，但小菜还是有特点的。老夫老妻开的饭馆，一般的不会出问题，虎老了不吃人，人老了不害人，如果是一对年轻夫妻开的饭馆，我告你说千万不要进去，千万千万，如果你非要进去，就要做好站着进去躺着出来的准备。北京是首都，可能好点，到了咱们老家那地方和除了北京之外的其他地方，大部分年轻夫妻开的饭馆，三分之一像日本鬼子的七三一部队，三分之一像孙二娘的馒头铺，三分之一像咱们县的城关卫生院，里边都是死啦死啦的干活。你知道咱们县的城关医院吗？就在县政府大楼前边那条大街上，是一栋红色的、四四方方的大楼，远看好像一块巨大的鲨鱼肉。里边那些当医生的，当护士的，大多数都是鸡巴毛上的虱子，根子又粗又硬，最有名的外科大夫赵三瓶——现在已经提拔成副院长了——是县委书记的小舅子，虽然是副院长，但说话比院长还要硬气，院长完全看他的眼色行事。此人五大三粗，胡子连着胸毛，胸毛连着鸟毛，鸟毛连着腿毛，这家伙浑身是毛，但就是头上不长毛，他是该长毛的地方不长毛，不该长毛的地方乱长毛。这家伙演土匪不用化妆，演鲁智深也不用化妆，演杀猪的也不用化妆。这家伙原本是咱们向阳公社兽医站的兽医，最拿手的好戏是阉小猪。说起来你肯定还记得他，记起来了吧？对，就是他，咱们在农业中学读书时，开门办学，请他教过我们阉小猪。改革开放之后，他姐夫不拘一格降人才，把他提拔到城关医院当了外科主治大夫！他是个贼大胆，其实他没进城关医院之前，就开始给人做手术。他给人做的第一例手术是给他爹切割阑尾，连麻药也不打，用棍子打晕了，家里没有碘酒，用了点白酒消消毒，就用那把阉小猪的刀子，把他爹的阑尾切了。为了防止他爹苏醒过来跑了，他把他爹用绳子绑在了一条杀猪的板凳上，还用黑布蒙了眼，用白布勒了嘴。有人从窗外看到过这个情景，还以为是给他爹上老虎凳呢！他爹好了以后，拍着肚皮上的刀口，到处给儿子做广告。这小子给自己的爹成功地做了手术，如梦初醒，说弄了半天，给人切阑尾比阉小猪还容易，既然如此为什么不去当人人尊敬的人大夫，反而要当遭人嗤笑的猪医生呢？找姐夫去，改行。他姐夫毕竟是高级干部，觉悟高，有政策观念，说小孩他舅你尽管给老头子成功地切除了阑尾，但要到医院当外科大夫，必须上学进修，取得医生资格，否则我要跟着你犯错误，我犯了错误你也跟着完蛋。他说，好吧，姐夫，我听您的。他进了一个外科大夫进修班学习了半年，得了一个研究生文凭，还得了一个硕士学位，然后就理直气壮地进了城关医院当了大夫。自从他进了城关医院当了外科大夫，城关医院的病人活着出来的不多。县计划生育委员会主任说，咱们县如果有十个赵三瓶这样的外科大夫，人口肯定负增长，根本就不必再搞什么计划生育了。城关医院不止一个赵三瓶杀人不眨眼，还有几个胆大包天的野护士。最著名的野护士牛小草是副县长的妹妹，医生让她给一个小孩子输液，她愣给人家输进去一瓶子酒精。病人家属去找她，说：护士……她一听人家叫她护士就发火，城关医院的人爱面子，连那些负责挂号的、烧水的、收钱的、扫地的，这么说吧，进了城关医院，你只要看到一个穿白大褂的，必须叫大夫，否则就不理你。牛小草怎么能容忍病人家属叫她护士？她打着毛衣翻着白眼装聋。病人家属被孩子的情况吓急了，忘了这医院的规矩，还是一个劲地叫护士。最后，连牛小草也烦了，不得不自己正名，说：告诉你们，不要叫护士，叫大夫，叫大夫，明白吗？病人家属这才恍然大悟，连忙说：大夫，大夫，俺那个孩子怎么发了红了呢？牛小草说：发红不就是好了吗？病人家属说：不是个正经红法，求您去看看吧……牛小草嘟哝着，你们这些农民，真是事多。到了病房一看，那个小孩子红得像一根胡萝卜，不但发红，还口吐白沫，四肢抽搐。牛小草纳闷地问：咦，怎么会这样呢？突然她笑了，说：嗨，你看我，忙糊涂了，把酒精当成盐水了。病人家属说：怎么办？牛小草说：没事，酒精消毒，你们的孩子全身的病毒这一次全部杀死了，我肯定地、负责任地说，他这辈子不会生病了，你们赶快到收费处交酒精的钱吧！……

我打断他的话，说伙计咱们不说这些吓人的话好吗？咱们说点愉快的话好不好？他皱着眉头说，嗨，满肚子都是苦水啊，哪里去找愉快的话？我说那就什么也不说了，喝酒，吃菜！他夹起一块猪皮冻，哧溜一下子吞了下去，然后又夹了一块，然后又是一块。他说这皮冻还行，很有咬头，但味道有点怪，很可能是加了水胶，咱们那地方的小饭馆里做猪皮冻百分之九十地要加水胶。我说，行了，伙计，咱们俩都是地瓜面的肚子，的确良的裤子，没那么多的讲究。他说，对，你说的很对，人不能忘本，树不能忘根。不过，现在地瓜面已经是很高级的食品了，现在地瓜比苹果还要贵，地瓜面比富强粉还要贵。的确良现在不值钱了，但要倒回去三十年，谁能穿上条的确良裤子那还得了吗？倒回去三十年，别说的确良裤子，就是混纺的人造棉裤子，穿到腿上就像粉皮一样滴里嘟噜的那种，也像老虎皮一样珍贵。他说，你大概还没忘记吧？你第一次到你老婆家去认门，就借了我那条黑色的人造棉裤子。你小子抽烟时还把我的裤子烧了一个窟窿。我说：有这种事？我怎么不记得了？他说，这种事你当然不会记得了，你不记得我记得。你把我的裤子烧坏，自己不敢来还，让你姐姐来还，你姐姐说了一大堆赔不是的话，还送给我家三个鸡蛋。说句不客气的话，如果当初没有我那条人造棉裤子，你老婆肯定不会看中了你，即便你老婆看中了你，你丈母娘也看不中你，俗话说得好，“人靠衣服马靠鞍”嘛！我听人家说过，你从你丈母娘家出来后，你丈母娘就跑到大街上去宣传：俺家那位没过门的女婿，穿着一条人造棉的黑裤子，走起路来，简直是飘飘如仙！——就凭着当年我借给你裤子成就了你的金玉姻缘，他说，让你请我吃一桌生猛海鲜也不为过。我说你就闭着眼睛编吧，但要我请你吃生猛海鲜那是不可能的。他说，看把你吓得那个小样！你请我去吃我也不会去，你们这些小鸡巴官，贪点小污受点小贿，提心吊胆的怪不容易，我怎么忍心吃你的生猛海鲜？我早就告诉过你，宁做鸡头，不做凤尾，你也能算上个县级干部？还正县级呢，看看你这副熊样子，连个正乡级都不如，咱们乡那个党委书记，坐着奥迪，手持大哥大，老家一个老婆，县城里一个老婆，在乡里还和妇女主任睡一个被窝子。重婚？我说你怎么这样弱智呢？老家的老婆是离婚不离家，乡里的老婆是睡觉不结婚，人家根本就不会干犯法的事。抽烟靠送喝酒靠贡自己的工资基本不用自己的老婆基本不动，三年乡镇长，十万雪花银，你还在这里混个什么劲？我要是你，早就回去了。不过这话又说回来了，你如果真回去了，别说乡镇长轮不到你当，连个村支部书记也轮不到你的头上。往最好里说，能把你安排到文化局当个副局长，那你也要准备好两万元送给县委书记的老婆（咱县的书记的老婆做了一次人工流产手术就收了八十万元的红包，她每年人流二次），否则，顶多把你安排到一个即将破产的厂子里当个工会副主席。咱们县里那家欠了银行二亿八千万元贷款、与安哥拉合资的长毛兔皮加工厂，光部队转业下来的团级干部就安排了四个，三个正团级当了工会副主席，一个副团级当了收发室主任兼保安队队长，这人在部队时是训练标兵，最擅长的是射击投弹拼刺刀，现在打的都是电子仗，连敌人的影子还没见到战争就已经结束了，所以他空有一身硬功夫也被淘汰了。他对收收发发不感兴趣，这是退休老头子干的活儿，他的兴趣在保安队上。他用百分之一的精力抓收发工作，用百分之九十九的精力训练保安队。他自己动手，做了二十多杆木枪，发给那些小伙子每人一杆，然后带着他们在厂办大楼前摸爬滚打。死气沉沉的中外合资长毛兔子加工厂顿时变得生气蓬勃，好像蝎子窝里捅了一棍。那些穿着黑制服的小保安们手持木枪，对着办公楼前的一排稻草人，一个个吹胡子瞪眼，咧开嗓子吼叫：杀——杀——杀——！那个副团长站在一边，军装严整，只是缺了帽徽和领章，活像一个黑金刚，这样的人放在抗日战争年代，稍一努力就是个特等英模，他这人真是生不逢时啊！他站在耀眼的阳光下，冰冷的目光从他的帽檐下射出来，生铁丸子般的口令从他的口里喷出来：兔子——刺！兔子——刺！他的口令把那些厂里的闲官和过往的行人弄得莫名其妙，都说这个团副怎么张口就骂人呢？就算是兔子皮加工厂，与兔子靠得近，也不能让“兔子——刺”啊？一个小保安从队列里走出来，把木枪一扔，说：队长，俺不干了，跟着你干挣不到多少钱，累得贼死，衣服没有干的时候，还被您当兔子骂来骂去。团副怒吼着：把枪捡起来！你好大的胆子，竟敢扔掉武器。小保安被团副的气势给威住了，低声嘟哝着说：捡起来就捡起来，发那么大的火干什么？团副大声说：你们都给我好好听着，不是“兔子——刺”是“突刺——刺”！保安们松了一口气，说：原来不是“兔子刺”，那我们就放心了。在敞亮的大办公室里看景的干部们也松了一口气，说：啊，原来是“突刺刺”，不是“兔子刺”，这样我们就放心了！你知道这个团副是谁？他就是我老婆的舅舅，我老婆的舅舅就是我的舅舅，你说对不对？

我舅舅训练保安队，沿用着六十年代大练兵的方式。他要求那些在蜜罐子里长大的小保安们带着浓厚的阶级感情练。那些小保安大睁着眼睛，迷茫地问：队长，啥叫阶级感情？我舅舅蒙了片刻，叹息道：完了，完了，这一代青年彻底完了，连阶级感情都不知为何物，我们的红色江山怎么能保证不变颜色？我舅舅说，依着他当年的脾气，非每人给他们一顿枪托子不可，但他们不是军人，无知也不是错误是错误也不能打，打了就要犯国法，再说了，孩子无知是大人的错误，要打也只能打大人。我舅舅没法子，只好拿出大闺女绣花的好脾性，对这群无知的青年循循地诱导。我舅舅问他们，孩子们，你们不懂啥叫阶级感情，但你们懂不懂阶级仇恨？小保安们一个个把头摇得像货郎鼓似的说，不懂，不懂。我舅舅说，你们知不知道蒋介石？小保安们说：蒋介石？蒋介石是谁？俺们村子里没有姓蒋的。我舅舅说，你们知不知道还乡团？小保安们说：还乡团是个什么团？我舅舅连连叹息，问：这么说吧，你们最恨的是谁？一个小保安大声地喊：我最恨的是俺村的支部书记，那家伙贪污提留款，把电费提高到三元钱一度，俺爹不交电费，他一拳打破了俺爹的鼻子，还让他的狗腿子掐了俺家的电线，拉走了俺家的牛！一个小保安说：我最恨的是俺村的村长，他把俺家的地界石偷偷地挪了两米，俺哥找他讲理，他不讲理，一个电话把他在乡公所当联防队员的儿子叫回来，用麻绳子把俺哥捆到了乡公所里，他们说俺哥殴打革命干部，破坏社会治安，打得俺哥鼻青脸肿，还要俺爹拿一千元钱去赎人。小保安们七口八舌地控诉着他们的仇人的罪行，小脸有的红，有的白，有的青，有的黄，全都是苦大仇深的样子。我舅舅心中暗暗吃惊，连忙打住了话头，说：好了好了，只要你们心中有仇人，咱们这兵就能练出个名堂来。从现在起，你们就把面前的稻草人，想象成你们最恨的人，然后就用刺刀捅它们！开始吧，我舅舅像一个执刑官一样发号施令：突刺——刺！那些小保安就像打了兴奋剂似的，一个个双眼发红，喷吐火焰，对着那些稻草人就下了狠手，有的一边刺还一边破口大骂，弄得兔子皮加工厂里杀气腾腾，过往的行人驻足观看，有人还问：这是怎么啦？有人回答：拍电影呢！

他夹起一粒花生米扔到口里，说，这件事很轰动的，兔子皮加工厂被评为民兵训练先进集体，报纸和电台都作过报道，市电视台还来录过三天像。一俊遮百丑，我舅舅这一呼隆，给臭名昭著的兔子皮加工厂涂了脂抹了粉，我舅舅成了大名人，厂长也成了省人大代表。县里那些濒临灭亡的工厂纷纷学习兔子皮加工厂的经验，高价聘请转业军人，训练门卫保安队。但等到他们的保安队训练出来之后，兔子皮加工厂已经倒闭了。你猜猜兔子皮加工厂的厂长是谁？就是我们小学时的同学小马圈呀！啊啊，啊！想起来了想起来了，是肖梦娟啊！她的外号叫小马圈，对，她的外号叫小马圈。他说：如果我没记错的话，她的外号还是你给她起的。想当初你小子迷上了她，天天回家拿地瓜给她吃，开春后的地瓜，甜得赛过了苹果，你用小刀把地瓜切得一片片的放在她的眼前让她吃，我们跟你讨片吃，你不给我们吃，还在我们眼前晃动那把刀子。小马圈吃了你的地瓜，不但不念你的好，还到老师那里去告你的状，说你当着她的面说学校是监狱，老师是奴隶主。老师连忙把你的话向校长作了汇报，校长很重视，用小绳子捆着你往公安局里送，公安局问了案情，说这孩子犯的是一般性的错误，应该按人民内部矛盾处理。校长把你押回来，召开全校大会，让你在全校师生面前作检查，你哭得鼻涕一把泪一把，态度不错，认识错误比较深刻，没开除你的学籍，因为你年龄太小也没好意思把你打成反革命，对你很温柔，给了你一个警告处分，这样才把你从痴迷中唤醒过来，你小子一怒之下就给她起了一个外号。小马圈后来出息大了，小学刚刚毕业就调到公社宣传队里当了独唱演员，最拿手的歌是那首陕北民歌《山丹丹开花红艳艳》，她的嗓子就像小喇叭似的，清凉无比，简直就是一块薄荷糖。你还记得那首歌的调子吗？我摇摇头，我摇头的意思根本不是说我把那支歌的旋律忘了，我是想起了往事心中感慨他却以为我把旋律忘了。他喝了一口啤酒，清清嗓子，说：你这就是忘本，怎么把这首歌都给忘了呢？我给你哼一哼吧，于是他就哼哼起来。他的声音起初很低，甚至还有几分抒情，还挺像那么回事。但哼了几句后，他就忘乎所以，放开了他那个毛驴嗓子吼起来。老头和老太太手上沾着白面跑出来，问我们发生了什么事，我说没发生任何事，我这个同学正在唱歌怀旧呢！老太太说：小点声，把警察招来就够你们喝一壶的。

他灌下去一杯酒，嘴唇上沾着泡沫，说，圣人说得好，骗子最怕老乡亲，就说你吧，现在也是人五人六的，穿一套皱皱巴巴的破西装，系一根狗舌头般的红领带，秃着个鸡巴头，在大街上摇头晃脑，冒充老干部，但在我的面前就别装了。你上到三年级时还穿着开裆裤子，老师喊一声你就小便失禁，你那条棉裤臊哄哄的，女同学都不愿意跟你同桌，男同学也不愿意跟你同桌。就是你这样一个人，连老师也想不到你竟然能创作歌曲，你创作了一首美丽的流氓歌曲，你肯定不会把这个忘了吧？他很抒情地哼哼起来：小马圈，辫子长，裤裆里钻出一只羊。小马圈，嘴巴大，张嘴跳出个癞蛤蟆……我想起了多年前的往事，不由地苦笑起来。他说：想起来了吧？小马圈当了一阵宣传队，跟公社的领导处得很好，被推荐到一个中专学校学习了两年，毕业后就到了县委当打字员，然后就嫁给了县委组织部长的儿子，后来又到乡下去当乡长，然后调回县城当局长，后来就调到兔子皮加工厂当了一把手。前几年她可风光大了，去西欧下南洋，就像串门似的。咱们全县的老百姓都骂她，有人说她家里的钱多得都发了霉，每年夏天，都要雇人晒钱。工厂倒闭，工人叫苦连天，到县政府大院里去静坐示威，有一个愣头青还差点儿点火自焚，小马圈见事不好，背着一麻袋美元，一翅子飞到了加拿大，再也不回来了。听说她到加拿大不到半年就让人贩子卖给了一个爱斯基摩人，那麻袋美元也让人贩子给吞了。到了北冰洋，住在雪窝子里，学会了用牙咬皮子，生吃海豹肉，一窝生了四个小孩。一个黑色的，比墨汁还黑；一个红色的，比猪血还红；一个绿色的，比树叶子还绿；一个黄色的，比葵花还黄；还有一个蓝色的，比海水还要蓝。我问这个蓝色的是从哪里来的？你不是说四个吗？怎么又多出一个来？他笑着说，原来是四个，后来一想，那不成了四喜丸子了吗？索性再弄个出来吧，就成了五个啦。你如果嫌少，可以再让她生几个出来。我说五个已经不少了，不必再生了。嗨，他说，咱们到底是与她同学一场，听她落了个如此下场，心里头还怪不是个滋味。这些事不说也罢，说了就生气，就难过，就百感交集，屁用也不管，咱们是爱莫能助，鞭长莫及，就让她在北极圈里替爱斯基摩人繁殖后代去吧，咱们还是吃点喝点，干点现得利的事儿。

他夹起一块猪皮冻，猪皮冻上有一根猪毛，很坚硬地在那里支棱着。他大声喊叫：老板，老板！老太太沾着两手白面从内室走出来，说：喊什么？他用筷子点着那根猪毛说：你看看，这是什么？老太太睁着眼看了一会儿，说：不就是一根猪毛吗？你大惊小怪地叫唤什么？他说：你难道不知道，猪毛吃到肚子里会有生命危险？老太太说：十年前，我跟老头子吵架，一怒之下，吞了一个猪鬃刷子，我以为必死无疑，到头来不但没死了，还把胃溃疡给治好了！我被老太太给逗笑了，他也跟着我笑起来。他用筷子拨弄着那根猪毛，说：问题这不是根猪毛！老太太说不是猪毛是什么毛？他说我越看越觉着像一根人毛。老太太说你想在这里吃呢就给我闭上你的臭嘴，你不想吃呢就给我滚你妈的个蛋，老身今年一百五十多岁了，从慈禧老佛爷垂帘听政时就开饺子馆，还没碰上个像你这样的浑小子！一看老太太生了气，他马上就软了下来，满脸带着笑说，老人家老人家，小辈这是跟您闹着玩呢，您怎么能当真生气呢？我一看您就知道您不是个一般的人物，您包的饺子，如果我没猜错的话，想当年肯定送到宫里孝敬过老佛爷，老佛爷吃了连声说好，剩下两个舍不得扔，吩咐李莲英说：小李子，把这两个饺子给我送到皇上那里，让他趁着热乎赶紧吃了，这可是老虎肉的饺子，吃了壮阳，让皇上把阳壮得壮壮的，赶紧着给咱大清朝造出个太子来。李莲英一躬腰，说声喳，端着那两个老虎肉的饺子就往金銮殿跑去。老太太被捧得喜笑颜开，说这孩子真是聪明，俺这点家底子你怎么全都知道呢？他说，瞒了谁您也瞒不了我呀，您别看我破衣烂衫一身虱子，我可是个大学问，我在您家门口转了三个月了，您家的事我全知道。你想想，我要是不知根知底，怎么敢进门就跟您要老虎肉的饺子？全中国敢卖老虎肉饺子的，也只有您这一家。他用筷子拨弄着猪皮冻上那根毛儿，说，看看，这是什么？是猪鬃吗？不是，是牛毛吗？不是，这是一根百分之百的虎须！接下来他就说起了虎须的神奇。

他说，要说虎须的神奇，咱还得从那年冬天我在朋友家吃了老虎肉的饺子那个茬口儿说起。吃了老虎肉，我浑身发热，兽性大发，为了不犯错误，只好砸开坚冰，跳到黑龙江里泡着，许多的人都来观看奇迹，除了中国人前来观看，连江对岸的俄罗斯人都来观看，其中还有一个骑着母老虎的俄罗斯姑娘，那姑娘美丽无比，天上地下都搜遍，也找不到第二个能跟她比美的。我身上的热量太大，把冰窝子里的江水烫得吱吱地响，一股股的蒸气直冲蓝天。电视台的记者们闻风赶来，扛着机器给我录像。报社的记者也来了不老少，他们用照相机，打着闪光灯，给我拍照，我不想拍也不行，索性就让他们拍个够。呼啦一张，呼啦又一张，记者们的闪光灯把我的眼睛都给照花了。为了保护眼睛，我就不去看他们的镜头，我看那俄罗斯姑娘，看老虎。那只老虎老实极了，起初我怕它咬人，但很快就知道它绝不会吃我。它用大舌头舔着胡须，眼泪啪嗒啪嗒地往下流。它还伸出舌头舔我的脸，我想完了，腮帮子肯定没了，但事实上腮帮子一点也没少。老虎在亲我呢。我想了好久，终于明白，老虎原来是个瞎子，它嗅到了我身上的老虎味，就把我当成了它的老公。我起初吓得要死，后来感动得要命。我伸出手，摸着老虎的头，说：老虎，老虎，别哭，别哭，你那个丈夫，早就背叛了你，我们去老虎窝里打它时，它正跟一个母老虎在那里幽会，要不我们也不会开枪把它打死。它早就把你忘了，你为它把眼睛哭瞎实在是太不值得。老虎听了我的话，浑身打起了哆嗦，好像发起了疟疾，吓得那个俄罗斯少女呜呜地哭。但她哭也没用，那只老虎大叫一声，跳起来有三米多高，一头栽到冰上，抻了几下腿，死了。这一下人们根本就顾不上我啦，全部的镜头对着老虎去了。老虎嘴唇边上那根最长最粗最硬的胡须脱落下来，落在我眼前的冰上，眼见着就往下陷落，仿佛那胡须是一根烧红了的金条。我看着纳闷，灵机一动，就把它捡了起来，放在指头缝里夹着怕丢了，光着屁股也没有地方藏，索性就放到嘴里叼着吧，这一下可不得了了，这一下我看到世界上最奇特的情景，这情景我相信古往今来的人都没有看见过，你猜猜我看见了什么奇景？

老头子端着一盘热气腾腾的饺子，从里屋里走出来，我说饺子来了，趁热吃。我们抄起筷子，准备吃饺子。饺子很白很胖，肚子都鼓得很大，散发着甜丝丝的面味儿和香喷喷的肉味儿，勾引得我们食欲大发。谁知道那老头子并没有把饺子放到我们的桌子上而是放在了一张空桌上。我说放这里呀，难道看不见我们坐在这里？老头子眯着眼看着我们，满脸都是大惑不解的表情。我们看着他自己坐在那张桌子旁边，把嘴边的胡子往两边分了分，然后也不用筷子，就用手指捏着饺子吃起来。我说这个老头子怎么这样，客人点的饺子，他自己先吃了起来。老太太端出一盆饺子汤，放到我们桌子上，说：你们不要急，先喝着汤等着，他吃完了剩下，你们再吃。我们心里很不高兴，与那老太太理论。马可说：天下哪有这样的道理？你们是开饺子馆的，我们是来吃饺子的，你们煮出饺子来，不给我们吃，自己先吃起来，你们在屋里偷偷地吃也罢了，你们不该拿到外边来当着我们的面吃！老太太说：你吵吵什么？这是我们店里的规矩，别说是你们这样两个草民，想当年袁世凯大总统来吃饺子，也得乖乖地遵守我们的店规。不愿遵守店规，就请你们滚蛋。我们老两口子合起来有三百岁了，什么事情我们没经过？什么人物我们没见过？到了我们这年纪，世界上已经没有什么能让我们害怕的事情了。老太太把饺子汤猛地放在我们面前，说：能喝上我的饺子汤也是你们这两个小畜生的造化！她举起一只枯藤老树的手，说：好好看看，这只手，伺候过老佛爷！我们仰望着她的手，心中惭愧，仿佛犯了严重的错误，不由自主地心平气和了。眼前的饺子汤散发着扑鼻的清香，我们用小勺子舀起汤，放到嘴边吹吹，然后吸了一小口，果然是皇帝家的饺子汤，味道就是不一样。我们俩用勺子喝不过瘾，端起汤盆，咕咚咕咚地往下灌，你争我抢，都生怕自己少喝了，转眼之间就把一盆饺子汤灌下去了。喝完了饺子汤我们就观看老头子吃饺子。我们俩合起来活了八十多岁，还是第一次看到过这样的吃饺子方法。就见那个久经沧桑的老头，用两根指头，夹起一个饺子，然后仰起脸，尖着嘴，小心翼翼地咬掉饺子的角儿，迅速地吐到桌子上，立即又仰起脸，让饺子里的油滴进嘴巴。等饺子里的油流干了，他就把饺子放回到盘子里，然后拿起下一个饺子，依然是咬去一角，吸干油水，放回盘子。他的这种古怪吃法，我们闻所未闻，见所未见。他一边这样糟蹋着这盘饺子，一边斜眼看着我们。他的脸上挂着冷冰冰的笑容，好像是蔑视我们，又好像故意气我们。饺子的美好气味，百爪挠心般地折磨着我们。我们想生气，但我们像两条扎破了的轮胎，无论如何也鼓不起来。我们对这对高深莫测的老夫妻心怀敬畏，连说话的声音都降低了。

马可低声说，如果我那根虎须不丢掉的话，我就会看到他们的本相，知道他们是什么东西变化成的。这个老头子，十有八九是一匹狼，而这个老太太，我敢肯定是只母熊。你仔细地看看他们，就会从他们的吃相上和他们的表情深处，看到熊和狼的姿态。你仔细地看看吧。我听了他的话，先是定眼看那老头子，果然从他的吃相上，看出了一张尖狭的、模模糊糊的狼脸。然后我又从老太太的脸上，看到了熊的模样。马可说，如果你有一根我曾经拥有过的虎须，你就能看到所有的人的本来面貌。接下来他就给我讲起了那根虎须的事情。他说话的声音很大，而且在说话的时候故意地盯着老头子和老太太的脸，好像是故意把话说给他们听似的。

他说在黑龙江里，我把那根虎须叼在嘴里的一瞬间，就感觉到脑袋里嗡地响了一声，接下来耳朵里就像灌进了水似的，眼前出现了一副奇异的景象。我对你说过的，很多人来看我的抗寒表演，电视台的记者扛着摄影机来摄影，报社的记者背着照相机来拍照，大江两岸的老百姓坐着爬犁来看热闹。可当我把虎须叼在嘴里后，眼前一个人也没有了。我的眼前，全是畜生。我首先看到，老虎旁边那个美丽的俄罗斯少女，变成了一只金钱豹子，她的衣服遮不住身上那些斑点。我是从她的哭声和她的衣服上猜出了她是她，否则杀了我我也不相信这样一个美丽的女人竟然是只金钱豹子。那个扛着摄影机的电视台记者，是一匹白色的公马，旁边给他打下手的那个女孩，其实是只小母狗。她用两只前爪子拿着电线，跟在公马后边一路小跑的样子真是好看极了。那些报社记者，有的是兔子，有的是毛驴子，还有一个是一头圆滚滚的小猪。至于那些围观的群众，有的是牛，有的是马，有的是羊，还有一个是一只比磨盘还要大的乌龟。我几乎被吓昏了，以为自己的神经出了毛病，或者是我在做梦，一切都是梦境，连吃老虎肉泡冰窟窿都是梦的组成部分。我用手掐了一下自己的大腿，钻心儿痛，这说明我没有做梦。但也许这掐大腿这痛也都是梦境？我张口咬住了自己的中指，一直咬出了血，因为我的爷爷曾经告诉过我，如果碰到了什么邪魔鬼祟的事情，万般无奈了，可以把自己的中指咬破，他说男人的中指血具有很强的辟邪作用，比黑狗血的力量要大得多。我看着中指上的血洒在了冰上，但眼前的情景一点也没发生变化。那只俄罗斯少女变成的金钱豹子停止了哭泣，趴在我的面前，伸出舌头，吧嗒吧嗒地舔着我手上的血迹。她的舌头上全上肉刺，每舔一下就像过电一样。吓得我三魂丢了两魂半，慌忙吐掉虎须，跳出冰窟窿，撒腿就跑。我赤身裸体地跑到江岸上，回头一看，那些野兽不见了，很多的人，站在江上哈哈大笑。我低头看看自己的样子，羞愧得要命，我没有勇气回到江上去拿我的衣裳，正好江岸上有一块破化肥袋子，急忙捡起来，遮住羞处，赤脚踩着厚厚的积雪，回到了战友的窝棚。我把江上的奇遇告诉战友，战友问：那根虎须呢？我说吐了。他懊恼地说：你这个笨蛋，到了手的宝贝，你怎么吐了呢？战友说，世世代代的猎人，做梦都想得到一根这样的虎须，但谁也没有得到。这样的虎须是无价之宝，跟深山老林里的能够变化人形的人参娃娃和大海里的夜明珠同样值钱，有了这样一根虎须，咱们哥俩这辈子就花天酒地地造吧！我说咱们去找回来就是，我知道把它吐到什么地方了。战友摇摇头，说：你把它吐出来，它马上就钻到地里去了，根本找不到的。战友给我讲了关于虎须的传说和知识，原来，像这种通灵的虎须，必须是吃了成精的老山参的老虎才有，而且只有一根，一千只老虎里，也不一定有一根这样的虎须。这样的老虎临死之前，那根通灵虎须就会自行脱落，落地之后，眨巴眼的工夫就会沉到黄泉，根本不可能得到。你今天之所以得到了，就因为那只老虎死在了冰上。它在冰上沉得慢，但现在也已经沉到江底了。我遗憾得直扇自己的嘴巴子，战友说，丢了也好，如果你真得了它，也是个麻烦。战友说，多少年来，只有一个山东人得过虎须，你这是第二次。战友说那个山东人得了虎须后，用一个玻璃瓶子装着回了老家。走到门前，他把虎须从瓶子里倒出来，叼在嘴里，进了院子，看到一只老狗正在用舌头舔锅，他由此知道自己的娘原来是一条狗变的。然后就看到一匹马扛着锄头走进院子，他知道那就是自己的爹。这个人一下子就看破了红尘，吐掉虎须，说：娘，你是一条狗；爹，你是一匹马。他的爹娘气坏了，老两口子去县城告了儿子忤逆。县官派差人拿他去县衙问话，发现他已经在梁头上吊死了。临死时他留下了一首诗：娘是老狗爹是马，豺狼狐狸坐县衙，只因得了老虎须，方知人间尽虚话。

老头子和老太太交换了一个神秘的眼神，然后老太太说：真看不出来，你小小年纪，还有这样的奇遇，我们老两口子合起来有三百岁了，仅仅也就是听过虎须的传说，你年纪轻轻的倒是亲历过了，不容易。老太太说，大清朝鼎盛时期，康熙皇帝曾经多次下令，让东北的猎户进贡虎须。如果有这样一根虎须，考察干部、任命官员，那就方便多了，谁是个什么变的一目了然，任命武将，就选那些老虎和豹子变的；任命文官，就选那些马和牛变的；任命治河的官员，就任命那些水族变的。但通灵虎须实在是太难得了，为此，东北的猎户不知有多少人葬身虎口，不知有多少人的屁股被地方官用板子给打烂。虽然他们每年都能进贡几十根虎须，但没有一根通灵的，最后连皇帝也丧失了信心，以为那不过是个美丽的传说。但事实上这种虎须是存在的，只不过轻易不出世罢了。你方才说的那个得了虎须的山东人，还是俺家的一个远房亲戚呢。老太太说，其实，孔夫子的后代不用虎须也能看到人的出身，不过他们轻易不用这种办法。说袁世凯担任山东巡抚的时候，不知天高地厚，竟然让衍圣公府里纳税。衍圣公生了气，就让仆人套上马车，把好朋友张天师请来。张天师来到了孔府，听衍圣公把袁世凯的无理行径一说，很生气，说：这家伙吃了豹子胆了？竟然把税征到了衍圣公头上，这不是自己找死吗？衍圣公您说吧，想让贫道怎么收拾他？如果让他死，咱马上就让他死。衍圣公是个善良的人，就说：他毕竟是朝廷的命官，封疆大吏，来到咱们山东，平了拳匪，灭了乱党，也算干了点好事，虽然冒犯了咱家，但罪不当诛，把他的本身拘出来，让我看看他是个什么东西变的，然后给他点小罪受受，煞煞他的威风。张天师说：好说，贫道这就做起法来。张天师披上道袍，散开头发，烧化了几道符录，然后就仗着桃木剑，做起法来。过了一会儿，张天师对衍圣公说：贫道已经把袁世凯拘来了，请衍圣公随我前来观看。张天师把衍圣公领到一口大水缸前，说：衍圣公请看吧，袁世凯已经在缸里了。衍圣公往缸里一探头，看到缸里有一只呆头呆脑的大鳖。衍圣公笑道：想不到堂堂巡抚，竟然是个王八。张天师问衍圣公说：是不是让他长点记性？衍圣公点点头：也好，让他受点磨难，也有利于他今后的进步。张天师从怀里取出一根银针扎在了那只大鳖的头上，说：衍圣公，咱们喝酒去吧，让咱们的袁大巡抚慢慢地消受吧！不说衍圣公与张天师在宴会厅里如何推杯换盏，胡吃海塞，且说那袁世凯袁大人，正在衙门里批阅公文，脑袋突然就像用针扎着一样地痛。慌忙让人把医生请来，吃药扎针加按摩，那痛一点也没减轻，痛得袁大人在地上像毛驴子样地打滚，一边打滚一边叫苦连天，堂堂巡抚威风，丢到了九霄云外。后来实在痛急了，就把师爷请来，准备交代后事。师爷多半都是懂点邪门歪道的，说，大人，小人看起来，大人的病不是病，而是得罪了什么人啦！袁世凯强忍着疼痛思想着，说：本官来到山东，一心一意替朝廷办事，要说得罪，得罪的也是那些拳匪乱党，难道是他们施法做祟？师爷道：那些东西，怎能算人？杀得越多，您的阴功越大，我的意思是说您是不是得罪了什么头面人物？老袁想了半天，也想不出得罪了什么头面人物，就说，师爷，我来到山东不到一年，办了些什么事您都知道，您就给我提个词吧。师爷道，小的斗胆认为，大人不该强行征收衍圣公府的税。袁世凯道：都是天子的臣民，他家凭什么就不交税？如果天下人跟他家学起来，那我们这些当官的喝风吃屁？再说了，本官头痛与圣人家交税有什么关系？一语未完，又一阵剧痛上来，老袁双手抱着头在地上打起滚，嘴里大声喊叫着：俺的个亲娘呀，把本官痛死了呀！师爷说：大人，圣人家不交税，这是老祖宗立下的规矩，我看咱们就萧规曹随，不必强出头充好汉了吧？老袁说：随你，随你，只要让我的头不痛，怎么着都行……师爷道：既然大人这样说了，那小的就放胆去办了。袁世凯道：快办快办，怎么着都行。师爷当时就让人准备了大量的金银财宝，绫罗绸缎，生猪活鸡，整牛囫囵羊，还有白菜粉条等等的礼物，用几十辆大车运载，组成了一个浩浩荡荡的送礼大军，敲锣打鼓吹喇叭，从济南向曲阜进发。到了衍圣公府，通报进去，衍圣公与张天师相对大笑。衍圣公说：老兄，把你的法术收了吧？张天师说：该让他多受一会儿，长点记性。衍圣公说：放了吧，放了吧，他也算一个难得的人才，大清朝眼下还要靠他出力，真要整死了，咱对上边也不好交代。张天师就对着那只在水缸里打滚的大鳖说：孽障，看在衍圣公的面子上，饶你一命！张天师口念咒语，把鳖头上的针起了。那大鳖在水缸里对着张天师和衍圣公连连点头。等到师爷回到济南，袁世凯已经好了，他把师爷让到内室，深深地作了一个揖，说：多谢老先生救命之恩！师爷连忙还礼，说：大人您千万别这样，小的福薄担不起这样的大礼，要说谢，应该谢衍圣公。袁世凯感叹道：我自以为手握重兵，足可以横行天下，没想到在山东栽了跟头！师爷道：连盛德齐天的康熙爷到了孔庙都要下马拜三拜，所以您在衍圣公手下受点委屈也算不了什么，而且小人相信，大人只要跟衍圣公搞好关系，只有好处，没有坏处。你想那袁世凯是何等聪明的人？从此之后，由巡抚大库开往衍圣公府的送礼车队，隔上个三天五日就要出发一次。没用两年，袁世凯就飞黄腾达，调到京城任职去了。

老太太越说离我们的虎须越远，不过听起来倒是蛮有意思。我童年时听老人讲古，说那袁世凯是个大鳖变的，他的衙门里安着很多巨大的水缸，缸里盛满清水，说袁大人办一会儿公就必须跳到水缸里去泡一会儿，可见即便已经转世为人了，鳖性还是难改。那时候还没有自来水，衙门里用水全靠人挑，袁世凯的衙门里用的挑水夫比别人要多好几倍。我长大后学历史，看到了一段史实，说袁世凯主政山东时，因为疯狂镇压义和团，激起了人民的不满，说巡抚衙门内的照壁上，让人画上了一只大鳖，旁边还题了一首诗：杀了圆圆鳖，我们好过节；杀了圆鳖蛋，我们好吃饭。这事把袁世凯吓得不轻，因为那个人能在警备森严的巡抚衙门里画图写字，说明那个人武功高强，胆量过人，如果他想取走袁世凯的头，大概也费不了多少工夫。我后来去过太湖，在鼋头渚那儿，突然明白了人们为什么硬说袁世凯是个大鳖变的。鼋者，袁也。

这时，老头子已经将那盘饺子的汁水儿全都吸尽了。他用那两只生满了鳞片儿的手，把桌子上的饺子角儿全都捧到了盘子里，与那些被咬去角儿的饺子混合在一起。这盘饺子除了没汁水儿什么都不缺了。他将盘子端到我们面前，面带着慈祥的笑容，不断地打着嗝，好像吃撑了。我心中充满了怒火，感到自己受到了巨大的侮辱。我双手扶着桌子边沿站起来，结结巴巴地说：你这是什么意思？你以为我们是叫花子吗？老太太冷笑着，说：年轻人，坐下，坐下，发那么大的火干什么？她的目光里似乎有一种很毒辣的物质，逼得我心中毛虚虚的。我不由自主地坐下，心中的火气正在熄灭，我莫名其妙地感到，自己理不直气也不壮，好像欠着他们一笔账。老太太说：你以为你们是什么大人物？你的出身难道比光绪皇帝还要高贵？光绪皇帝吃的饺子，也是我家老头子咬过的。连堂堂的皇帝都不嫌弃，你算个什么东西，竟敢跑到这里来拿大？告诉你，愿意吃，就抓紧了时间麻利地吃，不愿意吃，就结账给我走，别让我看到你，看到你我就心中气儿不顺。我还想争竞，马可拉拉我的衣角，说：伙计，别说了，坐下吃吧，人在屋檐下，不得不低头，识时务者为俊杰。他说着，就夹起一个破饺子，放进了口里。从饺子一入了他的口那一霎，我就看到他的表情发生了很大的变化。他的脸上表情是惊喜，毫无疑问的惊喜，货真价实的惊喜。他顾不上理我，第一个破饺子还没咽下去，又把第二个饺子塞进了嘴里。他手里的筷子也扔了，用手抓着往嘴里塞。我怀疑地问他：好吃吗？他根本不理我，既不回答我的问话，眼睛也顾不上看我了。他把饺子一个接一个地往嘴里塞着，撑得两个腮帮子都鼓了起来。如果再过五分钟，他就会把盘子里的饺子全都吃光。而且分明有一股极其鲜美的气味钻进了我的喉咙和鼻子。我也顾不了那么多了，我跟马可都是农民子弟，既然他不嫌脏，我有什么理由嫌脏？既然他吃得那样子奋不顾身，我还假干净什么？吃这个狗娘养的，不吃白不吃。我捏起一个饺子塞进口里。吃完了第一个饺子，我就忘了虚荣，无怪乎人们常说，世界上的东西，好吃不如饺子。这是什么馅的呀？我坦率地说，这辈子我还真没吃过如此好吃的饺子。老太太说：你这个伴儿，不是想吃老虎肉吗？老虎肉弄不到，但我们昨天夜里抓了一个耗子，就剥了皮，剁成馅，让你们俩尝尝鲜。怎么样，味道不错吧？

我说，恶心死了，我要到工商局去告你们！老太太笑着说，去吧，告去吧，我们巴不得你去告，工商局局长是我的重孙子！

老太太和老头子相跟着进了内室，里边又传出噼噼啪啪的剁馅声。我气得直喘粗气，马可嘴里咀嚼着，说：伙计，忍了吧，既然工商局长是他的重孙子，咱们去告也告不出个好结果，没准打不到狐狸还弄一身臊气。再说，这饺子的味道的确很不一般，只要好吃，你管它什么肉干什么？耗子肉也不是毒药，广东人见了耗子眼睛就冒火星子，他们生吃耗子呢！我说，尽管这饺子味道的确不错，但我们并没有点耗子肉馅，他们未经我同意硬给上来了耗子肉，就是犯法！马可说，伙计，我发现你在城里住了几年，住出毛病来了。既然好吃，何必去管它什么肉？不管白猫黑猫，抓住耗子就是好猫，同理，不管什么馅，只要好吃就是好饺子！我说不行，我还是咽不下这口气！他说，你呀，你，坐下吧，听我给你讲一个故事，这故事可不是我的捏造，而是千真万确的真人真事儿，听完了故事，如果你还觉得有气，你如果要去告官，就去告好了，我绝不拦着你，但现在你必须好好坐着，听我给你讲。

马可讲的故事我仿佛听人讲过，但年代久远，细节记不清楚了。马可说，民国初年，就算是一九一二年吧，一个名叫六十的男孩子十五岁了。他的爹六十岁时他的娘生了他。六十就是咱们临村沙口子人，刚死了没有几年，你难道不记得他吗？六十很小时就把爹死了，母子两人相依为命，日子过得很艰难。穷人的孩子早当家，六十十四岁时就跟着村子里的人去南山地区做小买卖，到了十五岁时，就跑起了单帮。那次他去南山贩了一小推车棉布，推着往家走。走到半路上，内急，正好路边有一座小山般的坟墓，坟墓前竖着高大的石碑，石碑前有石人石马，墓后栽着十几棵松树，黑压压的，很是瘆人。他憋急了，顾不上多想，扔下小推车，跑到墓后匆匆下了载。正要提起裤子走人，被一个男人当场抓住。男人说你这个小子吃了豹子胆了吗？竟敢在这里拉屎？你知道这是什么地方？这是举人老爷家的祖坟，风水好得很，你在这里拉屎玷污了风水，该当何罪？六十吓了个半死，连连求饶，说大叔大叔放了我吧，我再也不敢了。那人说你小子少废话吧，跟着我去见老爷吧。六十挣扎着不去，但那男人手上劲头奇大无比，六十的挣扎毫无意义。男人拖着六十去向墓地主人邀功，墓地主人是本地最大的财主，仪表堂堂，气度不凡，咱们村许多老人都见过他。财主听了报告很生气，就带上家丁，家丁扛着大枪，把六十拉回墓地。财主对六十说，本来应该枪毙了你，看你年轻，暂且饶你一条小命，但你必须把你拉出来的吃了。六十不想吃，不吃就打，用枪托子捣屁股，用枪嘴儿撅肋巴骨，那痛劲儿不是人能忍受的。六十无奈，一狠心，就吃了。这耻辱刻在了他的骨头上，他没跟母亲说，怕惹她伤心。但南山是不去了，改去北山，北山产一种锋利的匕首，六十就买了一把，准备复仇。他坚信两座山不可能碰面，但两个人很可能碰面。这一天果然来了。我们村逢五排十赶大集，这你知道。有一天，六十正在集上卖虾酱，突然看到那个大财主被人前呼后拥着来了。真是仇人相见，分外眼红，六十感到自己的身体在止不住地发抖，热血一股股地直往脑袋上冲。他很想立即扑上去，用牙齿咬断仇人的喉咙，但财主带着四个保镖，一个个都是彪形大汉，急切难以下手。他回了家，找出那把匕首，放到磨刀石上磨。他的娘问他：孩子，你磨刀干什么？六十就把事情的原委说了一遍。母亲沉思良久，问，儿啊，你打算怎么处理这件事？六十说，奇耻大辱，深仇大恨，如果不报，枉为男儿。母亲说，儿啊，你听我说，如果你硬要去寻仇，就先把为娘杀了吧。六十道，母亲何出此言？母亲道，儿啊，你想想，但凡这样的大财主的保镖，必定都是武艺高强之人，他们看起来是赤手空拳，但身上肯定藏有利器，不是刀，就是枪，即便他们赤手空拳，你一个小孩子，也不是他们的对手！即便你勉强得手，杀了你的仇人，你也死定了。你如果死了，娘活着也就没有了任何意义，所以，在你出发之前，娘不如先死，也好免你挂念。六十听了娘一席话，进退两难，拿不定主意。他的娘说，儿子，不知道你愿意不愿意听娘的指挥？六十说，愿意听母亲指挥。母亲就说，你先把那把刀子给我，然后换上新衣，到集上去见到财主，请他来家吃饭，如果他问你是谁，你就说是奉了母亲之命前来相请。你只负责把他请回家，剩下的事就不用你管了。六十说，那好吧，反正我连屎都吃过了，还有什么耻辱不能忍受呢？娘，您在家等着，我这就去请他。六十到了集上，见了财主，一躬到地，口称恩公，说小人受母亲之命，前来请恩公去家中小坐。那财主翻着眼皮想了半天也想不起这个彬彬有礼的年轻人是谁。就问：你是谁？我不认识你。六十道，恩公不认识我，但我认识恩公，请恩公到寒舍一坐，喝杯清茶。当着许多人的面被人称为恩公，是一件得意的事情，财主不由得满心欢喜，说，好吧，你前头带路吧。六十把财主带回家，那四个保镖站在大门口两个，站在院子里两个，悠悠逛逛，警惕性很低。六十的母亲见了财主，双膝一屈下了跪，下了跪就磕头，说多谢恩公救我儿子一命，请受老身三跪九叩首。把个财主弄得不知云里雾里，慌忙拉起六十娘，说：老人家，我与你们家素不相识，无故受此大礼，于心不安，请老人家把这个闷葫芦破开，免得在下着急。六十娘道：急什么？请恩公先上炕坐着，等老身杀鸡宰鹅，侍候恩公吃饭。财主道：您不把话说清楚，我是不会上炕的。六十娘道，既然如此，我儿，你就把恩公对你的恩德说说清楚吧！六十未曾开口，眼睛里先喷出火来，但他强压怒火，故意用轻松愉快的口气说：恩公难道忘了吗？五年前的春天，四月初八日，我十五岁时，去南山贩了一车白棉布，走到您家祖坟，实在拿捏不住了，在那里拉了一泡屎……财主的脸色突变，似乎有夺门而出的意图。六十娘说：恩公不必害怕，我儿子这五年里走遍天下拜师学艺，练出了一手飞刀绝技，天上飞着一只燕子，他一扬手，那燕子就掉下来了。他如果想取您的性命，您已经死在大集上两个时辰了。六十娘接着就把那柄闪闪发光的匕首从怀里摸出来，冷汗涔涔从财主的头上流下。六十娘一扬手，把匕首钉在了梁头上，她的动作刚健有力，与她的年龄极不相称，一看就是个会家子。她的动作不但让财主大吃一惊，连六十也吃了一惊。六十后来对他的后代说，真是真人不露相，露相不真人，我跟你奶奶生活了几十年，还不知道她有一身好功夫。财主原本还存在着侥幸之心，想打个暗号把外边的保镖叫进来，一看到六十娘的出手，他就明白该怎么做了。他将衣袖一甩，跪在了六十和他娘的面前，说：老夫人，大公子，在下一时糊涂，犯下了不可饶恕的罪过，今日落在了你们手里，要杀要砍悉听尊便！六十娘上前把财主拉起来，说：恩公快快起来，过去的事儿何必再提？财主拱手道：多谢老夫人不杀之恩，在下可否告辞？六十急巴巴地看着他娘，说：不能放他走！他娘却说：我儿，送恩公出去吧！财主到了院子里，道：老夫人，大少爷，后会有期！财主走了，六十对母亲很不满，对财主更不满。他娘笑道，孩子，用不了十天，他还会回来的。果然如六十娘所言，只隔了五天，到了下次赶集的时候，财主亲自赶着大车，将亲生女儿送来了。在他的马车后，运送嫁妆的大车排出了半里路长。就这样六十成了财主的女婿，也成了村子里的首富。

这时老头和老太太从屋子里各端着一盘饺子出来，老太太喜笑颜开地对马可说：年轻人，你讲的故事很好，你讲的故事起码告诉了人们两个道理，第一个道理是说人应该宽容，不能冤冤相报；第二个道理是说能忍者必有福。你们能把老头子咬了角的饺子吃下去，说明你们俩都具有英雄气质，而且比较善良宽厚。我们俩包了一辈子饺子，积累了丰富的经验，无论是在和面上还是在调馅子上，都有绝招，你们俩刚才吃的饺子味道怎么样？我与马可交换了一个眼色，承认尽管饺子让老头子把汁水吸了但还是鲜美无比，还是我们生平吃过的最好的饺子。老太太说，我才刚说这饺子是耗子肉馅，其实是在骗你们。你们想想看，我们俩到哪里去弄耗子肉？我们用的根本就不是肉，我们用的是豆腐，我们能把豆腐做出比肉还鲜美的味道，我们还可以把红萝卜做出大虾的味道，还可以把白萝卜做出黄花鱼的味道。未来的世纪人们越来越想吃肉但越来越不敢吃肉，全世界都在提倡素食和减肥，人的食肉欲望与人的健康理想形成了尖锐的矛盾，这个矛盾虽然比不上世界大战激烈，但这对矛盾深入千家万户，让多少亿人痛苦不堪。我们老两口就掌握着解决这个世界性难题的金钥匙，但苦于找不到一个忠厚可信的人继承我们的绝活。我们俩合起来有三百多岁了，昨天我掐指一算，知道今天就是我们坐化的日子，眼见着这绝技就要被我们带进坟墓时，老天爷让你们这两个好人出现了。老太太把手伸到老头子的怀里，扯出了一本用宣纸线装起来的大本子，说：我们俩毕生的心血就凝聚在这个本子上了，小子，你千万可别辜负了我们。

马可看看我，我看看马可，我感到这事情似曾相识，但我不知道见多识广的马可怎么想。老太太摇摇头，说，看样子你们不感兴趣，没关系，别勉强，我们不会强逼着你们接受，婚姻自主，恋爱自由，别看我们年纪很大，但我们对现在的事情很了解，我们的头脑一点也不僵化，我们知道现在赚钱的门路很多，稍有点本事的人，谁也不会开个饺子馆。你们化装成叫花子去要钱，也比包饺子赚钱多；你们化装成和尚去化缘，也比包饺子挣钱多；如果你们能当个小官，更没有必要开饺子馆。她长叹一声，说，老头子，点火把它烧了吧！老头子用悲伤的眼神看了我们一眼，从怀里摸出火柴，想划着火，但火柴受了潮，一根接一根地划，总也划不着。终于划着了，小小的黄色火苗子触到了那本秘籍的边缘，眼见着就要燃烧起来了。这时，不知是什么念头鼓舞着我从座位上蹦起来，将那本发黄的秘籍从老太太手里夺了出来。几乎是与此同时，马可扑跪在了老太太面前，磕了一个响头，说：师傅师母，请受弟子一拜！

我把秘籍还给老太太，老太太把秘籍递给老头，腾出手把马可拉起来。她说，孩子，起来，坐下，听我给你讲讲这本秘籍的来历。她说这本秘籍是一个宫里的太监传出来的，那个太监是御膳房的，因为失手打破了皇帝的玻璃碗，自知死罪难免，趁夜从阴沟钻了出来。那时我们俩还没开饺子馆，我们做豆腐谋生。太监溜到我们家，跪下求我们救他一命。他是我们老家人，说起来还有点瓜蔓亲戚，就决定冒着杀头的罪救他。我们用胶水给他粘上了假胡子，给他换上了一套破衣服，给了他一副卖豆腐的挑子，还灌了他一大碗辣椒水弄哑了他的嗓子。他很感动，从怀里摸出了这本秘籍，说，大哥大嫂，救命之恩，无以为报，这本秘籍上记载着御膳房饺子的三十八种配方，对你们也许有用，也许没用，如果有用，过几年你们就开家饺子馆吧，如果没用，就放到锅灶里烧了算了。我们怎么好意思要他的东西？劝他自己带回去。他说即便能安全出逃，也不会开饺子馆，找个地方隐姓埋名，了此残生吧。说完了秘籍的来历，老头说：青年，你们吃吧，吃完了饺子就走，不要管我们，我们俩练过气功，坐化后尸身不会腐烂，到时候就会有人给我们收尸，你们千万别来掺和。他把秘籍扔在了我们面前，态度极其轻率，简直就像扔一只破袜子。然后他们就相伴进了内室。

我从桌子上捡起那本秘籍，小心翼翼地翻看着。纸叶间粘连得很严重，好像一摞放在汤里浸泡后又晒干了的饼。我看到那些发了霉的纸上画着一些奇怪的符号，好像老道士的符咒。我基本上认为这对老夫妻是在故弄玄虚，现在故弄玄虚的人越来越多，经常有人说自己发现了什么秘籍或是什么古典，其目的多数是为了骗财。我当然不会把我的真实想法说出来，我想就让马可这个糊涂虫怀着梦想离开吧，一个怀揣秘籍的人最想的大概就是找一个没人的地方仔细地欣赏宝贝。我把秘籍递给马可，伪装出一脸神圣，说你好好收起来吧，他大咧咧地说，拌饺子馅的书也算秘籍，那这个世界上秘籍就太多了。我说据我看来这绝对不是一本拌饺子馅的书，很可能是藏宝图之类的，你还是拿回去好好研究吧。他说，我拿着没用，你知道我文化水平不高，我知道你文化水平很高，所以还是你拿着吧，你研究出什么成果，发了大财，分给我几个花花就行了。我说那可不行，你可是给人家磕了响头认了师傅的，你如果不接受，于情于理都不合。他说，如果真是什么好东西，你能舍得给我？你那点小心眼子如何能蒙了我？你以为我只是在这里低着头吃饺子？其实我一直用眼睛的余光在观察你的脸色，你嘴唇边上的那两道斜纹把你心里的想法全都告诉了我。你们城里人全都是小聪明，你们精明的不聪明，聪明的不高明，高明的不英明，英明的不圣明，圣明的不会装糊涂，而我们全都是揣着明白装糊涂，现在许多大人物喜欢在墙上挂一副郑板桥的字画：难得糊涂。你原本就是个糊涂虫，还怎么个糊涂法？我的祖上在潍县开过狗肉馆子，郑板桥在那里当县令时，用不了三天就要到我家的狗肉馆子里去吃一次狗肉，到了寒冬腊月下雪天，交通不便，他几乎就把我家的狗肉馆子当成了他的家，他一边吃狗肉喝黄酒，一边画画写字。他那笔歪三扭四的怪字，就是在我们家的狗肉馆子里发明出来的。他原来最不会画的就是竹子，他尤其画不好竹叶，他后来学会了画竹子并且成了画竹名家，也是在我家狗肉铺子里学会的。那是个小雪过后的早晨，我家的几只鸡在狗肉店院子里散步，鸡的脚印清晰地印在雪地上。郑板桥正好为画不好竹叶烦恼，到院子里转圈圈，看到那些散步的鸡留在雪地上的脚印，突然心有所悟，蹲在地上，认真观看，然后他就跑回屋子，找到我祖上的小老婆，让她吩咐伙计，赶紧帮他抓只鸡。伙计抓来了鸡，郑板桥将鸡爪子按在砚台上，然后让那鸡在铺开的宣纸上乱跑，他画了些竹节将那些鸡爪印连结起来，一副既栩栩如生又抽象写意的墨竹就这样产生了。从此郑板桥就成了画竹的名家。他为此还写了一首诗：四十年来画竹枝，日间挥写夜间思，突然打破闷葫芦，全赖雪地一群鸡。我的老老老老爷爷有一个长得很好看的小老婆在狗肉馆子里当垆卖酒，把锅卖肉，与郑板桥眉来眼去，最终发展成了男女关系，店里的伙计全知道，就瞒着我老老老老爷爷一个人。后来我这个老老老老小奶奶生了一个男孩，越长越像郑板桥，有人在我的老老老老爷爷面前说三道四，我的老老老老爷爷就说：糊涂事糊涂了吧！郑板桥听了我的老老老老爷爷的话，感叹不已，当下就挥笔写了“难得糊涂”四个大字，让人做成了金字匾额，送到我家狗肉馆子挂起来。这件事我一直没对任何人说过，因为我们这一支就是老老老老小奶奶与郑板桥生那个男孩的后代，所以我其实是郑板桥的第十代孙，我们是真正的书香门第，名人苗裔，你别看我衣衫褴褛，但我们祖上曾经富过，你别看我胸无点墨，但我们祖上学富五车，我们祖上是康熙举人，乾隆进士，你不要拿着豆包不当干粮。

我说我原来就没把你不当干粮，现在我知道了您是郑板桥先生的第十代孙后就更不敢把您不当干粮了，而且您也不是豆包，您最起码是馒头，或者是大饼，很可能还是压缩饼干，吃一块三天不饿。你既然不要这本秘籍，那我可就收起来了。他说别别别，伙计，既然是我磕了头认了师傅，这东西自然是我的，是我的就是我的，你收留就是不对的。我将那个破本子放在他的手里，说，收好了，别让什么武林高手抢了去，抢了秘籍去事小，抢了你的小命去我会很难过的。他眼圈红红地说，我死了你会替我难过？真的吗？你不是骗我吧？但是你为什么会为了我的死难过呢？人们会为了一只小狗小猫的死而难过，但绝不会为了一个人的死难过，除非这个人是他的亲人，是他的亲人也不一定难过，你可能不知道，最近几年内，咱们那里，连续发生了许多起杀人案件，有儿子杀了爹娘的，有爹娘杀了儿子的，有妻子杀了丈夫的，有丈夫杀了妻子的，有哥哥杀了弟弟的，也有弟弟杀了哥哥的，有姐夫杀了小舅子的，也有小舅子杀了姐夫的，杀红了眼了，杀乱了套了。你可不要以为这些杀人的和被杀的都是愚昧无知的农民，恰好相反，杀人的和被杀的百分之九十九的都是县里和市里的干部，知道他们为什么这样互相残杀吗？你想象不出来，我敢用我的脑袋打赌，你如果能想象出来我就把这颗脑袋割给你，你愿意把它当猪头煮着吃了可以，把它当尿壶可以，把它当成一个球在地上踢来踢去也可以。我说你就别卖关子了，我想象不出来，即便我能想象出来，难道我能忍心割你的头？所以你还是把谜底告诉我算了。他说，好吧，我告诉你，但你不要对别人说，对你老婆也别说，有多少英雄好汉，就因为把自己的秘密告诉了老婆，结果遭到了杀身之祸。你听说过刘黑虎的故事吧？看你这副傻呆呆的样子我就知道你没听过刘黑虎的故事，那么就让我先把刘黑虎的故事讲给你听听，也算是我把秘密告诉你之前对你进行一次保密教育。

他说刘黑虎是他家的老亲戚，曾经跟着韦小宝大元帅远征过俄罗斯，立下过赫赫战功，康熙皇帝赏给他一个小老婆。皇帝赏的老婆，模样当然不会差，刘黑虎也稀罕她，走到哪里就把她带到哪里，上战场打仗也带着。刘黑虎善使铁鞭，一根大的，一根小的，那根小的曾经在市博物馆展览过，有一把粗细，一人多高，重达一百三十斤，那杆大的有多大就不知道了。说刘黑虎打仗有个习惯，刚开始肯定先用那杆小的，等战上一百个回合，敌人累得气喘吁吁时，他却来了劲头，打马回去，换上了那杆大鞭，耍得比那杆小鞭还快，敌人以为他有天神相助，多数都给吓退了。就靠着这一招，他打了许多胜仗。有一个俄罗斯大将很有心眼，他有科学头脑，不迷信，就用重金把刘黑虎的小老婆收买了，让她帮助探听刘黑虎越战越有劲的秘密。有天夜里，小老婆先陪着刘黑虎睡了一觉，然后陪着刘黑虎喝酒，把刘黑虎灌得迷迷糊糊，她就问：夫君，你为什么先用小鞭，然后反而用起了大鞭？刘黑虎低声说，亲爱的，我是骗他们的，等我换上大鞭时，我其实已经没有劲了，那杆大鞭，其实是个空心的，连小鞭的一半分量都不到。这事对谁都不要说，如果你对别人说了，传到敌人耳朵里，我的小命就完了。那个小老婆内心里斗争了半天，最后还是对人说了。等到下次作战，刘黑虎累了，就虚张声势地大叫：小的们，帮我把大鞭抬上来！等他拿起了大鞭，敌人一拥而上，轻松地就把刘黑虎给斩了。你现在明白了吧？女人，哪怕是自己的老婆，也不能告诉她你的秘密。

他说，对你进行了保密教育，现在，我就可以把秘密告诉你了。咱们县出了几十桩连环命案，而且大都是亲人杀亲人，其原因就是为了争夺一本秘籍，这本秘籍是一对开饺子馆的老夫妻传下来的，他们俩的年龄加起来大约有三百岁，他们曾经救过一个从宫里逃出来的太监，太监为了感谢他们，就把一本秘籍送给了他们。那本秘籍是用宣纸线装的，里边画着一些古怪的线条，不懂行的人根本看不出什么名堂，其实这是一张藏宝图。你一定想问藏的是什么宝，我告诉你，他压低了嗓门，把嘴巴靠近了我的耳朵，说：这宝贝用四个盒子套着，最外边的是一个檀木盒子，第二层是青铜盒子，第三层是白银盒子，第四层是一个黄金盒子，黄金盒子里有一个琉璃瓶，瓶子里盛着一根通灵虎须。

——《钟山》，1999年第4期

扫帚星

开篇

几句客套话后，年轻的小报记者拘束地坐在雪青色的真皮沙发上。他的身上好似长了刺，屁股在沙发上不安地扭动着，发出吱吱的声音，听起来很不文雅。记者羞红了脸，欠了一下身，不敢再动。他从手提包里摸出了一管口红和一瓶香水，递给她，说：“这是我托朋友从巴黎带回来的，请笑纳。”她接过礼物，看看牌子，说：“不错，谢谢你。”她打开香水瓶子，喷一点在手背上，举到鼻下嗅嗅，满意地说：“到底是法国货！”然后她又拧开口红，让那嫩红的芯子伸伸缩缩。她的眼睛时而含情脉脉、时而略带嘲讽地盯着记者。记者干咳了几声，抬起头，结结巴巴地问：“听说，您有一个奇怪的诨名，叫做……‘扫帚星’？”

咯咯咯一串笑声，像母鸡叫蛋一样，从她的嘴里喷出。然后她羞答答地抬手掩了一下嘴巴。然后她摘手。然后她正襟危坐，双膝夹紧，神情严肃，略带嘶哑、富有磁性的话语滔滔而出。

第一章　从诨名说起

这个诨名奇怪？你真的认为这个诨名奇怪？“少所见，多所怪，见了骆驼说马肿背。”不瞒你说，咱家的诨名多多，“扫帚星”只不过是其中最普通平常的一个。如果你把这也说成奇怪，那么，“狗不吃”怪不怪？“雪兔子”怪不怪？“乌鸦嘴”怪不怪？“奸棍子”怪不怪？“二尾子”怪不怪？还有起码五六七八个，一个更比一个怪。你不要以为咱家这些诨名是随便瞎起、没有意义的，不，咱家的每一个诨名后边都跟着一串儿故事，就像老母鸡屁股后边跟着一群小鸡，就像老母狗后边跟着一群小狗，就像老大娘后边跟着一群子孙，就像老将军后边跟着一群士兵。你想知道人们为什么叫咱家“扫帚星”？听咱家对你慢慢道来。你是一个翩翩少年，唇红齿白，彬彬有礼，让咱家看着顺眼，心中愉快。你也许不知道，自打咱家做了十七次手术，实现了多年的理想，今日是头一次接受记者采访；你当然知道，想采访咱家的小报记者像苍蝇一样多。咱家接受你的采访，是你的幸运，是你的光荣。你不必说那么多肉麻的话，咱家喜欢你才这样做。咱家决心帮助你，给你提供一个成名成家的机会，希望你成名成家后不要忘了咱家才好，当然，忘了也无所谓，这个世界上，寡情薄义的基本上都是男人，咱家被男人欺骗得太多太多，再多一次又有何妨？咱家的脚趾甲刚涂了蔻丹，不愿意起动，麻烦你请你帮咱家把针线笸箩拿来，咱家一边绣花一边与你谈话。

她微微欠了一下身，接过了用白柳条编成的绣花笸箩。

她仿佛漫不经心地扯了一下白色的长裙，遮住了略嫌粗大的膝盖，展现出光滑无毛比女人还女人的小腿。

两只脚白生生，鲜红的趾甲亮晶晶，好像宝石，好像十只鬼鬼祟祟的小眼睛。

右脚腕上套着一条金链子。

白色的丝质长裙上，在胸口那儿，也就是女人们的宝贝那儿，如果她也有的话，看样子鼓膨膨的像是有，啊，当胸那儿用红绒线绣着一朵梅花。她的丝裙开胸很低，露出了那两根纤弱的锁骨和十分逼真的乳沟。

她的长长的脖子很光滑，这是一般的变性人都要用心遮掩的地方，她却毫不顾忌地袒露着。据说为了消灭这个喉结就动了两次手术。

下巴尖尖的，没有胡须，但还是能看出曾经有过胡须的痕迹。

腮上有两个很大的酒窝，人工的痕迹很重；但的确漂亮。

明亮的灯光照耀着她。

她慵懒地仰靠在沙发上，拿起绣花绷子，煞有介事地绣了几针后，就点上了一支又细又长的女士香烟，老练地吸起来。

拿烟的手指翘成了兰花模样。

她的嘴唇有点厚，尤其是上嘴唇，仿佛肿胀似的往上撅着。这样的嘴唇如果生在一个男人嘴上会让这男人显得满脸蠢相，但生在女人嘴上就显得很生动很性感。那唇上涂着一层紫红唇膏，像成熟的野葡萄。

她的牙不甚齐，两颗门牙之间有一道缝。为了矫正这缺陷，她的牙上戴着一副珐琅质的牙套。

“如果你把我当成一个‘人妖’，那就滚你妈的蛋！”因为戴着牙套，她说起话来有点含糊，“本来，在没摘牙套之前我发誓不见任何人的，更不要说接受记者采访。”

“不敢，不敢，我把您当成姐姐……”

咱家这就对你说说“扫帚星”的事，小伙子，打起精神，集中精力，不要把咱家的话漏掉，咱家今日对你说个痛快，这样的机会对你来说千载难逢。当然，你当然可以录音。

1968年3月27日晚上，咱家在黑龙江边蛤蟆屯出生。那天天空晶明，气候寒冷，小北风从墙缝里往屋子里钻。咱家不是神，咱家是凡人，咱家是凡人当然就不可能知道出生时的情况。咱家现在对你说的，都是咱祖母对咱说的。那时咱家没有摄像机，没有摄像机自然也就不能把咱家出生时的情况录下来，遗憾，当然遗憾，不用你说咱家也知道这是很大的遗憾。等咱家生孩子时请你来把全部的过程录下来。社会在发展，人类在进步，前辈的遗憾，绝不能在后辈身上重演。咱家做变性手术的全部过程都录了像，待会儿如果你有兴趣，可以放给你看看。等咱家生孩子时你愿意来给咱家录像吗？哈哈哈，你真是个孝顺孩子，咱家喜欢你这样善解人意的男孩子。你要不要喝点什么？你在不断地舔嘴唇，别不好意思，咱们俩谁跟谁？想干什么就说，就像在自己家里一样。

祖母说咱娘细腰丰乳，皮肤光滑，头发像三江平原上的泥土一样黑得发蓝，肥得流油。为了给咱爹选媳妇，祖母躲在温泉后边的树林子里，端着苏联红军留下的望远镜，整整观察了三天。周围十几个屯子里的大闺女，让咱祖母看了一个遍。咱先给你说说这个温泉。这温泉名叫神女泉，天上的仙女常来这里洗澡，想当年牛郎就是在此偷看了织女，并偷走了她的衣服，成就了一桩天上人间的美好姻缘。温泉坐落在凤凰山后边的一个小山包的正顶上，好像一个大碗的形状。一股股的泉水，冒着热气，散发着浓浓的硫磺气味，从碗底冒上来，五冬六夏，从不间断。温泉的周围，生着茂盛的树木，有红云杉、黄波罗、紫椴木、白桦树、黑桦树……这里终年郁郁葱葱，老春时节，灌木枝条上点缀着团团簇簇的花朵，五彩缤纷，香气袭人。温泉里腾腾上升的水蒸气驱散了寒冷，形成了一个独特的小气候，北国的小江南。从咱家到温泉要走十几里山路，那可是真正的崎岖小路，要不断地分拨开生着硬刺的灌木枝条才能行走。路面上满是野牲口的脚印；灌木枝条的针刺上挂着野牲口脱落的冬毛。你要小心看着脚下，免得踩了野猪粪或是狍子屎。梅花鹿，当然有，还有马鹿、麋鹿。黑熊，有黑熊，不但有黑熊，还有一大堆关于黑熊的故事。老虎，当然有老虎，没有老虎的山林算什么山林？不过老虎轻易不到离屯子近的地方来。它是山大王，自然隐藏在深山老林之中，就像皇帝躲藏在金銮殿里。老虎孤独高傲，独来独往；其实它很怕羞，像一个名门闺秀。它不愿见人，尤其不愿见男人。男人一肚子污泥浊水，肉是酸的，血是咸的，老虎吃了闹肚子，所以老虎连男人的肉都不吃，加上调料蒸熟了端到它的嘴边它都不吃。老虎实在饿急了要吃人，也要找一个年轻肉嫩的女子吃，最好是处女。每年的农历四月初八日，黑龙江、松花江、乌苏里江，大江小江都开了江，沟沟壑壑里运行着桃花水时，周围屯子里的大闺女都要到温泉里来洗澡。洗去猫了一冬积存在身上的灰垢，没找婆家的就清清爽爽地找婆家，找好婆家的就干干净净地结婚。闺女们都知道，在这三天内，温泉周围的树林子里，埋伏着许多给儿孙相亲的老娘们。这是公开的秘密。闺女们为了给自己未来的婆婆留下个好的印象，或是为了尽早地被选中，都把这三天的洗浴看成登台表演，自然也就把温泉及温泉周围看成了舞台。

话说咱祖母拄着一根稠李子木拐棍儿，脖子上挂着一架苏联红军指挥官用过的高倍望远镜，晃动着小山一样的身体，气喘吁吁地，用木棍分拨开青的蓝的紫的红的一律湿漉漉的努着芽苞的灌木枝条，向着神女泉进发。她的嘴里嘟嘟哝哝地骂着脏话，既不是骂人，也不是骂动物，更不是骂植物。骂脏话是咱祖母的一个生活习惯，如果咱祖母不骂脏话了，那么她一定是死了，因为即使在睡梦里她的嘴巴也舍不得闲着。咱祖母的血管子里有一半蒙古血，所以她的双眼细眯，额头扁平，两边的颧骨高高鼓起，好像两个明亮的橡子面小饽饽。杜鹃枝条悠悠晃晃地敲打着咱祖母的脑袋，锦鸡儿枝条拨弄着她的膝，越橘枝条的尖刺扎破了她的额头。清凉而苦涩的灌木丛气味熏得她不断地打喷嚏。咱祖母的喷嚏都是从丹田打出来的，十分的雄浑响亮。听她打喷嚏你绝对想不到她是一个老娘们。听她打喷嚏你会认为她是一匹膘肥体壮的母马。咱祖母说她打了一个响亮的喷嚏，忽听到眼前发出一阵低沉的呜咽，定睛一看，一条灰色的老狼，蹲在路上，挡住了她的去路。咱祖母说那条老狼骨架庞大，坐在被灌木枝条遮掩住的泥泞小路上，好似一座小庙。它的半截尾巴像一把破炊帚，弯曲在一丛红花鹿蹄草旁边。它脱离了群体，满脸的孤独神情，一看就知道是个倒霉蛋。咱祖母富有山林经验，深知这种离群野兽的厉害。它的肚子吱吱地鸣叫着，说明它已经很久没吃东西，腹中饥饿难捱。咱祖母知道这种饥饿孤独的老狼胃口特大，一次能吃掉半头牛。她说她没有害怕。她说她只是感到心脏像野兔子碰门一样碰着肋条。她说这不能算害怕。她说一个过惯了山林生活的人如果见了匹老狼也害怕，那就是没出息的孬种，这样的人当了共产党必定要投降国民党，当了国民党必定要投降共产党。她说她没有后退半步，她说如果你后退半步，老狼就会腾身跃起，恰似一道闪电；不等你省过神来，你的脖子就被它咬断了。然后它就用爪子豁开你的肚皮，先吃你的五脏六腑，接着吃你的肉，最后连你的骨头也嚼碎了咽下去，连半点骨头渣子也不会剩下。她对着老狼微笑着，好像狭路上碰到了一个久别的故人。咱祖母微笑罢了，就破口大骂：“张三张三，日你亲娘，日你亲亲的娘！”对，咱们这些从山东省迁到关东来的人，都管老狼叫张三。她一边骂着一边挥舞着手中的拐棍，“去年你这个狗日的偷吃了我家一头猪，那是你奶奶我养了一春一夏加一秋的猪，肥得连十步路都走不了；你奶奶我本想把这口猪杀了过个肥年，谁承想竟被你这个狗日的给赶走！你狗日的本事真够大的竟然能把它赶得飞跑！你狗日的用嘴咬住它的耳朵，用你那条该砍掉的扫帚尾巴抽打着它的屁股，一溜小跑就进了山林。你狗日的与我那猪简直像是多年不见的相好，我那猪连一声都不叫就跟着你窜了！你吃了我的猪，害得我一家过了一个清汤寡水的瘦年，害得我一春天肠子里缺油。我正要找你算账，想不到你个狗日的自个送上门来了！”她对着老狼大声喊叫，老狼身体不动，硕大的脑袋对着咱祖母频频点动。她说她以为自己的话已经让老狼的良心发现；老狼点头，说明它正在反思错误，并进行严肃的自我批评。她心中暗喜，举起拐棍，几乎戳到了老狼的鼻子，“既然认错，那就给我乖乖地滚蛋！”但老狼依然不动，只是点头。“点你娘的什么头？难道还要让俺用棍子擂着你你才肯钻进山林吗？你这就叫敬酒不吃吃罚酒，奶奶我脾气不好，沿着黑龙江一溜十八屯都有名，你最好不要惹恼了我，惹恼了我你就要倒血霉！奶奶我连老毛子和小鬼子都不怕，难道还能怕你这头瘦狼？俺也不用拳打你，俺也不用脚踢你，俺只要一腚墩在你腰上，就能把你墩瘫了。你以为俺不知道？你们这些东西，是铜头铁腿麻秆腰，擒贼先擒王，打狼先打腰！”她说简直是大白天见了鬼，那狼竟然将两条前腿一蹗下了跪，你说奇怪不奇怪？咱祖母退后几步，又退后几步，把拐棍架在灌木枝条上，端起垂挂在胸前的望远镜，熟练地调整好焦距，将老狼套进镜中。俺的个天！她说，那头老狼被猛然地放大了二十倍，脑袋像一个大号的柳斗，连狼脸上的每一根毛都看得清清楚楚。咱祖母说，老狼黄色的眼睛里，竟然流出了眼泪。她心里充满了感动，说：“你这张三，这是怎么个说辞？不就是头猪吗？你吃我吃都是吃，吃了就吃了，用不着下跪。奶奶我不是那种鸡肠小肚的女人，奶奶心比天宽，虽然不是宰相，但肚子里也能撑开火轮船，算啦，赦你无罪，起来吧！”但那老狼还是跪着不起来。咱祖母说：“这就邪了门了，你到底怎么了？实在不行俺就让你吃了，你也别哭。俺心软，看人哭都要跟着流泪，何况是狼哭……”咱祖母唠叨着，用望远镜仔细地观察老狼。她看到，狼的鼻子干干的，狼脸上的灰毛被眼泪湿了两片，狼眼角上沾着眵，狼耳朵耷拉着，它还浑身哆嗦呢。咱祖母恍然大悟道：“明白了，你这鬼东西，是病了吧？可俺也不是医生，治不了你的病，要不你就跟着俺回家，俺给你熬一锅姜汤，你喝了姜汤，蒙上被子，发一身透汗，也许就好了……”老狼张开了大口，祖母说：“你张口是什么意思？是要吃我吗？”狼张着口不回答。咱祖母端起望远镜，往老狼口里这么一看，看到老狼的咽喉深处，横卡着一根银簪。

咱祖母说她的心里一阵冰凉，想起了屯子里许老疙瘩的新媳妇被狼吃掉的故事。她放下望远镜，抓起拐棍，在老狼的脑袋上狠狠地敲了一记，只听得嗵的一声响，像敲在了铁砧子上，果然是狼头似铁，名不虚传。咱祖母怒道：“杂种，那新媳妇是你吃掉了？”老狼点点头，两粒大泪珠子啪哒啪哒掉在地上。“那是一个多么水灵的小媳妇，”祖母说，“隔着皮能看到里边的汁儿，老疙瘩还没稀罕够就被你个狗日的给祸害了！可惜啊，可惜！要是让老疙瘩碰上你，非活剥了你的皮不可。你吃头猪，叼只羊，咬死头牛，都不算罪过，可你吃了一个大活人，你糟蹋了咱黑龙江边上最美丽的女人，让我怎么解救你？滚吧，受去吧！”祖母想走过去，但老狼拦着她不让路。咱祖母仰起脸，望了望咱黑龙江边蓝得透明的天，叹了一口长气，念了一声阿弥陀佛，说：“罪过，罪过。”便把那只像老树根一样的手伸进狼的咽喉，将那根深深扎进狼喉的、发了黑的银簪子拔了出来。她端详着银簪，连连叹息，然后将银簪插在脑后的发髻上。老狼对咱祖母点点头，灰溜溜地钻进灌木丛，恰似一条鱼游进了大海。

祖母来到温泉边，坐在一块被繁茂的胡枝子掩映住的石头上。石头上长满苔藓，形状如一个硕大的猴头。她抬起衣袖擦了擦满头的冷汗，从肥大的衣襟内摸出烟锅子，挖上一锅子烟，用大拇指压紧，将烟锅子叼在嘴里，掏出火石火镰引火绳，啪啪啪，打着火，点着烟，滋滋地吸一口，两股浓烟从她鼻孔里喷出，好似二龙吐须。吸完这锅烟，她就把老狼的事抛到脑后，端起望远镜，跪在湿漉漉的地上，透过灌木的枝条，逐个观察温泉中的大闺女。几十个大闺女在温泉中嬉水，欢声笑语，闹活了山林。咱娘的身体在泉水中起伏着，好像一条兴奋的大马哈鱼。咱祖母的望远镜把咱娘套住后，就再也没让她逃脱过。咱娘的背上有一块铜钱大的红痣，这是唯一让咱祖母不满意的地方。但咱祖母想到除了咱爹谁也不可能看到那块红痣，也就不吹毛求疵了。咱祖母说她选媳的标准第一是要有一个肥而不腻的屁股，所谓的肥而不腻其实是指不但要丰满而且还要有弹性。第二个标准不用咱家说你也能猜到，当然是要有一对馒头似的奶子。第三个标准是要有一个细腰，不但要细，还要软，像弹簧一样。不用多说，咱娘满足了咱祖母的三个条件。

在温泉周围的树林子里，埋伏着十几个老娘们，活像一些蹲碱场的老猎手。但她们都没有咱祖母那样一架高倍望远镜。她们一个个大睁着昏花的老眼，不断地用袄袖子擦着累出来的眼泪。她们在这一点上吃了亏。如果她们每人都有一架高倍望远镜，咱娘还不知道是谁的娘呢！

说时迟，那时快，闺女们洗浴完毕，上岸穿衣。咱祖母没等她们穿好衣服就冲到了她面前。那些老娘们也跟着冲到了她们面前。祖母站到咱娘面前，一把就抓住了她的手。咱娘的脸顿时红了，像一个热乎乎的粉皮鸡蛋。咱祖母捏捏咱娘的屁股，捏得咱娘吱哇乱叫。咱娘的屁股像苏制“米格”飞机的尾巴一样往上翘着，这样的屁股永远不会塌下来，即便生上十个孩子也不会塌下来。生着这样的翘屁股的女人必定像梅花鹿一样善于奔跑，在兵荒马乱的年代里，善于长途奔跑，对一个年轻貌美的女人来说，比什么都重要。祖母拍拍咱娘的屁股，满意地说：“好！”然后祖母又摸摸咱娘的奶子。奶子也是一等一的好奶子，尚未经过男人手，还没发起来。祖母当过接生婆，知道什么样的奶子中用不中看，知道什么样的奶子中看不中用，更知道中用又中看的奶子百里难挑一对。自然，咱娘的奶子就是这样的中看又中用的好宝贝。咱娘的身体丰满得像一头小海豹，但她的脸看上去却很清瘦。一条高高的脆骨鼻子，鼻尖略有点鹰勾；一张唇角上翘的菱角嘴，天然地带着三分笑意；一个突出的光额头，没有一丝皱纹；还有两片白耳朵，耳垂子肥嘟噜的。这些都让祖母非常满意。她拉住咱娘的手不松开，让那些也看好了咱娘的老娘们无从下手。祖母问：“闺女，你是哪个屯的？”咱娘看着祖母胸前那架气派不凡的望远镜，回答道：“俺是凤凰屯的。”祖母说：“好好好，凤凰屯里出凤凰！你是谁家的闺女？”“俺是老吕家的闺女。”“你爹是吕大棒槌？”祖母呵呵地笑着，说，“怪不得呢，原来是吕大棒槌的闺女！不是吕大棒槌，谁能做出这样的好货！”咱娘不高兴地说：“大娘，俺爹大号叫做吕成仙！”“知道，知道你爹叫吕成仙。俺不但知道你爹叫吕成仙，还知道你娘叫真惠子，你就是那个小杂种！”咱娘恼怒地说：“你这个老杂种！”祖母笑道：“骂得对极了，咱家的确是个老杂种。咱家就喜欢有气性的杂种，最不喜欢蔫人哪怕他是纯种。回去对你爹说吧，蛤蟆屯老金家那个老杂种看上了你这个小杂种，三天后就去定亲！”咱娘说：“您也该问问俺愿意不愿意！”祖母说：“愿意也得愿意，不愿意也得愿意，你回去问问你爹，咱家跟你家，是什么样的交情！”

“对不起，我很想知道您的祖母是大脚还是小脚……”

“你疯了吗？你的脑子是进了水还是生了虫？”她尖刻地嘲讽着，“先生，我刚才说的事情，发生在1966年，那时，咱的祖母，四十岁才出头。像她那个年龄，在关里，也许还有裹脚的，但在咱黑龙江边，天高皇帝远，流行的是大脚婆娘。另外，你不要一听到咱祖母拄着一条拐棍就以为她老了，不对的，她拄拐棍是为了探路、防身、打草惊蛇，关东山的蝮蛇，开春时喜欢盘在路上，看上去像一坨牛粪，被它咬上一嘴，那就是九死一生！”

咱祖母人高马大、性格豪爽，是风风火火闯关东的角色。有了这样的祖母，咱祖父必然就是个三脚踢不出屁来的蔫人。如果不是这样，他们的日子就过不下去。咱祖父姓金，名荣，外号金花鼠。他个头不高，小脸精瘦，下巴上生着几根黄胡子，一对小黑豆眼，永远是那样滴溜溜地打转，仿佛随时都准备钻到洞里或是跳到树上躲灾避难。

咱祖母从温泉那儿选媳回来，推开木栅栏院门，就大嗓子喊叫：“累死了累死了，小金快给俺烧盆洗脚水。”咱祖母管咱祖父叫“小金”，原因嘛，咱家猜想是因为祖父体积较小。

祖父正在咱家那个宽大得可以跑马的院子里点种向日葵。每年的秋天，咱家的院子里就是一片向日葵森林。黄花如盘，盘盘相连，在太阳下黄成了一片海。

祖父咕嘟着嘴，扔下镢头，走进灶间，拖过一个大木盆，揭开木锅盖，抄起葫芦瓢，就往木盆里舀水。

祖母满意地说："你还真行，知道咱家回来就要烫脚。"

祖父咧咧嘴，问："选定了吗？看你这样子就知道选定了。"

祖母坐在马扎子上，脱掉鞋袜，撸上裤腿，把两只脚架在盆沿上，试试探探地往热水里放。她的嘴里发出嘶啦嘶啦的声音，这说明热水烫得她既痛又舒服。她抬起头，笑逐颜开地看着小金，说："杀死你你也想不到，我给咱儿子选了个什么样的媳妇，好东西，真是好东西！活脱脱一只小海豹！你更想不到她是谁的闺女，凤凰屯的，凤凰屯里出凤凰。想不出吧？她爹是吕大棒子，她是吕大棒子的老闺女！"

咱祖父吭吭哧哧地说："老吕的闺女，那当然好……可是……"

"可是个啥？！"

"老吕解放前当过胡子，真惠子又是个小日本……现在的社会，讲阶级呢……"

"屁！"祖母恼怒地说，"老魏头家阶级好，家里陈着两个瘌痢头闺女，讨来给咱儿当老婆，你愿意？"

"你这是跟俺抬杠呢。"

"就是嘛，"祖母说，"废话少说，赶明儿个杀猪蒸馒头，三天后去老吕家定亲！"

三天之后的凌晨，咱家的马车沿着江边的大路向凤凰屯进发。所谓大路，只不过两米半宽。初春天气，冻土尚未融透，路面上泛滥着半尺厚的烂泥。咱家的马车被三匹大马拉着，拖泥带水，艰难行进。起初，祖父舍不得打马，马就偷懒，速度一慢，大车的胶皮轱辘就被泥水吸住了。祖母夺过红缨大鞭子，站在车辕上，将大鞭抡圆，扒出一个个脆响，打了梢马打辕马，而且专打马耳朵，马痛得要死，怕得要命，不敢不使出吃奶的力量拉车。大车跑起来，获得了惯性，克服了泥水的吸力。烂泥被甩到大路两边。尽管远处的山头上还是白雪皑皑，但路边的林子里已是春意盎然。这里的大树早被砍光，稀疏地生长着一些衰弱的桦树与栎树；灌木趁机撒野狂长，显摆着一副小人得志的姿态。听咱祖父说，退回去一百年，咱黑龙江沿江两岸全是茂密的原始森林，几乎是清一色的参天红松，个个都像顶天立地的英雄好汉。江风刮起来，那真叫松涛澎湃，一路澎湃下去，从小兴安岭到大兴安岭，从锡霍特山到长白山……嗨，那时候，那时候，其实咱祖父也没从那时候经历过，他看到了原始森林被毁灭的过程，但他没有看到大森林没被开发前的浩瀚壮阔。大路有时紧傍着江边前行，坐在车上，可以看到江中翻滚的米汤般的春水。这些水都是从深山老林里流出来的雪水，是森林的洗澡水，是大山的洗头水，是老虎的洗脚水。所以这江水中充满了生命的气息，健康、野性、生气勃勃。

咱祖父裹着有点不合时令的老羊皮袄，阴柔地蜷缩在大车厢里，在那头褪光了毛、染红了耳朵和额头的肥猪的前边，在那筐贴上了红双喜的大馒头的后边。死不瞑目的猪散发着生冷的油腻气味，又白又胖的馒头散发着甜丝丝的面引子气味。咱祖父眯着眼睛，想着久远的往事，其实他想了些什么咱家并不知道。但咱家硬要说他想了什么他也没法辩驳。他已经死了三十多年，他生前是唯一的爱我的人，咱家每每想起他来，就感到鼻子发酸。

太阳从江水中升起来了，很快就跃上林梢。咱家的三匹大马已经大汗淋漓，仿佛刚从江里爬上来的。在清冷的林间空气里，马汗的气味格外浓重。咱家那块的空气，完全可以装进袋子里拿到北京上海出售，那是什么样的空气啊，无法跟你说清。出售新鲜空气，这是完全可能的，你可以想想，退回去二十年，你跟人说，可以把山里的泉水装进瓶子拿到城里出售，多少人会骂你脑子出了毛病，可现在，没有矿泉水城里人就不能活。这里的矿泉水，比起咱家山林里的泉水，只能算作刷锅水，呸，人就是这样怪，宁愿在城里吃苦折寿，也不愿到乡下去享福添寿。

太阳三竿子高时，咱家的马车驶进了凤凰屯。马腿上、马肚皮上，溅满了黑色的泥浆，弄得原本俊美的大马肮脏不堪。

凤凰屯与咱蛤蟆屯一样，也是沿江而建，也是正中一条大街，街道两边，坐落着一些泥墙草屋。咱姥姥家的大院子坐落在屯子的东头。咱家的马车一进屯，祖母和祖父就看到一群脚穿桦皮鞋的孩子，踩得街上的泥水呱呱唧唧响着，向屯子东头跑去。他们一边跑，一边大声喊叫着："杀人啦！杀人啦！吕大棒槌杀人啦！"

在孩子们身后，从街道两边的屋子里，又蹿出一些成年的男人和女人。他们当中几个年轻的男人，有的提着长柄的大斧，有的举着亮晶晶的杀猪刀。

祖母和祖父相互看看，脑子里肯定都是迷迷糊糊。愣了一会儿神，祖母说："大老远来了，不能就这样回去。再说了，既然要和人家结亲，亲家有难，咱不往前靠谁往前靠？"

祖父不置可否地点着头。

祖母摇鞭催马，让咱家的马车，像一条大船，把大街犁成了两半，黑色的泥浆，向两边飞溅，甚至溅到了街边大树的树梢上。街道两旁人家养的狗，目送着咱家的马车狂吠，但没有一条敢追上来。

等马车赶到咱姥姥家院子外边时，事件已经基本结束。祖母和祖父看到，咱姥姥躺在地上，衣衫破烂，浑身是血，那张原本就很白的脸现在更白，简直就是一张白色的糊窗纸。据说咱姥姥是一个典型的日本美人，细长的白脖子，蓬松茂密的黑发，鸭蛋形脸，弯弯的眉毛，细长的眼睛，还有一个丰满的小嘴巴。这样的一个日本美人怎么会嫁给吕大棒槌这样一个粗人，成了咱家的姥姥，说起来话就长了，咱还是先把眼前的事情说说清楚。咱娘跪在咱姥姥身旁，放声大哭。咱娘哭啥呢？咱娘哭着诉说："娘啊娘，您可不能死啊，您死了闪下俺可怎么活啊……"

咱姥爷吕大棒子双手抱着头坐在那个粗大的椴木墩子上，他的周围，散乱着一些刚劈开的杂木柈子，一柄大斧，立在他的身旁。

还有一个重要人物，坐在咱姥姥家的院子里，像个小孩子一样呜呜地哭着。在他的面前，躺着一只戴着红卫兵袖标的胳膊。血从他的断臂处，像小泉眼一样，一股股地往外蹿。这个人一头白发，一张年轻的小瘦脸。这人外号柳白毛，虽然满头白发，但年纪不过二十出头。他是咱县卫生学校的学生，造反当了红卫兵司令。他原本是凤凰屯的一个孤儿，吃着百家奶长大。他吃没吃咱姥姥的奶咱就不知道了，但据咱娘后来对咱祖母说，柳白毛没上卫生学校前，咱姥姥和咱姥爷对他相当不错。他的过冬衣服都是咱姥姥亲手替他缝制。那年他得了眼疾，双眼肿得像红桃子似的，咱姥爷到深山老林里打了一头黑熊，挖出熊胆，喂他吃了，治好了他的眼。要不是咱姥爷，这小子早就成了瞎子。咱姥爷为打这只黑熊，差点送了性命。那只黑熊足有二百公斤，站起来比人还要高。咱姥爷一枪没把它打死，它顺爪拔出一棵小树，拖着小树就冲到了咱姥爷的面前。咱姥爷举枪欲再给它一家伙，可这熊抡起小树，一下子就把咱姥爷砸趴在雪地上。然后它就给咱姥爷一爪子，将他的棉衣豁开，豁去了他胸膛上一块肉皮。咱姥爷山林经验丰富，闭上眼装死，黑熊坐在他的身边，仔细地观察。咱姥爷屏住呼吸，从眼缝里看着黑熊，他那胸膛，痛得要命，痛死也不敢哼哼，一哼哼就没有活路，这是肯定无疑的事情。黑熊肚子上中了一枪，血和肠子往外涌，痛得这东西直哼哼。咱姥爷悄悄地把小匕首从靴筒子里抽出来，像一条打挺的鱼，一跃而起，将匕首扎进了黑熊的心脏。关于黑熊的故事实在太多，如果有可能，咱家今后给你说说。譬如说黑瞎子追你，你千万要顺风跑，顺风跑，黑瞎子的眼睛就被它脸上的长毛给遮住了，如果你顶风跑，黑瞎子眼睛明亮，你根本不可能逃脱。现在的城里人骂人，动不动就说："瞧你笨得像头熊。"这是不了解熊，熊笨吗？否，它一点都不笨，它智力超群，行动敏捷，可以与森林之王老虎打个平手。因为打了黑熊，违犯了国家法令，咱姥爷差点被抓进班房。可咱姥姥和咱姥爷做梦也没想到这小子会恩将仇报。

柳白毛恩将仇报，一大早就带着一群红卫兵杀到了咱姥姥家的院门外。当时，咱姥爷正在院子里劈柈子，咱姥姥正在灶间里烧火做饭，咱娘还在睡懒觉。咱娘后来对咱祖母说，她刚从炕上爬起来，就听到院子里一阵呐喊。她卷起窗户帘儿，看到一群臂戴袖标的人，在柳白毛的率领下，撞开了咱姥姥家的柴门，一窝蜂般拥了进来。咱姥爷站直腰，抬起袖子擦擦额头上的汗，看定了柳白毛，说："狗剩，是你呀。"柳白毛的脸红了，可能是因为咱姥爷叫了他的不太文雅的乳名让他在卫校同学面前丢了丑。堂堂司令，名叫狗剩，的确不像话。他的几个同样是臂戴红袖标的女同学低声笑起来。咱姥爷又说："狗剩，你不是在卫校学医生吗？怎么拉杆子当了胡子？"柳白毛身旁一个留着小胡子的男孩大声说："老汉奸，不许你侮辱我们司令！"咱姥爷愣了一会儿神说："司令？谁是司令？"小胡子指着柳白毛说："这是我们'战龙江'造反兵团的司令，柳司令。"姥爷看看柳白毛，冷笑不止，然后问："我说狗剩，你这司令是谁封的？"

小胡子理直气壮地说："毛主席封的！"柳白毛也说："对，是毛主席封的！"姥爷笑道："真是好大的口气！说大话也不怕闪了腰。"然后姥爷就开始劈他的柈子。一斧下去，碗口粗的红松圆木喀嚓分成两半。又一斧下去，一半分成了两半。姥爷的蔑视态度，让红卫兵们恼羞成怒。柳白毛往前跨了一步，板着脸对姥爷说："吕大棒槌，我们'战龙江'造反兵团，今天要把日本特务茅野真惠子就地正法，为被日本帝国主义杀害的抗联烈士报仇！"姥爷把大斧猛地砍进木墩子里，怒道："杂种，我看你们谁敢。"柳白毛突然从怀里摸出了一支手枪指着姥爷，说："吕大棒槌，尽管你们家帮过我，但爹亲娘亲不如毛主席亲。为了捍卫毛主席，无论什么亲情，都必须舍弃，对不起您啦！"柳白毛身边那个小胡子男孩，也从怀里摸出了一条枪，瞄准了姥爷。小胡子说："吕大棒槌你敢动，就打死你！"姥爷说："狗剩，还有没有王法了？！"柳白毛说："革命无罪，造反有理！"柳白毛身后的红卫兵们一齐高呼："革命无罪！造反有理！革命无罪！造反有理！"柳白毛一挥手，手持棍棒的红卫兵嗷嗷地嚎叫着，冲进了灶屋，抓住咱姥姥的头发就往外拖。咱姥姥不走，他们就用棍子打她的腿。咱娘冲上前保护咱姥姥，被一个眉清目秀的女红卫兵当胸打了一拳，打得咱娘哇了一声，一屁股坐在了地上。咱姥爷大吼一声，刚想往屋子里冲，柳白毛这坏蛋当真就开了一枪，子弹擦着咱姥爷的头皮飞了过去，在他的头皮上犁开了一道血沟。咱姥爷被震住了，半天才回过神来，说："狗剩，你还动真的了？"狗剩说："革命不是请客吃饭，不是作文章，不是绘画绣花，不是温良恭俭让，革命是暴动，是一个阶级推翻一个阶级的暴烈的行动！"咱姥爷说："狗剩，咱家待你不薄，你大婶也没有对不起你的地方。"狗剩不说话。这时红卫兵们将咱姥姥拖到了院子里。咱姥爷又想动，狗剩又开了一枪。

这一枪贴着咱姥爷的耳朵飞过去，又在他的耳朵上豁了一道沟。咱姥爷头上的血流到了额头上，耳朵上的血流到了腮帮子上。咱姥爷说："狗剩爷们，咱俩前世无仇，近世无怨，说起来我跟你爹还是拜把子兄弟，你不看僧面看佛面，看在你爹的面子上，放你大婶一马，该杀该砍，让你大叔我来承担！"狗剩摇摇头，说："大叔，这是革命，不怨我。"红卫兵抡起棍棒，打得咱姥姥满地打滚。咱姥姥的中国话说得本来就不好，挨打情急，日本话冲口而出。红卫兵听到咱姥姥说日本话，起先是一愣，立刻就兴奋地大叫起来。果然是日本人，果然是特务。打打打，打小日本！棍棒像雨点一样落到了咱姥姥的身上。咱娘跌跌撞撞地扑上来，还是被刚才那个模样俊秀的女红卫兵当胸打了一拳，打得咱娘又是哇了一声，一屁股坐在地上。那小女红卫兵看着咱娘捂着胸口痛苦不堪的样子，清秀的小脸眉飞色舞，好像拳师看着败在自己手下的敌人。

咱家对你说，这小女红卫兵后来成了小有名气的作家，写了许多批评文化大革命的文章，不久前咱家还在一次会议上见到了她。她好像不认识咱家了，可咱家还认识她。吃饭时她端着酒杯到咱家面前来敬酒，咱家感到血往头上冲，真想把杯中酒泼到她的脸上，但看到她那张精心装修过的脸，精心的装修也没能遮住她满脸的烟灰和老相，咱家对她突然产生了怜悯之情，嗨，都是女人，冤家宜解不宜结，算了吧。咱强作笑容，与她碰了杯，把杯中酒一饮而尽。酒下了肚子，眼泪却从咱家的眼睛里涌了出来。她看着咱家的泪眼，低声说："走自己的路，让别人说去！"尽管她是仇人，但她的话还是让咱家大为感动，咱家决心这辈子也不把她打咱娘的事告诉别人。

咱姥爷见到咱娘挨打，顷刻间变成了一只受伤的老虎，低沉地咆哮着，一步一步，摇摇晃晃，往咱姥姥和咱娘那边走过去。狗剩大喊着："站住！站住！"咱姥爷就像没听到一样，只管往前走。狗剩真地对准了咱姥爷的脑袋搂了扳机。老天开眼，不让咱姥爷死在狗剩手里，枪没打响，臭火。咱姥爷挥舞铁拳，向那些红卫兵冲去。其实那时候热血已经迷了咱姥爷的眼，他的拳头根本就没打到一个红卫兵，红卫兵们的棍棒倒是没少往他的身上招呼，但他毫无反应，好像棍子打着的根本就不是他的身体。他的样子让红卫兵们有点害怕，于是纷纷后退，闪开一条路。咱姥爷跪在咱姥姥的身边，大声喊叫着："真惠子，真惠子！"咱姥姥听到咱姥爷叫她，在弥留之际睁了睁眼睛，嘴唇动了动，好像要说话，但到底也没说出什么话，然后就把眼睛闭上，死了。

后来，屯里的人议论起来，说咱姥姥这个日本贵族的千金，虽然在中国受了许多年苦，但还是小姐身躯丫环命，忒不禁打，顶多不过挨了那么几十棍子，就一命呜呼，如果换上一个穷苦人家的女人，挨上三倍的棒子，也死不了。

咱娘嫁过来后，曾对咱祖母说过，咱姥姥死时，肚子里还有一个小孩。为什么咱姥姥和咱姥爷搭伙生了咱娘后，十八年后又怀孕？这是个大谜，我也许很快就告诉你，也许永远不告诉你。

咱姥爷用手托起咱姥姥的头，大喊着："真惠子！真惠子！"但无论他怎么喊，咱姥姥也不睁眼了。咱姥爷把大头伏在咱姥姥脸上，好像在说悄悄话。红卫兵们呆呆地看着眼前的情景，也许心里有点害怕，也许一点都不怕。狗剩司令傻乎乎地立正站着，好像一只被枪声震住了的傻狍子。他的像小野猪般的眼睛不停地眨着，看起来精明无比，其实愚蠢透顶。如果他足够精明，就应该撒腿跑掉，最好跑得比兔子还快，别人不知吕大棒槌的脾气难道他还不知道吕大棒槌的脾气？但是他不跑，就那样傻站着，拿枪的手哆嗦不止。他哆嗦的时候马上就要到了。

咱姥爷与咱姥姥的尸体说了一会儿悄悄话，然后慢吞吞地站起来。他的身体背着山林后边升起的太阳，缓缓地长高，长高长高越长越高，长得像一个驼背垂臂的大猩猩时暂时停住。这时狗剩和他的红卫兵们看到了咱姥爷悲痛欲绝的脸。咱姥爷趴到咱姥姥身上时下巴上的胡子还是黑的，现在已经变成了红的。铜屑般的皮肤一片片从他的脸上脱落下来，恰似骤然冷却了的热铁。在大猩猩的状态上他又把身体猛地一挺，双眼随即闪烁着火红的光芒。他的铜皮脱尽的脸也焕发出钢铁般的烧蓝，下巴上的胡子简直就是一团燃烧的火焰。男人在什么时候最壮丽？男人在复仇前夕最壮丽。咱姥爷炫耀着他的壮丽的复仇之脸，嘴角唇边似乎还洋溢着苦悲悲的微笑，摇摇晃晃地、像一个醉汉似的向那个朴拙的柞木墩子走去。狗剩和他的红卫兵们这时还不知道咱姥爷要干什么。咱姥爷略一弯腰，将那柄大斧从墩子上拔起。这时狗剩和他的兵还不知道咱姥爷想干什么。咱姥爷提着大斧，突然地大吼了一声：

“杂种！我毁了你吧！”

咱姥爷提着的斧向狗剩冲过去。这时，红卫兵们模模糊糊地猜到了咱姥爷想干什么，但狗剩好像还不知道咱姥爷想干什么。红卫兵们见事不好，撒腿就跑。狗剩还是傻站着哆哆嗦嗦地端着手枪，瞄着咱姥爷。咱姥爷冲到他的面前，笨拙地挥起大斧，对准了狗剩的脑袋。狗剩把手枪扔在地上。斧头在下落的过程中偏离了方向。一道红光闪过，夹带着若有若无的小风，在这光里风里，狗剩的小脸变了模样。然后，一条被黄色咔叽布衣袖和红袖标裹着的胳膊，齐齐地落在了地上。狗剩惨叫了一声，一腚墩在了地上。咱姥爷又一次举起了大斧，举到最高点时就在空中停顿了。这时那些逃跑了的红卫兵在大街上喊叫着：

“杀人啦！救命啊！”

咱姥爷像受了突然打击似的，让高举起的斧头软软地落下来。然后他拖着大斧，回到椴木墩子前，仿佛疲乏透顶的样子，坐下去，看看狗剩。这时咱姥爷眼里噙着闪闪的泪花，腰背都佝偻起来。他用双手抱住头，呼噜呼噜地哭起来。

咱娘趁着红卫兵逃跑的空当，扑到姥姥身上，哭喊着：

“娘啊，娘！你醒醒啊！”

咱姥姥吐出了最后一口气，好像是回答了咱娘的呼唤，然后，任凭咱娘如何喊叫，她也没有半点反应了。咱娘冲到狗剩面前，大骂道：

“狗剩，你这个畜生！”

咱娘捡起狗剩那条戴着红袖标的胳膊，打着狗剩的头。狗剩一点也不反抗。咱娘把那条胳膊扔下，又跑回到姥姥身边，抚尸大哭。狗剩那条胳膊在地上像出水的黑鱼，活蹦乱跳着，蹦了一会儿，才渐渐地安静下来。这时，咱祖母与咱祖父进了院子。

咱祖母走到咱姥姥身边，蹲下身，问：

“亲家，这是怎么闹的？”

咱姥姥不能回答，咱娘哭着说：

“大婶……救救俺娘吧……”

咱祖父走到咱姥爷面前，嘴唇翻动，但说不出一句话，只是将双手放在裤子上使劲搓着。

村子里的人涌进了院子。

两个穿蓝制服的乡警也进了院子，眼睛像鹞子一样巡看一圈，然后毫不犹豫地来到咱姥爷身边，每人抓住一只胳膊，将咱姥爷架了起来。

咱祖母走到咱姥爷面前，说：

“亲家，你放心地去吧，你的闺女就是咱家的闺女！”

咱姥爷欲给咱祖母下跪，但身体给警察架住了。

咱姥爷流着眼泪说：

“拜托了！”

然后，他就给咱祖母深深地鞠了一躬。这是典型的日本礼节，估计是跟着咱姥姥学的。

第二章　咱家是个狼孩子

从现在退回去三十几年，咱老家那一带，新生儿的死亡率很高。新生十个孩子，能活下来五个就是特大丰收，活上三两个，也算不上歉收。可以这样说吧，在那个年代里，在咱老家那块地方，凡是能够活下来的孩子，都是经过了大自然优胜劣汰过的比较优秀的个体。咱家祖母是黑龙江边一溜十八屯中最有名的接生婆。据她老人家说，经她的手接下来的孩子，差不多有一千个，但活下来成了人的，连五百个也没有。说起接生婆，咱家总是联想到媒婆，好像她们是一路货色。但事实上，在咱家那地场，接生婆比媒婆受到更多的尊重。在旧戏台上，媒婆有自己固定的脸谱与形象。她的额角上总是贴着两贴膏药，总是咧着一张能把死人说活了的大嘴，总是撇着一双能把南墙踹倒的大脚，总是穿着一件能把膝盖遮住的偏襟大褂子，总是手里提着一杆大烟袋，到了人家里，蹁腿往炕头上一坐，然后就摇动三寸不烂之舌，撮合那些伤天害理的婚姻。接生婆没有自己的舞台形象。一般人认为，接生婆处于医与巫的中间状态，虽然也多少收一点礼物，但基本上属于积德行善的工作，以业余为多，鲜有以此为职业者。接生婆因为出发点的美好（没有一个接生婆不希望母子平安），不是像媒婆那样，一开始就打定了主意要骗人，所以就掩盖了她们在工作中犯下的罪恶。当然，她们的犯罪基于她们的愚昧，这责任要历史来负，与她们无关。但问题的复杂性在于，咱祖母，既是有名的接生婆，又是著名的媒婆。她经常在替人说媒时接生，也经常在接生的过程中替人说媒。除了这两项工作之外，她还是屯子里替死了人的家庭料理丧事的司仪。她满脑袋规矩，满肚皮知识，这世界上的问题，好像还没有她不能解答的。咱家之所以能够有今日这样一点成就，全仗着运气好撞上了这样一个祖母。

咱家长到七八岁时，在屯子里的小学读书。有一次，为了抢一根老虎的胡子，与班里的几个孩子打起架来。咱家体力虽然不是班里的最强，个头也不高，但咱家特别善于使用牙齿，几个回合下来，那几个小子都被咬伤，有的手指流血，有的耳朵穿孔。他们逃到离咱家几十米的地方，各人都捂着自己的伤口，痛得龇牙咧嘴，骂咱。咱家对着他们一龇牙，他们撒腿就跑。他们骂咱家是狼孩子，说是咱爹与母狼交配生下了咱。他们还骂咱祖母，说她是“红眼睛，绿指甲，腚上拖着灰尾巴”。咱家这才得知，接生婆在孩子们的心目中，原来是一副如此可怕的形象。咱家脑子里之所以没有这种关于接生婆的可怕形象，原因就是接生婆是咱家的祖母。

最近几年，咱家多次在梦中见到祖母。她有时候像那位把卖火柴的小女孩接到天堂里去的慈祥的老祖母，有时候却是额角上贴着黑膏药、手里提着大烟袋、屁股上拖着一条灰色的大尾巴的可怕形象。咱家知道这形象是媒婆的舞台形象与咱老家的孩子心目中的接生婆形象的组合，就像凤凰的形象是孔雀与野鸡的组合一样。

解放后国家提倡新法接生，县卫生局要为每个屯子培养一名接生员，通知发到公社，然后再由公社发到大队。咱蛤蟆屯大队的支书金贵——他是咱祖父的远房堂兄弟——找到咱祖母，说：“嫂子，来了好事啦！什么好事？去县里学习新法接生，学完了发给毕业证书，授予助产士称号。”祖母嗤之以鼻，说：“女人生孩子，是瓜熟蒂落的事，接生婆不过帮着拾掇拾掇脏物罢了，学什么？”金贵说：“你要不去，我可要让别人去了。”咱祖母说：“你愿让谁去就让谁去，你不用张口我就知道你要让二曼去！兄弟，尽管劝赌不劝嫖，但嫂子还是要劝你几句，这个娘们，什么男人没见过？你千万别对她动真情。另外，嫂子提醒你，那木匠郭兰，你甭看他见人就点头哈腰，装出一副龟孙子的模样，其实这人肚子里有牙，你提防着点儿，提防着他宰了你。”

咱蛤蟆屯大队去县里接受接生员培训的果然就是郭兰的老婆二曼。那是个腿是腿腰是腰的女人，那是个该瘦的地方瘦、该胖的地方胖的女人。虽然那时候她已经不甚年轻，但依然是风骚迷人。祖母说伪满时二曼在哈尔滨当过妓女，解放后从良嫁给了咱蛤蟆屯的小木匠郭兰。她惯常梳一个油光闪闪的“飞机头”，喜欢斜着眼睛看人。见了男人就笑，不是那种堂堂正正地笑，而是低着头、捂着嘴、斜眼看着人、吃吃地笑。也许是她曾经当过妓女，所以她才这样子笑。也许她喜欢这样子笑，人们才说她当过妓女。二曼嫁给郭兰后一直没有生养，人们说她在长期的放荡生活中丧失了生育能力。为此郭兰对她心怀不满，常常找茬揍她。

有一天晚上，郭兰在寡妇老常家的小酒馆喝酒。老常的酒馆坐落在桦木林子里，是树林中的小木屋。酒馆铺面很小，地上装了一层粗糙的柞木板，踩上去嘎嘎吱吱响。屋里摆着几张刺楸木桌子，桌面粗糙，没有上油，露着细密的木纹，散着清新的木头气息。郭兰一向吝啬出名，这天他之所以在老常的酒馆喝酒，是因为白天他给老常箍了一个橡木酒桶。老常不愿给他工钱但也不愿欠下他的情，所以就请他喝酒。老常这个女人，跟一个老毛子同居过，学会了喝酒，也学会了酿酒。她用秋天的野葡萄酿造的葡萄酒芳醇无比，连省城里的品酒专家都赞不绝口。老常用野葱炒了一盘鸡蛋，端出来放到桌子上，金黄里镶着碧绿，简直就是一盘玉。接着她又炒了一盘咸肉。肉也是好肉。紫红的颜色，汪着一层油，简直也是一盘玉。然后她就在桌子前坐下了。那是秋天，金色的风在桦木林子里穿行，吹着那些玉一样的叶片，发出嗦嗦的声音。一盏玻璃罩子灯擦得晶亮，安放在柜台上，放射着明亮的光芒。这盏灯是屯子里最亮的灯，毫无疑问，能把一盏罩子灯擦得晶亮的女人，肯定是个好女人。喝酒时老常说："郭兰，你留着钱干什么？别人攒钱，是为了给儿子娶媳妇，给闺女置嫁妆，二曼连个人芽儿都没给你生养，你说你留着些钱干什么？我要是你，可不这样傻。我要是你，每天必吃一斤肥肉，喝一瓶老酒，先赚个肚里幸福再说。"郭兰嘟哝着："其实我也没有多少钱。"老常说："郭兰，你有没有钱别人不知道，老娘我心里可是门清。去年冬天你去县土产杂品公司，一下子就卖了一百块袁大头，你说有没有这码事？"郭兰的脸顿时红了，低声嗫嚅着："你怎么知道？"老常笑道："哈哈，咱家耳朵长，土产公司的经理管咱家叫干娘。"郭兰说："那是俺老婆的私房钱。"老常说："咱家当然知道那是你老婆的私房钱。一百块袁大头，搁在解放前，能置二亩良田！郭兰，你家二曼，可是大有来头的，你不要把她看成凡人！"郭兰硬着舌头说："再……再给老子一壶酒……"老常说："郭兰大兄弟，听说你花了不少钱给二曼看病？想让她给你生个孩子？大兄弟啊大兄弟，你可真是傻透了气！你家那个女人是个什么女人？嫂子今日喝了点酒，酒后话多，也是看着你老实人可怜，被人家蒙得凄凉，咱家不疼你，这个世界上就没有第二个人来疼你了！所以嫂子就实话对你说了吧，你家二曼，解放前是哈尔滨有名的婊子，绰号‘小蜜狗’，专做老毛子的生意，抗战胜利后，她还作为哈尔滨市的妇女代表受到过中华民国外交特派员蒋经国的接见，还出席过宋美龄宴请苏联红军高级将领的盛大晚宴。在那次晚宴上，‘小蜜狗’穿着一件黑色天鹅绒的旗袍，鼓着一对像西瓜那样大的奶子，戴着珍珠项链、钻石耳环，一闪一闪像放电一样，迷了多少老毛子的眼！晚宴之后，你老婆跟马林诺夫斯基元帅的代表列鉴诺夫上将翩翩起舞，轰动了整个的哈尔滨。”郭兰红着眼睛骂道：“你放屁！”老常说：“我知道，你口里说不信，但心里是信了，你是不愿意承认。也许，你还是半信半疑，我有一个办法让你全信不疑。你找个她不在家的机会，把她的箱子撬开看看，看看她的箱子底下是不是藏着一条绣花的门帘。那条门帘上缀满了珠宝，还绣着一对戏水的鸳鸯。这件宝物，当时能值五百大洋，是哈尔滨最大的绸缎庄老板沈福祥送给她的礼物。”郭兰说：“你胡说，那是小日本投降时，日本关东军的家眷贱卖了的家产，俺老婆用一篮子土豆换来的。”老常笑道：“她骗你！你也不想想，日本女人会那样傻？大兄弟，把那条门帘偷来给我，我就给你生个儿子！”老常用她的葡萄眼斜着郭兰，被酒水沾湿的嘴唇在灯下放着光，雪白的牙齿在唇间闪烁。郭兰硬着舌头说：“你……你也是婊子……”老常用自己的胸脯顶住了郭兰的脸，双手揉搓着他的头，说：“大兄弟，把那条门帘偷给我，我一定给你生个儿子……”郭兰推开老常，站起来，说：“婊子，你想骗俺家的财产，编了这套瞎话骗人，你做梦去吧！”

郭兰回到家，看着坐在炕前洗脚的二曼，越看越觉得不顺眼，越看越觉得窝火。他从门后抄起一根棍子，对准了二曼的头就是一下子。二曼在郭兰身边生活日久，已经培养起一种躲避打击的下意识，她及时地一歪头，让棍子落在了肩膀上。她大叫了一声，接着骂："畜生，一定是老常那个骚货给你烧了邪火！"郭兰又一次举起了棍子，但没等到他的棍子落下，二曼就将铜盆里的洗脚水泼到了他的脸上。热乎乎的洗脚水当然不能让郭兰头脑清醒，他举起棍子，泰山压顶般地擂下去。二曼将铜盆高高举起，像举着一面盾牌，保护住自己的头脑。只听到当啷一声响，棍子砸在铜盆上，将铜盆砸扁了。郭兰捧起铜盆，仔细端详着，心中疼得要命。趁着这机会，二曼跳起来，赤着两只湿脚就往外跑。郭兰扔下铜盆，一个箭步蹿上去，伸手揪住了她的头发，骂道："你这个婊子，你这个'小蜜狗'，老子今日毁了你吧！"郭兰把二曼按倒在地，骑上去，用屁股蹾着二曼的腰。就像传说中黑瞎子对付女人的样子。二曼在下面连连求饶："掌柜的……掌柜的……饶了我吧……"郭兰急蹾不住。二曼说："郭兰，你这个狗娘养的，你今日不把我蹾死你就是婊子养的！蹾吧，蹾！畜生，老娘肚子里怀着的孩子可是你这个王八蛋下的种子！"郭兰一听这话，屁股像坐到热鏊子一样，腾地就跳了起来。

当然，二曼不可能怀孕，她只不过是情急智生，临时撒了一个谎。但她的谎言却让缺乏妇科知识的郭兰信以为真。从此郭兰就精心侍候二曼，下河捉王八，上山打飞龙，给她加营养。二曼也就假戏真作，哼哼唧唧地伪装出孕妇的模样。过了三个月，伪装越来越困难时，二曼就抓了一只老鼠杀死，剥了皮，剁去尾巴，扔进尿罐里。然后又从杀猪的人家弄来一小瓶猪血，倒进尿罐。郭兰回家，她就趴在炕上放声大哭，说对不起亲亲的男人，好不容易怀上的孩子，又流了产。郭兰一看满尿罐的血就晕倒了。等到他醒过来时，二曼已经把尿罐倒了。郭兰很快明白了这是个大骗局，但他对外还是宣传说二曼好不容易怀上个孩子又不幸小了产。他甚至到咱家来找咱祖母讨要保胎药，为二曼的第二次怀孕做准备。“怀孕？”咱祖母把郭兰打发走后，对着咱祖父冷笑着说，“二曼能怀孕，骡子也能产马驹！”

二曼从接生员培训班上回来，怀揣着结业证书，逢人就显摆。党支部书记金贵举着铁皮喇叭筒子，领着手捧新法接生训练班结业证书的二曼，在屯子里的大街小巷里广播宣传：“社员同志们请注意，社员同志们请注意，告诉同志们大家一个好消息，罗二曼同志已经从县新法接生培训班光荣地毕业了！从此之后，我们蛤蟆屯有了科学的接生员了，小孩子生下来就死的现象就要结束了！女人生孩子大出血的现象就要结束了！从今往后，女人生孩子都要找罗二曼同志接生……”

据咱祖母说，老金贵那个色鬼，为了讨二曼的好，不顾自己尊贵的身份，竟然替二曼那个婊子做义务的宣传。咱祖父却认为这是老金贵应尽的义务，党支部书记的首要任务，就是宣传新生事物，譬如新法接生、新法避孕、土法炼钢、合理密植、破除迷信、接种牛痘等等。祖母就说，你们姓金的男人没有一个好东西。祖母说老金贵千不该万不该他不该在咱家院子外边把二曼毕业的消息重复广播十几遍。这不是明打明地跟咱家过不去嘛！咱祖母是什么样的人物，能受得了这等窝囊气？话说老金贵带着罗二曼那个小娼妇，举着马口铁卷成的喇叭筒子，在咱家院子外边一遍又一遍地广播，屯子里那些好看热闹的闲人与无聊的孩子们，都跟在他们身后观看。

二曼毕业回屯后，屯子里已经有两个女人生产，她们的丈夫仍然把咱祖母叫去接生。二曼自以为怀揣绝技，跃跃欲试，但无有用武之地，心中如何能不气？而且祖母刚接过的那两次生，新生儿是一死一活。二曼到处放风，这两个孩子如果让她接，她敢保证一个也死不了。祖母对她的说法嗤之以鼻。祖母说“死生有命，富贵在天”，那些死去的孩子，原本就是些讨债的小鬼。如果一个女人杀过一只猫，那猫就要投这女人的胎，让她受点罪，所以肉眼凡胎看上去像是死了一个孩子，其实，慧眼金睛看上去，就知道那死了的，其实是一只猫。咱家祖母当然就生着一只这样的慧眼，她每次都能透过现象看到本质，戳穿那些死孩子的假皮相，向那些产妇，揭露出死孩子讨债鬼的本相，或是猫，或是狗，或是羊，或是猪。不久前刚出子宫就去世了的那个小男孩的母亲，是车把式钱银柜的老婆。这对夫妻已经生了三个女孩，就盼着生个儿子传宗接代。咱祖母被钱银柜接到他家时，钱的老婆已经脱光了衣服躺在炕前的麦秸草上。咱祖母接生多年，有辨别真正的孩子和讨债鬼的丰富经验。她说，只要是先从产道里露出了头顶的，就是好孩子，如果是讨债鬼，那就不定准儿，也可能先露出脸，露着一个青色的小脸，还龇着两颗小门牙，你想想看，这怎么可能是个人？也可能先露出一只手，从那里伸出一只小手，就像一只兽爪子，怎么可能是人？咱家小时在屯子里老孙家看了一本绘画的《封神榜》，那上边有一个名叫杨任的，被商纣王挖了眼睛，神仙在他的血眼窝子里按上了两粒仙丹，他的眼窝里就长出了两只小手，手心里还有两只眼。咱就联想到，那些从妈妈的产道里伸出的小手心里，也长着一只眼睛。你想想，这不是讨债鬼又会是什么？祖母一进门就看到从钱银柜的女人那儿伸出了一只小手，她立马就知道碰上了讨债鬼。她当场就脱了棉袄，高高地挽起衣袖，摆出一副准备吃大累、流大汗的样子。祖母抽了一袋烟，就吩咐钱银柜把家里所有的绳子扣都解开，把所有的门户都打开，连一个堵着酱油瓶的塞子也拔掉扔了。她还用一贴伤湿止痛膏贴住了产妇的嘴巴。你以为是怕产妇大喊大叫？差矣！祖母这样做，这怕那讨债鬼从产妇的嘴巴里化为一股青烟跑掉，如果让这小鬼头跑掉，用不了三个月，它又会回到这女人的肚子里投胎，让这产妇再吃一遍苦。然后，祖母从她随身携带的包袱里拿出一根红绳，拴在那小家伙的手腕子上。她把红绳的一头，穿过窗棂递到窗外去，让钱银柜跑到窗外边，牵着绳头不许松手。她还要求钱银柜在窗户外大声喊叫："出来吧，出来吧，又有饽饽又有肉！出来吧，出来吧，又有饽饽又有肉！"就这样喊下去，一直喊到讨债鬼出来为止。所以，但凡是家里生过讨债鬼的男人，都要哑嗓子许多天。然后咱祖母就在屋子里不停地忙活起来。她一会儿睁着眼大喊大叫，一会儿闭着眼念念有词。她一会儿用巴掌按压产妇的肚子，一会儿用梳子刮挠产妇的脚心。她还有许多许多操作程序，咱家没有亲眼看见，所以也就不能也就不敢一一尽述。总之，在屯子里人们的心目中，咱家祖母可是个尽职尽责、半点也不偷懒的接生婆，产妇生孩子要出大力流大汗，咱祖母出的力一点也不比产妇少，她出的汗甚至比产妇还要多。往往出现这种情况，生完孩子，产妇累昏了，咱家祖母也昏了。咱家祖母浑身汗水，像从黑龙江里刚爬上来一样，连头发梢子上都往外流汗。所以，如果孩子生出来就死了那他的确是该死，一点也不能怨咱家祖母不出力。所以，咱家祖母接完了生，即便接出了一个死胎，也要实臀大腚地坐下，在产妇家吃一碗面条、外加两个荷包蛋。她吃得心安理得，毫无羞愧之心，没人敢说她什么。

但二曼毕竟是经过了国家正式培训的新法接生员，满嘴的新鲜名词的确是十分唬人，再加上支书金贵的撑腰仗势，她顺利地接生了几个孩子后，在屯子里渐渐地得了势。咱家祖母虽然不放过任何一个糟蹋二曼的机会，但找她来接生的人却越来越少。后来，为了接生一个孩子，咱家祖母不得不在人家的媳妇肚子刚刚能看出点光景的时候，就去跟人家的婆婆套近乎，甚至用小恩小惠去收买。

屯子里老孙头家是咱家的瓜蔓子亲戚，两家的关系一向很好，老孙家的三个儿子两个闺女都是咱家祖母亲自接出来的。老孙家大儿子媳妇肚子里有了景，祖母就提着鸡蛋、揣着挂面，三天两头地往那儿跑。到了那里后，放下礼物后，就装模作样地给那个小媳妇检查胎位。其实，咱家爷爷也知道，咱家祖母哪里知道什么胎位？几个新鲜的名词，什么胎位了，胎音了，胎盘了，羊水了……全是从二曼的嘴里学的。咱家自然没见过祖母去给人家检查胎位的情况，因为那时候咱家还没有出生。当时的情况都是后来咱家听屯子里的人说的。屯子里人说咱家祖母：老金家屋里的，这个封建的、落后的、反动的、装神弄鬼的老巫婆子，是日薄西山气息奄奄垂死挣扎呢，明知道旧法接生已经到了寿终正寝的日子，但她还是虎死不倒尸，醉死不认酒钱。咱家祖母到了老孙家，把鸡蛋挂面什么的，往锅台上一放，然后就说："侄媳妇，上炕，让老姨给你摸摸胎位。"老孙家的就说："老姐姐，还是歇歇吧，摸什么摸呢？俺生养过三男二女，你啥时给俺摸过？你没摸，俺不是也顺顺妥妥地生出来了吗？"咱家祖母瞪着眼说："摸，当然要摸，二曼那个骚狐狸，她以为就她会摸，老娘也会呢。老娘接出来的孩子比她吃过的土豆子都多。"老孙家的瞅瞅锅台上的礼物，无奈地对儿媳说："你看看，你大姨这一片热情……还是让她给摸摸吧……"于是那个红脸蛋子的小媳妇只好咕嘟着嘴巴，躺到炕上，解开大红的裤腰带子，让咱家祖母用她那双大手，在那柔软的肚皮上摸来摸去。咱家祖母一边摸着一边说："不养孩子不知道哪里痛，二曼是个什么？妓女，一个千人戳万人骑的脏货，她的手，摸了树树不结果，摸了草草不结籽，摸了女人的肚皮，不是横生就是倒养！竟然有那么多的糊涂虫让她那双脏手摸来摸去。侄媳妇，你是元宝胎，小小子在肚子里盘腿打坐儿，喜笑颜开着，长得欢势着呢！大姨的手是带仙气的，不是要紧的亲戚，用八人大轿抬着我，用七个盘八个碗伺候着我，我还不喜得去呢。贤侄媳妇，你是个有福的，咱家保你生一个全毛全翅的大胖小子。母子平安，一溜青烟，送子娘娘，吉祥姥姥……”

总而言之，咱家祖母为了争夺一次接生的机会，利用了亲戚关系，鞋底磨破了，嘴唇说薄了，心机耗尽了，还赔上了三十个鸡蛋十八束挂面——这在咱家祖父眼里可是一笔巨大的财产——真难为了她老人家——但最后的结局是，当咱家祖母听到了老孙家的儿媳发作了时，急忙换上她那件浆洗得板板整整的青布大褂子，将剪刀、火镰、白布等一应接生需要之物揣在怀里，匆匆跑到老孙家的大院子时，正好听到婴孩出生后的响亮啼哭和二曼的高声报喜：“恭喜啊，大婶子，添了一个大孙子！”

咱祖母听到了这些声音，心中的滋味难以言表。她老人家就像遭了雷击一样木在老孙家的院子里，咱家估计，眼泪一定在她的眼睛里打转转。怀中揣着的家什很可能沿着她的肚皮滑落到地上。咱祖母就这样木木地站着，听着从孙家堂屋里传出来的锅碗瓢盆的声音，面条和荷包蛋的气味残酷地扑进了咱家祖母的鼻子。那可是咱家的挂面和鸡蛋啊。老孙家的堂屋里灯火辉煌，乳白色的蒸汽从敞开着的大门里汹涌地冒出来。老孙家的出来倒东西，看到了雷击木一样戳在院子里的咱家祖母，顿时愣住，尴尬的表情在她的脸上表现出来。“他大姨啊……”这个该杀千刀的老女人觍着脸说，“新社会了……孩子们自家有主意，老人的话不中听啊……再说了，您也一大把年纪了，就让年轻人干吧……”

咱家祖母长长地叹了一口气，就像用钢针在鼓胀的气球上扎了一个窟窿。她挺直的腰板瞬间就塌陷了，身体眼见着矮了下去，光滑的大脸上顿时出现了成千上万条皱纹，一条比一条深刻。从此咱家祖母的腰板再也没有挺直过，从此咱家祖母的脸皮再也没有舒展过，咱家祖母就这样一瞬间老了。据说老孙家还假惺惺地请咱家祖母进屋去吃一碗面条，但咱家祖母已经慢吞吞地、像一个在阳光下曝晒了一个时辰的雪人儿一样，步履艰难地、拖泥带水地走出了老孙家的大院。咱家祖母在被满天星斗照耀得斑斑点点的大街上，摇摇晃晃地朝着自家走去。咱家本来是在老孙家的东边，但咱家祖母竟然迷失了方向，朝着屯子的西头走去，一直走到了屯子西头的乱葬岗子那里，才知道自己走错了路。在返回的路上，咱家祖母终于大放了悲声。她的哭声，给屯子里的人民留下了深刻的印象，事过多年之后，提起祖母这次前所未有的大哭，屯子里的人民还记忆犹新。都说，人怕伤心，树怕伤根，像钢铁一样坚强的老金家的放声大哭，可见是真正地伤了心。据咱家祖父用幸灾乐祸的口气悄悄地对咱家说，咱家祖母回家后，还像一个小姑娘一样啼哭着，腮帮子上泪水纵横，鼻涕流到了嘴唇上，口水流到了下巴上。

当然，像咱家祖母这样的强大女人，是不可能因为这样一件事就彻底地垮掉的，这就像俗语说的那样："老虎虽死，威风犹在"。咱家祖母尽管遭受了沉重的打击，但在家中，她依然是主宰，依然是喊一声就让咱家祖父颤抖的家长。而且在对待老孙家的背信弃义问题的处理上，咱家祖母还是表现出了应有的风度。按照咱家祖父的想法，应该提着劈柴用的长柄大斧去老孙家算账，最次不济也要把那三十个鸡蛋和那十八扎挂面讨要回来。但咱家祖母拦住了因为心痛那些挂面和鸡蛋而像个猴子一样上蹿下跳的咱家祖父的去路。咱家祖父说：

"难道就让他们白吃了吗？"咱家祖母说："老孙家生了孙子，本来也该去贺喜的。"咱家祖父说："难道就这样让他们骑在咱家脖子上拉屎吗？"咱家祖母说："没人在你的脖子上拉屎。"

这件事情就这样结束了。从此之后，咱家祖母再也没有给人家接生过。

"下边该说说咱家出生的事情了，"她翘着俊俏的手指，弹了一下烟灰，微笑着，露出整齐的、闪闪发光的、但略微嫌大了些的牙齿，对依然拘谨、但分明是比方才自然了许多的小报记者说，"你一定在想，咱家出生，一定是咱家祖母亲手接出来的吧？按照常理说也应该是这样，俗话说'肥水不落外人田'嘛，咱家祖母是一个资历深厚、对新法接生抱有很深成见的接生婆，自家的儿媳生产，肯定要自家动手，绝对不会去把那个抢了自家饭碗、侮辱了自家尊严的仇敌、而且还当过妓女的二曼请来的，你是不是也这样认为呢？"小报记者狡猾地微笑着，但一声不吭。她撅起嘴唇，似乎看透了小报记者的滑头，说："事实恰好相反，咱家母亲生产时，接生婆竟然是那二曼，而且是咱家祖母亲自去把二曼请来的。在二曼为咱家母亲接生时，咱家祖母躲在她的房子里，连面都没露，好像世界上压根儿就没有她这个人……"

好吧，先说说咱家父亲，这是个基本上不负责任的男人，是个既不是好儿子、也不是好丈夫、更不是好父亲的男人。枪毙了他我顶多流三滴眼泪，多了一滴也不流。咱家父亲名叫金大川，人送外号金大牙，其实他的牙并不大，一个牙齿不大的人被人起了个外号叫大牙，这里的原因，咱家也说不清楚。咱家父亲是林业工人，据说在他们采伐队里还是个劳动模范，他好像生来就对树有仇，见了树就双手发痒，眼睛发红，似乎不杀伐就不能平他的心头之恨。好像树是他的仇敌，好像树是糟蹋了许多咱们的老娘们的小日本，或是恨不得把咱们的母牛都轮奸了的老毛子。他起初是用斧头砍树，创造过一个工作日砍树三十棵的最高纪录，后来他用上了油锯，一天能杀秃半个山头。他与咱家母亲结婚时，还是个身体健壮的小伙子，脸色阴沉，见了人就喜欢上下打量，好像要看看该从哪里下锯，在他的眼睛里，所有的东西，包括人，都该用斧头和油锯杀倒。这个杀树狂人的精神其实早就已经变态了。只是在与咱家母亲结婚时还没显示出来。其实，即便他的病症已经显示了出来，咱家母亲也得嫁给他。前面说了，咱家那个名叫茅野真惠子的外婆，已经被红卫兵打死，咱家外公也因为砍掉了柳白毛的胳膊而被捕，咱家母亲已经成了孤儿，在这种情况下，别说咱家父亲是个像红松一样挺拔的劳模，即便咱家父亲是棵贴着地皮生长、浑身疤结的偃松，咱母亲也别无选择。后来咱家父亲得了那种油锯手的职业病“白手病”，精神病的症状也日渐明显，给咱家的童年生活蒙上了浓重的暗影，但这些都是后话，还不到讲述的时候，咱们还是先把咱家出生的情况说清楚。

咱家出生在一个黑夜。星光灿烂，冷气凛冽，是初春天气，桃花水将到未到的季节，山阴沟畔，还积存着厚厚的白雪。那夜天象奇特，在银河的左岸，出现了一颗璀璨的彗星。在咱们的老家，可是没有这样的好名字来称呼它。咱们那里把彗星称为扫帚星。而且还有许多关于扫帚星的说法，这些说法的大概意思都是说，出现扫帚星的年头，主着天下大乱，最经典的一次例子是太平天国时，出现了一颗横断银河的彗星，然后导致了长达十几年的天下大乱。咱家不知道那颗彗星是不是著名的哈雷彗星，但咱家知道，咱家出生那年，出现在天河银河左岸的那颗彗星绝对不是哈雷彗星。

咱母亲生咱的时候，还不满十八岁。十八岁的女孩还不到法定的结婚年龄，何况那时计划生育已经搞得热火朝天，政策规定男方满了二十六岁、女方满了二十四岁才可以登记结婚，但咱家母亲十七岁就跟咱家父亲结了婚。其实也不是合法的结婚。因为咱家外祖母被打死，咱家外祖父被逮捕，咱家母亲被咱家外祖父托付给咱家祖母。咱家祖母用大马车把咱家母亲沿着黑龙江边的大道拉回来，第三天就安排她与咱家父亲这个杀树的强盗合了房。咱父亲这个强盗，其实根本就不爱咱母亲。后来咱家才知道，咱父亲在与咱母亲合房之前，就跟林业队伙房里那个长腿细腰的小娘们白花花相好。白花花其实单名一个花字，叫顺了嘴就成了白花花。这个娘们在咱家母亲死后多年还跟咱家父亲保持着相好的关系。这个小娘们咱家见过，眼不大但有神，嘴巴很大，嘴唇丰满，牙齿雪白，举手投足，眼波流动，确实有那么一股子勾魂摄魄的劲头儿。咱家小时听人挑唆，以为是这个女人害了咱家母亲的性命，曾经怀揣着一把牛耳尖刀，潜到白花花的卧室里，想杀了她替咱家母亲报仇，但她只用了一句话就瓦解了咱家的杀心，她高举着双臂，袒露着白花花的胸脯，眼睛里满含着泪水，用深情的、抖颤的声音说："杀吧，好孩子，能死在你的手里也算是大姨的福气……"然后她就跪在了咱家面前，放声大哭起来，脸上的泪水像小河一样流淌……咱家一看这个阵势，心中扑腾腾地打鼓，扔下刀子，撒腿就跑了……

还是说咱家母亲的事。合房第三天，咱家父亲就逃跑了，搬回了他在林业局砍伐队的集体宿舍。咱家祖父去找他，看到他正在与一帮子森林光棍在一起打扑克抽烟。他输了，额头上被赢家贴上了十几张纸条。赢家用一块松明子从炉子里引来火种，将那些纸条点燃。那些纸条瞬间烧尽，在他的脸上留下了十几个燎泡。咱家祖父拧着他的耳朵将他揪起来。他摇摆着头颅，把耳朵从祖父手中挣脱，然后极其不满意地说："干什么你！"咱家祖父也不给他留面子，当着那些森林光棍的面，说："儿子，你是有了家室的人了，跟他们不一样了！"咱家父亲嘟哝着说："谁有了家室？反正我没有家室……"咱家祖父大怒，道："杂种，你这是说的人话吗？觉都跟人家困了，还说没有家室？人家可是黄花大闺女，不是半货子，更不是骚窝子！"咱父亲乜斜着眼子说："什么黄花大闺女，整个一块木头疙瘩！"咱家祖父严肃地说："刚开始不都是木头疙瘩吗？"那些森林光棍大声地起了哄，咱家父亲满脸赤红，提高了嗓门对祖父说："你走吧，反正我是不回去了。"咱祖父说："你跟人家婚都结了，竟然敢说这样的话？！"父亲说："谁跟她结婚了？是你们把她放在我被窝里的！""我到你们领导那里去告你！"咱家祖父恼怒地吼叫着。父亲说："告去吧，不登记就不算结婚。""可你已经把人家办了！"祖父说。父亲说："谁看到我把她办了？我还说她把我办了呢！""你这个丧了良心的杂种啊！"祖父气急败坏地哀鸣着，把手中的拐棍高高地举起来，砸在父亲的头上，发出了一声沉闷的声响。父亲下意识地抬手护住了头顶，痛苦使他的眉头皱了起来。待到祖父第二次将拐棍举起来时，他伸手就把拐棍夺了过来，凶巴巴地说："老爷子，你别逞凶狂，我可是林业局连续三年的劳动模范，局长亲自给我发过奖状，书记与我碰过酒盅子。"祖父说："呸！别说你三年的劳模，你就是三十年的劳模，也是我的儿子，老子该打你还要打你！"父亲把祖父的拐杖横在膝盖上用力折成几段，然后揭开炉盖子，扔在熊熊燃烧的炉火中。祖父的拐杖在炉火中转眼之间就化为了灰烬。祖父嘴唇哆嗦着，嘴里念叨着："杂种，你要遭天谴的！骑驴看唱本，咱们走着瞧吧……"然后他就佝偻着腰，走出了林业局的宿舍。他听到，在窝棚里，他的那个逆子，无耻地说："那家伙，是个白虎，光溜溜的，一根毛也没有啊……"

尽管咱父亲这个强盗只跟咱母亲睡了一夜，但他的种子却在咱母亲的土地上生根发芽，孕育出咱家这个天才——也可以说是怪物。咱家母亲的肚子挺起来后，因为是非婚、非计划生育，村子里主管计划生育的委员——老高家的闺女，三天两头地往咱家跑。她软硬兼施，逼着咱家祖母送咱家母亲去公社医院做人工流产。老支书金贵也代表着村党支部与咱家祖母谈过一次话，但都被咱家祖母斩钉截铁般地堵了回去。咱家祖母怎么说？这样说："自从盘古开天地，三皇五帝到如今，只有鼓励老百姓生孩子的皇帝，哪有不让老百姓生孩子的政府？一定是你们这些东西把上边的指示看错了。"老高家的闺女说："金大婶，这计划生育可是毛主席让搞的。"咱家祖母说："你把毛主席叫来，俺跟他谈谈。"老高家闺女说："大婶子，你是痴了没好呢还是装糊涂？毛主席也是随便能叫来的？"咱家祖母说："既然你不能把毛主席叫来，咱家怎么知道你们的话是真是假？"老支书金贵说："大嫂子，您可不能带这个头，如果您带头把这个孩子生下来，那全屯不就乱了套了吗？"咱家祖母说："不是我生，是我家儿媳妇生。""一没登记，二没结婚，怎么能成了你家媳妇？""睡在我家炕头上，肚子里怀着我家儿子的孩子，不是俺家的儿媳妇，难道还能是你家的儿媳妇？""这样的非婚生子女就是私孩子！"老高家闺女说。这句话把咱家祖母激发得大怒，手指几乎戳到了老高家闺女的额头上，咱家祖母义正词严地说："俺家儿媳，有父母之命，媒妁之言，光天化日，明媒正娶，日头证婚，月亮牵线，正大光明的一个孩子，谁再敢说俺家是私孩子，俺家就跟谁把这条老命拼了。"老支书金贵说："老嫂子，即便你把这个孩子生下来，按规定也落不下户口，落不下户口呢，就不能分粮食，老嫂子，这可是一个实际的问题。"咱家祖母说："山里的老虎豹子下生之后，谁给它落户口？它们不也活得好好的吗？”“老嫂子，”金贵说，“不怕你嘴硬，共产党什么都怕，就是不怕嘴硬的。”咱祖母说：“老金贵，俺家也把话说出来放在这里搁着，这个孩子，是俺老金家的骨血，是俺家的至宝，俺就是那护宝的大虫。如果你们胆敢来横的，俺就豁出去这条老命与你们拼个鱼死网破。”咱家祖母伸出左手的小指，搁在木墩子上，右手拖过来一把斧头，平静地说：“老金贵，让你看看俺家的坚决性吧！”话音未落，斧头举起，嘭的一声。咱家祖母用右手攥着左手，站起来，悠闲地走回到屋子里去。她根本没有回头，好像她的身后没有人，好像刚才那些激昂的言辞和骇人的举动与她毫无关系。咱家祖母走了，把老金贵和老高家的闺女闪在那里。那柄利斧的刃子已经深深地吃进木头里，斧柄翘着，立在那里。在斧头旁边是咱家祖母那根小指头，苍黄的颜色，像一棵炮制过的园参。

咱家祖母用烈士断腕的勇气，把老金贵和老高家闺女吓退了，保住了咱家的小命。咱家也曾经想过，祖母采取这样惨烈的行动，是不是有点小题大做，难道非要如此才能保住咱家母亲肚子里的我吗？但现在咱家明白了，是的，如果不是祖母采取了这样的行动，那屯子里最终必然要采取强硬的手段，将咱家母亲绑到公社医院里去做人流。咱家后来多次亲眼看见过，在屯子里武装基干民兵的护卫下，屯子里的干部，把一车车的孕妇，像抓猪一样抓起来，塞到马车上，拉到医院里，做了人流，顺便结扎了输卵管。所以，咱家这条性命，首先是祖母给的，然后才是母亲给的。

好吧，言归正传，说咱家出生的事情。咱家祖母如何把二曼请来，这个情节暂且放到一边。祖母把二曼请来后，就躲进了自己的房子，将房门关得严严实实，再也不露面。咱父亲这个不负责任的家伙自从与祖父大闹了那一场之后，再也没有回过家，好像水消失在水里一样无影无踪。只剩下毫无妇科经验的祖父给二曼打下手。情急之中，咱家祖父曾经敲打着门板，喊叫咱家祖母："老婆子，你早不躲，晚不躲，怎么在这样的紧要关头躲起来呢？"但任凭咱家祖父把门板敲破，咱家祖母连大气都不出一声，好像房子里根本就没有她。在万般无奈之中，咱家祖父只好承担起了助产护士的工作。这是祖父终生的忌讳，谁要敢说他曾经给自家的儿媳接过生，他就会跟谁拼命。

二曼进了咱家母亲的房子时，就感到一种不祥的氛围。其实她说她跟着老金家那个大名鼎鼎的老妖婆子走在黑暗的大街上，抬头看到在灿烂的银河左岸散射着灰白光芒的那颗彗星时，就感到心头发紧，一股股的寒气沿着她的脊梁沟窜上窜下。等她看到咱家祖母躲进房子里不再露面之后，更感到老妖婆子请自己来接生是个巨大的阴谋。她看到，咱家母亲已经大发作，咱家的一只手从母亲的产道里伸出来，仿佛在向这个世界上的人讨要什么东西。后来我想，也许是咱家祖母看到了咱家这副典型的讨债鬼的模样，才决定抛弃前嫌，去把冤家对头请来。也许咱家祖母是想借这个机会，整治一下二曼，让她接下死胎，借此毁坏她的名声。也许咱家祖母被咱家那只伸出来的血手吓坏了，自家的姑娘跳不得神，自家的郎中看不了病，为了挽救咱家母亲的生命，所以，咱家祖母才不得不放下架子，抛弃面子，去把二曼请来。也许上述的各种因素都有，反正是，在那个极其不祥的夜晚，咱家祖母把二曼请来了为咱家的母亲接生。

二曼后来对咱家说，她一看那阵势就想跑，但咱家母亲那张分明还是一个小姑娘一样的瘦脸和那张脸上的祈望的神情，使她受到了深深的感动。她感到自己有责任帮助这个女孩子渡过这个死亡关口。二曼说她当时想到的是舍弃孩子保大人，因为根据她的经验，这样的提前把手伸出母亲体外的家伙，十有八九都是死胎，勉强有一个活着的，长大了也是祸害。但没有想到，二曼用火灼灼的眼睛盯着咱家说——这当然是事过多年之后了——没有想到，该死的没有死，不该死的，反倒死了。世界上的事情就是这样难以琢磨。

不愿意对你详细描述咱家出生时那血腥的过程，这个过程相信你自己用想象力可以填补。咱家被二曼拖着胳膊挣出来后，咱母亲还有气息，据说她看到咱家时，眼睛里还散发出来最后的璀璨光芒，但她的眼神很快就黯淡了。随后而至的大出血，断送了咱家母亲年轻的生命。母亲啊母亲，你死时那样年轻，好像一朵玫瑰，尚未完全绽放，花瓣就已经凋零……

据说二曼是逃走的，但她自己否认。她说她是处理完了咱家母亲的后事，包扎了咱家的脐带，把一切事情都对咱家祖父交代得清清楚楚之后，从容、镇定地走的，因为她感到自己问心无愧，不管怎么说，两条性命，她救活了一条，而这样的艰难生产，落到别的接生婆手里，十有八九地要母子双双完蛋。

据说咱家祖母在二曼逃走后，从她的房间里出来，看到咱家母亲的血已经从门槛下面的缝隙里，流到了堂屋的地面上，连洞里的老鼠都给灌了出来，拖着沾血的尾巴蹿到院子里。这样的老鼠猫见了都害怕。

据说就在这个时刻，咱家父亲喝得醉醺醺的，嘴里哼着小曲，摇摇摆摆地走进了家门。他为什么在这样的时刻走进家门？至今是个难解的谜。还是据说，祖母把满身青痣的我倒提着塞进了一个破麻袋里，交给父亲，说："扔了去吧，扔得越远越好！"据说咱家父亲乜斜着醉眼，说："扔什么，让狗吃了得了。"据说咱家祖母怒冲冲地说："这样的东西，狗怎么敢吃？"据说父亲极不情愿地提着破麻袋，走到江边，将咱家顺手丢在了冰上。据说咱家从麻袋里爬出来，在冰上哭泣。一头母狼将咱家叼到杂树林子里，用它的奶，浇灌了咱家的肠胃。咱家依偎在狼的肚皮下，睡得很香。据说屯子里早起捡粪的老于头发现了咱家，慌忙赶回屯子里报告了支书老金贵，老金贵招呼了几个基干民兵，扛着上了顶门火的步枪，赶到杂树林子，此时，母狼已经走了，只剩下咱家在那里，在彤红的阳光里，响亮地啼哭。

老金贵吩咐人把咱家抱回去，送到公社里，让公社干部处理。正好有一个省里来的大干部在这里视察工作，他用极富人道主义的态度，首先肯定了，即便是私生子，一旦降生后，也是公民，也有存活的权利。他严令当地的干部，要找到咱家的生身父母。当公社的干部调查清楚了咱家的身世后，咱家被交还给祖母抚养，至于咱家父亲，因为抛弃婴儿，犯了谋杀罪，被两个白衣警察，在一个融雪的中午，当众逮捕，在看守所关押了三个月后，被刚刚重新组建的人民法院，判处了十年徒刑，押送到北兴宝山林场劳动改造。五年后，因为他在砍伐森林的劳动中表现突出且有临危救人的举动，被减刑释放，此时，咱家已经是屯子里恶名昭彰的不良少年。

（作者按：此篇作于2003年。咱家当时对闯关东的事儿颇感兴趣，研究了很多植物学著作，掌握了一些动物的知识和林业生产知识，还专门去过长白山。咱家原计划冬天去趟东北，沿松花江、乌苏里江、黑龙江考察，再去看看大兴安岭；夏天再去一次，沿黑龙江进入俄境，入阿穆尔河，一直航行至入海口，那里，几百年前，是中国人的土地。可惜因事，计划未能实现，这部构思中的长篇也就此流产。）

——《布老虎中篇小说》2002年春之卷

变

2005年1月，女儿笑笑陪我去意大利乌迪内领取NONINO国际文学奖。期间，结识了印度加尔各答一家出版社的编辑NaveenKishore。女儿与他用英文交谈，我坐在旁边看他。这是一个面部轮廓极为鲜明、沉默寡言的黑皮中年男子。穿一身黑色制服，披一件黑色风衣，提一架看上去十分沉重的黑色照相机。风衣的领袖、皮鞋的帮沿、相机的边角，都磨得发了白。我请他吃了一盘面条，他给我拍了一张照片。当时互留了电子信箱和通讯地址，但分手之后，也就基本上把他忘记了。今年年初，突然收到他的邮件，说希望我能给他们出版社写一篇描述三十年来中国所发生的巨大变化的文章，我感到这个题目太过宽泛，自己难以胜任，便婉辞了。但架不住他一再来信劝说，最后竟允许我“想怎么写就怎么写，想写什么就写什么”，这样，就没有理由拒绝了。拿起笔来才知道，我不可能“想怎么写就怎么写”，也不可能“想写什么就写什么”。拿起笔来才知道，他给我的题目，还牢牢地约束着我。他还发来了当年为我拍的那张照片，附着在邮件上，黑白的，有些酷。我这样的脸他竟然能拍出酷的感觉，可见是个高手。

一

按说我要写的，应该是发生在1979年之后的事情，但我的思绪，却总是越过界限，到达1969年秋天那个阳光明媚，菊花金黄，大雁南飞的下午。至此，我的回忆便与我混为一体。我的记忆，也就是当时的我，一个被赶出学校的孤独男童，被校园内的喧哗吸引，怯生生地溜进无人看管的大门，穿过一条长长的幽暗走廊，进入学校的核心地带：一个被四面房屋包围成的院子。院子的左边竖着一根柞木杆子，杆子顶端用铁丝捆扎着一根横木，横木上悬挂着一口红锈斑斑的铁钟。院子的右边有一个用砖头和水泥建成的简易乒乓球台，一群人正围着那球台，看两个人比赛。喧哗声由此发出。此时正是乡村学校放秋假的时间，围桌观球的大都是教师，只有几个漂亮的女生。她们是学校重点培养的乒乓球选手，准备在国庆节期间去县里参加比赛，所以不放假，在校练习球艺。她们都是国营农场里干部家的孩子，因为营养充足，发育良好，皮肤白皙，再加家庭富裕，衣着鲜艳，一看便知，与我们这些穷小子不是一个阶级的人。我们仰望着她们，但她们正眼都不瞧我们。正在打球的两个人，一个是曾经教过我数学的刘老师，本名叫刘天光。此人个头矮小，但嘴巴奇大。据说他可以将自己的拳头塞进自己的口腔，但他从没在我们面前表演过这绝活。我脑海里经常浮现出他在讲台上打哈欠的情景，那张嘴完全咧开，确实是壮观景象。他有一个外号叫“河马”，我们谁也没见过河马，蛤蟆也有一张大嘴，且“蛤蟆”与“河马”发音相似，于是“刘河马”就顺理成章地变成了“刘蛤蟆”。这本来不是我的发明，但查来查去，竟然查到了我的头上。刘蛤蟆是烈士的儿子，又是校革委会副主任，为他起外号，自然是一项大罪。我被开除学籍，轰出校门，也就非常必然了。

我这人从小就贱，从小就倒霉，从小就善于将事情弄巧成拙。我经常将明明是拍老师马屁的行为，让老师误以为我要陷害他。我母亲曾多次感叹地说："儿啊！你是猫头鹰报喜，坏了名头！"是的，从来就没人将好事与我联系在一起，但凡是坏事，总说是我干的。好多人以为我脑后有反骨、思想品质差、既仇恨学校、又仇恨老师，这是误解百分百。其实，我对学校感情深厚，对刘大嘴老师，更有着特殊的感情。因为我也是一个大嘴巴的儿童。我写过一篇题为《大嘴》的小说，里边那个男孩，就是以我自己为模。我与刘大嘴老师，其实是难兄难弟。我们本该惺惺相惜，或曰同病相怜。我给谁起外号也不能给他起外号啊。这道理明摆在眼前，但刘老师就是不明白。他揪着我的头发将我揪到他的办公室，一脚将我踢倒在地时说的第一句话就是：

你……你……老鸦笑话猪黑！也不撒泼尿自己照照，看看你那张樱桃小嘴！

我想对刘老师解释，但他根本不容我解释，就这样，一个本来对刘大嘴老师怀有亲密感情的好孩子——莫大嘴——就这样被开除了。我的贱就表现在，明明我被刘老师当着学校全体师生的面宣布开除，但我依然爱着我的学校，我每天总是背着那个破书包找机会溜进学校——起初刘老师亲自往外赶我，赶我我不走，他就拧着我的耳朵或者揪着我的头发往外拖我，但不等他回到办公室，我又溜了进去。后来他就支派几个身高体壮的学生往外轰我，轰我我不走，他们就拧着我的胳膊搬着我的腿把我抬出校门，扔到大街上。但没等他们回教室坐定，我又出现在校园内了。我总是依偎在一个墙角里，身体尽量地萎缩，为的是不引起别人注意，为的是博得众人的同情。我在校园里，听他们的欢声笑语，看他们的蹦蹦跳跳。我最喜欢观看的还是乒乓球比赛，看到入迷时，眼睛里常常噙着泪水，嘴巴常常啃咬着自己的拳头。——后来，他们也懒得往外轰我了。

现在，四十年前的那个秋天的下午，我倚着墙角，看到刘蛤蟆老师挥舞着他自制的那个大于常规，形状如同一把军用铁锹的球拍，与曾经是我同班同桌的女同学鲁文莉对阵。鲁文莉其实也是一个大嘴巴的女孩，但她的嘴大得比较适合，不似我与刘老师这般夸张。即使在那个不以大嘴为美的年代里，她也算得上一个小小的美人。何况她的父亲是国营农场的汽车司机，开着一辆苏联制造的嘎斯51，风驰电掣，威风凛凛。那年头的汽车司机，是一个高贵的职业。我们的班主任老师曾出过一个题目《我的理想》，让我们作文，有一半的男生想做司机。我们班那个个头最高，身体最壮，满脸粉刺，唇上有胡须，看上去足有二十五岁的何志武干脆在文章里写道：我没有别的理想——我只有一个理想——我的理想就是做鲁文莉的爸爸。张老师喜欢将他认为最好的文章和最差的文章在课堂上朗读。朗读前他不报作者的姓名，朗读完让大家猜。在那个年代里，在乡下讲普通话是要被人嗤笑的，即使在学校里也不例外。我们这位张老师是我们学校里唯一一位敢用普通话讲课的人。他是师范学校毕业生，年纪大约二十岁出头吧。他的脸很瘦很长很白，留着一个偏分头，穿着洗得发了白的蓝华达呢军便装褂子。衣领上别着两颗曲别针，胳膊上戴着一副深蓝色套袖。他一定还穿过别的颜色，别的样式的服装，他不可能一年四季都穿这件衣裳，但在我的记忆里他的形象是与这件衣裳联系在一起的。我总是先想到他胳膊上的套袖和衣领上的别针，然后想到他的褂子，然后才能想到他的脸，他的五官，他的声音，他的表情。如果不遵循这样的顺序，张老师的模样，我是永远也忆不起来的。当时的张老师，用八十年代的话说是“奶油小生”，用九十年代的话说是“靓仔”，用现在的话说是不是“帅哥”？——也许还有更时尚的更流行的对于英俊少年的称谓，等我向邻居家的小女孩咨询一下再来确定吧。何志武看起来比张老师老多了。说他是张老师的爹那是夸张了一点，但说他是张老师的叔叔则没人怀疑。我记得张老师用一种夸张的、讥讽的语调朗读何志武那篇作文时的情景：我没有别的理想——我只有一个理想——我的理想是做鲁文莉的爸爸——短暂的沉闷之后是哄堂大笑。何志武这篇作文只有这三句话。张老师捏着作文簿的一角抖擞着——似乎要抖出其中的夹带——天才啊，真是天才！张老师说，大家猜猜看，这是哪位天才的作品？没人猜得出，我们左顾右盼，左顾右盼后便扭头向后看，寻找这位天才的作者。大家的视线很快集中到何志武的脸上。他个头最大，力气最大，好欺负同桌，所以张老师将他安排在教室最后边，让他单独一桌。他的脸在全班同学的注视下，似乎有点发红，但仔细一看也没有怎么红。他的表情似乎有点窘，但仔细一看也没怎么窘。他甚至有几分得意呢，因为他脸上出现了一个傻乎乎的，带着恶作剧的，几分油滑的笑容。他的上唇比较短，一笑即露出上牙，紫色的牙床黄色的牙，两颗门牙之间有一个缝隙。他的绝活是从这道牙缝里往外喷吐小泡泡，一个个小泡泡，在他面前飘着，很有诱惑力。他又开始吐泡泡了。张老师将他的作文簿像飞碟一样抛过去，作文簿中途坠落在杜宝花的面前——她可是好学生——她捏起簿子，厌恶地往后撇去。张老师问：何志武，你说说，为什么要做鲁文莉的爸爸。何志武继续吐泡泡。站起来！张老师大喊。何志武站起来，一副傲慢的、满不在乎的神情。说！为什么要做鲁文莉的爸爸？——又是一阵哄堂大笑。在我们的哄堂大笑中，与我同桌的鲁文莉，竟趴在课桌上，呜呜地哭起来。——我至今也不明白，她为什么要哭。——何志武依然不回答张老师的问题，脸上的表情更加傲慢。鲁文莉的哭，使这本来很简单的事情变得复杂起来，何志武的态度也让张老师的师道尊严受到了挑战。我猜想，如果预料到事情会发展到这种地步，张老师是不会当众朗读何文的，但开弓没有回头箭，他只好硬着头皮说：

你给我滚出去！

我们的天才同学何志武，比我们的老师个头还高的何志武将书包往怀里一抱，当真躺在了地上，团起身体，沿着两排课桌之间那条宽约一米的空隙，往外滚去。我们的笑声刚出喉咙便憋了回去，因为教室里的气氛很严肃，不适合发出笑声。教室里严肃的气氛是由老师气得煞白的脸和鲁文莉断断续续的哭声造成的。何志武的团身滚动并不顺遂，因为在滚动中他无法辨别方向而不时碰撞到桌子腿和板凳腿。一旦发生碰撞他就要调整方向。我们教室的地面虽是用青砖铺过的，但青砖上因沾满了我们的脚带进来的泥土而凹凸不平。设身处地地为何志武想，他的滚动是很不舒服的。但更不舒服的是张老师。何志武的不舒服是肉体的，张老师的不舒服是心灵的。用肉体的自虐惩罚他人，是一种流氓行为，英雄不为也。但能做出这样的行为者，也往往不是一般的小流氓。大流氓往往带有三分英雄气概，而大英雄也往往具有三分流氓气。何志武是个大流氓呢还是个大英雄？得得得，我也搞不清楚，反正他是本文的主要角色，他到底是个什么人，将由读者判定。他就这样滚出了教室。他站起来，浑身沾满泥土，头也不回地走了。张老师喊：你给我站住！但何志武头也不回地走了。外面阳光很耀眼，有两只喜鹊在我们教室前那棵杨树上喳喳地叫。我感到何志武身上焕发出一道道金光，不知道别人如何想，反正在那一刻，在我心目中，何志武，已经是个英雄了。他往前走，大踏步地、义无反顾地走。有一些大大小小的纸屑从他的手中飞起来，飘飘摇摇，降落尘埃。我不知道别人，反正在那一刻，我的心兴奋得怦怦狂跳。他把课本撕碎了！把作业簿撕碎了！他与学校彻底决裂了。学校被他抛到了脑后，老师也被他踩在了脚下。他就像一只鸟飞出了笼子。他自由了。学校的清规戒律再也管不着他了。而我们，还得继续忍受老师的约束。事情的复杂就在于，当何志武滚出教室，撕书与学校决裂时，我从心眼里敬佩他，幻想着有朝一日自已也能做出如此的壮举。但当此后不久刘大嘴老师将我开除时，我心中的痛苦又是那样沉重，我对学校的眷恋又是那样千丝万缕，牵肠挂肚。谁是英雄谁是懦夫，通过这件小事表露无遗。

何志武已经扬长而去，鲁文莉还在哭泣。张老师以明显的不耐烦口吻说：行啦行啦。何志武的意思是想做一个像你爸爸那样的汽车司机，而不是真的要做你的爸爸。再说，他即使真想做你的爸爸，难道他就成为你爸爸了吗？张老师说完了这些话，鲁文莉抬起头，摸出一条花手绢，擦擦眼，不哭了。她的眼睛很大，双眼间距较宽，当她直着眼看人时，显得有几分傻不愣冬。

为什么鲁文莉的爸爸会成为我们的理想？因为速度。男孩子都是速度的崇拜者。我们在家吃饭时，听到汽车引擎的声音，就会扔下饭碗跑到胡同口，看着鲁文莉的爸爸驾驶着那辆草绿色的嘎斯51从村东头或是村西头疾驰而来。那些正在尘土中刨食的鸡被惊吓得飞腾起来，那些正在街头悠闲漫步的狗也连忙跳进了街边的沟渠。简单点说，就是：汽车一到，鸡飞狗跳。尽管发生过好几起压死鸡撞死狗的事故，但鲁文莉爸爸的汽车速度不减。鸡的主人和狗的主人默默地将鸡的尸体或狗的尸体提回或拖回家去，没人提抗议，也没人找鲁文莉爸爸的麻烦。汽车就是这么快，不这么快就不是汽车了。只有鸡狗避汽车，哪有汽车避鸡狗？那是一辆据说是抗美援朝的战场上淘汰下来的苏制嘎斯，车厢上还残留着美国飞机扫射时留下的枪眼。也就是说，这是一辆有着光荣历史的功勋车，在战火纷飞的年代里它冒着枪林弹雨英勇前进，在和平的年代里它拖着一路烟尘继续奔驰。当汽车从我们面前驶过时，透过玻璃，我们看到鲁文莉爸爸神气的姿态。他有时候戴着墨镜有时候不戴墨镜；有时候戴着白手套，有时候不戴白手套。我最喜欢他戴白手套兼戴墨镜的时候。因为我们看过一部电影，电影里我军的侦察英雄戴着洁白的手套又戴着墨镜，化装成敌方的高级军官去检查敌人的炮阵地。他用戴着洁白手套的手伸进炮筒一摸，几个手指染黑了，然后他打着官腔问：你们的炮是怎么保养的？——敌军的美式军服实在是漂亮，穿着敌军的美式军服戴着洁白手套和墨镜的我军侦察英雄实在是英气逼人，潇洒得无边无沿。在看过那部电影之后很长一段时间里，我们都喜欢装模作样地模仿英雄的举动和话语：你们的炮是怎么保养的？但手上没有白手套，表演起来总是不像。我们都梦想着能搞到一副洁白的手套，至于美式军服和墨镜，还有他腰间悬挂的左轮手枪，这些东西太高级，我们连梦想都不敢。我们班里许多男生，包括几位女生都崇拜何志武，并不仅仅因为他用那么有趣的方式离开了学校，还因为他在离开学校后不久，又当着我们全校师生的面，进行了一场潇洒到极致的表演。

那天是六一儿童节，全校的师生，集合到学校大门外的操场上，举行隆重的升旗仪式。我们学校虽然地处僻乡，但因为我们校距离国营农场很近，国营农场那一批身怀绝技的右派中，有几位在文体方面有特长的担任了我们的代课老师。他们将鲁文莉培养成了高密县乒乓球少年冠军，他们将侯得军培养成了昌潍地区少年撑竿跳冠军。他们还为我们学校训练出了一支像模像样的军乐队。有一面大鼓，十面小鼓，两对大钹、十把短号、十把长号，还有两把盘绕在身，朝天开口，闪闪发光的大喇叭。乡下人见惯了锣鼓家什，一鼓一锣一钹，咚咚锵，咚咚锵，咚锵咚锵咚咚锵。单调乏味，土打土闹。当我们学校的军乐队第一次在操场上亮相时，那气派，风度，趣味，还有那极其昂扬的节奏和旋律，大大开阔了乡民的眼界和耳郭，谁见过这等仪仗？谁听过这般声音啊！学校里给每个军乐队的成员做了制服，男的蓝色短裤白衬衫，女的白色衬衫蓝短裙，脚上都是白色长筒袜配白色胶鞋，脸上都涂了红颜色，眉毛都用炭笔描过，女生头发上都系着红绸子，男生脖子上都扎着红色蝴蝶结，确实是美丽。而且，都戴着洁白的薄手套！置办这样一批乐器和服装那可是一笔巨款，把我们校内的桌椅板凳再加上那口铁钟都卖了也不够，但对于国营胶河农场来说，那简直就是母鸡身上的一片羽毛，我之所以没说是九牛一毛，是因为九牛一毛太过夸张。国营胶河农场在我的许多小说里都有过描写，包括那批在我看来欢天喜地、活得颇为声色犬马的右派。我那部中篇小说《三十年前的一次长跑比赛》主要就是写他们的，有兴趣的读者可以去找了看看。但那是一部小说，里边许多事是我瞎编的，而这一篇，则基本上是回忆录，如果有与历史事实不符之处，那也是因为事隔多年，我的记忆出了偏差。

国营胶河农场是全民所有制单位，与目前尚存的新疆生产建设兵团原本是一个系统。农场的主要成员是军队的退伍军人，后来又吸收过一批青岛知青。六十年代初，当我们农村还处在牛车木犁的落后生产工具时期，国营胶河农场就有了一台苏联生产的联合收割机，“康拜因”，红色的，那家伙在农场的万亩麦田里隆隆开进时，对我们的震撼，不亚于1904年胶济铁路初通车时，德国造的机车喷吐着黑烟从我们村前驶过时对我们的爷爷奶奶们的震撼。对于这样一个单位来说，给临近的小学装备一个军乐队，那确是张飞吃豆芽，小菜儿一碟。各位千万别嫌我啰嗦，因为我脑子里这些杂七拉八的记忆太多了，不是我要写它们，是它们自己往外冒。

胶河农场为什么要给我们小学装备军乐队？因为他们的很多孩子在这里上学。他们为什么要将右派分子派来做代课教师，也是因为他们的很多孩子在这里上学。我们学校的本地老师，张老师学历最高才是个“中师”，至于刘大嘴老师，不过是高小毕业。而农场派来的右派，全是高级知识分子。我说到这里，相信大家也就明白了，我们这小学，是当时山东半岛最好的小学。我是上到小学五年级被赶出校门的，但后来当兵到了部队，发现我完全可以给那些高中毕业的战友上课。如果我当时能从那小学毕了业，等到1977年恢复高考时，很可能以小学学历考入北大、清华。

当我们随着军乐队演奏的《东方红》旋律，仰头看着五星红旗在旗杆上缓缓升起时，何志武身穿着一件洗得发了白的旧军装，头戴着一顶八成新的军官大檐帽，戴着白手套、墨镜，手里提着一根自制的马鞭，出现在操场上最显眼的地方。为什么升国旗时我们不奏国歌而奏《东方红》？那是因为原国歌的歌词与歌曲的作者都被打倒了。何志武从哪里弄来这些行头？我们当时不知道。许多年后我与他在青岛见面时，问起这事，他半真半假地笑着说：从鲁文莉她爸爸那里借的呀！虽然他的打扮比不上电影里的侦察英雄，但已经把我们全部“雷”翻了。

他迈着方步，昂首挺胸，毫无惧色地从学生方阵和学校领导之间走过。一边走，一边用手中的马鞭指点着我们，撇腔拿调地说：你们的炮是怎么保养的?!

学校的领导全部傻了似的，眼睁睁地看着何志武耀武扬威地从他们面前走过，又眼睁睁地看着他从他们面前走回。他吹着口哨进入操场旁边那条胡同。我们的目光追随着他的背影，看着他走上河堤，又看着他走下河堤，消逝在河道中。我们知道河里有水，我们想象着他走到河水边的情景，他是要脱下衣裳跳到河中洗澡呢？还是借水照影自赏。接下来，学校组织的活动其实已经没有意义了，无论是抑扬顿挫的诗朗诵，还是洋相百出的活报剧，都无法把我们的心从河边拉回来。刘大嘴老师气汹汹地宣布：我们一定要收拾他！

但最终也没听到刘老师如何收拾何志武的消息。何志武的爹是个给地主扛了几十年活的老雇农，何志武的娘是我们村里资格最老的共产党员，她一脸麻子，一双大脚，脾气暴躁，经常毫无来由地站在她家门前那盘石碾上骂大街。她骂大街时左手叉腰，右臂高举，造型酷似一把老式的茶壶。何志武是家中老大，下边有三个弟弟，两个妹妹。家中只有三间东倒西歪屋，炕上连席都没有。对于这样家庭出身的何志武，别说是刘大嘴老师无奈他何，即便是毛主席来了，又能怎么样他呢？

1973年的秋天，我跟着在棉花加工厂当会计的叔叔沾光，进厂当了临时工。虽说是临时工，但每月除交给生产队二十四元后，自己还能剩下十五元钱。当时的猪肉七角钱一斤，鸡蛋六分钱一个，十五元钱，可办不少事情。我身上衣裳时髦了，头发留长了，雪白的手套有了好几副，有点得意忘形。有天下班后，何志武来找我。他穿着一双露出脚趾的破鞋，背着一条叠成方块的破毯子。他头发乱蓬蓬，满腮胡须，额头上有三道深深的皱纹。他对我说：借给我十块钱，我要闯关东去。我说：你走了，你爹你娘你弟弟妹妹怎么办？他说：共产党不会让他们饿死的。我问他：你去东北干什么？他说：不知道，但总比老死在这里好吧？你看我，转眼就快三十岁了，连个老婆也讨不到，出去闯一下，树挪死，人挪活。说实话，我不愿借钱给他，那时的十元钱，可不是个小数目。他说：你押次宝吧。如果我闯好了，这钱就不还你了。如果我闯不好，卖血也会把这钱还你。我实在弄不明白他的逻辑，支吾好久，最终还是借给了他十元钱。

我们还是回过头来说那个下午我倚在墙角观看刘大嘴老师与鲁文莉打乒乓球的事吧。刘老师的球技一般，但球瘾很大，而且最喜欢跟女学生对决。那几个被选入校队的女生都不丑，鲁文莉是其中最好看的。刘老师因此也最喜欢找她对阵。刘老师打球时会下意识地张开他那张大嘴，仅仅张开大嘴也还罢了，他还从这张大嘴深处发出一种古怪的声音，嘎咕嘎咕的，仿佛里边养着几只蛤蟆。无论是看还是听，他的球相都令人不愉快。我知道鲁文莉很不愿意跟刘老师打球，但他是学校领导，她不敢不陪。因此，她与刘老师打球时那厌烦、厌恶的情绪便通过脸上的表情和胡乱抡拍的动作上表现出来。我说了那么多废话，就是为了铺垫这样一个戏剧性的瞬间：刘老师大张着嘴巴，呜呜噜噜地发过去一个上旋球，鲁文莉漫不经心地抡了一拍子，那只银光闪闪的乒乓球，竟像长了眼睛似的，飞进了刘老师的嘴巴。

围观者愣了片刻，接着便哈哈大笑，那位姓马的女老师本来就是个红脸皮，这一笑，脸皮红成了鸡冠子。原本一直绷着脸的鲁文莉，也“噗嗤”一声笑了。只有我没笑，我只是感到惊愕，怎么会这么巧呢？我当时联想到村里有名的故事篓子王贵大爷讲过的故事：说姜子牙命运处于低谷时，卖面粉遇上了狂风，卖木炭遇上了暖冬，仰面朝天长叹一声，一摊鸟屎落入口中。二十年后，也就是1999年秋，我在北京乘坐地铁到检察日报社上班时，车厢里一个报贩子大声叫卖：请看请看，在第二次世界大战中，苏军的一发炮弹，钻进了德军的炮筒。报贩的话立即让我回忆起鲁文莉将乒乓球打进刘老师口中的情景。当时的情况是：众人大笑片刻，感觉事情不对，连忙止住笑声。按照常理，刘老师应该立即将口中的乒乓球吐出来，说两句幽默的话——他一向是很幽默的——鲁文莉应该红着脸向刘老师道几句歉——然后他们继续比赛。但事情的发展根本不循常理，我们看到，刘老师不但没往外吐乒乓球，反而是抻着脖子，瞪着眼，努力地往下吞球。他的两只胳膊上下抖动着，喉咙里发出“噢噢”的怪声，这形状与吞食了毒虫的鸡颇为相似。众人目瞪口呆，无所措手足。俄顷，我们张老师跑上去，捶打刘老师的背；于老师跑上去，试图卡住刘老师的脖子；刘老师摇摆着胳膊摆脱了他们。右派王老师是医科大学毕业生，具有这方面的经验，他喝退我们张老师和于老师，疾步上前，伸出猿猴般的长臂，从后边搂住刘老师的腰，猛地一勒——那只乒乓球从刘老师嘴里飞出来，先是落在球台上，弹跳几下，然后落在地上，几乎没有滚动就止住了。王老师松开胳膊，刘老师怪叫一声，如一摊泥巴，萎在了地上。鲁文莉将球拍往球台上一扔，掩着脸哭着，跑了。王老师又在平躺在地上的刘老师身上揉巴了一会儿，刘老师才在众人搀扶下站起来。他站起来，四下张望着，哑着嗓子问：

鲁文莉呢？鲁文莉呢？这小丫头，差点要了我的命！

二

送走了何志武之后，我的心也开始躁动不安。虽说我在棉花加工厂当临时工比在村里当农民强，但我的农民身份并没有改变。而改变不了农民身份，你就是下等人。当时，厂里有十几个刚由临时工转为正式工人的小伙子，他们穿皮鞋，戴手表，耀武扬威，不可一世。那时我已经读过《三国演义》、《红楼梦》、《西游记》等古典小说，能背诵几十首唐诗宋词，还能写一手不错的钢笔字。我经常帮厂里一个退休的老职工给他在杭州当兵的儿子写信。我帮他写的信半文半白，堆砌辞藻，至今忆起，耳颊犹热。那老职工却当众夸我是“小知识分子”，我自己也觉得怀才不遇，梦想着到一个广阔的天地里施展才华。棉花加工厂显然不是久留之地，回到农村那更是将千里马关进了牛棚。当时上大学不考试，靠贫下中农推荐，虽然从理论上说我也有资格上大学，但实际上是不可能的。每年那几个名额，还不够公社干部子女们抢的，根本轮不到我这样的小学五年级学历，家庭出身中农，大嘴开阔，相貌古怪的人。我想了很久，当兵，也许是我跳出农村，改变命运的唯一出路。当兵虽然也很难，但比上大学要容易。从1973年开始，我年年报名应征，到公社去参加体检，但年年落选。终于，1976年2月，经过无数曲折，在诸多贵人的帮助下，我领到了一张“入伍通知书”。在一个大雪纷飞的凌晨，步行五十里到达县城，换上军装，爬上军车，到达黄县，住进有名的“丁家大院”，参加新兵集训。1999年秋，我重访故地。此时黄县已经改名为龙口市，那曾是部队营房的“丁家大院”已经改为博物馆，当年这所在我的印象中巍巍峨峨的地主庄院，竟然是这般低矮狭小，这说明我的眼界发生了变化。新兵训练结束后，我与三个新兵被分配到一个所谓的“国防部保密单位”。很多老乡羡慕我分到了好单位，但到了那里，却大失所望。这单位不过是一个电子测向站，而且即将撤销。我们的直属上级机关远在北京，行政上归驻扎黄县的蓬莱守备区34团代管。“代管代管，代而不管。”不是不管，是管不了，没法管，不敢管。我们单位的代号叫“263”。“提起‘263’，愁坏34团。团长血压高，政委翻白眼。”听听这顺口溜，你们就知道我到了一个什么鸟单位。分派给我的任务是站岗和种地。唯一让我感到亲切的是，这单位的那辆军车，与鲁文莉她爸爸那辆一模一样。一样的型号，一样的颜色，一样的新旧程度。开车的司机是一个年约四十的军官，小个子，花白头发，半口假牙，姓章，我们都叫他章技师。章技师离过一次婚，后任妻子带着一个女儿在济南上班，他带着前妻生的儿子住在部队。这爷儿俩是篮球迷，经常在球场上比赛定点投篮，谁输了谁用头将球从中场拱到篮架下。我刚到那里时，多看到章技师驱赶着儿子爬地拱球。一年之后，就基本上是儿子赶着老子拱球了。对，那小子名叫亲兵——这名字有些古怪——亲兵用一根木棍毫不留情地敲打着章技师高高翘起的屁股，一边敲一边说：快爬！快爬！别“绿豆芽进茅坑——冒充长尾巴蛆”！

我当时已经没有什么远大理想了，因为这个只有十几个人的小单位，根本没有发展前途。听老兵们说，要从新兵里边选拔一个跟章技师学开车。我就梦想着这幸运能降临到我头上。我在故乡时，只能眼睁睁地看着鲁文莉她爸爸的嘎斯51拖着烟尘从面前疾驰而过。唯一一次亲近汽车的机会，却差点要了我的小命——鲁文莉的爸爸将车停到供销社门前的大街上，进去买烟，趁此机会，我脚踏车后铁杠，手攀车厢后挡板，想过过车瘾。鲁文莉爸爸买烟回来开车疾驰，尘土飞扬，呛鼻难呼吸，我松手下车，却像块泥巴般砸在地上。好久才爬起来，鼻青脸肿，满嘴是血，愣怔半天，也弄不明白为什么会这样。后来我才明白这是惯性的作用。——现在，每星期都有机会坐着嘎斯51到距营房二十里外的农场去劳动。我们单位只有十六个人，却从农场里要了四十亩地。十六个人里有九个军官，他们轮流在那台吱吱乱叫的机器上值班，下地干活的，也就是我们警卫班里这六个人。我们警卫班里这六个人中又有两个是从天津城里来的，他们耍嘴皮子的功夫一流，但干活偷懒磨滑。所以真正干活的也就是我们四个人。章技师拉着我们沿着那条海边的砂石公路往农场奔驰。驾驶室副座上是他的儿子或是一位军官。我们站在后边的车厢里，手扶着车厢边沿，将军帽摘下塞进裤袋里，风迎面吹来，使我们头发飘扬，心旷神怡。

想想当年为了体验一下嘎斯51的速度险些丧命的事，我心中感到当这次兵还是值了。章技师开车很猛，基本上是个土匪。那时候车很少。那时候全中国连一厘米高速公路都没有。这条沿海公路是据说是最好的公路，是当年日本侵略中国时修的，宽度只容两车相错。路边经常有骑自行车的人，被我们的车卷起的沙土遮没。有很多次我们听到那些骑车人在车后大骂。这里的老百姓比我们老家的老百姓勇敢。鲁文莉她爸爸撞死了我们村那么多鸡犬，没有一个人找他的麻烦。但章技师的车撞死了一只老母鸡，鸡主老太太提着死鸡，拄着拐棍找到我们营房，站在我们站长办公室门口，用拐棍捣着门板破口大骂。后来听说，这老太太是著名电影《地雷战》中那位女民兵英雄的原型，她的两个儿子都是解放军的高级军官。她怒气冲冲地说：你们算什么八路军？日本鬼子进村都不敢这么猖狂！我们站的领导连忙点头哈腰赔不是，并愿意赔老太太十元钱。老太太说：十元钱？我这鸡一天下一个双黄蛋，一年下365个双黄蛋，五个双黄蛋一斤，一斤5元8分钱，你给我算算多少钱？我的领导好说歹说，总算用二十元钱把老太太打发走了。但没想到老太太出了营房又转回来，非要我们领导把开车的司机找来让她看。她瘪着嘴说：我看看到底是个什么样的人，能把一辆破汽车开得像惊了枪的野兔子一样！我们领导无奈，只好让我去把章技师唤来。章技师一见老太太，“啪”一个立正，敬了一个油滑的军礼，然后说：革命的老妈妈，晚辈知错了！老太太说：知错必改！以后啊，进村后把速度放慢到十五迈，否则，我在大街上埋上连环地雷阵，炸翻你这王八羔子！

后来听说，聪明绝顶的章技师提着点心去探望老太太，并且拜老太太做了干娘。1979年，我奉调河北保定前两个月，章技师也调到了济南军区大院当了一名后勤助理员，与分居多年的妻子团聚。他儿子亲兵，虽然只有十五岁，也被特招入伍，成了军区文工团的一名团员，拜著名演员高元钧为师，学说山东快书。据说，老太太的大儿子是军区的重要领导，章技师的升迁，是沾了老太太的光。

章技师尽管有很多地方不像个军人，譬如他永远歪戴着军帽，敞着外衣，走起路来一溜歪斜，活像个电影里经常看到的匪兵。譬如他好喝小酒，酒量不大，二两就醉，喝醉后就哼唱着一首著名的淫邪小调《王二姐思夫》。譬如他喜欢与驻地村子里的女青年勾勾搭搭，每次开车进城，都有村里的大姑娘来搭我们的军车。有一位名叫苦妹子的村姑，与他关系特别密切。苦妹子的爹养了一头老母猪下了八只小猪，想进县城去卖，章技师就将老母猪和小猪都装到我们车上，小心翼翼地给运到了县城猪市里。章技师尽管有这些毛病，但作为一个司机，他对汽车非常爱护。每星期六他都要保养维护他的车。他对汽车了如指掌，一听声音就知道哪里出了问题。我们单位那辆经历过朝鲜战场的枪林弹雨的嘎斯51，如果不是章技师维护保养，早就成了废铁。章技师对我很好，每逢车场日，就喊我去帮他洗车或是修车。我们同来的几个新兵都说章技师要培养我接他的班，我自己也是这样认为的。我从章技师那里学到了一些汽车发动机的原理，明白了汽车为什么能够飞快地奔驰。我跟章技师说起过胶河农场里鲁文莉她爸爸那辆嘎斯51。章技师惊讶地说：我以为全中国只剩下一辆这种型号的而且还在服役的古董车了呢，没想到你们那儿还有一辆。章技师甚至说过：等有了机会，就开车去趟我们那儿，让这两辆嘎斯51见见面——他认为车是有灵性的，就像老树能够成精一样，一辆从枪林弹雨中钻出来，车身上曾经沾过烈士鲜血的车也是可以成精的。两辆成了精的车相遇会是一种什么情景呢？——章技师说他是这辆车的第九个司机。第一个司机是牺牲在方向盘上的，也就是说，这辆车的挡风玻璃，曾经被敌人的子弹或是弹片打碎过，那中了弹的英雄司机，虽然受了重伤，但还是坚持着把车从浓烟烈火中开出。章技师对我历数那前八任司机的名字、籍贯，好像一个后代儿孙对别人讲述自己的家谱。这辆车是1951年由苏联的高尔基汽车厂制造的，比我的年龄还长四岁。听过章技师讲述这车的光荣历史，我对它肃然而生敬意，由此车想到鲁文莉爸爸的车，就感到这两辆车仿佛一对失散多年的双胞胎姐妹——为什么是双胞胎姐妹而不是双胞胎兄弟抑或是一男一女龙凤胎，我自己也说不清楚，反正第一想法就是如此，然后便不可更改。由这两辆姊妹车我又想到，我这次当兵，本来是济南军区蓬莱要塞招来的，被分配到这个隶属总参谋部的小单位纯属偶然，这偶然的几率比鲁文莉一拍子将乒乓球打进了刘老师嘴里略高，但也高不到哪里去。听章技师讲完那辆车的光荣历史后我就明白了，我被分配到这个小单位是命中注定的，我的任务就是为这两辆失散多年的姊妹车牵线搭桥。

1978年元月，我们的新任站长购买了四十篓子苹果，一百捆大葱，让章技师开车送到我们的上级领导机关去。我们的领导机关在北京郊区深山里，距离我们站按地图计算也有一千二百公里。为了沿途有个照应，章技师选我做他的助手押车前往。这是天大的美差。半夜动身，原计划傍晚即可赶到目的地。但汽车刚过潍坊便出了毛病。慢速行驶尚可，速度超过三十迈，排气管便发出放枪般的爆响并冒出青烟。章技师的第一判断是油路出了问题，但钻到车底打着手电检查一遍，并无任何问题。加速，毛病依旧。此时正是黎明前最黑暗的时刻，天寒地冻，遍地霜雪。章技师将一件破棉袄铺在地上，钻到车底下，一遍又一遍地检查。什么毛病也检查不出来。我们坐在驾驶室里闷头抽烟，章技师低声嘟囔着：邪了门了，真他娘的邪了门了。车啊，老伙计，你今天怎么啦？我老章开了你十几年，可从来没有对不起你的地方啊！——章司机把话说到这份上，弄得我也心惊胆战，疑神疑鬼。我最先想起的就是胶河农场里鲁文莉她爸爸那辆车，此地距离胶河农场约有二百里路，对汽车来说，距离并不算远，难道它们俩急于相会？章技师念叨着：老伙计，配合我完成这次任务，将苹果和大葱送到北京，回程时，咱一定拐个小弯，到胶河农场去，见见你那姐妹……这个章技师，几乎与我是心有灵犀一点通了。

红日初升，道路两边土地白茫茫一片，也许是霜雪，或者是盐碱。我们磨磨蹭蹭进了寿光县城，想找个地方吃点饭。那时的寿光县城，一片荒凉破败景象。全城只有一条马路，马路两边只有一家饭馆，玻璃上写着八点开门，但到了九点才开。没有别的饭，只有头天剩下的冷馒头。看到我们是解放军，服务员对我们还客气，答应尽快帮我们将馒头热热，还白送给我们一暖瓶热水，一碟子咸菜。那时候一个馒头收二两粮票，我带的粮票都是大面额的全国粮票，服务员找不开，请示了领导才决定让我们以每斤粮票三角钱的价格交了钱。——2003年我应邀去寿光参加了他们蔬菜博览会，此地已是高楼林立、马路宽阔、非常现代化的城市，当年那些荒凉的土地上，塑料大棚一个挨着一个。塑料大棚改变了中国人的食谱，打乱了植物生长的季节和植被的地域。当地人在大棚里栽培出许多闻所未闻见所未见的蔬菜瓜果，令国内外的客商和参观者啧啧称奇——我们吃饱了肚子继续上路，老嘎斯51与我们继续捣乱，我们只能慢慢地开，一路冒烟放炮，好容易磨蹭到惠民地区的首府北镇市，将车开进汽车修理厂，请一位老师傅帮我们检修。老师傅满头白发，左手缺了两根手指，但干起活来准确有力，让人钦佩。他一见我们这辆老车就眼睛放光，说：嗨，这老爷车，还跑啊。章技师给他敬烟，套近乎。老师傅是参加过抗美援朝的，汽车兵，竟然与我们这辆车的首任司机——那位牺牲在方向盘上的英雄是战友。老师傅那个激动啊，围着车转圈，摩挲，就像骑手见到了失踪多年的老马。他上了车，驾驶着车子在修车厂的跑道上转了十几圈，下来也说是油路问题。认真查了几遍，也没查出什么毛病。老师傅说：嗨，老了，凑合着开吧。我们要跟他结账，他挥手让我们走。我们重新上路，一加速就放炮冒烟。章技师将车停在路边，头伏在方向盘上，好久不动。后来我说，章技师，咱们把油路彻底卸开检查一遍吧，是不是我们行前将车送到守备区后勤处大修时他们帮我们塞了什么东西？他们能给我们塞什么呢？从黄县到潍坊，每小时50迈，跑得好好的啊！虽然这么说，章技师还是下了车，看着我拆卸油路，当拆到滤油器时，我从里边提出了一个陶瓷的过滤罩，章技师大喊一声：我的亲姥姥！这是什么玩意儿！——要塞区后勤处的修车师傅好心好意帮我们放进的陶瓷过滤罩因孔眼过小，导致供油不足，使我们的车无法畅奔！章技师将那陶瓷罩儿用力砸在地上，抢过扳手，上好油管，用棉纱擦擦手，戴上手套，跳上汽车，一加油门，呜呜地开出去，速度到了每小时60公里，不放炮了，不冒烟了，一切正常。我日他姥姥，憋死我的小马驹了！章司机骂着，兴奋无比，像飞奔的骏马背上的骑手。

我们赶到沧州时，已是红日西沉，只好找店投宿。店里已客满，服务员，一个胖姑娘，心肠很好，见我们疲惫的样子，道，解放军同志，如果你们不嫌，我就给你们搭两张地铺。胖姑娘给我们搭了地铺，还给我们送来两盆热水让我们洗脚。我们很感动。章技师躺在地上修车，着凉感冒，不停咳嗽，我跑到街上，找到药店，为他买来感冒药，服侍他吃上。我特意绕了一个弯去看了看我们的车，车停在路边，车厢封着篷布，严严实实。我拍着车头，说：辛苦了，你！

这一夜我们睡得很香。早晨起来，章技师的感冒也好了。胖姑娘告诉我们饭店里提供油条、大饼、稀饭，如果我们不愿吃，她可以帮我们去买饺子，但那要等到八点之后。我们说大饼、油条、稀饭就很好。饱餐一顿，开车上路。中午时分，由通县驶入北京，驶上长安大街后，章技师撒了野，老嘎斯跑得比那些小轿车还快。一个穿蓝制服戴白套袖手持指挥棒的警察拦住了我们。警察严厉批评章技师超速行驶。章技师连连认错，说第一次进京不懂规矩。北京啊，我的天，这就是北京！想不到我一个高密东北乡的穷小子竟然在1978年1月18日到达了北京。见到了这么多的白的、黑的小轿车和草绿色的小吉普。见到了这么多的高楼和大厦。见到了这么多的高鼻蓝眼的外国人。那时候的北京，城区面积连今日北京城区面积的十分之一都不到，但在我的心目中，已经大得令人惶惶不安了。

三

我们出了北京城一直往北，沿着盘旋曲折的山路，从万里长城居庸关的墙洞里钻出去，又往北开了一个多小时，终于驶进了我们上级机关的大院。我们拉来的苹果和大葱让整个大院都兴奋起来。将车上的货卸完，装上发给我们的一张乒乓球桌、四个篮球、十支练刺杀用木枪、四套刺杀防护用具、二十颗训练用木柄手榴弹、两件值班用皮大衣，我们便打道返程。来时只有我们两个人，回时添了一个。是给我们站配的新司机，1977年的兵，刚从汽训队毕业，姓田，名虎，山东沂水人，大眼白牙，满脸稚气。

好不容易来到北京，这辈子还不知道能不能再来，就这样穿城而过岂不遗憾？启程前我们向上级机关管后勤的一位领导请示，希望能在北京城里住几天，哪怕住一天，到天安门前照张相，也不枉了来北京一次。那位领导爽快地批准我们在北京城内住三天，并帮我们联系了我们系统在城内的招待所。那时候我们既没有居民身份证也没有军官、士兵证，而所有的旅馆、招待所住宿登记前都要查验介绍信。他给我们开了三张盖好公章的空白介绍信，供我们沿途需要时使用。

我们首先到天安门前排队照了相，然后又排队进入毛主席纪念堂，瞻仰了毛主席的遗容。注视着躺在水晶棺中的毛主席，回想起两年前初闻他逝世消息时那种山崩地裂般的感觉，觉悟到这世界上其实没有神，我们过去做梦也想不到毛主席会死，但他死了。我们当时认为毛主席一死，中国就完了，但他死了两年后，中国不但没有完，反而是逐渐地好起来了。大学又开始考试招生了，农村里地主、富农的帽子也摘了，农民家的粮食多了，生产队里的牛也胖了。连我这样一个人，竟然也在天安门前照了相，并且亲眼看到了毛主席的遗容。后来的两天里，我们又去了北海公园、天坛公园和天坛公园旁边的自然博物馆，那里边有一副高大的恐龙骨架给我留下了深刻的印象。我们还去了故宫、景山、颐和园、动物园，还去了最繁华的王府井大街，还去了西单商场买了三个人造革黑背包，我自己一个，给战友捎了两个。还给我的未婚妻买了一条粉红的纱巾。她是我在棉花加工厂当临时工时由她的一个瓜蔓子亲戚介绍给我的。当时我很犹豫，但那人竟恶狠狠地说：你别不识好歹！肥猪拱门还以为是狗爪子挠的！——这人后来也说了实话，他之所以把他的亲戚的女儿介绍给我，是因为我叔叔在棉花加工厂当会计，而他想通过这种关系达到长期在棉花加工厂工作的目的。结婚后她对我说：在我之前，公社党委刘常委想把她介绍给公社党委副书记的侄子，她嫌那人眼睛太小而没有答应。她和我订婚后，刘常委讥讽她：你嫌郭书记侄子眼小，现在找了个眼大的！她说：郭书记的侄子眼小无神，小莫的眼小放光，不一样的。许多年后，当我浪得虚名成了作家，刘常委逢人便说我太太有知人之明——我们还去西单路口那家饺子馆排队两小时吃了一顿饺子，是那种肥肉馅的，一咬往外冒油的饺子，用机器包的。包饺子的机器在里边工作，隔着一道半人高的柜台，外边是十几张桌子。当时，我感到这是一项伟大发明，这边把面、水、肉塞进去，从另一头，包好的饺子就一个接着一个掉到热浪翻滚的锅里，实在是匪夷所思。我把这事回家说给我娘听，她根本不信。现在想起来，那饺子机挤出来的饺子皮厚馅少，煮出来一半走汤漏水，实在是又难看又难吃，但在当时，在西单商场旁边的饺子馆吃一顿机制饺子，可是回乡吹牛的资本啊。现在，机制饺子早就没人吃了，所有的饺子馆的招牌上，都特别注明是手工制作。过去是肉越肥越好，现在则流行素馅了。世事变迁，于此可见一斑。

回程路上，章技师把方向盘让给田虎，他与我挤在副驾驶的座位上。田虎一到，我的司机梦彻底破灭。章技师看出了我的沮丧，悄悄地劝我：小莫，你满腹文采，当个臭车夫，岂不是高射炮打蚊子大材小用？等着吧，会有好运气来找你的。他的话给了我一些安慰，但想到前程，还是一片迷惘。难道我费尽千辛万苦冲出了牢笼，折腾两年，又一事无成地回去？不，我不回去，我要奋斗！我要挣扎！

在北京时，我曾做过一个梦，梦到我和章技师开车回到了故乡，我们的车，和鲁文莉爸爸的车，都停在我们学校前的操场上。两辆嘎斯51，车头上都扎着红绸子，车鼻子上，都缀着一朵绸布扎成的大红花。学校的军乐队，在旁边吹号擂鼓，还有许多的学生，手中挥舞着绸布，跳着一种动作简单、节奏分明的舞蹈。后来，夜深人静，明月当空。我独自一人，来到操场，看到两辆嘎斯51，就像两条小狗一样，鼻子触着鼻子，嗅着对方的气味，借此辨别对方的身份。它们不时发出嘹亮的叫声，像两头久别重逢的毛驴。然后它们便各自往后退了几十米，又往前将鼻子碰在一起。如此三离三合之后，鲁文莉她爸爸那辆车尥了一个蹶子，往前跑去，我们单位那辆车，紧紧地追上去。两辆嘎斯51，在操场上转着圈追逐，好像一头公驴追赶一头母驴。此时我恍然悟到：这两辆车，并非双胞胎姐妹，而是一对恋人。它们追逐着，交配，然后生出一辆辆小嘎斯车……我将这个梦境转述给章技师和小田听。章技师说：看起来我们必须去一趟国营胶河农场了。小田说：我爹也做过类似的梦，但第二天就撞了车。——小田的爹也是司机——章技师说：新兵蛋子，乌鸦嘴！

多半是小田出语不祥，犯了章技师的忌讳，原本说得好好的事，到潍坊时又变了卦。此时是晚上九点多钟，满天星光。章技师说：小莫，我们出来太久了，我这几天眼皮跳，心神不宁，担心亲兵发生什么事。既然已经到了这里，就把你送到潍坊火车站，你坐火车回家看看。我回去帮你请假，有啥事我担着。我和小田从烟潍公路先回去了。

我理解章技师的心情，虽说原本在心中想象了许多遍的、带着一辆军用嘎斯51轰轰烈烈开进村庄的盛事化为泡影，心中颇感失落，但能在当兵两年后回家探亲也是一件很不容易的事。将我放在潍坊火车站外，章技师和小田开着车走了。我一直目送着嘎斯51屁股后的红灯消逝，才走进车站买票。

这是我此生第二次坐火车。第一次坐火车是我十八岁那年春天，送我大哥和侄子去青岛坐船返上海。那年头坐火车是一件相当隆重的事，我从青岛回来后，以此为资本吹了好久的牛。第二次坐火车心情依然很激动。车上拥挤不堪，车厢里一股尿臊气。有两个男人为争厕所打架，一个破了鼻子，一个破了耳朵。当时，我不认为这有什么落后之处。从潍坊到高密一百多公里，却颠颠簸簸地跑了三个多小时。而2008年的和谐号动车组，从北京跑到高密，全程近八百公里，只需五小时多一点儿。

到达高密火车站时，已是凌晨，红日初升，满天霞光。我一出检票口就听到车站广场一家卖油条、豆浆的小饭铺里传出了好久没有听到的茂腔的旋律。是传统剧目《罗衫记》里老旦的那段著名的大慢板，悲凉凄切，颤颤悠悠，使我热泪盈眶。前几天在中央电视台戏曲频道做那个介绍茂腔的节目时，我还提到了这件事。我买了半斤油条，一碗豆浆，边吃边听。车站广场两边全是小饭铺，那些做生意的人，大声招徕着顾客。两年前，车站周围只有那家国营的饭馆卖饭，服务员的态度极其恶劣。两年后，个体饭馆参与了竞争。又过了几年，个体经济犹如雨后的春笋，遍地冒出。那些全民所有制的、集体所有制的饭馆、供销社、商店纷纷倒闭。

我转乘那趟开往东北乡的公共汽车，下午三点钟才进家门。一看到家里的破屋烂舍和更加衰老的爹娘，心中感到无比绝望。与父母说到单位的情况，提干无门，学车无望，顶多再混两年就该复员回家了。母亲说：原以为你能混出个名堂来……我说：都怨我命运不济，分配到这么个单位。如果在野战军里，没准已经提了干。父亲道：说这些也没用了。家里就这样，你也看到了。回去还是好好干，别怕出力气，人都是病死的，没有干活累死的。只要你舍得力气干活，领导总会看到的。即便是提不了干，学不了车，也得想法入个党。爹跟着共产党忠心耿耿干了一辈子，做梦也想入党，但总也入不了，这辈子是没指望了，就看你们了，入了党，复员回来，也多少争回点面子。

四

返回部队后，领导找我谈话，说上级分配给我们站一个报考解放军郑州工程技术学院的名额，经研究，决定让我复习功课，准备参加考试。我的头嗡的一声响，脑子蒙了好久。我记得很清楚，那天中午改善生活，每人一个“狮子头”，在那个年代，这可是难得的美味，但吃到口中如同嚼蜡。这是我此生第一次体验到食肉无味的感觉。为什么呢？因为站上领导一直认为我是高中生，所以才决定让我去参加考试。但我实际上是小学五年级，语文、政治，也许还可以对付，但数、理、化一窍不通。报考的专业，是电子计算机终端维修，这对我来说，实在是太难了。但如果说出真相，那我就彻底完了。我硬着头皮答应下来。站上一位姓马的无线电技师，湖南人，与我同岁，对我不错，为我鼓劲打气，说据他所知，此次分配考试名额，实际上是为了照顾外站，考试只是走个过场，只要交不了白卷就可以入学。我说我可是连四则运算、分数加减都不会啊。他说我教你，你这么聪明的脑瓜，啥学不会？还有半年时间呢。于是我下决心拼命一搏。我写信让家里人将我大哥用过的所有的初、高中课本给我寄来。每晚去马技师那里上课。经领导批准，在工具储藏室里为我安了一桌一椅，允许我不值班时可以进去学习。为了让我集中精力复习，我的副班长职务由一个七七年兵暂时代理。

因为我大哥是我们高密东北乡第一个大学生，我感受到了他给家庭带来的荣耀，因此我从小就有上大学的梦想。现在，实现梦想的机会来了。但要在半年的业余时间内，自学完中学的数、理、化课程，困难实在是太大了。根本没有时间做练习题，只是看教材，看懂了就往下看。那么多的公式，囫囵吞枣般地死记硬背。储藏室的墙壁上，被我用铅笔写满了公式。我在希望与绝望中挣扎。更多的是绝望，希望越来越渺茫。那时的我面黄肌瘦，头发蓬松，我们教导员说我像个囚犯。8月份时，教导员找我谈话，说：上级刚才来电话，说原先分配给我们站的那个考试名额取消了，希望你能正确对待。他的话一方面让我如释重负，一方面让我深感失望。教导员在全站会议上宣布了这件事，同时宣布恢复我的警卫班副班长职务。那时候，正是全军学文化的热潮，教导员让我给站上战士讲数学。给战士们讲数学时，我才意识到，在半年的时间里，我真的学会了不少知识。后来，上级领导下来视察，听了我一堂三角函数课，认为很有水平。我能被调到保定训练大队当教员，与这堂课有关。大学梦破了，文学梦越做越凶。那时，一部短篇小说可以使人一举成名。我自己订了《人民文学》和《解放军文艺》，从1978年9月开始，学习文学创作。先是写了一部题为《妈妈》的短篇小说，接着写了一部题为《离婚》的六幕话剧。给我们单位送信的邮递员是一位左眼有残疾的小个子中年男人，姓孙，大家都叫他老孙，也有几位浮薄的参谋背地里叫他“独眼龙”。每当听到老孙的摩托响，我的心就怦怦乱跳。因为两部稿子投出去了，我盼望着好消息。最好的消息是《解放军文艺》社用钢笔回了一封退稿信，关于话剧《离婚》的，说篇幅太长，建议投到别处看看。我调往保定前，潜意识中有轻装上阵一切从头开始的想法，就把这两部稿子投到炉子里烧了。1999年我重访故地，营房已经成了养鸡场。到那间当年的储藏室里去看，墙壁上我涂鸦的那些数、理、化公式还依稀可辨。

五

1979年，无论对于国家还是对我个人，都是至关重要的一年。先是2月17日，对越南的自卫反击作战爆发。二十万大军，从广西和云南两线，冲进越南境内。第二天早晨，我们吃早饭时，就从广播里听到了李成文舍身炸敌堡的英雄事迹。我们同批入伍的战友，有很多去了前线。从内心深处，我是羡慕他们的。我希望自己也能有这样的机会，上战场，当英雄，闯过来可以立功提干，牺牲了也给父母挣个烈属名分，改变家庭的政治地位，也不枉了他们生我养我。有我这种想法的，其实不止我一个人。这想法很简单，很幼稚，但确是我们这种饱受政治压迫的中农子弟的一个扭曲心态。窝窝囊囊地活着，不如轰轰隆隆地死去。前方在打仗，我们这样的单位也一改长期的散漫状态，出操，训练，值班，劳动，都加倍认真和卖力。但战争很快结束，我们单位又恢复原状。

这年的6月底，领导批准我回家结婚。7月3日举行婚礼，是日大雨。在婚假期间，我见到了几位参战回来的战友，他们都立了功，有两位还提了干，我从心里边羡慕他们。但等待我的是什么呢？也许，再过几个月，我就该复员回乡了。

结婚第二天，我骑自行车去了胶河农场，说是去找同学玩，其实是想看看鲁文莉她爸爸那辆差点把我摔死的嘎斯51。我在农场的车场上找到了它。鲁文莉的爸爸正在为它刷油漆。我上前去，掏出烟，敬他一支。我说：鲁师傅您不认识我吗？他笑着摇摇头。我说我是鲁文莉的小学同学，姓莫，名叫莫邪的。他连声说：啊啊啊，想起来了，想起来了。那一年，我把车停在你们村，你打开车门，偷走我一副手套。我说：那不是我，那是何志武，他不但偷了你一副手套，还将你的轮胎放了气。他说：那小子，我知道，从小就是歪头鹅，一肚子坏水儿。他不但放了我轮胎的气，还拧走了我轮胎上的气门芯。后来他跟我谈判，说要借我的军装、军帽，如果我不借给他，他就在街上撒铁蒺藜，扎破我的轮胎。我马上想起来，十几年前，鲁文莉她爸爸的嘎斯51抛锚在大街上的情景。六个轮胎，四个瘪了。鲁文莉爸爸暴跳如雷，破口大骂。当时，学校也把我当做重点怀疑对象，盘查讯问了许久。刘大嘴老师将烧红的炉钩子举到我面前摇晃着，要我坦白交代。我心中无事，面对炉钩子，坦然自若——我问起鲁文莉的情况，他说，就业了，在县橡胶厂。我说：在你们农场就业多好，你们这里是全民所有制，县橡胶厂是集体所有制。他说：你不知道吗？我们归县里管了，土地也要承包了，今后，就跟农民差不多了。我指指油漆了一半的嘎斯51，和车场上那些破破烂烂的机械，问：这些怎么办？他说：能卖就卖，不能卖就任它烂掉呗。这辆嘎斯51也要卖吗？我问。他说：前几天，就是那个何志武，从内蒙古拍来一封电报，出八千元的高价，要买这辆破车。这小子，大概是脑子出了什么毛病了吧？再加五千元，他就可以买一辆新出厂的解放牌大卡车。你说，他是不是要作弄我？我感慨万端地想：何志武啊何志武，你那个聪明绝顶的脑袋里又在转什么念头呢？你能拿出这么多钱买车，说明你发了大财，可你为什么要买一辆老掉牙的破车呢？难道仅仅为了怀旧就可以让你一掷千金吗？我说：鲁师傅，我也弄不明白他为什么要这样做，但我相信，他肯定不会作弄你。——随便他吧，他真要买，我这心里还真有点不是滋味呢，你想想，这车跟我多少年了？感情很深啊！鲁文莉的爸爸说罢，抡起刷子，往车厢上抹了两下子，又问我，小伙子，在哪里服役？我说：在黄县。他说：蓬莱守备团的部队，34团吧？我说：我们隶属总参，34团代管我们。他说：我与34团许团长是老战友。我当连长时，他是团里的作训参谋。我兴奋地说：许团长给我们作过报告！太巧了！您要不要捎点什么给他？我后天回部队。他沮丧地说：他堂堂团长，我一个臭司机，不巴结了。我还想说什么，他已经抡起刷子往车上刷漆了。我自然早就听说过他的事。他从朝鲜战场回国后，当了连长，授衔上尉，前途无量，但可惜他像许多少年得志的男人一样，“后头撅了尾巴，前头撅了鸡巴”，自毁了锦绣前程。

回部队那天，我特意一大早就赶到县城，买上去黄县的长途汽车票，距开车还有两个小时。那时县城很小，我花半小时疾步走到城南橡胶厂，向门卫老头打听鲁文莉，门卫老头说她好像值夜班。接着就盘问我是她什么人？找她干什么？我说是她同学，探亲路过，顺便想看看她。老头可能看我是解放军，就说：要不我给你去叫叫？我说：那就谢谢你了。老头说：你帮我看着门，我给你去叫。我不时地抬腕看表——我借了战友的一块价值30元的“钟山”牌手表——生怕误了坐车的时间。过了好久，看门老头带着她来了。她披着一件短大衣，穿一条红色绒裤，趿拉着一双拖鞋，蓬松着头发，睡眼惺忪，哈欠连连。我急忙上前，叫她的名字。她上下打量着我，冷冷地问：是你啊，找我干什么？我狼狈无比地说：没事……回部队……离开车还有点时间……顺便来看看老同学……前天我去胶河农场，见到你爸爸了，他说你在这里工作……她不耐烦地说：你要没事我就回去睡觉了。她转身就走了。我望着她的背影，心中感到十分惆怅。

回到部队后不到两个月，我就接到了调往保定训练大队的命令。那位借“钟山”牌手表让我回家结婚的同乡战友感慨地说：看来结婚能给人带来好运，过几天我也回家结婚。临行前，我们警卫班与干部们进行了一场篮球比赛，那天我手气很好，几乎是有投必中。这场篮球是我此生打得最漂亮的一场球。

9月10日，我与要到北京办事的马技师结伴同行。田虎用嘎斯51把我们送到潍坊火车站。嘎斯51，再见了。没有再见，其实是永别。这辆车，我再也没见过，它的残骸，现在何方？而鲁文莉她爸爸那辆嘎斯51，村里人说，的确是被何志武买走了。何志武开着那辆车，在大街上和我们学校的操场上转了好几圈，实践了要成为“鲁文莉她爸爸”的理想，然后便拖着烟尘扬长而去。

我到达保定后，先是担任班长，训练那批从应届高中毕业生中招来的学员。他们学制两年，大专学历，毕业后就是正排职军官，行政23级。他们学习的专业，有一个很长的名称，其实就是戴着耳机抄电报。

一个月后，训练结束，我被留在大队部担任保密员，后来又兼任政治教员，给那些学员们讲授哲学和政治经济学。我并不具备这方面的知识，是“鸭子上架——全靠逼”。刚开始很吃力，但教过一个学期后，渐渐可以应付自如。于是，那颗未死的文学之心又在拳拳跳动。屡遭失败后，终于，1981年9月，我的第一篇小说《春夜雨霏霏》在保定市的《莲池》发表。第二年春，又在该刊发表了短篇小说《丑兵》。一个战士，担任着干部的工作，能给学员滔滔不绝、声嘶力竭地讲马克思主义原理，又能写小说，确有点引人注目。1981年11月3日，女儿出世。起名时，时在湖南工作的我大哥建议叫“爱莲”，一是我的第一篇小说是在《莲池》发表，二是宋人周敦颐有名文《爱莲说》。我认为此名太俗而为之命名“筱箫”，但上小学后，老师以此名笔画太多而易之“笑笑”，于是也就“笑笑”至今了。在上级机关诸多贵人帮助下，1982年盛夏，我在故乡度假时，接到了被破格提拔为军官的消息。那张任命我为训练大队正排职教员的命令，现在还应该装在我的档案袋里吧。我清楚地记着，那封信是我父亲拿回来的。当我向他报告了这个喜讯时，他眼睛里闪烁着的是一种让我感觉到温暖又凄凉的光芒。他什么也没说，扛起锄头又下田去了。我父亲的表现立即让我想到邻村我一个本家爷爷的表现，他的儿子提干后，他敲着锣满村喊叫：我儿子提干了！我儿子提干了！我父亲的低调处理使我深切地感到他的性格、品质和经验。

1984年秋，我考入解放军艺术学院文学系，不久即写出成名之作《透明的红萝卜》，不久后又发表了《红高粱》，引起很大轰动。1986年暑假我在故乡集市上买菜，碰到了邻村一个姓万的男人。他一把拉住我，瞪着眼吼叫：听说你发大财了？一部小说，卖了一百多万？——现在，一部小说卖一百多万完全可能，但在当时，这无疑是说胡话。——还没等我辩白，他就说：不用害怕，不会找你借钱。我儿子考上了美国留学生，再过几年，美金大大地有！

1987年秋，张艺谋带领着巩俐、姜文等人到高密来拍《红高粱》，最早的名字叫《九九青杀口》，他们剧组的一辆小面包车上就用红漆喷上《九九青杀口》的字样。为什么当时不叫《红高粱》，等拍摄完毕后又叫《红高粱》，我没问，他们也没说。当时，拍电影，对我们高密东北乡人来说，可是一件新鲜事。自从盘古开天地，还没有人到我们这偏僻地界拍过电影呢。开机前，我请剧组主创人员到家里吃饭。张艺谋、姜文都是赤膊光头，皮肤晒得黝黑。巩俐穿着一身老土布衣裳，留着那种乡村妇女的发型，不施粉黛，看上去像一个貌不惊人的小村姑。村里人原以为女电影演员都是天女下凡，但看了巩俐后不由大失所望。当时，谁能想得到，十几年后，巩俐会成为国际巨星，举手投足，高贵典雅，目光流盼，风情万种。开机那天，现场观者如堵，有骑车几十里从外县赶来的普通百姓，也有坐着轿车前来观看的县市领导。但都是乘兴而来，扫兴而去。

剧组住在我们县招待所，房间里没有空调也没有卫生间，当时，县级招待所条件大都如此。当时的演员也没有现在的演员那么大的谱。等剧组撤走后，我听到县里的朋友对我说：很多人对演员们的印象不好。尤其是姜文，打长途电话一打就是四个小时。我说他打长途电话交不交钱？他说交啊。我说既然交钱你管那么多闲事干什么？——现在，我想没人再去管这些闲事了吧！中国人从人人关心别人的私事，到个人隐私受到保护，是一个多么巨大的进步。不久前我在电视上看到八十年代初一个因为“流氓罪”被判了十年徒刑的电影演员为自己的遭遇鸣冤叫屈。是的，他无非是与几个女人发生过两相情愿的性关系，竟被认为是犯了严重的罪行，此案当时轰动全国，大多数人认为他罪有应得，并无人认为量刑不当。如果按照那时的标准来衡量当今社会的男女……那需要多少监狱啊！

看到剧组那辆不知道从哪里弄来的破汽车，我马上就想到了鲁文莉她爸爸那辆被何志武买走的嘎斯51。颜色形状都有几分相似，近前一看，车头上的罩板似乎不对。听村里人说何志武人在内蒙，那辆嘎斯51是不是还在为他效劳呢？

六

1988年8月，我考入了北京师范大学和鲁迅文学院合办的文学研究生班。相对于1984年考入解放军艺术学院，我这次没有太大的兴奋。1984年时我接到军艺的入学通知书时那可真叫欣喜若狂。一是终于圆了大学之梦，二是圆了文学之梦。这次考入研究生班，尽管毕业后可以拿到硕士学位，但由于我已经浪得虚名，对文学这行当有了相当的了解，知道对一个作家来说，无论什么学历学位，都比不上作品有力，因此，起初我并不想来上这个学。后来有人劝我把眼光放远点，利用这机会学点英语，将来会大有用处。这想法无疑是十分正确的。我的确也认真地学了两个月，曾经背了几百个单词。但很快，学生运动爆发，形势日益紧张，多数人无心上课。我本来就缺少毅力，有了这个借口安慰自己，就把学英语的事搁置脑后。后来经常出国，每次都为当初没把英语学好而后悔莫及。前几年还有学一点日常用语的想法，这几年，连这想法也没有了。我只是盼着发明家们尽快发明一种简单、便携、快捷、准确的语言交换器，以解我出国之难。

1990年春天，我回到县城，将原有的几间旧房子推倒，用一个月的时间，翻盖了四间房子。期间学校几次来电报催我回去。等我回到学校后，领导劝我自动退学。我未加考虑就同意了。后来，有众多同学为我求情，又得到北师大童老师的鼎力相助才得以保留学籍。我们毕业那天，正好是第一次海湾战争爆发。毕业典礼草草结束，没有酒宴，没有舞会。我们单位电影队的小伙子开着一辆三轮摩托接我回去，没有宿舍，只好在一间摆放废旧杂物的仓库里安身。仓库里耗子成群，夜夜闹腾。一只母耗子在我的衣箱里做窝生了小耗子。之后几年，我的衣服上、被褥上似乎都有一股鼠尿骚味。仓库里有十几尊毛主席的石膏塑像，我把它们摆在门口和床边，仿佛哨兵一样。有几位文学圈的朋友混过部队大院的层层岗哨进来看我，一看那阵势，都说我是中国第一牛人，让十几个毛主席为我把门放哨，侍卫床前。过了两年，单位分我两间房子，我搬出了仓库。但我经常怀念起与十几个毛主席在一起生活的日子。

1992年春天，忽然有人敲我的门。开门一看，竟是多年未见的何志武。我问他怎么能找到我的家门，他笑而不答。他说无事不登三宝殿。我说有事尽管说，只要我能办的，一定不遗余力。他说他在内蒙古交通部门工作，是正式职工，想调回高密，以便照顾年迈的父母。我给高密县长写了一封信，交给何志武，让他拿信自己去找县长。当时我问过他那辆嘎斯51的下落，他瞪着眼问：你不知道吗？卖给张艺谋剧组了。那辆被姜文他们用装满高粱酒的酒坛子当燃烧弹炸烂烧毁的汽车，就是鲁文莉她爸爸那辆嘎斯51啊。你看，他说，我为你的《红高粱》也做过贡献呢。我说，车头上的罩板不太像啊。他说，你怎么这么笨呢，剧组里能人多着呢，他们能原封不动地用一辆苏制卡车冒充日本卡车吗？那不穿帮了嘛。卖了多少钱？我问他。他说：废铁价。这辆车一直在我爹的院子里放着，我不知道该怎么处理才好。终于等到了这个机会，让它有了一个辉煌的结局。

1993年初我回高密过春节，何志武来找我，说已经调回来了，在高密驻青岛办事处工作。我说你可真有本事，他说全靠你那封信引路。

后来几年，他经常来北京找我，每次都请我吃昂贵的菜。看样子是发了大财。他多次邀请我去青岛玩，说他已经和高密没什么关系了，现在自己开公司，生意做得很好，只要我去，一切都由他安排。

从他口中，我得以了解了我们那批小学同学的情况。他不仅熟知我们那些同学的情况，连老师们的情况也了如指掌。从他口中，我知道教我们作文的张老师早就从县职业高中教导主任的位置上退休，两个儿子，一个做木材生意，一个在城南乡当团委书记。那个刘大嘴老师，最辉煌时当过县教委副主任，老伴去世后，与寡居的鲁文莉结为忘年夫妻。鲁文莉的第一个丈夫是县里一位领导的儿子，那小子吃喝嫖赌无恶不作，据说还经常打她。后来那小子酒后驾驶摩托车撞在一棵大树上，车毁人亡。鲁文莉怎么会跟刘老师走在一起呢？我说：这太不可思议了！何志武笑着问我：将乒乓球打到对手的嘴里可以思议吗？——这确实也属不可思议之事，由此可见，世界上的事，千变万化，因缘凑巧，阴差阳错，稀奇古怪，实在是不好说。

七

2008年8月，我特意到青岛与何志武聚会。在此之前我多次来青岛，不是讲学就是开会，日程安排紧张，让何志武很不爽。他说，你能不能专门来一趟，咱们俩畅谈三天三夜，我有许多话要对你说，保证能启发你的灵感，让你写出一部好小说。当年你借我十元钱，现在我还你一部小说素材！

何志武将我安排在汇泉王朝饭店一个开窗即可观海听涛的豪华套间里。从在饭店房间坐定那一刻，他就开始给我讲述这三十多年来的经历。接下来的三天里，无论是对面喝酒还是漫步海滩，他的嘴几乎没停过。他点了那么多的山珍海味，几乎是我自己吃。我说你也吃啊！这么贵的东西，不吃可惜了。他说：你吃，我是“三高”，不能吃这些东西。他喝酒，抽烟，不停地说话。那几天他让司机回家休息，自己驾车，拉着我沿海兜风。我说：喝了那么多酒，行吗？他说：放心，我跟武松一样，一分酒一分本事。我说别叫警察截住。他笑着说：他们哪个好意思截我？开着车时他依然滔滔不绝地说话，一边说还一边用手比画。我说哥们，你最好集中精力开车，他说，放心吧。三十多年的老司机了，一坐到驾驶位上，车就成了身体的一部分。不过，鲁天公开车的技术的确高超，我们村后那座小石桥跟嘎斯

51车轮外沿同宽，那家伙过桥从不减速。我刚要问谁是鲁天公，马上就明白他说的是谁，从这里我也意识到自己与何志武的差距。

他说：我拿着你借我那十块钱到了火车站，花了一块两毛钱买了一张到潍坊的慢车票。这列车是青岛开往沈阳的。尽管我只买到潍坊，但我一定要坐到沈阳。车上查票很严，每当检票时，两个乘警把住车厢门，谁也别想蒙混过关。被查出来，轻则轰下车去，重则一顿暴打后轰下车去。我的对面坐着一个解放军战士，胳膊上戴着黑纱，看样子是遭了父母大丧。你知道，我跟着王贵大爷学过麻衣神相——我的确不知道他跟着王贵学过麻衣神相——便跟他套起近乎，越说越近，他刚刚去世的父亲，竟被我忽悠成是我的酒肉朋友，他竟然也深信不疑。然后我就跟他说：兄弟，大哥有难，望你能出手相助。那当兵的从衣兜里掏出到沈阳的火车票，低声说：你先用，用完压到我茶杯下。看到检票的人来了，他就从服务员手里接过水壶，热情洋溢地为乘客倒水。车上的人都夸他是活雷锋。那年头，解放军威望很高，有他帮我，一路顺遂到沈阳。我至今对当兵的很有感情。我的大女儿嫁给北海舰队一位核潜艇的艇长，小女儿正跟那艇上的政委谈着恋爱。我对她们的选择热烈地支持。我的女儿嫁给艇长和政委，我们家差不多就等于控制了一艘核潜艇。哈哈哈哈，他大声狂笑。我老婆是上世纪初被布尔什维克吓跑的白俄贵族后裔，纯种俄罗斯人，但她生在中国长在中国是地地道道的中国公民。1979年，我已经发了财，存折上有三万八千元！我胆大，敢冒险，但我的冒险是建立在调查研究基础之上的。1978年底，十一届三中全会后，农村改革开始，人民公社解体，土地开始承包。我马上想到，承包了土地的农户，最需要的就是大牲畜，马，牛。那时，在内蒙，买一匹高头大马只要四百元，但赶到关内，可卖一千元。买一头四个牙的犍子牛，只要二百元，但赶到关内，最少六百元。我当时正在县城开照相馆，生意很好。为了赚大钱，我将照相馆卖了一万元，到牧民那里买了三十四匹马。雇了一个牧民，帮着我往关内赶。赶到河北地界，人困马乏，饲草难求。我眉头一皱，想出一个主意。我将三十四匹马赶进了宣化县县政府大院。我直接去找县长，说我是内蒙牧民，听说内地土地承包到户，春耕在即，牲畜奇缺，因此将自家的三十四匹马送来。三十四匹骏马，白送。那县长姓白，愣了，一个劲翻白眼。我说真的白送。县长跑到院子里，看着那些骏马，说：我们不能白要你的，这样吧，我们给你作价，八百元一匹。我说，不要那么多，一匹六百，如果你们还需要，我马上回去，给你们赶一百匹来。你们也可以派人去。我帮你们收购。就这么着，那个春天，我当了马贩子，赚了三万八千元。我跟那白县长——现在已经当了副省长了——就此成了换脑袋的朋友。人有了钱，就该成家立业了。当时我就想，应该回老家圆我的青春梦。不瞒你说，我暗恋着鲁文莉。我想送她一件见面礼，那就是将她爸爸那辆车买到手，然后用那辆车拉着她，到内蒙去，干大事，赚大钱。我打听了，国营农场已经改制承包，那辆车已经归鲁天公个人所有。于是我就拍了一封电报，用八千元买他的车，高价，绝对高价，那时南京生产的“跃进牌”NJ130型，完全仿嘎斯51的，才八千元一台。他那台破车，顶多值两千元。

我将八千元钱点给了鲁天公，告诉他，我花高价买你的破车，是变相送礼。项庄舞剑，意在沛公。何志武买车，意在鲁文莉，我说。鲁天公笑着说：何志武，我早就猜到，你肚子里不定憋着什么坏水呢。但是，婚姻大事，父母不能包办。你有本事，自己追去吧。不过，小子，我估计你已经没有什么戏了。县委汪副书记的儿子看上了我家文莉，说实话我不喜欢那小子，贼眉鼠眼，一看就不是好玩意儿。但他毕竟是县委副书记的儿子，文莉自己愿意，我跟她妈也只好顺水推舟。管他以后怎么着呢，先当几天县委副书记的亲家风光风光吧。

何志武说，我开着那辆嘎斯51，在村里转了几圈，耀了武扬了威，那时毕竟年轻浮浅啊！然后驱车直奔县城。你问我何时学会的车？七六年，我在窑厂当装卸工，跟司机老许成了好朋友，跟他学会的。当年看鲁文莉她爸爸开车，那个神气，其实，这玩意儿，抽支烟的工夫就能学会。我把车开到橡胶厂门口，想找鲁文莉谈谈，但看门的老头说她已经调到县邮电局了。老头嘴很碎，说县委副书记的儿媳妇怎么可能还在乌烟瘴气、臭气扑鼻的橡胶厂上班。我开车到了县邮局大门口，将车停下，到旁边的百货商场买了一双新皮鞋换上。乍穿新鞋，走起路来很不得劲，仿佛所有的人都在看我的脚似的。我一进邮局大门就看到了鲁文莉，她在卖邮票的柜台后，与一个中年妇女聊天。我走上前去，说：鲁文莉，我是你小学同学何志武，你爸爸让我来找你。她愣了几分钟，冷冷地问：什么事？我指指停在马路对面的车，说那是你爸爸的车，他让我开车来接你。她说：我还上着班呢！我说：没关系，我到车上去等着，等你下班。我回到驾驶室，抽着烟等她。那时县城破破烂烂，县政府那栋三层楼是最高建筑。我坐在车上，看着那楼顶上的红旗和楼后边的宝塔松，心中感到一种很庄严的感情。我一支烟都没抽完，鲁文莉就跑过来了。我推开车门，让她上车。我根本没问她什么，发动起车子，开车就走。到底有什么事？她问我。我不理她，将车开得贼快，同时用眼睛的余光看她。她抱着肩膀，撅嘴吹口哨。这是她过去没有的习惯，很可爱。女大十八变，果然。开出县城，将车停在一中操场旁边那块空地上。为什么将车停在这里？因为她在这里获得了全县乒乓球女子少年冠军。我转过头，定定地看着她。她确实很漂亮。她肯定也感觉到了什么，有几分警惕，有几分气恼。你到底想干什么？！我没有兜圈子，直截了当地说：鲁文莉，十几年前我就喜欢你，当我滚出教室后，就暗下决心，只要混好了，就回来娶你做老婆！当你在那里边——我指指一中的办公室——解放前的基督教堂——当年的乒乓球比赛就在那里头进行——获得冠军时，我就下决心要混成个人样儿回来娶你——她撇了一下嘴，道：这么说，你现在混好了？混成个人样儿了？我说：基本上可以这么说了。你每月工资多少？我问她，她不答。我说，你不说我也知道。你每月工资三十元，每年工资三百六十元。我在内蒙贩卖牲口赚了三万八千元。相当于你一百年的工资。我花八千元买了你爸爸这辆破车，等于给你爸爸和你妈妈一笔丰厚的养老费，免除了你的后顾之忧。我在那边朋友很多，路都踩好了，有这三万元做本，用不了几年，我，不，我们，就会成为十万元户，甚至百万元户！我敢担保：一，永远不会缺着你钱花；二，我会永远对你好。她冷冷地说：真可惜，何志武，我已经订婚了。我说：订婚也不是结婚，结了婚都可以离婚。她说：你这人怎么这样不讲道理？凭什么来干扰我的生活？凭你买了我爸爸这辆破车？凭你有三万元钱？我说：鲁文莉，因为我爱你，所以我不愿让你跳火坑。我调查过，那个汪建军，是个流氓，专门玩弄女青年……她打断我的话：何志武，你这样说不感到卑鄙吗？我说：我这是拯救你，怎么是卑鄙呢！她说：谢谢你的好意！我与你无亲无故，我的事我自己做主。你无权干涉！我说：希望你再考虑考虑。她说：何志武，你别烦我了，好不好？这事要让汪建军知道了，他会找人砸死你的。我笑着说：我希望他知道，你告诉他吧。她拉开车门，跳下车，说：何志武，别有了几个钱就忘了自己姓什么了。告诉你，金钱不是万能的！她转身往县城的方向走去。我望着她的背影，想：金钱的确不是万能的，但没有金钱却是万万不能的。鲁文莉，好自为之吧。我回家推倒一面院墙，将鲁文莉爸爸那辆破车，开到我家院子里，用篷布蒙上，然后将墙垒好，嘱咐我爹好好看守着。我爹骂我：守什么？难道这车还能长翅膀飞走？我告诉他眼光放长远点，这车将来会有大用场。安顿好父母，我带着两个弟弟回了内蒙。他们跟着我做各种生意，贩木材，贩钢材，贩牲口，贩羊绒，金钱滚滚而来。我是有勇有谋的人。我用一个小故事证明我的有勇有谋：

那时羊绒禁止私人贩运，从关外将一吨羊绒私运入关内，可得暴利万元。他们设了关卡。我找了两辆完全一样的卡车，前边一辆装上布匹，后边一辆装上羊绒。车顶上都用帆布盖好。开到关卡附近，将装羊绒的车停下，先开装布匹的上去，让他们检查。检查时敬他们烟，送他们酒，答应帮他们从关内捎东西，检查完毕，开车通过。但一会儿我就把车开回来了，对他们说一个备用轮胎丢了需要回去找。开到羊绒车处，将装棉布车停下，将羊绒车开上去，对关卡的人说备用轮胎找到了，他们刚刚查过了，自然不再检查。就这样，瞒天过海，我带着两个弟弟，一个春天，贩卖了四十吨羊绒，净赚了四十万元。

钱越来越多，朋友也越来越多。我帮两个弟弟都落了户口，都安排在运输公司就了业。那时咱还迷信户口、正式职工这些东西。1982年，我又回了一趟老家，给我父母盖了新房子。老房子还保留着，那辆车上的篷布朽了，又换上新的。我爹那时已经不敢骂我了。他对我娘说：志武是有大肚量的，他的事，我们不要妄加议论。我还对鲁文莉抱有一线希望，但她已经和汪建军结了婚，听说生活得还不错。既然这样，我想我也该结婚了。

听说我要找对象结婚，十几个媒人上门，介绍的都是有模有样的姑娘。我都没有答应。这时，有一个女人自己找上门来。这个自己找上门来的就是你嫂子朱丽娅。她当时在旗畜牧站工作，外号叫“两个死”，从后边看身材绝好，能把人馋死。从前边看，一脸麻子，能把人吓死。她找上门来，何大哥，我问你，你为什么要讨老婆？我想了想说：一是为我生儿育女，二是为我洗衣烧饭。她说那你最好选我。我想了想，一拍大腿，说：就是你了！走，登记去吧！我和你嫂子结婚，轰动了全旗啊！你想想看，全旗首富何志武，选了一个大麻子做老婆。很多人都不明白，他们当然不明白。你明白吗？他说，等你看到你那两个美如天仙的侄女就明白了，等你看到你那在足球队里踢球的侄子就明白了。你嫂子五官端正，丑就丑在那一脸麻子上。麻子是不会遗传的，但她的白俄血统和她的身材相貌是会遗传的。我如果找个汉族女人只能生一胎，但我找个俄罗斯族的，可以堂堂正正地生二胎，稍微做点工作就能生三胎。你现在明白，为什么你那两个侄女能把一艘核潜艇给“俘虏”回来吧！混血美人，气质高贵，不同凡响！我想得很明白，男人，如果不能与自己爱的女人结婚，那就要找个最能给自己带来好处的女人结婚。朱丽娅就是这样的女人。

何志武说，进入九十年代后，我想，要干大事发大财，必须到沿海去。所以我进京找你，先调回县里，然后到了青岛。你嫂子起初还舍不得内蒙那个家，我说，到了青岛，我给你盖一栋大楼！——何志武指着远处一栋乳白色大楼说，那栋大楼，就是咱开发的。他给我说了许多他在青岛的光荣战绩，我听过就忘了。无非是花钱，交友，吃小亏，赚大便宜。我说何志武你还记得吗？文化大革命初起时，我们演过一个活报剧。我穿着张老师那件破夹克，夹克里塞进一个篮球冒充大肚子，扮演苏联的赫鲁晓夫；你头发上扑了粉，扮演“中国的赫鲁晓夫”——刘少奇。我们的唱词是：“赫老兄，刘老弟，咱俩唱的是一台戏”。我唱“土豆烧熟了再加牛肉”，你唱“吃小亏赚大便宜”。我说，你的成功秘诀就是“吃小亏赚大便宜”吧。他想了想，说，基本上是，但不完全是。有很多时候，我是吃了大亏，但连小便宜都没沾着。我问：是指买鲁文莉她爸爸那辆嘎斯车吗？他说：你这个人怎么这么庸俗呢？我跟谁都计算成本，但唯有跟鲁文莉我是不计成本的。

她丈夫死后，你没去找她吗？我问。

何志武说，鲁文莉的丈夫是1993年撞死的。那时我已在青岛与××的情妇合伙做钢材生意。有××这杆大旗罩着，青岛市所有建筑工地的钢材都被我们垄断了。听到鲁文莉成了寡妇的消息，我的心动了。我跟你嫂子说了这事。你嫂子慷慨大度地说：你把她接来吧，想明媒正娶也行，想包做二奶也行。但还没等我去找她，她就找我来了。她穿着一条黑裙子，戴着白手套，脸上化着浓妆，正所谓徐娘半老，风韵犹存。她见到我第一句话就说：何志武，我熬出来了。我也直截了当地问：你是想嫁给我做老婆呢，还是给我做情妇？她也直截了当地说：当然是做老婆。我说：做老婆工程太大，还是做情妇吧，我在海边给你买套房子，养起你来。她凄然一笑，说：那就不麻烦你了。很快，我就听到了她与刘大嘴老师结婚的消息。我带着两瓶酒两包烟，独自开车，到了胶河农场前那片空地上，就是在这里，我向鲁文莉的爸爸表达了我对他女儿的爱慕之心。我边喝边抽边想。我一直以为自己精通相术，能够洞察人心，但其实是以小人之心度君子之腹。我之所以基本上能够洞察他人之心，就因为与我交往的大都是小人，而鲁文莉，是个君子。

我离开青岛前一天晚上，何志武将我带回家吃饭。他的夫人包了三鲜饺子，还按高密人的方式，捣了一碗蒜泥。这是个热情洋溢的胖大女人，一看就知是贤妻良母。酒至半酣时，何志武起身关了灯，让我往他家厨房的玻璃窗上看，那上边竟有十几个环环相套的铜钱图案，天圆地方，金光闪闪。我说这是哪里投射过来的。他说：不知道，观察研究了好久，也找不出源头。他说，尽管海边有好几处大房子，但我不去，我要守在这里。“守财奴”三个字几乎脱口而出，但我硬憋了回去。他们这些生意人，钱越多越迷信，希望讨口彩，最忌讳不吉利的话。于是，我将“守财奴”置换成“财神光顾”，他极为开心，说：到底是大作家，出口就是成语。

我回京后，何志武给我打电话，说他在龙口海边看中了一块地，想搞房地产开发。他说你能不能来一下？这边土地管理局有个管事的，是你刚当兵时待过的黄县工作站那个左站长的儿子，名叫左联。说起你来，那小子眉飞色舞，说他是你看着长大的。我犹豫了一下，但还是找借口推脱了。

八

今年5月，高密县文化局和广播电视局联合举办首届茂腔电视大奖赛，文化局陆局长专程来京邀我回去当评委，盛情难却，只好从命。高密茂腔，三年前被评为国家非物质文化遗产。为了使这个剧种后继有人，县委县政府决定成立茂腔少年班，招收四十名小学员，送到潍坊艺校去培养，毕业后纳入事业编制。此事借着茂腔电视大奖赛一煽呼，成为一时热点，报名者多达五百余人。住在县府招待所，每天都有熟人、朋友、亲戚为了孩子进茂腔少年班的事来找，搞得我不胜其烦。因为要与县里的文学骨干商量为茂腔剧团创作新剧本的事，短期内还不能回京，陆局长给我另找了一家饭店，以避干扰。但没想到刚住进去半天，手机就收到一条短信：老同学，您大概早把我忘记了吧？我是鲁文莉。我现在就在您住的饭店前台，能不能下楼来接见我一下？耽误您五分钟。

我们在酒吧里坐定，服务生上前招呼。我问她喝点什么？她问：有酒吗？我吃了一惊。服务生笑着说：当然有，您想喝什么？她说：只要是酒就行。服务生笑着看我。我说：给我们每人来一杯红葡萄酒吧。服务生报了一大串酒名。我说：最好的。鲁文莉抢着说：说好了啊，我请客。我说：不用你请，我可以签单。她顿了顿，幽幽地说：是啊，你现在可是大人物了，我只能在电视上看你了。我说：太夸张了吧？骗子最怕老乡亲，骗子更怕老同学。咱俩不仅是同学，而且还是同桌。她说：我还以为你忘了呢。我说：怎么可能！人过五十，眼前的事记不住，过去的事，却越来越清晰。她说：我也是，连做梦都是梦见那时的事。我说：这说明我们老了。她说：男人五十多岁，正是好时候；女人五十多岁，就成了老妖精了。她虽然穿着肥大的黑裙子，但遮不住腰身的臃肿。她那张瘦长精致的小脸，也团圞如月了。眼袋下来了，眼圈还是黑的。酒来了，我们端起杯，碰了一下，她急火火地喝了一口。我问：刘老师好吗？她叹了一口气，说：走了。我惊讶地说：怎么……刘老师也不过六十多岁……她说：我是寡妇命，妨男人的……我说：哪有这种事……她又喝了一口酒，眼睛里泪光点点，盯着我说：我的命真苦……我一时也找不到安慰她的话，便端起酒杯，与她相碰。她仰脖喝干杯中酒，说：不说这些了，我来找你，是来向你求情。她摸出一张照片，递给我，说：这是我女儿，刘欢欢，报名参加茂腔少年班考试，已经过了两关，进入了前六十名。听说所有的家长都在活动，我也只好觍着个老脸来找你。我端详着手中的照片，刘欢欢，大嘴巴，大眼睛，依稀可见刘老师一些影子，但更多的还是像鲁文莉。我似乎听评委们提到过这个刘欢欢，便给陆局长发了一条短信询问。陆局长回道：条件非常好，哪怕只招两个学员，也有一个是她。我将陆的短信给鲁文莉看了。她的眼泪哗哗地流了下来。我说：你现在放心了吧？

她哽咽着说：谢谢……谢谢……我说：你谢谁啊？是女儿条件好，发挥好，考得好！她说：如今的事，我明白……谢谢，老同学……她从包里摸出一个纸袋，说：老同学，这是一万元，您别嫌少，您替我请陆局长他们喝杯酒吧……

我想了想，说：好吧，老同学，我收下了。

——发表于2009年第十期《人民文学》

图书在版编目（CIP）数据

师傅越来越幽默 / 莫言 著. -- 北京 ：作家出版社，2012. 11
（莫言文集）
ISBN 978-7-5063-6676-2

Ⅰ. ①师… Ⅱ. ①莫… Ⅲ. ①中篇小说集 - 中国 - 当代 Ⅳ. ① I247.5

中国版本图书馆 CIP 数据核字（2012）第 242646 号

师傅越来越幽默

作　　者：莫　言
出版统筹：第二编辑中心
出版策划：精典博维
责任编辑：王宝生
特约编辑：红　雪
装帧设计：博雅工坊·肖　杰
出版发行：作家出版社
社　　址：北京农展馆南里10号　　**邮　　编：**100125
电话传真：86-10-65930756（出版发行部）
86-10-65004079（总编室）
86-10-65015116（邮购部）
E-mail:zuojia@zuojia.net.cn
http://www.haozuojia.com（作家在线）
印　　刷：山东临沂新华印刷物流集团有限公司
成品尺寸：152 × 230
字　　数：340千
印　　张：29.25
版　　次：2012年11月第1版
印　　次：2012年11月第2次印刷
ISBN 978-7-5063-6676-2
定　　价：37.00元